独角兽书系

飓光志
[卷三]

渡誓
Oathbringer
上

[美]布兰登·桑德森——著
徐羚婷——译

OATHBRINGER
By Brandon Sanderson
Copyright © 2017 by Dragonsteel Entertainment, LLC.
published in agreement with JABberwocky Literary Agency,lnc.,
through The Grayhawk Agency Ltd.
Simplified Chinese Translation Copyright © 2022 by Chongqing Publishing House Co.,Ltd.
All right reserved.

版贸核渝字（2019）第132号

图书在版编目（CIP）数据

飓光志.卷三，渡誓／（美）布兰登·桑德森著；徐羚婷译.—重庆：重庆出版社，2022.10
书名原文：The Stormlight Archive 3：Oathbringer
ISBN 978-7-229-16650-2

Ⅰ.①飓…　Ⅱ.①布…　②徐…　Ⅲ.①长篇小说—美国—现代　Ⅳ.① I712.45

中国版本图书馆 CIP 数据核字（2022）第 049136 号

飓光志（卷三）渡誓
JU GUANG ZHI (JUAN SAN) DU SHI

[美] 布兰登·桑德森　著　徐羚婷　译

联合统筹：重庆史诗图书信息咨询有限公司
责任编辑：邹　禾　唐弋淄　陈　垦
装帧设计：破　晓
封面图案设计：罗　烜
责任校对：刘小燕

重庆出版集团　出版
重庆出版社

重庆市南岸区南滨路162号1幢　邮政编码：400061　http://www.cqph.com
重庆出版社艺术设计有限公司 制版
重庆市鹏程印务有限公司 印刷
重庆出版集团图书发行有限公司 发行
E-mail:fxchu@cqph.com　邮购电话：023-61520646
全国新华书店经销

开本：890mm×1230mm　1/32　印张：49.25　字数：1236千
2022年10月第1版　2022年10月第1次印刷
ISBN：978-7-229-16650-2
定价：248.00元（全三册）

如有印装问题，请向本集团图书发行有限公司调换：023-61520678

版权所有　侵权必究

献词

献给艾伦·莱顿
"飓光志"尚未成文
你已为达力拿喝彩
（也为我喝彩）

鸣谢（代序）

欢迎翻开《渡誓》！这本书的创作走过了漫长的道路，感谢各位的耐心。"飓光志"是一项非常浩大的工程，从下文的长名单上也许就能推测到。

还没看过发生在卷二和卷三之间的番外中篇《缘舞》[①]的读者，推荐你们去看一看，可以找单行本，或是《无界秘典》[②]选集中的篇目。这本选集收录了目前所有的三界宙长中篇和短中篇，世界观涉及《迷雾之子》《伊岚翠》《破战者》和其他作品。

还是那句话，我的史诗奇幻系列都可以独立阅读和欣赏，无须了解其他系列或作品。对三界宙设定感兴趣的读者，可以打开如下网址查阅我写的详解：brandonsanderson.com/cosmere。

现在，我要列出相关人士的名字，依次向他们致以谢意！正如我常说的，尽管封面上只署了我的大名，但实际参与制作的人员还有很多很多。撰写《渡誓》的这三年来，他们不辞辛劳地工作，理应得到我最衷心的感谢。

[①]《缘舞》（*Edgedancer*）：收录于《无界秘典》（*Arcanum Unbounded*），即将出版。

[②]《无界秘典》（*Arcanum Unbounded*）：即将出版。

我的经纪人团队以来自 JABberwocky 文学代理公司的神人乔舒亚·比尔梅斯为首,同公司的成员有布雷迪·麦克雷诺兹、克里斯蒂娜·洛佩兹和丽贝卡·埃斯基尔森。我还要特别感谢我在英国的经纪人,来自 Zeno 代理公司的约翰·伯莱恩,以及跟我们合作的全球版权代理商。

TOR 出版社负责本书的编辑是才华横溢的摩西·费德。我要特别感谢多年来对"飓光志"深信不疑的汤姆·多尔蒂,以及在小说创作过程中提供了必要的编辑和出版援助的德维·皮莱。

TOR 出版社的助手还有罗伯特·戴维斯、梅利莎·辛格、雷切尔·巴斯和帕蒂·加西亚。本书的产品经理是卡尔·戈尔德,主编是内森·韦弗,出品方是梅里尔·格罗斯和拉法尔·吉贝克,艺术总监是艾琳·加洛,封面设计师是彼得·卢金,内页设计师是格雷格·科林斯,校对是卡利·萨默斯坦。

隶属于猎户星出版集团的维克多·格兰茨出版社(我在英国的出版方)要感谢吉利恩·雷德芬、史蒂夫·法恩根和夏洛特·克莱。

本书的案头编辑是特里·麦克加里,他审过我的不少小说,稿子改得非常出色。电子书由威彻斯特出版服务机构以及麦克米伦出版公司的维多利亚·沃利斯克里斯托弗·冈萨雷斯负责制作。

我自己公司的员工为本书的制作投入了大量时间。对龙钢娱乐公司的大家来说,"飓光志"小说的出版就是"关键时刻",各位如果有机会见到团队的成员,一定要给他们点个赞(如果你见到彼得,那就送块奶酪吧[①])。公司的经理和首席运营官是我的爱妻埃米莉·桑德森,副总裁和主编是执着的彼得·阿尔斯特伦,艺术总监是艾萨克·斯图尔特。

公司的物流经理是卡拉·斯图尔特,各位在官方网店购买的签名

[①]《飓光志(卷一)王者之路》的鸣谢中曾提到彼得喜欢奶酪。

书和T恤都由她负责发货。连贯性编辑是卡伦·阿尔斯特伦,她还是内部维基的神圣管理者。我的行政助理和推广营销总监是亚当·霍恩。埃米莉的助理是凯瑟琳·多尔西·桑德森,卡拉的首席助理是书中角色"梅姆"的原型埃米莉·格兰奇。

本书的有声读物由我个人最欣赏的主播迈克尔·克雷默和凯特·雷丁朗读。感谢二位拨冗录音!

《渡誓》承袭了用优美的插画补充"飓光志"的传统。漂亮的封面图再次由迈克尔·惠兰操刀,他在作画时很注重细节,将迦熙娜·寇林刻画得惟妙惟肖,我非常喜欢她在封面上大放光彩的样子。迈克尔从画廊工作中抽出时间来描绘柔刹世界,我仍旧感到不胜荣幸、不胜感激。

而再现另一个世界短期出版物①的诸多风格,则需要不同的艺术家来出力,所以这次和我们合作的画师比以往都要多。丹·多斯桑托斯和霍华德·莱昂负责了前后环衬页令使画像的绘制。我希望这些画像能体现文艺复兴时期和后浪漫主义时期的古典绘画风格,丹和霍华德都献上了超乎想象的成果。他们的画作不仅是优秀的书籍插画,更不用说是伟大的艺术品,值得在任何画廊占有一席之地。

需要指出的是,丹和霍华德还把他们的才华贡献给了小说内页的插图,对此我也很感激。丹负责的时装画完成度颇高,足以登上封面,而霍华德为一些新的章节题头图所创作的线稿是我希望在后几卷中也能看到的东西。

本·麦克斯威尼再次加入团队,呈上了九幅沙兰的素描。在纵贯北美的搬迁、繁重的日常工作和不断增长的家庭需求之间,本一直坚持提供一流的插画。他是一名敬业的艺术家,个人素质过硬。

---

①短期出版物:指一类具有时效性的印刷品,包括海报、传单、杂志、明信片、贺卡、标签、票据等。

米兰达·米克斯和凯莉·哈里斯也挥洒自己的才华，为本书绘制了整页插画。她们以前就为我们带来过出色的画作，我想你们会喜欢她们这次的贡献。

另外，还有各色优秀人员在幕后提供了帮助，他们或是担当顾问，或是促进了其他方面的艺术创作，名单如下：大卫·拉姆齐地图中心、"木声"系列印第安木笛的创始人布伦特、双调印刷店的安吉和米歇尔姐妹、埃米莉·邓莱、戴维·斯图尔特和多丽丝·斯图尔特、沙丽·莱昂、佩登·麦克罗伯茨以及格雷格·戴维森。

我的《渡誓》写作小组每周经常要审读字数是普通稿子五到八倍的长稿，成员如下：卡伦·阿尔斯特伦、彼得·阿尔斯特伦、埃米莉·桑德森、埃里克·詹姆·斯通、达西·斯通、本·奥尔森、凯林·佐贝尔、凯瑟琳·多尔西·桑德森、第四冲桥队成员"雷腾"的原型艾伦·莱顿、第四冲桥队成员"斯卡"的原型伊桑·斯卡斯泰特和"不要把我扔进第四冲桥队"的本·奥尔森。

我还要特别感谢"琼恩"克里斯·金对涉及泰夫特一些特别棘手场景的反馈，以及威尔·霍耶姆对描写截瘫患者的一些建议，和米歇尔·沃克对涉及特定心理健康问题段落的一些特殊建议。

参与二稿试读的人员如下（深吸一口气）：阿伦·比格斯、阿伦·福特、亚当·赫西、奥斯汀·赫西、艾丽斯·阿尼森、亚历克丝·霍格、奥布丽·法姆、鲍·法姆、贝卡·霍恩·里珀特、鲍勃·克鲁茨、布兰登·科尔、达西·科尔、布赖恩·希尔、"琼恩"克里斯·金、克里斯·克鲁维、科里·艾奇逊、戴维·贝伦斯、迪恩娜·科维尔·惠特尼、埃里克·莱克、加里·辛格、伊恩·麦克纳特、杰西卡·阿什克拉夫特、乔尔·菲利普斯、乔里·菲利普斯、乔希·沃克、米歇尔·沃克、卡耶妮·波卢里、拉胡尔·潘图拉、凯莉·诺伊曼、克里斯蒂娜·库格勒、书中角色"琳"的原型琳赛·卢瑟、马克·林德伯格、马妮·彼得森、马特·威恩斯、梅根·坎内、书中角色

"纳塔姆"的原型内森·古德里奇、妮基·拉姆齐、佩奇·维斯特、保罗·克里斯托弗、兰迪·麦凯、拉维·佩尔绍德、理查德·法伊夫、罗斯·纽伯里、书中角色"德雷赫"的原型瑞安·德雷尔·斯科特、"萨菲"萨拉·汉森、萨拉·弗莱切、希瓦姆·巴特、史蒂夫·戈德克、泰德·赫曼、特雷·库珀和威廉·胡安。读者二审的评论维护由克里斯蒂娜·库格勒和凯莉·诺伊曼进行。

参与三稿试读的人员除了不少看过二稿的朋友以外,还有本杰明·布莱克、"枪手"克里斯·麦格拉思、克里斯蒂·雅各布森、科比特·鲁伯特、理查德·鲁伯特、丹尼尔·施坦格博士、周翰廷、唐纳德·玛斯塔德三世、埃里克·沃林顿、贾里德·格拉克、贾里思·格里夫、杰西·霍恩、乔舒亚·库姆斯、贾斯汀·科福特、肯德拉·威尔逊、克里·摩根、琳赛·安德勒斯、徐羚婷、洛金斯·梅里尔、马西·斯特林厄姆、马特·哈奇、斯科特·埃斯库朱里、斯蒂芬·斯廷内特和泰森·索普。

如你所见,做这样一本书,是何等的大事。如果没有众多同仁的努力,大家捧在手里的作品就会逊色很多。

和往常一样,最后我要感谢我的家人:埃米莉·桑德森、乔尔·桑德森、达林·桑德森和奥利弗·桑德森。他们总是担待我这个常常神游到另一个世界、常常畅想飓风和光辉骑士的丈夫和父亲。

最后,还要感谢各位读者对"飓光志"系列的支持!虽然这些书不能像我希望的那样迅速出版,但这其中的一部分原因,也是我想让它们尽可能完美。大家捧在手中的这一卷,是我筹备、构思了近二十年的作品,愿你们在柔刹好好享受。

行胜果。

目 录

卷三　渡誓	1
第一部分　统一	13
插曲	387
第二部分　新起源咏唱	405
插曲	671
第三部分　去伪存真，爱真存	701
插曲	1013
第四部分　真存，伪去！唱咏源起！	1035
插曲	1301
第五部分　新一统	1323
尾注	1534
秘典	1535

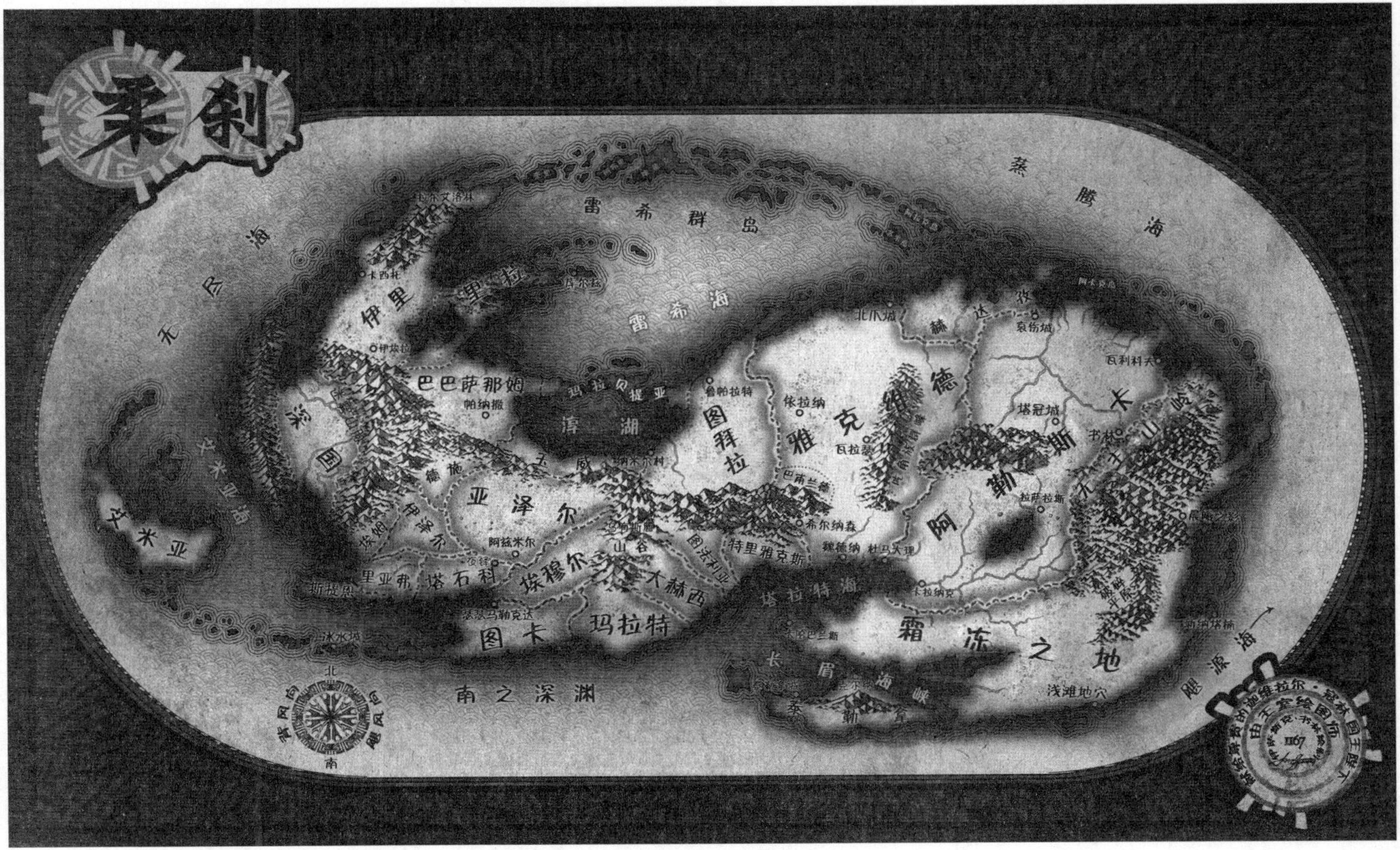

柔刹
蒸腾海
雷希群岛
无尽海
雷希海
伊里
拉
巴巴萨那姆
帕纳撒
玛拉贝提亚
淳湖
图拜拉
雅克
德
赫
达
汝
北尔城
依拉纳
瓦拉赛
塔冠城
瓦利科夫
木
斯
勒
阿
拉萨拉斯
巴南兰德
希尔纳森
特里雅克斯
魏德纳
杜马大理
卡拉纳克
塔拉特海
霜冻之地
浅滩地穴
长眉海峡
图
亚泽尔
伊泽尔
阿兹米尔
埃穆尔
塔石科
里亚弗
斯提恩
山谷
大赫西
图法利亚
玛拉特
图卡
冰水城
南之深渊
艾米亚海
艾米亚
卡西扎
伊拉拉
北
南
飓风海
1167

卷三
誓渡

序幕
哭泣

六年前

伊舒娜总是对姐姐说，下一座山上肯定会有好风光。后来有一天，她登上了一座山，发现了人类。

她一直把人类想象成歌谣中所唱的黑暗无形的恶兽，但他们其实是相当奇妙古怪的生物，讲话不分韵律，身上不长壳甲，却穿着比壳甲还鲜艳的衣服。他们十分害怕飓风，哪怕正在赶路，也会躲进车里。

最非同寻常的是，他们只能维持一种形态。

起初，她还认定人类也像曾经的听者那般遗忘了其他形态，顿时就有了一种亲切感。

一年多过去了，伊舒娜和着敬佩之韵哼唱着，帮忙卸下车上的鼓。他们赶了很远的路来观摩人类的家园，每走一步，她都更感到震惊。这种体验在气势恢宏的塔冠城和雄伟的塔冠城王宫中达到了高潮。

王宫西侧洞穴般的装卸区非常巨大，两百名听者初次抵达后就挤在这里，但还没有把地方挤满。听者大多无法参加楼上的宴会，那里正在见证双边协议的签署，阿勒斯卡人倒是留心准备了茶点，为楼下这群听者提供了堆积如山的食物和饮料。

伊舒娜下车环视装卸区，和着兴奋之韵哼唱起来。当她告诉温丽，说她决心绘制世界地图时，她想象的是一个充满自然发现的地方，有着峡谷和山丘，以及生机勃勃的森林和避风地。然而，这一切一直都在这里，在他们触不可及的地方等候着。

同样等候着的，还有更多听者。

当伊舒娜第一次遇到人类时，她就见过他们身边的弱小听者，一个身陷愚钝态的无助部族。伊舒娜还以为人类是在照料那些无法歌唱的可怜人。

噢，最初的见面是多么天真啊。

那些身不由己的听者不仅是一个小部族，还是一个庞大族群的代表。人类没有在照料他们。

人类占有了他们。

眼下就有一群所谓的"仆族"聚集在伊舒娜和她围成一圈的劳动态同伴周围。

"他们一直想帮忙。"吉特杰瑟和着好奇之韵说道。他摇摇头，胡须上挂着的红宝石闪耀着光芒，与皮肤上突出的红色很相配。"那些忘却了韵律的小家伙想靠过来。我告诉你，他们觉得自己脑子有问题。"

伊舒娜从车尾递给他一架鼓，也随着好奇之韵哼唱起来，随后跳下车，走近那群仆族。

她摊开手，和着和平之韵说："不用了，这些鼓是我们的，我们更想自己处理。"

无歌可唱的族人用呆滞的眼神看着她。

"去吧。"伊舒娜和着恳求之韵说，挥手指向附近的庆典。尽管

4

有语言障碍,听者和人类侍从还是在那儿笑成一片。听者唱着老歌,人类侍从跟着拍手。"好好享受。"

几名仆族循着歌声望去,侧过脑袋,纹丝不动。

"没用的。"布莱莉亚和着怀疑之韵说,胳膊横在旁边的鼓上,"他们根本无法想象生活是什么样。他们只是可以买卖的财产。"

该怎么理解"奴隶"这个概念?五位元老中的克雷德去了塔冠城的奴隶贩子那里,买了一个人类回来,想看看这是否真的可行。奴隶贩子那里有阿勒斯卡人卖,而他连一名仆族都没买。仆族显然很昂贵,被认为是高质量的奴隶。有人把此事告诉了听者,仿佛这能让他们骄傲似的。

伊舒娜随着好奇之韵哼唱,朝一侧点了点头,望向同伴。吉特杰瑟笑了笑,和着和平之韵哼唱,挥手让她走。大家都习惯了伊舒娜在工作中途离开,这不是说她不可靠——也许如此,但她至少始终如一。

无所谓,反正她很快就会受邀参加国王的庆典,因为她是最擅长人类语言的听者之一。人类语言很单调,她一学就会。这是一个优势,让她获得了这次行程的一个席位,但这也是一个问题。说人类语言的本领使她变得重要,而变得太重要的听者是不允许追逐天际的。

她走出装卸区,登上台阶,进入王宫,想领略宫殿的装饰、工艺和非凡的胜景。真是美好却又残酷。这个地方由可供买卖的人员进行维护,但这就是人类得以自由地进行伟大创作的原因吗?比如她路过柱子上的雕花和地板上镶嵌的大理石图案?

她经过了穿着人造壳甲的士兵。伊舒娜目前没有披着自己的甲片,她处在劳动态,而不是战斗态,因为她喜欢劳动态的灵活。

人类却没有选择的余地。他们没有像她最初假设的那样失去形态,而是只有一种形态。他们同时处在交配态、劳动态和战斗态,一成不变。他们表现在脸上的情绪远比听者多。伊舒娜的族人也会欢笑和哭泣，但这和阿勒斯卡人不同。

王宫的下层开辟了宽阔的走廊和通道，被精心雕琢的宝石点亮，光芒熠熠闪耀。上方悬挂着枝形吊灯，细碎的灯光四处倾洒。人体的朴素外表以及深浅不一的平淡褐色肌肤或许是他们想要装饰从服装到立柱一切物品的原因。

如果得知了适合艺术创作的形态，她心想，和着欣赏之韵哼唱，我们也能办到吗？

王宫的上层更像隧道，有逼仄的石廊和凿山而建堡垒般的房间。她向宴会厅走去，想看看是否有谁需要她，却不时停下来往房间里瞧。她获准随意游逛，除了门口有卫兵把守的区域，宫殿对她完全开放。

她经过了一个墙上都是画作的房间，然后是一个摆了床和家具的房间。另一扇门后是一个通了自来水的洗手间，这是她至今不理解的奇迹。

她打量了十几个房间。只要她及时到达国王庆典的现场摆放乐器，克雷德和其他四位元老就不会埋怨，他们也很熟悉她的作风。她总是中途跑开，东碰碰西摸摸，然后凑到门前偷看……

还能找到国王？

伊舒娜浑身一僵。门开了条缝，她看到一个装潢豪华的房间，地上铺着厚厚的红毯，书架靠墙而立。海量资料安静地躺在那里，无人问津。更叫她吃惊的是，迦维拉尔国王就站在桌边指着桌上的物品，有五个人围在他身旁，包括两名军官、两名穿长裙的女子和一名穿长袍的老者。

为什么迦维拉尔不在宴会上？为什么门口没有卫兵？伊舒娜调谐至焦虑之韵，后退几步，但在此之前，房间里就有个女人碰了碰迦维拉尔，指着伊舒娜。伊舒娜立即关上门，焦虑之韵在脑海中作响。

过了一会儿，有个穿军装的魁梧男人走了出来。"仆族智者，国王要见你。"

伊舒娜假装糊涂:"先生,有话要说吗?"

"别害羞,"军人说,"你是翻译之一。请进。不会有麻烦的。"

焦虑之韵令她浑身发颤,军人领她进了书房。

"谢谢你,梅里达斯。"迦维拉尔说,"各位,你们先退下。"

宾客鱼贯而出,留下伊舒娜在门口调谐至慰藉之韵。她大声哼了出来,哪怕人类不会明白它的意思。

"伊舒娜,"国王说,"我有样东西要给你看看。"

他知道伊舒娜的名字?她紧抱双臂,走进暖和的斗室。她不理解这个人,不仅仅是因为他那异样的、死气沉沉的说话方式,不仅仅是因为战斗态和交配态在他体内斗争,让她无法预料会激起什么样的情绪。

这个人比任何人类都难懂。他为什么要给他们提供如此有利的协议?起初,这似乎是部族间的和解,那时伊舒娜还没有来到塔冠城观摩城市的面貌和阿勒斯卡的军队。她的族人也曾拥有自己的城市和值得艳羡的军队,他们是从歌谣中得知的。

那是很久以前的事了。他们是一个失落种族的残余,为了自由而抛弃诸神的叛徒。这个人可能会击溃听者一族。他们一度以为,那些一直对人类秘而不宣的碎瑛武器足以保护他们,但她已经在阿勒斯卡人当中见到了十几把碎瑛刃和成套的碎瑛甲。

他为什么这样对她微笑?他不随着韵律歌唱,好让她平静下来,是在隐瞒什么吗?

"坐吧,伊舒娜。"国王说,"哎,别害怕,小斥候,我一直想和你聊聊呢。你对我们语言的掌握是非常难能可贵的!"

她在椅子上坐下,而迦维拉尔伸手从小包里取出了一件物品。它闪耀着红色的飓光,是一个由宝石和金属组成的装置,以精美的设计制成。

"知道这是什么吗？"他轻轻地把那玩意推过来。

"不知道，陛下。"

"这就是我们所说的法器，一种由飓光驱动的设备。这一件会发热，可惜只有些许效果，但王后相信她的学者组可以研制出给房间供暖的法器。这不是很好吗？壁炉里就不会再有冒烟的火了。"

在伊舒娜看来，法器毫无生气，但她没有说破，只是和着称赞之韵哼唱，让对方不要因为告诉了她这些而不高兴，然后把那玩意递回去。

"仔细看，"迦维拉尔国王说，"看它的深处。你能看到里面有东西在动吗？那是一只灵体。这就是法器的运作原理。"

像是被琼心石封住了一样，伊舒娜调谐至敬佩之韵，心想，人类造出了能模拟我们变形的装置？人类在自身的局限下完成了如此壮举！

"深渊恶魔不是你们的神，对吗？"他问。

"什么？"伊舒娜问道，调谐至怀疑之韵，"为什么这么问？"话锋出现了很奇怪的转变。

"哦，这只是我一直在琢磨的事。"迦维拉尔拿回法器，"我下属的军官以为自己把你们搞明白了，所以都觉得自己高人一等。他们认为你们是蛮族，但他们错得离谱。你们不是蛮族，而是一个写满记忆的地带、一扇通往过去的窗户。"

他凑了过来，指缝间流出红宝石的光芒。"我需要你给你们的首领传个话。是五元老吧？你跟他们走得很近，而我受到了监视。我需要他们的协助来实现目标。"

伊舒娜和着焦虑之韵哼唱。

"好了，好了，"他说，"我可是要帮你们，伊舒娜。你知道吗？我已经发现该怎么唤回你们的神了。"

不，伊舒娜和着恐惧之韵唱道，不……

"我的祖先首先学会了如何将灵体封装在宝石里。"迦维拉尔举起法器,"如果用了某种很特殊的宝石,甚至可以容纳一个神。"

"陛下。"伊舒娜壮起胆子握住他的手。他感受不到韵律,并不知情。"求您了。我们再也不崇拜那些神了。是我们离开了他们、抛弃了他们。"

"啊,可这是为了你们好,也是为了我们好。"他站起来,"我们过着没有荣誉可言的日子,因为你们的神一度引来了我们的神。离开了我们的神,我们就毫无力量。世界陷入了困境,伊舒娜!陷入了一种沉闷的、毫无生气的过渡状态。"他仰望天花板,"把他们团结起来。威胁是必需的。只有危险才能把他们团结起来。"

"什么……"伊舒娜和着焦虑之韵说道,"您在说什么?"

"我们的仆族也曾和你们一样,后来我们设法剥夺了他们变形的能力。这是通过捕获一只灵体来实现的,一只古老而至关重要的灵体。"迦维拉尔望着她,绿眼放光,"我已经知道要如何逆转局势了。一场新的风暴会把令使从他们的藏身之处引出来,从而打响一场新的战争。"

"荒谬!"她站起来,"诸神试图摧毁你们。"

"必须再次说出古老的真言。"

"那也不能……"伊舒娜第一次注意到铺在旁边桌上的地图,于是闭上了嘴。地图上有一块环海大陆,其艺术造诣让她自己的尝试相形见绌。

她起身走到桌边,看得瞠目结舌,敬佩之韵在脑海中律动。太漂亮了。就算是富丽的枝形吊灯和雕花墙,相比之下也不算什么。这就是知识与美感,浑然一体。

"我们是盟友,要共同谋求你们诸神的回归,我想你听到这件事会很高兴的。"迦维拉尔说着,她几乎能从他死气沉沉的话语中听到责备之韵,"你们都说害怕他们,但为什么要害怕使你们存活的东西?

我的子民需要团结,而我需要一座不会在我死后陷入内讧的帝国。"

"所以就要开战吗?"

"我要为我们未竟的事业画上句号。我的族人也曾光辉璀璨,而你的同胞——那些仆族——也曾鲜明灵动。如今,我的子民相互倾轧,争斗不休,没有光明的指引,而你的同胞也和死尸无异,如此灰暗的世界对谁有好处?"

她回望地图。"破碎平原……破碎平原在哪里?是这块区域吗?"

"你指的都是纳塔纳坦的地盘,伊舒娜!这才是破碎平原。"迦维拉尔指着一个不比拇指指甲盖大的地区,而整张地图有一张桌子那么大。

她忽然有种眩晕感。这才是全世界?她还以为去一趟塔冠城,几乎就走到头了。为什么他们没有让她看过!

她双腿发软,调谐至哀悼之韵。她跌回座位上,无法起身。

如此广阔。

迦维拉尔从衣袋里取出一个东西。是润石吗?那东西是黑的,但不知为何仍在发光,仿佛有着……一圈黑色的光晕,一种不是光的幽光微微泛出紫色,似乎在吸收周围的光线。

他把东西放在她面前的桌上。"把这个拿给五元老,说明白我告诉你的事,叫他们记住族人曾经的样子。醒醒吧,伊舒娜。"

他拍拍她的肩膀,离开了房间。她盯着那恐怖的光,从歌谣中得知了它是什么。听者的强力形态与一种黑暗的光有关,一种来自诸神之王的光。

她拿起桌上的润石,跑了出去。

※

鼓都架好后,伊舒娜执意加入鼓手的行列,发泄自己的焦虑。和着韵律，她极力在脑海中打着拍子，每一次都想赶走国王所说的话。

以及她刚才所做的事。

五元老坐在主桌边，最后一道菜的剩菜还没吃完。

她对五元老说：他打算唤回我们的神。

闭上眼睛，专注于韵律。

他办得到。他很内行。

强劲的节拍在她的灵魂中震荡。

我们必须出手。

克雷德买来的奴隶是个刺客。克雷德声称，有一个和着韵律说话的声音引导他找到了那个人，那个人经不住逼问，便承认了自己的本领。温丽显然和克雷德待在一起，不过从今天早些时候起，伊舒娜就没见过她姐姐。

经过激烈的讨论，五元老一致同意，这就是行动的征兆。为了逃离诸神，听者很久以前就鼓起勇气变为愚钝态，不惜一切代价来寻求自由。

而今，维护自由的代价十分高昂。

伊舒娜打起鼓，感受着韵律。那个古怪的刺客穿着克雷德提供的飘逸白衣走了出去，她轻声哭泣，没有去看。她和其他元老一样投票赞成这种做法。

体会音乐中的平和，就像她母亲常说的那样，寻找韵律、寻找歌声。

其他听者把她拖走，她反抗着，哭着把音乐抛在身后。她为族人哭泣，他们可能会因为今晚的行动而遭到覆灭；她为世界哭泣，它可能永远不会知道听者为它做了什么。

她也为国王哭泣，他已经被送上绝路。

周围的鼓声戛然而止，行将消逝的余音回荡在走廊里。

第一部分
统 一

达力纳 沙兰 卡拉丁 阿多林

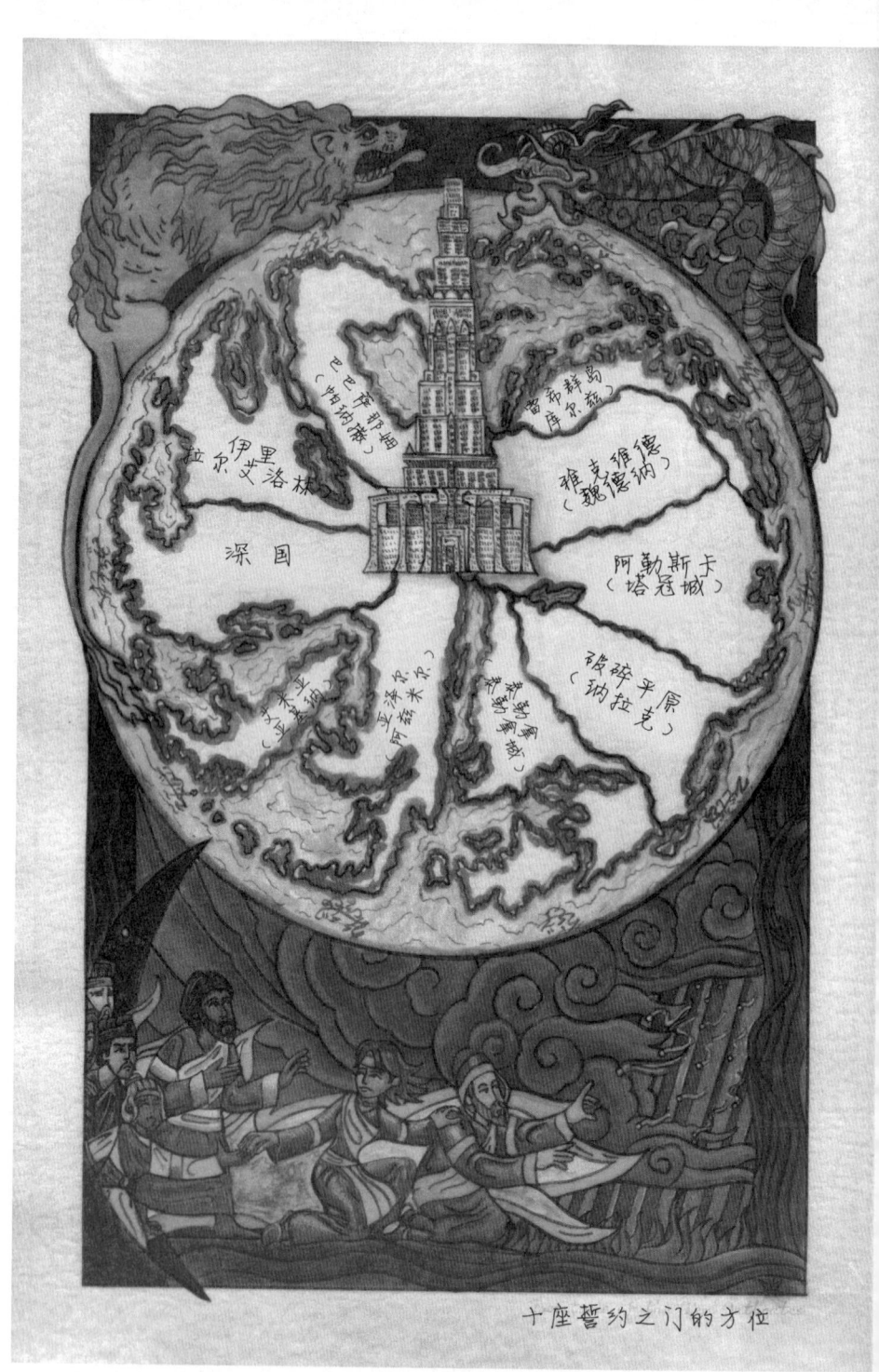

誓约之门方位图

I 分崩离析

　　肯定会有人害怕这份记录，没准也会有人感到解脱，但多数人只会认为它不应该存在。
　　——摘自《渡誓》序

　　达力拿·寇林出现在幻境中，站在逝去的神的记忆旁。
　　联军抵达乌有斯麓已有六天，那是光辉骑士团所在古老而神圣的塔城。他们通过旧时的传送门寻求庇护，逃离了新一轮灭世风暴，进入隐藏在山间的新驻地，安顿了下来。
　　然而，达力拿觉得自己好像一无所知。他不明白对手的情况，更不明白要怎么制胜。他几乎不了解那场风暴，以及它对人类宿敌"虚渡"的回归意味着什么。
　　所以他才进入了幻境，想要从名为"荣誉"或"全能之主"的神那儿获取秘密。这是达力拿经历的第一场幻境。一开始，他站在神的人像旁，两人脚下的悬崖俯瞰着塔冠城：那里是达力拿的故乡，也是阿勒斯卡的行政中心。在幻象中城市被某种未知的力量摧毁了。

全能之主开始说话，但达力拿没有理会。达力拿已经成了光辉骑士，与他缔结纽带的是柔刹最强大的灵体，也就是作为飓风之魂的飓风之父。达力拿发现，幻象现在可以随意回放了。这段独白他听过三次，还逐字复述，好让纳瓦妮记下。

这一回，达力拿却走到悬崖边，跪下来俯视塔冠城的废墟。四周空气燥热、尘埃弥漫，往日景色雄伟、层次百变的风刃山竟也塌了。他眯着眼睛望向破败杂乱的建筑，想要看出一些有意义的细节。

全能之主说个不停。幻象就好似一本日记，收录了一系列可以切身体会的天启。达力拿很高兴能得到帮助，可他现在只想了解细节。

他望着天上，发现空中有一道起伏，仿佛是从远处的石地里冒出的蒸腾热浪，有一座房子那么大。

"飓风之父，"他说，"你能带我去下面的废墟吗？"

你不该下去，这不是幻象的一部分。

"先别管我该做什么。"达力拿说，"行吗？你能把我送到废墟那儿吗？"

飓风之父隆隆作响。他不是常规的存在，与逝去的神有着某种联系，但和全能之主又不完全一样。起码今天，他说话的声音没有震到达力拿骨子里。

眨眼间，达力拿就被带走了，脚下不再是悬崖，而是城市废墟前的平原。

"谢谢。"达力拿说着，大步走向不远处的废墟。

距离他们发现乌有斯麓只过了六天。就在六天前，获得异能的仆族智者纷纷觉醒，眼冒红光，新生的灭世风暴裹挟着暗沉的雷暴云和红色的闪电，浩浩荡荡地袭来。

军中有人认为灭世风暴已经结束，只是一次灾难，但达力拿却不能苟同。灭世风暴还会刮回来，很快就会袭向西端的深国，扫过整片大陆。

没有人相信他的预警。亚泽尔和泰勒拿等地的君主都承认东方刮来了古怪的风暴,但他们不相信还会有第二次。

他们猜不出灭世风暴的回归会有多大的破坏力。灭世风暴首次出现时,曾与普通的飓风相撞,引发了一场独特的浩劫。希望它本身并没有那么可怕,但它的风向依旧是反的,世界上的仆族都会随之觉醒,变为虚渡。

达力拿来到废墟前方。**你想知道什么?**飓风之父说,**幻象只是为了吸引你爬上悬崖和荣誉对话,其余的只是布景、只是一幅画。**

"是荣誉把废墟放在这儿的。"达力拿挥手指向前方的残垣断壁,"不管是不是布景,他对世界和敌人的了解都不免会影响到他构筑幻象的方式。"

达力拿走上倾圮的外城墙。塔冠城曾是……风操的,塔冠城就是一座宏伟的城市,几乎无可比拟,没有隐藏在山崖的荫蔽下,也没有受到深渊的庇护,而是依靠巨大的城墙来抵御飓风。它不畏强风,也不向风暴折腰。

但在幻境里,塔冠城还是被摧毁了。达力拿来到碎石堆上检视四周,想象着几千年前在这里定居的感受。当时还没有造城墙,养育这个地方的人肯定个个都吃苦耐劳。

他在坍塌的石墙上看到了刮痕和凹痕,就像猛兽在猎物身上留下的痕迹。风刃山遭受重创,近看也能瞧见爪印。

"我见过能做到这一点的怪物。"达力拿挨着一块碎石跪下,摸了摸花岗岩表面粗糙不平的裂痕,"我在幻境里亲眼看到一头石怪从岩地里挣脱出来。"

"四下里都没有尸体,但这可能是因为全能之主没有把人安排进来,只是意思一下,预示灾难快来了。他认为塔冠城不会被灭世风暴夷为平地,而是会落到虚渡手里。"

是的,飓风之父说,**灭世风暴会是一场灾难,但它的规模远远不**

及接下来要发生的事。荣誉之子，你们是能找地方躲避飓风，可你们逃不出敌人的掌心。

既然柔刹各地的君主都不愿听从达力拿对灭世风暴来袭的预警，他还能怎么办？现实中的塔冠城据说陷入了动乱，而王后也已经沉默了。达力拿的军队艰难地从他们与虚渡的初次交锋中脱身，但就连许多阿勒斯卡的轩亲王也没有在那场战斗支援他。

战争即将到来。敌人唤起灭世，重新激发了几千年前就有的冲突，那些古老的生物有着难以捉摸的动机和未知的力量。令使本该现身，率领人们对抗虚渡；光辉骑士团本该就位操练，准备面对敌人。他们本该仰赖全能之主的指引。

达力拿目前只招募了少量新晋的光辉骑士，而且没有得到令使的任何帮助。除此之外，全能之主也已经死了。

不管怎样，达力拿都应该设法拯救世界。

大地开始颤抖，幻象以地面坠落告终，全能之主将在山巅说出结语。

最后一道破坏的浪潮如飓风般席卷大地。全能之主借此暗喻即将逼向人类的黑暗和毁灭。

他曾说：你们的传说声称你们赢了，但真相是，我们输了，而且我们还在输……

飓风之父隆隆道：**该走了。**

"不。"达力拿站在废墟上说，"别管我。"

可——

"让我感受一下！"

那道毁灭性的冲击波袭来，砸向达力拿，达力拿高声反抗。在飓风面前他都没有屈服，现在也不会！

他迎头而上，透过撕裂大地的能量波，看到了一道骇人的金色辉光。一个身披黑色碎瑛甲的暗黑身影站在前面，周身现出九道指向各异的影子，双眼鲜红发亮。

达力拿深深凝望着那双眼睛，感到一阵寒意袭遍全身。虽然破坏的浪潮在他周围肆虐，使岩石蒸发，但那双眼睛更让他害怕。他在其中读到了异常熟悉的东西。

而这甚至远比飓风危险。

敌人的代理斗士就要登场了。

赶快把他们团结起来。

幻象消失了，达力拿喘了一口气，发现自己正坐在纳瓦妮身边，又回到了乌有斯麓塔城的石屋里，周围非常安静。在经历幻象时，达力拿再也不用被绑着了，因为他已经能充分地掌控幻象，不会再把它表现出来。

他深吸一口气，心跳得飞快，汗珠从脸上淌下。纳瓦妮说了些什么，但他一时没有听见。与他耳边的嗡嗡声相比，纳瓦妮显得很遥远。

"我看到的那道光是什么？"他小声问。

我没有看到光，飓风之父说。

"那道光金灿灿的，但很可怕，"达力拿低语，"一切都沐浴在它的热量之中。"

那是仇恨，飓风之父隆隆作响，**你们的敌人。**

他是杀死全能之主的神，也是灭世背后的力量。

"还有九道影子。"达力拿轻声道，瑟瑟发抖。

九道影子？全是灭者。它们是仇恨的爪牙，也是上古的灵体。

风操的，达力拿只从传说中了解过灭者，它们都是会扭曲人心的恶灵。

不过，那双眼睛还是一直萦绕在他的脑海。虽然一想起灭者是很恐怖，但他最害怕的还是那个长着红眼睛的身影，也就是仇恨的代理斗士。

达力拿眨眨眼，看着他深爱的纳瓦妮。纳瓦妮挽着他的手臂，一脸忧虑。在这个不寻常的地点和更不寻常的时间，她是一个真实的人，值得他牵挂。纳瓦妮生着浅紫色的眼眸和丰满的嘴唇，泛出银丝的黑发结成精致的发辫，丝质修身裙勾勒出婀娜的曲线，在某种程度上的确体现了沃林女子的完美形象。没有人会指责纳瓦妮长得太瘦。

"达力拿？"她问，"达力拿，发生了什么？你没事吧？"

"我没……"达力拿深吸一口气，"我没事，纳瓦妮。我知道我们要做什么了。"

她眉头紧蹙。"什么？"

"我必须把世界团结起来，让大家一致对抗敌人，而且要赶在他毁灭世界之前。"

达力拿必须设法让世界上的其他君主听从自己，让他们做好应对新风暴和虚渡的准备，还要帮助他们渡过难关。

不过，如果他成功了，他就无须独自面对灭世。这不是让一个国家对抗虚渡的问题。他需要世界上的其他国家加入他的行列，也需要找到在他们的民众当中诞生的光辉骑士。

把他们团结起来。

"达力拿，"纳瓦妮说，"我觉得这个目标是崇高的……但飓风在上，我们自己怎么办？就凭这片荒山，我们拿什么来养活军队？"

"有塑魂者——"

"塑魂者总会把宝石用完，"纳瓦妮说，"而且他们只能制造基本的必需品。达力拿，我们在山上都快被冻坏了，军队遭到重挫，局势分崩离析，组织结构也是一片混乱——"

"别激动，纳瓦妮。"达力拿起身扶她站好，"我都明白，无论如何我们都要斗争下去。"

她拥抱了达力拿。达力拿搂住她，感受着她的体温，嗅着她的香水味。比起其他女人，她更喜欢味儿不那么重的花香味，带着一些辛香，比如刚砍的木头香。

"我们做得到。"达力拿对她说，"我有恒心，而你有头脑。我们一定会一起说服其他王国与我们合作。灭世风暴刮回来的时候，他们就会知道我们发出的警示是正确的，这样他们就会团结起来对抗敌人。我们可以通过誓约之门来调遣军队，互相支援。"

誓约之门。作为古老的法器，这十座传送门是通往乌有斯麓的门户，当其中一座被光辉骑士启动时，站在周边平台上的人就会被带到乌有斯麓，出现在高塔附近的类似设备上。

他们目前只激活了一对誓约之门，实现了人员在乌有斯麓和破碎平原之间的来回移动。另外九对誓约之门理论上还能运作，只可惜研究表明，传送门内部还有某种机制，事先必须在两边解锁。

如果他想前往魏德纳、泰勒拿城、阿兹米尔或其他地点，他们首先需要让一名光辉骑士到指定城市解锁设备。

"好吧，"纳瓦妮说，"我们会去办的。我们要设法让他们听从，哪怕他们用手指紧紧堵着耳朵。不过这要怎么做到呢？他们的脑袋都塞在屁股眼里。"

达力拿笑了笑，忽然觉得自己刚才把她理想化是愚蠢的。纳瓦妮·寇林可不是什么娇羞的完美典范，她是一个脾气暴躁的女人，喜欢固执己见，倔强得就像从山上滚下的巨石，一觉得碰上了荒唐事，就会越来越不耐烦。

达力拿就是爱她这一点，因为在这个以秘密为荣的社会，她能保持开诚布公。她从小就打破了禁忌，还伤透了别人的心。有时，想到她也爱着自己，达力拿就觉得不真实，如坠幻境。

有人在敲房门，纳瓦妮叫门外的人进来。达力拿麾下的一名斥候把头探进门，达力拿扭头一看，皱起眉头，注意到了那名女子紧张的姿势和急促的呼吸。

"怎么了？"他关切地问。

"长官,"那名女子抬手行礼,脸色苍白,"出……出事了。走廊里发现了一具尸体。"

达力拿感到空气中有什么能量在积聚,仿佛即将被闪电击中。"谁死了?"

"轩亲王托洛尔·撒迪亚斯,长官。"女子说,"他被人杀了。"

2

祸患根除

但不管怎样，我还是要写下来。

——摘自《渡誓》序

"停下！你们知道自己在干什么吗？"阿多林·寇林大步走向一群正在车尾搬箱子的工人，他们的工装上都沾着飓砂。拉车的红甲蟹左顾右盼，就想找石壳木吃，但什么也没找到。这里已是高塔深处，眼前洞窟的规模更是和一座小镇相当。

大厅有四层楼高，地上的油灯几乎无法驱散黑暗。大批跟随阿多林的文书验了车上的货。工人们至少露出了懊恼的表情，不过他们大概也不明白为什么。

"光明贵人？"一人抓抓帽檐下的头发，"我想我就是在卸货。"

"单子上写着啤酒。"年轻的虔诚者茹舒对阿多林说。

"二区。"阿多林用左手轻叩车子，"酒馆都在升降梯附近的中心走廊上，进去六个岔口。我伯母已经跟你们的头子说得很明确了。"

工人们只是茫然地看着他。

"不信的话我找人读。把箱子搬回去。"

工人们只好唉声叹气地把酒装回车上，他们还没笨到和轩亲王的儿子争辩。

阿多林转身打量幽深的洞窟。这里俨然成了安置人员和补给的场所，孩子们三两成群地跑来跑去，工人们搭起帐篷，妇女们去中间的井里打水，士兵们则举着火把或提灯，还有斧狐犬四处逃窜。四座熙熙攘攘的军营已经全数穿越破碎平原，赶到乌有斯麓，纳瓦妮费了好大的劲才找对接风的地方。

在一片混乱之中，见到这么多不经事的百姓，阿多林还是很欣慰。他们没有经历人类和仆族智者的战争，没有被白衣刺客袭击，也没有遭遇两场风暴可怕的相撞。

寇林军士兵的状态则很糟糕。阿多林在战斗中折断了惯用手的手腕，现在还缠着绷带，阵阵作痛。他脸上有个地方也肿得厉害，而这还算幸运的。

"光明贵人，"茹舒指着另一辆车，"那也像是运酒的。"

"这下可好了。"阿多林说。纳瓦妮伯母的指示就没人听吗？

他处理好那辆车，又去劝导不高兴打水跑腿的人。他们号称这是仆族干的活儿，有失身份，可惜以后不会再有仆族了。

阿多林上前安慰，建议他们要是迫不得已就成立汲水工的行会，反正他父亲肯定会同意的。话是这么说，他也不放心。这些人他们雇得起吗？薪资标准总要和等级挂钩，不能平白无故地去使唤别人。

其实他只是来指导的，不用每辆车都亲自检查，但他还是一丝不苟。手头的任务排遣了他的焦虑，他很高兴。他已经伤到了手腕，不能和别人对练，但独自坐着的时间长了，他的脑海中就浮现出昨天的情景。

真的是他干的？

托洛尔·撒迪亚斯真的是他杀的？

总算有个信差走了过来，几乎叫他松了一口气。那人压低声音，说三楼的走廊有情况。

阿多林很清楚发生了什么。

达力拿早就听见了响彻走廊的喧嚣。不会错,附近闹起来了。

他告别纳瓦妮,撒腿狂奔,冲进一个宽阔的岔口时已是满身大汗。刺眼的灯光下,一队穿着蓝色制服的士兵和一队穿着森绿色制服的士兵公然对峙,怒灵从地底下冒出,形如一摊摊血浆。

地上躺着一具尸体,脸上蒙着绿外套。

"退下!"达力拿吼道,冲进两队士兵之间,把一名跑到撒迪亚斯军士兵面前的冲桥手拉开,"都给我退下!否则统统关禁闭!"

这一声命令如飓风般肆虐,双方士兵纷纷扭头观望。他把冲桥手推向同伴,再把撒迪亚斯军的士兵推回去,只求那人没有傻到对轩亲王动手。

纳瓦妮和斥候愣在闹事人群外。第四冲桥队的成员最终从走廊退开,撒迪亚斯军的士兵则撤到了对面的走廊。他们走了一截路停了下来,仍旧死盯着对方。

"活该被雷劈!"一个撒迪亚斯麾下的军官朝达力拿嚷道,"你的人杀了一位轩亲王!"

"我们发现他时,他就这样了!"第四冲桥队的泰夫特高声辩驳,"没准是被自己的刀绊倒的。欠风操的,算他该死。"

"泰夫特,还不退下!"达力拿冲他大吼。

冲桥手面露惭色,姿势僵硬地敬了个礼。

达力拿跪下来,揭开盖在撒迪亚斯脸上的外套。"血已经干了。他在这儿躺了一阵子了。"

"我们一直在找他。"绿衣军官说。

"还找他？轩亲王都能跟丢？"

"塔里的通道可复杂了！"军官说，"方向没个准，刚掉头，就……"

"我们以为他去了另一个地方，"有人插话，"我们昨晚一直在那儿找他。有人说见过他，但应该是看走眼了……"

达力拿心想：先祖之血啊，轩亲王竟在血泊里躺了半天，都没人发现。

"我们找不到他，"军官说，"因为你的人杀了他，把尸体搬走——"

"血已经流了几个小时，没人动过尸体。"达力拿指出，"把轩亲王放进边上那间屋子，若还没叫雅莱过来，立马就去。我想仔细看看。"

※

达力拿是死亡鉴定专家。

年轻时就经常见到死人。在战场上待的时间久了，就会逐渐熟悉它。

所以，看到撒迪亚斯那张血肉模糊、面目全非的脸，他一点儿也不惊讶。凶手用刀刺穿眼球，捅进眼窝，再直捣大脑。脑浆和鲜血流了出来，之后才干透。

一刀刺进眼睛所造成的伤害足以杀死一名穿着盔甲、戴着全覆式头盔的士兵。这种手法是经过训练在战时用到的，可撒迪亚斯并没有上战场，也没有穿盔甲。

达力拿弯下腰，借着摇曳的油灯检查躺在桌上的尸体。

"是暗杀。"纳瓦妮摇头咂舌，"不妙。"

达力拿身后是阿多林和雷纳林，他们跟沙兰和几个冲桥手待在一起；达力拿对面则站着卡拉米，这个长着橙色眼珠的女子是他的资深文书，她丈夫泰莱布在对抗虚渡的过程中牺牲，现在还是服丧的时候，达力拿不想叫她来，可她就是放不下职责。

风操的，现在达力拿手下没有几个高官了。伊拉马和佩雷特霍姆均因撒迪亚斯的背叛死在了塔地，科艾也在飓风和灭世风暴相撞期间阵亡，差点就能脱险。剩下的轩领主只有考尔了，他在与虚渡交战时负了伤，眼下还在恢复，但直到大家都安全了他才说出来。

就连艾尔霍卡国王也在联军鏖战纳拉克时被暗杀团伙下手，之后一直在静养，未必会前来查验撒迪亚斯的尸体。

不管怎样，这缺兵少将的窘境摆在面前，屋里其他人的来意也不言自明，比如轩亲王塞巴里尔和他的情妇帕萝娜。不管塞巴里尔是不是讨人喜欢，他响应了达力拿征战纳拉克的号召，当时有三位轩亲王同去，最后有两位活了下来，塞巴里尔就是其中之一。大多数轩亲王被风吹不了多远，达力拿本就信不过他们，但总得有个值得托付的人。

塞巴里尔和亚拉达已经响应了召唤，但还没有抵达。接下来他们必须为阿勒斯卡的重建打下基础，全能之主保佑他们。

"这不挺好！"帕萝娜两手叉腰，望着撒迪亚斯的尸体，"除了个祸患呀！"

全场人都扭头看她。

"怎么？"帕萝娜说，"别告诉我你们都不是这么想的。"

"光明贵人，这样下去可不行。"卡拉米说，"人人都会学外头那些士兵，以为是您派出了刺客。"

"看到碎瑛刃了吗？"达力拿问。

"没看到，长官。"一名冲桥手说，"也许被凶手拿走了。"

纳瓦妮揉了揉达力拿的肩膀。"帕萝娜的说法虽不可取，但撒迪亚斯是想除掉你。这样可能再好不过了。"

27

"没这回事,"达力拿嗓音嘶哑,"我们正需要他。"

"达力拿,我知道你走投无路了,不然我也不会过来。"塞巴里尔说,"可是,即便撒迪亚斯还健在,我们也不会好过。我同意帕萝娜的说法,总算除了个祸患。"

达力拿抬头打量众人,依次望向塞巴里尔和帕萝娜、第四冲桥队的副军尉泰夫特和西格吉尔,还有一群士兵,其中就有叫他过来的少女斥候。至于他的两个儿子,阿多林一脸从容,雷纳林一脸深沉。纳瓦妮一直把手搭在他肩上,就连年迈的卡拉米也迎上他的目光,点头致意,双手交握在身前。

"都没有异议吧?"达力拿问。

没有人反对。这起谋杀确实对达力拿的名声不利,而他们也不会过分到对撒迪亚斯动刀。现在他死了,他们又何必流眼泪?

达力拿脑中涌现出属于他和撒迪亚斯的回忆。他记起了两人一同聆听迦维拉尔大展宏图的日子,还有达力拿新婚的前夜,两人在撒迪亚斯以他的名义主持的盛宴上举杯痛饮的光景。

而眼前这个躺在石板地上的人,面部苍老臃肿,已经很难让人联想到当年那个风华正茂的朋友。成年后的撒迪亚斯更是在战时哗变,置数千士兵于塔地不顾,害死了这些好汉。如今他终于断了气,达力拿只感到痛快。

但他心有不安。别人怎么想,他也一清二楚。"跟我来吧。"

他从撒迪亚斯身旁走开,阔步出门,经过了匆匆回房的撒迪亚斯卫队。遗体就交给他们处理,前面的事希望摆平了,免得双方士兵又临时起意。最好叫第四冲桥队暂且回避。

达力拿的随从跟着他在幽邃的走廊上穿梭。墙上挂着油灯,墙壁布满蜿蜒的线条,天然岩层色泽不一,如同层层**叠叠**的干飓砂。难怪那些下属会跟丢撒迪亚斯,塔城的廊道无穷无尽,越走越暗,极易迷路。

所幸他还有方向感，于是领着众人走到高塔的外缘。他大步穿过一个空房间，走上阳台。乌有斯麓有很多相似的阳台，外形很像宽阔的露台。

巍峨的乌有斯麓塔城高耸在山上，共有十级，每一级均呈环形，各有十八层，配备沟渠、窗户和类似的阳台。

底层周围有一圈石台，自成一座座宽阔的高地，边上围着石头栏杆，如有石块坠落，便会掉进山峦间的深渊。这些大型石台乍一瞧莫名其妙，但看过表面的沟壑和放在内缘的菜盆就知道，这里是菜地（类似每一级塔顶上的大菜园），而且作物都不畏严寒，往楼下走两层就有一座石台。

他大步走到阳台边缘，手放在光滑的岩石护墙上，其他人都聚在他身后。半路上遇到的亚拉达是个很好认的轩亲王，他顶着光头，肤色比一般的阿勒斯卡人要黑。陪在身边的是他的女儿梅，那是个娇小的姑娘，二十多岁，长着圆脸和褐眼，留着乌黑的齐耳短发。纳瓦妮压低声音，向他们详述撒迪亚斯的死讯。

在一片寒意中，达力拿从阳台横出手，指着远方。"你们看到了什么？"

冲桥手聚在一起，向阳台外望去，那个用飓光治好了断臂的赫达孜人也在其中。卡拉丁的部下渐渐展现出风行骑士的能力，不过显然只是"扈从"。纳瓦妮解释说，那是曾经很常见的骑士学徒，他们的本领与所属的光辉骑士挂钩。

尽管如此，第四冲桥队的成员却还没有和灵体建立纽带，所以卡拉丁一走，他们便使不出本领了。卡拉丁这次飞去了阿勒斯卡，打算提醒亲人预防灭世风暴。

"问我吗？"赫达孜人说，"我就看到了云。"

"都是云。"一名冲桥手补充道。

"还有山。"有人说，"像牙齿一样。"

"明明是尖角。"赫达孜人争辩道。

"我们已经越过了风雨,"达力拿插话道,"别处的动荡很容易就忘了。灭世风暴会带着虚渡刮回来,我们驻扎的这座城市没准会成为世上仅存的秩序堡垒。所以,我们有责任、也有使命带头。"

"秩序?"亚拉达说,"达力拿,联军的情况你都清楚吧?六天前他们才打了一场硬仗,尽管最后得救了,却还是输了。罗伊翁的儿子还嫩得很,处理不好公国遗留的问题,而王国内最强的军力,居然还窝在军营里!萨纳达尔和瓦马尔全都按兵不动!"

"已经来的人也早就吵翻了。"帕萝娜补充道,"老托洛尔一死,他们又要说不了。"

达力拿转身用双手抓住石墙的顶部,感到一片冰凉。寒风刮过,几只如同透明小人的风灵乘风而去。

"光明女士卡拉米,"达力拿唤道,"你对灭世了解多少?"

"光明贵人?"卡拉米有所顾虑地问。

"我是说灭世。你研究过沃林教的理论吧?能介绍一下灭世吗?"

卡拉米清清嗓子:"光明贵人,灭世显然是一系列灾难。每经历一次灭世,人类文明就会遭受重创,人口锐减、社会瘫痪、学者身亡,需要好几代人来重建。歌中也唱到过,人类由于接二连三的损失而逐渐沦落。令使赐予人们利剑和法器,回来后却发现他们只是挥舞着棍棒和石斧。"

"虚渡又怎么讲?"达力拿问。

"它们是来消灭人类的,为的是将人类从柔刹彻底抹去。"卡拉米说,"它们是无形的鬼怪,有人说是亡魂,有人说是来自诅咒之地的灵体。"

"我们得想办法阻止这一切再度发生。"达力拿轻声道,回看众人,"我们是这个世界必须能够仰赖的人,一定要维持社会稳定,号召大家同心协力。"

"所以,发现撒迪亚斯死了,我并不开心。他确实叫我反感,可他也是一位足智多谋的大将,我们都需要他。困难没解决之前,能作战的人都得出力。"

"达力拿,"亚拉达说,"我以前也喜欢说闲话,跟别的轩亲王一副德性。然而上了战场……见到那些红眼睛……我便改观了。长官,今后我会忠于你、追随你,直到飓风的尽头。你想让我做什么?"

"我们的时间不多了。亚拉达,我任命你为新任轩督王,请你掌控城内执法,有序管理乌有斯麓,确保诸侯明确划分势力范围;组织警力巡逻楼道,维持治安,制止士兵间的冲突,以免发生早前的骚乱。"

"塞巴里尔,我任命你为轩贾王,请你对物资进行核算,在乌有斯麓开办市场。我希望这座塔城可以发挥应有的作用,而不只是充当临时的驿站。"

"阿多林,确保军队的训练提上日程,清点全体轩亲王的兵力,务必让他们知悉,保卫柔刹是他们每个人应尽的义务,既然选择留下,就得听轩战王指挥。相信有了训练的压力,他们之间的不和也能消除。此外,塑魂者受我们控制,食物也就掌握在我们手里。要想吃上口粮,就得乖乖听话。"

"那我们呢?"第四冲桥队里那个邋里邋遢的副军尉问。

"你们带上我的斥候和文书,继续在乌有斯麓勘察。"达力拿说,"队长一回来就告诉我,但愿他能从阿勒斯卡捎来好消息。"

说完他深吸一口气,有个声音在脑中隐隐回荡:*把他们团结起来。*

准备迎战敌方斗士。

"我们的终极目标是守护全柔刹。"达力拿轻声道,"没能拦下灭世风暴,明显是军中搞内讧的代价。然而这只是初步的考验,也是实战前的演练。造日王没有在征战中达成的事业,我会设法达成。我要统一柔刹。"

卡拉米惊得倒抽一口气。从没有人统一过整片大陆——深族对外族的侵略、高压的神权统治和造日王对世界的征服全都没有成功。达力拿愈发相信这就是自己的任务。敌人会发动最险恶的势力，其中不仅有灭者和虚渡，还有那个一身黑甲的影子斗士。

达力拿则会统一柔刹，奋起反抗，只可惜没能说服撒迪亚斯加入他的事业。

啊，托洛尔，他想道，要是心齐一点，我们又能做出什么事来呢……

"父亲？"他听到一个细弱的声音，那是雷纳林在说话，他就站在沙兰和阿多林旁边，"您没有说到我，也没有说到光明女士沙兰。我们的任务是什么？"

"操练。"达力拿说，"以后会有别的光辉骑士前来，你们俩要当表率。骑士团曾是对抗虚渡的头号武器，这不会变。"

"父亲，我……"雷纳林支支吾吾，"只是……让我当表率？我做不到。我不知道要怎么……更别说……"

"儿子，"达力拿上前按住雷纳林的肩膀，"我相信你。全能之主和灵体赋予了你捍卫和保护人类的力量，你要妥善利用，把它掌握，然后向我汇报你有多大能耐。我们都很想知道呢。"

雷纳林轻轻吐出一口气，点了点头。

3 气势

三十四年前

达力拿冲过燃烧的战场,脚下的石壳木发出头骨碎裂的声响。他的精兵紧跟其后,这是一支精挑细选的部队,不分贵贱。他们不是亲卫队,达力拿根本无需保护。他们只是认为这些人足够能干,不会让他蒙羞。

许久没有刮过飓风了,暑热之下,一簇簇苔藓已被晒干,烧着以后还点燃了石壳木。火灵在火堆间舞动,达力拿也像个灵体那般疾步穿过烟雾,指望软甲和厚靴护体。

迫于达力拿军在北面的压制,敌军已退至前方的城镇。达力拿好不容易才等到这一刻,这样他就能让精兵成为侧翼部队。

可他没想到的是,敌军为了阻挡南面的进攻,不惜在平原上放火,烧了自己的庄稼。这火势快烧到诅咒之地了。尽管有人被烟气和酷热所淹没,多数士兵还是不离不弃。他们将猛击敌军,迫使敌人反击主力部队。

这叫锤砧战术——精锐部队为锤、主力部队为砧,是他最爱用的战术,不让敌人逃走。

达力拿冲破浓烟，发现成排的矛兵正在镇子的南端匆匆列队。形如红色饰带的期灵从地里钻出，聚集在四周。镇上的矮城墙几年前就因冲突倒塌了，士兵只能靠废墟设防。然而东边巍峨的山崖形成了天然的防风屏障，镇子渐渐扩张繁荣，规模堪比城市。

身披坚固胸甲的达力拿头戴无面罩头盔，脚踏镶铁战靴，张口就朝敌兵大喊，只用普通的长剑击打盾牌。他的精锐之师咆哮着从烟与火中现身，震天的战吼充斥着嗜血杀意，前方矛兵的斗志开始动摇。

一些人扔下武器，拔腿就跑。达力拿豪迈地笑了笑。他不需要碎瑛武器也能震慑敌兵。

他击中了一名矛兵，犹如巨石滚过小树丛，杀得鲜血四溅。战斗尽兴与否，讲究的是气势。不要停下，不要思考，勇往直前，让敌人相信自己必死无疑。这样一来，将他们送上火葬场时，也会少一些挣扎。

矛兵见状拼命掷矛，与其说是为了杀他，倒不如说是为了赶走这个疯子。不少人以他为目标，敌阵便很快瓦解。

飞来两根矛，达力拿笑着执盾挡开，再用剑划开一名敌兵的腹部。那人挣扎着丢下矛，一旁的同伴望而却步，达力拿咆哮一声，趁机消灭了他们，剑上还沾着他们战友的鲜血。

敌人溃不成军，达力拿的精锐部队横扫战场，大屠杀开始了。他奋勇向前，接连撕开敌人的行列，势头不减。来到后方，他大口喘息，抹去脸上沾灰的汗水。一名少年矛兵哭爹喊娘地在石地上摸爬，留下道道血迹，周围满是惧灵和形如肌腱的橙色痛灵。达力拿摇摇头，路过时将剑捅进了少年的后背。

临死的士兵常会呼唤父母，不分年龄，达力拿也见过垂垂老叟像这孩子般叫唤。他心想：**不比我年轻多少，大概十七岁吧**。达力拿岁数也不大，但他从没觉得自己年轻过。

眼看精锐部队切断了敌军的阵线，他跳了几下，晃了晃血迹斑斑的剑，备感振奋，却还是提不起劲。那份劲哪儿去了？

拜托……

几名身穿红白两色制服的敌方军官率领一支规模更大的部队沿着街道小跑而来，忽然停下了。他们发现矛兵队这么快败下阵来，估计有些惊慌。

达力拿冲上去，精兵队明察战况，立即有五十人相随。这样足够了，镇上巷路拥挤，无需增援，其他部下仍要歼灭那支倒霉的矛兵队。

达力拿盯上了一名骑手。那人穿着旨在效仿碎瑛甲的板甲，但甲片仅由普通的钢铁打造，毫无瑛甲的美感和威力。不过，看这架势，他俨然是最高统帅，但愿实力也能超群。

骑手的亲卫队猝然攻上，达力拿心潮涌动，饥渴无比。

挑战！他需要挑战！

达力拿与打头阵的亲兵交锋，身手敏捷、剑法蛮横。实战不像决斗，不用徘徊试探，不然会吃刀子。达力拿挥剑一砍，被敌人的盾挡下后，又连连进攻，动作又快又狠，就像鼓手敲打出的猛烈节拍：砰！砰！砰！砰！

敌兵用盾护头，局面已在达力拿的掌控之下。他举盾向前一顶，将那人逼退。敌人一个踉跄，给了达力拿机会。

敌兵还没来得及叫娘，就在达力拿跟前倒地。

达力拿让精兵去对付其他人，通向敌方光眼种的道路畅通了。然而他到底是谁？轩亲王北上打仗去了，难不成是别的光眼种要人？在那些没完没了的作战会议上，迦维拉尔不是提到过轩亲王的儿子吗？

反正此人还挺气派，骑着白牝马，透过头盔的观察缝纵观战场，披风猎猎飘扬。他把剑举向达力拿，表示同意交战。

蠢货。

达力拿举盾一指，期望不止一位突击兵与他协同作战。叶宁见状上前，从背上解下短弓，往光眼种坐骑的胸口射了一箭，马儿痛得前蹄腾空，骑手惊叫一声。

叶宁抱怨道："光明贵人，我实在不喜欢射马，就像把一千颗布罗姆扔到了风操的海里。"

达力拿说："干完这仗给你买两匹不就得了。"光眼种在这时摔下马，唉唉呻吟。达力拿一边躲闪飞奔的马蹄，一边寻找落马的敌人。那人刚巧站了起来，正中他下怀。

两人挥剑开战，拼命向对方劈扫。人活着就要有气势，选择一个方向，毫不动摇，管他是人是风。达力拿接连冲光眼种疾砍，逼对方后退，还把盾撞了过去。眼看就要拿下，但他一时紧张，只听"啪"的一声，盾牌的一根绑带断了。

敌人一下子反应过来，使劲用盾磨蹭达力拿的胳膊，弄断了另一根绑带。

盾牌落地，达力拿举步维艰，还想挥剑格挡，却只砍到了空气。光眼种趁乱冲来，用盾砸向达力拿。

达力拿闪身躲避，头侧却被反手重击，变形的金属头盔扎破头皮，鲜血渗出。他一阵踉跄，视线失焦，眼前天旋地转。

他要杀过来了。

达力拿咆哮着，猛地挥剑撩出，击中光眼种的武器，把它彻底扫了出去。

光眼种则伸出覆有甲片的拳头，埋进达力拿的面门，砸断了他的鼻子。

达力拿跪倒在地，剑脱了手。短暂而激烈的较量过后，敌人沉沉喘息，嘴里不时蹦出脏字，伸手摸索腰带上的匕首。

达力拿情绪激荡，胸中烈火般的情感冲刷着他，让他清醒过来。他的精锐部队与敌方亲卫队的交战声逐渐远去，不再铿锵有力，人声也化为迷离的低鸣。

达力拿咧开嘴,龇牙而笑,眼前又变清晰了。光眼种也取回匕首,刚一抬头便吃了一惊,慌忙后退了几步,似乎吓坏了。

达力拿怒吼一声,啐了口血,纵身扑向敌人。对方挥出一剑,手法显得很拙劣,达力拿躬身躲闪,扭肩撞向敌人,胸中开始轰鸣,那是战意的脉动,也是杀戮和死亡的节奏。

激越感涌来。

他把对方撞翻,伸手摸剑。戴姆却在此时高喊他的名字,抛来了一柄一侧是尖刺、一侧是宽而薄的斧刃的长柄战斧,达力拿挥手接住,转身用斧头钩住敌人的脚踝,用力一拽。

光眼种随即倒地,发出钢铁敲击的锵锵声。可惜没等达力拿再攻,对方的亲兵就来搅局了。有两人摆脱了达力拿的部下,上前保护长官。

达力拿把斧头砸进一人的侧体,旋即拔出,再转身,看准正要起身的光眼种,冲他头上重重一击,逼他跪倒在地,转身用长柄挡下另一个护卫的剑。

达力拿双手握住战斧,把护卫的剑挑至半空,再上前直面对方,感受到了那人的喘息。

他把鼻血吐到护卫眼里,抬脚踹向那人的腹部,然后转身面对准备开溜的光眼种,怒吼一声,浑身激荡,舞动战斧,用尖头扎进光眼种的侧体,再一扯,又一次将对手撂倒。

光眼种翻过身,迎面就是达力拿。达力拿用双手将战斧的尖头径直捅进敌人的胸甲,没入皮肉,发出一阵畅快的嘎吱声,然后他拔出了血迹斑斑的武器。

这一击似乎预示着什么,光眼种的亲兵总算在达力拿的精锐部队面前溃不成军,四散逃亡。达力拿大笑着目送他们,傲灵在周围显形,犹如一颗颗金色光珠。他部下纷纷解开短弓,冲后面十几个逃跑的敌兵放箭。该死的,以少胜多的感觉真好。

战败的光眼种在一旁低低呻吟，隔着头盔问："为什么……为什么是我们？"

"不知道。"达力拿把战斧丢还给戴姆。

"你……你居然不知道？"将死之人问。

"做选择的人是我兄长。"达力拿说，"我只依照他的指示行动。"他指了指那个奄奄一息的披甲士兵，戴姆立即把剑刺入那人的腋窝，完成了任务。那人打得相当不错，长痛不如短痛。

另一位士兵走过来，交还达力拿的剑。剑刃上有一个拇指大小的缺口，剑身好像也弯了。"光明贵人，您应该刺进肉里，不要碰硬的。"戴姆说。

"我会记住的。"达力拿把剑扔到一边，一名部下马上从死人堆里挑了一把新的。

"光明贵人，您……还好吧？"戴姆问。

"再好不过。"由于鼻塞，达力拿说话的声音都有点变了，痛得宛如被打入了诅咒之地。受了他的吸引，一小群痛灵从地里冒出，仿佛一只只布满肌腱的小手。

他的部下在四周列阵，他领兵上街，不一会儿就发现敌方的大部队还在前方苦战，备受达力拿军队的侵扰。他叫停一旁的部下，考虑其他选择。

精兵队长萨卡回身问："长官，有什么命令？"

达力拿点了点一排住房："袭击那几幢楼，让他们看着我们搜捕他们的家眷，瞧瞧他们的实力如何。"

"士兵会想抢东西。"萨卡说。

"这种破屋子有什么好抢？难道要抢泡涨的猪皮和用旧的石壳木碗？"达力拿摘下头盔，抹去脸上的血迹，"真要抢，也是后话。抓人质才要紧，这座风操的镇子里总该有平民，把他们找出来。"

萨卡点点头，立刻高声传令。达力拿伸手去取水。他要和撒迪亚斯会合，接着——

黑光一闪，达力拿的肩膀挨了一记。还没看清，他便失衡跌倒，侧体火烧火燎般疼痛，仿佛被人重重地抡了一拳。

他眨眨眼，发现自己躺在地上，右肩露出一支风操的箭，箭杆又长又粗，直穿锁子甲，正好扎在胸甲和胳膊之间。

"光明贵人！"萨卡一屈膝，舍身护着达力拿，"克勒克！光明贵人，您——"

"该下诅咒之地的，谁放的箭？"达力拿喝问。

"在那上边。"一名士兵指向那座俯瞰城镇的山崖。

"离这儿要过三百码了，"达力拿把萨卡推开，站起身，"不可能——"

另一支箭在一步开外落下，他瞅准后便往旁边一闪，看着箭矢砸向石地，然后张口大喊："快备马！风杀的马呢！"

三两士兵小跑而至，已经小心地牵着全部十一匹马穿过了火场。一见自己的黑骠马遥夜，达力拿就握住缰绳，翻身上马，同时还得避开另一支箭。他中箭的胳膊钻心的疼，可他此刻的感受更为紧迫，催他前进、催他专心。

他拍马往回跑，十名得力部下紧随其后。肯定有上坡的路……那边！山道纵然蜿蜒，却很平缓，他都不介意让遥夜上去。

只怕还没登顶，猎物就飞走了。等他终于冲上山头，一支箭却扎进了他的左胸，直穿肩膀附近的胸甲，害他差点落马。

诅咒之地的！他极力坐稳，一手紧握缰绳，俯下身，目视前方，看着还在远处的弓箭手站上石丘，接二连三地张弓搭箭。风操的，动作可真快！

达力拿左右掉转马头，激越感在胸中轰鸣回涌，驱走了痛苦，让他全神贯注。

前方的弓箭手终于慌张起来，从原地一跃而起，准备逃跑。

片刻后，遥夜载着达力拿跃过石丘。弓箭手目测二十多岁，衣着褴褛，臂膀浑圆，仿佛能擎起一头红甲蟹。达力拿本可以逮住那人，但他反而策马飞奔，在经过弓箭手时往他背上踹了一脚。

他勒马而停，胳膊一阵刺痛。憋泪咬牙忍耐，调转马头，直面弓箭手。那人正躺在散落一地的黑箭之中，毫无动静。

达力拿草草下马，两边肩膀上各插一支箭，他的部下这时才赶上来。他按住弓箭手，扶那人起来，注意到他脸上的蓝色文身。弓箭手倒吸一口气，直直地望过来。达力拿料想自己的样子会很骇人，被火熏得浑身是灰，划破的头皮渗出鲜血，和鼻血一道糊满了脸庞，身上插着两支箭。

"你一直等我摘下头盔。"达力拿厉声道，"你是刺客，先前埋伏就是为了杀我。"

弓箭手眉间一皱，随即点点头。

"佩服！"达力拿放开那人，"再来一发可好？萨卡，刚才那一箭，射程有多远？是过了三百码？我没看错吧？"

"将近四百码，"萨卡牵着马走到一边，"但他处在高位，形势对他有利。"

"仍旧佩服。"达力拿走到崖边，回望迷茫的弓箭手，"怎么？还不快把弓捡起来！"

"弓……"弓箭手说。

"你聋了吗？"达力拿叱咤道，"快捡！"

十名精兵骑在马上，面容冷峻、气势逼人，弓箭手打量着他们，明智地决定服从。他拾起一支箭，再拾起那把弓，后者由一种光滑的黑色木材制成，达力拿不认识。

"正好射穿了风操的盔甲。"达力拿轻声抱怨，摸了摸扎进左胸的那支箭。这里伤得不算太重，箭矢只刺穿了钢铁，没有埋得更深，但冲着右肩的那支箭却贯穿锁子甲，他的血都顺着胳膊流了下来。

他摇摇头，用左手护着眼睛，检视战场。军队正在他右边交战，精锐部队主要负责侧翼的压进，后卫部队则找到了一些平民，正押着他们上街。

"拣一具尸体，"达力拿指向一片发生过遭遇战的空地，"想法子往上面射一箭。"

弓箭手润润嘴唇，困惑的神情依然不改。终于，他从腰带上解下一盏望远镜，观察起了那片区域。"那辆翻倒的车子附近，有个穿蓝衣的人，就他吧。"

达力拿眯起眼看了看，随后首肯。不远处，萨卡在下马后就拔剑出鞘，置于肩头，公然向弓箭手示威。弓箭手拉满弓，射出一支黑羽箭①。箭矢不偏不倚地飞出，正中选定的尸体。

一只敬灵在达力拿身边涌现，恍如一道蓝色烟圈。"飓风之父！射程这么远，想想也做不到。萨卡，要是在以前，我敢把半个公国赌上。"他转身问弓箭手，"刺客，你叫什么？"

那人扬起下巴，却没有回答。

"也罢。不管怎样，欢迎加入我的精兵队。"达力拿说，"快给他备一匹马。"

"什么？"弓箭手说，"我想杀你！"

"话是没错。不过有胆从远处偷袭，说明你别具慧眼。我当然要善加利用这样的人才。"

"我们可是敌人！"

达力拿朝山下的镇子点点头，被围的敌军总算投降了。"现在不是喽，看来我们是盟友了！"

弓箭手侧头啐了一口。"还不是你那暴君兄长的下奴。"

---

①由于柔刹环境特殊，常见的"箭羽"是植物纤维制成的，但吃角族群峰一带也产鹅毛箭。

达力拿让人扶他上马。"找死是吧？我成全你。不想死就跟着我。开个价吧。"

弓箭手回答："我是命是继承人叶兹莱尔大人的。"

"是不是……"达力拿看向萨卡。

"……是不是您在下面杀死的那个人？是的，长官。"

"他胸口破了个洞，"达力拿回望刺客，"算他倒霉。"

"你……你这个禽兽！就不能俘虏他吗？"

"想得美。别的公国迟迟不肯让步，就是不承认我兄长的王位。和那些高阶光眼种玩抓人游戏，只会怂恿他们反击。如果他们明白我们是要拼命的，便会三思。"达力拿耸耸肩，"这样如何？只要你跟着我，我们就不动那个镇子。"

刺客俯视投降的军队。

达力拿说："你答不答应？我保证不让你射杀你喜欢的人。"

"我……"

"太好了！"达力拿掉转马头快速离去。

不久后，他的精锐部队策马赶来，弓箭手闷闷不乐地骑在马背上。激越感退去，达力拿的右胳膊又痛了起来，但还能忍受。得找医生看看箭伤。

到了镇上，他下令制止抢劫行为。这里反正没什么价值，顶多让他的部下不开心。只要进入诸公国的中心，有得他们拿。

遥夜载着他信步而行，经过了不少休息喝水的士兵，那些人刚从拉锯战中抽身，正在休整。他的鼻子还很痛，不能把鼻血吸回去，只得逼自己忍耐。鼻梁真要断了，可有得他受的。

达力拿不停地奔走，竭力摆脱战争后的空虚感。此时才是最糟糕的：明明还记得那股澎湃劲儿，现在却要再度回归世俗。

达力拿没有赶上处刑，撒迪亚斯已经取了当地轩亲王和下属官员的首级。达力拿刚到，一排挂在矛尖上的头颅就映入眼帘。撒迪亚斯就是爱出风头。达力拿摇了摇脑袋,经过那可怖的地方,听见新入伍的弓箭手低声骂了一句。以后要劝劝这个人,跟他强调往敌兵射箭本就受到尊重。不过,假如现在他胆敢跟达力拿或撒迪亚斯作对,后果就不同了,萨卡应该已经在搜捕他的家人了。

"达力拿?"有人喊道。

达力拿勒马而立,转向声音传来的方向。托洛尔·撒迪亚斯穿过一群军官,身上华丽的金黄碎瑛甲已被洗净。这个面色红润的小伙子比一年前老成得多,再也不是当初那个瘦瘦高高的少年了。

"达力拿,这些是箭吗?飓风之父啊,好一个荆棘丛!你的脸怎么了?"

"挨了一拳。"达力拿答道,冲挂在矛尖上的首级点头,"干得漂亮。"

"王储跟丢了。"撒迪亚斯说,"他会造反的。"

达力拿说:"我都把他打成那样了,能造反算他厉害。"

撒迪亚斯大松一口气:"噢,达力拿,没有你,我们会怎么样?"

"会输。谁给我拿点喝的,再叫两个医生。还有,撒迪亚斯,我答应别人不动这座镇子,不抢东西、不收奴隶。"

撒迪亚斯追问:"什么?你答应谁了?"

达力拿指了指背后的弓箭手。

撒迪亚斯呻吟着说:"又来?"

"他是个神箭手,还忠心耿耿。"达力拿瞥了一眼,发现撒迪亚斯军的士兵们围捕了几个哭泣的女人,供撒迪亚斯挑选。

撒迪亚斯感慨:"我还很期待一夜春宵呢。"

"我还很期待用鼻子呼吸呢。我们会活下去的,总比今天跟我们打的小子们要好。"

"行,行。"撒迪亚斯叹了口气,"就一座镇子,还是可以放手的,我们又不是铁石心肠。"他又望向达力拿,"朋友,真得给你弄套碎瑛武器。"

"保护我吗?"

"保护你?风操的,达力拿,这时候连山崩都未必能压死你。不,你简直是徒手干出了那些事,相比之下,我们其他人的样子也太难看了!"

达力拿耸耸肩,没等上酒和治疗,就牵马回去召集精兵,强化命令,防止城镇遭到洗劫。然后牵着马走过冒烟的土地,回到自己的军营。

接下来的一天,他失去了活力。甚至还要好几个月,他才会迎来下一场战斗。

4 誓言

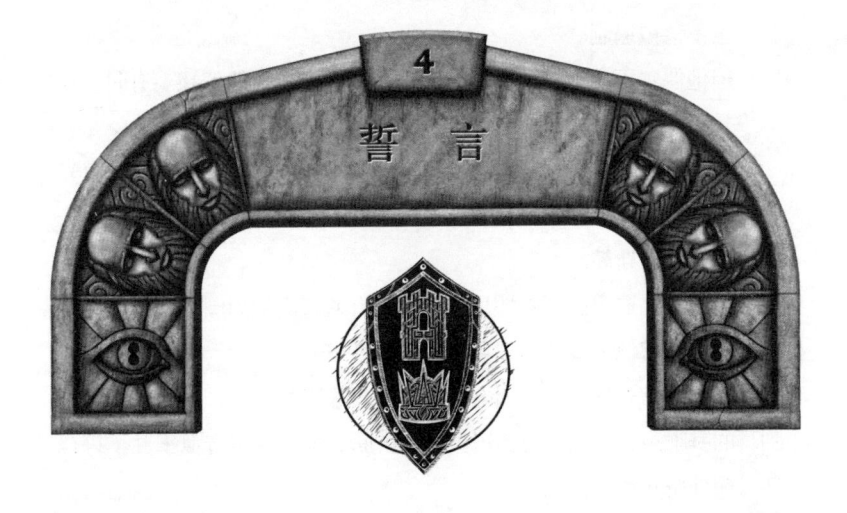

我知道，许多女读者只会认为这更加证明了我是所有人口中那个渎神的异端。

——摘自《渡誓》序

撒迪亚斯的尸体被发现后，灭世风暴过了两天就刮回来了。

达力拿被这反常的风暴吸引，赤脚踩上冰凉的石板，走过又在伏案撰文的纳瓦妮，来到住处外的阳台。阳台悬在半空，俯瞰乌有斯麓之下的悬崖。

他的耳朵嗡嗡作响。西边吹来比平时更凛冽的寒风，冷得刺骨、冷得钻心。

"飓风之父，"达力拿低声说，"这种恐惧感是你造成的吗？"

这不正常，飓风之父说，这是未知的现象。

"以前的灭世里都没出现过？"

对，全新的。

飓风之父的声音依旧从远方传来，就像遥远的雷声。他不会随叫随到，也不会如影随形。这不难想见，他是飓风的灵魂，不能被遏制,也不该被遏制。

但他偶尔不会听达力拿的问话,简直像个小孩般任性。有时,他似乎只是不想让达力拿认为他会随叫随到。

灭世风暴出现在远端,乌云裹挟着噼啪作响的红色闪电,被电光照亮,像骑兵一样翻涌着,脚踏平静的浮云。所幸它的位置很低,云顶触不到乌有斯麓。

达力拿强迫自己盯着那片暗流在乌有斯麓高地周围涌动。没一会儿,这座孤塔似乎成了遥望致命暗海的灯塔。

四周异常安静,红色闪电没有伴随着隆隆的雷声,他偶尔能听到刺耳的噼啪声,仿佛一百根树枝同时折断,但这些声音似乎并不符合乌云深处腾起的红色闪光。

灭世风暴动静很小,当纳瓦妮轻轻来到他身后时,他其实能听到裙裾摩挲的沙沙声。纳瓦妮伸手搂住他,紧贴着他的后背,头靠在他的肩膀上。借着初月和脚下灭世风暴的闪光,他垂着眼,发现纳瓦妮的禁手没有戴手套,在暗中依稀可见。手指纤细修长,指甲涂成了酡红色。

"西部有进展吗?"达力拿低声问。灭世风暴行进得比普通飓风慢,几小时前袭向了深国,然而即便把润石全程放在室外,也无法充光。

"对芦亮个不停,别国的君主迟迟没有回复。再给他们一点时间吧,他们总会听进去的。"

"纳瓦妮,我想你低估了王族固有的执拗。"

达力拿曾在飓风期间外出过,年轻时尤其起劲。他见过飞沙走石的混沌飓幕,也见过划破天际的电闪雷鸣。飓风是自然威力的终极体现,狂野、不羁,旨在提醒人类的渺小。

然而,普通的飓风向来不可恨,灭世风暴则不同,带着复仇的意味。

凝望着下方的黑暗，达力拿觉得自己能看到灭世风暴所做的一切。一连串图象霍然朝他涌来，那是灭世风暴缓缓扫过柔刹大陆时的经历。

房屋四分五裂，居民的呼喊声隐没在风暴中。

在突如其来的风暴面前，人们被困在田地里，慌乱地奔跑着。

城市被闪电轰击，乡镇被阴影笼罩，庄稼被席卷一空。

一大片发光的红眼，犹如忽然充光的润石，渐渐苏醒。

达力拿长舒一口气，那些图象便消失了。"是真的吗？"他小声问。

是真的，飓风之父说，**灭世风暴是敌人驾驭的，他知道你的存在，达力拿。**

这不是过去的幻象，也不是未来的某种可能性。他的王国、他领导的人民和整个世界都在遭受风暴的侵袭。他深吸一口气。最起码这不是他们初次经历的那场灭世风暴，没有再撞上飓风，强度似乎也变弱了，尽管不会夷平城市，破坏力依然巨大。风是一阵一阵的，充满敌意，还有那么点谨慎。

敌人似乎更喜欢侵扰小城镇和农田，把人打个措手不及。

灭世风暴的威力不及他担心的那么大，却还是会导致数千人丧命。城市也会受到破坏，尤其是那些没有西向防风屏障的地方。更糟糕的是，灭世风暴还会夺走仆族劳力，等他们变成虚渡后再放归大众。

总之，这场风暴会让柔刹付出血的代价，而这是灭世以来从未有过的。

达力拿握住纳瓦妮的手，纳瓦妮一把将他搂住。"达力拿，你已经尽力了，"她观望了一会儿，低声说，"不要一味把这次失败当成负担。"

"我不会。"

纳瓦妮放开他,掰过他的身子,让他背对风暴。她穿着晨衣,不适合在公共场所走动,但也不见得不体面。

只有她的纤手例外。她轻抚他的下巴,说:"我不信,达力拿·寇林。你咬着牙,肌肉紧绷,真相都写在那儿。我知道,就算你被巨石压住,你也会坚持说一切都在掌握之中,并要求看部下的战况报告。"

她身上散发出令人迷醉的香气。紫色的双眼炯炯有神,风情万种。

"达力拿,你需要放松。"她说。

"纳瓦妮……"他说。

她一脸错愕。纳瓦妮还是那么美,比年轻时更有韵味。他绝不会瞎了眼,毕竟现在还有谁能跟纳瓦妮比美?

他托住她的后脑勺,把她的嘴唇压到自己的嘴唇上,激情在他心中苏醒。她的娇躯紧紧贴着他,胸部隔着轻薄的晨衣抵在他身前。他陶醉在她的嘴唇和芬芳中,宛如晶莹雪花的激灵飘扬在四周。

过了一会儿,达力拿便抽开身,退到一边。

"达力拿,"纳瓦妮在他挣脱时说道,"你这么顽固,总是拒绝诱惑,我都开始怀疑自己没有魅力了。"

"纳瓦妮,自制力对我来说很重要。"达力拿的嗓音又哑了,他紧紧抓着阳台的石墙,指关节都发白了,"以前我没有自制力,你清楚我的本性,也清楚我变成了什么样。现在我不会屈服。"

纳瓦妮叹了口气,轻轻走过来,把他的胳膊从石墙上移开,再挽住。"我不会逼你,但我需要知道,你就准备这样下去了?戏弄我,回避感情?"

"不,"他凝视着风暴的黑暗,"那就是在做无用功。将军不打无准备之仗。"

"那怎么办?"

"我会找到正确的方法，我们要宣誓。"

誓言至关重要，两人承诺永结同心。

"怎么宣誓？"纳瓦妮戳了戳他的胸口，"我也是教徒，而且比大多数人忠诚。可卡达什、拉登特和茹舒都拒绝了我们。茹舒听我说起这件事，立马尖叫逃走。"

"是恰娜达干的，"达力拿说的是随军的资深虔诚者，"她可能一听你在跟我交往，就和卡达什说了，让他去找每一位虔诚者。"

"那就不会有虔诚者愿意主持婚礼。"纳瓦妮说，"他们觉得我们只是姐弟关系，再怎么着也不会有人迁就你。你再拖下去，女方只会怀疑你的诚意。"

"你有过这种想法？"达力拿问，"我说真的。"

"嗯……没有。"

"你是我爱的女人。"达力拿紧紧搂住纳瓦妮，"我一直爱着你。"

"那谁还在乎？"纳瓦妮问，"虔诚者可以下诅咒之地了。"

"这么说很不敬。"

"我又没有把神死了的事告诉所有人。"

"不是所有人。"达力拿叹了口气，依依不舍地松开纳瓦妮，回到房里。加了炭的火盆送出怡人的暖意，也是室内唯一的光源。军营里的加热法器已经都拿过来了，可眼下没有飓光驱动。学者们早就在塔中发现了笼子和长锁链，显然能把一笼润石降到下面的飓风中充光。不过，这一切的前提是飓风还会回归。在别的地区，泣雨季重新开始后，又断断续续地结束，往后可能会再临，要不然平常的飓风可能就刮过来了。谁知道呢，就连飓风之父也不愿向他多透露。

纳瓦妮拉紧厚门帘，跟进了屋。室内摆满了家具，椅子都靠墙放着，上面堆着卷起的地毯。还有一面全身镜，圆润的镜框镌刻着流转的风灵图案，似乎先是用虫甲蜡雕的，被塑魂术变成了硬木。

这些东西都堆在房间里，就怕轩亲王住得太简陋。"明天叫人清理一下吧。"达力拿说，"隔壁还有空房，可以装修成起居室或休息室。"

纳瓦妮点头同意，坐到沙发上。镜中映出那只随意袒露的禁手、那件滑到肩膀两侧的晨衣，脖颈、锁骨和前胸的上半部分一览无遗。眼下她并没有挑逗的想法，只是觉得和他在一起很舒心。他们的关系相当亲密，即便坦露的样子被他看到，也不会觉得尴尬。

好在他们之中有一人愿意在这段关系中占据主动。尽管每到打仗时达力拿都迫不及待，但唯独对待这件事，他总是需要鼓励，和多年前一样……

"在上一段婚姻中，"达力拿轻声道，"我犯了很多错，而且一开始就错了。"

"我可不这么想。你娶了□□□□，为的是她的碎瑛甲，但很多婚姻都是出于政治原因，这不是说你犯错了。如果你还记得，我们当时都是鼓励你这么做的。"

每当他听到亡妻的名字，那个字眼总会幻化成微风吹过的声音，无法植根在他的脑海里，就像一个人无法抓住一阵风一样。

"达力拿，我不是想取代她。"纳瓦妮的语气忽然关切起来，"我明白你对她还是有感情的，这没什么，我可以和你分享她的记忆。"

唉，他们懂什么。达力拿转身面对纳瓦妮，咬牙忍着痛苦，说："我不记得她了，纳瓦妮。"

纳瓦妮皱起眉头看着他，以为自己听错了。

"我完全不记得我妻子了。"他说，"我不知道她长什么样，她的面容在我眼前只是模糊的污点。每当别人念她的名字时，我都听不清楚，像是有人把她的名字拿走了。我们初次相遇时说的话，我一句都不记得；我甚至不记得在她初来乍到的那个晚上，自己在宴会上见过她，都是不明不白的。我能记住一些围绕我妻子的事件，却记不住任何实际的细节。这一切都……消失了。"

纳瓦妮用禁手捂住嘴巴，从她关切地皱眉的样子来看，达力拿觉得自己肯定露出了一张苦脸。

他瘫坐到纳瓦妮对面的椅子上。

"酒喝多了？"纳瓦妮轻声问。

"不止。"

她呼出一口气。"那就是古魔法。你不是说，夜妖给你的恩惠和诅咒你都知道吗？"

他点点头。

"唉，达力拿。"

"她的名字一被提起，人们就会往我身上看，"达力拿接着说，"向我投来怜悯的眼神，见我僵着脸，就以为我还在隐忍。他们断定我把痛苦藏在心里，其实我只是想跟上他们。如果有一半的内容都听不见，我就很难理解别人的对话。

"纳瓦妮，也许我爱上过她，但我没印象了。和她共度的时光、和她吵过的架，我都不记得了；她说过的话我也忘光了。她真的已经走了，我的记忆也变得残破不堪，而她是怎么死的，我更是想不起来。我之所以那么在意，是因为我心里清楚，她死的那天值得铭记：城里有人和我兄长作对，我妻子被扣为了人质。"

那天他还独自走过一段长路，仅有憎恨和激越相伴。这份感受历久弥新。他早已惩治了那些夺走他妻子的人。

纳瓦妮坐到达力拿身边，把头靠在他的肩上。"要是能造出一种法器，"她轻声说，"把这种痛苦带走就好了。

"我想……我想，失去她一定伤透了我的心，"达力拿低语，"因为这让我做出了那种行为，现在留下的也只有伤疤。但不管怎样，纳瓦妮，我希望我们的关系是正当的，不能出错，要明明白白的，可以在人前对你发誓。"

"只是几句话而已。"

"现在，言语是我人生中最重要的东西。"

纳瓦妮双唇微启，若有所思："请艾尔霍卡？"

"还是别难为他了。"

"那就请外国的祭司？亚泽尔人怎么样？他们几乎算是沃林教徒。"

"那样太离谱了，跟自称异端没什么两样。我不会忤逆沃林教会。"达力拿酝酿一番，"我可能会绕开这一步……"

"你说什么？"纳瓦妮问。

达力拿仰望天花板："不妨去请更高的权威。"

"请灵体吗？"纳瓦妮乐了，"请外国的祭司已经是大逆不道了，请灵体就不是了？"

"飓风之父是荣誉最大的残留，"达力拿说，"他是全能之主的碎片，也是最接近于神的存在。"

"哦，我不反对。"纳瓦妮说，"我情愿让一个糊里糊涂的洗碗工来主持婚礼。我只是觉得这么做有点不寻常。"

"没有更好的办法了，假设他愿意的话。"达力拿望着纳瓦妮，扬起眉毛，耸了耸肩。

"你在向我求婚？"

"……对啊？"

"达力拿·寇林，"她说，"你肯定能表现得更好。"

达力拿把手放在她的后脑勺上，轻抚她披散的黑发。"比你还好吗，纳瓦妮？不，我想我做不到。我不觉得别人会有比这更好的机会。"

纳瓦妮笑了笑，她唯一的回答就是一个吻。

几小时后，达力拿乘上乌有斯麓的法器升降梯去往塔顶，紧张得出奇。升降厢就像阳台一样，宽阔的柱状通风井位于塔城中央，有一个宴会厅那么大，从一层延伸至顶层。

塔城的各个层级从正面看是圆形的，但实际上更多的是半圆形的，东翼是平坦的一片。较低的楼层左右傍山，中心朝东，平坦一侧的房间安了窗户，远眺飓风之源。

中心通风井处有一整片剔透的玻璃幕墙，高达数百尺。白天还有明媚的阳光照进来，到了晚间，则蒙上了漆黑的夜色。

升降厢沿着墙内的竖井持续爬升。纳瓦妮已经去塔顶了，眼下与达力拿同行的人，除了阿多林和雷纳林，还有带着几名护卫的沙兰·达瓦。他们站在一边，不加打扰。达力拿想着心事，感到很紧张。

为什么要紧张？可他还是不由得两手发抖。风操的，别人只会以为他是个没见过世面的纨绔子弟，而不是年逾半百的将军。

他的脑海中响起轰鸣声。飓风之父给出了积极的回应，他对此表示感激。

"想不到你这么心甘情愿地同意了。"达力拿小声对灵体说，"我很感激，但还是很惊讶。"

飓风之父回应：**我尊重一切誓言。**

"那么愚蠢的誓言呢？说的时候要么匆匆忙忙，要么什么也没想？"

没有愚蠢的誓言。誓言是区分人与兽及灵体主次的标志，表示智慧、自由意志和选择。

达力拿仔细想了想，发现自己对这种极端的看法并不意外。灵体应该是极端的，它们是自然的力量。然而，身为全能之主的荣誉也是这么想的吗？

升降厢嘎吱作响，无情地升向塔顶。如今还能运作的升降梯没有几座了，乌有斯麓辉煌的时候，所有装置都能立即启动。一行人接连越过未经勘察的楼层，达力拿不免心生不安。将此地划为堡垒，就像在未知之境安顿扎营。

升降梯到达顶层后，卫队匆忙开门，都是第十三冲桥队的人。第四冲桥队最近被他派去执行别的任务了，他们当下的身份接近于光辉骑士，地位如此重要，不能只做护卫。

达力拿越来越焦急。他带领众人经过一排描绘光辉骑士团的立柱，登上一段台阶，穿过尽头的活板门，来到塔顶。

乌有斯麓的楼层一级比一级窄，但塔顶也有百余码宽。这里气温很低，取暖用的火盆和照明用的火把都已经摆好了。夜空澄澈如洗，高悬的星灵盘旋纷飞，划出迷离的轨迹。

达力拿其实很是不解，先前他宣布要在半夜结婚，可包括他的两个儿子在内，竟然没有人质疑他的决定。他在人群中寻觅纳瓦妮，惊讶地发现她弄到了一尊传统的礼冠，式样精美，由玉石和绿松石制成，与喜气的大红婚袍相得益彰。这件婚袍镶着金边，配有广袖和优雅的披肩，剪裁比修身裙更宽松。

是不是该穿得传统点？他忽然觉得自己仿佛是个尘封的空画框，挂在一幅华美画作旁边，画作上描绘着一身婚宴盛装的纳瓦妮。

艾尔霍卡僵立在一边，一袭金色正装上衣，腰下是宽松的武士袍。他的脸色比平时苍白，前一阵泣雨季，他碰上那次未遂的暗杀，差点由于失血过多而死，最近一直在休息。

尽管决定免去传统阿勒斯卡式婚礼的排场，他们还是邀请了一些客人。光明贵人亚拉达携女儿出席，塞巴里尔也和情妇纷纷到场。担任证婚人的是卡拉米和忒夏芙，看见她们，达力拿着实松了口气，先前还怕纳瓦妮找不到愿意为他们证婚的女宾。

达力拿手下的几名军官和文书也加入了这个小小的队伍。人们聚集在火盆之间，后方出现了一张令人意外的脸庞。虔诚者卡达什如约而至，他脸上有伤，留着胡须，看上去不太高兴，但他还是到了，真是个好兆头。跟世界上别的事相比，轩亲王与兄长的遗孀再婚，或许不会引起太大的轰动。

达力拿走到纳瓦妮面前,握住她的手,一只藏于袖中,一只感触温暖。"你看起来真迷人。你是怎么找到这套衣服的?"

"淑女必须有所准备。"

达力拿望了望艾尔霍卡,艾尔霍卡马上低下头。**这会进一步搅乱我们之间的关系**,达力拿心想,从侄儿脸上读出了同样的情绪。

迦维拉尔不会喜欢自己的儿子被这样对待。达力拿虽是出于好意,后来却踩到那个小伙子头上,一把夺取了王权。在艾尔霍卡养伤期间,情况更加恶化,达力拿甚至习惯了自己做决定。

然而,如果说这是一切的开始,那他就是在欺骗自己。他是为了阿勒斯卡和柔刹好,可他仍旧不能否认自己已经逐步篡位的事实,哪怕他总说自己不是有意的。

他松开一只手放到侄儿肩上,说:"对不起,孩子。"

"你总是这样,叔叔。"艾尔霍卡说,"你没有就此罢手,但我认为也不应该。你的人生就是先决定想要什么,再把那东西夺过来。只要我们其他人能想办法跟上,就可以从中学到东西。"

达力拿蹙起眉。"我有事要和你商量,你可能会喜欢,但今晚不妨就送上祝福。"

"这会让我母亲开心的,"艾尔霍卡说,"那好吧。"艾尔霍卡亲吻母亲的额头,大步穿过塔顶告辞。达力拿还以为他一气之下就要下楼,他却站到远处的火盆边暖手。

"嗯,"纳瓦妮说,"那么现在就差你的灵体了,达力拿。如果他要——"

一阵强风刮过塔顶,带来雨水的气息,混杂着潮湿的岩石和折断的树枝的味道。纳瓦妮猛一吸气,依偎着达力拿。

飓风之父出现在天空中,包罗万象,他的脸庞延伸到两边天际,盛气凌人地注视着他们。周围的空气变得异常平静,除了塔顶,一切

55

似乎都已消失,仿佛游走到了时间之外。

光眼种和卫兵不是在窃窃私语,就是在大喊大叫。即便做好了心理准备,达力拿也不禁后退一步,只得努力不在灵体面前畏惧。

飓风之父隆隆作响:**誓言是忠义之魂。如果你们要度过即将到来的风暴,誓言必将指引你们。**

"我对誓言很放心,飓风之父。"达力拿对他喊道,"你清楚的。"

没错,你是数千年来首先和我缔结纽带的人。达力拿感觉灵体的注意力转向了纳瓦妮。**你呢?誓言对你有意义吗?**

"只要是正确的誓言就行。"纳瓦妮说。

许下誓言。

"我对他发誓,也向你和所有愿意聆听的人发誓,我愿与达力拿·寇林结为夫妻。"

你违背过誓言。

"所有人都违背过誓言。"纳瓦妮毫不屈服,"我们很脆弱,也很愚蠢。我不会违背这个誓言,我发誓。"

飓风之父似乎很满意,不过这和阿勒斯卡的传统婚礼誓词差别很大。**铸契骑士,许下誓言。**

"我同样发誓,"达力拿搂紧纳瓦妮,"我愿与纳瓦妮·寇林结为夫妻,我爱她。"

你们已经结为夫妻。

达力拿本以为会有电闪雷鸣,或是从天而降的喝彩,结果什么也没有。永恒之境终结了,微风吹拂而过,飓风之父消失了。来宾的头顶冒出袅袅蓝色敬灵,纳瓦妮的头顶则被金光烨烨的傲灵环绕。一旁的塞巴里尔按揉两颊,仿佛想要搞懂刚才发生的事;达力拿新招募的卫兵都松懈下来,忽然一脸疲惫。

也只有真性情的阿多林欢呼了一下。他飞奔过来——一串形如蓝色叶片的欢灵忙不迭地跟在他身后——依次给了达力拿和纳瓦妮一个深情的拥抱。雷纳林紧随其后，动作更为含蓄，却也展颜一笑，显然也很开心。

接下来的时间仿佛转瞬即逝，新人与来宾握手，表示感谢，但没有收礼，毕竟传统的仪式已经跳过了。飓风之父的致辞着实震慑人心，大家都接受了，就连刚才发火的艾尔霍卡也在拥抱母亲之后，攥了攥达力拿的肩膀才下楼。

塔顶的人基本走光了，只有虔诚者卡达什留到最后，两手交握在身前。

达力拿觉得这身祭司长袍并不衬卡达什。尽管配上端正的胡须，这就是最正统的虔诚者打扮，达力拿却不这么看。卡达什更像军人，身材瘦削，霸气凛然，浅紫色的双眸炯炯有神，旧伤疤蜿蜒至一毛不拔的头顶。他现在的生活或许平静祥和，只消在教会尽忠，可他的青春都在战场上耗尽了。

达力拿柔声对纳瓦妮许诺了几句，纳瓦妮便下了楼，吩咐在那里摆酒设宴。达力拿信心满满地走到卡达什身边。终于完成了推迟已久的大事，愉悦感涌上心头。他和纳瓦妮结婚了。他年轻时以为自己不会再有这种喜悦，甚至不允许自己幻想这种结果。

他不会为此道歉，也不会为她道歉。

"光明贵人。"卡达什轻声说。

"客气了，老朋友。"

"如果我只是以老朋友的身份过来，那倒好了。"卡达什轻声说，"达力拿，我还是要上报这件事。虔诚会不会高兴的。"

"如果飓风之父亲自祝福联姻，他们自然不能否认我的婚事。"

"灵体吗？你以为我们会承认灵体的权威？"

"飓风之父可是全能之主的残余。"

"达力拿，这是大不敬。"卡达什痛苦地说。

"卡达什，你知道我不是异端。你曾在我身边战斗过。"

"达力拿,回忆我们一同做过的事,这样就能让我安心了?我很欣赏你现在的样子,可你应该避免让我想起你曾经的样子。"

达力拿一愣,一段记忆从内心深处浮现出来,他已经很多年没有想到过了,不禁吃了一惊。这段记忆是从哪里来的?

他想起了浑身是血的卡达什跪在地上,把吃下的东西吐得一干二净的情景。一名久经磨练的士兵,遇到了连他自己都大为震惊的糟心事。

第二天,卡达什就遁入了虔诚会。

"天堑之城,"达力拿低语,"拉萨拉斯。"

"黑暗的时刻就不用重提了。"卡达什说,"达力拿,这与那天无关,而是与今天有关,还有你在文书中间散播的言论,说你在幻象中看到了东西。"

"那都是全能之主送来的天启。"达力拿浑身发冷。

"声称全能之主已死的天启?"卡达什说,"又是在虚渡回归的前夕送来的?达力拿,你难道看不出这会给别人留下什么印象吗?我是你名下的虔诚者,严格来说是供你使唤的奴隶——没错,也许还是你的朋友。我极力向卡哈巴兰斯和雅克维德的圣统会①解释,说你是出于好意。我告诉圣地②的虔诚者,你回顾的是光辉骑士团依然清廉的时代,而不是他们最终的堕落。我告诉他们,你无法控制那些幻象。

"不过,达力拿,那是你开始宣扬全能之主已死之前的事。他们已经很气愤了,现在你却违反惯例,公然藐视虔诚者!你娶不娶纳瓦妮,我个人觉得不重要。这种禁忌肯定过时了,可你今晚做的事……"

达力拿伸手按住卡达什的肩膀,对方却挣脱了。

---

①圣统会(council of curates):沃林教的领导团体,掌管教义,成员称为圣统者(curate)。
②圣地(Holy Enclave):位于雅克维德的瓦拉瑟,是沃林教的中心。

"老朋友，"达力拿好声好气地说，"荣誉也许死了，可我觉得……事情不止如此，因为我感受到了温暖和光明。这么说吧，神其实没有死，全能之主他根本不是神。就算他竭尽全力指引我们，他也只是冒牌货、只是中间人，就跟灵体差不多，拥有神力，却没有血统。"

卡达什瞪大眼睛望着他。"求求你，达力拿，不要重复你刚才说的话。我想我可以解释今晚发生的事，大概可以。但你似乎没有意识到，你登上了一艘在风暴中飘摇的船，而你却硬要在船头蹦蹦跳跳！"

"卡达什，如果我发现了真相，我不会隐瞒。"达力拿说，"刚才你也见到了，我跟誓约之灵产生了羁绊，自然不敢撒谎。"

"达力拿，我看你是不会撒谎，"卡达什说，"但我确实觉得你会犯错。别忘了当时我也在场，你并不是一贯正确的。"

卡达什后退鞠躬，转身离去。达力拿心想：**他说"当时"？他难道记得什么我不记得的事？**

达力拿目送他离开，最后摇了摇头，去参加了午夜的婚宴，想着尽快离席。他需要和纳瓦妮在一起。

纳瓦妮是他的妻子了。

方便起见，注明了林斯通的位置。

阿勒斯卡地图

5 赫斯通

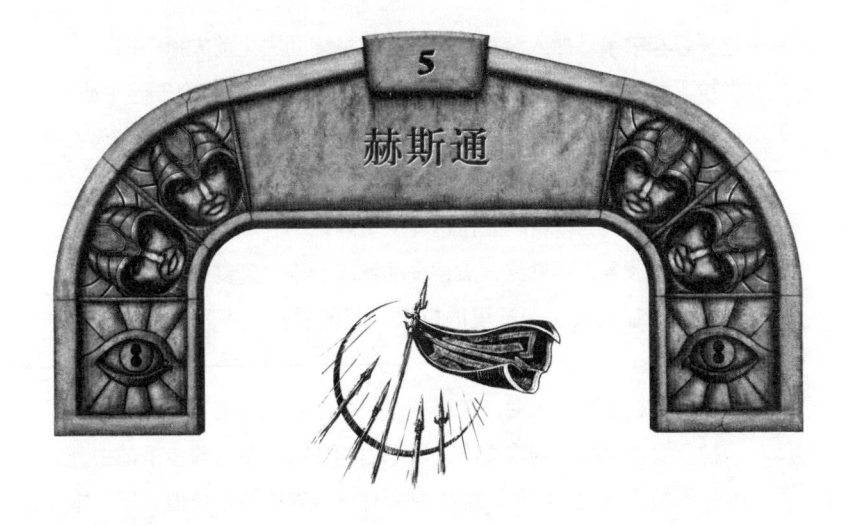

> 决定落笔的那一刻犹然在目。我在界域之间徘徊,看到了灵体所处的裂影界,甚至望得更远。
>
> ——摘自《渡誓》序

四周一片寂静,卡拉丁费力地走过一地石壳木,心里全明白了。灾情已经来不及阻止,他感到很沉重,仿佛一整座桥的分量都压到了他一个人身上。

在贫瘠的飓风之地待久了,他都快忘了什么叫肥沃和丰饶。这里的石壳木长得跟水桶差不多大,吐出的藤条粗如手腕,从岩石的坑洼里汲取水分。绿油油的草丛在他跟前缩回洞中,草茎挺直就有三尺高。星星点点的生灵在草叶间飞舞,像是绿色的尘埃。

破碎平原附近的草丛倒是比较稀疏,多数都长在山坡的背风面,只有齐踝高,而且普遍发黄,所以看着眼前这片茂密的高草丛,他不禁动摇了,生怕哪里有埋伏,毕竟别人可以原地蹲下,等四周的草重新立起来,再藏好。他小时候怎么就没发觉?以前他还经常在草地上跑来跑去，和弟弟玩抓人游戏，看谁能在草缩回去之前先抓一把。

卡拉丁感到精疲力竭。四天前，他通过誓约之门去到破碎平原，再迅速飞往西北方向，浑身充盈着飓光，就想多带点宝石，赶在灭世风暴重现之前回到家乡赫斯通。

仅仅过了半天，他就在亚拉达公国境内耗尽了飓光，之后就只能徒步前行。本领要是再熟练一点，没准就能一路飞到赫斯通了。不过这半天里他已经越过了一千里的行程，而最后九十多里，他走了三天，苦不堪言。

最后没有赶上灭世风暴。风暴在这天中午就刮回来了。

卡拉丁发现草丛里隐约露出了风雨后的残骸，便拖着步子前去查看。叶片不情不愿地往回缩，那里原来有一台破损的木质搅乳器，本可以把猪奶制成奶油。卡拉丁俯身摸了摸裂开的木板，再看了看另一块探出草丛的木头。

形如光缎的茜尔趁机飞了下来，掠过他的脑畔，围着那块木头直打转。

"是垂在背风向的屋檐。"卡拉丁说。从别的残骸判断，这里以前可能是一座仓库。

阿勒斯卡不是飓风之地，但也没有西部软绵绵的土地。屋子造得又低又矮，坚固的一面朝向东方的飓风之源，宛如男子的肩膀，时刻准备迎击强风，而窗户只能开在朝西的背风面。人类已经像草木那样，学会了如何经受飓风。

而这恰恰取决于飓风一成不变的走向。卡拉丁已经尽力指导过路的村镇做好灭世风暴的防范工作，因为在这场风向逆转的风暴中，仆族将变为极其危险的虚渡。不过，那些镇上都没有能用的对芦，导致卡拉丁无法联系家属。

他的速度还不够快。这天早些时候，他路遇灭世风暴，多亏茜尔可以任意变成他想要的武器，他才用碎瑛刃切出石窟躲在里面。这场风暴并不猛烈，他和白衣刺客对决时，还承受过更大的风雨，但他在这儿发现了残骸，说明损失已经十分惨重。

光是想起那场在石窟之外呼啸的猩红风暴，恐惧就从他心底生起。灭世风暴远非自然常态，像一个生来就没有面孔的婴儿。有些事物不应该是这样。

他起来继续赶路。出发前他脱掉了那身沾满血迹的破烂制服，借了一件常规军装来穿。袖管上少了第四冲桥队的标志，总感觉很不对劲。

他登上一座石丘，在右手边看到了一条河。河岸上的树木抽枝发芽，急于摄取额外的水分。绊子溪到了，如果直面西方……

他用手挡着眼睛，望见了光秃秃的山坡。草丛和石壳木已被除去，坡面上将要洒满混着谷瓜籽的汁液，很快就会长出谷荚。现在仍是泣雨季，农人并没有开始忙活。往年的这个时候，淅淅沥沥的小雨都会持续好一阵子。

形如光缎的茜尔蹿到他跟前。"你的眼珠又变成棕色了。"她提醒道。

卡拉丁有好几个小时没有召唤碎瑛刃了。一旦他召唤碎瑛刃，他的眼珠就会冒出晶莹剔透的苍蓝色。茜尔觉得眼珠变色很逗趣，卡拉丁却不知作何感想。

"我们快到了。"卡拉丁伸手一指，"这块地在绊子乡里，大概再走两小时就能回赫斯通。"

"那你快到家了！"光带形态的茜尔一个盘旋，化为穿着飘逸修身裙的少女，上半身系扣，禁手藏在袖中。

卡拉丁嗤之以鼻，走下石丘，渴望吸取飓光。他携带了充足的储备上路，现在却已耗尽，心中不免空荡荡的。每次用完飓光的感受就是这样吗？

在灭世风暴中，他的润石自然没有储存飓光，但也没有像他担心的那样吸收别的能量。

"你喜欢我的新裙子吗?"站在空中的茜尔晃了晃藏好的禁手。

"你穿起来很奇怪。"

"要知道,我可费尽了心思,足足花了好几个小时,就想搞清楚该怎么——噢!那是什么呀?"

她化为一小朵暴雨云,冲向一只攀在石头上的贝蛙。她分两边观察那只拳头大小的两栖动物,欣喜得叫出声来,马上照着样子变形,只不过通体呈现泛白的苍蓝色,吓跑了小生灵。她咯咯直笑,又变成光带飞回到卡拉丁身边。

"我们说到哪儿了来着?"她化作少女形态,靠在卡拉丁肩上。

"没什么要紧的。"

"我刚才肯定在骂你。噢,你回家了!太好了!你不兴奋吗?"

她没有发现、也没有意识到事态的严重性。虽然她保持着一颗好奇心,但她有时也不是很懂事。

"可……这是你的家呀……"茜尔缩了缩身子,"你怎么了?"

"是灭世风暴,茜尔。"卡拉丁说,"我们应该早点来的。"这是卡拉丁原本要完成的任务。

灭世风暴的劲头很猛烈,之后还有更可怕的灾难,仆族变成了怪物,开始疯狂的杀戮,但总会有人幸存吧?

飓风之父啊,他为什么不快一点?

他硬逼自己再次小跑起来,背包斜挎在肩上。心中的负担仍然沉重得可怕,但他觉得自己必须去了解、必须亲眼去看。

必须有人目睹他家乡的遭遇。

※

眼下离赫斯通还有一小时的路。雨一直在下,起码天气没有彻底乱套，可他也得淋着雨赶路了。他踏过水塘，水塘里生出形如蓝色烛火、顶端长着眼睛的雨灵。

"会没事的，卡拉丁。"茜尔允诺道，在卡拉丁肩上变出一把伞。她还穿着传统的沃林裙，而非往常的少女素裙。"等着瞧吧。"

天色暗了下来，卡拉丁终于登上最后一座谷瓜山，俯瞰赫斯通。他对镇上的惨状已有心理准备，但还是吃了一惊。他记忆中的屋子有的消失了，有的没了屋顶。时逢阴霾的泣雨季，他无法将镇子尽收眼底，但能看清的建筑不少都遭到毁坏，里面空荡荡的。

他在原地站了很久，夜幕降临。没有在镇上见到一丝光亮。

那里空无一人，死气沉沉。

卡拉丁蜷缩在角落，心揪成了一团，厌倦了动不动就失败。他已经接受了自己的力量，走上了光辉骑士的道路，为什么这还不够？

想到这里，他立马朝城郊望去，寻找着自己的家，但没有找到。就算能在昏暗的雨夜找到自己的家，他也不愿回去，至少现在不行。他的家人可能已经死了，他实在无法面对。

于是卡拉丁绕过了赫斯通的西北端，那里有一座通往城主公馆的小山。像赫斯通这样的大乡镇，是周边小型农业社区的中心。正因如此，赫斯通才遭受了一名有一定地位的光眼种的统治。贪得无厌的光明贵人荣寿毁掉的远不止一个人。

*莫阿什……*卡拉丁心想，步履艰难地爬上山坡，朝公馆前进。夜里很冷，他浑身发抖。他必须在某个时刻面对朋友的背叛，以及暗杀艾尔霍卡未遂的行动。可现在，他还有更为迫切的伤口需要处理。

城主的公馆那儿曾经豢养着镇上的仆族。也就是在那里，仆族开始胡作非为。要是碰上荣寿残缺不全的尸体，卡拉丁不会太伤心。

"哇，"茜尔说，"是郁灵。"

卡拉丁抬起头，望见了一只绕着他打转的古怪灵体，这灵体又长又灰，犹如风中的破布带，他以前只见过一两次。

"它们怎么这么少见?"卡拉丁问,"人们一直在犯郁闷。"

"谁知道啊?"茜尔说,"有些灵体很常见,但有些灵体很少见。"她轻拍卡拉丁的肩膀,"我的一个近亲就喜欢狩猎这类东西。"

"狩猎?"卡拉丁问,"试着把它们找出来吗?"

"不是,就像你们狩猎巨壳生物那样。我不记得她叫什么了……"茜尔歪过脑袋,不顾落下的雨水穿透了她的形体,"她算不上我的婶婶,就是个荣灵。好奇怪的记忆呀。"

"你的记忆似乎又恢复了一些。"

"我跟你相处得越久,我的记性就越好,前提是你不会再想杀我。"茜尔扭头看了看卡拉丁。尽管天很黑,她身上的光芒还是能让卡拉丁看清她的表情。

"你到底要让我道几次歉?"

"已经有几次了?"

"起码五十次。"

"骗人,"茜尔说,"不会超过二十次。"

"对不起。"

等等,前方是不是有光?

卡拉丁停在半路。公馆里亮光摇曳,是不是着火了?不,似乎只是烛光或灯光。看来还有幸存者,但究竟是人还是虚渡?

他需要小心,但一走近公馆,他就觉得自己并不想这样。他想肆意妄为,如果他发现那些怪物夺走了他的家……

"做好准备。"他喃喃地对茜尔说。

他走下没有栽种石壳木和其他植物的道路,蹑手蹑脚地靠近公馆。这座宅子居然保存得如此完好,即使门廊已被连根拔起,屋顶也还留着。墙上的窗玻璃自然被灭世风暴震碎了,窗户上钉好了窗板,里面透着亮光。

隔着雨幕,卡拉丁很难看清室内,雨声也盖过了别的声音,但亮光前面黑影幢幢,那里一定有人,或是别的什么。

卡拉丁绕过公馆,走向建筑的北边,心怦怦直跳。那里是仆族的居所,也有佣人专用的入口。公馆内传来"咚咚咚"的巨响,仿佛住了一窝老鼠。

卡拉丁只好摸黑穿过庭院。仆族的露天居室建在公馆的隐蔽处,空间狭小,只有几排睡椅。卡拉丁把手探过去,发觉墙上有一个大窟窿。

他身后传来"窸窸窣窣"的声音。

他刚转过身,公馆的后门就开了,扭曲变形的门框刮擦着石面,他立即俯身躲到一丛页岩皮木之后。一束光穿透雨幕,打到他身上。那是一盏提灯。

卡拉丁横出手,准备召唤茜尔,但走出公馆的只是戴着锈迹斑斑的旧头盔的人类守卫,并不是虚渡。

守卫举高提灯。"喂!"他冲卡拉丁喊道,摸索挂在腰带上的锤子,"喂!给我站住!"他解下武器,颤颤巍巍地举起来,锤头朝外。"干什么呢?难不成是逃兵?快过来,这里有光,让我看一眼。"

卡拉丁警惕地站起。他没认出这名卫兵,但至少有人熬过了虚渡的侵袭,否则就是灾情调查组来了。不管怎样,在返乡后,这还是他见到的第一个好兆头。

他举起手,允许守卫把他赶进公馆。除了茜尔,他手无寸铁。

6 四段人生

> 我以为自己肯定死了。当然，有人比我看得更远，也觉得我倒下了。
>
> ——摘自《渡誓》序

卡拉丁走进荣寿的公馆，认出了一些人，他对死亡和损失的恐怖想象开始淡去。他在走廊上路过了镇上许多农民中的托拉维，回忆起那人以前的样子：大块头、宽肩膀。如今托拉维却比卡拉丁矮了半掌，身板也没有第四冲桥队的大部分成员强壮。

托拉维似乎没认出卡拉丁。那人进了边上的房间，里面挤得满满当当，暗眼种都坐在地上。

卫兵领着卡拉丁走在亮着烛火的走廊上。他们经过厨房，卡拉丁注意到了几十张熟悉的面孔。公馆里满是镇民，每个房间都很挤，大多数人以家庭为单位坐在地上，虽然看起来又疲惫又邋遢，但他们还活着。看来他们挫败了虚渡的袭击？

我的父母，卡拉丁心想，挤过一小群镇民，加快了动作。他父母在哪里？

"喂，站住！"落在后面的卫兵按住卡拉丁的肩膀，用钉头锤抵着卡拉丁的后腰，"小子，别让我把你打趴下。"

卡拉丁回头看着卫兵。那人长着棕色的斗鸡眼，没有留胡子，头盔都生锈了，真是丢人现眼。

"听好，"卫兵说，"我们这就去见光明贵人荣寿，你要说清楚为什么在这里鬼鬼祟祟的，没准他就不会吊死你，明白了吗？"

待在厨房里的镇民总算注意到了卡拉丁，纷纷让开，一边还互相咬耳朵，说他"有奴隶烙印""是个逃兵""很危险"，一个个都睁大了眼睛，非常害怕。

可没有人叫出他的名字。

"他们不认识你了？"茜尔问道，从灶台上走过来。

他们为什么会认出现在的他？卡拉丁照了照挂在砖灶旁的锅子。他浑身湿透，疲惫不堪，长卷发的发梢已经垂到了肩上，朴素的制服稍稍小了一号，脏兮兮的胡子好几周都没刮，简直就像个流浪汉。

这不是他在战争开始的头几个月里对回家的想象。他想象的是一次光荣的团聚，他会佩戴着士官的绳结，以英雄的身份归来，将弟弟安全带回家。在他的幻想中，人们表扬了他，还拍拍他的后背，很快接纳了他。

简直荒唐，这些人从来没有善待过他和他的家人。

"走吧。"卫兵猛地推了一下他的肩膀。

卡拉丁纹丝不动，见对方推得更猛，便借力翻了个身，逼得卫兵踉跄而过。那人转过头，一脸怒容，卡拉丁直直地瞪了回去。卫兵愣了愣，后退一步，把钉头锤握得更紧了。

"哇，"茜尔飞窜到卡拉丁肩上，"你的眼神好凶。"

"老军士的绝招。"卡拉丁喃喃说着，转身走出厨房。跟在后面的卫兵一声喝令，卡拉丁不想理他。

在这座公馆里，每走一步，就像在细数一段回忆。先是厨子吃饭的隔间,他发现父亲做贼的那个晚上,就在那里与瑞里尔和拉劳对峙;再是前面挂满陌生人画像的走廊,他小时候曾在那里玩耍,荣寿搬进来以后就没有更换过画像。

他免不了要和父母谈提安的事,所以他在恢复了自由身之后,才不想联系他们。他能面对他们吗?风操的,但愿他们还活着。可他还有脸见他们吗?

他听到了一声呻吟,轻得被人们的谈话声盖了过去,但他还是分辨了出来。

"有伤员吗?"他转身问卫兵。

"有啊,"那人说,"可——"

卡拉丁在走廊上前进,没有理他,脑畔是飞舞的茜尔。他循着痛苦的叫声在人群中推搡,终于跌跌撞撞地来到客厅门前。那里已经变成了临时的诊室,地上铺满了垫子,伤员就躺在上面。

有个人正跪在一个垫子旁边,小心地为伤员的断胳膊安上夹板。卡拉丁一听到叫苦的声音,就知道能在这里找到父亲。

李伦瞥了他一眼。风操的,卡拉丁的父亲沧桑了许多,深褐色的双眸之下,竟熬出了眼袋,头发比卡拉丁记忆中还白,面容也更憔悴了,可他还是老样子:谢顶、矮个、削瘦、戴着眼镜……而且还是那么叫人钦佩。

"怎么回事?"李伦又埋头忙活起来,"轩亲王的家族已经派兵了?比想象中快。你带来了多少人?势必可以用……"他忽然一愣,回头望着卡拉丁。

这下他瞪大了双眼。

"你好,父亲。"卡拉丁说。

卫兵总算追了上来,推推搡搡地挤过呆若木鸡的镇民,冲卡拉丁挥舞钉头锤。卡拉丁心不在焉地侧跨一步,推开卫兵,跌跌撞撞地往走廊里走去。

"真的是你!"李伦赶紧上前抱住卡拉丁,"噢,卡尔,我的儿子,我的宝贝儿子。赫希拿!赫希拿!"

没一会儿,卡拉丁的母亲就出现在门口,手捧一盘刚煮过的绷带,没准以为李伦要她护理病人。赫希拿比她丈夫高几指,头发包在方巾里,跟卡拉丁记忆中一样。

她看得瞠目结舌,马上用戴着手套的禁手捂住嘴巴,托盘往下一滑,绷带掉到了地上。三角形的浅黄色骇灵在她背后出现、分解、重组。她扔下托盘,轻抚卡拉丁的侧脸。茜尔化为光缎,在周围轻舞、欢笑。

然而不对父母说明实情,卡拉丁笑不出来。他深吸一口气,话到嘴边却咽了回去,之后才把话挤出来。

"父亲、母亲,对不起。"他低语,"我参军就是想保护弟弟,可我连自己都保护不了。"他不禁浑身发抖,背靠墙壁,只得瘫坐下来。"我是看着提安死的。对不起,都是我的错……"

"噢,卡拉丁。"赫希拿挨着他跪下,把他抱在怀里,"你的信我们早收到了,只是一年多前,他们说你也死了。"

"我应该救他的。"卡拉丁小声说。

"你当初就不该去参军。"李伦说,"事到如今……全能之主啊,你终于回来了。"说罢站了起来,泪水从脸颊滑落。"那是我儿子!我儿子还活着!"

不久后,卡拉丁坐在一群伤号中间,手捧一碗热汤。他究竟多久没吃过热饭了?

"李伦,那一看就是奴隶烙印。"一个士兵正在门边与卡拉丁的父亲交谈,"'撒'这个字,表示在公国内被贬为奴。他们说他死了,可能只是不想让你难堪。而单纯的犯上，还不至于被打上表示'危险'的烙印。"

卡拉丁抿了一口熬好的菜汤，里面拌着蒸过的谷瓜，还是以往的配方，满满都是家的味道。母亲关切地跪在他身边，一手按着他的肩。

回家后的半小时里，他没有多嘴。眼下他只想和家人在一起。

不可思议的是，他脑中涌起了一些美好的记忆。提安的笑颜浮现出来，就连最阴沉的日子也能照亮。他还想起了跟父亲学医、帮母亲打扫的时光。

茜尔一脸困惑地悬停在他母亲面前，依然穿着那件小巧的修身裙，只有卡拉丁能看见。

"飓风的风向一反，镇上不少屋子就毁了。"赫希拿轻声解释道，"我们家倒是没塌，可你的房间只好让出来了，卡尔。现在你回来了，我们可以给你腾出位子。"

卡拉丁望了望荣寿手下的卫队长，发觉自己对这人有印象。他长得很标致，不像是军人。不过，他毕竟是个光眼种。

"你别有顾虑。"赫希拿说，"不管……有什么麻烦，我们都会处理。周边村子的伤员一下子都转移了过来，有好多人，荣寿正需要你父亲看病。他不敢惹怒了李伦，你也绝对不会再被带走。"

她语重心长地诉说着，仿佛卡拉丁还没长大。

卡拉丁回到了家乡，却还被父母当作五年前那个去打仗的少年，感觉很不真实。这些年里，有三个人背负过他们儿子的名字：一个是在亚马兰军中历练锤打的士兵；一个是苦大仇深的奴隶；一个是他父母从不认识的卡拉丁军尉，负责保护全柔刹最有权势的人物。

而他也渐渐长成了另一个人：主宰天空，念出古老的誓言。五年一晃，四段人生。

"他是个逃跑的奴隶，"卫队长嘶声道，"我们不能置之不理，大夫。那身军装说不定也是偷来的。瞧瞧这个烙印，即便手里拿着矛，他终究是个逃兵。再瞧瞧这双丢魂的眼睛，您还以为他没干过坏事？"

"他可是我儿子。"李伦说，"我要替他赎身，你别想带走他。告诉荣寿，这事就算过去了，否则我也甩手不干了，除非他觉得只学了几年医的玛拉能够接我的班。"

他们以为把声音压低了，卡拉丁就听不见了吗？

好好看看屋里的伤员，卡拉丁。你一定漏掉了什么。

伤员里有骨折的、有脑震荡的，但没几个受了割伤。这显然是自然灾害造成的，不是因为打仗。那么虚渡究竟怎么了？是谁把他们打跑了？

"你离家之后，镇上的情况倒是好起来了。"赫希拿捏了捏卡拉丁的肩，颇有把握地对他说，"荣寿一改前非，想必是内疚了。房子可以重建，我们还能是一家子。不过有件事要告诉你，我们——"

"赫希拿。"李伦双手一举。

"怎么了？"

"给政府写封信。"李伦说，"讲明情况，请求宽大处理，起码得有个解释。"他瞥了卫队长一眼。"这下你那位当家的总能满意了吧？上头的回复可以等，先把我儿子还回来。"

"再说吧。"卫队长抄起手，"让额头上烙着'危险'的人在镇上乱跑，不见得是好事。"

赫希拿起身站到李伦身边，和他悄声说了几句。卫兵靠在门口，直勾勾地盯着卡拉丁。那人走起路来脚步很重，立正的时候膝盖又绷得太直，一点儿也不像身经百战的士兵，胸甲上斑斑点点，一转身剑鞘就会碰到东西，哪里还有军人的样子？他到底有没有自觉？

卡拉丁抿了口汤。回想他走进公馆的当口，样子又邋遢又落魄，说起提安的死就哭哭啼啼的。一到家就变得这么孩子气，也难怪父母会把他当成小孩。

这一次，或许真不该让下雨天坏了兴致。虽说他还驱不散心中阴郁的种子，但是飓风之父在上，他又何必沉沦下去。

这时，茜尔从空中朝他走来。"他们就是我印象里的样子。"

"你还有印象？"卡拉丁低声问，"茜尔，我住这儿的时候，你还不认识我呢。"

"这倒没错。"她说。

"那你怎么会有印象？"卡拉丁蹙眉问。

"我就是有印象。"茜尔围着他飞舞，"卡拉丁，人与人之间是有联系的，万物之间也是。那时我是不认识你，可风认识你。我本来就属于风，所以风知道的，我都知道。"

"你不是荣灵吗？"

"风属于荣誉，"茜尔笑了，仿佛他说了蠢话，"我们有血缘关系。"

"可你没有血。"

"你显然没有想象力。"她在空中降落，来到他面前，变成少女形态，"另外，还有一个声音，纯纯的，伴着像拍打水晶一样的歌声，遥远而动人……"她莞尔一笑，飞走了。

好吧，世界可能已经被颠覆了，但茜尔还是无动于衷。卡拉丁把汤放下，站起来舒展身体，关节发出了令人满意的响声。他向父母走去。风操的，镇上的人似乎都没有他记忆中高。他离开赫斯通时并没有那么矮吧？

房间外面，正有人在和那个戴着生锈头盔的卫兵讲话。那是荣寿，他穿的光眼种外套早就过时了，阿多林看了肯定会连连摇头。城主在右腿上装了木制义足，比卡拉丁上次见他时要瘦了些，松弛的皮肤就像化掉的蜡那般耷拉在颈口。

尽管如此，荣寿的态度还是那么专横，表情还是那么愤怒。他瞪着那双浅黄色的眼睛，似乎把自己被放逐的原因归咎于这座无足轻重的小镇上的每一个人和每一件事。以前他住在塔冠城,但和一些公民的身亡脱不开关系,莫阿什的祖父母就是被他害死的。后来他受到惩罚,被贬到了赫斯通。

他转向卡拉丁,被墙上的烛火照亮。"所以你还活着。我明白了,他们没有教你留在军队里。让我瞅瞅你的烙印。"他伸手撩起卡拉丁的刘海,"风操的,小子,你到底干了什么?揍了光眼种?"

"没错。"卡拉丁说。

说完打了荣寿一拳。

这一拳正好砸中了荣寿的脸,就像哈夫教导的那样,拇指朝外,用前两个指关节划过荣寿的颧骨和正脸。卡拉丁很少打得如此完美,甚至没有伤到拳头。

荣寿倒了下去,就像一棵被砍倒的树。

"这一拳,"卡拉丁说,"是为了我的朋友莫阿什。"

7 守牧人

可我没有死。

我经历了比死更糟糕的事。

——摘自《渡誓》序

"卡拉丁!"李伦惊呼道,抓住卡拉丁的肩膀,"儿子,你到底在干什么?"

倒在地上的荣寿鼻血直流,气急败坏地说:"卫兵,把他带走!听到没有!"

茜尔落到卡拉丁肩上,两手叉腰,两脚轻轻踏了踏。"算他活该。"

暗眼种卫兵赶紧扶荣寿起立,卫队长举剑指着卡拉丁,第三个人也从别的房间里跑进来,站到他们身边。

卡拉丁一脚后移,摆出防御姿势。

"还磨蹭什么?"荣寿用手帕捂着鼻子,喝道,"把他打倒!"一摊摊怒灵从地里冒出。

"请别这样,"卡拉丁的母亲喊道,紧紧依偎着李伦,"他只是心烦意乱,他——"

卡拉丁推出掌心朝着母亲,示意她不要说了。"母亲,没关系。我和荣寿之间还有一点没了结的人情债,我只是在还债。"

他接连迎上卫兵们的目光,那几个人来回倒换双脚,显得不知所措。荣寿还在吵吵嚷嚷。虽然卡拉丁出其不意地把控了全局,可他感到尴尬极了。

他猛地认清了事理。走出赫斯通之后,他确实见过坏心眼的人,而那些人都不是荣寿能够相比的。卡拉丁不是发誓也要保护那些他恨的人吗?他所领悟的信条,不就是不能寻私仇吗?他望了望茜尔,茜尔朝他点点头。

别一般见识。

一时间,做回卡尔的感觉还挺自在。所幸他已经长大了,成了一个崭新的人,这也是长久以来,他头一次为自己的身份感到高兴。

"退下,伙计们。"卡拉丁对卫兵们说,"我答应不再打你们的光眼种老爷。对不起,刚才我想到了我们的往事,一时心烦意乱,我和他都需要忘记那些事。告诉我,仆族怎么样了?有没有攻到镇上来?"

卫兵们动来动去,望着荣寿。

"都叫你们退下了。"卡拉丁厉声道,"飓风在上,老兄,你拿剑的姿势就像要去砍墩树一样。你呢?头盔都生锈了。我知道亚马兰在这儿招募的都是壮丁,可你这副模样,还不如我见过的信差。"

卫兵们面面相觑。已经拔剑的光眼种脸涨得通红,只好把剑插回鞘中。

"还愣着干什么?"荣寿喝道,"打他!"

"光明贵人,老爷,"光眼种卫兵垂下目光,"我可能不是这附近最好的士兵,但……请相信我,这顿打,我们还是当做没发生过为好。"另两人也点头同意。

荣寿打量着卡拉丁，用手帕轻擦鼻子，鼻血流得并不厉害。"看来在军队里，你确实有点长进了，嗯？"

"这是你没法想象的。我们得谈谈。哪间屋子人少点？"

"卡尔，"李伦说，"说什么傻话，别使唤光明贵人荣寿！"

卡拉丁挤过荣寿和卫兵，往走廊深处走去。"回答呢？"他厉声问，"哪儿有空房间？"

"楼上有，大人。"一名卫兵说，"书房里没人。"

"很好，"一听见"大人"二字，卡拉丁自顾自地笑了笑，"都和我一起上去吧。"

卡拉丁迈步上楼，可惜单单摆个派头是叫不动人的，谁都没有跟上，连他父母也是。

"我已经吩咐过了，"卡拉丁说，"我不想再讲第二遍。"

"小子，你有什么自信可以随处使唤人？"荣寿质问。

卡拉丁回过身，伸手召唤茜尔，一把明晃晃的碎瑛刃在雾气中成形，落入他手中，剑身凝着露珠。他把剑一转，插进地板，双手紧握剑柄，感到眼珠变成了蓝色。

周围的一切仿佛静止了。镇民们待在原地，看得张口结舌，荣寿也瞪大了眼睛。奇怪的是，只有卡拉丁的父亲连忙埋下头，闭上了眼睛。

"还有什么问题吗？"卡拉丁问。

✦

"等我们回来一看，虚渡已经不见了，嗯，光明贵人。"戴着生锈头盔的矮个卫兵阿里科说，"之前门都锁了的，但墙壁都被他们扯破了。"

"他们没有打人？"卡拉丁问。

"没有,光明贵人。"

卡拉丁在书房里来回踱步。这是一间斗室,但布置得井井有条,放着几排书架和一座高雅的书案。藏书排布齐整,若非女佣一丝不苟,就是书册不常移动。茜尔背靠一本书坐在书架上,天真地晃荡着双腿。

荣寿则坐在墙边,时不时地用两掌摩挲发红的脸颊,再把手放到脑后,动作紧张得出奇。他的鼻血止住了,但他的脸上会留下一片淤青。这只是他应得惩罚的一小部分,但卡拉丁却无心再去伤害荣寿。还是别当这么狭隘的人了。

"仆族都成什么样了?"卡拉丁询问一名卫兵,"那场不寻常的风暴刮过来,他们都变形了吧?"

"对啊。"阿里科说,"风停了以后,他们逃跑了,我一听有动静,就斗胆瞥了一眼。他们长得是很像虚渡,外皮上有大块的骨头凸出来。"

"他们也长高了。"卫队长补充道,"比我还高,跟您差不多吧,光明贵人。腿有墩树那么粗,一手就能掐死一头白脊,不骗您。"

"那他们为什么不攻击?"卡拉丁问。他们明明可以占领公馆,却在夜里出逃,看来虚渡的目标更令人不安。也许区区一个赫斯通,根本不值得费力气。

"你们应该没有追查他们的去向吧?"卡拉丁瞅了瞅几个卫兵,再看向荣寿。

"呃,没有,光明贵人。"卫队长说,"老实说,我们还怕活不下来呢。"

"您会禀告国王吗?"阿里科问,"就说我们有四座粮仓被风刮走了,受灾的群众没饭吃,要不了多久就会饿死。飓风天一回来,又会有半数人没地方住。"

"我会转告艾尔霍卡的。"话是这么说,但飓风之父在上,王国其他地区的情况也不会更好。

现在他得专心对付虚渡。既然手头没有充足的飓光，他便不能飞回去向达力拿汇报。眼下最顶用的，还是尽力查出敌人窝藏的方位。虚渡究竟有什么目的？卡拉丁没有亲历过他们的奇能异术，却也听过纳拉克之战的战报。仆族智者当时两眼发光，能够操控闪电，动起手来残忍无情，叫人胆寒。

"给我阿勒斯卡的地图，"他说，"越详实越好，要能在雨中携带，免得被雨淋坏。"他皱起眉头。"再备几匹马，要最好的。"

"你现在又要抢我的东西了？"荣寿轻声问，低头看地。

"抢？"卡拉丁说，"我明明要问你租。"他从口袋里掏出一把润石放到桌上，望向几个士兵。"嗯，还等什么？拿地图来啊？荣寿不可能没有周边地区的测绘图。"

论职务级别，荣寿顶多只能联络周边的村子，没有资格管辖公国的领地——那是更有威望的光眼种的事。卡拉丁住在赫斯通的时候并不知道其中的差别。

"我们还要等夫人允许，"卫队长说，"大人。"

卡拉丁扬起眉毛。荣寿的话可以不听，女主人的话就一定要听吗？"去找公馆的虔诚者，让他们准备我要的东西，夫人肯定会允许的。有条件的话，再找一支和塔石科配对的对芦，一旦有飓光驱动，就要向达力拿传信。"

卫兵们行完礼就走开了。

卡拉丁抄起手。"荣寿，我要去追那些仆族，看看能不能弄清楚他们的目的。你的护卫应该没有相关的经验吧？跟踪这种怪物本身就很难了，被雨水一淹就更难了。"

"他们为什么这么要紧？"荣寿头也不抬地问。

"你肯定猜到了。"卡拉丁一见化为光缎的茜尔落到他肩上，便向她点点头，"天气都乱套了，普通的仆人也转化成了恐怖的怪物。

那场风暴带着红色的闪电,风向还是反的。荣寿,灭世风暴真的来了,虚渡也回归了。"

荣寿呻吟着,身体前倾,双臂环抱着自己,好像快要吐了。

"茜尔?"卡拉丁悄声呼唤,"我大概又要靠你了。"

"说得好愧疚。"茜尔应道,歪过头。

"可不是吗?我也不喜欢把你挥来挥去,到处乱砍。"

她一脸不屑:"首先,我才不砍东西。我是一件优雅大方的武器,傻瓜。其次,你为什么要烦恼呢?"

"只是感觉不对劲。"卡拉丁答道,声音还是放得很轻,"你是小姑娘,不是武器。"

"等一下……也就是说,你介意我是小姑娘吗?"

"当然不是。"卡拉丁脱口而出,然后愣了愣,"也许吧,就是感觉怪怪的。"

茜尔嗤之以鼻:"你用别的武器时,就从不过问它们的感受。"

"别的武器又不是人。"他顿了顿,"哎,是人吗?"

茜尔又歪过头望着他,眉毛挑起,仿佛他说了很傻的话。

万物皆有灵,他母亲从小就这么教他。

"所以……我用过的矛,有些也是女人?"他问。

"至少是女的。"茜尔说,"一般情况下,大概有一半都是。"她往上一飞,来到他面。"都怪你,把我们看成是人。你有什么好说的?当然啦,老一辈的一些灵体确实有四种性别,不止两种。"

"什么?为什么有四种?"

她戳了戳他的鼻子。"傻瓜,人类可想象不到。"她"飕"地冲他飞来,化为一团雾气。他刚抬起手,碎瑛刃就显形了。

他大步走到荣寿的座位边,在那人跟前弯下腰,把剑尖指向地面。

不出他所料,荣寿抬起头,怔怔地望着剑刃。这类武器威力四射，从近处观察，不可能不被吸引。

"你怎么搞到的？"荣寿问。

"这要紧吗？"

荣寿没有回答，可他们都知道实情。如果能赢得一把碎瑛刃，并且不让其他人夺走它，那么它就是你的了。拥有一把碎瑛刃就够了，卡拉丁额前的烙印毫无意义，就连荣寿也无话可说。

"你这个骗子、卑鄙小人和杀人犯。"卡拉丁说，"尽管我很讨厌这样，我们还是没时间推翻阿勒斯卡的统治阶级，建立更好的政权。我们正遭受着自己不了解的敌人的袭击，这也是我们无法预料的，所以你必须站出来领导这些人。"

荣寿盯着那把剑，看着自己的倒影。

"我们并不是无能为力。"卡拉丁说，"我们可以反击，也一定会反击，但首先我们要活下来。灭世风暴会定期刮回来，可我也不知道要隔多久。你要做好准备。"

"怎么准备？"荣寿小声问。

"造房子的时候，两面都要造成斜的，来不及的话就找个能避风的地方躲着。我不能久留。这场危机不仅事关一个镇子和一个族群，哪怕那是我的家乡和乡亲。我只能指望你了。全能之主保佑我们，你是我们的全部。"

荣寿重重地瘫坐下来。很好。卡拉丁站起来，让茜尔变成的瑛刃消失。

"那就行动吧。"有人在他背后说。

卡拉丁呆住了。那是拉劳的声音。他背脊一凉，缓缓转过身，发现那名女子已经完全不是他认识的样子了。他们上次见面的时候，她还年少貌美，穿着一袭精致绝伦的光眼种长裙，只有浅绿色的眼睛流露出怅然若失的神色。荣寿的儿子死后，她失去了未婚夫，只好和年纪比她大一倍的荣寿订婚。

如今，卡拉丁面前的女人已经不再青涩，清瘦的脸庞写满坚毅，黑中带金的秀发绾成马尾，尽显干练。她穿着靴子和一件耐用的修身裙，裙子被雨淋湿了。

她上下打量卡拉丁，哼了一声。"卡尔，看来你长大了。听到你弟弟的消息，我很难过。先跟我来吧，你不是要对芦吗？我这边有一支可以连上在塔冠城摄政的王后，只是最近都没反应。好在还有一支能通到塔石科，正好是你问的。如果你觉得国王会回复，我们就托人传个信吧。"

说完她便走出门。

"拉劳……"卡拉丁跟了上去。

"听说你戳穿了我家的地板，"拉劳说，"要知道那可是上好的硬木。真是的，男人就喜欢武器。"

"我做梦都想回来。"卡拉丁在书房门外的走廊上停步，"我想以战斗英雄的身份回到这里，向荣寿发起挑战。我想救你，拉劳。"

"哦？"拉劳回头看着他，"你凭什么以为我需要别人救？"

"别告诉我这样你就满意了。"卡拉丁轻声说着，冲书房挥挥手。

"看来，成为光眼种并不会让人懂礼貌。"拉劳说，"卡拉丁，你别再侮辱我先生了。不管你是不是碎瑛武士，你再敢说这样的话，我就把你从我家里赶出去。"

"拉劳——"

"我当然满意，至少在风向反过来之前。"她摇摇头，"你很像你父亲，总觉得自己需要拯救所有人，甚至是那些宁愿你不要多管闲事的人。"

"荣寿虐待了我的家人。他让我弟弟去送死，还尽其所能陷害我父亲！"

"你父亲也说过我先生的坏话，"拉劳说，"在其他镇民面前贬低他。一个流亡到远方的新官，却发现镇上最有地位的居民公开批评他，换作是你，你会作何感想？"

她的观点自然有失偏颇。李伦当初也想和荣寿交好，不是吗？但卡拉丁没心情再争论了。他在乎什么呢？反正他打算让父母搬出去。

"我要去放对芦了，"拉劳说，"也许过一阵子才会有回复。虔诚者应该去取地图了。"

"很好。"卡拉丁在走廊上挤过她，"我去和我父母谈谈。"

他走下楼梯，茜尔从他肩上飞过，说："原来那就是你以前要娶的姑娘。"

"不是。"卡拉丁小声道，"不管怎样我都不会娶她。"

"我喜欢她。"

"你会的。"他走到楼下，抬头回望。荣寿已经来到楼上，和拉劳站在一起，怀里是卡拉丁留在桌上的润石。那得有多少钱？

有五六颗红宝石布罗姆，他心想，可能还有一两颗蓝宝石。他默默点着钱，风操的……他给得也太多了吧？数目比当时荣寿和卡拉丁父亲争夺了好几年的那一杯润石还大，现在不过是卡拉丁的零钱。

他以前总觉得光眼种个个都很有钱，可不起眼的镇上的小贵族就……荣寿其实挺穷的，只是另一种意义上的穷。

卡拉丁回去找父母，在公馆里经过了一些他认识的人，那些人小声唤着"碎瑛武士"，爽快地让开了道。随他们去吧，他在念出真言，握住茜尔变成的矛的时候，就已经接受了自己的身份。

李伦还在客厅料理伤员。卡拉丁在门口愣了愣，结果还是叹了口气，挨着李伦跪下。李伦正要伸手去取器械盘，卡拉丁立马拿起递过去，就像当年在父亲做手术时替他打下手那样。新来的学徒正在另一个房间医治伤患。

李伦瞅了卡拉丁一眼，又埋头疗伤。患者是个男孩，胳膊上缠着血迹斑斑的绷带。"给我手术剪。"李伦说。

卡拉丁递了上去，李伦也不细看就接过，小心翼翼地剪开绷带。

一根毛糙的木条刺穿了男孩的手臂,李伦摸了摸四周的皮肤,上面布满了干掉的血迹。男孩呜咽着,情况不妙。

"把木头和坏死的皮肤割掉,做烧灼处理。"卡拉丁说。

"你不觉得这有点过头吗?"李伦问。

"肘部那块还是要切除的。木头这么脏,会留下木刺,肯定要感染。"

男孩又哭了起来,李伦拍拍他,安慰道:"会没事的。还没有出现腐灵呢,不会截肢的。让我跟你父母谈谈吧。先嚼一下这个。"说完就给了男孩一些树皮,作为弛缓药。

李伦和卡拉丁一同去治疗下一个伤者。男孩还没有生命危险,麻醉起效后,就可以动手术了。

"你变坚强了。"李伦在检查伤者的足部时对卡拉丁说,"我还担心你的心长不出茧子。"

卡拉丁没有回应。其实他心里的茧子并不像他父亲想象的那么硬。

"可你也成了他们的一员。"李伦说。

"我眼睛的颜色一点也没变。"

"儿子,我不是在说你眼睛的颜色,我才不管一个人是不是光眼种。"父亲说完,卡拉丁见他在招手,便递过去一块碎布,让他清理伤员的脚趾,自己则着手准备用来固定的小夹板。

"你变成了杀手,"李伦接着说,"开始靠拳头和武器解决问题了。我多希望你能当个军医。"

"我没有多少选择。"卡拉丁把夹板递给父亲,取来绷带为伤员的脚趾做包扎,"说来话长,改天再告诉你吧。"至少他还愿意说出那些不太让人心碎的事。

"我想你不会留下吧?"

"嗯,我得跟着那些仆族。"

"那又要杀人了。"

"父亲,你真以为我们不该和虚渡战斗吗?"

李伦有些迟疑。"不。"他轻声说,"我知道战争是不可避免的,我只是不希望你卷进去。战争对人的伤害,我是见过的。战争蹂躏的是人的灵魂,我可治不好精神上的创伤。"他固定好夹板,转向卡拉丁。"我们是手术师。让别人破坏去,我们决不能伤害别人。"

"不。"卡拉丁说,"父亲,手术师是你,不是我。我是守牧人。"这是达力拿·寇林转述的话。[①] 卡拉丁起身道:"我会保护那些需要我保护的人。今天,这意味着我要去追击虚渡。"

李伦移开视线。"好吧。儿子,我很高兴你回来了,幸好你平安无事。"

卡拉丁把手搭到父亲肩上。"生先死,父亲。"

"走之前去见见你母亲,"李伦说,"她有东西要给你看。"

卡拉丁蹙起眉头,但还是走出医疗室,来到厨房。厨房里只点着几根蜡烛照明,他每到一处,眼前便只有影影绰绰的光亮。

他把水壶灌满清水,找到了一把小雨伞,方便在雨中看地图。之后,他上楼去书房找拉劳。荣寿已经回屋了,拉劳却伏案而坐,跟前是一支对芦。

等等,对芦有反应,红宝石亮了。

"飓光!"卡拉丁伸手一指。

"可不是?"拉劳冲他皱皱眉,"法器需要飓光驱动。"

"你怎么有充过光的润石?"

"几天前来飓风了。"拉劳说。

那时人类正与虚渡交战,飓风之父打破规律,唤来了一场应对灭世风暴的飓风。卡拉丁曾飞到飓幕前,与白衣刺客战斗。

[①] 参见《飓光志(卷一)王者之路》第19章,幻境中的光辉骑士所说的话。

"那场飓风很突然,"卡拉丁说,"你怎么知道要把润石放出去?"

"卡尔,"拉劳说,"起风之后再放润石又不难!"

"你现在手头有多少?"

"有一些。"拉劳说,"虔诚者手头还有点——也不是只有我想到要这么做。瞧,塔石科已经有人愿意向太后纳瓦妮·寇林传信了。你就是这个意思吧?你真以为她会回复?"

这时,芦苇笔动了起来,幸好来回复了。"'军尉?'"拉劳念道,"'我是纳瓦妮·寇林。真的是你吗?'"

拉劳眨眨眼,抬头望着卡拉丁。

"是我。"卡拉丁说,"走之前我还跟达力拿在塔顶讲过话。"但愿这样足以验明他的身份。

拉劳吓了一跳,赶紧记下。

一见有回复,拉劳读道:"'卡拉丁,我是达力拿。你那边情况如何,士兵?'"

"好过预期,长官。"卡拉丁简单概括了自己的发现,最后说,"虚渡恐怕已经跑了,赫斯通是个小镇,他们也懒得去破坏。我差人备了马匹和地图,可以侦察一下,探探敌人的状况。"

"'多加小心。'"达力拿回复道,"'你那边是不是没有飓光了?'"

"应该能弄到一点。估计还是回不去,但总比没有好。"

有那么几分钟,达力拿没有回复,拉劳借机更换了写字板上的纸张。

"'军尉,你的直觉很准。'"达力拿终于传书,"'我就在这座塔里,却感觉两眼一黑。你要尽量跟紧敌人,查明他们的举动,但不要冒不必要的险。带上对芦,每天晚上给我们发一个铭文报平安。'"

"明白,长官。生先死。"

"'生先死。'"

拉劳看看他，他一点头，示意通笔结束。拉劳一言不发地收拾好对芦交给他，他感激地接过，快步走出书房，下了楼。

刚才的通笔吸引了不少人，他们都聚集在楼梯前的门厅里，卡拉丁本想问问谁有充过光的润石，却半途打住了。他看到母亲正在和几个小姑娘说话，怀里抱着一个小孩。她在干什么……

他在楼梯前刹住脚步。那个小男孩大概一岁，咿咿呀呀地吃着小手。

"卡拉丁，快来见见你弟弟。"赫希拿转身对他说，"我在护理伤员的时候，就有几个姑娘替我看孩子。"

"弟弟？"卡拉丁低声说。这是他从没想到过的。他母亲今年四十一岁了，而……

弟弟。

卡拉丁伸出手，从母亲怀里抱起细皮嫩肉的小男孩，还嫌自己的手太粗糙。他浑身一颤，紧紧依偎着弟弟。留在此地的回忆并没有将他压垮，与家人的团聚也没有让他不知所措，但此时此刻……

他泪流不止，觉得自己像个傻瓜。这并没有改变什么，第四冲桥队已经与他情同手足。

可他还是哭了。

"他叫什么？"

"奥罗登。"

"'太平之子'。"卡拉丁喃喃道，"是个好名字，很吉利。"

一名虔诚者揣着一筒卷轴走到他身后。风操的，那不是泽赫布吗？她似乎还活着，但总是显得比石头还沧桑。卡拉丁把小奥罗登抱给母亲，一抹眼泪，接过卷轴。

人们聚拢在墙边。卡拉丁非常引人注目，他是手术师的儿子，后来却变成了奴隶，现在又变成了碎瑛武士。这么激动人心的事再过几百年都不会出现在赫斯通。

如果卡拉丁有发言权的话，至少他觉得不会。他朝已经走出客厅的父亲点点头，转身面对人群："谁有发光的润石？我拿两颗齐普①换一颗。都拿出来吧。"

茜尔绕着卡拉丁上蹿下跳，陆续有人交上了润石，卡拉丁的母亲也过来换钱，最后筹到的款项虽然只能塞满一个钱袋，但也是一大笔财富，至少不用再骑马了。

他系好钱袋，回头看见父亲走了上来。李伦从衣兜里取出一颗发光的小钻石齐普递给卡拉丁。

卡拉丁收下后，望了望母亲和她怀里的小男孩——他的弟弟。

"我想带你们去安全的地方。"他对李伦说，"现在我得走了，但我很快就会回来，带你们去——"

"不。"李伦说。

"父亲，灭世来了。"卡拉丁说。

附近的镇民轻声抽了口气，眼神像丢了魂一样。风操的，卡拉丁应该私下对父亲说的。他凑近李伦："我知道一个安全的地方。去了那里，你和母亲还有小奥罗登都不会有事。就这一次好吗？别犟了。"

"如果他们愿意的话，你可以带他们去。"李伦说，"但我要留下。尤其是……如果你刚才没说瞎话，这些人会需要我的。"

"走一步看一步吧，我会尽早回来。"卡拉丁咬紧牙关，打开公馆前门。外面传来雨声，空气中飘散着潮湿的味道。

他停在门口，回头看着一屋子邋遢的镇民。他们无家可归，担惊受怕。他们偶然耳闻了他的话，但他们其实已经知道了。他听到他们在议论虚渡和灭世。

他不能就这么丢下他们。

"你们没听错。"卡拉丁对聚集在公馆大前厅的一百多人（包括

---

①齐普是球币的最小面值。

站在通往二楼台阶上的荣寿和拉劳）大声说，"虚渡回归了。"

人们窃窃私语，惊恐万分。

卡拉丁吸入那袋润石里的飓光，皮肤上腾起纯净的光雾，在昏暗的大厅里清晰可见。他把自己往上甩，升到半空后，又往下施放风行术，使自己悬浮在距离地面大约两尺的地方。茜尔化为碎瑛矛，从雾中显形，落入他手中。

"轩亲王达力拿·寇林重组了光辉骑士团。"卡拉丁口吐飓光道，"这回，我们决不会辜负你们。"

有人露出崇敬的表情，也有人露出畏惧的表情。卡拉丁找到了父亲的面孔，李伦惊得合不拢嘴，而赫希拿却抱紧小婴儿，表情带着由衷的喜悦，脑畔绽开一圈蓝色的敬灵。

我会保护你，小不点，卡拉丁看着那个孩子，心想，*我会保护他们所有人。*

他向父母点点头，转身朝门外施放风行术，冲进被雨水浸透的夜幕。他会往南走半天的路，在连缀村停留，或者干脆飞过去，看看能不能为润石重新注满飓光。

接着，他就要去追击虚渡了。

沙兰的素描：塔城

8 有力的谎言

尽管如此,我还是可以实话实说:这本书从我年轻时就开始在我心中酝酿了。

——摘自《渡誓》序

沙兰埋头作画。

她笔触果敢,潇潇洒洒地在素描本上游移,每勾完几笔就翻转炭条,用最尖的地方画出深色的条线。

"嗯……"图腾伏在她的裙子上,宛如刺绣装饰,离她的小腿肚不远,"沙兰?"

她画个不停,仍在纸上涂黑。

"沙兰?"图腾问,"我明白你为什么恨我,沙兰。我不是故意帮你杀死你母亲的,但我就是这么做了。我就是这么做了……"

沙兰紧咬牙关,没有停笔。她坐在乌有斯麓城外,背靠冰凉的石块,脚趾阵阵发冷,四周冒出了形如尖钉的冷灵。一阵风吹过,缠结的发丝拂过脸颊,她只得用双手的拇指按住画纸,其中一根指头还藏在左袖内。

"沙兰……"图腾说。

"没事的。"沙兰悄声道,"就让我画吧。"说话间,风停了。

"嗯……"图腾说,"有力的谎言……"

眼下,沙兰应该能画出简单的静态风景。她坐在某座誓约之门的平台边缘,比主高地高出了十尺。这天早些时候,她启动了这座誓约之门,从仍在纳拉克等候的数千人中转移了好几百人。类似的做法只能维持一时,因为设备的使用会消耗大量飓光,就算外人带来了宝石,也并不充裕。

而且,沙兰也抽不开身。建造在每座平台中央的控制室只有正式的现役光辉骑士能够操作,目前的人选只有沙兰。

也就是说,每次都得由她召唤碎瑛刃,而她曾用这把剑杀死了母亲。她亲口承认了这件事,把它当作织光骑士的信条。

因此,她无法再把这个真相抛到脑后。

还是画画吧。

塔城的景色尽收眼底,巨塔直冲天际,沙兰奋力把它呈现在纸上。迦熙娜搜寻过这个地方,希望在这里找到古代的文献和记载,但他们至今没有发现任何类似的东西,反倒是沙兰开始努力去了解这座塔城。

如果把乌有斯麓勾勒下来,她是不是最终就能掌握那惊人的规模?由于找不到观察全景的角度,她始终关注着建筑的细节:阳台、田地的形状,还有深陷的豁口,仿佛要将人吞噬、淹没。

她没有把塔城画下来,而是用炭笔浅浅地铺了一层底,在上面画出交错的线条。在她端详画作的时候,一只风灵飞了过去,搅动着页面。她叹了口气,把炭笔丢进小包,掏出湿抹布擦拭闲手的手指。

士兵正在下面的高地上操练。一想到这些人都驻扎在塔城中,沙兰就觉得不安。荒唐,那只是一座建筑。

可她画不出来。

"沙兰……"图腾说。

"总会有办法的,"沙兰平视前方,"我父母的死不是你的错,不是你造成的。"

"你完全可以恨我,"图腾说,"我理解你的心情。"

沙兰闭上双眼,不想让图腾理解。她希望图腾能说服她,让她相信自己是错的,必须如此。

"我不恨你,图腾。"沙兰说,"我恨那把剑。"

"但——"

"那把剑并不是你。它是我自己,也是我父亲,还是我们的人生和人生的乱象。"

"我……"图腾轻声鸣道,"我不明白。"

你明白了我才会惊讶,沙兰心想,*反正我是不明白*。所幸有一名斥候登上斜坡,来到了沙兰所在的平台,分散了她的注意力。这名暗眼种女子一头阿勒斯卡人特有的乌黑长发,身穿蓝白两色制服,传令兵款式的裙子底下是一条长裤。

"嗯,'光辉女士'?"斥候鞠了一躬,问道,"轩亲王求见。"

沙兰嘴上说了句"烦人",心里却暗暗松了口气,庆幸有事可做。她让斥候拿着素描本,一边收拾小包。

包里的润石都变暗了,她注意到。

虽然有三位轩亲王与达力拿一同远征破碎平原的腹地,但更多人却选择留守。意料之外的飓风到来后,哈萨姆就通过对芦从平原上的斥候那里收到了消息。

他的军营赶在飓风来袭之前摆出大部分润石进行充光,储备比别人多出一大截。他成了富翁,因为达力拿向他购买发光的润石来操作誓约之门,运送补给。

相比之下,把润石提供给沙兰练习织光术,并不算是太大的花销。不过，看着两颗用来御寒的润石完全褪了光，她还是感到有些愧疚。以后得注意点。

她把东西都收拾好，伸手索要素描本，却发现斥候睁大了眼睛，正在翻阅画作。"光明女士……"她说，"画得太好看了。"

有几幅素描似乎是从塔基望出去的仰视图，稍稍捕捉到了乌有斯麓的壮观，但画作传递的气氛更多的还是一种眩晕感。沙兰对此并不满意，她发觉自己利用了不可能存在的消失点和透视，增强了素描的超现实性。

"我一直想把高塔画下来，"沙兰说，"但没找对角度。"也许等那个眼神幽怨的光明贵人回来，他就能带沙兰沿着山脉飞向另一座山峰。

"我从没见过这种画风，"斥候翻阅着画作，"叫什么？"

"叫'超现实主义'。"沙兰拿回大素描本塞到腋下，"那是一场古老的艺术运动。当我画不出想要的画面时，我大概默认是这种画风。除了学生，现在几乎没有人再去管它了。"

"看了这些画儿，我的脑子都醒不过来了。"

沙兰伸手一指，斥候便领着她走下平台，穿过高地。她发现场地上已有不少士兵停下了操练，直盯着她看。真麻烦，她已经不是那个来自闭塞城镇的无名女孩了。顶着"光辉女士"的名号，她假装自己是异唤骑士团的一员，并说服了达力拿，至少对外宣称她所在的骑士团无法创造幻象。这个秘密绝不能外传，否则有损她办事的效力。

那些士兵凝望着她，仿佛她身上能长出碎瑛甲、眼里能喷出团团火焰、飞起来就能推倒一两座山似的。*或许应该从容一些*，沙兰暗自想道，*表现得……更有骑士的样子？*

她瞅了瞅一个穿着红金两色制服的哈萨姆军士兵。那个人立马垂下头，揉了揉系在右上臂的铭守符。虽然达力拿决意挽回光辉骑士的名誉，但是飓风在上，短短几个月内，一个国家的固有观念是无法改变的,毕竟古代的光辉骑士团背叛了人类。许多阿勒斯卡人似乎愿意重新认识各大骑士团,但剩下的人就没有这么宽容了。

尽管如此,沙兰还是昂首挺胸,更多地用老师教导的姿势走路。迦熙娜曾说,力量是观念的虚像,实现自控的第一步,就是相信自己能够做到自控。

斥候领着沙兰进入塔城。她们登上一段楼梯,前往达力拿的安全区。斥候边走边问:"光明女士,能问您一个问题吗?"

"既然你都问了,那就请便吧。"

"哦,嗯,这样啊。"

"不要紧,你想知道什么?"

"您是……光辉骑士。"

"这其实是陈述句,让我对自己先前的说法产生了怀疑。"

"对不起,我只是……很好奇,光明女士。光辉骑士是怎么当的?您有一把碎瑛刃吗?"

原来是这个走向。"我向你保证,"沙兰说,"在履行骑士职责的同时,我完全能保持得体的女性特质。"

"哦。"斥候说。怪了,她似乎对这个回答感到失望。"那还用说,光明女士。"

乌有斯麓似乎是直接由山石打造而成,屋角没有接缝,墙壁上也没有明显的砖块。石体大多显出细密的层次,色调不一,美不胜收,就如商店里层层**叠叠**的布匹。

塔内的通道通常蜿蜒曲折,很少直通岔口。达力拿认为,这种近似于堡垒的设计可能是为了蒙骗闯入者。石廊峰回路转,毫无缝隙,感觉就像隧道。

贯穿墙壁的岩层有着显著的纹路,沙兰根本不需要向导,可别人好像都分不清楚,还说要在地上标出方向。难道他们就认不出相互交错的宽红纹和细黄纹吗?只要循着纹路微微斜向上的方向走,就能去往达力拿的居室。

她们很快就到了。斥候负责守在门外,方便为他俩效劳。沙兰走进一个房间,那里一天前还空空如也,现在却摆满了家具,在达力拿和纳瓦妮的卧房外面辟出了宽敞的会议厅。

阿多林、雷纳林和纳瓦妮都已落座。达力拿站在他们跟前,两手叉腰,一边端详墙上的柔刹地图。阴冷的房间里堆满了地毯和豪华家具,像是一头猪穿上了淑女的修身裙。

"父亲,我不知道要怎么接近亚泽尔人。"雷纳林说,"帝王才刚登基,让他们变得难以捉摸。"

"他们可是亚泽尔人,怎么会难以捉摸?"阿多林抬起没受伤的手,朝沙兰挥了挥,"那儿的朝廷不是连果皮怎么削都有规定吗?"

"这是一种刻板印象。"雷纳林说。他穿着第四冲桥队的制服,虽然屋里并不太冷,他却手捧热茶,肩上披着毯子。"他们是拥有庞大的官僚机构,但朝廷的变动还是会引起动荡。其实,这位刚登基的帝王可能更容易修改政策,因为政策非常明确,大可以修改。"

"我倒不担心亚泽尔人。"纳瓦妮用笔轻敲笔记本,在上面写了写,"他们一向讲道理,会听劝的。那图卡和埃穆尔呢?如果他们之间的战争激烈得让他们连灭世的重现都顾不上,我也不会感到惊讶。"

达力拿闷哼一声,抬起一只手摩挲下巴。"图卡有个军事首脑,叫什么名字来着?"

"太紫穆。"纳瓦妮说,"他自称是全能之主的一面。"

沙兰嗤之以鼻,把小包和素描本放到地上,挨着阿多林落座。"全能之主的一面?至少他还挺谦虚。"

达力拿扭头望着她,把双手背到身后。风杀的,他的身形总是如此魁梧,超过他身处的任何一个房间。他总是紧锁眉头,为沉思所困。达力拿·寇林真能把吃早餐也演变成全柔刹最重要的决定。

"光明女士沙兰,"达力拿说,"告诉我,你会怎么对付马卡巴克诸王国？既然风暴就像我们预警的那样来临了，我们就有机会用强势的地位去接近他们。亚泽尔是最重要的一环，只是他们刚刚面临继承危机；埃穆尔和图卡自然在打仗，纳瓦妮说得不假；塔石科的情报网必定可以利用，但是他们太孤立了。那么就只剩伊泽尔和里亚弗了，也许他们的参与能说服他们的邻国？"

他满怀期待地面对沙兰。

"嗯，是这样……"沙兰思忖道，"有几个地方我听说过。"

达力拿抿着嘴，他不像是能开玩笑的人。图腾在沙兰的裙子上嗡鸣，有些担忧。

"很抱歉，光明贵人。"沙兰往椅背上一靠，接着说，"我不明白，您为什么要听我的意见？这些王国我有所了解，但仅限学术层面。要问当地的主要港口，我或许还有把握，只是讲起外交政策……您看，我在离开祖国之前，都没有和阿勒斯卡人说过话，而我们其实是邻国！"

"我明白了。"达力拿柔声道，"那你的灵体有什么建议？能把他请出来，和我们谈谈吗？"

"您指的是图腾？他对人类不是特别了解，这也算是他来这里的初衷。"沙兰在座位上动了动，"而且说实话，光明贵人，我觉得他很怕您。"

"嗯，他显然不笨。"阿多林指出。

达力拿瞪了儿子一眼。

"别这样，父亲。"阿多林说，"如果有人能去恐吓自然的力量，那非您莫属。"

达力拿叹了口气，转身按着地图。奇怪的是，雷纳林站了起来，放下毯子和热茶，走过去把手搭在父亲肩上。这个小伙子站到达力拿身边，模样比平时还要纤弱，虽然他的头发不像阿多林那样金灿灿的一片，但也夹杂着黄色。他与达力拿形成了非同寻常的反差，两人就像是用截然不同的模子刻出来的。

"儿子，世界实在是太大了。"达力拿望着地图，"这么多王国我都没去过，我又怎么能统一柔刹？年轻的沙兰说得很明智，但她可能还没有意识到，我们并不了解这些人。如今却要让我对他们负责？真希望我能看透这一切……"

沙兰在座位上挪了挪，觉得自己仿佛被人遗忘了。达力拿叫她过来，或许是想寻求光辉骑士的协助，但寇林家族的互动一直是对内的，在这一点上，她不过是入侵者。

达力拿转身走到门边，从温过的酒壶里倒了一杯酒。当他经过沙兰身边时，沙兰生出一种异样的感觉，心里一震，仿佛受到了牵动。

达力拿端着酒盏，又走过沙兰，朝墙上的地图而去。沙兰起身跟着他，从小包里吸入一缕蒸腾的飓光。飓光注入体内，她的皮肤开始发亮。

她把闲手放到地图上，飓光涌了出来，光芒剧烈流转，将地图照亮。她并不十分理解自己的行为，但这是常态。艺术的精髓不是理解，而是体会。

飓光从地图上流出，迅速从沙兰和达力拿之间穿过，纳瓦妮见状赶紧离开座位，向后退去。飓光蜿蜒潆洄，在房间的中央化为一幅更大的地图，大概飘浮在桌面的高度。山峦升起，宛如布片挤压而出的沟壑；广袤的平原满目绿意，枝蔓交错，碧草成茵；受尽风吹的光秃山坡也在背风面萌发出了勃勃生机。飓风之父啊……柔刹的地貌就在眼前呼之欲出。

沙兰屏住了呼吸。她当真做到了？可她又是怎么做到的？她通常需要在创造幻象之前对事物进行描摹。

地图的边缘闪闪发光，延伸到墙边。阿多林起身穿过幻象中央，就在卡哈巴兰斯附近，周身漫出缕缕飓光。他一走到外面，幻象就会搅动一番，利落地在他身后复原。

"怎么会……"达力拿凑近观摩雷希群岛所在的区域,"真是丝丝入扣,城市仿佛就在眼前。你做了什么?"

"我也不知道自己是不是做了什么。"沙兰走进幻象,感受着萦绕在周围的飓光。尽管幻象细节很精致,但角度还是离得很远,山脉还不及她的指甲高。"幻象不可能是我创造的,光明贵人。我没有相关的知识。"

"也不是我创造的。"雷纳林说,"飓光肯定是从你那边来的,光明女士。"

"没错,嗯,当时你父亲在拽我。"

"拽你?"阿多林不解地问。

"那是由于飓风之父的影响。"达力拿解释道,"每当飓风刮过柔刹时,这就是他看到的景象。创造幻象的人并不是我,也不是你,而是我们彼此。"

"好吧,"沙兰说,"您刚才还在抱怨自己无法完全理解。"

"这消耗了多少飓光?"纳瓦妮问道,绕过新地图明亮的外围。

沙兰看了看自己的包。"嗯……都耗尽了。"

"我们会给你续上。"纳瓦妮叹道。

"不好意思,我——"

"别客气。"达力拿说,"让光辉骑士进行能力操练,是目前最宝贵的投资之一,哪怕哈萨姆要我们付一大笔钱买润石。"

达力拿大步穿过幻象,四周飓光回旋。他在地图的中心部分止步,挨着乌有斯麓的位置,从房间的一端缓缓望向另一端。

"十座城市,"他低声道,"十个王国。十座誓约之门很久以前把它们连接起来了。这就是我们的战斗方式,我们要这样开始:不从拯救世界入手,而是从这个简单的步骤入手。我们要利用誓约之门守护城市。"

"虚渡无处不在,但我们可以更灵活,向都城提供支持,快速进行食品或塑魂者的跨国传送，这十座城市势必会成为守备森严的光明堡垒。九影之人将至……"

"'九影之人'是什么？"沙兰精神一振。

"是敌人的斗士。"达力拿眯起眼睛，"荣誉在幻境中告诉我，我们生存下去的最好机会是迫使仇恨接受代理斗士的对决。敌人的斗士我见过，眼睛通红，穿着黑色的盔甲，可能是仆族，有九道影子。"

一旁的雷纳林瞪大眼睛，转头望着父亲，惊得合不拢嘴，而其他人似乎都没有注意到。

"有一座誓约之门就在亚泽尔的都城阿兹米尔。"达力拿从乌有斯麓的位置走到西部国家亚泽尔的中央，"我们需要开启那座传送门，取得亚泽尔人的信任。他们对我们的目标至关重要。"

他继续朝西走。"深国和巴巴萨纳姆的都城各藏有一座誓约之门，第四座则远在暗影城拉尔艾洛林。"

"还有一座在里拉，"纳瓦妮来到他身边，"迦熙娜认为在库尔兹。第六座在艾米亚，岛屿被毁以后，传送门也没有下落了。"

达力拿哼了一声，转向地图的东部区域。"第七座在魏德纳，"他步入沙兰的祖国，"第八座在泰勒拿城，第九座在破碎平原，已被我们控制。"

"最后一座在塔冠城，"阿多林轻声道，"我们的故乡。"

沙兰走过去抚摸他的胳膊。塔冠城的对芦通信已经中断，当地的情况无人知晓，卡拉丁的传书成了最可靠的线索。

"我们要从小处着眼，"达力拿说，"从几个对维持世界稳定最重要的国家入手，也就是亚泽尔、雅克维德和泰勒拿。我们会接触别的国家，但重点还是这三个强国，原因是亚泽尔的组织纪律和政治影响力、泰勒拿的海运和海军实力以及雅克维德的兵力。光明女士达瓦，希望你能谈谈自己对祖国和内战后的形势的见解。"

"那塔冠城呢？"阿多林问。

达力拿正要回答,却被敲门声打断。他准许访客进入,先前的斥候探进头来,一脸忧虑:"光明贵人,您快来看看吧。"

"怎么了,琳?"

"光明贵人,长官,又……又有人被杀了。"

9 螺纹

> 我所有的经历都说明,这一刻会到来,而我会做出这个决定。
> ——摘自《渡誓》序

成为"光辉女士"的一大好处是,可以在这一次介入重大事件。护卫举着油灯照亮了走廊,人们匆匆走过,没有人质疑她的出现,没有人认为她来错了地方,甚至没有人考虑过,带领年轻女子前往凶杀现场是否合适。这种改变可真是喜人。

她无意中听到了斥候汇报给达力拿的情况。死者是一位叫维德卡·派瑞尔的光眼种军官,来自塞巴里尔军,但沙兰不认识他。尸体在塔城二层的偏远区域被一支斥候队发现。

他们愈发接近案发现场,达力拿带着护卫小跑而去,把沙兰甩在了后头。阿勒斯卡人的腿还真是风杀的长。她早已吸入了飓光,却都用在了那张麻烦的地图上。地图在他们走出会议室时就散作了一团光雾。

她精疲力竭,心里闹得慌。前方的阿多林停下来回头看了看,双脚不停来回走动,好像有些不耐烦,不一会儿却赶到她身边,没有再往前跑。

待阿多林和她步伐一致,她说了声"谢谢"。

"反正他已经死透了,不是吗?"阿多林尴尬地笑了笑,似乎非常不安。

他用套着夹板的伤手去牵沙兰的手,结果疼得龇牙咧嘴,沙兰便搂住了他的胳膊。他举起油灯,两人赶紧前进。这里的岩层呈螺旋状,宛如螺纹,在地上、顶上和墙上迂回盘旋。沙兰把这奇景印入脑海,便于稍后作画。

她和阿多林终于赶上了其他人,经过了一群守在外围的卫兵。虽然尸体是第四冲桥队发现的,但被派来保护现场的仍是寇林军的增援士兵。

被围起来的是一个中等大小的房间,已被许多油灯照亮。沙兰在门口停下,跟前是一个四周隆起的宽阔方形凹陷,大概有四尺深,开凿在房间的地上。墙壁的纹路仍旧蜿蜒曲折,混杂着橙、红、棕三色,一道道彩条逐渐扩大,又逐渐变窄,延伸到走廊的另一边。

死者仰面躺在凹坑的底部。沙兰硬着头皮看了几眼,却还是觉得恶心。死者眼球被刀刺穿,脸上血肉模糊,衣冠凌乱不堪,似乎历经了一番苦战。

达力拿和纳瓦妮都站在坑洞上方,脚下是凸出的岩架。达力拿面如磐石,神色严峻,纳瓦妮则抬起闲手捂住嘴巴。

"光明贵人,我们发现他时,他就是这样。"冲桥手皮特说,"我们马上就喊您来了。风杀的,这个人的死相简直和轩亲王撒迪亚斯一模一样。"

"连倒地的位置都一模一样。"纳瓦妮提着裙摆走下台阶,来到较低的区域。凹坑几乎占据了整个房间,其实……

沙兰望向高处,看到墙壁上有几座凸出的开口马首石雕。她心想：那些都是出水口，这里曾是浴室。

死者流出的血淌进了凹坑另一端的排水孔。纳瓦妮避开那道血迹，挨着尸体跪下。"不可思议……死者所在的位置、眼球被刺穿的模样……谋杀现场与撒迪亚斯案如出一辙，肯定是同一个凶手干的。"

没有人试图阻止纳瓦妮察看现场，仿佛让太后触碰尸体是完全得当的。谁知道呢？也许在阿勒斯卡，女性就应该做这种事。沙兰还是觉得很奇怪，阿勒斯卡人是多么不顾一切地把女性拖到战场上，让她们担当文书、信使和斥候。

她瞅了瞅阿多林，想看看阿多林的反应，只见他瞪大眼睛直盯着现场，惊得合不拢嘴。"阿多林？"沙兰问，"你认识他吗？"

他似乎没听到。"这不可能，"他喃喃自语，"绝不可能。"

"阿多林？"

"我……我不认识他，沙兰。我只是觉得……我是说，撒迪亚斯的死只是孤立的案子。他是什么样的人，你也清楚。没准是他自作孽。要他死的人可太多了，对不对？"

"似乎不止如此。"沙兰抱起双臂。这时达力拿也走下阶梯，来到纳瓦妮身边。跟在达力拿后面的人，不仅有皮特和偻朋，竟然还有第四冲桥队的瑞莱恩。仆族智者的出现引起了士兵的注意，有几人在不经意间护到达力拿身前。不管瑞莱恩穿着哪种制服，他们都视其为威胁。

"科洛特，"达力拿望向领队的光眼种军官，"你是第五大队的弓箭手吧？"

"是的，长官！"

"我们让你们和第四冲桥队一起在塔里探路了吗？"达力拿问。

"风行骑士团正缺人手，长官，而且再多几个斥候和文书也方便制作地图。我手下的弓箭手机动性很强，天天在外面操练挨冻，还不如在塔里探路，所以我就自愿带着队伍过来了。"

达力拿嘟哝了几句。"既然是第五大队……那你们的警队是哪一支？"

"塔兰军尉的第八中队。"科洛特说，"他是我的好朋友，只是……没挺过来，长官。"

"请节哀，军尉。"达力拿说，"你们能不能暂时退下？我想和我儿子商量一些事。继续拦着现场，等我的命令，不过别忘了通知艾尔霍卡国王。再派人给塞巴里尔带个口信，先提个醒，稍后我会亲自去跟他详谈。"

"遵命，长官。"说完，瘦高的弓箭手大声发令，包括冲桥手在内的士兵都离开了。这时，沙兰觉得后脖颈一阵刺痛，她抖抖身子，不由得回头瞥了一眼。她十分讨厌这座莫名其妙的建筑带给她的感受。

见到雷纳林就站在她身后，她吓了一跳，发出一声尖叫，脸上红了一大片。她都忘了自己正和寇林家族同处一室。几只愧灵渐渐在她周围显现，形如飘飞的红白花瓣。她平时很少引来愧灵，也是奇怪，因为她总以为这种灵体会常伴在她身边。

"对不起，"雷纳林嘟哝道，"我没打算偷袭。"

阿多林下到凹坑里，仍然一脸涣散。只是查个凶手，他就那么不高兴？几乎每天都有人想杀他。沙兰提起修身裙的裙摆，也跟着下去，但避开了地上的血迹。

"真令人不安。"达力拿说，"眼下我们就像飓幕前的落叶，正面临着足以把人类从柔刹抹去的可怕威胁，我没空操心在走道里溜达的杀人犯。"他抬眼看了看阿多林，"我能派去调查的人大多已经死了，比如尼特、马兰……国王亲卫队也好不到哪里去。而那些冲桥手，虽然素质过硬，却没有相关的经验。所以，我需要把这个任务交给你，儿子。"

"交给我？"阿多林问。

"你调查过国王马鞍上的肚带,表现不俗,哪怕最后扑了个空。现任轩督王是亚拉达,你去见他一面,向他说明事情的经过,安排一支警队去调查,作为我的联络员配合他们的工作。"

"您希望……"阿多林说,"由我调查是谁杀了撒迪亚斯?"

达力拿点点头,挨着尸体蹲下,但死者已经死透了,沙兰不知道他想看什么。"兴许派我儿子去,会让别人相信,我对办案是认真的。其实这倒未必,他们没准只会觉得,我无非是派了个不会走漏风声的人。飓风在上,要是迦熙娜在这儿就好了。她知道怎么引导舆论的倾向,以免宫廷中出现对我们不利的意见。"

"儿子,不管怎样,你都要继续调查下去,起码要让余下的轩亲王知道,我们把谋杀案放在第一位,会专心查出凶手。"

阿多林咽了一口口水。"我明白。"

沙兰眯起眼睛。阿多林怎么了?她望了雷纳林一眼,后者仍旧站在空水池边的走道上,那双宝蓝色的眼睛一眨不眨地盯着阿多林。雷纳林向来有点古怪,但他似乎了解一些沙兰不了解的内情。

伏在沙兰裙子上的图腾轻轻地哼了起来。

达力拿和纳瓦妮最终去和塞巴里尔交谈了。他们一走,沙兰就拉住阿多林的手臂。"怎么回事?"她哑声询问,"你认识那个死人,对吗?你知道是谁杀了他?"

阿多林与她对视。"我不知道,沙兰,可我要查清楚。"

沙兰凝望着阿多林那双浅蓝色的眼睛,掂量他的眼神。风操的,她在想什么?阿多林本性不坏,但他简直骗不过别人。

阿多林怫然离去,沙兰急忙跟上。雷纳林还留在房间里,目送他们穿过走廊。沙兰走远后再回头看,就看不到他了。

10 散心

> 我的异端信仰或许要追溯到我的童年,这些思想就是儿时萌芽的。
> ——摘自《渡誓》序

卡拉丁在坡顶纵身一跃,利用风行术把自己往上带,刚好让自己飞起来,从而保留体内的一部分飓光。

他在雨中翱翔,朝向下一座山坡的坡顶。他身下的山谷长满了薇树,细长的树枝相互交错,形成了一面近乎密不透风的林墙。

他轻盈降落,途经一只只形如蓝色烛火的雨灵,脚底在湿漉漉的岩石上滑过。他撤除风行术,待重力恢复,再快步前进。在学会矛和盾的用法之前,他就学会行军了。他笑了笑,仿佛听到了哈夫在队列后方协助落后士兵的喝令声。哈夫总是说,一起行军的士兵才容易学会战斗。

"你笑啦?"茜尔发话了。她化为大颗雨滴的形态,从他身旁划空飞过,没有径直落下。她的形态很自然,但也完全是错误的,看似合理，实则不可能存在。

"没错，"卡拉丁说着，雨水从脸上滴下，"我应该更严肃点的，毕竟我们正在追踪虚渡。"风操的，这话听起来可真奇怪。

"我不是想责怪你。"

"有时候跟你说不清楚。"

"什么意思？"

"两天前我发现母亲还活着。"卡拉丁说，"这个位置并不缺人，你不要再来填补了。"

他朝上施放些许风行术，然后侧身站着，在潮湿的陡坡上滑行，经过了敞开外壳的石壳木和缠结扭曲的藤蔓——它们经受了连续降雨，已经吸饱水分。泣雨季过后，城镇周围时常能找到不少枯萎的植物，如同强飓风过境。

"我也不想像个母亲那样照顾你。"茜尔保持着雨滴形态，与她对话是种离奇的经历，"你不高兴了，我偶尔才训你一顿。"

卡拉丁嗤之以鼻。

"要么就是你不爱说话了。"茜尔变回穿着修身裙的少女形态，撑着一把伞坐在半空中，在卡拉丁身边移动，"等你成了阴沉的傻瓜，给你带去幸福、光明和快乐就是我庄严而重大的使命，而你几乎总是这样，所以别想跟我争。"

卡拉丁暗自发笑，屏住少量飓光，快步登上下一座山坡，再滑向下一座山谷。这片叫作阿卡尼的地区开辟了上好的耕地，所以备受撒迪亚斯的重视。当地可能文化落后，但连绵起伏的谷瓜田和潟娄米地或许养活了半个王国。别的村庄则致力于生猪的大批养殖，产出猪皮和猪肉。此外，还有一种比较少见的养殖类刚甲蟹，它们形似红甲蟹，体内的琼心石虽然不大，但能取出来驱动塑魂术，变出肉类。

茜尔化为光带，飞快地在卡拉丁面前画着圈，就算在阴天，也很难不让人感到振奋。卡拉丁全力赶到阿勒斯卡，一路上都忧心忡忡，还以为自己来不及拯救赫斯通。结果发现父母还活着,着实让他喜出望外,这种事正是他的人生极度匮乏的。

所以他顺从飓光的催促,奔跑、跳跃。虽然他花了两天追踪虚渡,但他的疲惫已经烟消云散。沿路的破败村庄没有多少可以留宿的地方,但他找到了一片屋檐躲雨,还吃了点热的食物。

从赫斯通出发之后,他由近及远地走访了周围的村子,询问当地仆族的情况,提醒居民注意防范,因为那场可怕的风暴还会刮回来。目前,他还没有发现遭受袭击的村镇。

卡拉丁来到下一座山坡的坡顶,停下了脚步。一根风化的石桩立在岔口前。他儿时从未如此远离赫斯通,但他其实只走了几天的路程。

茜尔轻快地飞了过来,他抬手挡住眼睛,免得雨水模糊视线。石桩上的铭文和简图显示了下一座城镇的距离,但他用不着,因为他已经看见了。灰蒙蒙的天幕衬着一个模糊的黑点,以当地标准来看,应该是一座相当大的城镇。

"来吧。"他开始下山。

茜尔落到他肩上,化为少女形态。"我想我会当个好母亲。"

"怎么说到这个话题了?"

"是你提起的。"

这指的是因为茜尔对他唠叨,他就把茜尔比作母亲的事吗?"那你能生小孩吗?生小灵体?"

"不知道。"茜尔实话实说。

"你把飓风之父……嗯,叫作父亲,对吧?所以你是他亲生的?"

"大概吧?我想是吧?倒不如说,是他帮忙塑造了我。他还让我们开口说话。"茜尔歪过头,"嗯,他造就了我们之中的一部分,我也算一个。"

"那你也许能做到。"卡拉丁说,"嗯,找几缕风,或是荣誉的一小部分，再塑造它们？"

他用风行术跃过缠成一团的石壳木和藤蔓，在落地时惊到了一群飓虫，吓得它们从附近一具非常干净的水貂骨架下面逃窜出来。这可能是大型食肉动物吃剩的残骸。

"嗯，"茜尔说，"我肯定能当个好母亲。我要教小灵体怎么乘风飞舞、怎么骚扰你……"

卡拉丁笑道："光是看到有趣的甲虫，你就会把他们忘在抽屉里，自己飞走了。"

"胡说！为什么要把宝宝们忘在抽屉里？这也太无聊了。忘在轩亲王的鞋里才好呢……"

卡拉丁飞越余下的路程，来到那个村子。看到西边破损的房屋，他的心沉了下去。虽然破坏程度仍旧没有他担心的那么严重，但每一座村镇都有人被风卷走，或是被骇人的闪电劈倒。

这里在地图上的名称是角谷村，曾经也是块宝地。东边的山坡阻断了飓风的攻势，镇上地势凹陷，造了二十几座建筑，其中就有两家可供旅客逗留的宽敞避风所，此外也有不少处在外围的房屋。角谷村属于轩亲王的领地，勤劳的高等暗眼种可以受雇在闲置的山坡上耕作，保留一部分收成。

几盏润石提灯照亮了广场，人们正聚集在这里开镇民大会，为卡拉丁提供了便利。他朝亮处坠落，一边横出手，默默发出指令，茜尔随即化为碎瑛刃形态。那是一把光可鉴人的利剑，剑身中央的风行骑士团标识显而易见，由此生发而出的线条蜿蜒流至剑柄，金属纹路宛如飘逸飞扬的发绺。虽然卡拉丁偏爱用矛，但瑛刃才是具有象征意义的武器。

他在村子的中心降落，不远处就是镇上用来承接雨水、过滤飓砂的大蓄水池。他把茜尔变成的瑛刃扛在肩上，伸出另一只手，准备发表讲话：各位角谷村的村民，我叫卡拉丁，是一名光辉骑士。我这次前来——

"光辉骑士大人!"一名发福的光眼种男子摇摇晃晃地走出人群。他穿着长雨衣、戴着宽边帽,模样有些滑稽,不过持续的降水并不能提升时尚水准。

男子兴高采烈地拍拍手,两名虔诚者便跌跌撞撞地走到他身边,怀里抱着盛满发光润石的高脚杯。广场四周,人们窃窃私语,期灵在无形的风中飘动,几名男子把小孩举高,好让他们看清楚。

"这下可好,"卡拉丁低声道,"我成了被围观的动物。"

他在脑海中听到了茜尔的嬉笑声。

算了,最好还是认真表现。他把茜尔变成的瑛刃高举过头,引来群众的一片欢呼。广场上的大多数人肯定常常诅咒光辉骑士的名号,但眼下,镇民的热情之中似乎并无恨意。很难相信,几百年来的怀疑和诋毁这么快就会被遗忘。不过,在天崩地裂的时候,人们总会仰赖某种象征。

卡拉丁放下瑛刃。他深知象征的风险。亚马兰从前也是他的榜样。

"你们都知道我的来意,"卡拉丁对城主和虔诚者说,"你们和邻村联系过了,他们有没有转达我的话?"

"转达了,光明贵人。"光眼种男子赶紧朝卡拉丁挥手,示意他取走润石。卡拉丁照做了,把他早前换来的无光润石换成新的。男子的表情明显沉了下去。

还以为我会像一开始那样拿两颗换一颗吗? 卡拉丁忍俊不禁,但还是多放了几颗暗淡的润石。他宁愿别人觉得他很大方,如果这能让消息传开,那就更好了,可他不能每次都把润石减半。

"很好。"卡拉丁摸出几粒宝石,"我没法走遍这块区域,还请你们向周边的村子送信,传达国王的慰问和命令,信差的酬劳我会支付。"

他望着一张张热切的脸庞，不禁想起赫斯通也有过类似的一天：他和镇民在那儿等待着，渴望一睹新城主的风采。

"遵命，光明贵人。"光眼种男子说，"您是想先休息吃饭，还是马上去遇袭的地点？"

"遇袭？"卡拉丁一阵惊恐。

"是的，光明贵人。"发福的光眼种说，"这不是您来这儿的原因吗？查看仆族袭击我们的地点？"

终于！"快带我去。"

仆族袭击了城郊的谷仓。呈半球形的谷仓夹在两座山间，安然渡过了灭世风暴，几乎没有石块松动脱落，最后却是虚渡扯开大门，洗劫了粮食，实在令人遗憾。

卡拉丁翻转破损的铰链，在谷仓内跪下，嗅到一股灰尘和溻娄米的味道。这味道带着浓郁的潮气，镇民肯定要花大价钱保持粮食的干燥，毕竟他们的卧室都有很多地方漏雨。

屋外依然传来了"啪嗒"的雨声，但雨水没有落在自己头上的感觉很奇怪。

"光明贵人，能否容我继续？"虔诚者征求卡拉丁的意见。这名女子长得年轻标致，但神情忐忑，显然不知道卡拉丁在宗教体制中所处的位置。光辉骑士团由令使组建，却也背叛过人类，所以卡拉丁要不是神话中的圣人，也就只比虚渡强那么一点。

"请吧。"卡拉丁说。

"在五名目击者中，"虔诚者说，"嗯，有四人各自认为袭击者的数量在五十上下，可以说势力很庞大，竟能一下子就扛走这么多袋米。他们的模样，嗯，跟仆族有差别，不仅长得很高，还穿着盔甲。

我都画下来了……嗯……"

虔诚者又想把素描递给卡拉丁看。这张图不比儿童画精致多少，只是一幅隐约显出人形的潦草涂鸦。

"总之，"少女虔诚者续道，没有察觉茜尔已经站到她肩上，正在端详她的脸，"他们在初月落下之后就攻进来了，第二轮月亮升起以后，仅过了一半时间，他们就抢走了粮食。嗯，等到换岗了，我们才听到动静。索特拉响警报，赶走了那些怪物，最后谷仓里只剩四袋米，已经被我们搬走了。"

卡拉丁从虔诚者身旁的桌上拿起一根粗糙的木棍。虔诚者瞥了他一眼，赶紧把视线移回到纸上，两颊涨得通红。屋里点着油灯，却空荡荡的，直叫人沮丧。那些被抢走的粮食，本能让整个村子挨到下一个收获季。

对农人而言，最痛苦的事莫过于到了农耕时节，谷仓却空空如也。

"遇袭的村民怎么样了？"卡拉丁检视手里的木棍，那是虚渡在逃跑时落下的。

"两个人都康复了，光明贵人。"虔诚者说，"不过赫姆犯了耳鸣，他说赶也赶不掉。"

根据虔诚者的描述，当地最有可能遭遇了五十个处在战斗态的仆族。他们可以轻易占领村镇，控制镇上仅有的几个卫兵，还能将村民杀光，任意掠夺财物。不过他们并没有这么做，而是找准地点进行突袭。

"再描述一下那些红光。"卡拉丁说。

一直在看他的虔诚者一怔，马上说："嗯，五个目击者都提到了这种光，光明贵人。据说黑暗中有几道小小的红光。"

"那是他们的眼睛。"

"大概吧？"虔诚者说，"如果是这样，那也没多少。我之前去问过,目击者都没见到仆族的眼睛在发光,赫姆在中招的时候还正好看到了一个仆族的脸。"

卡拉丁放下木棍,掸了掸手心。他从少女虔诚者手里拿走画纸打量了一下,只是做做样子,再对那姑娘点点头。"表现不错,感谢汇报。"

虔诚者叹了一口气,傻笑起来。

"噢!"茜尔还站在虔诚者的肩上,"她觉得你很帅!"

卡拉丁抿起嘴,朝虔诚者点过头,便走开了。他回到雨中,向镇中心前进。

茜尔"嗖"的一下飞到他肩上。"哇,住在这种地方,她肯定很绝望。我是说,你看看你,上次飞过大陆后就没梳过头,胡子也没刮,制服上还沾满了飓砂。"

"谢谢你增强了我的信心。"

"身边只有农民的时候,人的标准果然会变低。"

"她明明是虔诚者,"卡拉丁说,"就得嫁给虔诚者。"

"卡拉丁,我觉得她没有想结婚……"茜尔回首道,"我知道你前阵子忙着跟那个白衣人较劲,可我一直在做研究。大家是会锁门,但底下空间够大,我照样能摸进去。我想,既然你不愿意自己去学,那就换我去学。所以,如果你有问题……"

"我很清楚这里面的东西。"

"你确定?"茜尔问,"也许我们可以叫那个虔诚者给你画张像。她好像等不及了。"

"茜尔……"

"我就是想哄你开心,卡拉丁。"茜尔从他肩上蹿开,变成一根光带,围着他转了几圈,"恋爱的人会比较开心。"

"这明显不对。"卡拉丁说,"有些人可能是这样,但我知道很多人并不是这样。"

"拜托，"茜尔说，"那个织光骑士怎么样？你好像喜欢她。"

茜尔说得八九不离十，真让人不舒服。"沙兰已经和达力拿的儿子订婚了。"

"所以呢？你比他强。我一点也不信任他。"

"茜尔，带着碎瑛刃的人，你就没有信任的。"卡拉丁叹道，"不谈这些了。与碎瑛刃建立契约，又不能说明人的品行不好。"

"好啊，那就让人到处挥着你姐妹的尸体试试，到时候你再看看，这能不能说明品行的好坏。恋爱能散心，那个织光骑士就跟你挺配的……"

"沙兰可是光眼种。"卡拉丁说，"话题到此为止。"

"但——"

"别再说了。"卡拉丁走进村里光眼种的公馆，轻声加了一句，"你也别在人家亲热的时候偷窥，这怪吓人的。"

听茜尔说话的口气，她似乎就想陪着卡拉丁干那种事……好吧，卡拉丁以前从没往那方面想过，但茜尔总是跟着他去别的地方，如果要干那种事，他真能说服茜尔，让她等在外头吗？即便她没有溜进去偷看，也还是会听到声音。飓风之父啊，卡拉丁的人生果然越变越奇怪了，他的脑海中有了个挥之不去的画面：自己和一名女子躺在床上，床头坐着茜尔，茜尔高声替他们打气，还不时提供建议……

"光辉骑士大人？"城主在小公馆的前厅问，"您没事吧？"

"只是想起了痛苦的回忆。"卡拉丁说，"你派的探子对仆族的去向有把握吗？"

城主回头瞧了瞧一个站在钉着板条的窗边的邋遢男子，那人穿着皮衣、背着箭弓，是奉命在轩领主的领地上捕捉水貂的猎手。"探子跟了半天，发现仆族从来没有偏离路线。我向克勒克发誓，他们径直朝塔冠城去了。"

"那我也要赶过去。"卡拉丁说。

"需要我带路吗,光辉骑士贵人?"猎手问。

卡拉丁吸入飓光。"你恐怕只会拖后腿。"他朝猎手点点头,走出门施放风行术,把自己甩到空中。当他离开小镇时,路上被挤得水泄不通,还有人在屋顶上欢呼。

一股马味飘了过来,带着汗水、肥料和干草的气息,阿多林嗅到这股宜人又实在的味道,回忆起了儿时的情景。

成年之前,他经常跟随父亲赶赴边境,与雅克维德人作战。那时候他还很怕马,但他从来没有承认过。比起红甲蟹,马聪明得多,速度也快得多。

马是非常稀奇的生物。有些马双眼无神,浑身是毛,他一摸上去就发抖,而这还不是正宗的品种。他们骑的战马只是普通的深国纯种马,身价昂贵,但本质上并不是无价之宝。

不像阿多林眼前的这头神驹。

寇林家族名下的牲畜都被安置在高塔底层的西北端,靠近山间的风口。经由王室工程师的妙手,走廊里的膻臊味得以排出,没有飘进楼道内部,不过周边的区域也变得相当寒冷。

一部分房间已被刚甲蟹和肉猪挤得满满当当,常规的马匹则被关进了别处。有几间屋里还养着巴辛的斧狐犬,它们再也没机会去打猎了。

这样的条件对"黑荆棘"的坐骑来说还不够好。这匹巨大的黑色雷沙迪乌牡马拥有自己的露天场地,规模堪比牧场,要是没有别的牲畜发出来的气味,着实叫人羡慕。

阿多林一从塔中现身,这匹慑人的骝马便飞奔而来。雷沙迪乌马体形可观,载着碎瑛武士都不显渺小,往往被称作"第三大碎瑛武器"。瑛刃、瑛甲和坐骑，构成了完整的装备。

这对雷沙迪乌马来说并不公平。只凭在作战中获胜，还得不到雷沙迪乌马的青睐。它们会亲自挑选骑手。

然而，在加兰特用鼻尖蹭他手的时候，阿多林想道，过去的碎瑛刃也是这样吧？它们是灵体，会选择自己的主人。

"嘿，"阿多林用左手挠挠雷沙迪乌马的口鼻，"在这儿是有点寂寞吧？我心里很过意不去，希望你以后不再孤单——"他呛了一声，没有再说话。

加兰特走过来，低头对着阿多林，尽管气势不小，但它依然温顺，只是依偎着阿多林的脖颈，猛地喷出一口鼻息。

"呃，"阿多林拨转马头，"这味道还是不闻为好。"他拍拍加兰特的脖子，把右手伸进背包，腕部很快传来一阵刺痛。他又记起自己受了伤，于是换上左手取出几块糖，加兰特迫不及待地吃了下去。

"你怎么和纳瓦妮伯母一副德性，"阿多林评论道，"闻到有吃的，你才跑过来了，对吧？"

加兰特扭头看着阿多林，似乎生气了。那双蓝眼睛水灵灵的，中间有着长方形的瞳孔。

阿多林经常觉得他能读懂自己的雷沙迪乌马的情绪。他和血伯兰之间……有着一种默契。相比人与剑之间的契约，骑手与马儿之间的默契更微妙、更难以形容，但又确实存在。

当然，阿多林有时也会对着他的剑说话，所以他已经习惯这种事了。

"对不起，"阿多林说，"我知道你们俩喜欢同行，可我不知道父亲能不能经常来看你。他还没肩负起新的职责时，就退出战场了。我想我偶尔应该来看看你。"

马儿喷出一声响亮的鼻息。

"我不会骑在你身上。"阿多林察觉了雷沙迪乌马的怒气，"我只是觉得这对我俩都好。"

加兰特用口鼻碰了碰阿多林的小包,直到他又掏出一块糖。在阿多林看来,加兰特似乎表示了认同。他喂了马,倚靠在外墙上,看着它在场地上飞跑。

加兰特从一旁腾跃而过,阿多林打趣地想道:耍什么威风呢。没准它还会同意让阿多林梳毛,那样感觉会很棒,就像他在黑乎乎的马厩里,安安静静地和血伯兰一起度过的夜晚。至少在变得忙碌之前,他一直是这么做的。那时他还没有碰上沙兰,也没有遇到决斗和别的事。

他一度忽视了血伯兰,直到作战时才有了需求,然后一道光闪过,血伯兰却倒下了。

阿多林深吸一口气。这些天来,一切都像发疯了似的。不仅仅是血伯兰,阿多林还对撒迪亚斯干出那种事,现在却要着手调查……

看望过加兰特后,他的心情似乎好点了。当他还靠在墙边时,雷纳林来了。他弟弟从门口探出头,四处张望。加兰特奔驰而过,雷纳林没有退缩,但还是对这匹骏马怀着戒心。

"嘿。"阿多林在墙边说。

"嘿。巴辛说你在这下面。"

"就是来看看加兰特。"阿多林说,"父亲最近太忙了。"

雷纳林走上前。"你可以叫沙兰画一下血伯兰。她记性不错,我想她一定能画好。"

这主意其实不坏。"那你是在找我吗?"

"我……"雷纳林支支吾吾,看着加兰特再度腾跃,"它好激动。"

"它喜欢有人看着。"

"可它们并不适应。"

"不适应?"

"雷沙迪乌马的马蹄坚如磐石，"雷纳林说，"比一般的马蹄都要硬，根本不用钉蹄铁。"

"那就不适应了吗？我倒觉得这让它们更适应了……"阿多林瞅了瞅雷纳林，"你是说普通的马，对吗？"

雷纳林脸一红，点了点头。人们有时很难听懂他的话，但那只是因为他很用心。他会思考一些非常深奥、非常高明的东西，而且只会点到为止。这让他显得很怪异，但了解他的人都知道，他不是故作深沉，而是有时无法用语言表达自己的想法。

"阿多林，"他轻声说，"我……嗯……我得把你赢给我的碎瑛刃还给你。"

"为什么？"阿多林问。

"因为拿着很难受。"雷纳林说，"其实一直都很难受。我本来以为只有我这么奇怪，但是大家都一样。"

"也就是光辉骑士？"

他点点头。"死去的瑛刃不能用，感觉不对劲。"

"好吧，我还能找别人来用。"阿多林斟酌着，"但其实应该由你来决定。根据授予权的规定，这把剑是你的，应该让你挑选下一个主人。"

"还是让你来挑选吧，我已经把剑交给虔诚者保管了。"

"那你就没有武器了。"阿多林说。

雷纳林别开头。

"也不是。"阿多林戳了戳雷纳林的肩膀，"你已经找到替代品了吧？"

雷纳林脸又红了。

"狡猾！"阿多林说，"你都造出光辉骑士的碎瑛刃了？为什么不说一声？"

"事情就这么发生了，格里斯也拿不准……可誓约之门还需要人去操作……我就……"

他深吸一口气，把手伸到一边，召唤出一把发光的长碎瑛刃，刃面很薄，几乎没有护手，金属层叠起伏，仿佛锻造而成。

"美极了。"阿多林说，"雷纳林，真是太棒了！"

"谢谢。"

"那你为什么还难为情？"

"我……没有难为情呀。"

阿多林冷冷地看了他一眼。

雷纳林让碎瑛刃消失。"我只是……阿多林，我开始适应碎瑛武士的身份和第四冲桥队的集体了，但现在我又不知道该怎么办了。父亲希望我成为光辉骑士，这样我就能协助他团结世界。然而我该怎么办呢？"

阿多林用没受伤的手抓抓下巴，说："呃，我以为是你自己领会的，难道不是吗？"

"算是吧。不过……我很害怕，阿多林。"雷纳林举起手，他的手开始发亮，丝丝缕缕的飓光逸了出来，就像火焰的烟雾，"万一我把人弄伤了，或者把东西弄坏了呢？"

"不会的。"阿多林说，"雷纳林，这可是全能之主的力量。"

雷纳林只是盯着那只发光的手，似乎并不相信，阿多林便伸出没受伤的手握上去。

"没事的，"阿多林对他说，"你不会伤害任何人。你是来救我们的。"

雷纳林望着阿多林，笑了起来。阿多林感到一股光辉涌过全身，一瞬间，他想象到了一个尽善尽美的自己，一个他可以成为的完人。

画面一下子就消失了。雷纳林抽回手，喃喃地表达歉意，又说他的碎瑛刃得转手了，说完就匆匆回到了高塔中。

阿多林目送他离去。加兰特小跑过来，轻轻碰了碰阿多林，似乎还想吃糖，阿多林便心不在焉地把手伸进包里，把糖喂给马儿。

等加兰特跑开，阿多林才意识到自己刚刚用了右手。他把那只手举起来，活动了一下手指，惊讶地发现手腕上的伤已经痊愈了。

11 天堑

三十三年前

达力拿在晨雾中轻跳,浑身焕发出全新的活力,迈出的每一步都劲头十足。他可算拥有了自己的碎瑛甲。

世界不复以往。虽然别人都以为他迟早会得到瑛甲或瑛刃,可他就是无法平息心中的不安。如果这件事没有发生呢?

但这件事还是发生了。飓风之父啊,这件事还是发生了。他在战斗中亲手赢得了碎瑛甲。尽管把对手踹下了悬崖,可他仍旧击败了一名碎瑛武士。

他不禁沉浸在这份荣耀之中。

"达力拿,淡定点。"雾里,一袭金黄瑛甲的撒迪亚斯在一边说,"别急。"

"没用的,撒迪亚斯。"一袭宝蓝瑛甲的迦维拉尔在另一边说,"寇林家族的男人就像被拴起来的斧狐犬那样嗜血,绝不会像虔诚者教导的那样平心静气地去打仗。"这时,三人的面甲还未合上。

达力拿挪动脚步,感到冷冽的晨雾扑面而来。他渴望与那些飘荡在周围的期灵共舞。后方的军队严阵以待,雾中响起士兵的脚步声、咳嗽声、低语声和装备的撞击声。

达力拿简直觉得自己不需要带领军队作战。他背着一把连大力士也无法徒手举起的巨锤,几乎感受不到负担。风操的,他现在力量过人,胸中仿佛涌起了激越感。

"达力拿,你考虑过我的建议吗?"撒迪亚斯问。

"没有。"

撒迪亚斯叹了口气。

"没有迦维拉尔的吩咐,我就不娶。"达力拿说。

"别把我扯进来。"说话间,迦维拉尔反反复复地对碎瑛刃实行召遣。

"也罢。"达力拿说,"既然你不提,我就打光棍。"他唯一渴求的女人芳心已属迦维拉尔。他们结婚了——风操的,还生了个女儿。

达力拿心里是什么滋味,决不能让他兄长知道。

"达力拿,你倒是想想好处啊。"撒迪亚斯说,"联姻能带来盟友和碎瑛武器,没准还能拉拢一座公国,事先就不必风操地把他们逼到绝境了!"

经过两年的斗争,十座公国中只有四座接受了迦维拉尔的统治。寇林公国和撒迪亚斯公国自然不费吹灰之力,结果便是整个阿勒斯卡联合起来对抗寇林家族。

迦维拉尔有信心挑拨公国间的关系,令生性自私的诸侯相互中伤。撒迪亚斯则敦促迦维拉尔使出更残忍的手段,还说他们名声越凶悍,就越会有城市自愿归附,以免遭到洗劫。

"怎么说?"撒迪亚斯问,"至少考虑一下政治联姻吧?"

"风操的,你还在打这个破主意?"达力拿问,"我只要战斗。政治就有劳你和我兄长了。"

"达力拿,你是逃不掉的,明白吗?我们不仅要费心养活暗眼种,还要费心规划城建、搞多国外交,这全是政治。"

"政治归你和迦维拉尔打理。"达力拿说。

"我们都要打理。"撒迪亚斯说,"三人齐心协力。"

"就不能让我轻松点吗?"达力拿没好气地问。风操的。

旭日终于驱散雾气,作战目标显现:一座约十二尺高的城墙,周围空无一物,似乎只有一片平坦的岩地。从这个方向很难看清深渊中的拉萨拉斯,那是一座建造在地缝里的城市,又名"天堑之城"。

"光明贵人塔纳兰是碎瑛武士吧?"达力拿问。

撒迪亚斯唉声叹气地合上面甲。"我们已经讲过四遍了,达力拿。"

"我喝多了。塔纳兰是碎瑛武士吗?"

"他只有瑛刃,弟弟。"迦维拉尔说。

"让我来收拾他。"达力拿低声道。

迦维拉尔笑道:"那也要先找到他!我都想把瑛刃交给撒迪亚斯了,至少他在会议上能听进去。"

"好了,"撒迪亚斯说,"我们都要谨慎行事,别把计划丢在脑后。迦维拉尔,你——"

迦维拉尔冲达力拿一笑,合上面甲,不等撒迪亚斯说完就撒腿开跑。达力拿高呼一声紧随其后,铠靴刮擦着岩石。

撒迪亚斯大声咒骂,只好跟上。大部队暂时留守。

城墙后的投石机抛出巨石和碎石,砸向达力拿周围。大地震颤,受惊的石壳木纷纷缩紧藤条。一块巨石落在前方弹跳了几下,石末飞溅。达力拿借着瑛甲轻盈地滑步而过,在遮天蔽日的箭雨中举臂挡住头盔的观察缝。

"当心弩炮!"迦维拉尔喊道。

城墙上的士兵瞄准形似十字弓的巨型器械,一支长矛大小的锃亮弩箭直冲达力拿射出,准头远超投石机。弩箭重重砸向岩地,木制箭身随之开裂。达力拿闪身躲避,瑛甲刮擦着石面。

又有一些弩箭飞来,箭杆上拽着绳网,意在拦截碎瑛武士,好补射一箭。达力拿冷笑一声,发觉体内的激越感苏醒了。他站稳脚跟,纵身跃过一支连着绳网的弩箭。

塔纳兰军的士兵又投下了一大波石块和木头,这不过是毛毛雨而已。尽管肩上被弹丸砸中,达力拿还是飞快恢复了势头。弩炮装填的速度太慢,石块的命中率也不高,空中的箭矢更是伤不到他。

达力拿、迦维拉尔和撒迪亚斯就该团结一致,心无旁骛。人生就是战斗,白天打一场漂亮仗,夜里坐到暖炉边休整调息,再享用点陈酿,岂不美哉?

达力拿来到矮城墙脚下,铆足劲纵身一越,正好抓住了城垛。城墙上的卫兵慌忙挥起战锤砸他的手指,可他立即翻上甬道,重重落在那些士兵之间。他扯开战锤的绳段扔向后面的敌人,再拔出拳头,将四周的士兵揍得惨叫连连。

简直易如反掌!他收回战锤大力挥舞,如阵风扫落叶般将敌人从城墙上击落。在他后方,撒迪亚斯将一座弩炮踹翻在地,随手毁坏了器械。迦维拉尔也攻了上来,每挥一剑,就留下若干具眼窝焦黑的尸体。城墙上的防御工事对守军不利,限制了士兵的活动,只会让他们挤作一团,倒是正适合碎瑛武士歼灭敌人。

达力拿恣意前冲,很快就干掉了大批人马。他这辈子还没杀得这么痛快过,可他心中还是涌起了深深的不满。这无关他的能力、他的势头,或是他的名声。因为他并非无可替代,即便让一个牙齿掉光的老将站上他的位置,也能取得同样的战果。

面对这没出息的想法,他咬紧牙关,沉住气,终于体会到了蓄势待发的激越感。这种感受充溢在他胸中,方才的不满也逐渐消散。没一会儿,他就放声欢呼。此刻的他刀枪不入,摧毁、征服,将一切都卷入死亡。这是他无上的荣耀,他就是神。

撒迪亚斯口中念念有词。这个一身黄金甲的蠢货伸手指了指,达力拿眨眨眼,远眺墙内,发现地表的深渊中掩藏着一座建造在崖壁上的城市。

"投石机,达力拿!"撒迪亚斯说,"快毁掉投石机!"

没错。迦维拉尔军已经开始攻城。通往天堑的道路附近,一些投石机还在装载石炮,会击落数百士兵。

达力拿跃向墙缘,抓住绳梯荡了下去。果不其然,绳梯一下子就绷断了。他摔倒在地,瑛甲沉沉地撞上地面。他没有觉得疼,但深感挫败。撒迪亚斯还在墙头俯身看他,他简直能听到那人在说:

你总是风风火火的。偶尔花点时间动动脑子,好吗?

达力拿犯了新兵才会犯的错误。他怒吼一声,起身摸索战锤。风操的!刚才他居然撞弯了握柄,这是中了什么邪?战锤的材质不像碎瑛武器那般非同寻常,但好歹也是上等的钢铁。

石弹投下的阴影划过头顶,守着投石机的士兵纷纷涌向达力拿。达力拿咬紧牙关,伴着浑身的激越,来到一扇设在墙内的结实木门前,使劲扯下门来。铰链"梆"的一声迸开了,他不禁跟跄几步。这比他预想的还要容易。

瑛甲的作用超乎了他的想象。他可能不比某些老人来去自如,但他会改变现状。此时此刻,他决定不再惊讶。他要日夜披挂在身,就连睡觉时也要捂着这风操的玩意儿,直到他能更加适应为止。

他擎起木门,像抄着短棍一般一阵挥舞,驱散了敌兵,开出一条通往投石机阵的路。他拔腿飞奔,抓住一座投石机的边缘,把轮子扯下来。木屑纷飞,装置摇摇欲坠,他上前握住投掷臂,一下子就掰断了。

只剩十座投石机了。他站在破败的器械上,远远听到有人在喊他的名字。"达力拿!"

他望向城墙,发现撒迪亚斯从背后取出碎瑛武士的战锤,举高以后就抛了出去。战锤先在空中晃了晃，再猛地砸进达力拿身边的投石机，卡在了残破的木头里。

撒迪亚斯抬手敬礼，达力拿挥手致谢，握住战锤。这下摧毁敌军装备的速度就快多了。达力拿一拳砸向投石机阵，徒留四分五裂的木头。多为女子的工程师匆忙逃开，连声尖叫："'黑荆棘'！是'黑荆棘'！"

当他走近最后一台投石机时，迦维拉尔已经攻下城门，向本军开放。部队涌入城门，与已经翻墙的士兵会合。附近剩下的敌人纷纷逃进城里，丢下了达力拿。他闷哼一声，踹开最后一座破损的投石机。

投石机滚到天堑的边缘，机身一斜，便滑落悬崖。达力拿往前走去，登上一座石造的观察哨，边缘围着防止跌落的栏杆。放眼望去，城市一览无遗。

称它为"天堑"恰如其分。深渊的右端逐渐变窄，但中央地带非常宽阔，就连穿着碎瑛甲的人都无法把石子扔到对面去。那里生机勃勃，庭园里就有一起一伏的生灵出没。房屋几乎沿着V字形的悬崖层叠而建，城内布满了纵横交错的支柱、桥梁和木栈道。

达力拿扭头回望天堑周围的宽阔城墙，那里唯有西边敞开，峡谷绵延不断，直至下方的湖岸。

在阿勒斯卡，找到避风的地方就能生存。如此巨大的地缝正适合城建，但又要如何守城？来犯的敌寇不免会占据高地。许多城市在防范飓风的同时，还要留意外敌。

达力拿把撒迪亚斯的战锤扛到肩上。塔纳兰军正从城墙涌下，列阵包抄迦维拉尔军的左右两翼，妄图从双向压制寇林军，但面对三位碎瑛武士，他们还是遇到了困境。塔纳兰轩领主在哪里？

后方的萨卡率领一支精兵小队前来，走上石造的观察哨，站到达力拿身边。萨卡手按栏杆，轻声吹着口哨。

"城里有情况。"达力拿说。

"什么？"

"不清楚……"达力拿或许不关心迦维拉尔和撒迪亚斯的大计，但身为军人，他对战场的了解，就好比一名女子对家传食谱的了解：即便无法给出数据，也能尝到异样的滋味。

战斗仍在他身后继续，寇林军与塔纳兰的守军交锋。寇林军步步相逼，塔纳兰的部队士气消沉，状态低迷，敌阵迅速瓦解，仓皇撤退的兵卒堵塞了进城的坡道。迦维拉尔和撒迪亚斯并未给予追击，因为他们已经占据高地，无需冒险闯入埋伏圈。

迦维拉尔重重地走过岩地，身边跟着撒迪亚斯。他们想要勘察城市的地形，朝下面的敌兵密集放箭（要是达力拿没有砸坏所有投石机，兴许还能拿来一用），目的就是攻破城市。

达力拿心想，*对阵三名碎瑛武士，塔纳兰总不见得没个打算……*

观察哨的平台是瞭望城市的最佳地点。敌军将投石机阵置于紧邻平台的位置，就等对方的碎瑛武士前来袭击和毁坏器械。达力拿转眼一瞥，发现了石造台面上的裂缝。

"别！"达力拿冲迦维拉尔大喊，"别过来！这是陷——"

敌人肯定在监视他们，因为达力拿一喊出声，脚下的台面就坍塌了。只见撒迪亚斯拦住了迦维拉尔，后者满脸惧色地看着达力拿、萨卡和几名精兵一同坠崖。

风操的。他们脚下那块俯瞰天堑的凸岩整个都断了！巨大的石块跌入第一批建筑，达力拿被抛到城市上空，眼前天旋地转。

片刻后，伴着刺耳的嘎啦声，他摔进了一幢楼。他的手臂受到重击，护甲在巨大的冲力之下裂成了碎片。

然而这幢楼并没有阻止他的势头。他穿破木料持续下落，不知怎么就碰上了天堑的崖壁，头盔刮到了石面。

伴着响亮的嘎吱声，他又撞到一个石面，所幸终于停了下来。他叫苦不迭，感到左手传来一阵剧痛。他晃了晃脑袋，不禁睁开眼，透过头上五十尺处的窟窿朝外望去。他身处几近垂直的木造城市，巨大的落石沿着陡崖洞穿城市，击垮了沿途的居所和栈道。达力拿被甩到北边之后，终于留在了某幢楼的木楼顶上。

他没有瞧见部下的身影，萨卡和精兵们都不知去向。然而并未披挂碎瑛甲的人，恐怕……他一声怒吼，身边涌出一摊摊仿如沸腾血浆的怒灵。他在楼顶上动了动，却牵动了左手的伤，痛得他龇牙咧嘴。他的左臂护甲全碎了，他的手指似乎也在下坠过程中折断了几根。

他的碎瑛甲布满百道裂缝，从中逸出发光的白烟，但完全遗失的部分只有左臂和左手的护甲。

他小心翼翼地撑起身子，不料却穿破楼顶，掉了进去。刚落到地板上，他只喘了口气，屋里的住家就吓得大叫，赶紧退到墙边。被逼急的塔纳兰显然没有通知民众，自己打算利用毁坏一片民居的方式来对付敌方的碎瑛武士。

达力拿站起身，没有理睬畏畏缩缩的住家，而是用力推破房门，走上这层民居门前的木栈道。

一阵箭雨立马落在他身上。他大吼一声，扭转右肩面朝飞箭，尽量挡住头盔的观察缝，同时查看袭击的来源。风操的，在对面悬崖的庭园平台上，已有五十名弓箭手就位。好极了。

他认出了弓箭手的领头。那人身材高大，模样傲慢，头盔上插着雪白的羽饰。谁会把鸡毛弄在头盔上？也太滑稽了。好吧，塔纳兰这家伙其实不赖。达力拿有一次赢了他一盘卒子戏，他便赔了一百枚闪闪发光的红宝石，每一枚都沉在一只塞了软木塞的酒瓶里，饶是有趣。

激越感在达力拿体内升起，驱走了痛苦。他沉醉其中，沿着栈道冲锋，丝毫不把箭矢放在眼里。位于上方的撒迪亚斯率军走下落石所经路线之外的一座斜坡，但行速缓慢。在他们赶到之前，达力拿打算先拿下一把新的碎瑛刃。

他冲到一座横跨天堑的桥上，可惜他也明白要怎么应对攻城的袭击。果不其然，两名敌兵迅速跑下对面的悬崖，用斧子去砍桥的支柱。这座桥由塑魂术制成的金属索固定，只要有人砍断支柱，放掉金属索，桥体就会被达力拿的重量压垮。

桥上距离坑底无疑还有一百尺。达力拿怒吼一声，别无选择，只能往旁边跳，落到一条稍低的栈道上。栈道看着足够结实，但他的一只脚还是戳穿了木板，整个身子都差点滑下去。

他奋力起身，接着往前跑。又有两名敌兵来到这座桥的支柱边上，挥起斧子拼命乱砍。

栈道在达力拿脚下颤动。飓风之父啊，时间快来不及了，周围却没有可以跳上去的桥。达力拿咆哮着撒腿狂奔，脚下的木板嘎吱作响。

一支黑箭仿如飞鳗般横空落下，放倒了一个敌兵。紧接着又飞来一箭，射中了另一个还在呆望同伴的敌兵。栈道不再晃动，达力拿咧嘴一笑，停下脚步，转头瞧见有人站在顶上那块断崖附近。那人将黑弓对着达力拿。

"泰莱布，你这风操的神箭手。"达力拿说。

他来到天堑的另一端，从死人手里夺走一把斧子，冲上之前发现轩领主塔纳兰的斜坡。

他轻松找到了塔纳兰的所在之处，那是一座木制高脚宽平台，底下的支柱与部分城墙相连，平台上缀满藤蔓和盛放的石壳木。等达力拿走近，周围的生灵就四散开来。

在庭园中央，塔纳兰正和约五十名士兵伺机而待。达力拿在头盔里喘了口气，来到他们面前。塔纳兰没有穿碎瑛甲，只是身披朴素的钢甲，他的掌中却现出一把杀气腾腾的碎瑛刃，剑身宽大，剑尖如弯钩。

塔纳兰喝令士兵后退并放低手里的弓。说完他双手举剑，昂首阔步地走向达力拿。

碎瑛刃永远是所有人关注的焦点,民众传颂名剑的故事,追溯王侯将相用过的宝剑。达力拿也曾披挂瑛甲,手持瑛刃,但如果要让他选择其一,他总会选择瑛甲。有了瑛甲,他只消对塔纳兰施以一次重击就能结束战斗,而轩领主则要对付一个有实力抵抗的敌人。

激越感在达力拿体内袭鸣。他站在两棵矮树之间,没有把暴露在外的左臂指向轩领主,而是用戴着护甲的右手紧握斧头——纵然是把战斧,却还是形同孩子的玩物。

"你不该贸然前来,达力拿。"塔纳兰的话中明显带有天堑人常有的鼻音。他们向来自认为是独特的一族。"双方无冤无仇。"

"你们拒不接受国王的统治。"达力拿在轩领主身旁绕圈,盔甲的甲片铮铮作响,尽量盯着后者麾下的士兵。等到两人陷入决斗,敌兵也不是不可能趁达力拿不备发起袭击,毕竟他自己也会这么做。

"国王?"塔纳兰质问道,脚边涌出一摊摊怒灵,"阿勒斯卡几代以来都无人称王,就算王位恢复了,谁规定寇林家族才有资格掌权?"

"在我看来,"达力拿说,"最骁勇善战的国王才配统治阿勒斯卡人。要是有办法证明就好了。"他在头盔里咧嘴一笑。

塔纳兰挥起碎瑛刃,试图利用剑的攻击范围先发制人。达力拿快步退后,等待时机。如潮水般涌来的激越感令人陶醉,那是一种证明自己的欲望。

但他必须慎重。最理想的战术无非是延长战斗,仰仗于瑛甲的过人力量,并在瑛甲的辅助下增强体能。可惜他的瑛甲仍在逸散飓光,周围还有塔纳兰的士兵要对付。饶是如此,他也尽量迁就塔纳兰,躲开他的攻势,假装拖延时间。

塔纳兰怒吼一声,再次逼近。达力拿扬起胳膊挡下一剑,漫不经心地抡起斧子。塔纳兰轻松地往后一闪。飓风之父啊,瑛刃简直快跟达力拿一样高了。

达力拿灵巧地挪动脚步，身子擦过庭园植物的枝叶。激越感呼唤着他，断指的疼痛也烟消云散。

慢点，要装出一副尽量在拖延时间的样子……

眼看塔纳兰再度逼近，达力拿借着瑛甲迅速闪避，等塔纳兰扫出下一剑，再躬身挥手格挡。

碎瑛刃又被他拨开，但这一剑下手太狠，击碎了他的臂甲。他一惊，还是沉下肩，朝塔纳兰顶过去。只听"锵"的一声，轩领主的盔甲在碎瑛甲的冲撞之下扭曲变形，轩领主本人还绊了一跤。

不巧的是，达力拿也在此刻失去平衡，挨着轩领主跌了下去。两人倒地后，平台晃了晃，发出嘎吱的呻吟声。真该死！达力拿可不想就这样被敌人包围，但他还是不能走太远，免得够不着那把瑛刃。

他卸下变得奇重无比的右手护甲，上面缺了臂甲，无法再跟其他甲片相连。摔作一团的两人陷入缠斗，达力拿的斧子却已经脱手。轩领主用剑柄的柄头砸他，虽然只是徒劳，但达力拿一只手摔断了，另一只手又没有瑛甲助力，无法牢牢地控制住对方。

达力拿终于翻过身压住塔纳兰，靠着碎瑛甲的重量钳制敌人。正如他所料，敌兵在此刻攻了上来。至少在战场上，等到光眼种行将战败的时候，这类决斗就不会光彩了。

达力拿翻身挣脱塔纳兰，敌兵显然没想到他的反应会这么快。他站起来，用右手抄起斧子猛地挥出去。这条胳膊在肘部以上还有甲片覆盖，给予他力量，肘部以下却露在外面，显得很脆弱，真是奇特的组合。他只能小心别扭断自己的手腕。

他使出一连串劈砍，打倒了三个敌兵。其余人见状纷纷退避，用长柄武器抵抗，他们的同伴趁机扶起塔纳兰。

"你谈到人民，仿佛这仗是为他们打的。"塔纳兰哑着嗓子说着，似乎喘不上气了。他用戴着护甲的手摸了摸胸口，那块胸甲明显已经被达力拿砸弯。"你烧杀抢劫，仿佛都是为了人民好。你也太野蛮了。"

"打仗哪有不野蛮的?"达力拿反驳道,"战争不容粉饰、不容美化。"

"你不必把痛苦当作石橇拖在身后,碾碎你走过的路。你就是个禽兽。"

"我只是军人。"达力拿望着塔纳兰的部队,不少士兵正在张弓搭箭。

塔纳兰咳了一声。"眼看城市失守,我的计划也失败了,可我还能为阿勒斯卡尽最后一份力,那就是干掉你这个畜生。"

弓箭手纷纷放箭。

达力拿怒喝着伏到台面上。周围的木料碍于先前的战斗已经变得脆弱,被碎瑛甲这么一撞,自然不堪重负,很快就裂开了。达力拿掉了下去,压碎了平台下方的支柱。

整座平台轰然坍塌,坠向下层。只听一片尖叫声,达力拿重重地摔在一条栈道上。就算身披瑛甲,他还是觉得头晕目眩。

他一边呻吟,一边晃了晃脑袋,发现头盔的面甲裂开了,破坏了原先不寻常的视野,于是他用单手摘下头盔,大口喘息。风操的,他那只没受伤的胳膊也在作痛。他扭头瞧了一眼,发现几根木刺戳穿了那儿的皮肤,其中一根竟然有匕首那么长。

他疼得直皱眉。原先那些切断桥索的敌兵还有两个活的,正朝他飞奔而来。

稳住,达力拿。准备好!

他恍惚地站起身,感到精疲力竭。但那两个人不是冲他来的,他们围住从平台上坠落的塔纳兰,带着长官逃走了。

达力拿咆哮着,艰难地追了出去,想要跟上敌兵的步伐。由于瑛甲运动缓慢,他只能在坍塌平台的废墟中跟跄穿行。

胳膊上传来的痛楚令他暴怒,但胸中的激越感还是催他前进。他决不落败、决不罢休！塔纳兰的碎瑛刃并没有在主人身边显形，这意味着对手还活着，达力拿还没有赢。

所幸城市的另一侧已经部署了敌方的主要军力，达力拿所在的这一侧几乎没有士兵，只有瑟瑟缩缩的当地居民。他瞥了几眼，发现他们都躲在家中。

他一瘸一拐地走上崖壁的坡道，跟着那两个带走长官的敌兵。在靠近坑顶的地方，他们卸下重担放在一片裸露的石壁旁，设法让那片石壁从外向内打开，露出一扇暗门。他们把倒下的长官拖了进去，一边慌乱地大喊，另外两个敌兵一听到声音就冲出来，没过片刻就迎上了达力拿。

达力拿挺身与他们战斗。没有头盔的遮挡，他满目猩红。对方握着武器，他却手无寸铁；对方体力充沛，他却伤得两臂难以动弹。

然而两个敌兵还是被他打倒在地，受伤流血。眼看胫甲尚能运作，他便抬腿踹开了暗门。

他侧身进入一条狭窄的通道，墙壁上挂着发光的钻石润石。暗门的外部覆盖着硬化的飓砂，仿佛与石崖融为一体，要不是他正好撞见有人钻进去，可能还得花上好几天，乃至好几周才能找对地方。

他走了一小段路，发现了他最先跟踪的两个士兵。从地上的血迹判断，他们已经把长官安置在了身后的密室里。

他们抱着必死的决心冲向达力拿，一副听天由命的样子。在激越感面前，达力拿手臂上的伤和头上的伤都不值一提。他很少觉得自己这么孔武有力、这么头脑清晰，感受实在是妙不可言。

他往前一躲，动作快得不可思议，一扭肩就把一个敌人撞到墙上，然后看准落脚，把另一个敌人踹翻在地，继而破门闯入密室。

塔纳兰躺在血泊中，一名漂亮的女子伏在他身上痛哭。除了他们，斗室内还有一人，那是一个六七岁男孩，满脸泪痕，挣扎着用双手举起父亲的碎瑛刃。

达力拿居高临下地站在门口。

"别杀我爸爸。"男孩伤心得语调都变了,痛灵在周围的地上蠕动。"你不能杀他。你……你……"他压低嗓音,喃喃地说,"我爸爸讲过……我们是和怪物在战斗,只要有信心,就会获胜……"

几小时后,达力拿坐在悬崖边上,晃荡的双腿之下就是千疮百孔的城市。赢来的碎瑛刃躺在他腿上,残破斑驳的瑛甲则堆在一旁。虽然胳膊上缠着绷带,但他挥手赶走了医生。

他遥望空旷的平原,再垂眼看向谷底的人迹。那里死尸成堆,房屋衰败,文明分崩离析。

迦维拉尔终于走了过来,身后跟着两名达力拿的精兵护卫。今天是卡达什和费宾当值,迦维拉尔招呼他们回避,挨着达力拿坐下,摘掉头盔慨叹一声。虽然很是疲惫,头顶还围着打转的疲灵,迦维拉尔却像是陷入了沉思。他长着一对锐利的浅绿色双眸,总是显得博闻多识。年少时的达力拿就已经认定兄长的一言一行都是对的,后来他长大了,对兄长的看法也没有发生多少改变。

"恭喜。"迦维拉尔朝瑛刃点点头,"撒迪亚斯这次没得手,还气着呢。"

"他总会搞到一把的,"达力拿说,"他这人野心十足,我不信他搞不到。"

迦维拉尔哼了一声。"这次攻城代价巨大。撒迪亚斯建议我们长点心,别再只身冲锋,拿性命和碎瑛武器冒险。"

"撒迪亚斯是明智的。"达力拿说。他小心翼翼地伸出伤势较轻的右手,把一大杯酒送到唇边。只有这杯酒才是他的镇痛药,或许还能化解他心中的耻辱。这两种感受在激越感退去以后变得尤为彻骨,让他深深受挫。

"达力拿,下面的人怎么处置?"迦维拉尔朝聚集在下方的平民和士兵挥挥手,"要让数万人臣服可不简单。你杀了轩领主和他的继承人,这是他们无法接受的。他们想必会反抗很多年。"

达力拿喝了口酒。"那就征兵。"他说,"告诉他们,谁愿意为我们作战,谁的家属就能得到赦免。不想在战斗刚开始的时候就让碎瑛武士冲锋陷阵?那岂不是得组建几支死不足惜的军队了?"

迦维拉尔点点头,若有所思。"要知道,撒迪亚斯还说对了一件事。那是关于我们的,还有我们的目标。"

"别跟我讲这个。"

"达力拿……"

"今天我折损了半数精兵,还有一名将领,已经够麻烦的了。"

"那我们为什么要打仗?是为了荣誉,还是为了阿勒斯卡?"

达力拿耸耸肩。

"我们不能再做强盗了。"迦维拉尔说,"不能路过城市就抢,也不能夜夜欢歌。我们得严于律己,保卫领地。我们不仅需要民主、秩序和法规,还需要政治。"

达力拿闭上眼,满腹的愧疚让他心神不宁。万一迦维拉尔发现了怎么办?

"我们总得长大。"迦维拉尔轻声道。

"那就非得软弱吗?就像那些死在我们手里的权贵?我们不就是嫌他们脑满肠肥、懒惰腐败,才开始讨伐的吗?"

"现在很难说。我已经当父亲了,达力拿。我开始思量,到了事成的那天,我们该怎么办?如何把这里打造成一座王国?"

风操的。打造一座王国。达力拿头一次感到了恐惧。

迦维拉尔终于起身回应那些过来找他的传令兵。"以后再打仗,你能不能长点脑子,别那么蛮干?"

"你说的?"

"那当然,只是这回我考虑得比较多,也比较累了。"迦维拉尔说,"总之,妥善利用渡誓,这是你靠本事得来的。"

"渡誓?"

"你的剑叫渡誓。"迦维拉尔说,"风操的,你昨晚是不是什么都没听进去?这是造日王用过的剑。"

造日王原名撒帝斯,是上一位一统阿勒斯卡的功臣,但这也是几百年前的事了。达力拿翻动腿上的瑛刃,古朴的金属剑身闪过寒光。

"他的剑现在归你了。"迦维拉尔说,"待我们完成统一大业,愿无人再记起造日王。到时候就只有寇林家族和阿勒斯卡了。"

说罢他走开了。达力拿把碎瑛刃插入石地,往后一仰,再次闭上眼,回想起了一名勇敢少年的哭声。

12

谈 判

我不求原谅,也不求体谅。
——摘自《渡誓》序

达力拿站在乌有斯麓高层房间的玻璃窗边,双手背在身后。窗户映出他的身影,窗外一片开阔,万里无云,白日炽热。

他还是头一次见到与他同高的窗户。可谁又敢制造如此脆弱的玻璃,直面飓风的方向?当然,乌有斯麓凌驾于飓风之上,这些窗户似乎传达了勇于挑战的豪情,正是光辉骑士初心的象征。他们远离世界政局的尘嚣,登高望远……

你把他们理想化了。 达力拿的脑海中响起一个遥远的声音,犹如隆隆轰雷。**他们也曾是你们这样的人,与你们无异。**

"我觉得这是件振奋人心的事。" 达力拿轻声回应,"如果他们也曾是我们这样的人,那么我们也能成为他们那样的人。"

可别忘了,他们最终还是背叛了我们。

"发生了什么?是什么改变了他们?"

飓风之父陷入沉默。

"求你了，"达力拿说，"告诉我吧。"

飓风之父对他说：**有些事还是忘了为好。考虑到你心中的空洞和那个曾经填补它的人，你应该最明白这一点。**

这番话刺痛了达力拿，他猛地吸了一口气。

"光明贵人，"后方传来光明女士卡拉米的声音，"大帝准备进行通笔了。"

达力拿转过身。乌有斯麓的高层有几个独特的房间，比如眼前的半月形议事厅。窗户造在平直面的顶端，多排坐位次第而下，每个座位旁边还配有小台座，引人好奇。飓风之父告诉他，这是光辉骑士灵体的席位。

达力拿走下台阶，朝着他的团队前进。亚拉达已经携女儿梅到场；一袭翠绿修身裙的纳瓦妮坐在前排，双脚交叉着伸在前面，没有穿鞋。本场的记录员是年迈的卡拉米，当参谋的则是国内的顶尖政客忒夏芙·考尔，她身边坐着两名资深学徒，准备不时提供研究数据，或是进行翻译。

这一小群人准备改变世界。

"请向陛下传达我的问候。"达力拿指示道。

卡拉米点点头，下笔传书。稍后对芦自动写了起来，她清清嗓子，朗读回复："杰泽尔的大臣兼使者，青铜宝殿之主阿卡希克斯大帝，马卡巴克之君、亚泽尔之王雅拿贡一世陛下向您致以问候。"

"这少年才十五岁，就有如此威风的头衔。"纳瓦妮评论道。

"据说他让一个孩子起死回生了。"忒夏芙说，"内阁认为这是奇迹，于是决定拥立他为大帝。然而本地人却说，前两任大帝都被我们熟悉的白衣刺客暗杀，如今找不到新的人选，内阁只好挑了一个身世可疑的男孩，谎称他救活了一个人，以示天命。"

达力拿嗤之以鼻："胡编乱造可不像亚泽尔人的作风。"

"只要你能找到愿意填写宣誓书的证人,他们就无所谓。"纳瓦妮说,"卡拉米,请感谢陛下与我们的会面,还有他的翻译所做的努力。"

卡拉米记下以后,抬头望向达力拿。达力拿开始在房间中央踱步,纳瓦妮马上起身,没有穿鞋,只是穿着袜子走到他身边。

"陛下,"达力拿说,"我正在传奇之城乌有斯麓的塔顶和您交谈。城内的景观无比壮丽,诚邀您前来参观。欢迎酌情携带警卫或随员。"

他看看纳瓦妮,纳瓦妮点头意会。针对如何接洽别国君主,他们讨论了很长时间,最终决定以温和的态度发出邀约,首先从亚泽尔入手。亚泽尔是柔刹西部最强大的国家,拥有最核心、最重要的誓约之门。

对方发来回复还需要些时间。亚泽尔政府有着一种美丽的混乱,但时常受到迦维拉尔的欣赏。各级官员充斥着政府的各个层面,男性和女性都可以从事文职。一种叫"宗卿"①的职位有点像柔刹东部的虔诚者,但怪就怪在他们不是奴隶。在亚泽尔,成为朝廷的祭祀官,是人人向往的无上光荣。

亚泽尔的帝王历来是马卡巴克地区的君主,势力范围覆盖七八个王国和公国,但他仅在亚泽尔境内拥有实权。即便如此,亚泽尔的影响力已是非同小可。

在等待过程中,达力拿走到纳瓦妮身边,把手放到她一侧的肩上,再滑过她的后背和后颈,最后停留在另一侧的肩上。

谁又能想到,他这个岁数的人,竟还如此轻佻?

回复终于传来,卡拉米念道:"'殿下,感谢您对反风向飓风的

---

① 宗卿:本意是名门后裔,在文中指亚泽尔的祭司。宗卿都是亚泽尔历任帝王的亲族,既是祭司又是政府高官,这个设定源于儒家文化圈的政治体系。

预警。消息来得及时，已被载入帝国的史册，您也成了亚泽尔的朋友。'"

卡拉米正等着后话，但芦笔没有再移动。红宝石发出闪光，表示传书结束。

"这不算什么回答。"亚拉达说，"他为什么不回应你的邀请，达力拿？"

"被载入官方史册，可是亚泽尔人莫大的光荣，"忒夏芙说，"所以他们称赞了你。"

"话是没错，"纳瓦妮说，"但他们还是不想正视我们的邀约。对他们施压，达力拿。"

"卡拉米，请送出我下面的话。"达力拿说，"能被载入贵国的史册，我不胜荣幸，但我更希望当时没有发生那么糟糕的状况。现在，请让我们共同探讨柔刹的未来。我非常希望认识您。"

他们都在极尽耐心地等待回复。对方最后发来一段用阿勒斯卡语写就的消息："'亚泽尔王室对令兄的逝世表示哀悼。令兄命丧深族杀手剑下，也是亚泽尔朝廷不少贤臣的遭遇。我们已是患难与共的关系。'"

这段话再无下文。

纳瓦妮啧啧道："他们还真是不为所动。"

"起码得有个解释吧！"达力拿叱咤道，"感觉讲的根本不是一码事！"

"亚泽尔人不爱得罪人。"忒夏芙说，"他们几乎跟埃穆尔人一样棘手，尤其是在外交上。"

在达力拿看来，这不仅是亚泽尔人的特性，还是全球政客的处世之道。通笔还未深入，他就仿佛回到了军营。在他努力拉拢同僚的时候，接连收到的都是敷衍了事的答复。那些轩亲王给出空头承诺，表面上装作真诚无欺，背地里却用笑眼表达嘲讽。

风操的,他又要把那些不听话的人团结起来了。这回假如失手,他可再也担负不起。

要让他们齐心协力,我以前用的可是另一种方式。心念间,他仿佛闻到了烟味,仿佛听到了士兵的惨叫声。他记起了那些违抗他兄长的人,记起了自己带给他们的血光和火烬。

这些回忆近来变得尤其鲜活。

"换一种手段吧?"纳瓦妮提议道,"就不要发出邀请了,试着伸出援手吧。"

"陛下,"达力拿说,"战争即将来临,您一定目睹了仆族身上的变化。虚渡已经回归。要知道,在这场斗争中,阿勒斯卡始终是亚泽尔的同盟。双方应当就抵抗敌人的成败进行沟通,希望你们也能向我们报告。面对日益严重的威胁,人类必须团结起来。"

对方最终回道:"'我们一致认为新时代亟须互助,也十分乐意与你们进行沟通。您对那些变形的仆族有什么了解?'"

"联军在破碎平原上跟他们打了一仗。"眼见取得了些许进展,达力拿松了口气,"他们长着红眼睛,和我们在破碎平原上发现的仆族有诸多相似之处,只是更加危险。我会派文书准备报告,将我们多年来迎战仆族智者的经验悉数向您介绍。"

"'好极了。'"回复终于传来,"'在当前的乱世,这份情报必将受到极大的欢迎。'"

"城市状况如何?"达力拿问,"仆族都干了些什么?除了恶意破坏,他们还有什么目的吗?"

他们紧张地等候回音。所幸目前世界范围内关于仆族的情报还不多。卡拉丁军尉在走访村镇期间拜托当地的文书发来了汇报,但他对实情近乎一无所知。城市陷入动荡,可靠的消息寥寥无几。

"'好在都城守住了。'"回复传来,"'敌人停止攻势,正和我们谈判。'"

"谈判?"达力拿感到震惊。他转身望望忒夏芙,后者也惊讶得直摇头。

"请您澄清,陛下。"纳瓦妮说,"虚渡当真愿意谈判?"

"'当真。'"回复传来,"'我们正在交换合约。他们提出了详细的要求,规定得很离谱。我们希望避免武装冲突的发生,以便集合力量,加固都城的防御。'"

"虚渡会写字?"纳瓦妮追问道,"合约是他们亲自提交的?"

"我们只发现一般的仆族不会写字,"回复传来,"但是也有些强壮的仆族,他们身负异能,说话的方式也不一样。"

"陛下,"达力拿走到书桌边,语气更为急切,仿佛亚泽尔的君臣都能通过文字聆听到他的意愿,"我急需和您会谈。我可以利用早前提到的传送门拜访亚泽尔。我们必须再次启动那个设施。"

无人应答。沉默良久,达力拿不由得咬紧牙关,渴望一遍遍地召唤和遣走碎瑛刃。这是他年轻时的习惯,是从兄长身上学来的。

回复终于传来。"'很遗憾地通知您,'"卡拉米念道,"'您口中的设施并未在阿兹米尔生效。调查发现,该设施已经损毁多年,切断了你我之间的往来。非常抱歉。'"

"他到现在才告诉我们?"达力拿问,"风操的!这消息他一听说就该通气的!"

"那是假话。"纳瓦妮说,"破碎平原上的誓约之门,历经数百年的风雨和飓砂的沉积,依然能够运作。阿兹米尔的誓约之门是位于市中心的一座纪念碑,这座纪念碑就在圆顶的大商城里。"

传送门的位置至少可以从地图上判断。塔冠城的誓约之门置于王宫中,泰勒拿城的誓约之门则是某类宗教遗址。诸如此类的名胜古迹不可能轻易损毁。

"我同意光明女士纳瓦妮的看法。"忒夏芙说,"亚泽尔人一听你要来,或是你要派兵,他们就慌了。这不过是借口。"她蹙起眉,仿佛亚泽尔的君臣只是不听老师话的娇贵孩童。

芦苇笔又动了起来。

"写了什么？"达力拿焦急地问。

"对方呈上了王室建筑师和读风者的联名状，"纳瓦妮又好气又好笑，"担保阿兹米尔的誓约之门无法运作。"她继续念道："噢，有意思，这世上也只有亚泽尔人才会给坏掉的东西开证明。"

"值得注意的是，"卡拉米补充道，"这份联名状只证明了设施'不能实现传送'。可誓约之门要是没有光辉骑士前去操作，那当然启动不了。文中只是笼统地表示，设施在关闭状态下无法运行。"

"这么写吧，卡拉米。"达力拿说，"陛下，您当初没有听信我的预警，结果遭受了灭世风暴引起的损失。这回还请听我一言。您不能和虚渡谈判。我们必相互沟通、团结一心，共同保卫柔刹。"

卡拉米逐字记下。达力拿两手按住桌面，等待回音。

"'刚才提到谈判，是我们失言了，'"卡拉米念道，"'都是翻译上的差错。我们同意进行沟通，只是眼下时间紧张，日后还会联系您详谈。再见，轩亲王寇林。'"

"得了吧！"达力拿猛地往后一仰，"一群蠢货！都傻了吗！风操的光眼种！让政治下诅咒之地去吧！"他火冒三丈地走到房间的另一边，就想冲什么东西踹一脚，再把脾气压下去。

"他们比我预想的还要难对付。"纳瓦妮抄起双臂，"你有什么看法，光明女士考尔？"

"在跟亚泽尔人打交道的过程中，"忒夏芙说，"我发现他们特别能讲长篇累牍的空话，就连那些高官也不例外。但也不要灰心丧气，想要和他们把事情做成，需要花点时间。"

"可柔刹正陷于水深火热之中。"达力拿说，"他们为什么要收回与虚渡谈判的说法？难道他们在考虑与敌人结盟？"

"我不想猜，"忒夏芙回答，"但我得说，他们就是觉得自己透露了过多信息。"

"我们需要亚泽尔。"达力拿说,"如果亚泽尔方面不同意,那就没有马卡巴克人会听我们的,更别提开启誓约之门了……"望见桌上另一只对芦也开始闪烁,他咽下了后话。

"是泰勒拿方面请求通笔。"卡拉米说,"来早了。"

"要重新安排吗?"纳瓦妮问。

达力拿摇摇头。"不要了。等女王下次有空,还要过好几天,我们可等不起。"他深吸一口气。风操的,就算全副武装行军上百里,也要好过跟政客打嘴仗。"请继续,卡拉米。我不会发火。"

纳瓦妮选了一把椅子就座,达力拿还站在原地。澄亮的阳光透过窗户倾泻下来,洒在达力拿身上。他一吸气,仿佛能尝到阳光的味道。他已经在乌有斯麓的曲折石廊里待了太久,那儿只被微弱的灯烛光芒照亮。

"'泰勒拿女王陛下,'"卡拉米念道,"'光明女士芬恩·雷纳姆迪传信。'"卡拉米顿了顿,"'光明贵人……抱歉打扰,不过这也表明女王没有让书记代言,而是亲自执笔。'"

女王的言论着实会让其他女子望而生畏,但这不过是卡拉米在纸页底部详细记录的注解中的一条。之后,她才摆上芦苇笔,准备传送达力拿的话。

"陛下。"达力拿背起双手,在坐席的中央踱着步子。*再努一把力,把他们团结起来。*"我在光辉骑士团的圣城乌有斯麓向您致以问候,并向您发出最诚挚的邀请。塔城的景色蔚为壮观,只有在位君主的威名才能与之媲美,我很荣幸能将其展现给您,让您进行体验。"

芦笔马上动了起来,匆匆写下回复。芬恩女王直接使用了阿勒斯卡语。"'寇林,'"卡拉米念道,"'你这老家伙,别再满嘴喷蟹粪了。你到底有什么目的?'"

"我一直很喜欢她。"纳瓦妮评价道。

"陛下,我说的都是真心话。"达力拿说,"我只是希望我们能够见面谈谈,我会把我们的发现如实相告。世界正在我们周围发生改变。"

"'噢,世界正在发生改变?'"女王传来回应,"'如此惊世骇俗的结论是怎么来的?所以我们的奴隶才会一夜之间变成虚渡?所以飓风才会反着方向刮过来,把城市吹得支离破碎?'"

亚拉达清清嗓子:"陛下似乎心情不好。"

"芬恩的嘴巴又管不住了。"纳瓦妮说,"这么看,其实她心情很好。"

"可我前几次跟她见面,她都彬彬有礼。"达力拿蹙眉道。

"那是女王架子。"纳瓦妮说,"得让她直接跟你谈。相信我,这是个好兆头。"

"陛下,"达力拿说,"请把贵国仆族的近况告诉我。他们变形了吗?"

"'变形了。'"芬恩回答,"'那些风杀的怪物偷走了我们最好的船,差点把港口搜刮一空,就连小小的单桅帆船也没有放过。最后他们逃出了都城。'"

"他们是……坐船走的?"达力拿又吃了一惊,"明白了。他们没有发动攻击吗?"

"'是发生了混战,'"芬恩写道,"'但那时大部分人都忙着善后,还没有反应过来,敌人就驾驶大批王室战舰和私人货船逃逸了。'"

达力拿吸了口气。*看来我们对虚渡的认识还远远低于预期。*"陛下,"他接着说,"您可能还记得,我们曾经发出预警,提醒你们注意防范即临的风暴。"

"当时我是相信你的,"芬恩道,"不过王室只是得到了新纳塔楠方面的确认。要怎么防范,我们都想过,但一个拥有四千年历史的国家,岂能在弹指之间就颠覆传统?泰勒拿城已经是一片狼藉,寇林。

飓风破坏了城里的沟渠和排水系统，不仅损毁了码头，还夷平了一整座外围市场！蓄水池都得维修，房屋得加固防风，社会也得重建，可眼下还是泣雨季的中段，又不能使唤仆族劳工，这叫我哪有闲时间观光？"

"陛下，这可不是观光。"达力拿说，"你们有难，我当然能体谅，但不管形势再严峻，也不能忽视虚渡。我打算召开领导人大会抗击这一威胁。"

"大会当然由你主持。"芬恩在回复中写道。

"地点选在乌有斯麓再合适不过。"达力拿说，"陛下，光辉骑士团已经回归。我们再次说出了古老的誓言，将自然界的飓能加以运用。如果你们的誓约之门恢复运作，您不妨挑一个下午前来，当晚就能回去应对城市的需求。"

纳瓦妮对这一策略点头称是，倒是亚拉达抱起了手臂，若有所思。

"怎么了？"达力拿趁着卡拉米做记录的空隙，问亚拉达。

"也就是说，得让一名光辉骑士去泰勒拿城开启誓约之门吧？"亚拉达问。

"对。"纳瓦妮说，"一名光辉骑士要在我们这边解锁——这随时能办到，另一名光辉骑士则要去目的地解锁。之后，任一光辉骑士均可启动传送功能。"

"那么理论上只有那位风行骑士能去泰勒拿城。"亚拉达说，"不过，万一要好几个月才能回来呢？万一他被俘虏了呢？我们究竟能不能兑现承诺，达力拿？"

亚拉达的担忧确实不无道理，但没准可以解决。达力拿眼下还留有一手，那件武器或许能起到光辉骑士碎瑛刃的门钥匙作用，或许还能让人一路飞抵泰勒拿城。

然而这个方案并没有太大现实意义，首先还要对方乐意聆听。

芬恩传来答复：" '国内的商人无疑都对誓约之门非常好奇。据说只有最富有激情的人才能再次开启世界间的门户，这大概是所有泰勒拿少女的梦想。'"

"激神。"纳瓦妮撇了撇嘴。泰勒拿人信仰一种叫作"激神"的伪宗教，这始终是跨国交际中的有趣一面。他们这会儿会赞美令使，紧接着却会提起激神。

也罢，达力拿并没有资格去谴责那些反传统的信仰。

" '你想把你知道的誓约之门的情况发给我，这固然很好。'"芬恩接着写道，"可我正要忙活都城的重建，对领导人大会没兴趣。你们有什么想法就告诉我好了。"

"好吧，"亚拉达说，"至少是个成果，总算有人给出了真心的答复。"

"我不相信她是真心的。"达力拿揉揉下巴，陷入思考。他跟芬恩只打过几次照面，但女王的回应似乎有点不对劲。

"我有同感，光明贵人。"忒夏芙说，"要是在平常的领导人会议上，泰勒拿人想必都会抓紧时机拉拢关系，只要看准时机，找到办法让他们达成贸易协定。女王肯定有所隐瞒。"

"那就派兵援助她重建。"纳瓦妮说。

"陛下，"达力拿说，"听闻贵国蒙受损失，我深感悲痛。阿勒斯卡军还有不少闲置兵力，我愿意派遣一支大队协助都城的重建。"

回复姗姗来迟：" '让阿勒斯卡军入驻，我不知作何感想，不管你是否出于好意。'"

亚拉达闷哼一声："她担心侵略？可谁都知道阿勒斯卡人不擅长航海。"

"她担心的不是阿勒斯卡人从海上侵略，"达力拿说，"而是一支军队忽然在市中心冒出来。"

这般担忧确实有道理。只要达力拿有意，他完全可以派一名风行骑士悄悄开启一座城市的誓约之门，并在敌阵后方发动奇袭。

此刻他需要同盟，而非下臣，所以他不会出击——至少不会针对潜在的友好城市。不过塔冠城另当别论。他们还没有收到阿勒斯卡王都的可靠消息，倘若城内的动乱尚未平息，或许有办法派兵进驻，恢复秩序。

目前，他需要把精力放在芬恩女王身上。"陛下，"他冲卡拉米点点头，示意记录开始，"还请考虑我派兵的提议。可否请您在国内展开对新晋光辉骑士的搜寻？他们是誓约之门得以运作的关键。"

"破碎平原附近已经涌现出了一些光辉骑士。他们与某些灵体产生了互动，而那些灵体似乎在寻觅有价值的人选。我只能认为，这种情况正在世界各地发生。在泰勒拿城，很可能已经有人念出了誓言。"

"你正在放弃对你十分有利的局面，达力拿。"亚拉达评论道。

"我只是在播种，亚拉达。"达力拿说，"我不会放过我眼前的任何一座山，不管山的主人是谁。我们应当团结一心，协同作战。"

"我不否认这一点。"亚拉达站起来伸了个懒腰，"但你对光辉骑士团的认知可以拿来谈条件，吸引别人过来，迫使他们与你合作。如果放弃太多，你可能会在柔刹的各大城市发现所谓的'光辉骑士团总部'。这与其说是合作，不如说是让他们竞相招募人员。"

他不幸言中。达力拿不愿让自己的认知成为讨价还价的筹码，但如果这就是他和轩亲王谈判时总是失利的原因呢？他想要做到真诚坦率、顺其自然，但那些更有能耐、更乐于打破常规的人似乎总会插手其中，为所欲为。

他语速飞快，让卡拉米补充道："我们十分乐意派遣我们的光辉骑士前去训练你们发现的那些人，向他们介绍乌有斯麓的体系和同仁。根据他们的誓言，这是他们都该享有的权利。"

补充完毕，卡拉米转了转芦苇笔，表示消息结束，同时等待回音。

芦苇笔在纸上草草而写，卡拉米念道："'我们会考虑的。泰勒拿王室感谢你对泰勒拿人民的关心，我们会考虑对你增兵的提议进行协商。我们已经派了仅存的快艇追踪逃逸的仆族，如果有发现会通知你。回见，轩亲王。'"

"风杀的，"纳瓦妮说，"又摆回女王架子了。我们在通笔的中途就失去了她的信任。"

达力拿挨着纳瓦妮落座，长叹一声。

"达力拿……"她说。

"我没事，纳瓦妮。"达力拿说，"我不能指望第一次尝试就得到热情的合作承诺。我们只能继续努力。"

他此刻的心情可没有他说的那么乐观。他更希望能亲自与这些领导人谈话，而不是通过对芦隔空传书。

接下来，他们和伊泽尔的女亲王谈了谈，然后是塔石科的亲王。这两个国家都没有誓约之门，对他的计划也不是那么重要，但他至少要开启交流的渠道。

两人都没有给出切实的答复。未经亚泽尔帝王同意，马卡巴克地区的小国无法表明立场。埃穆尔和图卡也许有心听从，但两国关系长期不和，达力拿只能取其一。

会议结束，亚拉达携女儿离场。达力拿感到疲惫不堪，不由得伸了个懒腰。他们的努力没有就此告终，接下来达力拿还要和伊里的君主进行商讨。当地的情况比较特殊，由三人执政，而且境内的誓约之门位于拉尔艾洛林，提升了国家的地位。邻国里拉受其支配，境内也有一座誓约之门。

此外，自然还有深国要对付。由于当地人不喜欢使用对芦，纳瓦妮已经通过一名愿意传信的泰勒拿商人打探消息。

达力拿的肩膀在他伸懒腰时提出抗议。他发现人到中年这件事就像个刺客，悄无声息地跟在他身后。大部分时候他都想像往常那样生活，直到始料不及的疼痛发出警示。他已不再年轻。

感谢全能之主，他下意识地想道，向纳瓦妮告别。纳瓦妮还要筛选从世界各地的对芦站传来的情报，亚拉达的女儿和别的文书正为她收集大量信息。

达力拿召集若干护卫，留下其他人替纳瓦妮搭把手，然后沿着一排排坐席登上厅室的最高处，来到出口。艾尔霍卡正在门外徘徊，就像一只被人从温暖的火堆旁赶走的斧狐犬。

"陛下？"达力拿一怔，"很高兴你能来参加会议。感觉好点了吗？"

"他们为什么拒绝你，叔叔？"艾尔霍卡没有理会达力拿的问题，"难道他们以为你想篡位？"

达力拿猛地一吸气。站在一旁的护卫显得很尴尬，马上向后退去，免得打扰到他和国王。

"艾尔霍卡……"达力拿说。

"你可能以为我在说气话，"国王朝里探头瞅了瞅，看到母亲之后才回望达力拿，"其实不是。你比我优秀、比我善战、比我会做人，当然也比我更像个国王。"

"艾尔霍卡，你这样是在害自己，你要——"

"得了，省省你那些废话，达力拿。你就对我讲一次实话吧？"

"你以为我没对你讲过实话吗？"

艾尔霍卡抬起手，轻轻地摸了摸胸口。"也许讲过几次吧。没准我才是骗子，说自己能做到这一点，说自己能稍稍成为父亲那样的人。达力拿，你先别打断我，让我讲完。虚渡？充满奇迹的古城？灭世？"艾尔霍卡摇摇头，"我可能……可能是个不错的国王，不算杰出，但也不算一败涂地。然而面对这些事件，世界需要的可不只是'不错'的国王。"

他的话中带着宿命的味道，让达力拿不寒而栗。"艾尔霍卡，你在说什么?"

艾尔霍卡大步走进会场,向坐在最下面的人喊道:"母亲、光明女士忒夏芙,你们能不能替我作证?"

风操的,这可不行,达力拿想道,匆匆跟上艾尔霍卡。"别这么做,孩子。"

"我们都必须接受自己行动的后果,叔叔。"艾尔霍卡说,"我笨得像块石头,所以学得很慢。"

"可——"

"叔叔,我是你的国王吗?"艾尔霍卡质问道。

"是的。"

"我就不该当这个国王。"艾尔霍卡跪了下来,已经走过大半段台阶的纳瓦妮惊讶得停下了脚步。"达力拿·寇林,"艾尔霍卡高声道,"我现在向你发誓。既然有亲王和轩亲王之分,那为什么不能有王和轩王之分?在两人的见证下,我发誓,我接受你成为我的君主,这不会改变。正如阿勒斯卡臣服于我,我臣服于你。"

达力拿叹了口气,望了望一脸惊诧的纳瓦妮,再望了望像个封臣那样屈膝下跪的侄儿。

"这是你自找的,叔叔。"艾尔霍卡说,"虽然你没有明说,但这是我们唯一的归宿。从你决定相信幻象的那天起,你就渐渐掌握了大权。"

"我也想让你参与其中。"达力拿说了句无力的蠢话,"你是对的,艾尔霍卡。抱歉。"

"'抱歉'?"艾尔霍卡追问,"你是真心的吗?"

"抱歉让你受苦了。"达力拿说,"抱歉我没有把事情处理好。抱歉事情非得变成这样。在宣誓之前,请你告诉我,你以为这会带来什么?"

"我把话都说了,也有人替我作证!"艾尔霍卡涨红了脸,"就这样了，我已经——"

"快站起来。"达力拿抓住他的胳膊把他拉起来，"别搞得这么戏剧化。你真要宣誓，我就让你宣誓，但我们不要假装你可以闯进来，吼上几句就以为那是一份具有法律效力的合同了。"

艾尔霍卡抽出胳膊揉了揉。"都不能让我体面地退位吗？"

"你不能退位。"纳瓦妮来到他们身边，瞪了那几个看得张大嘴巴的护卫一眼，他们顿时脸色煞白。她向他们伸手一指，像是在说：**不要把事情告诉任何人。**"艾尔霍卡，你打算把你叔叔推到比你更高的位置，他当然有理由质疑。这对阿勒斯卡有什么意义？"

"我……"艾尔霍卡咽了口口水，"达力拿应当把领地让给继承人，毕竟他还统治着别处。他不仅是乌有斯麓的轩王，或许还掌管着整片破碎平原。"艾尔霍卡站得更直了，语气也更为坚定，"达力拿不能直接治理我的领地。他可以对我下达命令，但要由我决定具体的实施办法。"

"听起来还算合理。"纳瓦妮瞥了达力拿一眼。

确实合理，却也叫人心痛。他为之奋斗的王国——他在痛苦、疲惫和鲜血中铸就的王国——如今拒绝了他。

这座满是冷灵的塔城，现在是我的领地了，达力拿心想。"条件可以接受，可我有时也许还要向诸侯下达命令。"

"只要他们在你的领地上，我就认为他们处在你的管辖之下。"艾尔霍卡话中透着些许执拗，"他们走访乌有斯麓或破碎平原时，你尽管去指挥。等他们回国了，你就必须通过我来办事。"他看了看达力拿，垂下目光，仿佛不好意思提出要求。

"好吧。"达力拿说，"但在正式做出改变之前，我们还要和文书一起解决这个问题。我们应该先确保阿勒斯卡的主权，之后才能继续深入。"

"我也是这么想的。叔叔，我想领兵回阿勒斯卡，收复我们的祖国。眼下的形势十分不妙,塔冠城局势动荡,对芦通信也中断了,又有人报告王后行为反常。不仅如此,敌人还正在城里干着什么勾当,我要出兵制止他们,拯救王国。"

艾尔霍卡要领兵?达力拿只设想过由自己率军突破虚渡的阵列,将其扫除出境,随后进军塔冠城恢复秩序。

然而,无论让谁来率领这样的进攻,其实都没有意义。"艾尔霍卡,"达力拿凑近道,"塔冠城的誓约之门本来就是和王宫相连的,只要重启设施,我们就不用向阿勒斯卡进军了!等誓约之门运作起来,我们就能将军队传送到城里,守卫王宫、恢复秩序,并抵御虚渡。"

"叔叔,如果要进城,"艾尔霍卡说,"恐怕一开始就需要一支部队!"

"使不得。"达力拿说,"派一支小分队去塔冠城,可能比派一支部队快得多。只要带上一位光辉骑士,小分队就能摸进去重启誓约之门,为其他人开路。"

艾尔霍卡精神一振。"好!让我来吧,叔叔,我要带上一支小分队夺回我们的祖国。颐淑丹就在城里,如果动乱还没有平息,那她一定在进行抗争。"

在消息中断以前,达力拿听到的汇报并不是这么说的。艾尔霍卡有所不知,动乱就是王后引起的。达力拿当然不想让侄儿亲自出马。

*这就是后果。*这个小伙子向来认真诚恳,而且他差点死在刺客手里,似乎学到了一些东西,肯定比前几年更谦逊了。

"让国王来拯救他们是很合适的。"达力拿说,"艾尔霍卡,你有什么需要,我都会满足。"

形如光珠的傲灵在艾尔霍卡身边涌现,他冲着灵体咧嘴一笑。"叔叔,我好像只有在你身边才能看到傲灵,也是有趣。我本该恨你,可我恨不起来,我无法讨厌一个尽心尽力的人。我会做到的,我要拯救阿勒斯卡。我需要一位光辉骑士，最好是那个英雄。"

"英雄？"

"就是那个冲桥手，"艾尔霍卡说，"那个士兵。他得跟我去，要是我搞砸了、失败了，还能有人拯救塔冠城。"

达力拿眨眨眼。"这很……嗯……"

"叔叔，最近我有很多机会反省。"艾尔霍卡说，"尽管我那么蠢，全能之主还是庇佑了我。我要带上那个冲桥手好好观察，弄明白他为何如此特别，看看他能不能教我成为他那样的人。到时候，如果我失败了……"他耸耸肩，"好吧，不管怎样，阿勒斯卡都不会有事的，对不对？"

达力拿点点头，有些茫然。

"我得筹划起来了。"艾尔霍卡说，"我刚刚养好伤，还是要等英雄回来之后才能动身。他能带着我和我挑选的队伍飞去塔冠城吗？那样肯定是最快的。我要尽量掌握塔冠城的每一条情报，亲自研究誓约之门设施的运作，还要托人画图进行比对。另外……"他满面笑容地说，"谢谢你，叔叔。谢谢你相信我，哪怕只有一点点。"

达力拿向他点点头，艾尔霍卡便迈着轻快的脚步离开了。达力拿叹了口气，被这场对话打得措手不及。他坐到光辉骑士的席位上，紧挨着小型灵体专用的台座。纳瓦妮正在一旁徘徊。

一方面，有个国王对他立下他不愿接受的誓言，而另一方面，还有一大群君主连最合理的忠告都听不进去。风操的。

"达力拿？"卡拉米说，"达力拿！"

他一跃而起，纳瓦妮则猛地转过身。卡拉米正望着一支起笔书写的对芦。又怎么了？有什么坏消息在等着他？

"'陛下，'"卡拉米念出纸上的记录，"'你的慷慨厚意我心领了。你的建议是明智的，我们找到了被你叫作"誓约之门"的设施。有一个平民挺身而出，竟然自称是光辉骑士。她的灵体指示她与我交谈，我们打算利用她的碎瑛刃来测试这个设施。'"

"'如果可行，我会立刻赶来见你。邪恶降临到我们身上，幸好还有人试图组织抵抗。柔刹诸国必须停止倾轧。圣城乌有斯麓的重现证明全能之主在指引你，我希望与你共商对策，并将我的部队并入你的部队，一同守护大陆。'"卡拉米惊讶地抬头看他，"这是雅克维德和卡哈巴兰斯的国王塔拉梵吉安传来的。"

塔拉梵吉安？达力拿没料到他这么快就回复了。据说他为人和善，只是头脑不太灵光，很适合在权力机构的协助下统治一座小城邦。人们普遍认为，他在雅克维德登基的事只是出于前任国王的恶意，因为那人不想把王位交给任何敌对的家族。

这一席话还是让达力拿感到温暖。总算有人听进去了，总算有人愿意加入了。全能之主保佑他。

如果达力拿在其他方面都失败了，起码他要拉拢塔拉梵吉安国王。

13 陪护

> 我只求你们能读一读或者听一听这些话。
> ——摘自《渡誓》序

沙兰呼出飓光,穿过光雾,感到飓光围拢过来将她转变。

她按要求搬进了塞巴里尔在乌有斯麓的生活区,一部分原因是他答应分配一个带阳台的房间。那儿空气清新,能看到山峦,如果她无法彻底摆脱塔城的幽暗深处,至少还能在边境地带安个家。

她扯了扯头发,欣慰地发现发色变黑了。她已经成了浣纱,这个伪装让她捣鼓了好一阵子。

沙兰抬起粗糙的双手,那上面满是茧子,就连禁手也不例外。这倒不是因为浣纱没有女人味,她平时会梳头、会锉指甲,也喜欢好看的打扮,只是她没空去弄些华而不实的东西。比起飘逸的修身裙,还是耐穿的外套和长裤更适合浣纱。她抽不出时间加长左袖遮住禁手,戴上手套就行了。

目前她还披着睡衣,等她准备好溜进乌有斯麓的厅室,就会换下。她得先练练。虽然达力拿指示她操练能力,允许她调用飓光储备，但眼看别人都在节省，她还是心有不安。

她迈出坚实的大步，用浣纱的步态在屋里穿行，显得自信满满，一点也不拘谨。她走路时可顶不住一本书，但她很乐意先把别人打晕，再稳稳地把一本书甩到那人脸上。

她转了几圈，穿过从窗口倾泻而下的暮光。石壁上有着鲜明的岩轮纹理，摸上去很光滑，但即便用刀去刮，也不会留下痕迹。

屋里陈设不多，只有几块毯子、一张凳子和一柄救命的化妆镜，够她将就一阵，但愿塞巴里尔能从近期搜集的军营物资里划拨一些东西给她。化妆镜就挂在墙上，用绳子系住一小块凸起，她觉得那是用来挂画的。

她照了照自己的脸，想要瞬间变身浣纱，省得再去回顾素描。她依次戳了戳五官，可就算那根尖鼻子和那块饱满的额头是织光术的产物，她还是找不到切实的感觉。

在她忍不住蹙眉的时候，浣纱的脸面也依样画瓢。"请来点喝的。"她说。不行，嗓子还得哑一点。"快上喝的！"是不是又太重了？

"嗯，"图腾说，"你的声音成了精妙的谎言。"

"多谢夸奖，我一直在调试。"浣纱的嗓子比沙兰低沉沙哑，她不禁纳闷自己能变出什么程度的声效。

现在她还没有对准唇形，于是她信步走去取画材，翻开素描本寻找浣纱的肖像，没有去跟塞巴里尔和帕萝娜共进晚餐。

素描本的第一页画了一条布满弯曲岩层的走廊，她去过一次，还记得那一道道通向黑暗的疯狂纹路。她继续翻阅，下一页画的是塔城里刚兴起的市场，成千上万的居民渐渐在乌有斯麓安顿下来，其中有商人和客栈的老板，有妓女和洗衣的妇人，也有各色工匠。沙兰再清楚不过，因为她通过誓约之门将他们都带了过来。

画中的大市场建在洞窟里，在漆黑洞顶的笼罩下，渺小的人影手执微弱的灯火，在帐篷之间匆匆而行。后两张图又描绘了通往黑暗的廊道，再翻一页则是相互盘绕、令人目眩的岩层。没想到画了这么多，她翻了二十页才找到浣纱的素描。

嗯，唇形对了，只是体形错了。浣纱长得精瘦结实，而这件睡衣之下的身板实在太像沙兰本人，无法胜任。

有人叩了叩挂在室外的木板。门口暂时只有一块布帘挡着，因为塔城中的门户年久失修，都已经扭曲变形，她房间的那扇门早就被扯掉了，还在等新的。

敲门的人应该是帕萝娜，她恐怕又发现沙兰没有去吃饭。沙兰吸了口气，撤除浣纱的幻象，从中回收部分飓光，说了句"请进"。其实在帕萝娜眼里，就算沙兰成了风杀的光辉骑士也没什么大不了的，她还是会无微不至地照顾——

这时阿多林走了进来，一手端着一大盘食物，另一侧腋下夹着几本书。一见沙兰他便失去平衡，差点把东西都摔在地上。

沙兰浑身一凛，嘴里发出一声尖叫，马上把光溜溜的禁手藏到背后。看到衣不蔽体的沙兰，阿多林真是不嫌害臊，连脸都没红。他赶紧站定，把吃的扶稳，然后咧嘴一笑。

"出去！"沙兰冲他摆摆闲手，"出去，出去，出去！"

他狼狈地穿过门帘退了出去。飓风之父在上！沙兰的脸红得发亮，都可以拿去当出征的信号了。她给禁手戴上手套，把禁袋裹在外面，再穿起挂在椅背上的蓝裙，扣好左袖的纽扣。她心慌意乱，连打底的胸衣都没套上，反正她又不是真有这个需要，索性把那玩意儿踢到了一块毯子底下。

"我得说，"外面传来阿多林的声音，"是你请我进来的。"

"我还以为帕萝娜来了！"沙兰边说边扣起裙子侧边的纽扣，只是她的禁手被三层衣料遮盖，活动起来有些困难。

"到底谁来了，你不是可以去看吗？"

"别把错怪到我头上。"沙兰说,"你才是私闯深闺的家伙。"

"我敲过门了!"

"这哪里是男人在敲门?"

"那是……沙兰!"

"你用的单手还是双手?"

"你看,我端了风操的一大盘吃的给你,当然得用单手敲门。说实在的,谁会用双手敲门?"

"可不是?真不像个男人。我还以为,装成女的去偷窥只穿内衣的姑娘是有失身份的做法,阿多林·寇林。"

"唉,沙兰,看在诅咒之地的分上,现在能让我进来了吗?这下我们说清楚了:我叫阿多林·寇林,是个如假包换的男人,而且是你的未婚夫。我属九,我的左大腿后面有一个胎记。早饭我吃了咖喱蟹。你还要知道些什么?"

沙兰探出头,用门帘紧紧罩住脖子:"你说你的左大腿后面有一个胎记?凭什么要让姑娘家看?"

"看了就能像个男人那样敲门了。"

沙兰冲他嫣然一笑。"稍等。这裙子穿起来很麻烦。"说罢她闪身回到屋里。

"好吧,好吧,你慢慢穿。我可不会为了跟你一块儿吃饭就端上重重一盘食物,饿着肚子站在外面闻香味。"

"这不是挺好,"沙兰说,"能长点力气。像倒立啦、把石头掐碎或乱扔啦,你不净干这种事?"

"嗯,我床底下就塞着不少被我宰了的石头。"

沙兰用牙齿咬住领口拉紧衣襟,方便扣上纽扣。姑且这样吧。

"女人穿内衣到底是图什么呢?"阿多林问道,托盘里的小碟子撞得叮当作响,"我是说,里面的衬裙跟外面的正装盖住的地方不是一样的嘛?"

161

"这么穿才得体呀。"沙兰嘴里仍旧含着衣料,"再说,套上连衣裙,总有些地方会鼓出来。"

"在我看来,理由还是很牵强。"

"男人穿衣打扮不也是这样吗?制服就跟别的上衣一样,对不对?再说,到了下午,你不是总喜欢在时尚杂志里东找西找吗?"

阿多林咯咯直笑,正想回一句,终于穿戴完毕的沙兰却把门帘掀开了。原本靠着走廊墙壁的阿多林立马站直,把她搂进怀里。她顶着一头乱发,两颊通红,裙子还差两枚纽扣没扣上。阿多林露出灿烂的憨笑。

阿什有眼……他的确觉得她很漂亮。这位风度翩翩的高贵男子竟然想跟她在一起!虽然她来到了光辉骑士团的古城,但阿多林的真情却让乌有斯麓的一切景观都黯然失色。

他不仅喜欢她,还给她带了美食。

千万别搞砸,沙兰告诫自己。接过阿多林腋下的书,她侧跨一步让他进屋。他把托盘放到地上。"帕萝娜说你还没吃呢,"他说,"她发现我也没用餐,于是……呃……"

"就给你送了一大盘食物?"沙兰一边说,一边望着堆成山的佳肴、面饼和贝类。

"对啊。"阿多林站在原地,挠了挠脑袋,"我觉得是赫达孜的小吃。"

沙兰都没发觉自己有多饿,她本打算晚上顶着浣纱的脸面去酒馆吃点什么。这些酒馆没有搬走,就建在主市场,这违背了纳瓦妮的意愿,况且塞巴里尔旗下的商人还有充足的存货。

但现在,她可以大吃一顿了。她不拘小节地坐到地上,给自己舀了一勺清淡的蔬菜咖喱。

阿多林仍旧站着。他穿上那身蓝制服确实很帅,可是说真的,她从没见过他穿别的。**大腿上的胎记,嗯**……

162

"只能往地上坐啦。"沙兰说,"屋里还没有椅子。"

"我才发现这是你的卧室。"他说。

"也是我的画室、客厅和餐厅,以及能让阿多林讲废话的地方。就这么一间屋,功能可多了。干吗特意说起?"

"我只是不知道,我们在这儿独处合不合适。"说着,他居然脸红了,真可爱。

"你倒担心起合不合适的问题了?"

"唉,最近长了教训。"

"那不是教训。"沙兰咬了口食物。食物鲜香四溢,如甜品般入口即化的美味刺激着她的味蕾。她闭眼微笑,细细品尝。

"不是教训?"阿多林问,"你这话里还有话吗?"

"对不起,"沙兰睁开眼,"所谓'教训',只是口舌的一则妙用,好让你分心。"看着阿多林的嘴唇,她也想为自己的口舌再开发点妙用……

她深吸一口气。

"就这么独处确实不合适,"她说,"幸好这里不止有两个人。"

"你的自我不算个体,沙兰。"

"哈!慢着,你觉得我找到了自我?"

"那就是句漂亮话——我不是说……不对……你干吗笑得这么欢?"

"对不起。"沙兰握紧两手放在胸前,开心得浑身发颤。她长期缺乏自信,听到别人的夸赞,不免心满意足。起作用了!迦熙娜曾教她要多练习,争取实现自控,如今这番指导终于见效了。

当然,她还不敢承认自己杀了母亲。每每回想起那一天,她都会本能地压抑自己的记忆,可她根本做不到,只好向图腾诉说了真相,践行织光骑士的离奇信条。

那段记忆一直萦绕在她脑海,一想起来,她就头疼欲裂,备感痛苦。沙兰杀了母亲，父亲替她顶罪，隐瞒了这桩事，最终陷入怒火和暴力，毁了一生。

最后他也死在沙兰手里。

"沙兰？"阿多林问，"你还好吧？"

我不好。

"当然了，我挺好的。不管怎样，我们都没有在独处。图腾，快过来。"她伸出手，掌心朝上。

图腾勉强从墙上挪下来，不再观望他们。他一如既往地在所经之处留下一圈涡纹，不论那是布面还是石面，仿佛底下放了东西。他身上的线条错综复杂、摇摆不定，始终在变化和交融，整体略呈圆形，但也有地方直得出奇。

他穿过长裙的料子来到沙兰手上，脱离皮肤升到半空，扩充为立体图案。他悬在那儿，形成不停变换的黑色线网，图案此消彼长，如随风摇曳的草地般在他的表面起伏。

她不会恨图腾。她大可以去恨那把用来弑母的剑，但她恨不起图腾。她暂时抛开了痛苦，虽然没有忘怀，但她不想破坏自己和阿多林相处的时光。

"阿多林王子，"沙兰说，"想必你听过我的灵体讲话。请允许我正式介绍一下，这是图腾。"

阿多林毕恭毕敬地跪下来，凝视那个迷人的几何体。这怪不得他，图腾身上充斥着几乎循环往复的形状与线条，沙兰自己也不止一次看呆。

"你的灵体，"阿多林说，"那必须叫沙兰灵。"

图腾不屑地哼了一声。

"他其实是秘灵。"沙兰说，"每一支光辉骑士团都会与一种不同的灵体产生羁绊，从而获得相应的能力。"

"所以你的能力是创造幻象，"阿多林轻声道，"比如那天的地图。"

沙兰莞尔一笑。她发现早前从幻象中回收的飓光还有点剩的,便忍不住想要展示一番。她抬起裹在袖子里的禁手,往蓝布上呼出一口气,生成一团光雾。光雾以沙兰的素描为准,化作阿多林身披碎瑛甲的微型幻象,其人纹丝不动,面甲打开,碎瑛刃扛在肩上,仿如小小的玩偶。

"沙兰,你太有才了。"阿多林伸手一戳,见幻象没有排斥、只是变得模糊起来,他便顿了顿,又去碰图腾。图腾缩了回去。"既然如此,你为什么要隐瞒事实,假装自己另有归属呢?"

"这个嘛,"沙兰灵机一动,合上手,解除阿多林的幻象,"我只是觉得那么做可能对我们有利,有时秘密也很重要。"

阿多林徐徐点头。"嗯,是这样没错。"

"总之,"沙兰说,"图腾,今晚你要当我们的陪护。"

"什么是陪护?"图腾哼哼着问。

"就是一对年轻男女在一起,要有人看着,不能让他们做出任何不正当的事。"

"不正当的事?"图腾问,"比如……让他们除以零?"

"什么?"沙兰看了看阿多林,后者耸耸肩,"你只要监督我们就行了。"

图腾嗡嗡作响,降为平面图案伏到一口碗的边上,就像只钻进缝隙的飓虫那样甘愿待在那儿。

沙兰实在等不及了,便吃了起来,阿多林也坐到她对面大快朵颐。一时间,沙兰忘却痛苦,沉浸在当下。这里有美食、有恋人相伴,落日投下深红和褐黄的光,洒满山间,倾泻在屋里。她多想描绘这一幕,但又明白自己无法将其捕捉在纸上,因为这关乎生活的乐趣,无关画面内容或构图。

快乐的窍门不是定格一瞬间的乐趣紧抓不放,而是要让生活充满期待。

吃完一大盘蒸斯特拉纳贝,阿多林从奶油红咖喱里挑出几块猪肉放到盘子上递给沙兰。"要不要尝尝?"

沙兰呛了一声。

"尝尝吧,"阿多林晃晃盘子,"很好吃的。"

"这玩意儿会辣掉我的嘴唇,阿多林·寇林。"沙兰说,"你放了帕萝娜送来的最浓的辣酱,别以为我没注意到。男性食品太呛人了,那么辣的东西,怎么能吃出别的味道?"

"总不至于什么味道也吃不出吧?"阿多林戳起一块猪肉送进嘴里,"反正这儿没别人,就我们几个,你可以尝尝。"

沙兰朝盘子望了一眼,想起自己小时候偷吃男性食品的经历,不过当时上的不是这道菜。

图腾嗡嗡而鸣:"这就是你说的不正当的事?我是不是要阻止你们?"

"别。"沙兰说,图腾听罢便回到原位。这位"陪护",沙兰心想,我说的话他基本都信,效果也许不会是最好的。

尽管并不情愿,她还是叹口气,取了一块猪肉夹在面饼里,毕竟她走出雅克维德也是为了尝鲜。

她试吃一口,立马后悔了自己的决定。

她辣得满眼是泪,急忙去拿可恶的阿多林早就端起的水杯。她一口气把水喝下去,但无济于事,只好尽量淑女地拿餐巾擦嘴。

"我恨你。"说完她又喝起水。

阿多林吃吃地笑了。

"噢!"图腾冷不丁地说,忽然从碗沿悬到空中,"你们在说交配的事!我要确保你们没有意外交配,因为那是人类社会的禁忌。你们必须先办好仪式!没错,没错。嗯。你们在交配之前都要按照惯例走一遍流程。我一直在研究这个呢!"

"飓风之父啊!"沙兰用闲手捂住双眼,甚至引出了几只转瞬即逝的愧灵。它们一周之内已经出现了两次。

"所以二位不许交配。"图腾说,"绝对不许!"他念念有词,似乎很得意,很快就沉入盘中。

"唉,羞死人了。"沙兰说,"还是聊聊你带来的书吧。要不就聊聊沃林神学,或是有什么好办法可以数清沙子。总之别说刚才的事了,拜托。"

阿多林窃笑不已,伸手去拿书堆顶上的笔记簿。"梅·亚拉达派了一队人询问维德卡·派瑞尔的家属和朋友,查出了军尉死前所在的地点和最后的目击者。他们把疑点都列了出来,我们可以读一下报告。"

"其他书是干吗的?"

"我父亲问你马卡巴克地区的政局,你好像很茫然。"阿多林说,"于是我四处打听,有些虔诚者简直把整座图书馆都拖过来了。我只能找个仆人,给你弄了几本我喜欢的讲马卡巴克人的书。"

"你倒谈起书来了?"沙兰问。

"我又没有成天拿剑砍人,沙兰。"阿多林说,"我小时候,纳瓦妮伯母和迦熙娜煞费苦心地为我安排了上不完的课,请虔诚者教我政治和贸易的知识,到现在我还记得一些,哪怕我天生不爱学习。在我印象里,这三本是我听人念过的书里写得最好的,我觉得可能会有帮助。"

"你可真体贴。"沙兰说,"不骗你,阿多林。谢谢你。"

"我们已经订婚了,我想,如果我们要更进一步……"

"那就更进一步。"沙兰忽然感到一阵惧意。

"这我倒没把握了。沙兰,你可是光辉骑士,那不就像神话里的半神吗?我一直在思量,要找个配得上你的对象。"阿多林起身踱步,"真该死,那不是我的真心话。对不起,我只是……我只是害怕自己会搞砸。"

"你害怕自己会搞砸?"沙兰心中荡漾起一阵暖意,可那不全是酒的温热。

"我不太擅长和异性交往,沙兰。"

"又有谁是擅长的呢?我是说,真有人一开始交往,就以为能搞定吗?我个人倒是觉得,大家在这方面都是傻瓜。"

"那我岂不是更傻了?"

"阿多林,亲爱的,我之前喜欢上的人,不仅是个道义上不准追求我的虔诚者,还是个一心只想通过我接近迦熙娜的刺客。我想你高估了别人的交往能力。"

阿多林骤然停步。"刺客?"

"千真万确。"沙兰说,"他在一块面包上下毒,差点就杀了我。"

"嗬,到底是怎么回事?说来听听。"

"还好我已经讲出来了。刺客名叫卡波萨,他曾百般温柔地对我,就算他想毒死我,我也快要原谅他了。"

阿多林苦笑着说:"呃,所幸你的择偶标准不是很高,只要对方不毒死你就行了。不过你不该跟我聊你的前男友,我可会吃醋。"

"拜托。"沙兰把面包蘸上剩下的甜咖喱。她的口才仍未恢复。"你不也追求过半个军营的姑娘吗?"

"又没有那么糟糕。"

"是吗?我听说,要找到没有被你追求过的适龄女子,得跑去赫达孜呢。"沙兰朝阿多林伸出手,示意对方扶她起立。

"你在笑我总是谈不成吗?"

"不是,我是在赞美你呀。"沙兰在阿多林身边站起来,"亲爱的阿多林,你看,如果你以前没有搞砸,就不会跟我在一起了。"她依偎着阿多林。"其实你才最擅长和异性交往吧,你没有跟对的人在一起才会搞砸。"

他俯下身，呼出带着辛辣芬芳的气息。一袭制服依达力拿的要求浆过，整洁笔挺。他的唇碰上她的唇，她的心怦怦直跳。

"不许交配！"

沙兰吓了一跳，赶紧扭过头，只见图腾正悬在两人身旁，一边急速震动，一边变换形状。

阿多林哈哈大笑，沙兰也忍俊不禁。她在他身前后退几步，但还是牵着他的手。"这回，两个人都不许搞砸。"她紧紧握着他的手，"有时候就算拼尽全力，也不能放弃。"

"说定了？"阿多林问。

"说定了。我们来看看你拿来的笔记本是怎么描述凶手的吧。"

14 侍从不得吃牌

我在文中没有任何保留。我会尽量不回避难题,也不把自己描绘成不诚实的英雄。

——摘自《渡誓》序

卡拉丁在雨中匍匐前行,就着湿漉漉的制服悄悄穿过石地,透过林叶间的缝隙窥视虚渡。相传他们是极为可怕的怪物,是正义和善良的敌人,曾无数次摧毁人类文明。

可他们竟在打牌。

该下诅咒之地的,这是怎么回事?卡拉丁想道。虚渡看似只派了一个守卫,那家伙却干坐在树墩上,不难躲过。大概是圈套,真正的守卫会在树梢上望风。

不过,就算有个不露脸的守卫,他们也都没有发现彼此。卡拉丁就藏在虚渡营地边上的树丛里,四周光线很暗,给他打了掩护。虚渡在林间张开的油布漏雨很厉害,他们只在一处搭了像样的帐篷,外面有帐布围着,看不到里面。

由于避雨的地方不够，许多虚渡都坐在雨中。卡拉丁一阵煎熬，生怕被人发现，因为叶子一碰就会缩回去。

所幸没人看到。叶子又舒展开来，遮住了他的身影。茜尔趁机落在他的胳膊上，两手叉腰。他继续观察虚渡，眼前就有人坐在营地边上，用平坦的石块当成桌面摆出一副赫达孜牌，对面坐着一名女子。

他们与他想象的截然不同，皮肤是另一种色调。阿勒斯卡的仆族大多生着白中带红的大理石花纹，不像第四冲桥队的瑞莱恩那样黑中带红。他们一个个都矮胖敦实，既没有进入战斗态，也没有身负可怕的强力形态，只有前臂上和两颊处长着壳甲，所以才能生出浓密的头发。

他们仍旧穿着朴素的奴隶服，用绳子束在腰间。可是他们的眼睛没有发红，难不成也像卡拉丁那样会变色？

仆族男子生着暗红色胡须，根根头发都粗得出奇，他终于把一张牌放到其他几张牌旁边。

"能这么出吗？"女子问。

"能啊。"

"你不是说侍从牌不能吃吗？"

"除非我下一手碰了你的牌。"男子挠挠胡须，"大概吧？"

卡拉丁浑身发冷，仿佛冰雨渗进皮肤直入血液，在他体内奔流。他们的说话方式跟阿勒斯卡人如出一辙，不带一丝口音。要是闭上双眼，他都分不清那是仆族还是赫斯通的暗眼种村民，只是女子的声线比多数人类女性要低沉。

"这么看……"女子说，"其实你压根不会打吧？"

男子把牌收拢。"我应该会，肯恩。我都看他们打了多少遍了？端着喝的站在一旁，看也看会了，对不对？"

"显然不对。"

女子起身走向另一群仆族，他们正想在油布下面生火，但收效甚微。到了泣雨季,去户外取火需要别样运气。卡拉丁就像多数军人那样,早已习惯了长期潮湿的环境。

他们果然偷了粮食,米袋都堆在一张油布底下,有些已被涨开的溻娄米撑破。由于没有碗,几个仆族抓起一把泡软的米就往嘴里送。

卡拉丁可不想去品尝这种难以下咽的糊糊。他曾多次吃过没有调味的溻娄米。他经常认为这是一件幸事。

先前说话的男子依然坐在石头上,举起一张木头做的牌。这种牌表面涂漆,不容易坏,淋过雨也不变形,在军中偶尔能见到,买一副要攒好几个月的钱。

仆族耷拉着肩膀凝视手里的牌,显得孤苦伶仃。

"不对劲。"卡拉丁低声对茜尔说,"实在不对劲……"那些恶兽去哪儿了?那些试图击溃达力拿军的红眼怪物究竟怎么了?还是不是第四冲桥队向他描述的慑人形象?

我们以为自己掌握了事情的走向,卡拉丁思忖道,*我本来毫不怀疑……*

"警惕!"忽然传来一个刺耳的声音,"给我放警惕,你们这些傻瓜!"

空中划过一道黄色的光带,点亮了午后的荫庇。

"有人在那儿!"那个尖厉的声音再次响起,"他在监视你们!就在树丛里!"

卡拉丁一跃而起,准备吸入飓光开溜。然而能去的镇子没有几座了,飓光即将耗尽,现在只有少量剩余。

仆族马上抄起树枝或扫帚把做成的棍子,纷纷聚拢在一起,没有阵势、没有组织,就和吓坏的村民没什么两样。

卡拉丁停下想了想。*就算没有飓光我也能把他们都打趴下。*可他见过不少次那样拿武器的人,最近是在沟底训练冲桥手的时候。

这些仆族绝非战士。

茜尔飘到卡拉丁面前,准备化为瑛刃。"不用。"卡拉丁悄声对她说,把手举到两边,再提高嗓门,"我投降。"

沙兰的素描：走廊

15 光辉女士

> 我只会说出直接乃至残酷的真相。你们必须了解我的所作所为和我为之付出的代价。
>
> ——摘自《渡誓》序

"光明贵人派瑞尔的尸体是在撒迪亚斯遇害的区域被人发现的。"沙兰在房间里来回踱步,翻阅着一页页报告,"塔城实在是太大了,这绝不可能是巧合。所以我们知道凶手活动的位置了。"

"应该是吧。"阿多林懒洋洋地靠着墙,外套没有扣起,手拿一只装满晒干谷粒的小皮球抛起又接住,"我只是觉得两起谋杀可能是不同的人干的。"

"结果却用了同样的手法杀人,"沙兰说,"还用了同样的方式摆放尸体。"

"两者之间没有别的关联。"阿多林说,"撒迪亚斯很招人嫌,通常有护卫陪同;派瑞尔话不多,但人缘不错,以行政能力著称,要让他当兵,不如让他当主管。"

太阳落山了,他们把润石放在地上照明。吃剩的饭菜已被侍从推车运走,图腾待在墙上,开心地在阿多林头顶鸣叫。阿多林不时瞧瞧他,一脸不自在。沙兰完全能理解,她早就习惯了图腾的陪伴,但他身上的线条还是太奇怪了。

等着瞧吧,阿多林还没见过秘灵在裂影界的形态呢,沙兰心想,它们会露出全身,头部却呈现扭曲的形状。

阿多林用右手接住抛起的绣花球,那只手被雷纳林奇迹般治好了,可见不止有沙兰在操练能力。尤其让她高兴的是,现在也有别人带着碎瑛刃了,等飓风天回来,需要正式开始操作誓约之门的时候,她就有帮手了。

"这些报告信息量很大,却没什么用。"沙兰用笔记簿拍了拍手心,"派瑞尔和撒迪亚斯都是光眼种,死后出现在塔城的同一地点,除此之外再无关联。凶手或许只是看情况选择了受害者。"

"你是说有人碰巧杀了一位轩亲王?"阿多林问,"所以是意外?就像把人拖到酒馆外的后巷杀掉那样?"

"有可能。光明女士亚拉达建议你父亲出台规定,管一管在空旷区域独行的人。"

"我还是觉得没准有两个凶手。"阿多林说,"你也知道……比如有人发现撒迪亚斯死了,就想再杀一个人逃脱罪名,把责任推到第一个凶手头上。"

唉,阿多林,沙兰想道。一有得意的想法就不肯放手,这是研究中常犯的错误,她看过的科普书中就提醒过。

但有一点阿多林说对了:轩亲王被杀不可能是偶然的。没有迹象表明撒迪亚斯那把名为渡誓的碎瑛刃被任何人使用过,相关的传言更是一句都没有。

第二桩命案会不会是某种假象,让人以为袭击是偶然的?沙兰心想,又翻起报告。不,那样太令人费解了,她握有的证据不比阿多林多。

然而这确实引发了她的思考。两桩命案广受关注，可能因为死的是光眼种高层。此外会不会有没被揭发的命案，死的是没有那么重要的人？如果阿多林所说的后巷里发现了一个乞丐的尸体，会不会有人对此发表评论？哪怕死者的眼珠被戳穿了？

*我得到他们中间探探情况。*沙兰刚要张嘴告诉阿多林自己要上床休息了，可他已经站起来伸了个懒腰。

"我想我们已经尽力了。"他朝报告点点头，"至少对今晚来说。"

"是啊。"沙兰假装打了个哈欠，"大概吧。"

"那么……"阿多林深吸一口气，"还有……还有件事。"

沙兰皱起眉。还有件事？他怎么忽然有种知难而上的表情？

*他要悔婚了！*她萌生出一个想法，但她猛地反应过来，赶紧把不该有的情绪抛到脑后。

"好吧，其实很不容易。"阿多林说，"无意冒犯，沙兰，可是……你该知道我怎么让你吃了男性食品吧？"

"嗯，我知道。要是接下来几天我的舌头还是辣得不行，那就怪你。"

"沙兰，有件差不多的事我们得谈谈，不能置之不理。"

"我……"*我杀了我父母。我一剑捅穿了母亲的胸口，还一边哼歌一边勒死了父亲。*

"你有把碎瑛刃。"阿多林说。

我不想杀母亲，可我必须这么做。必须。

阿多林按住她的肩膀，她一怔，连忙盯着他看。他在……笑吗？

"你竟然有碎瑛刃，沙兰！而且是新的，太不可思议了。我想了好多年才赢了一把回来！这是多少人穷极一生都没有实现的梦，却被你拿在手上！"

"所以是件好事，对不对？"沙兰被他按着肩膀，两臂紧贴身侧。

"当然了！"阿多林放开她，"不过，我还是得说，你是女的。"

"你是看我化妆了，还是穿裙子了？啊，一定是看我有胸，对不对？胸总是出卖我们。"

"沙兰，我是认真的。"

"我知道。"她平复紧张的心情，"阿多林，图腾是能变成碎瑛刃，可我不觉得这有什么关系。我不能不要它……飓风之父啊，你是要教我剑法，对吗？"

他大笑道："你不是说，迦熙娜也是光辉骑士吗？女人得到碎瑛刃确实不平常，但不能放着不管。那碎瑛甲呢？你是不是也藏哪儿了？"

"就我所知，我还没有瑛甲。"说话间，她肌肉紧绷，心跳得飞快，皮肤一阵阵发凉，她只能奋力掩饰这种感觉，"我不知道瑛甲从何而来。"

"我明白这不是女孩子该考虑的事，但谁在乎呢？你已经有碎瑛刃了，应该学会用，社会上那些风俗好下诅咒之地了，不骗你。"阿多林深吸一口气，"要我说，那个扛桥的小子也有一把，可他还是暗眼种呢。不对，他以前是，不过没多大差别。"

沙兰差点要说"谢谢你把所有女人都等同于乡巴佬"，可她按捺住了。这一刻对阿多林来说显然很重要，他也在努力把心胸放宽。

不过……一想到自己做过的事，她就痛苦不已。拿起这把剑，她的感受还会变得更糟糕。

她想要躲藏，却又做不到。真相挥之不去，她能解释清楚吗？"你说得对，可——"

"太好了！"阿多林说，"太好了。我带了瑛刃的护套，免得我们伤到对方。我把护套藏在岗哨那儿了，我这就去取。"

转眼间他便出了门。沙兰立在原地朝他伸出手，却把反对的话咽了回去。她蜷起手指，把手放到胸前，心脏怦怦直跳。

"嗯，"图腾说，"很好，这么做是有必要的。"

沙兰匆匆穿过房间，在挂着的化妆镜跟前照了照，发现自己眼睛瞪得大大的，头发全乱了。她开始急促地呼吸。"我不能……"她说，"我不能当这个人，图腾。我不能挥着剑，像个风光的骑士那样站在高塔上，假装要别人追随。"

图腾轻哼一声。她已经听出来了，这是一种不解的语气，用来表达一个种族试图理解另一个种族的思维时遇到的困惑。

汗水缓缓淌下沙兰的面颊，在她照镜子时划过她的眼角。她到底希望看到什么？一想到自己的形象可能会在阿多林面前崩塌，她就更为忐忑，身上每一块肌肉都绷紧了，就连幻象的边角也逐渐变暗。她只能看到眼前的自己。她想逃避、想去别处。她想离开。

不。不，当别人就好。

她两手颤抖，慌忙掏出素描本，撕掉几页扔出去，留出空白页，再拿起炭笔。

图腾化为线条百变的浮球朝她挪来，担心得嗡嗡作响："沙兰？求你别这样。你怎么了？"

我可以藏起来，沙兰心想，狂画一通，沙兰可以逃走，让别人代替。

"因为你恨我。"图腾轻声道，"我可以死去，沙兰。我可以离开。他们会派别的灵体跟你建立纽带。"

一阵凄厉的哀号在屋里响起，沙兰一下子都没意识到这是她自己的嗓子发出来的。图腾的话语如扎进体侧的刀子那般彻骨。*不，求你了，让我好好画画。*

浣纱如何？浣纱不介意用剑。她没有沙兰那残缺不全的灵魂，也未曾杀害父母。她做得到。

不。不，要是阿多林回来发现屋里有个完全不一样的女人，他要怎么办？他不能知道浣纱的事。沙兰的手一直在抖，笔触变得潦草粗粝,很快她便勾勒出自己的脸型,但把发型画成了盘发。那是一名端庄的女子,比沙兰可靠,不会无心犯蠢。

女子没有受过精心呵护,坚强得足以用剑,宛若……迦熙娜本人。

没错,迦熙娜的浅笑、沉稳和自信。沙兰将这三种理想特质都汇入自己的脸部轮廓,画出更硬朗的版本。她……她真能成为这名女子吗?

我必须做到,沙兰暗下决心,从小包里吸入飑光,旋即呼出一团光雾。光雾环绕着她,在她站起时定型。变身之后,她的心跳放慢了,她拭去额前的汗珠,平静地解开左袖,取出系在手上的愚蠢禁袋丢在一边,再把袖子卷起来,露出仍旧戴着手套的禁手。

这就够了。阿多林不会指望她穿上对练的服装。她把头发绾成发髻,用包里的发簪固定。

阿多林很快回屋,撞见了一位不那么像沙兰·达瓦的娴静女子。**就叫她"光辉女士"**,沙兰思忖道,**只用这个称呼**。

阿多林拿来了两件细长的金属制品,这种护套可以跟碎瑛刃的前端融合,降低对练的风险。"光辉女士"用挑剔的目光一番打量,横出一手召唤图腾。瑛刃成形,剑身又长又薄,几乎与她同高。

"图腾可以调节自身的形状。"她说,"他会让剑刃变钝,直到没有危险。你带的家伙太笨重,我用不上。"说话间,剑刃起伏如波,确实变钝了。

"风操的,这也太好用了,不过我还是需要一把。"阿多林召唤自己的瑛刃,花了十下心跳的时间,其间他扭头看着沙兰。

沙兰低下头,发现自己增大了这身伪装的胸围。这自然不是为了阿多林,只是为了让外形更像迦熙娜。

阿多林的剑终于显现,剑身更厚,锋利的剑刃蜿蜒曲折,剑背有一排精致的水晶凸起。他用护套包住剑刃。

"光辉女士"一脚前跨,双手举剑至头侧。

"嘿,"阿多林说,"真不赖。"

"沙兰确实花了很多时间把你们画下来。"

阿多林若有所思地点点头,走过来伸出拇指和另两根手指。她以为他要调整她握剑的姿势,可他只是把手指抵在她锁骨上轻轻一按。

"光辉女士"向后一个踉跄,差点绊倒。

"规定剑姿不只是为了好看,"阿多林说,"你也要站稳、维持重心,彰显对战斗的掌控。"

"知道了。那要怎么提高?"

"我正在想呢。和我对练过的人个个从小就用剑。如果我没碰过武器,不知道扎赫尔会不会换种教法。"

"我听说这取决于附近有没有方便跳下的屋顶。""光辉女士"说。

"那是针对瑛甲的训练,"阿多林说,"而这是瑛刃。我要教你决斗吗?还是如何在军中战斗?"

"我想学不把手脚砍掉的方法,光明贵人寇林。"

"光明贵人寇林?"

太正式了。没错,这自然是"光辉女士"的行事风格,但不用那么生分,迦熙娜也没有这样。

"我只是想表现出学生对老师的敬意。""光辉女士"说。

阿多林轻笑道:"拜托,犯不着这样。来,让我看看这姿势要怎么摆……"

阿多林花了一小时多次调整她手部、两臂和脚部的位置,还挑选了一种可以应用到好几种正式剑姿的基础招式让她练习。这种招式接近风姿,据说更注重灵活和技巧,对力量或臂展的依赖性没有那么强。

她并不确定阿多林为什么要费神去拿对练用的金属护臂,因为他们两人并没有交手。除了无数次纠正她的姿势,他还说起了决斗的艺术,比如怎样对待自己的碎瑛刃、怎样掂量对手、怎样尊重决斗本身的惯例和传统。

有些话其实很实用。碎瑛刃是危险的武器,所以才要示范怎样握剑、怎样持剑行走、怎样避免在无意转身时划到人或物体。

其他的话……就更神秘了。

"瑛刃是你的一部分。"阿多林说,"它不仅仅是你的工具,更是你的生命。你尊重它,它绝不辜负你,可你一旦被打倒,就是因为你辜负了它。"

"光辉女士"双手举剑置于身前,觉得自己的动作非常僵硬。以前她只用图腾变成的瑛刃在天花板上刮擦过两三次,所幸乌有斯麓的屋顶大部分都很高。

阿多林示意"光辉女士"像练习时那样简单出剑,她高抬双臂倾斜剑身,前跨一步挥了下去,角度不到九十度,压根算不上一斩。

阿多林微笑道:"你渐渐领悟了。再练几千次,身手就会自然起来,不过还得在调整呼吸上下功夫。"

"呼吸?"

他心不在焉地点点头。

"阿多林,""光辉女士"说,"这你尽管放心,我这辈子都在呼吸,从来没有间断过。"

"没错,所以才要改掉习惯。"他说。

"你教我怎么站立、怎么思考、怎么呼吸,可我分不出哪些才是真正有用的东西,哪些只是剑客亚文化和迷信的一部分。"

"都有用。"阿多林说。

"赛前吃鸡肉也是吗?"

阿多林龇牙一笑:"嗯,某些做法也许属于个人癖好,但剑还是我们的一部分。"

"我知道剑是我的一部分,""光辉女士"把剑放在身边,用戴着手套的禁手扶着,"我已经跟它产生羁绊了。这想必是碎瑛武士传统的来历。"

"别搞得那么学术。"阿多林摇摇头,"你得亲身体会,沙兰。"

这对沙兰来说并不难,可"光辉女士"不喜欢体会不经过深思熟虑的东西。

"你想过没有?"她问,"你的碎瑛刃曾是活的灵体,被一名光辉骑士所用。这难道不会改变你对它的看法吗?"

阿多林望向自己的瑛刃。他没有让它消失,而是固定在剑鞘内,横放在她的毯子上。"我或多或少也明白。不是说它是活的,这也太傻了,剑怎么可能是活的?我是说……我向来知道碎瑛刃有特别之处,我想这是决斗手的自觉。我们心里都清楚。"

她没有追究下去。她发现剑士都很迷信,水手也是。嗯,基本上人人如此,除了"光辉女士"和迦熙娜那样的学者。让她好奇的是,阿多林大谈瑛刃和决斗,竟一下子让她想到了宗教。

然而阿勒斯卡人对正统宗教的态度却很轻率,真是怪事。沙兰曾在雅克维德花费好几个小时描摹《论辩集》中的大段内容,在焚烧符纸之前还要跪下或弯腰鞠躬,反反复复地高声吟诵。阿勒斯卡人则更乐于让虔诚者去维系全能之主,仿佛那就是个讨厌的客人,只要仆人端上一杯特别香的茶,就能顺顺利利地打发走。

阿多林又让她做了几次挥击,可能发觉自己不停纠正她的姿势,已经让她厌烦了。他也拿起自己的瑛刃,到她身旁示范剑姿和击打的动作。

不久后她遣走瑛刃,拾起素描本,飞快翻过画着"光辉女士"的那一页,开始描绘架起剑姿的阿多林。她只能让"光辉女士"的部分人格渐渐退场。

"站好别动。"沙兰用炭笔指着阿多林,"没错,就这样。"

她勾勒出姿态，点了点头。"挥剑，保持最后的姿势。"

他照办了。此时他已经脱去外套，只穿着衬衫和长裤站在那里。那件衬衫很合身，正中沙兰的下怀，就连"光辉女士"也表示欣赏。"光辉女士"并不死板，只是务实。

沙兰品鉴完两张素描，又召唤出图腾就位。

"嘿，真棒。"看着"光辉女士"连挥几剑，阿多林赞叹道，"你已经掌握了。"

他又站到"光辉女士"身边。他教的简易攻击招式显然只触及了皮毛，但他还是精准出手。随后他开怀大笑，谈起了很久以前他跟扎赫尔上的头几节剑术课。

他的蓝眼睛炯炯有神，沙兰就喜欢看那犹如飓光的光亮。她自然可以体会他的热情——兴致勃勃地全然沉浸在某件事之中，尽情享受着它的妙处。这种感觉她也有过，虽然那是画画带来的，但她望着阿多林，顿时觉得两人并没有那么不同。

跟他共享这段时光，领略他的激动之情，确实是一种别样的感受，两人甚至比当晚早些时候还要亲密无间。有时她任由自己变回沙兰，可一想到自己的行为，手握碎瑛刃的痛苦就袭上心头，她只好更换"光辉女士"的人格加以逃避。

她实在不希望二人世界早早结束，直到夜深了，已经过了该喊停的时候，浑身是汗的她才疲惫地跟阿多林道别，看着他拎着提灯，轻快地走进带着岩层纹理的走廊，肩上扛着瑛刃的护套。

沙兰还要再等一晚才能去酒馆寻找答案。她慢慢走回卧室，莫名感到一阵满足，哪怕世界可能正处于末日的中途。这天夜里她难得睡了一个安稳觉。

缠三圈

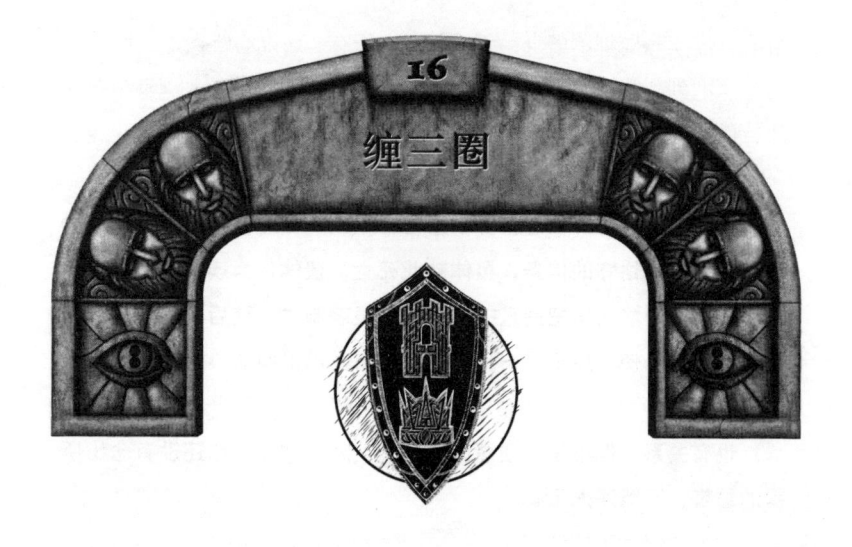

因为你们可以从中上一课。

——摘自《渡誓》序

达力拿跟前的石板上摆着一件传奇般的武器。这把剑出自上古迷雾,据说在影时代就由神亲自打造,后来落入白衣刺客之手,又在飓风之巅的交战中被"飓风恩护者"卡拉丁夺得。

只是瞥上一眼,很难看出它跟一般的碎瑛刃有什么不同。剑身较小,堪堪五尺长,薄而典雅,如獠牙般弯曲,只在靠近剑柄的剑刃处刻有纹饰。

他将四枚用来照明的钻石布罗姆分别置于祭坛般的石板的边角。这间斗室的墙上没有岩层纹路,也没有画作,飓光仅仅照亮了他自己和那把陌生的瑛刃。不过后者还是有一个怪异之处:

上面没有宝石。

宝石能让持剑者与剑建立契约,通常安装在剑柄的尾端,偶尔也安装在剑柄与剑刃的交接处,第一次触碰时会闪光,标志着契约开始形成。连续一周剑不离身,剑就归主人所有,可随心跳遣走、唤回。

这把剑确实少了宝石,达力拿迟疑地伸手抚摸银剑,剑身手感温热,仿佛活物。

"这把剑摸上去不会发出惨叫。"

因为古代的光辉骑士背弃了誓言,飓风之父在他脑中说,**他们抛下了一切发誓恪守的信条,灵体就此死亡,遗体化为瑛刃,一经触碰便会发出惨叫。而这把剑直接以荣誉的灵魂制成,随后作为誓言的印证交给了十令使,属于另一种类型,没有发出惨叫的心智。**

"那碎瑛甲呢?"达力拿问。

也有关系,但不是一回事,飓风之父隆隆地说,**你还没有念出所需的誓言,不能深入了解。**

达力拿仍然手按荣刃:"可你不能背弃誓言,对吗?"

对。

"那我们的对手呢?仇恨催生了虚渡和虚灵,他能背弃誓言吗?"

不能,飓风之父回答,**他远比我强大,然而上古阿多拿西的力量渗透并控制了他。仇恨的势力就如同压力、重力或时间的推移,无法破坏自身的法则。**

达力拿轻敲荣刃,这是荣誉的一部分灵魂化成的金属形态。神的逝去给了他希望:如果荣誉已死,仇恨也有可能会死。

荣誉曾在幻象中交给达力拿一项大任:要挫败仇恨的企图,使他相信自己或为输家,于是指明一人担当代理斗士。仇恨经常吃尽苦头,因而他不会冒着再度失败的风险放过这一机会。**以上便是我能给出的最佳忠告。**

"我见过敌人的代理斗士。"达力拿说,"那是一个黑暗的人形,长着红眼,周身有九道影子。荣誉的建议到底有没有用?仇恨能心甘情愿地派出代理斗士和我决战吗?"

荣誉的建议自然有用,飓风之父回答,**他已经说出口了。**

"我想问的是,"达力拿说,"怎么会有用?仇恨凭什么会认可代理斗士的对决?这似乎是一件至关重要的大事,而人的实力和意志又是这么次要的小事,不值得冒险。"

你的敌人并不像你,飓风之父隆隆地答道,**若有所思,甚至……有些惧怕**,他拥有感受,而且不会衰老。他怒不可遏,而且亘古不变。

正面的斗争也许会释放出足以伤害他的力量,这不是没有先例,而且那些伤口不会愈合。选出代理斗士却遭到失败,消耗的只是他的时间,而他有的是时间。他仍然不会轻易同意,但也有可能会同意。只要抓准时机,通过合理的方式给他选择,就能将他束缚起来。

"这样我们就赢了……"

时间,飓风之父说,**对他来说不过是废物,对人类来说却是最珍贵的宝物。**

达力拿从石板上轻轻拿起荣刃。墙边的地上有一道两尺宽的凹槽,这类奇怪的坑洞、廊道和暗角在塔城很多见,可能是排污系统的一部分,从边缘的锈迹判断,曾有金属管道连通房顶的石洞。

纳瓦妮尤其关注排污的原理。他们用木质框架将古时的公用大浴室改造成厕所,等飓光储备得到补充,塑魂者就能按照军营的做法处理排泄物。

纳瓦妮觉得塔城的排污系统并不雅观,时而排起长队的公共厕所是城市效能低下的体现,她还说这些管槽的存在表明塔城内广泛分布着管道和卫生系统。这类大规模的城建工程正是她感兴趣的,就达力拿所知,不会有人比纳瓦妮·寇林更兴奋。

一见屋里的管洞是空的,达力拿便跪下来把剑插进他在侧面凿出的凹槽,洞口挡住了凸出的剑柄,需要弯腰把手伸进洞里才能找到荣刃。

他站起来收齐润石,走了出去。虽然不情愿把荣刃留下,但他想不出更保险的方法了。他的住处仍然缺乏安全感，没有可以存放财物的库房，而派遣卫队把守只会引来注意。除了卡拉丁、纳瓦妮和飓风之父，根本没人知道荣刃在达力拿手上。如果他秘而不宣，其实不会有人发现瑛刃藏在塔城的一间空房里。

你会怎么处理？ 飓风之父在达力拿走上空荡荡的走廊时问，**这把剑无与伦比，是神的恩赐，拥有了它，无需宣誓即可成为风行骑士。然而这还不是全部，只是人类不会理解，也无法理解。换句话说，拥有了它，便可成为令使一般的存在。**

"所以使用之前就更要三思了。"达力拿说，"不过我不介意让你看管。"

飓风之父哑然失笑：**你以为我什么都能看见？**

"我还以为……我们生成的地图……"

我见到的不过是飓风中的残余，况且我看不真切。我不是神，达力拿·寇林。我不比你投在墙上的影子实在。

达力拿到了楼梯口，手举钻石布罗姆照明，在盘旋而下的阶梯上行走。假如卡拉丁军尉近期无法返回，荣刃就能提供施行风行术的另一种方式，以便快速抵达泰勒拿城或亚泽尔，或者让艾尔霍卡带队前往塔冠城。飓风之父表示荣刃也能操作誓约之门，说不定能派上用场。

达力拿到了居民更多的区域，迎来一派忙碌的景象：帮厨的人从塔门内的货堆处拖走食材，还有两个人在地上画引导线，士兵的家属则占据了一条特别宽的通道，都坐在沿墙摆开的箱子上，看着孩子们把木头润石从斜坡上滚进又一个可能是浴室的房间。

这里焕发着生机，本是极不寻常的安身之所，可他们改造过贫瘠的破碎平原，只要不断耕作，并备足飓光维持誓约之门的运行，这座塔城的情况也不会相差太多。

手持润石的达力拿才是极不寻常的一类人。卫兵巡逻时举提灯，厨师烹饪时用油灯,然而飓光储备还是渐渐不足,妇女带孩子、补袜子时只能借着从墙上的几扇窗户射进来的光。

他经过自己住处附近,发现当值的护卫是第十三冲桥队的矛兵。见他们等在门外,他便招呼他们跟来。

"没事吧,光明贵人?"一人迅速上前,拖腔拖调地问,一股阿勒斯卡中部造日王山区的寇荣口音。

"没事。"达力拿不想多费口舌,只想知道现在几点了。他到底跟飓风之父谈了多久?

"好嘞,好嘞。"卫兵随手把矛抵在肩上,"您说不该自个儿出去,可您却自个儿走在楼里,不想您出啥事儿。"

卫兵一头深褐色头发,皮肤比一般阿勒斯卡人白一点,胡子剃得干干净净。达力拿瞧了一眼,隐隐记得这人上周就在卫队里出现过好几次,喜欢用指关节转润石,令人心烦。

"你叫什么?"达力拿边走边问。

"莱尔。"那人回答,"来自第十三冲桥队。"说完抬手敬了个标准的军礼,严谨得就像达力麾下的高官,只是顶着一脸懒散相。

"莱尔军士,我并不是一个人。"达力拿说,"你怀疑上级的习惯是怎么来的?"

"只干过一次的事儿称不上习惯,光明贵人。"

"你以前没干过吗?"

"对您?"

"对任何人。"

"好吧,"莱尔说,"那不算,光明贵人。我是新兵,从冲桥队里翻身的。"

倒也不赖。"嗯,莱尔,你知道现在几点了吗?在这风操的走廊上,时间观念都没了。"

"看一下光明女士纳瓦妮送您的钟表,长官。"莱尔说,"我觉得就是干这个用的。"

达力拿又瞪了他一眼。

"我没在怀疑您，长官。"莱尔说，"您看，我都没问……"

达力拿终于转身走进通向住处的廊道。纳瓦妮给他的包裹放哪去了？他在茶几上找到了，从里面掏出一只皮质护臂，有点像弓箭手佩戴的款式，上面镶嵌着两个表盘：一个装了三根指针，显示的时间精确到秒；另一个是风停表，上紧发条后便可计算下一场飓风的时间。

*这玩意的部件怎么能做得这么小？*他晃了晃装置，不得其解。镶嵌在皮革里的还有一枚止疼器，这是一种含有宝石的法器，只要按一下就会消除疼痛。纳瓦妮一直在研制不同型号的医用镇痛法器，她曾说要在达力拿身上试验疗效。

他把装置绑在前臂上，刚好到手腕处，包着制服的袖子，感觉很扎眼，但确实是一笔馈赠。不管怎样，还有一小时才到下一场会议，他得挥洒一下旺盛的精力。于是他叫上两名护卫，去下层士兵驻地附近的大厅。

走进大厅，墙上有黑灰相间的纹理，四周满是正在受训的士兵，他们的打扮都彰显着代表寇林军的蓝色，其中有人只戴了袖章。光眼种和暗眼种同在一室对练，场地用布垫围成。

对练的喧嚣和气息总是让达力拿浑身发热。练习剑相交的铿锵声比笛声动听，上过油的皮革比烧饼还香，不论他身处何处、不论他有何地位，去这样的场所总是给他宾至如归的感觉。

他发现剑师们都坐在后墙前的垫子上监督徒弟操练。除一人以外，所有人都剃光头，留方正的胡须，身穿前襟敞开、腰间束起的素净长袍。达力拿名下的虔诚者各有所长，根据传统，男女信众均可前来学习新技艺，或是入门新行业，然而这群剑师才是他的骄傲。

六人中有五人起身鞠躬。达力拿扭过头，再次审视大厅。汗味和武器交击声是战前准备的信号，世界或许陷入了混乱，阿勒斯卡则要有备无患。

不是阿勒斯卡,他想道,而是乌有斯麓。这里才是我的王国。风操的,要习惯还真难。他永远都是阿勒斯卡人,可艾尔霍卡的声明一旦下达,阿勒斯卡就不再属于他了。他还没决定如何向各部队公布此事,现在只想等纳瓦妮和她手下的文书走完法律流程。

"表现不错。"达力拿对克勒兰德剑师说,"问问伊维斯要不要把隔壁几间屋也扩充成训练场。我不希望部队闲下来,就怕他们力气没地方使,反而拿出来斗殴。"

"遵命,光明贵人。"克勒兰德鞠躬道。

"我也想跟人过招。"达力拿说。

"马上替您找个合适的对手,光明贵人。"

"克勒兰德,就你怎么样?"达力拿问。这名剑师与达力拿对战,往往有六七成的胜率。尽管达力拿放弃了当高水平剑客的梦想——毕竟他是军人,不是决斗手——他还是喜欢挑战。

"我当然会遵守轩亲王的命令,"克勒兰德不太自在地说,"但还请您放我一马。恕我直言,我已不是您的对手。"

达力拿望了望其他站着的剑师,他们纷纷垂下眼帘。虔诚者剑师不像他们的祭司同行,有时一本正经,但通常能和别人谈笑风生。

然而这不改他们的虔诚者本质。

"好吧,"达力拿说,"替我找个对手。"

尽管他只示意克勒兰德离开,但另外四人也跟他一起走了。达力拿叹了口气,独自靠在墙上。他斜眼一看,发现还有一个人懒洋洋地坐在垫子上。那人胡子拉碴,不修边幅,穿的衣服不是很脏,但破破烂烂的,只用绳子束着。

"扎赫尔,有我在,你不嫌烦吗?"达力拿问。

"谁在我都嫌烦。你跟别人一样讨厌,轩亲王先生。"

达力拿坐到凳子上等待。

"没想到吧?"扎赫尔像是被逗乐了。

"嗯。我以为……反正他们都是习武的虔诚者,实质上是剑士、是军人。"

"光明贵人,你险些逼他们拿主意:是选择神,还是选择轩亲王?他们都喜欢你,这才更难做出选择。"

"他们总会放下的。"达力拿说,"回过头看,我的婚礼是办得轰轰烈烈,但在历史上终究不值一提。"

"也许吧。"

"你不同意?"

"人生中又有哪个时刻值得一提呢?"扎赫尔说,"大多数时刻都会被遗忘,然而也有一些同样不值一提的时刻,却成了历史的转折点,犹如黑底白字。"

"黑底……白字?"达力拿问。

"就是打个比方。我才不管你做什么,轩亲王。身为光眼种,你要么自我放纵,要么认认真真地去干渎神的勾当,反正都赖不到我身上。不过也有人在问,你到底要堕落到什么程度才高兴。"

达力拿哼了一声。说实在的,他真以为扎赫尔能帮上忙?他起身踱步,对自己的紧张很反感,没等虔诚者带着对手回来,就大步走回厅室中央寻觅认识的士兵。他的对手不能羞于跟轩亲王对打。

最终他选择了考尔将军的儿子,不是身为碎瑛武士的长子哈拉姆·考尔军尉,而是次子。那人长得魁梧粗壮,头部跟身体比起来似乎小了点。他刚比完摔跤,眼下正在伸展四肢。

"亚拉廷,"达力拿说,"你跟轩亲王打过吗?"

年轻人回过身,猛地立正:"长官?"

"别客气,我只想找个人比一比。"

"光明贵人,我还没有换上决斗的装备,"他说,"请给我点时间。"

"不用。"达力拿说,"要摔跤也可以,久违了。"

有些人并不愿意和达力拿这样的高官对打,生怕伤到他,但考尔将军教出来的儿子不至于如此畏缩。年轻人咧嘴一笑,齿间露出一道明显的牙缝:"我没问题,光明贵人。不过我得告诉您,这几个月来我还没有输过。"

"很好。"达力拿说,"我正需要和人较量。"

剑师们总算回来了,可达力拿已经脱去上衣,正在穿对练用的及膝紧身套裤。他朝剑师点点头,没有理睬他们找来的温文尔雅的光眼种对手,而是和亚拉廷·考尔一同踏入摔跤场。

他的几个护卫抱歉地冲剑师们耸耸肩,接着由莱尔进行倒数。比赛开始,达力拿一个箭步冲向考尔,箍住他的两胁,奋力站稳,让对手失去平衡。比赛终会有倒地的环节,至于何时倒地、如何倒地,则要占据主导。

在阿勒斯卡传统的威哈赛①中,不允许抓拽套裤,自然更不允许抓拽头发,所以达力拿扭过身,试图将对手抱牢,以防那人推倒自己。他铆足了劲,肌肉紧绷,手指在对手的皮肤上打滑。

忙乱之中,他全神贯注地与对手角力,滑步转移重心,竭其所能扎稳脚步。这是一场纯粹的比试,他已许久没有经历过这般爽快。

亚拉廷紧紧箍着达力拿,一个转身就把达力拿拦腰绊倒。两人卧到垫子上,达力拿喘着粗气,扭头抬起手臂护住脖子,以防对手勒颈。早年的训练促使他扭动身躯,免得被对手锁住。

可为时已晚,毕竟这些年来他不常做这类动作。对手随达力拿而动,没有勒颈,而是从背后抱住达力拿的两胁,将他面朝垫子压在自己身下。

达力拿怒吼一声,本能地想要仰赖唾手可得的额外力量,体会战

---

①"威哈"(vehah)在阿勒斯卡语中意为摔跤。

斗的脉动和锋芒。

他在等待激越感涌来。那是静夜营火边的谈资，代表了阿勒斯卡人独有的昂扬战意。有人称其为先祖之力，有人称其为真正的兵者思维。激越感驱使造日王走向荣耀，是阿勒斯卡人取得成功的公开秘密。

不。达力拿还是忍住了，但他其实无需操心。印象中他已几个月没有这种感受了，而且越是远离激越，他就越是觉得其中大有问题。

于是他咬牙斗争，没有使出阴招。

结果被对手钳制。

亚拉廷比他年轻，在打法上也比他熟练。达力拿虽不是吃素的，但他处于下风，体力也大不如前。亚拉廷将他翻了个身，没一会儿他就发现自己被压在垫子上，双肩触地，无法动弹。

他明知自己战败了，却没有拍地认输，而是咬紧牙关使劲挣扎。汗水淌过他的侧脸，他没有产生激越感，却发觉躺在场边的制服长裤的裤袋里仍有飓光储备。

亚拉廷呼哧喘气，手臂沉重。达力拿闻到了自己的汗味和粗糙布垫的气味，身上的肌肉不堪重负。

他清楚自己可以摄取飓光的能量，但他一有这个念头，心中的正义感便提出了抗议。于是他弓背屏息，全力挺身扭转，想要振作起来趁势摆脱亚拉廷的钳制。

对手忽然动了动，口出呻吟。达力拿感觉那双手慢慢松开了……

"噢，飓风在上……"一个女声传来，"达力拿？"

对手马上放手后退。达力拿翻了个身，累得直喘气，发现纳瓦妮正抱着双臂站在场外。他投去笑容，起身从助理手中接过毛巾和一件轻便的武士袍罩衫。当亚拉廷·考尔退场时，达力拿挥拳低头，认可其为胜者。"发挥不错，孩子。"

"深感荣幸，长官！"

达力拿披上武士袍，转向纳瓦妮，用毛巾擦拭额头。"来观战了？"

"是啊。当妻子的，有谁不爱看呢？"纳瓦妮说，"来了却发现丈夫喜欢跟汗流浃背的半裸男人满地打滚。"她瞥了亚拉廷一眼。"你就不能跟年纪相仿的人过招？"

"到了阵前，"达力拿说，"我可没空选择对手的年龄，最好先在这儿吃点亏，有个防备。"他顿了顿，压低嗓音，"我真觉得自己差点就逆转了。"

"你这'差点就逆转'也太吃力了，我的琼心①。"

达力拿从助理手中接过一口水袋。大厅内的女性不只有纳瓦妮和她的随员，还有些虔诚者。身穿明黄长服的纳瓦妮仍然如贫瘠石地上的鲜花般出众。

达力拿扫视大厅，发现除了剑师群体，不少别的虔诚者也不敢直视他。他曾经的战友卡什什正在和剑师们讲话。

亚拉廷则在附近接受友人的祝贺，因为压倒"黑荆棘"可是不小的成就。年轻人尽管笑对称赞，但一有人拍他的背，他还是会扶着肩膀直皱眉。

我真该拍地认输的，达力拿心想。强行拖延比赛对双方都不利。他很自责。特意挑选更年轻强壮的对手，最后却惨败？他必须接受衰老的体况。要是他真以为这能在战场上帮忙，那就是自欺欺人。他已将原有的碎瑛甲送出，也不再携有碎瑛刃，还能巴望来日再战吗？

九影之人。

他口中突然泛起苦味。只要能让局面对他们有利，他一直希望亲自和敌人的代理斗士决战。然而将这项大任交给卡拉丁那样的人不是合理得多吗？

---

①"琼心"（gemheart）是对亲密者的爱称，原意是生物体内的琼心石。

"行了，"纳瓦妮说，"你最好穿上制服。伊里女王正准备通笔。"

"还有好几个小时才开会。"

"她希望马上进行。显然御前观潮者在波浪中发现了征象，说明这会还是早点开为好。她随时都会联系我们。"

风操的伊里人。不过该国确实拥有一座誓约之门，如果算上里拉境内的一座，就是两座，因为伊里始终视里拉为附庸。伊里的三人执政团现由两名国王和一名女王组成，女王手握外交权，自然是会谈的对象。

"改个时间倒不要紧。"达力拿说。

"那我在写字间等你。"

"何必？"达力拿摆摆手，"她又看不到我。会就放这儿开。"

"这儿？"纳瓦妮哭笑不得。

"就这儿。"达力拿执拗地说，"那种冷飕飕的房间，安静得只能听到落笔的声音，我已经受够了。"

纳瓦妮冲他抬抬眉毛，还是吩咐助理摆出文具。一名虔诚者着急走上前，也许想要劝阻，不过纳瓦妮态度坚决地下达了几个命令，他只好跑去取桌凳。

达力拿笑了笑，走到离剑师们不远的剑架旁，选了两把练习剑，都是不尖的普通钢质长剑。他将其中一把抛给卡达什，卡达什稳稳接住放到身前，却让剑尖朝下，两手按着剑柄的尾端。

"光明贵人，"卡达什说，"我更希望能换个人，因为我不是很有雅兴——"

"不巧，"达力拿说，"我得练练手，卡达什。作为你的主人，我要求你和我比试。"

卡达什久久地注视达力拿，没好气地叹了一声，只能跟着达力拿走进场地。"我绝非您的对手，光明贵人。这些年我投身经文，没有再拿起剑。我只是来这儿——"

"——'查看我的状况'。我知道。咳,说不定连我也退步了。几十年来我都不曾用一般的长剑战斗,毕竟我总有更强的武器。"

"确实。我还记得您初次赢得瑛刃的光景。那一天,整个世界都要抖上三抖,达力拿·寇林。"

"别说得那么夸张。"达力拿说,"我只是那一溜蠢蛋中的一个,有本事杀人不眨眼。"

莱尔战战兢兢地倒数,宣布对决开始。达力拿立马挥了一剑,卡达什出色地给予回击,踏到场地的一侧。"恕我冒昧,光明贵人,您跟别人还是有不同之处。您在杀戮方面的技巧远胜于他们。"

一向如此,达力拿心想,绕过卡达什。想来奇怪,这名虔诚者也曾是他手下的精兵,当年他们走得不近,等卡达什出家以后才熟络起来。

纳瓦妮清清嗓子。"我不想打扰你们耍棍子,"她说,"可女王陛下正要和你通话,达力拿。"

"很好。"他的视线没有离开卡达什,"把她的话念给我听。"

"你要边听边打?"

"当然。"

他简直能感到纳瓦妮翻了个白眼,于是龇牙一笑,又攻向卡达什。纳瓦妮肯定觉得他在犯傻,没准还真是。

他也在经历失败。世界上的君主接连将他拒之门外,只有卡哈巴兰斯的国王塔拉梵吉安有意听取他的建议。达力拿正在办错事。如果战线拉长,他就必须换种方式看待自身的问题:让新一批官员谏言、试着在别的地形上作战。

达力拿与卡达什兵刃相接。

"'轩亲王,'"纳瓦妮在他打斗时念道,"'伟大的一体在上,久仰,久仰。终于到了让全世界体验全新辉煌的时刻。'"

"您说辉煌,陛下?"达力拿朝卡达什的腿部挥剑,对方往后一闪,"您想必不会欢迎这些事吧?"

"'一体欢迎一切经历。'"女王回复道,"'我们组成了正在自我体验的一体。就算带来痛苦,这场新风暴也一样辉煌。'"

达力拿嗤之以鼻,格挡卡达什的反手攻击。剑刃锵然有声。

"真没发觉她有那么虔诚。"纳瓦妮评价道。

"那是异教迷信。"卡达什在垫子上滑步后退,"至少亚泽尔人还有心崇拜令使,然而将其置于全能之主之上,仍然是一种亵渎。伊里人和深族的石萨满都好不到哪儿去。"

"卡达什,"达力拿说,"我记得你也有不这么专断的时候。"

"可我听说,一旦我松懈下来,可能会助长你的势头。"

"你的观点总是另辟蹊径。"他直视卡达什,却对纳瓦妮说,"这么告诉她:陛下,虽然我也欢迎挑战,但这些……新体验恐怕会带来损失。面对即临的危险,我们必须团结一心。"

"团结。"卡达什轻声说,"达力拿,如果你的目标是团结,那又何苦拆散自己的人民?"

纳瓦妮动笔记录。达力拿欺身上前,把长剑换到另一只手。"卡达什,你怎么知道?你怎么知道伊里人是异教徒?"

卡达什蹙起眉。即使留着虔诚者的方正胡须,他还是跟同行们有别,头顶的伤疤并不是唯一的标志。虔诚者一般视剑术为常规技艺,卡达什却有一对属于军人的凌厉眼眸。决斗中,他时刻左右观望,以防被人截住。这完全是战场上的打法,对单人赛来说毫无必要。

"达力拿,你怎么能这么问?"

"就该这么问。"达力拿回应,"你奉全能之主为神,这是为什么?"

"因为他就是神。"

"理由说不过去。"达力拿头一次发现这是真的,"我不会再相信了。"

虔诚者怒吼一声，跳了过来，这回终于下定决心发起攻击。达力拿轻轻迈步退开，进行格挡。这时纳瓦妮高声念道：

"'轩亲王，我就直说了。伊里三人执政团已达成共识：造日王垮台以来，阿勒斯卡的世界地位便无足轻重，然而掌控新风暴者的力量无可否认，他们开出了优厚的条件。'"

达力拿愣在原地。"您要站到虚渡那一边？"他冲纳瓦妮问出这句话，却被迫防着一刻不停的卡达什。

"什么？"卡达什的剑"叮"的一声碰上达力拿的剑，"听说有人愿意站到邪恶那一边，你倒觉得惊讶？总有人对全能之主的光辉视而不见，转而选择黑暗、迷信和异端。"

"我不是异端。"达力拿击开卡达什的剑，但胳膊还是中招了。这一手下得很重，尽管剑是钝的，但被打中的地方肯定会发青。

"你刚才对全能之主的存在表示怀疑，"卡达什说，"那还剩什么？"

"不知道。"达力拿靠近几步，"就因为不知道，我才害怕，卡达什。不过荣誉曾对我坦白，说自己失败了。"

"达力拿，"卡达什说，"虚渡的诸侯据说能够蒙蔽人类的双眼，向他们传递谎言。"

说罢他挥剑冲上前，达力拿轻巧地退后，绕至决斗场的边缘。

"'我的子民不希望发生战争。'"纳瓦妮念出伊里女王的回音，"'顺应虚渡的心意，或许能阻止灭世重现。在有限的历史中，人类似乎从未探索过这种可能性，而一体也无从进行体验。'"

纳瓦妮读罢抬起头，一脸诧异，明显跟作为听众的达力拿一个反应。芦笔还在沙沙而写。"'此外，'"她补充道，"我们有理由怀疑一个贼说的话，轩亲王寇林。'"

达力拿哀叹一声。原来就是为了阿多林的碎瑛甲。他望了纳瓦妮一眼："继续深入，尽力安慰他们。"

她点点头,执笔而写。达力拿咬咬牙,又攻向卡达什。两人短兵相接,虔诚者用另一手揪住达力拿的武士袍把他拽到面前。

"全能之主没有死。"卡达什恶狠狠地说。

"以前你遇事还找我商量,现在倒学会瞪我了?我认识的那个虔诚者到底怎么了?他也有过真正的人生,不仅仅是从高塔和寺院里看世界。"

"他很恐惧。"卡达什悄声说,"他生怕自己没有完成最庄严的使命,辜负他极为钦佩的人。"

两人相互对视,两把剑依然相交,但没有人真想去推对方。一时间,达力拿见到了卡达什自始至终的模样:文质彬彬、通情达理,堪称沃林教会的美德模范。

"给我点答复吧,好让我带回去向教会的圣统者报告。"卡达什恳求道,"请收回全能之主已死的言论,这样我也能劝他们承认这桩婚事。君王们有过更大逆不道的行为,但还是得到了沃林教的支持。"

达力拿紧咬牙关,摇了摇头。

"达力拿……"

"造假对谁都没好处,卡达什。"达力拿往后退去,"全能之主死了就是死了,装作他还活着,才是彻头彻尾的愚昧。我们需要真正的希望,而不是对谎言的信仰。"

大厅里不少已经停止对练的士兵不是在围观,就是在旁听。剑师们则来到还在跟伊里女王议政的纳瓦妮身后。

"达力拿,不要因为几个梦想就抛弃我们信仰的一切。"卡达什说,"我们的社会、我们的传统呢?"

"传统?"达力拿说,"卡达什,你有没有听我讲过我的剑术启蒙老师?"

"没有。"卡达什皱皱眉,望着别的虔诚者,"是伦布里诺吗?"

达力拿摇头否认。"我小时候,家族领地上连大点的虔诚院和好点的训练场也没有。我父亲隔着两个镇子请了一位叫哈思的师父,那人年纪轻轻,算不得宗师,但身手不错。"

"哈思做人规矩老实,没教会我穿武士袍,就不让我练剑。"达力拿指了指身上的衬衫,"照这么打扮去战斗,他肯定会受不了。所以,先要穿好下裳,套上罩衫,再把布带束在腰间,绕三圈,最后打个结。"

"我一直觉得这样很烦。腰带绕了三圈,就得抽紧,不然没法打结,简直勒得慌。我第一次去附近镇上决斗,才发现别人的腰带都有很长一段垂在前面,就我一个人傻乎乎的。

"我便去问哈思,凭什么只有我们跟别人不一样,他说缠三圈才是对的。我不信,有一天到了哈思的老家,便去问他的老师。那人硬说这样没错,还说这是他在塔冠城的虔诚者师父教的。"

围观的人越来越多,卡达什蹙眉问:"什么意思?"

"后来我在塔冠城见着了我师父的师父的师父。"达力拿说,"那个沧桑的虔诚者老爷子吃着大饼和咖喱,根本不管城里的统治者是谁。我向他请教,既然别人都认为腰带要绕两圈,那何必绕三圈?"

"老爷子听了哈哈大笑,站了起来。他长得奇矮,吓了我一跳。他说,要是他只绕两圈,腰带就会垂下来一大截,把他绊倒!"

全场安静。附近有个士兵发出窃笑,但很快打住了。虔诚者中似乎没人觉得好笑。

"我向来热爱传统。"达力拿对卡达什说,"我为之奋斗,除了倡议部下遵循法典,平时也拥护沃林教的美德。可固守传统并无益处,卡达什,不能因为是老祖宗传下来的东西就觉得是对的。"

他转向纳瓦妮。

"女王拒不听从。"纳瓦妮说,"她坚称你是贼,不值得信任。"

"陛下,"达力拿说,"既然如此,那我就相信您会因为过去的小人恩怨,任由国家沦陷,人民遭到屠杀。如果我同里拉王国的关系促使您考虑投奔全人类的敌人，那么我们不妨先取得谅解。"

纳瓦妮点头会意，不过她望了望围观的人群，还是扬起一侧眉毛。她认为这一切不应公开进行。兴许她是对的，可与此同时，达力拿却觉得这有必要。他说不清理由。

他举剑对卡达什表达敬意。"有完没完？"

卡达什做出回应，举剑朝他跑来。达力拿叹了口气，让卡达什击中左侧，但剑指卡达什的脖颈，结束了交锋。

"这不是有效的决斗动作。"虔诚者说。

"到了这岁数，我也不是决斗好手了。"

虔诚者一哼声，推开达力拿的武器扑了过来，达力拿却抓住卡达什的胳膊，趁势把那人翻身压倒在地，紧紧扣住。

"卡达什，末日临头，我不能就这么仰赖传统。"达力拿说，"我必须知道原因。你要给出证据说服我。"

"全能之主的存在不需要证据。你的口气怎么那么像你侄女！"

"感谢夸奖。"

"那……那令使呢？"卡达什问，"达力拿，你也否认他们的存在吗？他们是全能之主的使者，他们的存在就验证了全能之主的存在。他们拥有力量。"

"力量？"达力拿问，"像这样？"

他吸入飓光，浑身发亮，随后操控飓光做了件别的事。围观者窃窃私语，待他站起，卡达什已被一片辉光牢牢束缚在石地上。虔诚者扭来扭去，但无济于事。

"光辉骑士团已经回归。"达力拿宣告，"没错，我接受令使的权威，我也同意曾有一个名为'荣誉'的存在，也就是全能之主。他庇佑过我们，今后我依然会接受他的庇佑。如果你能向我证明当下的沃林教是令使的教诲，那我们才有话可说。"

他把剑丢开，走到纳瓦妮身边。

"你可真会表现。"她轻声说,"我看你是对大家说的,不只是为了卡达什吧?"

"士兵们必须了解我对教会的立场。王后怎么说?"

"没什么好事。"纳瓦妮嘟哝道,"她说,等你安排归还赃物的时候,可以联系她,她会予以考虑。"

"欠风操的女人,"达力拿说,"不就是冲着阿多林的碎瑛甲。她的讲法可靠吗?"

"不太可靠。"纳瓦妮说,"你通过联姻得到了瑛甲,但瑛甲原本的主人不是伊里人,而是里拉的光眼种。伊里单方面宣称其姊妹国家为附庸,就算这其中没有争议,女王本人也和伊薇或她兄长无亲无故。"

达力拿不以为然。"里拉一向没有资格讨回瑛甲。假如这能拉拢他们,我还是会考虑一下,也许可以同意……"他渐渐失语,"等等,你刚才说谁?"

"嗯?"纳瓦妮说,"你问我……哦,也对,你听不到她的名字。"

"再说一遍。"达力拿沉吟道。

"说谁?"纳瓦妮问,"伊薇?"

记忆在达力拿脑中绽放。他一时无措,重重地靠在写字台上,仿佛头上挨了一棒。纳瓦妮叫来医生,说达力拿因决斗而劳累过度。

其实他只是心急火燎。那个词乍一出来,他深为震惊。

伊薇。

他听到了前妻的名字,一下子回想起了她的脸庞。

17

困于阴影

这门课不是我说教就能教的。经验本身就是伟大的老师，你们必须直接寻求她的指导。

——摘自《渡誓》序

"我还是觉得我们应该杀了他。"打牌的仆族女子肯恩对同伴说。

卡拉丁被绑在树上，只能坐着。他就是在那儿过夜的。这天仆族允许他上了几次厕所，其他时候都没有松绑。他们把结打得很紧，但还是时刻派了守卫，哪怕是卡拉丁先投降的。

他浑身肌肉僵硬，姿势很不舒服，但他在奴隶时期有过更糟的经历。眼看一下午就要过去了，仆族还在争论他的去留。

他没有再看见化作光带的浅黄色灵体，还以为那只是自己的想象。起码雨终于停了，但愿这预示着平常的飓风即将携着飓光刮回来。

"杀了他？"另一个仆族问，"为什么？他对我们有什么危险？"

"他会透露我们的去向。"

"光他一个人就轻易发现了我们,别人不见得会有困难,肯恩。"

这群仆族似乎没有固定的头领。他们紧挨彼此站在一张油布底下,谈话声清晰可闻。空气中弥漫着潮湿的味道,树丛随着一阵风簌簌而动,抖下来的水珠浇在卡拉丁头上,竟比泣雨季还冰冷。

所幸淋过的雨很快都会干透,他总算能再见到阳光了。

"那就放了他?"肯恩问。她声音沙哑,似乎很生气。

"不知道。可你真会那么做吗,肯恩?你会亲手打烂他的脑袋吗?"

帐下陷入沉默。

"如果这样能让他们再也逮不到我们,"她说,"那我会杀了他。我不会回头了,托恩。"

他们都取了阿勒斯卡暗眼种的短名,口音也耳熟得令人不安。卡拉丁并不担心自身的安危,尽管他们收走了他的匕首、对芦和润石,他还是能随时召唤茜尔。她就在附近乘风飞舞,穿梭于枝丫之间。

仆族终于散会了,卡拉丁打了个盹,后来被他们收拾东西的声音吵醒。行李不多,只有一两把斧头、几只水囊和几麻袋快要泡烂的粮食。太阳落山,在卡拉丁身上投下拉长的影子。营地再次沉入夜幕,这群仆族看来会在夜里行动。

昨晚打过牌的高个子走近卡拉丁,卡拉丁马上认出了他皮肤的纹理。他解开绑在树上的绳子和脚踝处的束缚,但没有为手松绑。

"你其实可以把那张牌吃了。"卡拉丁忽然对他说。

仆族浑身一僵。

"我在说打牌。"卡拉丁说,"只要有同盟牌的支持,侍从就能吃掉别的牌。你说得对。"

仆族男子咕哝几句,扯着绳子把卡拉丁拖起来。卡拉丁舒展四肢,活动僵硬的肌肉、抚平抽筋的疼痛。别的仆族拆掉了最后一顶临时搭建的油布帐篷,就是四周都围起来的那顶,卡拉丁这天早些时候还往里面看了一眼。

里面住的都是孩子。

那十几个孩子穿着罩衫,年龄从幼儿到青少年不等,女孩披散头发,男孩则把头发束起或编成辫子。他们大部分时候不准离开帐篷,除非严加看护,但卡拉丁还是听到了他们的笑声。他起初还担心仆族抓走了人类儿童。

孩子们在营地拆掉以后便四散开来,很高兴终于能出来玩了。一个小姑娘在潮湿的石地上蹦蹦跳跳,拉住那个正牵着卡拉丁的仆族的手。每个孩子的相貌都继承了长辈的特征,在头侧和前臂上都长有壳甲,看着不太像仆族智者,只是他们的壳甲呈淡橘粉色。

卡拉丁也说不清为什么看不惯眼前的场景。仆族确实会繁衍,但人们常说他们出生时就跟动物类似。嗯,其实差不多就是这样吧?人人都知道。

要是以前他大声说出这话,真名叫瑞莱恩的申会怎么想?

一行仆族牵着卡拉丁走出树林,能不开口就不开口。他们在夜色中穿过一块地方,卡拉丁隐约觉得熟悉。他以前是不是来过这儿,也遇到过同样的事?

"那国王呢?"俘虏他的仆族压低声音,却扭过头直问卡拉丁。

他在说艾尔霍卡?什么……哦,也对,只是在说打牌。

"国王是最强的牌之一,"卡拉丁极力回想所有规则,"除了不能吃另一个国王,其他牌都能吃。只有用三张骑士或更好的牌去碰对方的国王,才能把它吃掉。嗯……而且塑魂者对它无效。"大概如此。

"我看别的家伙打牌,他们很少出国王。既然国王那么厉害,为什么迟迟不出呢?"

"因为国王被吃了,你就输了。"卡拉丁说,"所以实在没办法了才会出,要么就保证它不被吃。半数情况下我都留了一手,不让国王离营。"

仆族男子附和了一声，望着身边一个劲地拉他胳膊指指点点的小姑娘，轻声回答了她。小姑娘踮着脚尖跑向一丛被初月月光照亮的开花石壳木。

石壳木的藤条立即缩了回去，花瓣也闭了起来。小姑娘却耐心地蹲在一旁等待，两手拢在上面，等花儿再次开放，就每只手都采了一朵。她银铃般的笑声回荡在平地上，引来的欢灵形如蓝色落叶，一路跟着她回来，可她还是离卡拉丁远远的。

肯恩手里抄着一根棍子，催促牵着卡拉丁的男子快走。她忐忑地观察着周边的区域，堪比正在执行危险任务的斥候。

没错，卡拉丁想起了自己觉得熟悉的原因，很像我们从塔西纳手里逃跑的那一回。

这发生在他被亚马兰贬为奴隶之后，当时他还没被送去破碎平原。他不愿回忆那几个月的经历，因为他接连遭受失败，仅存的理想也被打压殆尽……然而他很明白，拘泥于往事只会让自己陷入消沉。那几个月里，他辜负了很多人，纳尔马就是其中之一。那名女子长着起满茧子的粗糙双手，他还记得那种触感。

这是他最成功的一次逃亡，总共维持了五天。

"你们不是怪物。"卡拉丁念念有词，"你们也不是士兵。你们甚至不是虚渡的后裔。你们只是逃奴。"

牵着他的男子转身扯了扯绳子，揪住卡拉丁的制服前襟。他女儿丢下一朵花藏到他腿后，抽泣不止。

"你想让我杀了你吗？"男子拎起衣襟，拉近卡拉丁的脸，"你还要不断提醒我，你们人类是怎么看待我们的吗？"

卡拉丁嗤之以鼻："瞧瞧我的额头，仆族。"

"那又怎样？"

"瞧瞧那块奴隶烙印。"

"啥？"

风操的……仆族可不会被打上烙印。他们非常值钱，平时不与其他奴隶为伍。"把人类贬为奴隶时，会打上这种烙印。"卡拉丁说，"我以前来过这儿，就在你们脚下的这块地。"

"你以为这样就能理解我们了？"

"当然了，我是一个——"

"我这辈子都活得云里雾里的！"男子冲他吼道，"每天我都知道该说些什么、做些什么去寻求解脱！每天夜里我都抱着女儿，实在想不通为什么世界能在光明之中围绕我们运转，结果却只有我们被困在黑暗的阴影里。他们把孩子母亲卖掉了，就因为她生了个健康的宝宝，让她成了优秀的繁殖工具。"

"你能理解吗，人类？你能理解亲眼看着家庭破裂，明知道自己应该反对、明知道有些事大错特错的感受吗？你能体会尽管想要阻止，却连一个风操的词都说不出口的感受吗？"

男子把他拉得更近了。"他们或许夺走了你的自由，可他们夺走了我们的思想。"

他松开卡拉丁，转身跟女儿相聚，搂着她小跑赶上那些回头看热闹的族人。卡拉丁被绳子牵着走，匆忙中踩到了小姑娘落下的花朵。茜尔迅速掠过，见卡拉丁想要引起她的注意，只是笑笑，随风飞得更高。

牵着他的男子在赶上族人时被轻声责备了几句，毕竟这支纵队不能太高调。卡拉丁走在队伍当中，着实有点理解他们的心情。

逃亡时并不自由。开阔的天空、无尽的田野，无论到哪儿都是一种折磨。追兵在后的感觉挥之不去，每天早晨醒来都会以为自己受到了包围。

躲得了今天，躲不了明天。

可仆族呢？他确实让申加入了第四冲桥队，但视一名仆族为冲桥手，与视一整个种族为人类还是截然不同。

当纵队停下脚步分发水袋给孩子们时,卡拉丁摸了摸额头,比画着铭文烙印的笔顺。

他们夺走了我们的思想……

他们也曾试图夺走他的思想,不仅把他打倒在石地上,还偷走了他所热爱的一切,并害死了他弟弟。他失去了理智,人生变得一片混沌,直到有一天,他不知不觉地站到悬崖边,看着雨滴消逝,极力鼓起自杀的勇气。

茜尔化为亮晶晶的光带翱翔而过。

"茜尔,"卡拉丁哑着嗓子说,"我得和你谈谈。别再——"

"嘘。"茜尔咯咯直笑,先是绕着他打转,又飞去在牵着他的仆族周围画圈。

卡拉丁直皱眉。她表现得如此无忧无虑,是不是过分了点?不就像她还没跟卡拉丁缔结纽带时的样子?

不,这绝不可能。

"茜尔?"他在灵体飞回来时央求道,"我们之间的纽带是不是出问题了?求求你,我没有——"

"不是啦。"她低声说着,大为光火,"我想仆族大概也能看到我,至少有一些可以吧。这儿还有一只别的灵体,跟我一样是高等灵。"

"在哪里?"卡拉丁转头观望。

"你看不到的。"茜尔变作一团被风吹起的落叶,在他身边飘扬,"我应该已经骗她相信我是风灵了。"

说完她飞走了,卡拉丁只好把涌到嘴边的问话咽了回去。*风操的……他们是不是因为那只灵体才有了方向?*

纵队又开始前进。卡拉丁默默走了足足一个小时,茜尔才决定回到他身边。她落在他肩上,化为一身奇特裙装的少女形象。"那家伙又往前去了点。"她说,"仆族没在看。"

"灵体在给他们带路。"卡拉丁悄声说,"茜尔,这肯定是……"

"他手下的灵体。"茜尔低语道,用双臂环抱住自己,体形一下子缩成了平时的三分之一,"虚灵。"

"不止如此。"卡拉丁说,"这些仆族的一言一行怎么就像模像样了?他们的确在人类社会生活过,只是懵懵懂懂了这么久,现在却变得和常人一样。"

"是灭世风暴的影响。"茜尔说,"其中的力量填补了灵魂的漏洞、弥合了灵魂的空隙。卡拉丁,他们不仅觉醒了,还得到了治愈,重新建立了联结、恢复了身份,比我们预想的还要深入。等你们征服他们的时候,你们以某种方式窃取了他们改变形态的能力,将一部分灵魂剥离出来进行封印。"她猛地一转身,"那家伙回来了。我就待在附近吧,以防你要用瑛刃。"

她飞了出去,化为光带飞向空中。卡拉丁继续慢悠悠地跟在纵队后面消化茜尔的话,随后加快脚步,来到牵着他的男子身旁。

"你们在某些方面还挺明智。"卡拉丁说,"夜间出发是不错,可你们正沿着河道走。我知道附近树比较多,扎营也更安全,只是别人来找你们,也会首选那里。"

不远处的几名仆族投来目光。牵着他的男子一言不发。

"这么庞大的队伍也成问题。"卡拉丁补充道,"你们应该分小组行动,每天早上碰头,这样哪怕被发现了,也不会显得有多危险。你们可以谎称是某个光眼种派来的,别人听了可能就会放你们走。不过要是碰上这七十多号人,就说不过去了。我当然只是在假设,你们肯定也不想打起来,况且你们还不会打。如果真打起来了,他们会叫领主贵族对抗你们,眼下他们还有更紧要的事。"

牵着他的男子哼了一声。

"我能帮你们。"卡拉丁说,"我也许理解不了你们的经历,可我很清楚逃亡的滋味。"

210

"你以为我会相信你?"男子终于说,"你巴不得我们被抓吧?"

"不一定。"卡拉丁如实相告。

男子没有接话。卡拉丁叹了口气,还是落到队伍后面。为什么灭世风暴没有赋予这群仆族相应的能力,让他们变成破碎平原上的虚渡?那些民间传说和典籍中的故事又怎么说?灭世轮回又怎么说?

总算到了纵队停下休息的时候。卡拉丁找了一块光滑的岩石,舒服地坐在上面。牵着他的男子把绳子系到附近单独的一棵树上,之后走去和同伴商量。卡拉丁往后一靠,陷入思索,直到听见了动静。他惊讶地发现男子的女儿走了过来,双手捧着一口水袋,在他正好够不到的地方止住脚步。

小姑娘没有穿鞋,走了那么多路,她的脚肯定不好受,虽然长了硬硬的茧子,但还是被磨破了。她怯生生地把水袋放下,便往后退了几步。卡拉丁伸手取水,但她没有逃走,大概也在预料之中。

"谢谢。"他喝了一大口水,口感纯净清澈。仆族显然会沉淀、过滤水源。他没有理睬咕咕直叫的肚子。

"他们真的会追我们吗?"女孩问。

借着秘曩洒下的浅绿色月光,他发觉女孩没有他想象的那么胆小。纵然心里很紧张,她还是直直地望了过来。

"他们就不能放我们走吗?"她问,"你能回去告诉他们吗?我们只想离开他们,不想惹麻烦。"

"他们会追上来的。"卡拉丁说,"对不起。他们有很多重建工作要做,又缺帮手。对他们来说,你们是不可忽视的资源。"

他拜访过的人都没想到会碰上可怕的虚渡大军,很多人以为仆族只是趁乱逃跑了。

"可为什么呢?"女孩抽噎着说,"我们到底对他们做了什么?"

"你们想消灭他们。"

"没有啊,我们对他们都很好,一直很好。我从没打过人,就算

211

生气了也不打。"

"我不是在说你。"卡拉丁解释道,"我说的是你的祖先,也就是你在古代的同类。当时有一场战争,然后……"

风操的,要怎么跟一个七岁的孩子解释奴隶制?他把水袋抛回去,小姑娘便连蹦带跳地回到父亲身边。男子刚发现女儿不见了,于是站起来打量卡拉丁,成了一幅夜色中的严峻剪影。

※

"他们在说要扎营。"茜尔的低语声从不远处传来,她已经爬进了石缝,"虚灵希望他们白天前进,但他们应该不会,就怕粮食坏了。"

"那只灵体在监视我吗?"卡拉丁问。

"没有。"

"那就把绳子割掉。"

他背过去不让别人看到,迅速召唤匕首形态的茜尔切断绑在身上的绳子。他的眼睛即将变色,但愿在夜幕下不会有仆族发现。

茜尔化为灵体形态。"要变成剑吗?"她问,"他们从你那儿顺走的润石都暗了,亮出瑛刃可以赶跑他们。"

"不用。"卡拉丁还是搬起一大块石头。仆族发现他想逃跑,一下子没了声音。卡拉丁走了几步才把石头放下,碾碎了一株石壳木。很快,仆族便气冲冲地抄着棍子把他团团围住。

卡拉丁理也不理,只是绕过石壳木拾起一大片外壳。

他把外壳翻过来给他们看:"尽管天在下雨,里面还是干的。石壳木在飓风过后总是急着吸取水分,可不知为什么,里面却长着隔水层。谁拿了我的刀?"

没有哪个仆族要把刀还给他。

"把隔水层刮掉,"卡拉丁轻拍外壳,"底下就是干的。现在雨停了,如果我的背包没弄丢,应该能生个火。㴲娄米要煮熟做成饼干,虽然不太好吃,但不容易坏。如果再不处理,粮食就真的要烂了。"

他起身指示:"既然都到这儿了,就该去附近的河里多取些水。雨天过后,这水不会再流多久。"

"石壳木的外壳不怎么容易着起来,所以得在白天拾点柴火在火边烤干。生一小堆火就可以了,明天晚上再做饭。夜里冒出来的炊烟不太可能被发现,火光还能用树挡着,只是得想想怎么煮,因为没有烧水的锅。"

仆族都紧盯着他。最终肯恩把他从碾碎的石壳木跟前推开,拿走了他举着的外壳。他发现原来牵着他的仆族正站在他坐过的地方,手里握着切断的绳子,用拇指摩挲切口。

经过短暂的讨论,仆族把他拽到他所说的树林,把刀还给他,但个个都还是举着所有棍子站在一旁,要求他证明能用潮湿的木柴生火。

他当然做到了。

18 复视

就拿调料来说,你们不能让别人来描述,而是要亲自品尝。
——摘自《渡誓》序

沙兰变成了浣纱。

飓光让她的脸显得更老成、更有棱角,鼻梁变挺了,下巴上多了一道小疤,头发的颜色从红色过渡到阿勒斯卡人特有的黑色。生成这样的幻象需要耗费大块宝石中的飓光,之后就能维持好几个小时。

浣纱把修身裙丢到一边,穿上紧身衬衣和长裤,套好靴子,再披上白色长大衣,戴好帽子,最后只为左手戴上了一只朴素的手套。她当然毫不害臊。

这是掩盖自我的一种捷径,完全减轻了沙兰的痛苦。浣纱受过的磨难不如沙兰多,但她性格坚强,自能解决难题。换上这个人格,沙兰仿佛卸下了重负。

浣纱围上一条围巾,把专门买的背包甩到肩上。但愿顶上露出来的刀柄能自然点,能吓唬人也好。

藏在意识深处的沙兰人格却有些担心。看上去是不是很假？她几乎可以断定这个形象的打扮和言行缺了点灵气，明眼人见到了，便会觉得浣纱的架势都是装出来的，其实她什么都没经历过。

也罢，她必须尽全力挽回难以避免的失误。她把另一把匕首系到腰带上，刀身不短，但也不算一把剑，毕竟浣纱不是光眼种。这倒好了，看来不会有光眼种女子佩着显眼的武装在外昂首阔步。有些人在社会上爬得越高，也就变得越散漫。

"怎么样？"浣纱转身面对墙上悬着图腾的地方。

"嗯……"他说，"不错的谎言。"

"谢谢。"

"不像另一个。"

"光辉女士？"

"你一会儿变成她，一会儿又变回来，"图腾说，"就像在云层后若隐若现的太阳。"

"我只是缺乏练习。"浣纱的声线十分到位，沙兰对音效的把控愈发自如了。

她把手按在墙上，让图腾穿过她的皮肤来到大衣表面。图腾欢快地哼着小曲，她走到房间的另一边，踏上阳台。紫色的初月萨拉斯已经款款升起，它是三轮月亮中最暗的，四周仍旧很黑。

朝外的房间都有小阳台，她住的二层尤其方便，还有通往楼下苗圃的阶梯。那儿布满了排水和种植石壳木的垄沟，边缘处还有栽培块茎或观赏性植物的花台。塔城的每一段均是如此，其间由十八层楼隔开。

她趁着夜色下到苗圃里。这儿怎么就能长东西呢？她呼出一团团热气，脚边冒出冷灵。

园圃有一扇回乌有斯麓的小门。不走卧室正门也许没有必要，但浣纱极为慎重，不想让护卫或侍从发现光明女士沙兰在深更半夜外出。

再说，谁知道穆里兹和鬼血会的人有没有派探子？他们从顾乌有斯麓的第一天起就没跟她联络，但她知道会有人监视。至今她还没想好要怎么对付那帮人。他们直说迦熙娜就是他们杀的，这足以招来恨意。他们似乎很有一套，知道世上哪些事才至关重要。

浣纱信步穿过走廊，拿着小小的手提灯照明，毕竟用润石太显眼了。她经过夜晚的人群，塞巴里尔军驻地的通道就跟军营里一样热闹，节奏似乎没有放慢过，可不像达力拿军的驻地。

走廊上令人目眩神迷的奇特纹路将她带到了塞巴里尔的住处外。周围没什么人，只有浣纱和冷冷清清的无尽通道。她感到塔城中其他无人涉足的空楼层犹如不知源自何处的石山那般将她压在脚下。

她匆匆赶路，大衣上传来图腾自顾自地鸣叫。

"我喜欢他。"图腾说。

"谁？"浣纱问。

"那个剑士。"图腾回答，"嗯，就是那个还不能和你交配的人。"

"求你别再那么说他了，好吗？"

"好吧。"图腾说，"我还是喜欢他。"

"可你讨厌他的剑。"

"我逐渐开始理解了。"图腾激动起来，"人类……人类不关心死者。你们会用尸体造椅子和门，还会吃尸体、用尸体的皮做衣服！尸体对你们来说只是一样东西。"

"呃，大概没错。"发现了这点，他似乎兴奋得出奇。

"虽然很荒唐，"他接着说，"可为了生存，人类必须杀戮和破坏，这是实界域的做法，所以我不能因为阿多林·寇林挥着一具尸体就讨厌他。"

"你只是单纯喜欢他罢了，"浣纱说，"因为他告诉'光辉女士'，要对剑表示尊重。"

"嗯，对的，他是个非常非常好的人，也极其聪明。"

"那你怎么不嫁给他？"

图腾嗡嗡道："可以吗——"

"没门。"

"好吧。"他发出得意的鸣叫，伏在沙兰的大衣上，形成某种古怪的刺绣图案。

走了不一会，沙兰觉得仍有话要说。"图腾，你还记得那天你对我说的事吗？就是……我们刚成为光辉骑士的时候？"

"关于让我死的事？"图腾问，"沙兰，这可能是唯一的办法。嗯……你必须吐露真相，否则无法得到提升，但你也会因此而恨我。所以我可以死，好让你——"

"不，不，求你别离开我。"

"可你恨我。"

"我也恨我自己。"沙兰低语道，"只是……求你了。不要走，也不要死。"

图腾听了似乎很高兴，嗡嗡声愈发响亮，不过他开心时和焦虑时的反应可能差不多。浣纱暂且借着夜游的时光来散心。阿多林还在不懈追查凶手，但进展不大。作为轩督王的亚拉达其实握有警力和文书资源，不过阿多林实在不想忤逆父亲的要求。

浣纱认为这两人或许都没有切中要害。她终于见到前方有光，于是加快脚步走上另一条通道，边上就是一座高达几层的大厅。她来到了独立市场，密密麻麻的帐篷被摇曳的烛光、火光和灯光照亮。

这座市场兴起的速度快得惊人，违背了纳瓦妮谨慎的规划。她本想建造一条沿路都是商铺的通衢，不设小巷、棚屋和帐篷，这样既方便巡逻，又能周全地进行管理。

商人们也闹过，抱怨没有仓储空间，或是离水井太远。他们希望进驻的大型市场其实更难管控，但作为轩贾王的塞巴里尔却同意了。

他名下的账簿尽管乱成一团,但在贸易上还属他更精明。

独立市场的纷繁景象令浣纱兴奋起来。选择在深夜出行的数百居民引来了多种多样的灵体,大片帐篷呈现出各不相同的色彩和设计,有些只能说是用绳子围起来的摊位,由几个揣着棍子的壮汉守着,别的则是正经的建筑。那些石头小屋早在光辉骑士的年代就建在这个洞穴里了。

来自最初十座军营的商人都汇聚在独立市场。浣纱经过三个连成一排的鞋匠。她向来不理解商人为什么要在一起卖相同的东西。找个没有对门竞争的地方摆摊难道不是更好吗?

街上的帐篷和商铺够亮了,她收起手提灯悠悠然逛了起来,比在蜿蜒空荡的走廊里更自在,因为生活总算有了落脚点。市场就如相互纠缠的野生动植物那般在背风面发展起来。

她走向位于洞穴中央的水井。那口偌大的神秘圆井里,不含飓砂的井水轻轻荡漾着。她从没见过真正的水井,因为平时都是靠水箱储存飓风天的降水,用完后需要重新注满,但乌有斯麓的众多水井就不会干涸,就算人们不断打水,水位也不会下降。

听文书说,山中可能蕴藏着含水层,但水又从何而来?附近山巅的积雪似乎不会融化,天也很少下雨。

浣纱跷起一条腿坐在井边,看着来往的行人,耳边传来交谈声。女人的话题除了虚渡和古怪的新风暴,还有远在阿勒斯卡的家庭;男人则害怕被强征入伍,或是暗民等级下降,因为现在已经没有仆族代劳了。有些光眼种工人抱怨物资还留在纳拉克,没有飓光实现传送就不能转移过来。

浣纱最后缓步走向街边的一排酒馆。**不能问得太深入,她心想,要是问错话,别人会以为我是亚拉达警队的卧底。**

现在她要当好浣纱。浣纱不会受影响,她自信从容,敢于直面旁人的目光,在他们打量她的时候昂首挺胸。力量是观念的虚像。

浣纱拥有属于她自己的力量，那是一生浪迹街头所养成的生存本领。她就如红甲蟹般倔强，一旦得意起来，那份自信便会焕发出独特的魅力。她会实现目标，不会为成功而害臊。

她挑中的第一间酒馆在一顶较大的作战帐篷内，散发着打翻的谷啤味和人的汗味。男男女女将木箱翻过来当做桌椅，笑成一团。多数人穿着简朴的暗眼种服装，拿衬衣搭配裤子或裙子。由于没钱或没空打理，衬衣只用带子系住前襟，没有缝纽扣。有些男子是旧时的打扮，上半身只套着轻薄的宽松马甲，露出胸膛，腰间则围着一块布。

看来是个比较低档的酒馆，可能无法满足浣纱的需要。她得去更粗鄙的地方，但那边的酒客或多或少得更有钱，能让人接触到军营地下帮会的头子。

不过这里似乎挺适合练手。"吧台"是由箱子叠出来的，边上也放了几把椅子。浣纱靠了上去，希望动作能自然点，可差点把箱子撞翻。她摇摇晃晃地接住箱子，难为情地冲一个满头灰发的大龄暗眼种老板娘笑了笑。

"要什么？"那人问。

"酒。"浣纱回答，"宝蓝酒。"这是度数第二高的酒，就让他们见识一下浣纱有多能喝。

"咱们家的宝蓝酒有法利酒和奇米克酒，还有一桶雅克维德产的萨夫酒，好是好，但挺贵。"

"呃……"阿多林肯定知道其中的区别。"那就来杯萨夫酒吧。"似乎没什么不合适的。

老板娘先让她付账，换了无光的球币，似乎没有漫天要价。塞巴里尔提倡酒类流通，暂时调低了税收作为补贴，以免塔城的局势太紧张。

老板娘还在临时搭建的吧台后面忙碌，浣纱处在一个保镖的瞪视下，感到苦不堪言。他们没有待在入口附近，而是守着酒和钱财。不管亚拉达派出的警力如何行动,这里并不十分安全。假如有哪一起悬而未决的谋杀案被人带过或是遭到遗忘,那肯定发生在独立市场,这里随军人员成千上万,秩序混乱,民心不定,近乎法外之地。

老板娘重重地把一小盅无色的酒放到浣纱面前。

浣纱皱着眉头端起酒盏。"老板娘,上错啦。我点的是宝蓝酒。这是啥玩意?白开水?"

离浣纱最近的保镖发出一声嗤笑,老板娘愣在原地将她审视了一番。沙兰明显犯了一个她害怕犯的错误。

"小姑娘,"老板娘不知用了什么方法靠上她旁边的箱子,却没有把箱子打翻,"都是一样的玩意,只是没有像光眼种那样为了图好看往里面加东西。"

加东西?

"你是哪家的仆人吗?"老板娘轻声问,"夜里头一回自己出来?"

"怎么会?"浣纱说,"我都出来过几百次了。"

"行吧,行吧。"老板娘应道,把一缕垂下来的头发掖到耳后,但头发又翘起来了,"你确定要点吗?咱们家可能还有些光眼种喝的调色酒,我记得有瓶橙酒。"说着准备拿回酒盅。

浣纱握住酒盅,把酒一口喝干,犯下了她人生中的大错。酒简直火辣辣的!她不由得睁大眼睛咳嗽起来,差点吐在吧台上。

这是酒吗?喝起来就是碱水吧。这帮人到底有什么毛病?酒一点也不甜,甚至不带一丝味道,只给她火辣辣的感觉,仿佛有人在用刷子刮她的喉咙!她的脸马上就发烫了,酒劲来得可真快!

保镖捧着脸,按捺不住放声大笑。老板娘看沙兰还在咳嗽,便拍拍她的背:"来,给你点醒酒的——"

"不用。"沙兰嗓音嘶哑地说,"我还在兴头上呢,好久没喝过了。请再来一杯。"

老板娘半信半疑,保镖却没有意见,只是坐到凳子上笑看沙兰。

沙兰把一枚球币放到吧台上，一脸挑衅，老板娘这才勉强斟上酒。

坐在附近的三四个人也扭头观望。好吧。沙兰硬着头皮慢慢把酒灌下去。

第二轮也没好到哪儿去。她忍耐片刻，眼泪汪汪，还是猛地一阵咳嗽。最后她闭起眼弯下腰，浑身都在发抖。她敢肯定自己发出了一连串尖叫。

帐篷里有几个人为她鼓掌。她回望乐呵呵的老板娘，眼中盈满泪花。"太可怕了，"刚说完她就咳了一声，"这种难喝的酒你们也喝得下？"

"哎，亲爱的，"老板娘说，"这还不如他们几个喝的。"

沙兰哼了一声："那就再来一杯。"

"你确定——"

"我确定。"沙兰叹道。今晚她可能讨不到名声了，至少不像她想的那样。但她可以试着去习惯这种无色液体。

风操的，她已经开始觉得头重脚轻了。她的肠胃并不适应这番对待，她只得压下一阵呕吐的欲望。

保镖笑个不停，往沙兰那儿挪了一个位子。他年纪挺轻，剃了板寸，头发根根竖起，是很典型的阿勒斯卡人，皮肤黝黑，下巴上有一片黑色的胡茬。

"你要小口喝，"他对沙兰说，"这样容易下肚。"

"好吧，那我就能细细品尝里面的怪味了。实在太苦了！酒应该是甜的呀。"

"要看怎么酿了。"他趁着老板娘给沙兰端酒时说，"宝蓝酒有时是濡娄米蒸馏的，不含天然水果成分，调色只是为了区分。不过光眼种的宴会上不提供烈酒，除非有人知道怎么搞到。"

"你很懂嘛。"浣纱说。她眼前的酒馆晃了晃才定住。她尝了另一杯酒，这次只抿了一口。

"是干活的经验。"保镖笑开了花,"我跑过不少光眼种办的高档活动,知道要怎么表现。那里可没有箱子,桌上都铺了桌布。"

浣纱咕哝道:"光眼种办的高档活动也要请保镖?"

"当然了。"他扳了扳指关节,"保镖只要'护送'客人离开宴会厅,不用把他们丢出去,其实更简单。"他歪过头。"不过也变危险了,挺奇怪的吧。"说完他哈哈大笑,又凑了上来。

浣纱忽然意识到:克勒克,他在跟我调情。

她也许不该太惊讶,因为她是一个人进来的。虽然沙兰从没夸过浣纱"可爱",但她长得并不难看,就算粗犷了些,也还是比较普通。她打扮入时,明显不缺钱花,脸部和双手都保养得很干净,身上的衣服尽管不是阔气的丝绸做的,但还是比工装精致太多。

起初她很反感保镖对她的关注。她费了好大的劲才让自己变得既能干又坚若磐石,一上来却先迷倒了一个男人?而且是个会把指关节扳得咯咯响,想要教她喝酒的男人?

纯粹为了气他,沙兰一下子喝完了杯里剩下的酒。

可她马上心生愧意。她不该感到高兴吗?哪怕阿多林能以各种想象得到的方式打倒此人,扳指关节的声音也更响。

"我说,你是哪个军营的?"保镖发话了。

"塞巴里尔军。"浣纱说。

保镖点点头,似乎料到她会这么回答,毕竟塞巴里尔军最为不拘一格,里面什么人都有。他们又聊了一会儿,沙兰大多数时候只能跟着评论几句,名叫卓尔的保镖却一直笑眯眯的,一个劲地转换话题自吹自擂。

他人不坏,但他好像并不关心沙兰到底说了什么,只要话题还能进行下去。沙兰又喝了点酒,思维渐渐涣散。

这些酒客都有自己的生活和家庭,也有爱和梦想。有人独自趴倒在箱子上,也有人跟朋友欢声笑语。一些人的打扮尽管很寒酸,但还算整洁，别的一些人身上则沾着飓砂和谷啤的污渍。其中几位让沙兰想起了缇恩，他们谈吐间也充满自信，彼此交流时也在暗暗较劲。

卓尔顿了顿，像是在等待回话。他……他刚才在说什么？沙兰思绪游离，越来越难跟上。

"接着讲。"她说。

卓尔微微一笑，谈起了别的话题。

这是我模仿不来的，她倚着箱子思忖道，除非有过亲身经历。同样地，没有走在他们之中，就描绘不出他们的生活。

老板娘拿着酒瓶回来，沙兰立即点头。最后一杯酒喝起来已经不像前面几杯那么辣了。

"你……你真的还要吗？"保镖问。

风操的……她确实开始难受了。虽然喝了四巡，但都是小酒盅。她眨眨眼，转过身。

视线变得模糊起来，她感到天旋地转，一头栽在吧台上。一旁的守卫叹了口气。

"卓尔，我早该提醒你的，你根本是在浪费时间。"老板娘说，"这丫头到了门禁时间就会出去。搞不懂她有什么要忘记的……"

"她只是有点空闲，想放松放松。"卓尔说。

"你说啥就是啥。瞧瞧那双眼睛，倒也没错。"老板娘走开了。

"喂，"卓尔轻推沙兰，"你住哪儿？我叫顶轿子送你回去。你还醒着吧？应该能尽早走。我认识几个靠谱的轿夫。"

"现在……还不算晚……"沙兰嘟哝道。

"已经很晚了。"卓尔说，"街上不安全。"

"是吗？"沙兰问道，一丝记忆苏醒了，"会被人捅吗？"

"是有这种倒霉事。"卓尔说。

"你……听说过？"

"不过没有发生在这里，起码以前没有。"

"那么哪里发生过?我……我也想避一避……"沙兰说。

"万有巷。"他说,"千万别去。昨晚就有人在那后面被捅了,发现的时候已经死了。"

"好……好奇怪,是不是?"沙兰问。

"是啊。你也听说了?"卓尔浑身发颤。

沙兰起身欲走,眼前的世界一下子颠倒了,她发现自己滑倒在凳子边。卓尔想要扶她,可她还是重重撞在地上,手肘砸到了石板地。她立刻吸入飓光镇痛。

霎时她醉意全消,混沌的头脑变得清晰,视野也不再晃动。

她眨眨眼,为之惊叹。她没有让卓尔扶,而是靠自己站起来,掸去大衣上的灰尘,拨开面前的头发。"谢谢,"她说,"我就要打听这件事。老板娘,账都结了吧?"

女子转过身,直愣愣地盯着沙兰,一直往杯中倒酒,最后酒都溢了出来。

沙兰端起酒盏摇了摇,把最后一滴酒送进嘴里。"好酒。"她说,"谢谢你陪我聊天,卓尔。"她把一枚球币放到吧台上作为小费,再穿上大衣,亲昵地拍了拍卓尔的脸颊,大步走出帐篷。

"飓风之父啊!"卓尔的声音从她背后传来,"我刚才被耍了吗?"

酒馆外仍旧忙碌,让她回忆起了卡哈巴兰斯的夜市。这很合理,因为阳光和月光都无法透进大厅,人们很容易失去时间观念。此外,多数平民马不停蹄地上工后,不少士兵却因为没有高地战可打而收获了空闲。

沙兰从别人那儿打听到了万有巷的位置。"飓光能醒酒。"她对图腾说。灵体已经爬上她的大衣,在翻领上形成涡纹。

"替你解毒了。"

"很有用。"

"嗯,我以为你会生气。你是故意服毒的吧?"

"是的，但重点不是喝醉。"

"那为什么要喝呢？"

"解释起来很复杂。"沙兰叹道，"我在那儿放不开。"

"放不开肚子吗？嗯，你好好努力过了。"

"我一喝醉、一失控，浣纱就不见了。"

"浣纱不过是你的脸面。"

不。浣纱这名女子在她被烈酒灌醉，口吐白沫又哭又闹的时候不会发出吃吃的笑声，也向来不会做出无知少女的举动。浣纱可不是温室里的花朵，没有疯癫得杀死亲人。

沙兰定在原地，忽然抓狂道："我的几个兄长……图腾，我没杀他们，对不对？"

"什么？"他问。

"我跟巴拉特通过对芦。"沙兰手扶额头，"但是……我又会织光术……就连我自己也搞不清楚了。或许都是我伪造出来的，他的每一条信息、我的记忆……"

"沙兰，"图腾关切地说，"别想不开，他们还活着。你兄长都活得好好的。穆里兹说过，他们被他救了，正在过来的路上。这不是谎言，"他压低声音，"你难道分不清吗？"

她又成为浣纱，痛苦渐渐散去。"我当然分得清。"说罢又往前走。

"沙兰，"图腾说，"你强加给自己的谎言……嗯……有点不对劲。我不明白。"

"我只是得深化浣纱的人格，"她呢喃道，"不能浅尝辄止。"

图腾轻轻震动，飞快发出表达焦虑的尖厉声响，浣纱让他安静，正好走到了万有巷外面。酒馆叫这个名字很奇怪，但她见过更奇怪的。这压根不是条巷子，而是五顶缝在一起的帐篷，每一顶都呈现不同的颜色，里面透出暗淡的光线。

帐篷前站着的保镖体格敦实,一道伤疤横贯脸颊、额头和头皮。他百般挑剔地望着浣纱,但没有阻止她大摇大摆地走进去。里面挤满了醉鬼,味道比其他酒馆难闻,有些地方缝了起来,做成阴暗的隔间,其中几个隔间还摆着桌椅,没有用箱子替代。坐在那儿的人穿的不是朴实无华的工装,而是皮衫、破衣或军装。

浣纱想道：*这里的人比别的酒馆有钱,但也更粗俗。*

她信步穿行在帐篷里,有些桌上摆了油灯,但光线还是很暗。"吧台"就是一条搭在箱子上的木板,中央铺了一块布。她没有理睬正在等酒的人,直接冲穿着武士袍的胖老板问道："你们这儿最烈的酒是什么?"她觉得老板可能是光眼种,但周围这么黑,她无法确定。

老板看着她："雅克维德产的萨夫酒,一桶。"

"好吧。"浣纱说,"要喝水去井里打不就成了,你们可得给我来点更带劲的。"

老板闷哼一声,把手伸到后面取出一壶没有贴标签的透明酒。"那就吃角族白酒。"他把酒壶重重放到台子上,"不知道是拿什么发酵的,但很容易就能溶掉漆皮。"

"好极了。"浣纱丁零当啷地把几枚球币倒在临时的吧台上。还在排队的人原先见她插队都瞪着她,现在却被逗乐了。

老板给浣纱倒了一小盅吃角族白酒摆在她面前,她一口喝干。随之而来的火辣感让沙兰暗暗发抖,她脸颊滚烫,猛地作呕,为了不吐出来,浑身肌肉战栗。

浣纱都料到了。她屏住呼吸压下呕吐的欲望,享受起这种感觉。*总比不过内心的痛苦,*她心念道,酒的温热在体内化开。

"很好,"她说,"这壶酒就放这儿。"

吧台边的那群蠢货还没缓过神来,看着她灌下另一杯吃角族白酒。她体味着酒的温热,扭头观察别的酒客。先接触谁呢?亚拉达手下的文员查阅过目击报告,没发现任何跟撒迪亚斯死法一样的人,不过暗巷里的谋杀可能不会上报。不管怎样,希望这里的人能有所了解。

她又倒了点吃角族白酒。这酒比雅克维德产的萨夫酒更冲,竟也有诱人之处。喝光第三杯,她从钱袋里的润石中吸取微量飓光恢复清醒,碰巧不让自己发光。

"看什么?"她对吧台边的队伍说。

那些人纷纷回过身。老板刚准备用塞子塞住酒壶,浣纱就伸手捂住壶口。"我还没喝完呢。"

"你别喝了。"老板挪开她的手,"再喝下去,你要么吐得满台子都是,要么就没命了。你不是吃角族人,这玩意会喝死你的。"

"那也是我的问题。"

"烂摊子可得我来收拾。"老板硬把酒壶端回去,"你这种人我见多了,一副丢了魂的神情,喝多了就打架。我才不管你想忘掉什么,去别的馆子撒泼吧。"

浣纱抬抬眉毛。她要被轰出市场里风评最差的酒馆了?至少她的名声不会变得再坏了。

她抓住老板的胳膊,那人正要挣脱,她低声说:"我不是来砸场子的,大哥。我想问问一桩案子,这里前几天死了个人。"

老板僵住了。"你是干吗的?跟卫兵一伙的吗?"

"谁他妈跟他们一伙!"浣纱说。幌子,得打个幌子。"我在追查害死我妹妹的凶手。"

"那跟我这儿有什么关系?"

"听说尸体就是附近发现的。"

"那也是大人,"老板说,"不是你妹妹吧?"

"我妹妹没死在这儿,"浣纱说,"她在军营里就断气了。我只是来追查凶手。"眼看老板又要挣脱,她紧抓不放,"听好,我不想闹事,只想打听点东西。据说……这案子很蹊跷。杀我妹妹的人身上不太对劲,每次犯案都故伎重演。求求你告诉我吧。"

老板迎上她的目光。**好好看看**,浣纱想道,**好好看看内心受伤的强硬女性是什么样的**。她眼中映出历经坎坷的神色,仿佛会说话。她必须让那人相信当下的语境。

"犯事的人已经办了。"老板低声回答。

"我得知道你说的凶手是不是我在找的那个。"浣纱说,"不管手法有多残酷,我都要问清作案的细节。"

"我也不好说啊。"老板喃喃道,但还是朝一个缝起来的隔间点点头。帐布上映出黑影,说明有人在里面喝酒。"没准是他们干的。"

"都有谁?"

"就那些随处可见的地痞流氓。"老板说,"不过我是给钱的,叫他们看住馆子别让人捣乱。要是有谁犯了规矩,搞得上面要关店——亚拉达那家伙可喜欢这么做了——这帮人自会去了断。我就说到这儿了。"

浣纱感激地点点头,但没有放开那人的胳膊。她轻敲酒盏,满怀希望地侧过头。老板叹了口气,见她付过钱了,只好又给她添了一盏吃角族白酒。她小口抿起来,走开了。

老板说的隔间里有一张桌子,围坐着形形色色的混混。他们穿着阿勒斯卡上流社会的服装,用系扣衬衫搭配外套,下半身是扎着腰带的挺括军装长裤,只不过他们的衬衫松松垮垮,外套也没有扣起。女性中甚至有两人裹着修身裙,另一人则穿着上衣和长裤,和浣纱的打扮差不多。这群人懒散得近乎从容的样子让她想起了缇恩。要显得这么满不在乎可不容易。

浣纱发现一个座位空着,便溜达过去坐下。对面的光眼种女子捂住一个还在喋喋不休的男人的嘴唇,让他噤声。她一袭修身裙,但左袖没有扣起,禁手上只是戴了手套,还厚颜无耻地剪掉了半截。

"那是乌尔的座位。"女子对浣纱说,"等他上完厕所,你最好挪个地方。"

"那我尽快。"浣纱喝完剩下的酒,品味温热之感,"这里死了个女的,我觉得凶手可能也杀了我的亲人。听说那家伙已经'办了',可我还是想亲自问问。"

"喂,"一个浮夸的男子叫道,他身上的蓝色外套有几道缝,露出了内层的黄色衣料,"你不是刚才那个在喝吃角族白酒的人吗?老苏里克那壶酒只是拿来开玩笑的。"

穿修身裙的女子绞着双手摆在面前,端详着浣纱。

"行行好,"浣纱说,"就告诉我要花多少钱买情报吧。"

"不卖的东西你买不到。"女子说。

"只要问到点子上,就没有买不到的东西。"

"可你没问到点子上。"

"哎呀,"浣纱试图吸引女子的注意,"听着,我的小妹妹她——"

一只手落在沙兰肩上,她抬起头,发现一个五大三粗的吃角族男子正站在她背后。风操的,他肯定快七尺高了。

"这是我的位子。"他说"这"字时不发"zhe"音,而发"zhei"音。①

他把浣纱拽离座位往后一丢,害她在地上滚了几圈,杯子也摔了出去。她的挎包扭了扭,最后躺在怀里。等停下来后,她眨了眨眼,看到大汉坐到椅子上,仿佛听见椅子的灵魂发出了抗议的呻吟。

浣纱低吼一声,起身扯下挎包扔到地上,从里面取出手帕和匕首。这把尖刀又窄又长,但比她腰间挂着的那把要细。

她捡起帽子掸了掸灰再戴上,走回桌边。沙兰不喜欢跟别人发生

---

①"这是我的位子"原文为"this is my spot",这名吃角族人的口音习惯是把单词中"i"的音拖长,发成"e"的音,这里在汉语语境下做了转换。

冲突，但浣纱喜欢。

"哼哼，"她用禁手按住吃角族大汉平放在桌面上的左手，"你说这是你的座位，可我没看到上面写着你的名字。"

吃角族人紧盯着她，被这过于亲密的姿势弄糊涂了。

"我这就做给你看。"她把刀对准自己的手背，下面就按着吃角族人的手。

"干吗？"那人好像被逗乐了，"逞能吗？是有男的假装——"

浣纱二话没说就把刀刺下去，穿过两人的手扎进桌面。吃角族人一声惨叫，猛地一抬手，浣纱只能把刀拔出来。那人翻下座位，匆忙回避。

浣纱又坐上那个座位，从口袋里掏出手帕缠在流血的手上，免得伤口愈合时被人发现。

起初她并没有这么做，因为得让人看到她的手在流血，她的一部分意识为自己的冷静而感到惊讶。她取回落在桌边的匕首。

"你疯了！"吃角族人重新站稳，捧着流血的手，"你阿纳凯的[①]疯了！"

"慢着，"浣纱用刀敲击桌面，"瞧瞧，'乌尔的座位'，这不是用血写好了吗？我搞错了。"她蹙眉道，"可我的名字也在上面，你大概可以坐我腿上，随便你。"

"我要掐死你！"乌尔狠狠瞪了瞪那些从外面挤到隔间门口看热闹的人，"我要——"

"闭嘴，乌尔。"穿修身裙的女子说。

他语无伦次："贝莎！"

"你以为对我朋友动粗就能撬开我的嘴巴？"女子对浣纱说。

"我其实只想坐回我的座位。"浣纱耸耸肩，用刀刮擦桌面，"如

[①]"阿纳凯的"（anakai）是吃角族人的诅咒语。

果你想让我去伤人,我还是做得到的。"

"你真的疯了。"贝莎说。

"哪里,只是对你的小团体来说,我觉得自己构不成威胁。"她仍在用刀刮擦桌面,"一开始我也好声好气的,只是我快失去耐心了。趁我还没发飙,赶紧把我要的情报告诉我。"

贝莎锁起眉头,瞅了瞅浣纱在桌面上刻出的划痕:三个相互交叠的菱形。

正是鬼血会的会标。

浣纱斗胆认为女子会明白这个符号的意思。他们似乎是比较懂的那一类混混,虽然不太高明,但在这么重要的市场上也占有一席之地。浣纱不确定穆里兹那帮人对会标有多保密,但他们都把它文在身上,说明这不该是什么不可泄露的天机,倒更像是一个警告,好比飓虫伸出红色的螯爪暗示身上有毒。

果然,贝莎一见到会标就轻声抽了口气:"我们……我们不想跟你们扯上任何关系。"坐在桌边的一人立即站起,颤颤巍巍地左顾右盼,仿佛在等刺客来袭。

不得了,浣纱暗暗感叹。就连砍伤一个人的手都激不起这么大的反应。

不过奇怪的是,桌边另一名穿修身裙的女子却兴致勃勃地凑了上来。她年纪较轻,长得不高。

"凶手后来怎么样了?"浣纱问。

"乌尔去了外面的高地,把他丢下了悬崖。"贝莎说,"不过……你怎么会对他有兴趣?不过是奈德罢了。"

"奈德?"

"那是撒迪亚斯军的酒鬼,"一名男子说,"脾气很差,老是惹麻烦。"

"还杀了自己的老婆。"贝莎说,"太惨了,之前他老婆一路跟他过来的。遇到那场怪风暴,我想大家都没什么选择。但还是……"

"那么这个叫奈德的人是不是用刀戳穿了老婆的眼睛?"浣纱问。

"什么?没有的事。他把老婆勒死了。窝囊的浑蛋。"

勒死?"就这样?"浣纱问,"没有刀伤?"

贝莎摇摇头,一脸不解。

飓风之父,浣纱暗暗骂道。**走到死胡同了?**"可我听说这起案子很蹊跷。"

"没啥蹊跷的。"站在桌边的男子坐回到贝莎身旁,掏出刀子放在众人跟前的桌上,"我们都知道奈德有时会走极端,可没人不这样。那天夜里他老婆想把他从酒馆里拖走,他终于走到了疯狂的边缘,我想我们都没觉得惊讶。"

好歹乌尔曾拉过他一把,沙兰心想。

"我好像占用了你们一些时间,"浣纱起身道,"今晚的钱算在我账上,我会付给老板。"她朝乌尔瞥了一眼,只见那人佝偻着身子,正闷闷不乐地看着她。她冲那人晃晃血淋淋的手指,随后回到酒馆的主帐篷。

她在那儿徘徊,思考下一步动作,顾不得手部的抽痛。她走到了死胡同。想要在几小时内就解决阿多林花了好几个礼拜还没破的案子,或许是她在犯傻。

"咳,别摆着一张臭脸,乌尔。"贝莎的声音飘出隔间,在浣纱背后响起,"还好只是伤到了手。你想想那姑娘究竟是干什么的,事情说不定会严重得多。"

"可她凭什么对奈德这么上心?"乌尔问,"她还会回来吗?因为是我杀了奈德。"

"她找的又不是奈德。"某个女子气冲冲地说,"你不长耳朵吗?奈德干掉丽姆的事,根本没人关心。"她顿了顿,"当然,他还杀过别的女人。"

浣纱大吃一惊，转身阔步回到隔间。乌尔一声哀叫，弯腰扶住受伤的手。

"居然还有一起谋杀？"浣纱追问。

"我……"贝莎舔了舔嘴唇，"我本想跟你说的，可你走得太快——"

"讲吧。"

"我们本想让亚拉达的警队处理奈德，但他杀了可怜的丽姆之后却没有罢手。"

"所以就杀了另外一个人？"

贝莎点点头："他杀了这儿的一个女招待，我们当保镖的自然不能放过，乌尔就陪奈德走了最后一程。"

带刀的男子摩挲下巴："最奇怪的是，他隔天夜里回来杀了一个女招待，还把尸体留在他害死丽姆的地方。"

"在被扔下悬崖之前，他一直都在嚷嚷第二个人不是他杀的。"乌尔咕哝道。

"就是他干的。"贝莎说，"女招待被勒死的方式跟丽姆一模一样，尸体倒下的位置没有变化，下巴上也有奈德戒指的划痕。"她浅褐色的双眸神情空洞，仿佛正盯着那具尸体刚被发现的样子。"就连划痕也一模一样，太诡异了。"

又是一起双重谋杀案，浣纱想道，*风操的，这到底意味着什么？*

浣纱感到一阵晕眩，没准是酒劲上来了，要么就是脑海中浮现出了女子被勒死的可悲画面。她走去付账，可能多给了老板几枚球币，随后她用拇指勾起那壶吃角族白酒，带着它没入夜色。

19 外交妙术

三十一年前

桌上的蜡烛忽明忽暗,达力拿用烛火点燃餐巾的一角,一缕刺鼻的烟气冒了出来。装饰用的蜡烛可真蠢,能有什么用?就为了好看?拿润石照明不是更方便吗?

迦维拉尔瞪了达力拿一眼,达力拿只好乖乖地靠到椅背上,不再燃烧餐巾。他端起一杯紫酒品尝,这种烈酒味道浓郁,满屋子都能闻到。宴会厅在他眼前展开,几十张桌子放在宽敞石屋的地上。大厅里热得要命,可能是用了太多蜡烛的缘故。他的手臂和前额上都缀满汗珠,怪难受的。

正在宴会厅外肆虐的飓风,就如身陷囹圄的疯子,绵软无力,无人注意。

"光明贵人,您是怎样对付飓风的?"和他们同在主桌边入座的西域宾客问起迦维拉尔。这人叫托奥,是个高挑的金发男子。

"排除少数情况,只要计划周全,军队便无须暴露在飓风中。"迦维拉尔细细道来,"阿勒斯卡的地匹不少,一旦战役超时,全军可以兵分几路，撤回若干城镇寻求庇护。"

"那要是打围城战呢？"托奥问。

"这种事很罕见，光明贵人托奥。"迦维拉尔忍俊不禁。

"肯定有防御坚固的城市。"托奥说，"贵国大——名鼎鼎的塔——冠城，是不是巍巍城墙永不倒？"西域来客口音很重，喜欢拖长"哦"和"啊"的音节，听起来特别蠢。

"别忘了魂器。"迦维拉尔说，"围城战确实发生过，但是只要有魂器和绿宝石制造食物，城里的部队就很难断粮。我们通常会迅速攻破城墙，或者利用更常见的做法夺取高地，凭借地理优势侵扰城市。"

托奥点点头，似乎听入迷了。"魂器。里拉——和伊里都——没有这东西。神奇，太神奇了……这里碎瑛武器也多的是，沃——林诸国也许占据着世上半数的瑛刃和瑛甲——难不成是令使的眷顾？"

达力拿喝了一大口酒。外面的雷声震颤着营堡，飓风刮得正猛。

而在营堡内，侍从为男士端上淋着风味汤汁的大块猪肉和兰卡蟹爪。女士都在别处用餐，听说托奥的妹妹也来了，达力拿还没见过她。这些来自西部的光眼种客人在起风前的一小时才抵达。

宴会厅里很快人声鼎沸。达力拿大口吃起兰卡蟹爪，先用杯底敲碎外壳，再咬里面的肉。宴会的气氛似乎太拘谨了，音乐和欢笑都去哪了？女人呢？都在别的屋里用餐？

近年来的征战改变了达力拿等人的生活。最后四名轩亲王坚定地站成统一阵线，曾经猖獗的倾轧已经平息。迦维拉尔的时间愈加花在治国理政上，尽管他目前统一的王国只有他们预想的一半大，但压在他肩头的任务仍旧非常艰巨。

政治。迦维拉尔和撒迪亚斯不常让达力拿把玩政治，但他依然需要参加这类宴会，而不是和部下一起吃饭。他一边吮吸蟹爪，一边观望正在和外宾交谈的迦维拉尔。风操的，迦维拉尔看着还真威风，胡须梳理有加，手上戴满宝石戒指，一袭新款制服庄重又大方。达力拿却还套着像是半裙的武士袍，一件敞开的衬衣披在身上，露出光光的胸膛，下摆垂到大腿中间。

撒迪亚斯则在大厅对面的一张桌边接见一群身份较低的光眼种。这些人都是精心挑选的，没有明确的效忠对象，撒迪亚斯会一一说服他们，如果感到担心，就设法革除。他当然不会派刺客，因为暗杀是公认的卑劣行径，为阿勒斯卡人所不齿，他们只会把目标推入危局，使其和达力拿决斗，或者将其安插在前线。撒迪亚斯的夫人雅莱花了大把时间来制定新计策，为的就是摆脱成问题的盟友。

达力拿干掉蟹爪，转而吃起猪排，肥厚多汁的肉块就泡在肉汁里。这场宴会的菜色真是好多了，他多希望自己不会觉得这么没用。在这里，迦维拉尔结交同盟，撒迪亚斯处理麻烦，两人待餐厅如战场。

达力拿把手伸向体侧，准备拿刀切猪肉，但那把刀不在那儿。

诅咒之地的。他是不是把它借给泰莱布了？他低头看着猪肉，闻到辣酱的味道，不禁口水直流。刚想吃手抓肉，他又抬头望了望。别人都在规规矩矩地用餐具进食，可侍从偏偏忘了给他加一把餐刀。

诅咒之地的。他又骂了一次，往后一靠，晃晃杯子要添酒。迦维拉尔还在附近和那个外国佬交谈。

"您的战绩可谓辉煌，光明贵人寇——林。"托奥说，"您身上有着前人的影子，我是说伟大——的造日王。"

"但愿我的成就不会如此短命。"迦维拉尔说。

"短命！可阿——勒斯卡是造日王打——造的，光明贵人！您不该这么评价他。您是他——的传人，对吗？"

"我们都是造日王的传人。"迦维拉尔说，"寇林家族、撒迪亚斯家族……还有十座公国，分别由他的十个儿子建立。他仍在影响我们，但他的帝国在他驾崩后甚至没有撑过三十年。我不禁开始思索，他的深谋远略究竟出了什么问题，才导致帝国迅速瓦解。"

风声呼啸。达力拿试图拦下一名侍从索取餐刀,可那些人都在满足别的宾客的需求,忙得团团转。

他叹了口气,起身伸了个懒腰,举着空杯走向门口,出神地拨开门闩,推开大木门来到室外。

倾盆大雨猛地把他浇了个透心凉,狂风吹得他步履维艰。这场飓风刮得正起劲,闪电划过,仿如令使的复仇反击。

达力拿走进飓风,衬衣猎猎飘扬。迦维拉尔愈发喜爱谈论诸如传承、王国和责任的话题,但笑对干戈的乐趣去哪儿了?

雷声轰然,闪电时断时续,达力拿几乎看不清路,但他对周围很熟悉。这里是一个供巡逻部队使用的避风点,他和迦维拉尔已在此驻扎了整整四个月。他们向邻近的农庄收取贡金,就在伊瓦瓦赫家族的领地内对其势力构成了威胁。

达力拿找到了他想去的营堡,一上来就使劲敲门。见没人回应,他便召唤出碎瑛刃插入双开门的门缝,切断后面的门闩,然后推开门。只见一队士兵睁大眼睛站成防线,紧张地握着武器,惧灵环绕在四周。

"泰莱布,"达力拿站到门口说,"我是不是把刀子借给你了?就是我最喜欢的那把,刀柄上还有白脊獠牙的?"

被问及的高个子士兵站在队列的第二排,正目瞪口呆地望着达力拿。"呃……光明贵人,您要找刀子?"其他人也都吓坏了。

"我把它弄丢了。"达力拿说,"是不是借给你了?"

"我后来还给您了,长官。"泰莱布说,"您当时要用它把马鞍上的木刺挑出去,您没忘吧?"

"该死的,你说得对。我到底把那破玩意怎么了?"达力拿走出门,大步回到飓风中。

或许他担心迦维拉尔,更多是他自身的原因。这几个月来,战斗之外的事越来越多,就连打个仗也要处心积虑。达力拿似乎被抛弃了,就像飓虫脱下的壳。

一阵狂风吹得他撞上营堡的外墙,他脚下趔趄,随即受到直觉的莫名驱动,往后退了几步。一块巨石砸到墙上,然后弹开了。达力拿瞥了一眼,看到远处有光,那是一个正在走动的庞然大物,细长的腿部莹莹发亮。

达力拿回到宴会厅的门前,对那个不知名物体比了个下流手势,然后推开门,甩开两名守门的侍从,大摇大摆地走了进去,浑身湿透。他来到主桌前,一屁股坐到椅子上,手里还端着酒杯。太好了,现在他都淋湿了,却还是吃不成猪排。

众人皆静。他备受瞩目。

"弟弟?"迦维拉尔问道,其他人都不敢作声,"你……你没事吧?"

"我那把风杀的刀子丢了。"达力拿说,"还以为在别的营堡里。"他举起酒杯,咕噜咕噜地喝下里面的雨水,神情懊丧。

"恕我——失陪,光明贵人迦——维拉——尔。"托奥结结巴巴地说,"我……我——要去拿——点儿喝的。"一头金发的西方人起身鞠躬,去往宴会厅的另一边,那里有一位正在提供酒水的侍从大师。托奥此刻的脸色甚至比一般的里拉人还要苍白。

"他怎么了?"达力拿把椅子往兄长身边挪了挪。

"估计是他认识的人不常在飓风期间出去散步。"迦维拉尔像是被逗乐了。

"得了吧。"达力拿说,"这里固若金汤,有墙壁和掩体挡着,刮点风怕什么。"

"托奥肯定不是这么想的。"

"可你都笑出来了。"

"达力拿,我花了半小时想要说明的事,你刚才一下子就证实了。托奥想知道我们能否保护他。"

"你们就在谈这个?"

"对,不过在绕弯子。"

"呵,不胜荣幸。"达力拿扒弄着迦维拉尔盘子的蟹爪,"那么到底怎样才能让这些花里胡哨的侍从给我拿一把风杀的餐刀?"

"他们都是专业的侍从大师,达力拿。"他兄长抬手示意,"还记得喊人的手势吗?"

"谁还记得?"

"你真得多长个心眼了。"迦维拉尔说,"我们早就搬出茅屋了。"

其实他们从没住过那种地方。他们是寇林家族,继承了世界上最伟大的城市之一,不过达力拿在满二十岁之前还从没亲眼见过。尽管他并不喜欢,可迦维拉尔就是听信了他人厥词,说他们的家族直到最近还是公国落后地区的地痞。

一群身穿黑白制服的侍从涌向迦维拉尔,迦维拉尔马上替达力拿要了一把新餐刀。侍从四散开来执行吩咐,通向女士宴会厅的大门打开了,一人悄悄地走了进来。

达力拿屏住了呼吸。纳瓦妮的头发上点缀着闪闪发亮的细小红宝石,搭配红色的项链和手镯。她肌肤黝亮,风情万种,留着一头阿勒斯卡式的黑发,红唇浮现笑意,如此知性、如此智慧,令男子望眼欲穿、痛心挥泪。

那是他兄长的妻子。

达力拿拼命压下渴望,像迦维拉尔那样抬手一挥。一名仆人迈着轻快的步伐走过来。"光明贵人,"他说,"随时恭候您的吩咐。但您得知道,您的手势错了,请允许我为您演示——"

达力拿比了个不雅手势。"好点了吗?"

"呃……"

"上酒。"达力拿摇摇酒杯,"要紫酒。给我一大壶,起码能喝三巡。"

"要哪年的,光明贵人?"

他看看纳瓦妮。"就近拿。"

纳瓦妮在餐桌间穿行,后面跟着身材更为敦实的雅莱·撒迪亚斯。她们是场内唯一的光眼种女性,但她们似乎浑不在意。

"那个西域使者呢?"纳瓦妮问。她款步来到达力拿和迦维拉尔之间,一名侍从为她搬来了椅子。

"被达力拿吓跑了。"迦维拉尔说。

纳瓦妮身上的香水味令人陶醉。达力拿把椅子往边上挪了挪,故作严肃。他不能动感情,尽管纳瓦妮是个暖心的女子,除了战斗之外也只有她才能让他快乐,可他绝不能让她知道。

雅莱给自己拖来一把椅子,一名侍从给达力拿端上一壶酒。达力拿对着壶口就喝起来,喝了良久,却不露声色。

"我们在掂量他妹妹。"坐在迦维拉尔另一侧的雅莱凑近道,"那姑娘看着有点花瓶——"

"只是有点吗?"纳瓦妮问。

"可她是个老实人,这我很有把握。"

"她兄长似乎跟她一样。"迦维拉尔摸摸下巴,审视着正在吧台边饮酒的托奥,"天真无邪。不过我也觉得他挺老实。"

"不就是会拍马屁。"达力拿嗤之以鼻。

"他是个无家可归的人,"雅莱说,"没有效忠的对象,只能任由愿意接纳他的人摆布。他只有一枚能够保障前途的棋子。"

碎瑛甲。

那是托奥从亲族手中得来的,从故国里拉一路带到柔刹东部。发现这件传家宝被偷后,托奥的亲属据说非常愤怒。

"他至少动过脑筋,没有随身带着盔甲。"迦维拉尔说,"在移交盔甲之前,他想要我们的保证,而且是很有把握的保证。"

"瞧瞧他看达力拿的眼神。"纳瓦妮说,"你果然震住他了。"她歪过头,"你淋湿了吗?"

达力拿一捋头发。风操的,在众目睽睽之下,他一秒钟都没觉得尴尬,但在纳瓦妮面前,他还是不由得脸红了。

迦维拉尔笑道:"他刚才去散步了。"

"胡闹。"雅莱一见撒迪亚斯也来到了主桌边,便往旁边挪了挪。长着圆脸的撒迪亚斯坐到雅莱的椅子上,两人挤在一起,各自占据椅面的半边。他把满满一盘淋着鲜红酱汁的蟹爪放到桌上,雅莱马上就大吃起来。达力拿还真不认识几个喜欢吃男性食品的女人。

"在讨论什么呢?"撒迪亚斯挥手赶走一名搬来加座的侍从大师,搂住妻子的脖子。

"达力拿的婚事。"雅莱说。

"啥?"达力拿呛了一口酒,忙不迭地问。

"这才是重点,对不对?"雅莱问,"托奥和他妹妹希望有人能保护他们,让他们的家族不敢来犯。他们不单单想避难,还想分一杯羹。也就是说,他们希望能融入王室的血脉。"

达力拿又慢慢地啜了口酒。

"有时喝点水也无妨,达力拿。"撒迪亚斯说。

"我前面喝过雨水了,别人都嬉皮笑脸地看着我。"

纳瓦妮对他一笑。世上的酒都不够他去招架这份笑靥之后的眼神,如此犀利、如此深刻。

"我们可能需要这门婚事。"迦维拉尔说,"我们不仅能得到碎瑛甲,还能出面为阿勒斯卡代言。如果有外国人前来避难或是谈判,我们便可说服余下的轩亲王,或许不用再打仗就能完全合法地统一国家。"

一名女侍终于替达力拿送来餐刀。达力拿连忙接过,却在那人走开后皱起了眉。

"怎么了?"纳瓦妮问。

"这么小？"达力拿用两指夹着精致的餐刀一阵晃荡，"这猪排怎么吃得成？"

"攻上去。"雅莱做了个戳刺的动作，"假装猪排是个说你胳膊上没肌肉的粗脖子男人。"

"我不会攻击这种人。"达力拿说，"我倒要请他去看医生，因为他明显是个睁眼瞎。"

纳瓦妮开怀大笑，笑声如铃。

"哎，达力拿。"撒迪亚斯说，"全柔刹还有谁能一本正经说出这番话？我反正是不知道。"

达力拿哼了一声，努力用小餐刀切猪排。肉已经冷了，但还是很香。一只饿灵开始在他脑边飞舞，就如能在淳湖西边见到的褐色小飞虫。

"造日王究竟败在哪里？"迦维拉尔冷不丁地问了一句。

"嗯？"雅莱应声。

"造日王统一了阿勒斯卡。"迦维拉尔依次望向纳瓦妮、撒迪亚斯和达力拿，"可他为何没能建立长存的帝国？"

"因为他的孩子太贪婪了，"达力拿来回切着猪排，"要么就是太无能了，十个人里没有一个能得到别人的拥护。"

"不是的。"纳瓦妮说，"倘若造日王能费点心思选定一名继承人，国家或许还会统一下去。这都是他自己一手造成的。"

"他曾西征作战，率军谋求'更远大的荣耀'。"迦维拉尔说，"打下阿勒斯卡和赫达孜对他来说还不够，他希望征服全世界。"

"那么就是他的野心造成的。"撒迪亚斯说。

"不，其实是他自己的贪婪造成的。"迦维拉尔轻声道，"征服后不坐享成果，征服的意义又何在？马刹兰之子舒不烈、造日王，以及教会的神权统治……他们的政权都是因为贪得无厌才瓦解的。在人类史上，可曾有过懂得知足的征服者？可曾有过'见好就收，打道回府'的宣言？"

"但现在，我只想吃我风杀的猪排。"达力拿举起已经被他从中间掰弯的小餐刀。

纳瓦妮眨眨眼。"看在全能之主第十个名字的分上，你是怎么办到的？"

"不知道。"

迦维拉尔眼神迷离，这一幕近来愈发常见。"我们为何而战，弟弟？"

"又来？"达力拿问，"跟你说，也没那么复杂。你不记得我们当初的日子了？"

"说来听听。"

"好吧，"达力拿晃晃掰弯的餐刀，"那时我们见到这地方是个王国，于是就想：哇，这些人可真有两下子。然后我们就觉得……哇，我们也该有两下子。那就去打下来呗。"

"达力拿，"撒迪亚斯咯咯直笑，"你可真是个活宝。"

"你没想过这意味着什么吗？"迦维拉尔问，"一座王国？比你自己还伟大？"

"太傻了，迦维拉尔。打仗就是要有两下子。"

"行，行。"迦维拉尔说，"我希望你能聆听古代战争法典的教诲，那时的阿勒斯卡还有点意思。"

达力拿心不在焉地点点头。仆人们端着最后一道茶水和瓜果走进宴会厅，一名女侍想要收走他的猪排，但被他轰走了。他在女侍退开时似乎瞥到了什么：有人从女士宴会厅里探出头，正在向这边张望。她穿着一袭优雅纤丽、薄如蝉翼的淡黄色长裙，和那头金发相得益彰。

达力拿欠身察看，非常好奇。那姑娘十八九岁，身材颀长，几乎和阿勒斯卡人一般高，胸部很小。她的外表有点单薄，不像阿勒斯卡人那么实在。她那位清瘦的兄长也是如此。

然而那头金发恍如暗室中的烛光,让她尤为醒目。

她匆匆穿过宴会厅去见兄长,后者递上一杯饮料,她试图用套在小黄布袋里的左手去接。奇怪的是,她那身裙子是无袖的。

"她老是要拿禁手吃东西。"纳瓦妮望着那姑娘,秀眉一挑。

雅莱俯身对着达力拿,别有兴味地说:"你知道吗?在偏远的西部,女人穿衣都是半遮半露的。里拉、伊里和雷希群岛的女人不像阿勒斯卡女人那么矜持,在行房时准保情趣十足……"

达力拿冷哼一声,此刻才发现刀光。

一名正在清理迦维拉尔餐盘的侍从,有只手藏在身后,手里握着一把刀。

达力拿立马踹向兄长的椅子,踢断一条椅腿。迦维拉尔翻倒在地,刺客趁机挥刀刺向他的耳朵,但没刺中。餐桌被撞得摇摇晃晃,刀子插进了木头。

达力拿一跃而起,凑到迦维拉尔身边,掐住刺客的脖子,把这行刺未遂的杀手提起来,砰地一声扔到地上。真是痛快。达力拿没闲着,从餐桌上抄起那把刀子就扎进刺客的胸口。

达力拿喘着气后退几步,抹去眼里的雨水。迦维拉尔连忙站起,碎瑛刃在手中成形。他低头看了看刺客,又看了看达力拿。

达力拿踹了刺客一脚,确保那人已死,然后点点头,把椅子扶好才坐下,弯腰把扎在那人胸口上的刀子拔了出来。真是把好刀。

他把刀蘸到酒里洗干净,切下一块肉送进嘴里。总算吃上了。

"这猪肉好。"达力拿边嚼边说。

在大厅的另一头,托奥和他妹妹望着达力拿,表情敬畏。平时很少见的骇灵忽隐忽现地围绕着他们,像是一颗颗蓝色光珠。

"多谢。"迦维拉尔摸了摸正在滴血的耳朵。

达力拿耸耸肩:"杀了他真是抱歉。你大概想审问他吧?"

"是谁派了刺客,这不难猜。"迦维拉尔坐下来,挥手赶走了几个脚步匆匆,却晚到一步的护卫。纳瓦妮紧抓着他的胳膊,明显被袭击吓得不轻。

撒迪亚斯低声斥道:"我们的对头越来越没辙了,竟在飓风期间搞暗杀?这也太懦弱了。堂堂阿勒斯卡人,不嫌害臊?"

宾客的目光再次集中到了主桌上。达力拿又切了一块肉塞进嘴里。看什么看?他又不打算去喝那杯沾了血的酒。他可没那么野蛮。

"我知道,我曾说跟谁结婚,由你自行决定。"迦维拉尔说,"但……"

"没问题。"达力拿目不斜视地说。他已经失去了纳瓦妮。他只好风操的接受现实。

"他们性子很腼腆,做事又谨慎,可能得多花点时间劝劝。"纳瓦妮补充道,用餐巾轻轻擦拭迦维拉尔的耳朵。

"噢,我才不担心呢。"迦维拉尔回看刺客的尸体,"达力拿可会劝人了。"

20 束缚

然而,如果是一种危险的调料,你们可以注意少品尝一点。希望你们的教训不会像我一样惨痛。

——摘自《渡誓》序

"你受的伤还不算严重。"卡拉丁说,"我知道创口很深,但宁可被尖刀重重割一下,也不要被钝器剜出参差不齐的口子。"

他把肯恩手臂上的皮肤并拢,为伤口缠上绷带。"腐灵喜欢脏的布,所以一定要用卫生的布,用之前煮一下。伤口感染了就有危险了,周围会生出一道道红肿,还会化脓,在包扎之前一定要洗干净。"

他轻拍肯恩的胳膊,拿回自己的刀。肯恩在拾柴时看到一棵倒地的树木,就拿这把刀去砍树枝,结果割伤了自己。别的仆族正在她周围收集晒干的米饼。

总而言之,他们拥有数量惊人的物资,有几个仆族甚至想到去偷烧水煮菜的金属桶和救命的水袋。卡拉丁走进搭建临时营地的树林,来到早前牵着他走的仆族身边。那个仆族叫萨尔,正在把一面石斧头捆到树枝上。

卡拉丁从他手里接过斧子,用一根圆木试验,判定斧子劈柴的性能。"捆得紧点,"卡拉丁说,"把皮带弄湿,缠的时候要使劲拉。如果不小心,劈到一半就会掉下来。"

萨尔闷哼一声,拿回斧子,在解开捆带时自顾自抱怨。他望了卡拉丁一眼:"人类,你可以去看看别人的情况了。"

"我们应该今晚就走。"卡拉丁说,"大伙已经在一个地方待了太久。到时候就按我说的,分小组行动。"

"再说吧。"

"听着,如果我给的建议有不恰当的地方……"

"没有不恰当的地方。"

"可——"

萨尔叹了口气,抬头迎上卡拉丁的目光:"一个奴隶是怎么学会发号施令的?又怎么能像个光眼种那样神气?"

"我生来就不是奴隶。"

"我讨厌幼稚的感觉。"萨尔接着说,"我也不喜欢学我本该知道的东西,可我最不想要你帮忙。我们本来都逃走了,现在呢?你突然插进来指使我们,害得我们又得遵守阿勒斯卡人的规矩。"

卡拉丁沉默不语。

"那只黄色的灵体也不是好东西,"萨尔嘟哝道,"一直叫我们快走、别停。她说我们自由了,转眼间就嫌弃我们没有马上听她的话。"

卡拉丁看不到那只灵体,这让仆族很意外。他们还对他提起了脑中回荡的声音,那是一种近乎成曲的幽幽韵律。

"自由是个奇怪的概念,萨尔。"卡拉丁坐下来,低声说,"前几个月可能是我从小到大最'自由'的时光,你想知道我是怎么度过的吗?我就待在同一个地方,为某个高官效劳。我在想,那些还要用绳子捆东西的人是不是犯傻?毕竟传统、社会和时代的发展总会将我们束缚住。"

"我没有传统,"萨尔说,"我也不属于社会。可我的'自由'却仍像一片落叶乘风而去,假装掌握了自己的命运。"

"简直快成一首诗了,萨尔。"

"我不知道你在说什么。"他把最后一根捆绳抽紧,举起新制的斧子。

卡拉丁接过斧子插进一旁的圆木。"好点了。"

"你就不担心吗,人类?教我们做米饼是一方面,但给我们武器就不是一码事了。"

"斧子不是武器,而是工具。"

"也许吧。"萨尔说,"用上你教的打磨方法,我也能做出一根矛。"

"说得好像非要战斗似的。"

萨尔笑道:"你不这么觉得吗?"

"你不是没有选择。"

"额头上打了烙印的人还跟我讲道理。要是他们宁愿对同胞做这种事,又会有什么样的暴行在等着一帮仆族窃贼?"

"萨尔,根本没必要开战。你们不用跟人类打仗。"

"也许吧。那我问你,"萨尔把斧子放到腿上,"看看他们是怎么对待我的,我凭什么不能这么想?"

卡拉丁无法反驳。回想自己当奴隶的日子,他也感到无能为力,深陷沮丧和愤怒。就因为他勇于反抗,会造成威胁,就被打上了"危险"的烙印。

他敢要求这名仆族不这么想吗?

"他们会再次奴役我们。"萨尔拿回斧子去砍身边的圆木,按照卡拉丁教的方法削下粗糙的树皮作为火种,"我们是一笔丢失的钱财,也是前车之鉴。你们会花大代价搞明白是什么改变了我们,让我们重新获得思想,而且会想方设法逆转这一切。你们会再次剥夺我的理智,打发我去运水。"

"也许……也许可以说服他们不要这么做。我认识一些通情达理的阿勒斯卡光眼种,萨尔。如果能跟他们谈谈,说明你们也可以像普通人那样讲话和思考,他们肯定会听的。他们会给你们自由,这是他们在破碎平原初次遇到你的近亲时的做法。"

萨尔猛地把斧子砍进木柴,溅起一片木屑。"只有跟你们一样,我们才能自由吗?以前跟你们不一样的时候,我们就活该当奴隶吗?在我们无力回击的时候,你们可以统治我们,现在我们会讲话了,就不行了吗?

"呃,我不是说——"

"所以我才会生气!谢谢你教给我们的东西,可别以为我乐意学。你只是在增强你的信心,没准你心里还是觉得应该由你们决定我们的自由。"

萨尔扬长而去。茜尔从树丛里飞出来,坐到卡拉丁肩上留心虚灵的去向,但没有立刻变得警觉。

"我感到飓风要来了。"她低声说。

"什么?真的吗?"

她点点头。"还挺远,需要两三天才到。"她侧过头,"我大概可以早点说的,但没这个必要。你一直有飓风的预报单。"

卡拉丁深吸一口气。要怎么让这些仆族不受飓风侵扰?必须找到避风的地方。他会……

又来了。

"我办不到,茜尔。"卡拉丁喃喃道,"我不能再和这些仆族待在一起。我看不下去了。"

"为什么?"

"因为萨尔说得对。虚灵会驱使仆族组成军队,战争在所难免。

这是情理之中的事,毕竟仆族已经受到了改造。我们必须予以回击,否则就会灭亡。"

"那就找个妥协的方法。"

"要有妥协的方法,只能等到战争里死了很多人、高官们唯恐自己会输的时候。风操的,我真不该来这儿。我变得想要保护他们了!还教他们怎么战斗。可我不敢——迎击虚渡的时候,我只能假装我必须保护的人和我必须杀死的人是有区别的。"

他步履沉重地穿过树丛,去帮仆族拆除粗陋的油布帐篷,因为晚上还要继续行进。

21 注定落败

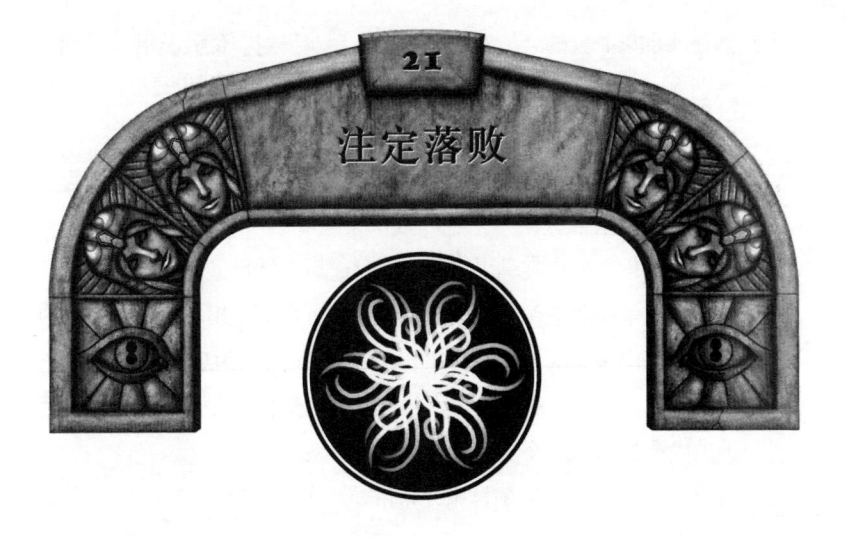

> 我不是说书人,不会用异想天开的故事来逗你们开心。
>
> ——摘自《渡誓》序

一阵连续不断的敲门声吵醒了沙兰。屋里没有放床,她只能披散红发,裹着几张毯子睡觉。

她用一块毯子捂住脑袋,可敲门声没有停息,随之而来的是阿多林迷人又烦人的声音:"沙兰?这次我等你同意了再进去。"

她朝外看去,阳光如泼墨般从阳台窗户倾泻而入。到早上了吗?可太阳的位置不对。

等等……飓风之父,她化身浣纱夜游归来,竟一觉睡到了下午。她丢开汗湿的毯子,只穿衬衣躺在原地,头部一跳一跳地作痛。房间角落里摆着一壶已经喝空的吃角族白酒。

"沙兰?"阿多林问,"你好了吗?"

"看情况。"她哑着嗓子说,"我睡得很好。"

她用双手挡着眼睛,禁手仍绑着临时绷带。她到底哪根筋搭错了？到处展示鬼血会的会标？喝酒喝到迷糊？当着一帮武装混混的面拿刀捅别人？

这些举动仿佛发生在一场梦里。

"沙兰，"阿多林的语气变得关切起来，"我可要偷看了。帕萝娜说你一整天都没出来。"

她惊叫一声，抓住寝具坐了起来，只让阿多林瞧见她窝在那儿的样子。她把毯子拉到下颌处，紧紧包住身子，只有一颗头发乱糟糟的脑袋从里面探出来。阿多林的样子自然很完美。即便历经一场飓风，作战六个小时，被含有飓砂的浑水冲刷，他的面貌依旧不改，实在讨厌。他的发型怎么就那么好看？乱得有款有型。

"她说你不舒服。"阿多林掀开布帘，斜靠在门口。

"唉。"

"是不是，嗯，那个来了？"

"那个来了？"她酸酸地说。

"就是……你来那个了啊……"

"阿多林，我又不是没上过生理课。为什么每次女的觉得有点难受，男的立马就会以为那是生理痛？好像女的一下子就受不了了。根本没人这么去想男的。'喂，今天别惹魏纳，他昨天练得太起劲，浑身都疼，可能会把你的脑袋拧下来。'"

"那就得怪我们吗？"

"对啊，凡事都得怪你们。战争、饥荒、难看的发型。"

"等等，难看的发型？"

沙兰把一缕头发从眼前吹开："你们嗓门大，又固执。我们想给你们弄头发，你们却不领情。全能之主为了让我们习惯和男人生活，才赐予了我们一头乱发。"

阿多林端来一小盆温水，让她洗脸、净手，真是贴心。说不定这还是帕萝娜送来的，也谢谢她了。

诅咒之地的,她的手跟头都在作痛。她记得昨晚自己偶尔驱走过醉意,但当时的飓光储备不足以治好手上的伤,也不足以让她时刻保持清醒。

阿多林把水盆放下,如朝阳般精神抖擞。他笑着问:"到底怎么了?"

沙兰用毯子紧紧包住头,像是戴上了斗篷的兜帽。"我来那个了呀。"她撒谎道。

"你看,自己都承认啦,男的这么说又算什么?我也追求过不少人了,怎么会不长心眼?蒂莉有一个月来了四次。"

"女人都是神秘的尤物。"

"可不是嘛!"阿多林拿起酒壶闻了闻,"这是吃角族白酒?"说罢朝她看去,一脸震惊,却也带着些许崇拜。

"有点喝多了。"沙兰咕哝道,"还不是在帮你调查谋杀案。"

"那里还卖吃角族的私酒?"

"就在独立市场的后巷呀,地方不太干净,酒倒是不错。"

"沙兰!"阿多林惊呼,"你一个人去的?这不安全。"

"阿多林,亲爱的,"沙兰终于把毯子放低,捂到肩膀上,"现在的我,即便被一剑捅穿心脏也死不了,在市场上碰到坏人又怎么会有事?"

"也对,不小心就忘了。"阿多林皱皱眉,"所以……等等,你说不管别人怎么着你都死不了,可你还是会……"

"生理痛吗?"沙兰说,"对啊,母神培养有时很可恶。我挥着碎瑛刃,无所不能,仿佛神一般的存在,到头来却逃不过大自然时不时的友情提示,说我还是要生孩子的。"

"不许交配。"图腾在墙上轻声鸣道。

"昨天的事倒不怨这个。"沙兰又对阿多林说,"下一次还有好几个星期呢。昨天只是心理上不适,不是生理痛。"

阿多林放下酒壶。"好吧。至于吃角族白酒,你要当心点。"

"又没那么糟糕。"沙兰叹道,"我只需一点飓光就能驱走酒意。说到这儿,你没有随身带润石吧?我好像……嗯……都花光了。"

阿多林轻笑道:"我带了一颗,是父亲借我的,这样在走廊里就不用到哪儿都提着灯了。"

她试着朝阿多林使眼色,心里并不确定该怎么做,也不知道为什么要这么做,但这似乎起效了,最起码阿多林转了转眼珠,递来一颗红宝石马克。

她饥渴地吸入飓光,沉住气,以免把飓光呼出去。她发现自己能把飓光锁在体内,不让自己浑身发亮或是引来注意。她从小就有这种本领,是不是?

她手上的伤慢慢愈合,头痛也烟消云散。她不由得松了一口气。

阿多林的润石失去了华彩。"我父亲说过,两人要想处得好,就得投入。他想必不是这个意思吧?"

"嗯……"沙兰闭上眼,莞尔一笑。

"我们的话题真是奇怪极了。"阿多林又说。

"跟你聊起来倒很自然。"

"这才是最奇怪的吧。"

"嗯,你最好马上开始慎用飓光。父亲说他想多提供些发光的润石给你操练,但现在已经一颗不剩了。"

"哈萨姆那边的人呢?"她问,"他们在上一场飓风中留下了很多润石,只有……"

她算了算,大吃一惊。那场意料之外的飓风已经过去几周了,当时还是她第一次操作誓约之门。她瞅了瞅阿多林指间的那枚润石。

润石现在都该变暗了,她心想,*就连那些最近充过光的也不例外。他们怎么会有飓光?*

她昨晚的举动忽然就变得更不负责任了。达力拿命令她操练的,或许不是不喝醉的能力。

她叹了口气,伸手去够脸盆,身上仍旧披着毯子。她有一个叫玛瑞的贴身侍女,但她一直在赶人,因为她不想让那个姑娘发现她偷溜出去或是换脸的事。如果她坚持这么做,帕萝娜大概就会把玛瑞派去干别的。

小脸盆里的水似乎没有加香剂或肥皂,沙兰便端起来咕嘟咕嘟地喝了一大口。

"那是我的洗脚水。"阿多林说。

"怎么可能?"沙兰大声咂嘴,"谢谢你叫我起来。"

"其实,"他说,"我也是出于私心。我还挺希望能得到点道义上的支持。"

"别讲得这么过分。想让别人相信你的话,那就一句一句好好说,让他们随时都能跟上。"

他歪过头。

"我指的不是那种意义上的道义。"沙兰说。

"有时候跟你讲话,感觉还真怪。"

"对不起、对不起,我会改正的。"她尽量集中精神并坐好,身体还裹在毯子里,头发如缠结的荆棘一般翘了起来。

阿多林深吸一口气。"我父亲总算说服雅莱跟我谈话了。但愿她握有丈夫遇害的线索。"

"你好像不太抱希望。"

"我不喜欢她,沙兰。她是个怪人。"

沙兰张口欲言,却被打断。

"跟你的性质不一样,"阿多林说,"怪就怪在……不好的方面。无论碰到什么,人也好、事也罢,她都会揣度一番。在她眼里,我不过是个毛孩子。你愿意跟我同去吗?"

"好呀。还要多久?"

"听你的。"

沙兰低头看了看蜷在毯子里的自己,她的卷发蹭得下巴怪痒的。"我还要很久。"

"那就晚了。"阿多林起身道,"当然我是不担心她会怎么看我。我们在塞巴里尔的客厅里见吧。我父亲希望我去听轩亲王汇报,了解城里的买卖。"

"就说市场里卖的酒很不错。"

"行。"阿多林又望了望那壶喝光的吃角族白酒,摇头告辞。

一小时后,经过沐浴、化妆、梳头,沙兰出现在塞巴里尔的客厅。这里比她的房间要宽敞,尤其是那扇阳台门,大得占据了半面墙壁。

所有人都去了外面俯瞰园圃的大阳台。阿多林站在扶手边若有所思,塞巴里尔和帕萝娜则躺在他身后的折叠床上,背朝太阳做按摩。

一群吃角族侍从有的在帮他们按摩,有的在照看炭火炉,还有的尽职尽责地端着温酒和别的便利物品。晴天的空气没有平时那么冷冽,体感近乎舒适。

一想到这个只披着毛巾的大胡子胖男人竟是轩亲王,沙兰便恼羞成怒。她才洗了冷水澡,一边哆嗦一边把水舀起来浇在头上,还以为不用亲自取水就是种享受。

"我都还睡在地上呢,"沙兰说,"你们这儿怎么就有小床?"

"你是轩亲王吗?"塞巴里尔嘟哝道,连眼睛都没睁开。

"不是,可作为光辉骑士,我想我的地位应该更高。"

"我懂了。"塞巴里尔在按摩师的按压下发出愉悦的叫声,"所以你就买得起从军营里拖过来的小床了?还不是得靠我发给你的津贴过日子。我要补充一句,这个津贴是记账的酬劳,可我好几个星期没见你干活了。"

"她的确拯救了世界,图里。"帕萝娜在沙兰的另一边说。这名赫达孜中年女子也没有睁眼,虽然俯卧在床上,但只有半只禁手被毛巾盖住。

"我可不这么觉得,她顶多是拖延了世界的毁灭。外面乱着呢,亲爱的。"

不远处,领头的按摩师替塞巴里尔要了一些热石。她是个大块头吃角族妇女,长着火红的头发和苍白的皮肤。她的手下可能跟她是一家,吃角族人就喜欢集体工作。

"我注意到了,"塞巴里尔说,"你所谓的灭世会破坏我多年的业务规划。"

"这又不能怪我。"沙兰抱起双臂。

"可确实是你把我赶出了军营。"塞巴里尔说,"尽管留在那儿的人也活得挺好的。圆顶山丘剩余的部分挡住了从西面吹来的风。比较麻烦的还是那些仆族,不过他们已经走光了,都去了阿勒斯卡,所以我打算回军营,抢在别人前面拿回我的地盘。"他睁开眼望了望沙兰,"这可不是你那位年轻的王子爱听的,他担心部队忙不过来,但日后的军营会是贸易重地,不能让它们完全落入萨纳达尔和瓦马尔手里。"

这下可好,又有一个需要考虑的问题了。怪不得阿多林这么心烦意乱。他已经发现他们来不及去见雅莱了,但他似乎并不急于行动。

"你就认真当个光辉骑士,"塞巴里尔对沙兰说,"让誓约之门运作起来。我已经筹备了周全的过路收费方案。"

"这也太狠了。"

"但有必要。在群山中生存的唯一途径就是征誓约之门税。这点达力拿也明白,否则他不会安排我负责商贸事宜。就算在战时,生活也不会停摆,孩子。大家还是要添置衣服、鞋子和篮子,还是要喝酒。"

"以及按摩。"帕萝娜补充道,"如果非得住在这片冻死人的荒地上,就得经常按摩。"

"你们俩真是无药可救。"沙兰没好气地说,穿过阳光照耀的阳台来到阿多林身边,"嘿,准备好了吗?"

"当然。"她和阿多林赶紧往走廊深处走去。驻扎在乌有斯麓的八支军队各自分到了均等的驻地,占据了第二层和第三层。第一层只有几间营房,大部分区域都划给了市场和仓储空间。

当然,他们就连第一层都没有走遍。塔城内楼道繁多、路况多变,而且别有洞天,轩亲王们也许总有一天能尽心统治自己的驻地,但现在,他们只能在乌有斯麓的黑暗领域之中占据一小片安身之所。

由于没有飓光驱动升降梯,对高层的探索已经全面停滞。

他们离开塞巴里尔的住处,经过一些士兵和一个在地上画了箭头的岔口。那些箭头指向不同的地点,比如距离最近的厕所。护卫的哨卡一点儿也不像营房,但阿多林已经在士兵跟前指明了放置粮箱米袋的方式。任何从外面进入通道的人都会被这些东西纠缠住,还会迎面碰上那些矛兵。

士兵们冲阿多林点头,但没有敬礼。其中一人朝两个还在附近屋里打牌的士兵喊话,那两个人马上起立,一见是沙兰和阿多林,都吃了一惊。原来是盖兹和瓦沙尔。

"今天就带你的护卫吧。"阿多林说。

我的护卫。没错,沙兰收编的手下全是逃兵和卑鄙的杀人犯。她对此并不介意,因为她自己也是个卑鄙的杀人犯,可她就是不知道该拿他们怎么办。

两人懒洋洋地朝沙兰行礼,瓦沙尔又高又邋遢,盖兹则长得矮墩墩的,有一枚棕色的独眼,另一边眼眶被眼罩遮住。阿多林显然对他们下了指示,瓦沙尔晃晃悠悠地打头阵,盖兹殿后。

沙兰挽住阿多林的胳膊走到远处，不希望盖兹和瓦沙尔听到。

"我们真要带护卫吗？"她小声问。

"肯定要带。"

"为什么？你是碎瑛武士，而我是光辉骑士，应该不会有事。"

"沙兰，带护卫不总是出于安全考虑，也关乎声誉。"

"声誉我有的是，我连呼出来的气都是金贵的，阿多林。"

"我不是这个意思。"阿多林凑近耳语，"这是为了他们好。你可能用不着别人保护，但你必须指派贴身护卫，这样他们脸上才有光。我们都守这个规矩，既然当了大人物，就要惠及他们。"

"还不是一点用处都没有。"

"那也是在配合呀。"阿多林说，"风操的，我都忘了你从没接触过这些道理。你平常是怎么对待部下的？"

"基本上放着不管。"

"到你需要他们的时候呢？"

"我不知道自己会不会用上他们。"

"必须用上。"阿多林说，"沙兰，你是指挥他们的人。虽然他们只是民防警卫，对他们来说你也许不算军方领导，但结果都是一样的。放任他们游手好闲，让他们觉得自己无关紧要，只会毁了他们。而指派他们去办大事，或者给他们安排能让他们自豪的工作，他们才会挺胸抬头地为你效劳。落败的士兵往往是那些没有被认真对待的人。"

她不禁莞尔。

"笑什么？"

"你的口气像你父亲。"她说。

阿多林一愣，别开头。"又没什么不好。"

"我不是说这样不好。我很喜欢。"她仍然挽着他的胳膊，"阿多林，我会给我的护卫找点事做，而且是有用的事，我保证。"

盖兹和瓦沙尔似乎并不认为他们在执行重要任务，他们走路时举着油灯，无精打采、哈欠连天，一边把矛扛在肩上。一行人经过一大群提着水的女子和一些背着木材准备建造新厕所的男子，那些人一看到私人护卫，大多主动让开道，让瓦沙尔先走。

如果沙兰真想彰显身份，完全可以坐轿子。她也不介意坐车，这在卡哈巴兰斯是常有的事。或许是她内心中代表浣纱的那一面使然，每当阿多林提议她预订代步工具，她总会谢绝，因为她认为用脚走路更为自在。

他们来到一截阶梯跟前。由于指路的箭标还没有画完，阿多林在上楼之后便把手伸进口袋摸索地图。沙兰拽了拽他的胳膊，指向一条通道的深处。

"你怎么一下子就知道了？"他问。

"没看到岩层有多宽吗？"沙兰指向走廊的墙壁，"就往这边走。"

他收起地图，示意瓦沙尔带路。"你真觉得我像我父亲？"他边走边问，声音压得很低，话里有种担忧的意味。

"是啊。"沙兰把他的胳膊抱得更紧了，"阿多林，你跟他简直是一个模子里刻出来的，为人正派，又很能干。"

他皱起眉。

"怎么了？"

"没什么。"

"别骗人了，你在担心自己无法达成父亲的期望，对不对？"

"可能吧。"

"阿多林，其实你做到了，你怎么说都没有辜负他的期望。达力拿·寇林能有像你这样的儿子，肯定再好不过……风操的，你居然觉得烦恼。"

"什么？不是！"

沙兰用闲手戳了戳阿多林的肩膀："你有事瞒着我。"

"说不定有。"

"好吧,感谢全能之主。"

"你……你不问问吗?"

"阿什的瞎眼哪,我才不问。我宁愿自己去弄明白。男女之间总要营造点神秘感。"

阿多林陷入沉默,倒也无伤大雅,因为他们就快走到撒迪亚斯军的驻地了。雅莱曾威胁说要迁回破碎平原的军营,但她没有做出实际行动,可能是因为这座塔城无疑已经成了阿勒斯卡政治和权力的中心。

到了第一个岗亭,沙兰的两名护卫就跟到她和阿多林身边。穿着森绿和纯白两色制服的士兵准许他们通过,双方都虎视眈眈地瞪着彼此。不管雅莱·撒迪亚斯在打什么算盘,她的部下显然已经下定决心。

奇怪的是,他们没走几步就发现环境全变了。路上的工人和商人少了许多,军人的数量反倒增加了。士兵表情阴沉,长相各异,不刮胡子,也不扣外套。军中文书的面貌也截然不同,妆化得更浓,衣着却更随便。

他们仿佛从有序走向了无序。粗野的笑声响彻走廊,指路的箭标画在墙上,而不是地上,滴落的油漆破坏了岩层的景致,像是行人抹上去的,没等油漆干透就拿外套蹭过。

士兵在他们经过时都恶狠狠地盯着阿多林。

"感觉像流氓一样。"沙兰回望那帮人,低声说道。

"别误解了。"阿多林说,"他们也会用心保养武器,也会齐步行军,把靴子擦亮。撒迪亚斯培养的士兵都很优秀,只是军中提倡竞争,不像我父亲那般讲纪律。另外,打理得太整洁的士兵会遭到嘲笑,怎么看都不是寇林军的人。"

既然灭世的真相已经揭晓,但愿达力拿能更轻松地让诸侯团结一致。而这明显不可能发生,因为那些人对撒迪亚斯的死耿耿于怀,还在怪罪达力拿。

他们终于来到目的地,被领进屋会见撒迪亚斯的夫人。雅莱是一名矮小的女子,长着绿眼睛和厚嘴唇。她正坐在屋中央的宝座上。

一旁站着那个叫穆里兹的鬼血会高层。

22 黑暗潜藏

> 我不是哲学家,不会用尖刻的问题来启发你们的思考。
> ——摘自《渡誓》序

穆里兹脸上的伤疤纵横交错,其中一道扭曲了上唇的形状。这天他没有换上惯常的时装,而是身穿撒迪亚斯军的制服,佩戴胸甲和简朴的无檐头盔。如果忽略那副面容,他就和别的士兵没什么两样。

只是他肩上还立着一只鸡。

这只鸡是很稀罕的品种,通体绿色,皮毛光滑,喙部杀气腾腾。它的模样更像食肉动物,而非沙兰在市场里见过的鸡,那些都是关在笼子里卖的。

不过说真的,谁会带宠物鸡出门?它们不就是用来吃的吗?

阿多林也看到了那只鸡,不禁抬起眉毛。穆里兹丝毫没有认出沙兰,也像别的士兵那样耷拉着肩膀,手举战戟怒视阿多林。

雅莱没有起身为他们摆椅子,只是两手放在腿上,闲手搭着藏于袖中的禁手。两侧靠墙平台上的摇曳灯火照亮了她,更让她显得复仇心切。

"你知道吗?"雅莱发话了,"捕杀猎物之后,进食完毕的白脊会躲到尸体附近。"

"这是狩猎时会遇到的危险之一。"阿多林说,"猎手自以为走在野兽的踪迹上,殊不知它可能就潜伏在不远处。"

"我以前一直不理解这种行为,后来才发现猎物的尸体能吸引食腐动物,而白脊并不挑剔,会把来者当做下一顿美餐。"

这番对话的意义在沙兰看来很清楚:为什么回到猎杀现场,寇林?

"光明女士,希望您知悉,"阿多林说,"我们对轩亲王遇害一案十分重视,正在全力阻止此类事件再度发生。"

噢,阿多林……

"毫无疑问。"雅莱说,"现在别的轩亲王都怕得不敢跟你们作对了。"

此话正中要害。但沙兰没有上前救场,因为这是阿多林的任务,邀请沙兰是想获得支持,而不是让她代言。其实换她出面也不会有多少改善,她只会犯别的错误。

"能否请您告诉我们,谁可能有动机杀害您丈夫?"阿多林说,"除了我父亲,光明女士。"

"那么就连你也承认——"

"想来奇怪,"阿多林厉声道,"我母亲总说自己不如您高明,她仰慕您,希望能拥有您的头脑。可听了您刚才的言论,我没看出您哪里高明了。说实在的,这些年来我父亲受尽撒迪亚斯的侮辱,在破碎平原遭到背叛、在我决斗时遭到冷遇,您真的认为他会等到现在才下手?撒迪亚斯对虚渡的看法是错的,我父亲的地位已经无法动摇。我们都明白我父亲没有造成您丈夫的死,如果您不敢承认,那就是愚蠢的表现。"

沙兰一怔，没料到阿多林会讲出这番话。但在沙兰眼里，他正需要舍弃客套，直言不讳。

雅莱向前倾身打量阿多林，仔细考虑。如果阿多林还有能传达的东西，那就是真实。

"给他拿一把椅子。"雅莱吩咐穆里兹。

"遵命，光明女士。"穆里兹说话时带着浓重的乡下口音，很像赫达孜人。

雅莱望向沙兰："别傻站在那儿，旁屋里有壶茶水热着。"

沙兰对此不以为然，她早就不是什么可以随处使唤的无名学徒了，可她发现穆里兹忽然也往同一个方向走去，便放下尊严大步跟在后面。

隔壁房间要小得多，也凿在同一块岩石中，但岩层的纹理更为柔和，橙色和红色均匀交织，几乎融为一体。这是雅莱的手下用来储物的地方，因为一侧屋角摆着几张椅子。沙兰没有理会正在柜台的法器上加热的茶壶，而是走近穆里兹。

"你来这儿干吗？"她压低声音，恶狠狠地问。

穆里兹肩上的鸡轻声啼鸣，似乎很不安。

"我在留意那个女人。"他冲门外点点头，声线变得优雅起来，丢掉了乡下口音，"我们对她很感兴趣。"

"所以她不是你们的人？"沙兰问，"她……她还没加入鬼血会？"

"对。"穆里兹眯起双眼，"这对夫妇实在诡计多端，我们不敢贸然发出邀约。他们自有目的，想必没有跟任何人或听者结盟。"

"他们是两坨风渣的事大概还不算吧。"

"我们关注的核心不是道德。"穆里兹静如止水地说，"道德就如季节变换般短暂，唯有忠心和实力才有意义。一切取决于看问题的角度，既然你选择跟我们合作，就会明白我的话都是对的。"

"我才不是你们的人。"沙兰咬牙切齿地说。

"明明这么固执，"穆里兹提起一张椅子，"昨晚却大大方方地亮出了会标。"

沙兰浑身一僵，涨红了脸。所以这件事被他知道了？"我……"

"你配得上猎手的身份，"穆里兹说，"当然可以依靠组织的权威去达到目的。这便是成为会员的好处，只要不加以滥用。"

"那我的四个哥哥呢？他们去哪儿了？你答应要把人接来的。"

"别急，刀儿。他们才得救没几周，我不会食言。闲话少说，我有个任务要派给你。"

"任务？"沙兰喝问道，惹得那只鸡又朝她鸣叫，"穆里兹，我绝不会替你们做事。你们杀了迦熙娜。"

"因为她是敌方的战士。"穆里兹说，"哎，别这么看我。你完全清楚那个女人的本事，她胆敢袭击我们，后果可想而知。就连光明磊落的'黑荆棘'也在战争中屠杀了无数人，你怎么不去怪他？"

"不要一边指出别人的缺点，一边为自己开脱。"沙兰说，"我不想帮你实现目标。我不管你要求我怎么偿还那枚魂器，反正我不会照办。"

"嘴巴那么快，却还是承认自己欠着债。那枚魂器确实坏了，但只要你承担使命，就能得到原谅。先别反对，派给你的任务其实你已经在干了。你一定也感到这里潜藏着黑暗，很不对劲吧？"

沙兰环视小屋，柜台上几根蜡烛投下的光影幢幢而动。

"你的任务是保卫乌有斯麓。"穆里兹说，"若要妥善利用虚渡的降临，就得维护此地的稳固。"

"利用？"

"没错。"穆里兹说，"我们希望控制这种力量，但还不能让任何一方成为主导。请你保卫乌有斯麓，找到黑暗的来源并将其清除。作为酬谢，我会把某个人的情况告诉你。"他凑过来说了三个字："赫拉兰。"

他搬起椅子走出房间,脚步变得笨拙踉跄,手里的椅子差点掉下。沙兰站在原地,惊呆了。她的大哥赫拉兰早已客死阿勒斯卡,可他出行的理由仍是一个谜。

风操的,穆里兹究竟知道些什么?她怒视着男人的背影。他怎么敢拿那个名字开玩笑!

不要执着于赫拉兰的事。这是非常危险的想法,现在可没办法变成浣纱。于是沙兰给自己和阿多林倒了茶,把一张椅子夹在腋下,别扭地走出去,随后挨着阿多林坐下,递给他茶杯。抿了一口茶,沙兰冲雅莱微微一笑,那名女子瞪了她一眼,指示穆里兹去倒茶。

"我认为,"雅莱对阿多林说,"如果你真心想要破这个案子,那就别找我丈夫生前的宿敌了。反正没人会像你们军营的人那样,握有充分的作案动机。"

阿多林叹道:"我们已经查实——"

"我指的不是达力拿。"雅莱神色平静,可她紧抓着椅边,指关节都发白了。而她的双眼……肿得就连妆容也遮不住。她肯定很难过,一直在哭。

除非那都是演出来的。*知道有人要来见我,我也会装哭*,沙兰心想,*只要我相信装哭能巩固我的立场*。

"那你想说什么?"阿多林问。

"历史上充斥着士兵自以为在执行命令的例子。"雅莱说,"我也觉得达力拿不会在暗室里拿刀捅死老朋友,可他的部下就没这么拘束了。阿多林·寇林,你真想知道是谁干的吗?那就查查你们自己人。我敢拿一整个公国打赌,寇林军中就是有人以为自己在替轩亲王行道。"

"那别的凶手又怎么说?"沙兰问。

"我不明白那人在想什么,"雅莱说,"可能他就喜欢这么干?总之,这会再开下去也没意义,你们想必不会反对。"她起身道:"再会,阿多林·寇林。希望你能把你的发现分享给我,让我的调查员了解情况。"

"好的。"阿多林站起来,"那么是谁在组织调查?我会把报告发过去。"

"调查员名叫梅里达斯·亚马兰,你应该认识。"

沙兰目瞪口呆:"亚马兰?轩元帅亚马兰?"

"当然。"雅莱说,"他是我丈夫麾下呼声最高的将领之一。"

亚马兰。沙兰的大哥就是他杀的。沙兰瞥了穆里兹一眼,发现那人表情漠然。风操的,他到底知道些什么?她仍旧没想通赫拉兰是从哪里得到碎瑛刃的。到底是什么驱使他跟亚马兰作战?

"亚马兰也在这儿?"阿多林问,"他什么时候到的?"

"他是跟着最后一批被你领进誓约之门的车队和搜救队来的,而且只跟我打了招呼,因为他和随从在外面遇到了飓风,一直受我们接济。他向我保证,不久后就会回到岗位,优先追查杀害我丈夫的凶手。"

"我明白了。"阿多林说。

他看看沙兰,沙兰点头会意,还没从震惊中缓过神来。他们跟门口的卫兵会合,出门走上外面的走廊。

"亚马兰。"阿多林压着嗓子说,"听到这个名字,扛桥的小子不会开心的。他们有仇。"

跟亚马兰有仇的不止卡拉丁一个。

"父亲本来指派亚马兰重组光辉骑士团。"阿多林接着说,"亚马兰身败名裂以后,如果雅莱接纳了他……不就是为了证明父亲是个骗子吗?对不对,沙兰?"

沙兰浑身发颤,不由得深吸一口气。赫拉兰早就过世了,她不用急着从穆里兹口中得到答案。

"那要看她怎么吹风了。"沙兰走在阿多林身边,低声说,"不过,她的意思很清楚,最起码达力拿在对待亚马兰的时候太过苛刻了。她也在加强自身的势力,好跟你父亲分庭抗礼。"

阿多林叹道:"我还以为没了撒迪亚斯,事情可能会变容易。"

"阿多林,政治是很复杂的,这说明事情不会变容易。"沙兰勾住他的手臂,路过另一群不怀善意的卫兵。

"我对政治很不在行。"阿多林轻声说,"刚才我一生气,差点就要揍她了。沙兰,等着瞧,我肯定会搞砸的。"

"是吗?可我觉得你的看法没错,是有好几个凶手。"

"什么?真的?"

她点点头:"昨晚我出去逛了逛,听说了一些奇闻。"

"那时候你还没醉得连路都走不直吧。"

"要知道,就算醉了我也是淑女,阿多林·寇林。我们走……"她马上止住话头,因为她看到两名文书在走廊上跑过,正以惊人的速度奔向雅莱的居所,身后是行进中的卫兵。

阿多林抓住一个卫兵的胳膊。那人一见寇林军的蓝制服就骂了一声,差点要动手,所幸他认出了阿多林的脸,这才忍住没有去拿吊在身侧的斧子。

"光明贵人。"那人勉为其难地说。

"怎么回事?"阿多林朝走廊深处点点头,"前面的哨卡热闹起来了,为什么大家忽然都在那边讲话?"

"沿海地区传来了消息,"卫兵终于说,"新纳塔楠发现飓幕。飓风刮回来了。"

23 风操的怪

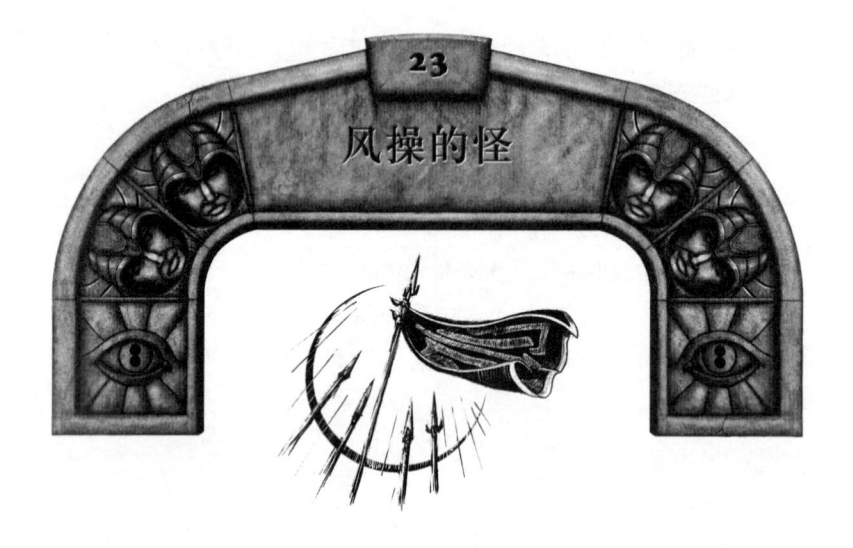

> 我不是诗人，不会用巧妙的典故来取悦你们。
> ——摘自《渡誓》序

"我没有肉可卖。"年迈的光眼种带着卡拉丁走进防风堡，"不过你的领导和底下的人可以在这儿避风，价格从优。"他挥挥拐杖，指向一座庞大的空心建筑。卡拉丁不由得想起了那些又长又窄，一端朝东的破碎平原营房。

"我们要包场。"卡拉丁说，"领导很注重隐私。"

老者瞧了卡拉丁一眼，打量着他的蓝制服。泣雨季过后，这身制服显得干净多了，虽然经不住官员的检阅，但他也花了好一阵子洗净污渍、擦亮纽扣。

在瓦马尔公国穿着寇林军制服，能说明很多问题，但愿不会有人发现"寇林军的军官和一帮逃亡的仆族为伍"的事。

"整座防风堡都可以包给你们。"商人说，"本来要租给从雷沃拉尔来的商队，但他们没有出现。"

"怎么回事?"

"不知道。"商人说,"但还是风操的怪,三支商队主人不同,运的货也不同,结果都没了声音,甚至连个报信的人都不来。还好先收了一成的费用。"

雷沃拉尔是瓦马尔的住地,也是去往塔冠城途中最大的城市。

"那我们就包下整座防风堡。"卡拉丁递上几枚暗淡无光的球币,"你这儿有什么吃的就拿出来。"

"就军队的标准来说不算多,可能只有一两袋长根薯和一些谷瓜,本想让某支商队再来供应的。"商人摇摇头,表情迷离,"这世道不好过啊,下士。那场往反方向吹的风暴,你觉得它还会不停地刮回来吗?"

卡拉丁点点头。前一天灭世风暴二度来袭,而上一场才刚刚吹向遥远的东部。他和仆族听从隐形灵体的提醒,躲在一座废弃的矿井里。

"不好过啊。"老者又说,"嗯,如果你们还是需要肉类,南面的山沟里就有一窝野猪在觅食,不过那是轩领主卡蒂拉的领地,所以,嗯……你懂的。"倘若卡拉丁虚构的"领导"正奉国王之命出行,就能在该地狩猎,否则私自宰杀别的轩领主养的猪,就是偷猎行为。

老者说话时带着闭塞地区的农民腔调,哪怕他长着浅黄色的双眸。但他在经营驿站这方面显然有所成就,不管生活有多孤独,钱大概很好赚。

"让我们看看能找到多少食物。"老者说,"跟着我。你确定有飓风要来?"

"我看过时间表,没错。"

"那就请求全能之主和令使保佑了。有些人会被打得措手不及,不过好在又能使用对芦了。"

卡拉丁跟着商人走到住宅背风一端的简易石屋前,为了三袋蔬菜讨价还价了一会儿。"还有，"他补充道，"部队抵达时，你不能看。"

"什么？下士，把部队安顿好是我的职责——"

"领导很内向，不能有人知道部队经过，这是重中之重。"卡拉丁按住腰间的匕首。

光眼种男子哼了一声："士兵，你就放心吧，我不会吭声的。你也别威胁我，我可是六等光民。"他扬起下巴。然而，等他一瘸一拐地走进住宅，他却把门关紧，还拉上了防风窗板。

把三袋蔬菜搬进防风堡以后，卡拉丁去了他留下仆族的地方，路上不停张望，寻找着茜尔的踪迹，但他自然一无所获。那只隐形的虚灵正跟着他，可能不想让他搞小动作。

一行人恰好在刮风之前回到了防风堡。

肯恩、萨尔等仆族不愿意信任驿站老板，本想等天黑了再进去，免得那个光眼种老头暗中窥探。等风势起来，他们终于买账了。

卡拉丁站在防风堡门口，忐忑地看着仆族蜂拥而入。前几天别的队伍前来会合，领头的隐形虚灵据说在移交队员之后就逃走了。现在仆族的总数接近一百，有老有少，都不愿说出最终目标，只有灵体心里明白哪儿是目的地。

肯恩最后一个进门。这名肌肉发达的仆族没有再往里走，似乎想要观望飓风，最后她拿上他们的润石——大部分是从卡拉丁身上顺的——把钱袋锁进外墙上的铁艺灯。她招呼卡拉丁进门，自己跟在后面把门闩好。

"表现不错，人类。"她对卡拉丁说，"到了集结的地方，我会替你说话。"

"谢谢。"卡拉丁说。室外的飓幕扫过防风堡，岩石摇晃，大地隆隆震颤。

仆族纷纷坐下等候。曾在大宅里帮厨的赫什用行家的眼光打量着从麻袋里掏出来的蔬菜。

卡拉丁靠墙而坐，感受着在室外呼啸的飓风。怪了，他怎么能这么讨厌温和的泣雨季？可一听到划过岩石的雷鸣声，他就觉得浑身来劲。有几次他差点死在全盛的飓风之中，因而对飓风有种亲切感，可他依旧保持着警惕。飓风就像一名士官，训练新兵时毫不留情。

放在室外的润石在飓风过后会注满飓光，其中不仅有球币，还有他带在身上的大颗宝石，这样他就拥有充沛的光源了，不过这笔财富其实属于仆族。

他必须做出决定。要飞回破碎平原，他还能拖延多久？就算他非得进大城市把褪光的润石换走，也能在一天之内赶到。

他不能就这么磨蹭下去。乌有斯麓情况如何？别的地方有什么消息？这些问题让他纠结不已。以前他只想操心自己的小队，之后是一个中队，到底从什么时候开始，整个世界都成了他关怀的对象？

最起码得偷回对芦，给光明女士纳瓦妮送信。

他的眼角忽然闪过一道光。是茜尔回来了？他冲那个方向望了一眼，问话涌到嘴边，这才发现自己认错了。

一旁的灵体没有显出蓝白色光芒，而是通体发黄，化为娇小女子的形象，站在一根拔地而起的半透明金色石柱上，视线与卡拉丁齐平。灵体本身和石柱都如烈火焰心一般呈黄白色。

灵体穿着一条飘逸的及地长裙，两手背在身后。她细细端详着卡拉丁，又窄又长的脸部形状奇异，一双大眼睛却像深族人那样透出稚气。

卡拉丁吓了一跳，小小的灵体不禁露出笑容。

就假装你对她那样的灵体一无所知，卡拉丁思忖道。"嗯，呃……我看到你了。"

"因为我想让你看到我。"灵体说,"你是个怪人。"

"你……你为什么想让我看到你?"

"这样我们就能说话啦。"灵体在他周围转悠,每迈开一步,就有一块黄色尖石从地表射向她裸露的脚底,"你怎么还在这儿,人类?"

"我是仆族的俘虏。"

"是你母亲教你这么撒谎的吗?"灵体仿佛被逗乐了,"他们还不到一个月大。恭喜你骗过了他们。"她停下脚步冲卡拉丁一笑:"我也只有一个多月大。"

"世界在变,国家动荡,"卡拉丁说,"我想知道未来的走向。"

灵体凝视着他,一滴汗珠从他脸颊滑落。所幸他有充分的理由感到不安,因为面对一只聪明得出奇的发光黄色灵体,不单单是怀揣众多秘密的人,其他人也会如此反应。

"逃兵,你会为我们而战吗?"灵体问。

"你们允许吗?"

"我的同类不像你们那么爱搞歧视。谁要是提上一根矛接受命令,我当然不会拒绝。"灵体抄起双臂会心一笑,有些离奇,"最终决定权不在我身上。我只是一介使者。"

"那我到哪里才能弄清楚?"

"到目的地。"

"所以是……"

"就快到了。"灵体说,"怎么,你还要赶别的场子吗?是去剃胡子,还是去跟祖母吃饭?"

卡拉丁摩挲脸颊,先前差点忘了嘴边那圈扎人的胡楂。

"告诉我,你怎么知道今晚会刮飓风?"灵体问。

"骨子里的直觉。"卡拉丁回答。

"人类没有感知风暴的能力,跟你说到的部位无关。"

他耸耸肩:"也是时候了,毕竟泣雨季已经过去了。"

灵体既没有点头,也没有明确表态,只是带着会心的微笑消失在他的视线中。

24 血泪之人

你们肯定比我高明。我只会陈述事实,把我做了什么都摆出来,让你们得出结论。

——摘自《渡誓》序

达力拿记起来了。

她名叫伊薇,身姿高挑婀娜,一头浅黄色的秀发,虽然不是伊里人特有的纯正金发,但也别有韵味。

她生性文静,跟她哥哥一样腼腆。饶是如此,兄妹俩还是鼓足勇气逃离故国,带走了碎瑛甲,而……

近几天来达力拿只能想起这些,其他回忆仍旧模糊不清。他记得两人初见的时刻,也记得交往时的尴尬。他们都明白这不过是政治联姻,最终定下了因缘婚。

他不记得自己爱过伊薇,但他确实动过心。

疑问随着回忆而来,就如雨后出洞的飓虫。他不予理会,而是挺直腰板,跟一队卫兵并排站在乌有斯麓前方的校场上。这块宽阔的高地留着不少柴堆，部分区域或许能成为堆木场。

一根系绳的末端在他背后随风飘扬，反复拍打柴堆，一对风灵化为微小人形飞舞而过。

达力拿百思不解：为什么到现在才想起伊薇？为什么只恢复了最初的记忆？

他永远忘不了自己在伊薇死后度过的艰难岁月。当时他越陷越深，最后竟在"白衣刺客"泽斯刺杀他兄长的那一晚醉酒无能。他相信自己拜访过夜妖，恳求后者让他从失去伊薇的痛苦之中解脱；他以为那只灵体已经以消除了他对伊薇的记忆作为代价。他不是十拿九稳，但实情似乎如此。

他跟夜妖之间的交易应该不会过期，甚至无法逃避。那么他身上到底发生了什么？

达力拿瞅了瞅护臂上的钟表，发现晚了五分钟。风操的，戴上这玩意不过才几天，他就已经像个文书那样计算时间了。

风停表的指针还未走动。所幸先前已有飓风过境，风中的飓光重新注入润石。他们很久都没有过如此充沛的飓光了。

不过，文书们还需等到下一场飓风才能预测当下的规律。就算到那时，结果也仍有可能出错，因为刚过去的泣雨季远比往年要长，也许不能参考千百年来详细的气象记录。

从前，人们仅是碰上一场飓风就难逃一劫。飓风会破坏播种的时节，导致饥荒，还会打乱出行和运输的节奏，干扰贸易的进行。不幸的是，在灭世风暴和虚渡跟前，飓风不过是第三危险的灾难。

冷风再度拂面而过。眼前宽阔的高地被十座大平台环绕，每一座平台都有约莫十尺高，侧面凿出台阶，紧挨着可供拖车通行的斜坡，位于中心的小屋装有设备，可供——

伴着一道明亮的闪光，一波飓光从左起第二座平台的中心向外扩散。光亮淡去，达力拿带领亲卫队登上宽台阶来到平台顶端，走向位于中心的建筑。一小群刚从屋里出来的人正呆望着乌有斯麓，浑身被敬灵围绕。

达力拿露出微笑。乌有斯麓如城市一般宽，如小山一般高，简直无与伦比。

来访者以一位穿焦橙色长袍的老人为首。他面目和善，没有蓄须，在打量塔城时头脑后仰，下巴低垂。一旁站着一名银发绾成发髻的女子，她名叫阿德罗塔吉娅，是卡哈巴兰斯的首席文书。

有人认为她才握有城邦的实权，还有人猜测这个位置属于另一名在国王外出期间代理政事的文书。不管怎样，塔拉梵吉安终究是个傀儡，通过他来接触雅克维德和卡哈巴兰斯，正是达力拿乐意的做法，而且塔拉梵吉安与迦维拉尔的交情也对达力拿有利：能再拉拢至少一位君主光临乌有斯麓，是他莫大的心愿。

塔拉梵吉安冲达力拿微微一笑，随后润了润嘴唇，似乎忘了要说什么，只能侧头一看，向身边的女子求助。经过对方低声提醒，他才放开嗓子发言。

"'黑荆棘'，"塔拉梵吉安说，"好久不见，很荣幸能与你再次相会。"

"陛下，"达力拿说，"非常感谢您响应我的号召。"达力拿多年前就见过几次塔拉梵吉安。在他的记忆里，那是一名沉静敏锐的贤者。

如今不再如此。塔拉梵吉安向来谦恭内敛，多数人并不了解他的智慧，只是五年前他得了怪病，纳瓦妮十分确信，中风发作对他的心智造成了永久性的损伤。

阿德罗塔吉娅碰了碰塔拉梵吉安的胳膊，朝一名站在卡哈巴兰斯卫兵阵列中的光眼种女子点点头。后者已到中年，留着齐耳短发，身穿柔刹南部款式的半裙和衬衣，最上面几粒纽扣没有扣起，双手都戴着手套。

这名奇女子把右手高举过头,手中立即现出一把碎瑛刃。她把碎瑛刃平放在肩上。

"对了,"塔拉梵吉安说,"介绍一下!'黑荆棘',这位是新晋的光辉骑士玛拉塔,来自雅克维德。"

乘坐升降梯前往塔顶时,塔拉梵吉安国王像个孩子似的张口结舌,倚着升降厢的边缘探身向外看,那名魁梧的泰勒拿护卫赶紧扶住他的肩膀,以防万一。

"楼层可真多呀,"塔拉梵吉安说,"还有我们站着的这座台子。光明贵人,请问升降梯是怎么运作的?"

他的开诚布公叫人十分意外。达力拿平时跟阿勒斯卡政客来往频繁,觉得"真诚"这种东西是上不了台面的,就像一门不再说的语言。

"技师们还在研究相关机制。"达力拿回答,"他们认为其中少不了联动型法器,可以利用齿轮调节升降速度。"

塔拉梵吉安眨眨眼。"这样啊。其实我想问的是……升降梯是飓光驱动的还是人工牵拉的?在卡哈巴兰斯就是仆族代劳的。"

"是飓光驱动的。"达力拿说,"要换上充过光的宝石,才能启动升降梯。"

"原来如此。"塔拉梵吉安晃晃脑袋,笑容满面。

像他这样的人患了中风以后,根本保不住阿勒斯卡的王位。某个不择手段的家族会派刺客将其铲除,别的家族则会有人挑战其权威。如果不斗争,那就得退位。

又或者……强迫其下台,掌握实权。达力拿轻叹一声,但还是牢牢压制着自身的负罪感。

塔拉梵吉安不是阿勒斯卡人。在从不开战的卡哈巴兰斯，推举一位性情温良的挂名首脑才更合情理。这座城邦本该与世无争。塔拉梵吉安能加冕雅克维德之王，无非是运气好。那座王国曾是柔刹的强国，后来爆发了内战。

雅克维德的王位一般很难坐实，与塔拉梵吉安联手，达力拿也许能给予支持，或者至少能彰显权力。他当然想要竭尽所能。

"陛下，"他走近塔拉梵吉安，"魏德纳的防御是否坚固？我拥有大批闲散兵力，肯定能调拨一两支大队援助城市的守卫工作。誓约之门可不能落到敌人手里。"

塔拉梵吉安瞅了瞅阿德罗塔吉娅。

女子代为答复："光明贵人，城市安全无虞，不用担心。仆族已有一次攻势，但雅克维德境内尚有不少军队可用。敌人被击退后，就朝东撤退了。"

也就是阿勒斯卡的方向，达力拿心想。

塔拉梵吉安再次望向塔城中心的宽柱，那里已被东侧陡直的玻璃窗照亮。"唉，这一天要是没有到来就好了。"

"说得好像您早有预感似的，陛下。"达力拿说。

塔拉梵吉安轻笑道："你就没有吗？你就没有预感到痛苦吗？还有悲伤……失落……"

"我尽量不让自己多想。"达力拿说，"这是军规，今天的事今天解决，明天的事睡醒以后再说。"

塔拉梵吉安颔首道："我还记得儿时聆听虔诚者祈祷的光景。他替我向全能之主祷告，铭守符就在附近焚烧。我心想，痛苦不可能逝去、邪恶不可能终结，否则我们岂不是马上就能回到宁静园？"他看向达力拿，浅灰色的眼中竟含着泪花，"我们俩不是非得坐上高位。饱尝血泪滋味的人不会得到那样的结局，达力拿·寇林。"

达力拿不禁语塞。阿德罗塔吉娅抓紧塔拉梵吉安的前臂以示安慰,年迈的国王立即扭身掩饰情绪上的冲动。魏德纳情况不断,先王的离世和战场上的屠杀必然对他造成了深深的困扰。

升降梯升到顶层之前,一行人默默无语,达力拿趁机打量塔拉梵吉安招募来的飓能者玛拉塔。经过纳瓦妮的悉心指示,女子在另一端解锁并启动了雅克维德的誓约之门,眼下正倚靠在升降厢的边缘。升上前三层时,她话不多,似乎总是带着一抹浅笑望向达力拿。

她裙子的口袋里装着大量润石,光亮穿透了衣料,也许这就是她笑起来的理由。眼看飓光再度唾手可得,达力拿不由得感到欣慰,因为这不止意味着阿勒斯卡的塑魂者可以重新运用绿宝石将石块转化为粮食,喂饱饥肠辘辘的塔城居民。

纳瓦妮在顶层与他们会合。她身着一袭堪称完美的黑银两色华贵修身裙,秀发绾成发髻,上面插着几根形似碎瑛刃的发簪。她热情地问候塔拉梵吉安,并与阿德罗塔吉娅握手,寒暄过后才退却几步,让式夏芙带领塔拉梵吉安和他的三两随从进入人称"门厅"的地方。

纳瓦妮把达力拿拉到一边,低声问:"怎么样?"

"他还是个实诚人,"达力拿轻声回答,"但……"

"就是思维跟不上?"纳瓦妮问。

"亲爱的,说我思维跟不上倒还差不多。那人已经变成了十足的傻瓜。"

"达力拿,你还不至于呀。"她说,"你只是性子粗,还务实。"

"我对这颗石头脑袋可不抱什么幻想,琼心。可它不止一次待我不薄,总要好过一颗坏掉的脑袋。只是现在这个塔拉梵吉安,不知道能不能妥善利用。"

"得了吧。"纳瓦妮说,"周围的聪明人多着呢,达力拿。你兄长在位时,塔拉梵吉安就是阿勒斯卡的朋友。他只是患了点病,不该被区别对待。"

"你说得当然没错……"达力拿渐渐失声,"他还是很诚恳的,纳瓦妮。我都不记得他有过多愁善感的一面。他一直是这样吗?"

"确实。"纳瓦妮看了看臂表。她佩戴的那款跟达力拿的相似,但多装了几颗宝石,正是她在捣鼓的某种新法器。

"卡拉丁军尉有消息吗?"

她摇摇头。卡拉丁上次报信还是好几天前,但他可能已经耗尽了红宝石里的飓光。现在飓风已经刮回来了,就还有个盼头。

忒夏芙在门厅里指了指那些柱子,每一根柱子各代表一支光辉骑士团。达力拿和纳瓦妮跟其他人分开,在门口等候。

"那个飓能者是干什么的?"纳瓦妮轻声问。

"是个释能者,其实就是归尘骑士,但他们不喜欢这个称呼。她说自己是从灵体那儿听来的。"达力拿摩挲下巴,"我看不惯她的笑容。"

"就算她是光辉骑士,"纳瓦妮说,"我们能信任她吗?违背骑士团最大利益的人,真能被灵体相中吗?"

达力拿也无法回答这个问题。他得判明玛拉塔手上的碎瑛刃到底是真品还是伪装起来的荣刃。

来访的宾客走上通往会议室的阶梯。会议室占据了倒数第二层的大部分空间,斜向下通往下层。达力拿和纳瓦妮紧随在后。

纳瓦妮正挽着我的胳膊,达力拿思忖道,还是有种飘飘然的不实之感,如坠幻境。他还清楚地记得,自己是多么渴望得到她:心里想着她,迷上了她的口吻、她的学识和她素描时的手型——风操的,抑或是她把勺子送到唇边的细微动作。他还记得自己一直盯着她看。

某天,由于嫉妒兄长,他差点在战场上失控。可他惊讶地发觉,伊薇闯入了那段回忆。她的存在为兄弟俩旧日的征战岁月增添了一抹亮色。

他们在会议室门前停步。达力拿轻声道:"我还在恢复记忆,相信最后都会记起来。"

"这不应该呀。"

"当初我也这么觉得,可说实在的,谁能有个定数?都说古魔法神秘莫测。"

"不可能。"纳瓦妮抱起双臂,神情严肃起来,像是在跟一个犟孩子生气,"我的研究表明,恩惠和诅咒会伴随人的一生,无一例外。"

"无一例外?"达力拿说,"你到底找了多少人来研究?"

"目前大概有三百例。"纳瓦妮说,"不过,现在不管哪儿的人都想要研究虚渡,帕拉奈图书馆的研究员很难排出时间,幸好陛下即将来访的消息为我赢得了特殊的照顾,我也算有点名望。听说最好亲自前去,至少迦熙娜的讲法总是……"

她吸了口气镇定下来,接着说:"总而言之,这是最权威的研究成果,达力拿。没有例子表明古魔法会失效,毕竟这几百年来也不是没人去寻觅夜妖。那些关于人们如何应对诅咒、如何寻找疗方的传闻,已经自成一派了。我委托的研究员就说过:'光明女士,古魔法的诅咒可不像宿醉那样。'"

说完她抬眼望向达力拿,接着把头歪向一侧,想必看到了他的脸色。"怎么了?"她问。

"我从没和别人分担过这个包袱。"他柔声说,"谢谢你。"

"可我一点儿发现也没有。"

"不要紧。"

"你能不能至少再跟飓风之父确认一下,你们之间的纽带绝对没有让你恢复记忆?"

"再说吧。"

飓风之父隆隆道:**她凭什么要求我再解释?我都说过了,灵体不像人类那样善变。此事与我无关,也与纽带无关。**

"他说此事与他无关。"达力拿说,"看样子他生气了,因为你又问了一遍。"

纳瓦妮仍旧抱着手臂不放。一旦碰到无法解决的问题,她便会感到挫败,好像没有帮上大忙是件很沮丧的事。这种脾性跟她女儿很像。

"你们做的交易,"她说,"也许有些不一样的地方。如果你改天能把你去见夜妖的经历尽可能详细地说给我听,我就可以去跟别的案例做比对了。"

达力拿摇摇头。"我想不太起来了。山谷里有不少植物……我记得……我请求夜妖祛除我的痛苦,可她也夺走了我的记忆。大概吧?"他耸耸肩,发现纳瓦妮抿起了嘴,目光愈加犀利,"抱歉,我——"

"这不是你的问题,"纳瓦妮说,"而是夜妖的问题。在你没准还心烦意乱的时候,她满足了你的愿望,随后却抹去了你对细节的记忆?"

"她可是灵体,不能指望她遵守我们的规矩,更不能指望她理解这一切。"达力拿很想说下去,可就算他能回忆起什么,现在也不是时候。他们应该把注意力放到宾客身上。

内墙上有一些比窗户更模糊的古怪玻璃板,忒夏芙对着它们指了一遍后便走向地上的一个圆盘,发现天花板的同一位置也有相同的圆盘,像是有人移走了连接首尾的支柱。他们探寻过的很多房间都是如此。

事毕,塔拉梵吉安和阿德罗塔吉娅回到厅室顶部靠近窗户的地方。新晋光辉骑士玛拉塔正慵懒地坐在座位上,盯着一旁墙上的归尘骑士团符号。

达力拿和纳瓦妮登上阶梯,站到塔拉梵吉安身边。"这景色太壮观了,可不是吗?"达力拿问,"比从升降梯上看还要漂亮。"

"真是雄伟呀!"塔拉梵吉安说,"如此广阔的天地,如此磅礴的气势……我想我们人类才是柔刹的至上种族,然而柔刹的大片地区却荒无人迹。"

达力拿不解地歪过头。没错……也许老塔拉梵吉安正在神游。

"这里就是会场吗?"阿德罗塔吉娅朝大厅点点头,"等各大领导人集齐了,你就打算拿这里当会议室?"

"不,"达力拿说,"这里太像讲堂了。我不想让他们觉得我在说教。"

"那么……他们什么时候到?"塔拉梵吉安满怀期待地问,"我就盼着见见别的同仁呢。亚泽尔那边……阿德罗塔吉娅,你不是说又有新一任帝王登基了吗?至于泰勒拿的芬恩女王,我认识她,她人相当不错。深族领导人也会受邀吗?说来可神秘了,深国到底实行君主制吗?他们不是像玛拉特的蛮族那样在部落里生活吗?"

阿德罗塔吉娅亲昵地拍拍他的胳膊,一脸好奇地望向达力拿,显然也想了解其他领导人的情况。

达力拿清清嗓子,但这时纳瓦妮发话了。

"陛下,"她说,"您是唯一听从警告的君主。"

全场寂静。

"泰勒拿呢?"阿德罗塔吉娅不死心地问。

"我们先后五次与当地沟通,"纳瓦妮说,"但女王陛下次次都回避我们的请求。亚泽尔当局还要顽固不化。"

"伊里人几乎对我们视而不见。"达力拿叹道,"玛拉贝提亚和里拉两国则不愿回应我们最初的请求。雷希群岛和部分中部国家压根没有实质性的政府。巴巴萨那姆的耋尊①闪烁其词,马卡巴克诸国大多表示要等亚泽尔当局做决定。深国立即发来了回复,但回复中只有贺词,不知道是什么意思。"

---

① 巴巴萨那姆的国王又称"耋尊"。该国的官职授予长者,年纪越大就越是位高权重。

"可恨的民族。"塔拉梵吉安说,"杀了那么多伟大的君王!"

"嗯,这倒没错。"达力拿对国王态度的急转感到很不自在,"出于战略因素,我们关注的重点放在拥有誓约之门的地点。亚泽尔、泰勒拿城和伊里似乎是重中之重。然而,我们已经主动接触了任何有意倾听的对象,不论其境内有无誓约之门。新纳塔楠目前还没有给出正面回应,赫达孜人则认为我在骗他们。图卡的官吏始终宣称会把我的话传达给神王。"

纳瓦妮清清嗓子:"稍早之前,我们确实收到了他的回复。对芦通笔由忒夏芙的学徒主持,成果并不十分喜人。"

"还是说来听听吧。"

纳瓦妮点点头,走去向忒夏芙讨取神王的回复。阿德罗塔吉娅疑惑地看了达力拿一眼,但他并没有无视这两位来宾。他希望他们能以盟友自居,或许还能提供有用的见解。

纳瓦妮带着一张通笔记录走回来。虽然达力拿读不懂纸上的字,但他发现字的笔画苍劲有力,盛气逼人。

"'太紫穆大帝——最终与最初之人,令使的先驱,约誓的执行者——有警言相告。'"纳瓦妮念道,"'赞美他的伟大、不朽与神力。东方的人们,抬头聆听神的宣言吧。'

"'他是唯一的光辉之人。你们可鄙的诉求引发了神怒,你们对圣城的非法占领是堕落反动的恶行。东方的人们,向他正义的军队敞开城门,上交你们的战利品吧。

"'收回你们愚蠢的言论,宣誓效忠于他吧。终极风暴的审判已经降下,要毁灭所有人类,只有走上他的道路才能得救。哪怕你们的世俗本性远远不配,他也屈尊下达这一天命,而且不会再说第二次。'"

纳瓦妮放下通笔记录。

"哇,"阿德罗塔吉娅说,"好吧,至少意思一目了然。"

塔拉梵吉安挠挠脑袋,蹙起眉头,仿佛不予苟同。

"我想,"达力拿说,"图卡人可以从盟友的候选名单上划掉了。"

"我宁愿拉拢埃穆尔人。"纳瓦妮说,"埃穆尔军队的实力或许不够强大,但埃穆尔人……起码不是疯子。"

"所以……就只有我们了?"塔拉梵吉安瞅瞅达力拿,再瞅瞅阿德罗塔吉娅,拿不定主意。

"确实如此,陛下。"达力拿说,"世界已经走向终结,可还是没人听得进去。"

塔拉梵吉安点点头。"那么首先攻打哪个国家?赫达孜?听我的助理说,这历来都是阿勒斯卡对外侵略的第一步,可他们也指出,如果夺取了泰勒拿,就能全盘控制长眉海峡,乃至南之深渊。"

达力拿听罢非常失望。这就是想当然,连头脑简单的塔拉梵吉安也明白。阿勒斯卡单方面提出结盟,还会使用别的手段吗?阿勒斯卡是伟大征服者的国度,其中又以靠着利刃一统祖国的"黑荆棘"为首。

每次与别的君主交流,这种固有的看法总是让会谈变质。风操的,达力拿心想,塔拉梵吉安此次前来,并非因为他信任多方结盟的大计。他只是认为,如果他缺席会议,我便不会向赫达孜或泰勒拿派兵,而是会剑指雅克维德,冲着他而去。

"我们不会攻打任何国家。"达力拿说,"目前的重点要放在虚渡上,他们才是我们真正的敌人。我们要通过外交手段赢得其他国家的支持。"

塔拉梵吉安蹙眉道:"但——"

阿德罗塔吉娅碰了碰他的胳膊,示意他收声。"光明贵人,"她对达力拿说,"我们当然明白。"

她觉得达力拿在撒谎。

而你呢?

倘若无人听从，他该如何是好？没有誓约之门、没有可调用的资源，他又要怎么拯救柔刹？

如果收复塔冠城的计划得以实施，他心想，那么用一样的方式夺取其他誓约之门，不也就说得通了？没有人能够同时迎战我们和虚渡，我们可以占领都城，逼迫民众加入统一战线。这都是为了他们好。

他也曾乐意为了国家的利益征服阿勒斯卡；他也曾乐意为了族人的利益夺取实权，成为无冕之王。

而为了全柔刹的利益，他能努力到什么地步？九影斗士来袭，为了迎战敌人，他又要做多少准备工作？

我会化散沙为众志，把人民团结起来。

他不由得站到塔拉梵吉安身旁的窗边远眺群山。带着对伊薇的回忆，他的视角焕然一新，却也愈发危险。

沙兰的素描：马

25 仰望的女孩

> 我要在你们面前承认自己犯了谋杀罪。我杀了一个深爱我的人，这让我极其痛心。
>
> ——摘自《渡誓》序

乌有斯麓高塔如同骨架，沙兰抚过的岩层就像裹住骨骼的血管，在全身分叉、延伸，可里面流的并不是血。

她在塔城三层的深处穿行，经过没有门户的门廊和无人居住的房间，远离文明社会。

人们携着光亮把自己锁了起来，自以为征服了这头古老的庞然大物，然而一切不过是位于边陲的黑暗阵地。黑暗无穷无尽，伺机而出。走廊里不见日光，从未遭受过在全柔刹肆虐的飓风。这里是永恒的寂静之地，人们无法征服它，就跟躲在巨石下的飓虫无法征服巨石一样。

沙兰没有服从达力拿下达的成双出行的命令。她并不担心，因为她的小包和禁袋里都塞满了已经在飓风中充能的新润石，好让她随心所欲地吸入飓光。她不由得感到奢侈。只要还有飓光，她就绝对安全。

她穿着浣纱的衣服，却没有换上浣纱的脸面。虽然她确实把塔城的地形印入了脑海，但并不是在探路。她只是想待在这儿静静感受。如果她无从理解，也许还能加以体会。

迦熙娜耗费多年，就为寻找这座神秘的城市，以及她认为蕴藏在城内的信息。纳瓦妮则谈及了城内采用的古代技术，她对此深信不疑，然而目前的发现不免让她失望。她对誓约之门柔声细语，被升降梯系统所折服，但也就此为止了。城内没有壮观的远古法器，也没有失落技术的示意图，就连书册和记载也不见踪影，唯有尘埃与他们做伴。

以及黑暗，沙兰心想，在一间圆厅内停步。那里连着七条走廊，各自通往一个方向。在她试图把塔城画下来的时候，就感受到穆里兹所谓的"不对劲"了。乌有斯麓仿如图腾身上不可名状的几何图案，虽然看不见，却像不协调的杂音那般咄咄逼人。

她随意挑了个方向继续前行，发现自己走进了一条窄廊，可以同时摸到两边的墙壁。墙上的岩层绿莹莹的，显得很异样，透出百种不对劲的色调。

她经过几间斗室，手举照明用的钻石布罗姆走进一个更宽敞的大厅，发现自己正站在一座加高的平台上，后面是弯曲的墙壁和一排排石凳。

原来是家剧院，她意识到，我已经走到舞台上了。没错，她发现上面就有个包厢。也只有来到这样的厅室才能感受到人气，别的地方都空荡荡的，乏善可陈，无非是无穷无尽的房间、走廊和洞窟，地上不时散布着文明社会的遗迹，像是生锈的铰链或旧靴子的搭扣。朽灵如藤壶般簇拥在年代久远的门户上。

剧院给了她更多实感。就算历经数个纪元，这里依然焕发着生机。沙兰走到中央原地转圈，舞起浣纱大衣的衣摆。"我总想登上舞台。用我小时候的眼光来看，当演员是最好的工作，因为可以离开家，去新的地方。"起码每天都能有那么一会儿不需要做我自己。

图腾嗡嗡而鸣，从大衣表面冒出来，化为立体形态悬浮在舞台上。

"这座舞台是用来演奏音乐或表演剧目的。"

"剧目？"

"嗯，你肯定会喜欢的。"她说，"表演剧目的人是一个团体，他们要假装自己是别人，并在一起讲述一个故事。"她大步走过边上的台阶，在一排排石凳之间穿行。"观众就坐在这儿看。"

图腾悬浮在舞台中央，就像一名独唱演员。"啊……"他说，"所以这是一个团体一起撒的谎？"

"再绝妙不过的谎。"沙兰坐到石凳上，把浣纱的包放在一旁，"表演时，大家都在一起想象。"

"我也很想看看。"图腾说，"通过人类希望听到的谎言……嗯……我就能理解他们。"

沙兰闭上眼睛，微微一笑，回想起上次在父亲的领地上看戏的经历：一支儿童旅行剧团前来助兴，她将表演的场面印入脑海收集起来——但现在，那些记忆自然已经消失在海底。

"仰望的女孩。"她低语。

"什么？"图腾问。

沙兰睁开眼睛，呼出飓光。她事先没有绘制所需的场景，索性拿起手边一张已经画好的图。图中有一座市场，市场上有一个聪明快乐的小女孩，还没到遮起禁手的年纪，她从光雾中现形，蹦蹦跳跳地走上台阶，向图腾鞠躬。

"曾经有一个女孩，"沙兰说，"那是在飓风肆虐之前，在记忆涌现之前，在故事流传之前。就算如此，也还是有这样一个女孩。她戴着一条在风中飘动的长围巾。"

一条大红色的围巾浮现出来,围住女孩的脖子,两端远远伸展开去,在虚幻的风中飞扬。演员们在上方用吊绳将围巾吊在女孩身后,效果相当逼真。

"戴围巾的女孩跳舞、玩耍,就和如今的少女一样。"沙兰让女孩围着图腾雀跃,"其实那时候的大多数事物都跟现在相同,只有一个很大的差别——那堵墙。"

沙兰很容易就耗尽了包里不少润石所含的飓光。她让舞台上布满了仿佛来自故乡的草叶和藤蔓。随着她的想象,后方有一堵墙拔地而起:那是一堵令人生畏的高墙,面朝月亮,遮蔽了天空,将女孩周围的一切都打上阴影。

女孩朝高墙走去,抬头仰望,极力想要瞧见墙头。

"要知道,在那个时代,高墙能够阻挡飓风。"沙兰说,"这堵墙耸立了很久,没人知道是谁建造的,也没人费这个心。为什么要思考群山开辟的时间?为什么要思考蓝天高挂的原因?这堵墙的存在也理所当然。"

女孩在高墙投下的阴影中舞蹈,形形色色的人物脱离沙兰的素描,从光雾中跃动而出:瓦沙尔、帕萝娜、塞巴里尔,他们有的是农夫、有的是洗衣妇人,正低头忙活着。只有女孩仰望高墙,围巾的两端在身后飘扬。

她走向一个站在一拖车水果后面的男子,男子有一张卡拉丁的脸。

"为什么会有一堵墙?"她用自己的声音询问水果小贩。

"为了阻挡不吉利的东西。"小贩回答。

"什么不吉利的东西?"

"非常不吉利的东西。反正就是有堵墙,别翻过去,不然你会没命的。"

水果小贩拉车走开了,但女孩还是抬头望着高墙。图腾盘旋在一旁,开心地自言自语。

"为什么会有一堵墙?"她问一个正在给孩子喂奶的女子,女子有一张帕萝娜的脸。

"为了保护我们。"女子说。

"谁要来伤害我们?"

"非常不吉利的东西。反正就是有堵墙,别翻过去,不然你会没命的。"

女子带着孩子走开了。

女孩爬上一棵树,从树梢向外眺望,围巾在身后飘扬。"为什么会有一堵墙?"她大声问一个懒洋洋地睡在树枝角落的男孩。

"什么墙?"男孩问。

女孩立刻伸手指向高墙。

"那不是墙。"男孩睡意蒙眬地说。沙兰赋予他某个赫达孜冲桥手的脸。"只是天空。"

"就是墙。"女孩说,"好大一堵墙。"

"那它肯定有用处。"男孩说,"好吧,就当它是一堵墙。别翻过去,否则你可能会没命的。"

"当然,"沙兰在观众席上接着说,"这些答案满足不了仰望的女孩。她只能推测,如果那堵墙可以阻挡不好的东西,那么墙的这一边就应该是安全的。"

"所以,一天晚上,她趁村民都睡着了,便背着行囊从家里溜出来,朝那堵墙的方向走去。那里确实很安全,但也黑乎乎的,永远处在高墙投下的阴影里,从没有阳光直射到人们身上。"

沙兰让幻景翻滚起来,就如剧团艺人所用的布景,只是要真实得多。她已将天花板覆上飓光,抬起头似乎只能望见被高墙主宰的无尽高天。

这……这可比我以往创造的幻象宏大多了,她惊讶地想道。长凳上冒出了一只只艺灵,在她周围化为旧门闩或门把手的形状,来回滚动着。

至少是达力拿叫她多练习的……

"女孩走了很远的路,"沙兰回望舞台,"没有野兽追捕她,没有飓风袭击她,只有阵阵和风抚弄着她的围巾。她什么生物也没见到,除了在她走过时朝她发出咔嚓声的飕虫。"

"终于,戴围巾的女孩站到了那堵墙跟前。它确实很宽广,女孩看到墙面朝两边延伸开去。它还很高!高得都要通到宁静园了!"

沙兰起身走上台,进入另一个幻境。那儿生机盎然,长着藤蔓、树木和草叶,大部分区域都被那堵可怕的高墙占据,前方竖起一簇簇尖刺。

我没有把这个场景画出来。至少……最近没有。

她只是小时候仔细地画过,将她的想象描绘在纸上。

"发生了什么?"图腾问,"沙兰?我必须知道发生了什么。她回头了吗?"

"她当然没回头。"沙兰说,"她爬了上去。墙上有那些尖刺和驼背的丑陋雕塑可以当抓手用。她小时候就经常爬很高的树,现在也能够做到。"

女孩开始攀爬。她的头发一开始就已经变白了吗?沙兰皱起眉头。

沙兰让墙基沉入舞台,这样就算女孩再往上爬,也能与沙兰和图腾保持平视。

"仰望的女孩爬了好几天,"沙兰摸着脑袋说,"夜里就用围巾绑成吊床,睡在里面。她一度还能在高处分辨出自己的村子,感叹那里变得多么渺小。"

"就快爬到墙头时,她终于害怕起自己会在墙的另一侧发现什么。"

可惜这也没有阻止她。她年纪很轻,心中的疑问胜过了恐惧。最后她奋力来到墙的顶部,站上墙头望向墙的另一侧,望向那个不为人知的地方……"

沙兰哽咽了。她想起了坐在座位边上聆听这个故事的情景。看戏的时刻是她童年中唯一的光明。

关于父亲的回忆、关于爱讲故事给她听的母亲的回忆纷至沓来,她想赶都赶不走。

沙兰转过身。她的飓光……她已经耗尽了小包中的润石所含的飓光。在坐席上,有一群没有眼睛的黑色影子在观望,都是她记忆中的人们。这些影子显出她父母、兄弟和十几个其他人的轮廓,不可能是她创造的,因为自从丢失了自己的肖像收藏,她就再也没有好好地画过他们。

一旁,仰望的女孩得意扬扬地站在墙头。忽然一阵风吹来,她的围巾和白发在身后摇曳。紧挨着沙兰的图腾嗡嗡地鸣叫起来。

"……在墙的另一侧,"沙兰低语,"女孩见到了阶梯。"

墙的背面有纵横交错、通达地面的宽阔阶梯,看上去是如此遥远。

"这……这有什么含义?"图腾问。

"女孩凝望着阶梯,忽然想通了。"沙兰轻声说着,记了起来,"墙内恐怖的雕像不是无缘无故出现在那里的,还有那些尖刺和那道吞没一切的阴影。这堵墙确实掩盖了某种邪恶而可怕的存在,那就是包括女孩和村民在内的人。"

周遭的幻象逐渐瓦解。维持这样的幻象十分费力,她没有继续,而是感到精疲力竭,脑壳突突作痛。她让那堵墙散去,回收其中的飓光。原先的景观消失了,最后女孩也不见了。沙兰身后坐席上的人影渐渐消散,飓光朝沙兰流去,激起了她体内的风暴。

"这就是结局?"图腾问。

"不。"沙兰呼出一团团飓光,"她走下阶梯,看到一个被飓光照耀的理想社会,便偷了一些飓光带回去。作为惩罚,飓风刮了过来,吹垮了那堵墙。"

"啊……"一旁的图腾悬浮在已经失去生机的舞台上,"所以这就是飓风的起源?"

"当然不是。"沙兰感到疲惫,"那是一个谎言,图腾。只是一个故事,没有任何意义。"

"那你为什么在哭?"

她擦去眼泪,转身背对空旷的舞台。她需要回到市场。

坐席上最后一批影子观众逐渐消解,只有一位站起来,从剧场的后门走了出去。沙兰大吃一惊。

那个人影并不是她创造的幻象。

她从舞台上一跃而下,重重地落在地上——浣纱的大衣呼啦飘飞——对那个人影紧追不舍。剩余的飓光被她留在体内,化为一阵隆隆作响的猛烈风暴。她滑步来到外面的走廊,庆幸自己穿了轻便的长裤和结实的靴子。

一个模糊的身影正沿着走廊移动,沙兰追了上去,嘴角露出一抹冷笑。她让飓光从皮肤上腾起,照亮四周,一边跑一边从口袋里抽出头绳绾起头发,成为"光辉女士"。抓住那个人以后,"光辉女士"会知道怎么办。

一个人真能这么像影子吗?

"图腾,"她喊道,把右手往前伸。光雾在手心成形,化为碎瑛刃。飓光从她口中逸出,将她更完全地转变为"光辉女士"。她在身后拽出一缕缕光雾,感到那东西在追她。她冲进一间小圆厅,滑了几步才停下来。

十几个来自她近期的画作、造型各异的分身在她周围散开,飞快地掠过厅室:穿长裙的沙兰和穿大衣的浣纱、儿时的沙兰和少女沙兰、军人沙兰、喜为人妇的沙兰和初为人母的沙兰；忽而苗条忽而丰满的沙兰、留下伤疤的沙兰、兴高采烈的沙兰、流血痛苦的沙兰……幻象在经过她之后便接连化为袅袅光雾，逐渐消逝。

"光辉女士"用阿多林教授的剑姿举起碎瑛刃，汗水淌过脸颊，缕缕飓光从皮肤上冒出，渗透衣料在她周围腾起，照亮了原本黑漆漆的厅室。

前方空无一物。要么她在走廊上跟丢了目标，要么那就是个灵体，根本不是人。

她心中有一个声音担忧地说：要么那里什么都没有。你的头脑最近变得靠不住了。

"那是什么？""光辉女士"问，"你看到了吗？"

没看到，图腾在她脑海中说，**我在思考那个谎言。**

她绕着圆厅的边缘走了走。墙壁上有不少从地面延伸到顶面的幽深狭缝，从中能感受到气流。这个房间有什么作用？建筑师都疯了吗？

"光辉女士"发现几道狭缝中传来了微弱的光线和叽叽喳喳的低语声。外面不会是独立市场吧？没错，她正处在那个区域。容纳市场的洞窟足有四层高，而她还在三层。

她来到下一道狭缝前，朝内窥视，想要看清它通往哪里。这是不是——

里面有东西在动。

一团黑色物体在凹槽深处蠕动，挤压着两侧的墙壁。它看上去就像黏液，但表面有不少凸起，构成肘部、肋部和指部。它张开手指伏在一面墙上，每个指关节都朝后弯曲。

是灵体，她心想，瑟瑟发抖，是某种异样的灵体。

物体扭来扭去，头部在促狭的空间中变形，朝她转过来。她看到了一对映着飓光的眼睛，那两颗眼球嵌在挤扁的脑袋上，形成一张歪曲的人脸。

"光辉女士"倒抽一口气,赶紧后退,再次召唤碎瑛刃护在面前。她该怎么办?要把剑捅穿石头再接近那东西吗?这会花去很长时间。

她到底想不想碰到那东西?

她不想。但不管怎样,她必须那么做。

市场!她让瑛刃消失,回身冲向来时的路,*它正要去市场*。

有了飓光的助力,"光辉女士"在走廊上飞奔,不知不觉就呼出了足量的光雾,让自己换上浣纱的脸面。她在错综复杂的曲折通道中辗转穿行,没料到光辉骑士团的总部会有这些神秘的通道。这里不该是个纯粹而庞大的堡垒吗?不该是黑暗时刻中的灯塔和重镇吗?

然而它是一个谜。浣纱跌跌撞撞地闪出后方的走道,来到住人的地方,在一群孩子身边跑过。孩子们大笑着举起面值为齐普的润石照明,在墙上投下影子。

转了几个弯之后,她登上围绕独立市场洞窟的阳台步道,市场里火光跃动,道路繁忙。浣纱向左走去,发现这里的墙上也有狭缝。是用来通风的吗?

刚才的不明物体就是从这种狭缝里来的,可它究竟去了哪里?忽然,一声刺耳冰冷的尖叫从下方市场的底部腾起。浣纱不顾一切地迈开步子走下阶梯,嘴里骂骂咧咧的。一头扎进危险之中的做法确实很有她的风格。

她一吸气,原本环绕着她的光雾便收敛起来,让她身上不再发光。又飞奔了一会儿,她发现有人聚集在两排密密匝匝的帐篷之间。这些摊位售卖各种物品,许多东西像是从废弃的军营里搜刮的。在轩亲王的暗中支持下,不少嗅得商机的商人派人回去,把能找到的物品都收集起来。随着飓光的流通,雷纳林帮忙开启了誓约之门,这些物品终于获准进入乌有斯麓。

轩亲王们挑走了第一批物资，剩下的便堆在这些帐篷里，由配备长棍的急脾气守卫看管。

浣纱推推搡搡地来到人群前面，发现了一个咒骂着捧住一只手的吃角族人。是石头，她想道，认出了那名冲桥手，不过他没穿制服。

他的手在流血。像是被人径直刺中了掌心，浣纱心想。

"这是怎么回事？"她询问道，将飓光留在体内，以免它逸散出来，曝光她的身份。

石头瞧了她一眼，他的冲桥手同伴给人一种似曾相识的感觉，正为他包扎伤口。"你凭什么问我？"

风操的，她当前还是浣纱的模样，可她不敢露出破绽，尤其不能在外面的场合。"我是亚拉达派遣的警员。"她在口袋里摸索着，"我有委任状……"

"没事。"石头叹道，似乎放下了警惕，"我什么也没干。有人拔刀——我没看清——穿长风衣，戴帽子。人群中有女的叫起来，引开了我的注意力，然后那人就扑上来了。"

"风操的，有谁死了吗？"

"死？"吃角族人望望他的同伴，"没人死。袭击者刺了我的手就逃走了，可能是暗杀？塔城有这些规矩，他可能很生气，一看我是寇林家族的护卫，就袭击了我。"

浣纱浑身发冷。这个吃角族人长得又高又壮。

袭击者选择了一个和她那天刺伤的人长得很像的男子。其实他们离万有巷不远，在市场上只有几条"街"之隔。

两名冲桥手转身要走，浣纱没有拦着。她还能了解什么？吃角族人之所以成为袭击目标，不是因为他的行为，而是因为他的外貌。袭击者穿大衣、戴帽子，很像浣纱平时的打扮……

"我想我找到你了。"

浣纱吓了一跳，赶紧转过身，一只手摸向腰刀。说话的人是一个穿棕色修身裙的女子，她留着顺直的阿勒斯卡式黑发，涂着大红色的口红，双眼是深褐色，两道黑色秀眉在上了眼妆后无疑更为迷人。浣纱认出了这名女子，她坐下时显得要高一点。她是浣纱在万有巷接触过的盗贼之一。看到沙兰画出鬼血会的符号，她曾两眼放光。

"他把你怎么了？"女子朝石头点点头，"还是你就爱对吃角族人捅刀？"

"不是我干的。"浣纱说。

"那是肯定的。"女子走上来，"我一直在等你再次露面。"

"如果你爱惜自己的生命，就该离我远点。"浣纱迈步走过市场。

矮个女子连忙跟上。"我叫伊什娜，是个称职的文人。我能听写，也有混黑市的经验。"

"你想当我的学徒？"

"学徒？"年轻女子大笑起来，"你把我们当成什么了？光眼种吗？我就是想加入你们。"

她自然希望加入鬼血会。"我们没在招人。"

"求求你。"她拉住浣纱的胳膊，"求求你。现在这世界错乱了，什么事都没道理。可你……你的组织……你们都是明白人。我不想再被蒙蔽下去了。"

沙兰略作犹豫。她自然能理解女子想要有所行动、不想任凭世界动荡的心思，然而鬼血会手段卑鄙，女子不会在那儿找到自己期望的东西——即便如此，她也不是沙兰希望交给穆里兹的那类人。

"不行。"沙兰说，"你还是学聪明点，忘了我和我的组织吧。"

她从女子怀里抽出胳膊，穿过熙熙攘攘的市场，匆匆离去。

26 黑荆脱缰

二十九年前

  巨石般大小的火盆里点着香,达力拿一吸鼻子,看着伊薇将每一张都写有一个细小铭文、并且已经叠好的一把符纸丢进火盆里。香火气淹没了他,然后飘向别处。大风从军营刮过,风灵乘着风,划出一道道光线。

  伊薇在火盆前低下头。达力拿的未婚妻有着不寻常的信仰,对她的族人来说,单纯焚烧铭守符并不够,还需要焚烧更刺鼻的东西。她也会提及杰泽雷泽和克勒克,但她的说法很奇怪:她把他们叫作杰兮和克莱。不过她从未提及全能之主,反而念叨着一个名为"一体"的概念,虔诚者说这是来自伊里的异教传统。

  达力拿也低头祈祷。*让我比那些要杀我的人更强大*。如此直截了当的愿望应该会受到全能之主的青睐,但他不想让伊薇来写祷文。

  "未婚夫,一体在注视着你,替你消气。"伊薇低语。她的口音比她兄长还重,不过达力拿已经习惯了。

  "替我消气?伊薇,这可不是打仗的目的。"

"你不必带着火气去杀人,达力拿。如果非要打仗,也别忘了,任何死亡都会伤害一体。在杰兮眼中,我们都是人。"

"好吧,好吧。"达力拿说。

虔诚者似乎并不介意他和半个异教徒结婚,迦维拉尔名下的首席虔诚者叶雯娜曾对他说:"带她迈向沃林教的真理,是明智之举。"她对征战的说法也差不多:"您的利剑,将为全能之主带来力量和荣耀。"

达力拿漫不经心地寻思起来。到底怎样才能惹虔诚者生气?

"达力拿,你要做人,不要做禽兽。"伊薇凑过来,把头靠在他的肩上,索取拥抱。

他只好有气无力地搂住她。风操的,他都能听到过路士兵的窃笑声。"黑荆棘"竟在战前要人安慰?还在众人面前拥抱未婚妻,展现恩爱?

见她扭头索吻,达力拿只好规规矩矩地亲上去,两人的嘴唇几乎碰到一起。伊薇满足了,嫣然一笑——她的笑容确实很美。如果她愿意顺应当地习俗和达力拿结婚,就会省不少力。可她族人的传统是延长订婚期,她兄长也一直在为婚约添加新规。

达力拿踩着沉重的步伐走开了,衣兜里还揣着纳瓦妮给的铭守符。他摸了摸光滑的符纸,没有烧掉。纳瓦妮显然担心伊薇的外国字是否准确。

达力拿迈着步子,脚下的石地布满小洞,都是草坑。他路过一顶顶营帐,遥望营外,看清了遍布平原的草丛。及腰的野草随风摇曳,他在寇林家族的领地上还没见过这么高的草。

平原对面,有一支气势磅礴的队伍正在集结,规模空前。达力拿满怀期待,心儿怦怦直跳。搞了两年政治,这回终于能和一支雄师正面交锋了。

不论输赢与否,这都是为了王国而战。太阳渐渐升起,军队在南北两面列阵，以免阳光刺进双方士兵的眼睛。

达力拿疾步去往持甲侍卫的营帐，稍后穿着瑛甲走了出来。马夫把马牵来后，他小心翼翼地翻身上马。那匹体形巨大的骊马跑得不快，却驮得动身披碎瑛甲的人。达力拿驱马走过士兵的阵列。军中有矛兵、弓箭手、光眼种重步兵，还有一支受伊拉马指挥、准备利用绳子和吊钩迎击碎瑛武士的五十员精装骑兵队。

达力拿望见兄长时，还能闻到焚香的味道。整装完毕的迦维拉尔正策马在前线巡视，达力拿不紧不慢地骑到他身边。

迦维拉尔敞开话题："你那位年轻的朋友没有出现在战场上。"

"塞巴里尔吗？"达力拿问，"他可不是我朋友。"

"敌阵有一个缺口，还在等他呢。"迦维拉尔伸手一指，"据说他的后勤出了问题。"

"骗子。他是个懦夫。如果他来了，就能选择加入获胜的一方。"

他们骑过迦维拉尔的卫队长提埃里姆，后者穿着达力拿多余的瑛甲参战。这套盔甲严格而言还是伊薇的，并不属于托奥，这点很离奇。女人要瑛甲顶什么用？

无非是交给丈夫。提埃里姆向他们敬礼。他有能力使用碎瑛武器，曾经凭着借来的装备受训，和许多有志于此的光眼种一样。

迦维拉尔趁势说："达力拿，真有你的。这套瑛甲今天可算顶用了。"

达力拿不置可否。他尽到了本分，尽管伊薇和她兄长过了许久才同意订婚的事。他多希望自己能动点真感情，更加去爱伊薇。然而，如果她听不懂他的话，他又怎么笑得出来？如果杀戮让她扫兴，他又怎么自卖自夸？她总是想要他的拥抱，哪怕就寂寞了风操的一分钟，也会花容失色，仿佛下一阵风就能把她吹走……

"看！"有个斥候在移动木塔上叫道。她用手一指，她的声音从远处传来："看那儿！"

达力拿转过头,以为敌方派了先遣队发动攻击,但卡拉诺尔仍在部署军队。吸引斥候注意的不是敌兵,而是一小群马。这十一二匹马在战场上傲然驰骋,英姿勃勃。

迦维拉尔低声说:"雷沙迪乌马很少来到这么遥远的东部。"

本想赶拢那些牲口的达力拿咽下了命令。雷沙迪乌马?没错……他看见了在空中跟随马匹的灵体,不知为何都是乐灵。这风操的没道理。好吧,想逮住雷沙迪乌马是没用的,除非它们选择了一个骑手,否则谁都拦不了它们。

"弟弟,今天我要你帮我一个忙。"迦维拉尔说,"轩亲王卡拉诺尔必须死。只要他还活着,就会有抵抗。如果他死了,他的血脉就会断绝,而他的表亲洛拉达·瓦马尔就能掌权。"

"洛拉达会宣誓效忠于你?"

"我敢肯定。"迦维拉尔说。

"那我去找卡拉诺尔做个了结。"达力拿说。

"他不会轻易参战,可他是碎瑛武士,所以……"

"所以得逼他应战。"

迦维拉尔露出微笑。

"笑什么?"达力拿问。

"只是听你谈论战术,觉得开心罢了。"

"我又不是傻子。"达力拿低吼道。他向来注重战术,只是应付不了开不完的会,也不会嚼舌根。

不过……最近他似乎更能容忍了,也许是熟悉了,也许是因为迦维拉尔提出了打造一个王朝的话题。事实愈发明显:这场持续多年的战争并不是一时的玩乐和掠夺。

"弟弟,把卡拉诺尔给我带来。"迦维拉尔说,"今天,我们正需要'黑荆棘'。"

"那就把他的缰绳松开。"

"哈！说得好像有人能拴住他似的。"

达力拿转念一想：你不就在尝试这么做吗？让我结婚，说要如何当个"文明人"？把我做错的每件事都说得跟我们必须摒弃的东西那样？

他忍着什么也没讲。两人巡视到阵线的末尾，相互点头，然后分离。达力拿策马骑到他的精锐部队当中。

"长官，有什么指示吗？"瑞安问。

"别挡路。"达力拿放下面罩。碎瑛甲的头盔闭合后，周围的精兵都不敢作声。达力拿召唤渡誓，等待先王的剑成形。这次，敌方被迫先行动，为的是阻止迦维拉尔对乡野的不断劫掠。

这几个月来，他们确实在袭击毫无设防的偏僻城镇，虽然没有作战的成就感，却把卡拉诺尔逼到了绝境。倘若他退守据点，便是放任附庸陷落。已经有人开始怀疑向他交税的理由，还有少数人已经提前和迦维拉尔通气，表示不会抵抗。

这片区域即将归顺寇林家族。轩亲王卡拉诺尔迫于无奈，只得离开要塞出战。达力拿在马背上动了动，酝酿着、谋划着。战事很快就要爆发。卡拉诺尔军朝天举盾，浩浩荡荡地穿过平原。

迦维拉尔麾下的弓箭手射出一波波箭矢。在致命的箭雨中，训练有素的卡拉诺尔军依然维持阵形，最终却遭遇了寇林军的重步兵。重步兵阵全副武装，坚如磐石。与此同时，弓箭手的移动部队也向两翼散开。他们轻装上阵，脚程飞快。如果寇林军得胜——达力拿有这个自信——那也要归功于新战术的探索。

敌军发现自己已陷入包抄，箭矢落向他们突击阵的侧翼。阵形散开了，步兵试图攻击弓箭手，但中心兵力因此削弱，遭到重步兵的痛击。普通的矛兵阵在和敌军的集群交战时，不仅能危害他们，还能影响他们的部署。

而这都是为了作战。达力拿只好下马等待，派马夫牵马。激越感催他冲锋陷阵，他只好奋力压下战意。

终于，他选中了寇林军克敌较弱的一个环节。这就够了。他再次上马，一踢马腹，马儿便飞奔起来。正是时候。他感受到了。他要立刻出击，在战斗还没有分出输赢的时候就引出敌人。

草儿扭动起来，接连在他跟前钻回洞里，就像臣民在对他鞠躬。这可能就是终点，就是他征服阿勒斯卡的最后一场战斗。以后他身上会发生什么？同政客一起赶赴无休无止的宴会？还有一个不肯去别的地方挑起战争的兄长？

达力拿敞开胸怀接纳激越感，驱走这些忧虑。他如飓风扫过一沓白纸那般袭击了敌阵，敌兵大喊着，在他面前一哄而散。达力拿挥舞碎瑛刃，左右各杀死了几十人。

焦黑的双眼、耷拉下来的手臂。达力拿享受着征服的喜悦，沉醉于毁灭的美感。没有人能站在他面前，一切都是火种，而他是火焰。敌阵本该有能力联合起来攻击他，但他们实在不敢。

而他们又为什么敢呢？都说普通人也能打倒碎瑛武士，但那肯定是假的，只是一种说辞，旨在激励士兵奋起回击，免得让碎瑛武士把他们消灭。

他在马儿跌跌撞撞地试图穿过周围成堆的尸体时咧嘴大笑，随后夹紧马腹催促它前进。马儿跳了起来，但在它落地时，不知怎么的，它嘶叫一声便倒了下去，扔下了主人。

他叹了口气，推开马儿站了起来。原来他骑断了马背。碎瑛甲不是这种普通的牲畜能驮动的。

一组敌兵试着发起反击。有胆量，但愚蠢。达力拿横扫碎瑛刃，将他们一一击倒。接着，一名光眼种军官组织部下上前逼近，妄图困住达力拿，即便使不上技巧，也还能用体重压上去。达力拿在他们之间翻转腾挪，瑛甲带给他力量，瑛刃带给他精准，激越感……带给他目标。

在这样的时刻，他明白了自己为何被创造出来。听别人瞎扯对他是一种消耗，只有在一种情况下他才不会被白白浪费，那就是提供人类能力的终极考验。他向他们做出证明，用剑刃夺取他们的性命，将他们送去宁静园，做好战斗准备。

他不是人，而是审判。

他心醉神迷地接连砍倒敌兵，感受到战斗中传来的奇特韵律，仿佛他每砍一剑，都要受到某种看不见的节拍支配。他的视野边缘逐渐变红，那片红色如面纱一般盖住了他眼前的景象，又如蜷曲的鳗鱼一般扭来扭去，随着出剑的节拍而颤动。

当有人呼唤着他的名字，令他无法专心战斗时，他勃然大怒。

"达力拿！"

他没有理会。

"光明贵人达力拿！'黑荆棘'！"

那个声音就像飓虫在头盔里嗡嗡直叫。他砍倒两名剑士，尽管他们是光眼种，双眸仍旧烧得只剩窟窿，分不出身份贵贱。

"'黑荆棘'！"

去他的！达力拿转身查看是谁在喊话。

一名穿着蓝色寇林军服的士兵站在附近。达力拿高举碎瑛刃，那人见状马上后退，抬起没有拿武器的双手，还在叫达力拿的名字。

*我认得他。*他是……卡达什？达力拿麾下精锐部队的一名长官。达力拿放下剑，摇摇头，想要赶走耳鸣，这才看清周围的景象。

周围是数百眼窝枯黑的死人，他们的盔甲和武器都折断了，但尸体毫不见血，很是诡异。全能之主在上……他究竟杀了多少人？他抬手摸摸头盔，扭身四顾。草叶怯生生地从尸堆中冒出，摩挲着死人的手臂、手指和头颅。他方才杀得尸横遍野，草叶很难找地方立起。

达力拿得意地笑了，接着却感到寒意。有几具两眼焦黑的死尸穿着蓝衣。他见到了三人，都是他的部下，佩戴着精兵臂章。

"光明贵人，"卡达什说，"'黑荆棘'，您的任务完成了！"他指向一队正在穿越平原的敌方骑兵，他们扬起的红旗上有一个形似双峰的银色铭文。轩亲王卡拉诺尔别无选择，只得应战。达力拿已经独自消灭了几支大队，只有另一名碎瑛武士才能阻止他。

"甚好。"达力拿摘下头盔，从卡达什手中接过一块布，擦了擦脸。接着一口水袋递上来，达力拿把水一饮而尽。

他丢开空水袋，心跳加速，激越感在体内轰鸣。"撤回精兵。除非我倒下，否则别跟他们交战。"他戴回头盔，享受头盔卡紧到位时的舒适之感。

"遵命，光明贵人。"

"集中……我方战死的士兵。"达力拿朝死去的寇林军士兵一挥手，"料理好后事，照顾好家属。"

"当然，长官。"

达力拿拔腿奔向步步逼近的敌军，碎瑛甲刮擦着岩石。他觉得很遗憾，因为他必须与一名碎瑛武士过招，却无法继续对抗普通人。不能再消耗了，眼下他只有一个人要杀。

他还依稀记得，在过去，面对不入流的挑战，还不如与一个够格的对手战斗能让他满足。是什么改变了？

他朝着战场东端的一处岩石构造跑去，那里有一群巨大的石峰，饱受风雨侵蚀，表面犬牙交错，如同一排石桩。当他进入石峰投下的阴影时，听到了从另一端传来的交战声。两军的部分士兵已经停止攻击，想要绕过这片地貌，包抄彼此。

卡拉诺尔的亲卫队在石峰底部散开，骑在马上的轩亲王现身了。他的瑛甲有着银色的装饰，可能是钢箔或银箔。达力拿早就差人把他的瑛甲磨成一般的岩灰色了。碎瑛甲的威严是浑然天成的，他向来不理解人们为什么要为它"增色"。

卡拉诺尔的坐骑是一匹皮毛发亮、高大威风的长鬃白驹，轻巧地载着碎瑛武士,一看就是雷沙迪乌马。但卡拉诺尔却下了马,温柔地拍了拍马脖子,这才迎上达力拿,碎瑛刃在手中显现。

"'黑荆棘',"他喊道,"听说你一个人在消灭我的部队。"

"他们现在要为夺回宁静园而战。"

"你过去率领他们就好了。"

"总有一天,"达力拿说,"等我年纪大了,身体弱得没法在这儿打仗后,我倒乐意被派过去。"

"真稀奇,暴君变成信徒,竟是一瞬间的事。把你的屠杀归到全能之主身上,这么告慰自己肯定很省事。"

"最好不要归到他身上!"达力拿说,"卡拉诺尔,在这方面我可是下了功夫的,不能给全能之主。在衡量我的灵魂时,他只能把功劳算到我头上!"

"那就祝你下诅咒之地吧。"卡拉诺尔挥手遣走似乎急于扑向达力拿的亲兵。唉,轩亲王还是决意亲自出战。他挥了挥那把配有宽大护手,剑身又长又细,还蚀满铭文的剑。"'黑荆棘',要是我杀了你,那怎么办?"

"撒迪亚斯会找上你。"

"看来这场仗没有光彩可言。"

"噢,别装得你很光彩。"达力拿说,"我知道你为了获得统治权都做了什么。别冒充和事佬的样子。

"想想你是怎么对待和事佬的,"卡拉诺尔说,"我还算走运。"

达力拿纵身架起不计后果的血姿剑。他比敌手更年轻、更敏捷,就指望出手更快、更重。

怪了,卡拉诺尔也摆出了血姿剑的起手式。两人兵刃相接,迅速转身挪步,都想反复命中对方瑛甲上的同一部位,找到破绽刺入皮肉。

达力拿一声闷哼,击开对方的碎瑛刃。卡拉诺尔年纪不小,但剑术高超，总能在达力拿的攻势下奇迹般地收手，化解一定的冲击力，以防金属剑身断裂。

激烈交锋几分钟后，两人双双后退，各自瑛甲左侧的一片网状裂缝泄出飓光。

"'黑荆棘'，历史会在你身上重演。"卡拉诺尔怒吼，"即便你杀了我，也会有人冒出来，从你手中夺走王国。你的统治不会长久。"

达力拿大力挥击，往前迈了一步，猛地侧身，右肋被卡拉诺尔击中，这一手虽然不轻，但方向偏了，几乎无用。达力拿反手一个横扫，剑身刷刷破空，卡拉诺尔试图随之移动，但达力拿的势头还是太猛了。

碎瑛刃命中瑛甲，熔融的金属碎屑炸裂飞溅，爆出火花，摧毁了一部分。卡拉诺尔发出呻吟，跌跌撞撞地走到一边，差点绊倒。他垂下手捂住盔甲上的窟窿，盔甲边缘不断泄露着飓光。他的半边胸甲已经破损。

"寇林，你以为自己是打头阵的？"他咆哮道，"这也太乱来了。"

达力拿没听那句奚落，而是着手进攻。

卡拉诺尔跑开了，匆忙冲过亲卫队，把一些亲兵推开，他们跌倒在地摔断了骨头。

达力拿差点就逮住他了，但卡拉诺尔来到一根高大的石柱前，丢下瑛刃，让它化为雾气，随后纵身一跃，抓住凸岩开始攀爬。

没一会儿，达力拿也来到这座天然石塔前。附近遍地都是巨石，由于风暴行踪莫测，这里原先可能是一座山坡，最近被飓风卷走了大半部分，留下了这片直插半空的奇异地貌，也许过不了多久就会被刮倒。

达力拿丢开瑛刃纵身一跃，抓住凸岩，手指嵌进了石头。他晃荡了一会儿才找到落脚点，在卡拉诺尔后面爬上陡峭的崖壁。另一名碎瑛武士试图把岩石踹下来，但它们却从达力拿身上弹开了，没有造成伤害。

爬了大概五十尺，达力拿赶上了卡拉诺尔。聚集在下方的士兵呆呆地看着，伸手指着他们。

达力拿伸手去抓对方的腿，但卡拉诺尔把腿抽开，一边还在石崖上晃荡，一边却召唤瑛刃劈了下来，有几剑击中了达力拿的头盔。达力拿怒吼一声，只能往下一滑，躲闪攻击。

卡拉诺尔从崖壁上凿下几块石头，"砰砰"地往达力拿身上扔，接着让瑛刃消失，继续往上爬。

达力拿更小心地跟上，沿着与一侧平行的路线攀登。终于，他爬到崖顶，从崖边望去。这片地貌的顶部是几座已被削平的山峰，看上去不是特别稳固。卡拉诺尔在一处平顶上坐下，把瑛刃横放在一条腿上，晃荡着另一只脚。

达力拿又爬了一段，与敌人保持距离，接着召唤渡誓。风操的，这里几乎站不住脚。风儿捶打着他，一只风灵在一边打转。

"风景不错。"卡拉诺尔说。虽然两军在开战时兵力相当，但山下的草地上满是穿着红银两色制服的战死士兵，数量要远远多过穿着蓝色制服的战死士兵。"在如此宏伟的宝座上，曾有多少王者见证过自己的衰落？"

"你根本不是王者。"达力拿说。

卡拉诺尔站起来，伸手剑指达力拿的胸口。"寇林，王者事关君威和权威。准备好了吗？"

达力拿思忖道：*真绝，把我带到这儿*。在公平的决斗中，达力拿明显占上风，卡拉诺尔只能碰运气。在不利的风势下，只要一个失足，就连碎瑛武士也会被对手的一记猛攻杀死。

但这至少这是一次新奇的挑战。达力拿谨慎地向前迈步。卡拉诺尔改换以劈砍为重、招式更为飘逸的风姿剑，而达力拿则选择了步法稳健、威力直接的石姿剑。

他们针锋相对，沿着那排小型山峰来回挪步，刨起的石屑滚下了山。卡拉诺尔显然想要拖延战斗，尽量找机会让达力拿滑倒。

达力拿反复试探，让卡拉诺尔找到节奏，再打破对手的状态，把剑高举过头，使出全力接连劈砍，心中逐渐激起一阵热望，那是他先前的横冲直撞没有满足的。激越感不止于此。

达力拿连连击中卡拉诺尔的头盔，把他逼退到悬崖边，坠崖只有一步。最后一剑摧毁了整个头盔，底下露出一张年迈的脸庞，没有胡须，头几乎全秃了。

卡拉诺尔咬牙嘶吼，竟然凶狠地进行回击。瑛刃相接，达力拿上前一推，两人都无法进退。

达力拿迎上敌人的目光。在那对浅灰色的双眼中，他发现了兴奋和活力，还有一种熟悉的杀意。

卡拉诺尔也能感受到激越。

达力拿听说过这种在竞争中才会产生的狂喜，那是阿勒斯卡人的秘密锋芒。但在一个试图杀他的人眼中见到这东西，还是让达力拿愤怒。他不该对那人感到这么亲切。

他哼了一声，体内涌起一股力量，将卡拉诺尔往回一抛。那人脚下一个踉跄，从山上滑落。他立即扔下碎瑛刃，抓住了石崖的边缘。

没了头盔的卡拉诺尔悬吊在崖壁上。他眼中浮现的激越感渐渐消退，转为恐惧。"发发慈悲吧。"他低声求饶。

"那我就发发慈悲。"达力拿用碎瑛刃径直刺穿了卡拉诺尔的脸。

卡拉诺尔的灰眼烧得一片焦黑，整个人拽着两道黑烟从石峰上坠下，尸体刮擦着岩石，最后远远地落到另一端，远离大部队。

达力拿呼出一口气，疲惫不堪地跌坐在地。夕阳沉落天际，在大地上划出长长的影子。真是漂亮的一仗。他实现了自己的愿望，战胜了所有挡在他面前的人。

可他还是觉得空虚。他心中一直有一个声音在问："就这样？不是说好不止如此的吗?"

山下,一群身着卡拉诺尔军制服的士兵朝尸体走去。他的亲卫队已经发现领主坠崖的位置了?达力拿感到一阵愤恨。那是他杀的人,是他的胜利。他赢得了那套碎瑛武器!

他手脚并用,不顾一切地赶往山下,周围变得模糊起来。在落地时,他眼前又是一片红色。有个士兵拿走了瑛刃,别人则在为面目全非的瑛甲而争执。

达力拿发起袭击,瞬间就杀了六人,包括那个拿走了瑛刃的士兵。还有两人逃开了,但动作没有达力拿快。达力拿揪住一人的肩膀猛地转过来,把他打倒在石地上,随即一挥渡誓,干掉了最后一人。

还有呢?都去哪儿了?达力拿见不到任何穿红色制服的人,只能见到几个穿蓝色制服的士兵,他们看起来很狼狈,没有扬起旗帜,只是有个披着碎瑛甲的人走在中央。迦维拉尔正在这儿休息,在后方评估形势。

达力拿心中的饥渴愈发强烈。排山倒海般的激越感迅速袭来,将他吞噬。不该是强者为王吗?凭什么总是让迦维拉尔退居在后听人谈论?

在那儿。迦维拉尔就在那儿,占据着达力拿渴求的东西:王位……不单是王位,还有达力拿本该得到的女人。达力拿被迫抛弃了爱,到底是为什么?

不,他今天的战斗仍未结束。事情还没完!

他朝那群人走去,头脑模糊不清,深深的痛苦袭上心头。形似晶莹小雪花的激灵在他周围落下。

他就不该有激情吗?

他取得了这么多成果,就不该有回报吗?

迦维拉尔太软弱。他打算放慢势头,仰赖达力拿的胜果。然而,达力拿不是没办法让战争持久,不是没办法让激越感延续。

达力拿不是没办法得到所有他应得的东西。

他跑了起来。迦维拉尔的几个部下招手欢迎他。不中用的东西！没人拿武器指着他！他完全能趁人不备把他们杀光。活该！达力拿应当——

迦维拉尔恰巧在此时转身，摘下头盔由衷一笑。

达力拿猝然停下脚步，呆望着迦维拉尔，他的亲哥哥。

飓风之父啊，达力拿心想，*我到底在干什么？*

他一松手，瑛刃从手中滑落，旋即消失不见。迦维拉尔大步走上前，并没有看出达力拿藏在头盔后的惊骇之色。还好周围没有出现愧灵，但他本该引来一大群。

"弟弟！"迦维拉尔拍拍达力拿的肩，"瞧见没？我们赢了！轩亲王鲁特哈打倒迦拉姆，为儿子拿下了碎瑛武器，塔拉诺尔则搞到了一把瑛刃。听说你终于引出了卡拉诺尔，麻烦你告诉我，他没有从你手里逃脱。"

"他……"达力拿舔舔嘴唇，不停喘息，"他死了。"说罢指向那具尸体。在暗乎乎的碎石堆中，只能见到一丝金属的银光。

"达力拿，你真了不得！"迦维拉尔转而面对士卒，"战士们，向'黑荆棘'致敬！都向他致敬！"傲灵在迦维拉尔身旁涌现，这些金珠般的灵体围绕着他的头部，像是一顶王冠。

被欢呼声包围的达力拿眨眨眼，突然感到强烈的愧意，让他只想瘫倒在地。这回，有一只愧灵如花瓣般落下，在他周围飘荡。

他必须做出行动。"卡拉诺尔的瑛刃和瑛甲是我赢下的。"达力拿连忙对迦维拉尔说，"不过我要把它们都交给你，当作礼物送给你的孩子。"

"哈！"迦维拉尔说，"送给迦熙娜？她能用碎瑛武器干什么？不，我不能要，你——"

"拿着吧。"达力拿恳求道，抓紧兄长的胳膊，"求你了。"

"既然你这么坚持,那好吧。"迦维拉尔说,"反正你也有一套瑛甲可以留给你的继承人。"

"如果我有继承人的话。"

"一定会有的!"说话间,迦维拉尔派人去回收卡拉诺尔的瑛刃和瑛甲,"哈!这下托奥也该承认我们有能力保护他的血脉了。这个月就能办婚礼了吧!"

到时,也许会举行数百年来的首场加冕仪式,阿勒斯卡的十位轩亲王都将对一位国王俯首称臣。

达力拿坐到石块上,摘下头盔,从一名少女信使手中接过水壶。他暗暗发誓:下不为例。我得处处让着迦维拉尔,让他拥有王位,让他拥有爱。

我决不能称王。

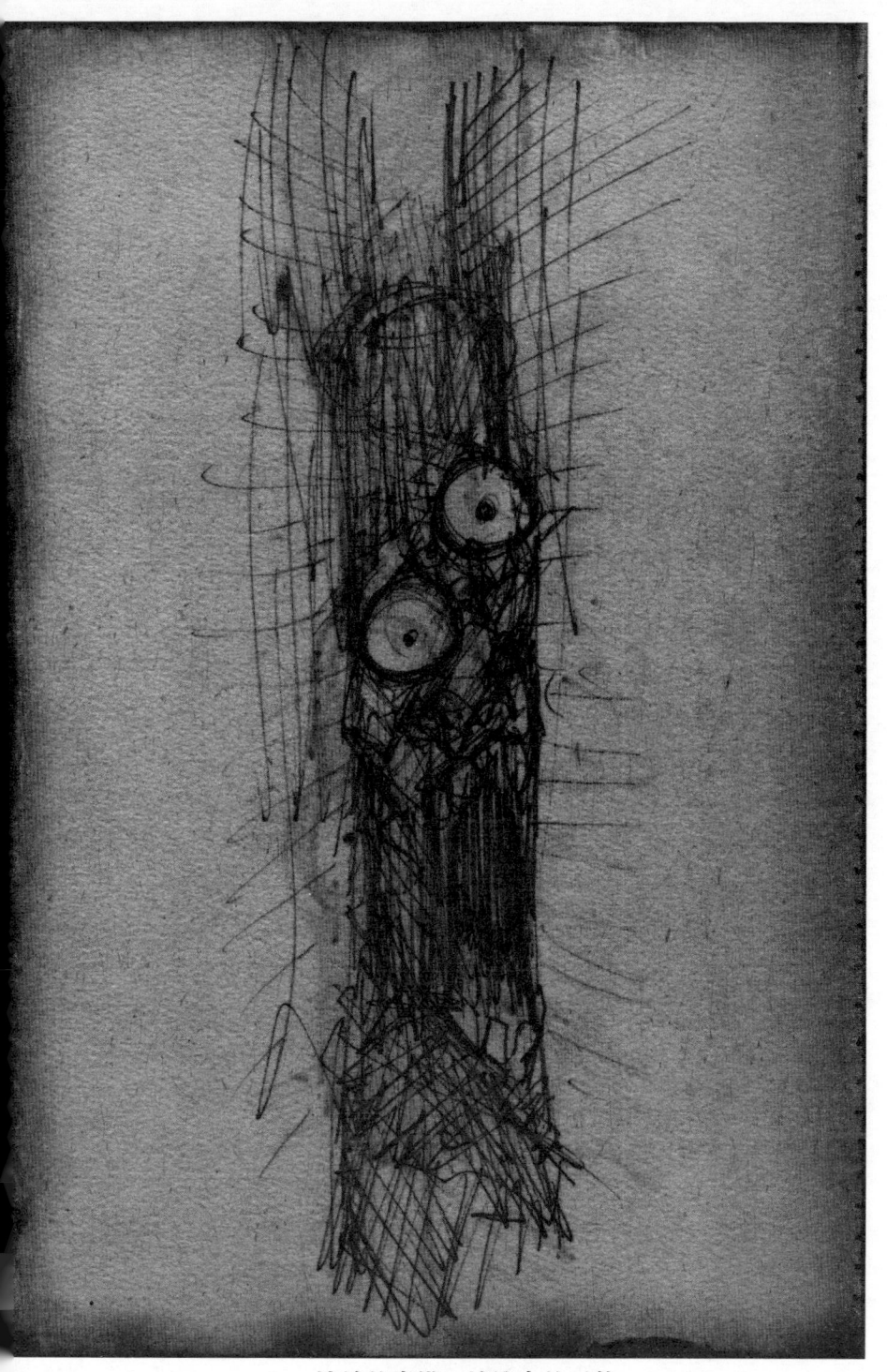

沙兰的素描：墙缝中的灵体

27
装模作样

我也要承认自己的异端信仰。一言既出,不管虔诚会有何诉求,我绝不退缩。

——摘自《渡誓》序

在沙兰画素描时政客的争论声从她耳边飘过。她坐在临近塔顶的大会议厅后方的石凳上,屁股下面垫着一个枕头。图腾在一旁的小台座上开心得嗡嗡鸣叫。

她盘腿而坐,大腿上放着素描本,套在袜子里的脚趾钩着前排长座的边缘。她的姿势不是很雅观,一定会让"光辉女士"觉得丢人。会议厅前方,达力拿站在由他和沙兰合力创造的发光地图跟前。他不仅邀请了塔拉梵吉安,还邀请了诸位轩亲王和轩亲王夫人,以及他们名下的首席文书。艾尔霍卡则在卡拉米的陪同下前来,后者最近正担任他的书记。

穿着第四冲桥队制服的雷纳林站在父亲身边,一脸不自在,和以前没多大差别。阿多林则抱着手臂,悠闲地待在附近,时不时地轻声跟第四冲桥队的队员开个玩笑。

应该让"光辉女士"去下面参与这场有关世界未来走向的重要讨论。沙兰本人还是在画画，这上面有着宽大的玻璃窗，光线充足。她不想再被困在低层的阴暗走廊里了，也不想总是觉得有什么东西在注视着自己。

她画完素描，用藏在袖中的禁手托着素描本，把那一页朝向图腾。他从自己所在的位置爬起来，打量着作品。画中有一道狭缝，一个被挤扁的物体卡在里面，鼓胀的眼珠绝非人类所有。

"嗯……"图腾说，"没错。"

"这肯定是某种灵体，对吧？"

"我觉得我应该知道。"图腾说，"这是……这是很久以前的东西。很久很久以前……"

沙兰浑身发颤。"那它为什么会在这儿？"

"不好说。"图腾回答，"它不属于我们，而是他那边的。"

"也就是受仇恨控制的上古灵体，好极了。"沙兰往上翻过一页，开始画下一张图。

与会人士进一步谈论着结盟的事。鉴于伊里明确表示已经投敌，泰勒拿和亚泽尔就再次成了需要说服的国家中最重要的两座。

"光明女士卡拉米，"达力拿发言，"上回的报告中说，有大批敌人在玛拉特境内集结，这是真的吗？"

"是真的，光明贵人。"坐在书桌旁的文书说，"在玛拉特南部。您做过假设，当地稀少的人口促使了虚渡在那儿集结。"

"伊里人如愿以偿，已经趁机向东进发。"达力拿说，"他们会夺取里拉和巴巴萨那姆。与此同时，在柔剎中南部，像特里雅克斯那样的地区依然无法取得联系。"

光明女士卡拉米点点头。沙兰用画笔轻敲嘴唇。这个问题显然有文章可做。城市怎么会彻底失去联系？近来，在大城市，尤其是港口城市，能用的对芦也有成百上千，每一个光眼种和希望监督物价或与远方的领地保持联系的商人都会备上一支。

塔冠城的对芦通信在飓风天恢复时就开始运作了，之后却被一一切断。上一批报告称，敌军正在城市附近集结，再后来就没声音了。敌方似乎设法找出了对芦所在的位置。

至少他们总算收到了卡拉丁传来的消息：只有一个铭文，叫他们要耐心。看来他没能去城镇找女子替他写字，只是想给他们报平安。但愿没人拿走他的对芦，编造了这个铭文来打消他们的顾虑。

"敌人千方百计地想要夺取誓约之门。"达力拿断定道，"除了在玛拉特集结，他们的一切行动都表明了这一点。我的直觉告诉我，敌军正计划对亚泽尔发起反击，甚至翻山越岭，试图攻打雅克维德。"

"我相信达力拿的判断。"轩亲王亚拉达补充道，"如果他认为有这个可能，我们就该听他的。"

"得了吧。"轩亲王鲁特哈说。这名油滑的男子倚靠墙壁，面对着其他人，几乎漠不关心。"谁管你怎么说，亚拉达？你眼睛没瞎就很了不起了，想想这些天你都去了什么地方，把脑袋都搁哪儿了。"

亚拉达立刻转身，把手伸向一边，摆出召唤碎瑛刃的姿势。达力拿制止了他，因为鲁特哈必然知道他会那么做。沙兰摇摇头，放任自己更加沉浸在绘画中。一些艺灵在素描本的顶端出现，其中一只变成了小鞋子的形状，另一只则变成了她用过的铅笔的形状。

她迅速完成了一幅撒迪亚斯的素描，但没有调动具体的记忆。她向来不乐意把他列入收藏。接着她翻到光明贵人派瑞尔的素描，那是他们在乌有斯麓的走廊里发现的另一名死者。她尝试再现了他的脸部没有受伤的样子。

她反复翻看这两页，发现两人确实长得很相似：脸庞浑圆，体形也差不多。下面两页画的都是吃角族人，外貌也大致相似。那么那两个被杀的女人呢？为什么那个勒死妻子的男人承认了这桩罪行，却发誓说自己没有杀第二个女人？其实只杀一个人就会被处决。

那只灵体在效仿暴行，她心想，以前几天出现的方式杀人或伤人，也就是某种意义上的……模拟？

图腾轻声嗡鸣，引起了沙兰的注意。她抬起头，看到有个中年女子信步走来。那人留着寸短黑发，身穿系扣衬衣和马甲，搭配一条长裙，明显是泰勒拿商人的装扮。

"光明女士，您在画什么？"女子用雅克维德语问。

突然听到母语，沙兰有些不适应，过了一会儿才理清楚。"我在画人。"她合上素描本，"我喜欢人物画。你是跟着塔拉梵吉安一起来的吧？是他手下的飓能者？"

"我叫玛拉塔。"女子说，"但我不是他的手下，我来找他只是图个方便。乌有斯麓重新被发现后，星火便提议过来看看。"她审视着会议厅，她的灵体却不见踪影。"你觉得我们真能让厅里坐满人吗？"

"骑士团有十支，"沙兰说，"大多有个几百人。嗯，我觉得能坐满，其实未必坐得下呢。"

"现在已经有四名光辉骑士了。"女子漫不经心地说着，看了雷纳林一眼。后者僵直地站在父亲旁边，偶尔有人投来关注的目光时，他便紧张得直冒汗。

"实际上有五名。"沙兰说，"还有个会飞的冲桥手在外面。我们之中也只有这些人聚集在这儿，肯定有一些跟你差不多的人还在想办法跟我们联络。"

"如果他们有这个想法的话。"玛拉塔说，"其实不用遵循常理。为什么要呢？对光辉骑士来说，上一回的结果可不怎么样，是不是？"

"也许吧。"沙兰说，"但眼下不一定是做尝试的时机。灭世重现了，为了生存，我们应该仰赖过去的经验。"

"真有意思，"女子说，"'灭世'这档子事，竟然只是几个古板的阿勒斯卡人提出来的。你说是不是，小妹妹？"

玛拉塔若无其事地说完这番话，朝沙兰使了个眼色，沙兰只能眨眨眼。女子微微一笑，从容地走回会议厅前方。

"呃，"沙兰低语，"她好烦啊。"

"嗯……"图腾说，"当她开始搞破坏时，会更糟。"

"搞破坏？"

"归尘骑士，"图腾说，"她的灵体……嗯……它们喜欢打破周边的东西，想要知道里面是什么。"

"妙极了。"沙兰把素描本往回翻。描绘死者和墙缝里的物体的素描都画完了，今天应该能按计划展示给达力拿和阿多林。

之后要干什么？

我必须抓住它，沙兰心想，*我得关注市场的动态。反正总会有人被害，几天后这东西就会模仿那次袭击。*

没准她可以去塔城里未被探索的区域巡视？主动寻找它，而不是等它发起攻击？

可那些黑暗的走廊，每一条都像是画中不可名状的线条……

会议厅安静下来。沙兰从恍惚中惊醒，抬头去看到底发生了什么。雅莱·撒迪亚斯坐着轿子抵达了会场，有个熟悉的人影陪着她，正是梅里达斯·亚马兰。他是个长着褐色眼珠的方脸男人，体形高大结实。可他也是杀人犯、盗贼和叛徒，偷窃碎瑛刃的企图暴露后，卡拉丁军尉对他的评价得到了证实。

沙兰咬紧牙关，却发现自己的怒气平息了，只是没有完全消失。不，她决不会原谅亚马兰，因为他杀了赫拉兰，然而让她不安的是，她并不知道兄长的死因或死法。她简直能听到迦熙娜低声的叮咛：*没有更详细的了解，就不要做出评判。*

阿多林在下方起身，朝亚马兰走去，正好进入了幻象地图的中心。地图表面受到干扰，亮莹莹的飓光荡漾起来。他恶狠狠地瞪着亚马兰，但达力拿把手搭在儿子肩上，拦住了他。

"光明女士撒迪亚斯，"达力拿说，"你同意来开会，我很高兴。你的聪明才智可以为我们的规划所用。"

"我不是为了你们的规划而来的，达力拿。"雅莱说，"只是你们都聚集在这里，比较好找罢了。我已经和领地的谋臣们商议过了，我们普遍认为，虽然继承人是我侄子，可他年纪太小了。撒迪亚斯家族现在不能没有人领导，所以我做了一个决定。"

"雅莱，"达力拿进入幻象，来到儿子身边，"我们谈谈吧，拜托了。我有一个主意，虽然有违传统，但可能——"

"传统是我们的伙伴，达力拿。"雅莱说，"我觉得你一直没有理解透彻。轩元帅亚马兰是撒迪亚斯家族中功勋最多、口碑最好的将领，深受士兵的爱戴，而且广为人知。我提名他为公国摄政和家族产权的继承人。现在他其实算是轩亲王了，我会请求国王正式批准。"

沙兰一下子喘不过气来。先前似乎陷入沉思的艾尔霍卡国王从座位上抬起头："这合法吗？"

"合法。"纳瓦妮双手抱胸。

"达力拿。"亚马兰朝会议厅底部的其他人走下几级台阶。他的声音让沙兰一阵阵发冷。优雅的吐字、完美的脸庞、挺括的制服……他是每个士兵所追求的目标。

擅长装模作样的人不止我一个，沙兰心想。

"我希望，"亚马兰继续说，"我们不久前发生的……摩擦不会阻碍我们为了阿勒斯卡而合作。我和光明女士雅莱谈过了，我想我已经让她相信，与柔刹的大局相比，我们之间的分歧是次要的。"

"柔刹的大局？"达力拿问，"你以为你有资格谈大局吗？"

"我所做的一切都是在顾全大局，达力拿。"亚马兰焦虑地说，"我已经全力而为了。求求你。我知道你想对我采取法律行动，我也愿意接受审判，但我们不妨先放下这件事，等柔刹获救再说吧。"

达力拿对亚马兰端详良久，气氛一度紧张。最后他望了望侄儿，短促地点点头。

"王室承认你的摄政法令,光明女士。"艾尔霍卡对雅莱说,"我母亲希望起草正式的文书,加盖印信并经过公证。"

"已经办完了。"雅莱说。

达力拿的视线穿过飘浮的地图,迎上亚马兰的双眼。"轩亲王。"他终于说。

"轩亲王。"亚马兰侧了侧头,也对他说。

"浑蛋。"阿多林说。

达力拿眉头紧锁,指了指出口。"儿子,也许你该自己冷静一会儿了。"

"好吧,没问题。"阿多林挣脱父亲的掌控,大步走向出口。

沙兰只思考了片刻,就抓起鞋子和素描本,急忙跟过去。她在外面的走廊里赶上阿多林,挽住他的胳膊,附近停着几顶给女人坐的轿子。

"嘿。"她悄声说。

阿多林瞥了她一眼,表情缓和下来。

"想找人说说话吗?"沙兰问,"你好像比以前更爱对你父亲生气了。"

"没有,"阿多林喃喃地说,"我只是很不爽。我们总算摆脱了撒迪亚斯,现在却让那家伙顶替他?"他摇摇头。"我小时候一直很仰慕亚马兰,长大后才起了疑心,可我或多或少还是希望他能像大家说的那样,是一个不拘小节、不争权势的人,是一个真正的军人。"

然而,所谓"真正的军人",就不用关心权势了吗?沙兰可没有把握。一个人做事的理由不该是很重要的吗?

只是士兵们并不这么说。军中有一些她不太理解的原则,那是某种对命令的绝对服从,只关心战场本身和战争带来的挑战。

他们走上升降台,阿多林掏出一粒没有包裹在玻璃球中的钻石,放进扶手处的一道窄缝里。飓光渐渐流出,升降台晃了晃,开始缓缓下降。只要把宝石取走,升降梯就会停在下一楼,而摇摇控制杆就能决定升降梯是向上还是向下。

他们离开了顶层,阿多林站到扶手边,眺望在一侧带有玻璃幕墙的中心通风井。他们开始用"中庭"来称呼它了,不过它贯穿了几十层楼。

"卡拉丁不会高兴的。"阿多林说,"让亚马兰当轩亲王?就因为这家伙干的好事,我们俩才坐了好几周的牢。"

"我觉得亚马兰杀了我哥哥。"

阿多林转身盯着她。"什么?"

"亚马兰有一把碎瑛刃。"沙兰说,"我以前在哥哥赫拉兰手里见过。他岁数比我大,几年前离开了雅克维德。据我了解,他不知何时跟亚马兰发生了争斗,亚马兰杀了他,夺走了瑛刃。"

"沙兰……这把瑛刃,你知道亚马兰是从哪里得到的,对吧?"

"从战场上?"

"从卡拉丁手里。"阿多林一手按着脑袋,"扛桥的小子坚持说他杀了一名碎瑛武士,救了亚马兰的命,可亚马兰却杀光了卡拉丁的部下,把瑛刃据为己有。这大致是他们俩互相憎恨的全部原因。"

沙兰嗓子发紧。"好吧。"

把那件事藏起来,别去想。

"沙兰,"阿多林朝她上前几步,"你哥哥为什么要杀亚马兰?他难道知道轩领主是个道德败坏的人?风操的!卡拉丁什么也不清楚,可怜的扛桥小子。如果他直接让亚马兰死掉,大家都会好过。"

别去面对那件事,别去想。

"是啊。"她说,"嗯。"

"可你哥哥是怎么知道的?"阿多林在升降台上踱步,"他说过什么吗?"

"我们不太说话。"沙兰感到麻木,"他在我小时候就离开家了。我不太了解他。"

快点转移话题,什么都好。这还是她能抛到脑后的东西。她不愿去想卡拉丁和赫拉兰……

许久之后,他们默默降到最下面几层楼。阿多林想要再去看看父亲的马,而她对干站着闻马粪味不感兴趣,于是在二层下了升降台,朝住处走去。

秘密。*这世上的要务多了去了*,赫拉兰曾对父亲说过,*比你和你的罪孽更打紧*。

穆里兹肯定有所了解。他对沙兰隐瞒了秘密,就像在拿糖果引诱孩子,要她听话。可他希望她做的,仅仅是调查乌有斯麓的怪异之处。这是好事,对不对?反正她已经按要求去做了。

沙兰在走廊里漫步。塞巴里尔军的工人已经把一些润石提灯固定在了路边墙壁的钩子上。灯罩是锁着的,里面装满了面值最小的钻石润石,没有别的,应该不值得下手,但它们散发出的光亮也很暗淡。

她本该待在上面的。幻象地图在她走后肯定消解了,她感到很愧疚。她有办法学会如何将幻象留下吗?幻象需要飓光才能维持下去……

但不管怎样,沙兰必须离开会场。塔城蕴藏的秘密太勾人了,她不能视而不见。她在走廊里停步,掏出素描本翻了翻,瞧着那些死者的脸。

她心不在焉地翻过一页,见到了一张连她自己都没印象的素描。画中有一系列能把人逼疯的扭曲线条,笔迹潦草,而且互不相连。

她一阵发冷。"这是什么时候画的?"

图腾沿着她的裙子往上挪,停在她的脖子下面,发出一声不安的鸣叫:"我不记得了。"

她翻到下一页。纸上画了一连串模糊而杂乱的线条,从一个中心点生发出来，变换成马头的样子：血肉剥离，双眼圆睁，口部做出嘶鸣状，看上去既诡异又恶心。

噢，飓风之父啊……

她用颤抖的手指翻到下一页。纸上全涂黑了，线条打着圈，旋转着指向中心点。那是一道深渊，一条无尽的长廊。最终等着她的，是可怕和未知。

她啪的一声合上素描本。"我到底是怎么了？"

图腾疑惑地哼道："我们……要跑吗？"

"跑哪儿去？"

"跑出去。离开这个地方。嗯。"

"不行。"

她开始发抖，有点害怕，但她不能抛弃这些秘密。她必须保住它们，将它们化为己有。她在走廊里猛地转身，背对住处的方向，不久后便阔步进入塞巴里尔军的驻地。像这样的空间，塔城中还有很多，营房都配备了凿在石墙中的铺位，形成庞大的网络。乌有斯麓本就是军事基地，显然只在低层就能有效容纳几万士兵。

在营房的公共区域，士兵们没穿外套，都在休息，不是在打牌就是在玩弄匕首。沙兰的经过引起了一阵骚动，他们看得目瞪口呆，随后一跃而起，扣好外套对她行礼，一边还在议论，有关"光辉骑士"的低语声一路追赶着她。她来到一条两边都是房间的走廊，屋里住的都是单独的次中队，门口的石头上蚀刻着古体阿勒斯卡语数字。她数了数，走进某一个房间。

她突然出现在瓦沙尔和他的队友面前，他们正坐在里面，借着几颗润石的光芒打牌。倒霉的盖兹坐在屋角厕所的夜壶上，一见沙兰便惊叫一声，拉上了门口的布帘。

*我应该想到的。*沙兰猛吸一口飓光，掩饰自己的羞赧，并抄起胳膊看着其他人懒洋洋地爬起来敬礼。他们现在只有十二个人了，有些

人已经找到了别的工作,还有些人死在了纳拉克之战中。

她以前有点希望他们能一个个地走掉,这样她就不用想办法处置他们了。现在她意识到阿多林是对的。那是一种很不负责任的态度。这些士兵不但是资源,而且从整体来看,也非常忠心。

"我是个糟糕的主子。"沙兰对他们说。

"不晓得有这回事,光明女士。"阿红说。沙兰依然不知道这个一把胡子的高个男人的外号是怎么来的。"报酬是按时发的,您也没让我们死太多人。"

"可我死了。"肖布说。他还躺在床铺上,但也敬了个礼。

"闭嘴,肖布。"瓦沙尔说,"你没死。"

"这次我要死了,士官。我能肯定。"

"那你起码能安静了。"瓦沙尔说,"光明女士,我同意阿红说的,您没有亏待我们。"

"好吧,嗯,现在可不能白吃白住了。"沙兰说,"你们有活儿要干了。"

瓦沙尔耸耸肩,但有些人露出失望的神情。或许阿多林是对的,或许这类人打心底里是需要找点事做,只是他们嘴上不会承认。

"恐怕会有危险。"沙兰说完微微一笑,"你们大概要稍微喝醉点。"

28 另有选择

最后,我要承认自己身上还有人性。我曾被称作禽兽,对此我并不否认,恐怕我们都有可能变成那样。

——摘自《渡誓》序

"'决定已经下达。'"忒夏芙念道,"誓约之门将封锁,除非我们有能力摧毁它。达力拿·寇林,我们知道这不是你希望我们采取的路线。可也别忘记,亚泽尔大帝很看重你,他期待两国能达成贸易协定,缔结新条约,实现互利共赢。

"'然而,通往市中心的魔法传送门危险极大,我们不会听取你开启誓约之门的请求,建议你接受我们的至高旨意。再会,达力拿·寇林,愿杰泽尔保佑并指引你。'"

站在小石屋里的达力拿一拳砸在掌心上。忒夏芙和学徒占据了写字台和旁边的座位,纳瓦妮则在达力拿对面踱步。塔拉梵吉安国王坐在墙边的椅子上,身体前倾,两手交握,神情关切地聆听着。

就这样,亚泽尔没有加入联盟。

纳瓦妮碰了碰他的胳膊。"很遗憾。"

"还有泰勒拿呢。"达力拿说,"忒夏芙,看看芬恩女王今天愿不愿意跟我通话。"

"遵命,光明贵人。"

他已经从塔拉梵吉安那儿争取到了雅克维德和卡哈巴兰斯,而新纳塔楠也给出了积极的回应。再加上泰勒拿,他起码能联合所有东部国家,形成一致的沃林联盟。最终,这个标准或许可以说服西部国家加入。

如果那时候还有人活下来的话。

当忒夏芙联系泰勒拿方面时,达力拿又开始踱步。他喜欢这种小房间,可以假装自己正待在某处舒适的营堡里,而大房间只会让人想起这个地方有多么庞大。

当然,就算在小房间里,也能看出乌有斯麓的不寻常,比如墙上如扇子褶皱般的岩层和通常出现在墙壁和天花板交界处的洞口。这屋里的洞口不禁让他想起了沙兰的汇报。塔城中真有什么物体在注视着他们吗?灵体真在杀人?

这足以让他撤出乌有斯麓。但他们还能去哪儿?抛弃誓约之门?眼下,他已经增加了三倍的巡逻兵力,还指派纳瓦妮带领下的研究人员寻找可能的解释,至少得等他想出解决办法。

在忒夏芙给芬恩女王传信时,达力拿走到墙边,看见那个洞口,突感不安。洞口恰好在天花板边缘,位置很高,就算踩在椅子上也够不到,于是他吸入飓光。依据冲桥手们的说法,可以用石块来爬墙,他便搬起一把木椅,用左手的手掌为椅背上抹上一层闪亮的飓光。

当把椅背按在墙上时,它黏住了。椅子悬在半空中,大约跟桌面齐平。他哼了一声,犹豫着爬到椅座上。

"达力拿?"纳瓦妮问。

"不妨利用一下时间。"他小心地在椅子上保持平衡,随后纵身一跃，抓住天花板洞口的边沿，撑起身子往里看。

这个洞有三尺宽，大约一尺高，似乎没有尽头。他感到一阵微风拂过，还听到一阵……窸窸窣窣的声音？片刻后，一只貂从一个黑乎乎的岔口蹿进了主通道，嘴里叼着一只死老鼠。这只管状的小动物朝他抖了抖鼻子，就带着猎物爬走了。

"这是通风管道。"纳瓦妮在他从椅子上跳下时说，"其中的机制把我们难住了。或许是某种我们还没发现的法器？"

达力拿回望洞口。在这个已经令人生畏的系统内，还有更窄小的通道绵延穿过墙壁和天花板，而沙兰画出的物体就藏在某处……

"她回复了，光明贵人！"忒夏芙说。

"好极了。"达力拿说，"陛下，时间紧张，我想——"

"她还在写。"忒夏芙说，"对不起，光明贵人，她说……嗯……"

"直接读吧，忒夏芙。"达力拿说，"我现在已经习惯芬恩了。"

"'该下诅咒之地的，你就不能让我静静吗？我已经有好几周没有睡过一个安稳觉了。灭世风暴已经刮过两次，我们勉强才没有让这座城市垮掉。'"

"我能理解，陛下。"达力拿说，"我也很希望能履行承诺，派援兵过去。请让我们签订协议吧。您已经很久没有正面回应我的请求了。"

不远处，黏在墙上的椅子终于落下来，哐的一声砸到地上。他准备迎接下一轮充满半个承诺和不明意味的舌战。在争论中，芬恩已经越来越严肃。

芦笔写了起来，随后却戛然而止。忒夏芙望着达力拿，面色沉重。

"'不行。'"她念道。

"陛下，"达力拿说，"现在可不是孤军奋战的时候！求您了，听我一回吧!"

"'你现在要明白,'"回复传来,"'多国联盟绝不会成立。寇林……老实讲,我很困惑。你这么能说,话又说得这么好听,好像你真的认为这能做到似的。'"

"你肯定清楚,作为女王,让一支阿勒斯卡军队进驻都城的中心,那不是犯蠢就是走投无路了。我有时候是会犯蠢,或许也快要走投无路了,然而……飓风在上,寇林。不,我决不容许泰勒拿最终落到你们手里。万一你是真心的,那就抱歉了。"

芬恩的态度不容商量。达力拿走到忒夏芙面前,看着纸上弯弯曲曲、莫名其妙的女性书写体。当纳瓦妮叹了口气,坐到忒夏芙旁边的椅子上时,他问纳瓦妮:"能想想办法吗?"

"不能。芬恩很顽固,达力拿。"

达力拿瞧了一眼塔拉梵吉安。一开始,就连塔拉梵吉安也以为达力拿此举的目的是征服世界。当然,考虑到达力拿的过往,谁又不会这么觉得呢?

他心想:如果我能亲自跟他们谈谈,也许会得到不一样的结果。但是没有誓约之门,这几乎不可能。

"那就感谢她抽空和我通话。"达力拿说,"再告诉她,我的提议有待日后处理。"

忒夏芙记了下来。纳瓦妮看着他,发现了文书没有察觉的东西:他语气中的紧张。

"我没事。"他撒谎道,"我只是需要时间好好思考。"

不等纳瓦妮反对,他就大步从屋里走出来,外面的护卫马上跟在他身后。他想呼吸点新鲜空气,毕竟开阔的天空似乎总是那么诱人。然而他的双脚没有把他带去那个方向,他不知不觉地开始在走廊里漫步。

现在怎么办?

跟以前一样，只要他手里没有剑，人们就还是对他视若无睹。风操的，仿佛他们真想让他挥着剑过来似的。

他漫无目的地在楼道里走了足足一小时。终于，一个叫琳的信使发现了他，气喘吁吁地说第四冲桥队需要他，但没有解释理由。

达力拿跟着她，想起沙兰的素描，头脑沉甸甸的。他们找到另一个被害者了吗？不错，琳正要带他前往撒迪亚斯被杀的区域。

不祥的预感愈发强烈。他被琳带到一处阳台，在那儿遇见了雷滕和皮特。"是谁？"他问。

"是谁？"雷滕皱起眉头，"哦！不是的，长官。是别的事。这边走。"

雷滕领着他走下阶梯，来到塔城第一层外面的宽阔田地。另外三个冲桥手正等候在几排可能用来种块茎的石制菜盆附近。

"我们偶然发现的。"雷滕在他们走进菜盆之间时说。这个粗壮的冲桥手很热情，对身为轩亲王的达力拿讲话，就像在酒馆里对朋友讲话那么轻松。"那时我们依照您的命令在巡逻，注意有没有什么怪事，后来……呃，皮特果真发现了。"他指了指墙上，"您看到那根线了吗？"

达力拿眯起眼睛，在石墙上认出了一道凿痕。什么东西能把石头划成那样？几乎就像……

他低头看了看离他们最近的菜盆。藏在两个菜盆之间的，是一段戳出石地的剑柄。

碎瑛刃。

这把剑不容易发现，因为剑身都没入了岩石。达力拿在一旁跪下，从口袋里掏出手帕包住剑柄。

即使没有直接触碰瑛刃，他还是听到了一阵非常遥远的哀号，像是有人压着嗓子发出的惨叫。他下定决心，拔出瑛刃横放在空菜盆上。

银色瑛刃的剑尖如鱼钩般弯曲，剑身比大多数碎瑛刃还要宽，靠近剑柄的部分如波纹般起伏。他认识这把剑，而且对它了如指掌。多年以前在天堑赢下了它，他一携带就是几十年。

渡誓。

他抬头仰望。"凶手肯定把剑扔出了窗户。它一路刮擦着石头，掉在了这儿。"

"我们也是这么认为的，光明贵人。"皮特说。

达力拿低头看着渡誓。那是他的剑。

不，已经不是我的了。

他握住剑，准备迎接死亡灵体的尖叫。渡誓发出的不是他在触碰别的瑛刃时听到的刺耳惨叫声，倒更像呜咽声，仿佛有人被彻底打垮了，陷入了绝境，必须面对可怕的事物，却疲惫得再也无法喊下去。

达力拿下定决心，将瑛刃平坦的那一侧放到肩上，感到了熟悉的重量。他朝另一个回塔城的入口走去，背后跟着若干护卫、一个斥候和五个冲桥手。

你答应过不再持有死去的瑛刃，飓风之父在他脑海中怒喝道。

"冷静。"达力拿低声说，"我不会跟它立下契约。"

飓风之父轰隆作响，声音低沉，充满威胁。

"这把剑的叫声没有别的剑那么响，为什么？"

因为它记得你的誓言，飓风之父回答，**它记得你赢得它的那一天，更记得你放弃它的那一天。它恨你，但不如别的瑛刃那么恨自己的主人。**

达力拿从哈萨姆军中一群没能让谷荚抽穗的农夫身边经过，引来了好些目光。就算在驻扎着士兵、轩亲王和光辉骑士的高塔中，公然握有碎瑛刃的人也不常见。

"那能救它吗？"达力拿在他们进入高塔，登上楼梯时低语，"我们能拯救构成瑛刃的灵体吗？"

"据我所知，不能，飓风之父说，**它已经死了，而背弃誓言杀害它的人也已经死了。**"

回想决定性的光辉变节之日，骑士背弃誓言，抛弃碎瑛武器，分道扬镳。达力拿曾在天启中见证过，但还是不知道原因。

为什么？他们为什么做出如此极端的举动？

终于，他抵达了撒迪亚斯军在高塔中的驻地。入口处有身穿森绿和纯白两色制服的卫兵把守，但他们不能阻止轩亲王入内，尤其是达力拿。几名信使在他面前飞奔而过，准备传递消息，他跟了上去，利用他们的路线来判断自己是不是走对了方向。确实如此，雅莱显然待在屋里。他在漂亮的木门前停步，礼貌地敲了敲门。

一名已经赶到的信使打开门，还在喘气。光明女士雅莱坐在设于屋中央的一个宝座上，跟亚马兰并肩站在一起。

"达力拿。"雅莱朝他点点头，仿佛女王在问候下臣。

达力拿从肩上举起碎瑛刃，小心地放在地上，动作没有夸张到刺穿石头。但既然能听到武器的尖叫声，他就想敬重地对待。

他转身要走。

"光明贵人？"雅莱起身问，"我要拿什么跟你交换？"

"不用了。"达力拿回头说，"它理应是你的。凶手把它扔出了窗口，今天被我的护卫发现了。"

雅莱冲他眯起双眼。

"他不是我杀的，雅莱。"达力拿疲惫地说。

"我知道。你已经没有能干出那种事的锋芒了。"

他没有理会雅莱的嘲讽，而是看着亚马兰。那个高大显赫的男人迎上他的目光。

"亚马兰，"达力拿说，"等这事解决了，我一定会让你接受审判。"

"我说过，你可以这么做。"

"但愿我能相信你说的话。"

"我必须坚持自己不得不去做的事,光明贵人。"亚马兰上前一步,"虚渡的来袭只会证明我是对的。我们需要训练碎瑛武士。暗眼种夺得瑛刃的传说确实很迷人,可你真以为我们还有时间讲童话故事,而不是实践吗?"

"你杀害了毫无防备的士兵。"达力拿咬牙切齿地说,"而他们救过你的命。"

亚马兰俯身举起渡誓。"那在你们的战争中死去的那几百人,乃至几千人呢?"

他们四目相对。

"光明贵人,我十分尊敬你。"亚马兰说,"你的一生是伟大的成就,你也始终在为阿勒斯卡谋好处。无意冒犯,可你就是个伪君子。"

"你以冷酷的态度决定去做非做不可的事,才站到了今天的位置。有那么一长串尸体留在你身后,你才有可能去维护某些含糊不清的高尚准则。好吧,说起你的过去,或许这会让你好受点,但道德不是以战争的名义就能摆脱的,也不是在杀戮结束之后就能重新获得的。"

说完他点头致敬,仿佛自己刚才没有一剑捅穿达力拿的腹部。

达力拿转身离开举着渡誓的亚马兰,进了走廊。他脚步飞快,随从们只能赶紧跟上。

他终于找着了住处。"你们走吧。"他对那些护卫和冲桥手说。

他们犹豫不决,风操的。他转过身,准备发脾气,但还是让自己冷静下来。"我不会一个人在塔里转悠,自己定的规矩还是要遵守的。都走吧。"

他们勉强退下,没有人守门。他走进靠外的休息室,那里依照他的吩咐摆放着大部分家具。纳瓦妮研制的加热法器终于被足量的飓光驱动,在屋角靠近一张小地毯和几把椅子的地方发着光。

达力拿被法器传出的暖意所吸引,走了过去。他惊讶地发现塔拉梵吉安正坐在一把椅子上，出神地盯着在屋里散发热量的闪耀红宝石内部。算了，毕竟达力拿曾邀请国王随意使用这间休息室。

由于他只想一个人待着，便打算离开，不确定塔拉梵吉安有没有察觉，可屋里的暖意令他流连。高塔中也有火堆，也有墙壁挡风，但始终让人觉得寒冷。

他坐到另一把椅子上，深深叹了口气，所幸塔拉梵吉安没有跟他搭话。他们一同坐在没有炉火的法器旁边，凝视着宝石内部。

风操的，今天他失败惨重。多国联盟无法实现，他甚至不能让阿勒斯卡的轩亲王们听话。

"这跟坐在壁炉边可不太一样，是不是？"塔拉梵吉安终于轻声说。

"是啊。"达力拿赞同道，"我怀念木柴发出的噼啪声和火灵的舞蹈。"

"不过这东西也别有魅力，很微妙，能看到飓光在里面涌动。"

"那是属于我们的小型风暴，"达力拿说，"被捕获，被遏制，被疏导。"

塔拉梵吉安微微一笑，双眼被红宝石散发出的飓光点亮。"达力拿·寇林……你介意我问你一个问题吗？你怎么知道什么才是正确的？"

"您提出了一个崇高的问题，陛下。"

"请直接叫我塔拉梵吉安吧。"

达力拿点点头。

"你否认了全能之主的存在。"塔拉梵吉安说。

"我——"

"哎，哎，我没有谴责你是异端。我不在乎，达力拿。我也质疑过神的存在。"

"我觉得世界上肯定有神，"达力拿悄声说，"否则我的思想和灵魂会不满。"

"作为王者,提出能让别人的思想和灵魂难堪的问题,难道不是我们的职责吗?"

"也许吧。"达力拿端详着塔拉梵吉安,国王似乎陷入了深思。

达力拿心想:没错,老塔拉梵吉安风华犹存,我们只是看错了他。他或许反应迟缓,但这不表示他从不思考。

"我有过一种感受,"达力拿说,"那是从远方传来的温暖,是一道我几乎能看见的光芒。如果世界上真的有神,那也不是全能之主,而是一个自称荣誉的存在。那是一种生灵,虽然强大,但也只是生灵。"

"那你怎么知道什么才是正确的?是什么在指引你?"

达力拿凑上前,觉得自己在红宝石的光线中见到了更大的东西。那东西移动着,就像碗中的鱼。

他持续沐浴在暖意中,被光明笼罩。

"'在六十岁生日那天,'"达力拿沉吟道,"'我经过了一座不便公开名字的城镇。这片大地仍旧尊我为王,但我已经远离都城,不会被人认出。就连那些天天都能在授权书的印信上看到我的脸的人,也不会知道这名卑微的旅人就是他们的王。'"

塔拉梵吉安一脸不解地看着他。

"这段话出自一本书。"达力拿说,"很久以前,有位国王踏上了旅途,他的终点就是这座名叫乌有斯麓的城市。"

"啊……"塔拉梵吉安说,"那本书是《王者之路》,对不对?阿德罗塔吉娅提到过。"

"对。"达力拿说,"'在镇上,我发现人们很困扰。那儿发生了凶杀案,有个受命看护领主名下牲畜的养猪人遭到了袭击。死前,他只是低声说,另外三名养猪人合伙作案。'"

"'我抵达时,人们提出疑问,开始审讯。要知道,除了死者之外，领主还雇佣了四名养猪人，其中三人要对袭击负责。每一个人都高声宣布自己没有参与这场阴谋，所以审讯再怎么进行，也无法查明真相。'"

达力拿忽然不说了。

"后来呢？"塔拉梵吉安问。

"作者一开始没说。"达力拿回答，"他在书中反复提出这个问题。四人中，如果三人是危险的暴徒，犯有谋杀罪，而另一人是清白的，你会怎么办？"

"把四个人都绞死。"塔拉梵吉安小声说。

从对方口中听到这么残忍的答案，达力拿惊讶得转过身。塔拉梵吉安面色悲伤，但毫不残忍。

"领主的职责是防止谋杀再次发生。"塔拉梵吉安说，"书中的记载就像寓言那样简洁，未必真的发生过，人生则混乱得多。不过，假设这个故事确实像声称的那样发生过，人们就绝对没办法查明谁有罪……只能把四个人都绞死，难道不是吗？"

"那个清白的人呢？"

"死了一个清白的人，但也惩处了三个凶手，这不是最好的结果吗？这不是保护臣民的最好方式吗？"塔拉梵吉安揉了揉额头，"飓风之父啊，我说起话来就像个疯子，对不对？可做出这种决定，不也得有点别样的疯狂吗？如果不暴露自己的伪善，就很难处理这类问题。"

伪君子，达力拿的脑海中响起亚马兰对他的指责。

他和迦维拉尔上战场的时候，并没有使用冠冕堂皇的理由，只是以男人的方式进行征服。直到后来，迦维拉尔才开始为他们的行为寻求别人的认可。

"为什么不把他们都放了？"达力拿问，"如果没有把握，证明不了谁有罪，就该放了他们。"

"好吧……四人中有一人是被冤枉的,对你来说还是太过分了,这也有道理。"

"不,只要有人被冤枉,那就太过分了。"

"你这么讲,"塔拉梵吉安说,"很多人也这么讲,可法律势必会夺走无辜者的性命,因为法官不是完人,而我们的认知也有缺陷,终究会有不应被处决的人含冤而死。为了维持秩序,这是社会必须承载的负担。"

"我讨厌这样。"达力拿低声说。

"是啊……我也讨厌。可这无关乎道德,对不对?而是底线的问题。你要惩治多少罪犯,才能接受一个无辜者受害?一百?一千?还是一万?在你考虑时,一切计算都毫无意义,除非有例外。如果最终善大于恶,法律就尽责了,因此……我必须把四个人都绞死。"塔拉梵吉安顿了顿,"而我天天夜里都会为之哭泣。"

诅咒之地的,达力拿又一次重塑了他对塔拉梵吉安的印象。国王谈吐斯文,但并不迟钝,只是喜欢长久考虑一番才表态。

"诺哈东最终写道,"达力拿说,"领主采用了折中的方法,将四个人都关进了牢里。虽然凶手应当被判处死刑,但领主把有罪和无罪的情况相结合,将四人的罪责平摊,决定只需对他们判处监禁。"

"他根本不愿意表态。"塔拉梵吉安说,"他不是在寻求正义,而是在减轻自己的负罪感。"

"尽管如此,他还是另有选择。"

"你提到的国王说过他自己会怎么做吗?"塔拉梵吉安问,"就是写书的那个?"

"他说,唯一的手段是听从全能之主的指引,根据实际情况让每个案子得到不同的判决。"

"那么他也不愿意表态。"塔拉梵吉安说,"我还以为不止如此。"

"书中写的就是他的旅程,"达力拿说,"还有他的疑问。我想他没有完整回答过这个问题,如果回答过就好了。"

他们在没有炉火的法器边上坐了一阵子,塔拉梵吉安终于站起身,把手按在达力拿肩上,轻声说了句"我理解"就告辞了。

他是个好人,飓风之父说。

"诺哈东吗?"达力拿问。

是的。

达力拿感到浑身僵硬,于是从椅子上站起,走进里面的房间。夜渐渐深了,但他没有在卧室停留,而是走上阳台眺望云层。

塔拉梵吉安错了。飓风之父说,**你并不是伪君子,荣誉之子。**

"我就是伪君子。"达力拿轻声说,"但有时候,伪君子不过是一个正在改变的人。"

飓风之父隆隆作响。他不喜欢改变。

达力拿心想:我究竟是要跟别的王国开战,或许借此拯救世界,还是要干坐在这儿假装我能把这一切都包办?

"你能送来更多包含诺哈东的幻象吗?"达力拿抱着希望询问飓风之父。

我已经把所有被创造出来的幻象都呈现给你了,飓风之父说,**没有多余的了。**

"那我还想再看看我遇到诺哈东的幻象。"达力拿说,"不过在开始之前,先让我把纳瓦妮叫来。我希望让她记录我说的话。"

你愿意让我把幻象也呈现给她吗? 飓风之父问,**她可以这么记录。**

达力拿浑身一僵。"你能把幻象呈现给别人?"

我获准去选择最好能从幻象中受益的人,他顿了顿,接着不情不愿地继续说,**也就是选择一名铸契骑士。**

不,他并不希望建立纽带,但这是他得到命令的一部分。

达力拿几乎没往那方面想过。

飓风之父能把幻象呈现给别人。

"谁都行吗?"达力拿问,"你可以让任何人看到?"

在飓风期间,我可以接近任何被我选中的人,飓风之父说,**但你不用留在飓风中。所以,当我把别人带进幻象后,即使你身在远方,也能加入。**

风操的!达力拿放声大笑。

我做了什么? 飓风之父问。

"你恰好解决了我的问题!"

《王者之路》里的那个问题?

"不,而是更重大的问题。我一直在想办法亲自会见别的君主。"达力拿咧嘴笑道,"在一场即将来临的飓风中,我想泰勒拿的芬恩女王必将会拥有一段非凡的体验。"

29 无路可退

所以，请坐好，读一读或者听一听一个跨越三界之人的心声。
——摘自《渡誓》序

浣纱悄无声息地在独立市场内穿行，帽檐压低，两手插在口袋里。似乎没人能像她那样听到那东西的动静。

经过塔拉梵吉安国王的许可，贯通雅克维德的常规物流运输让市场变得热闹起来。所幸现在有了第三位光辉骑士来操作誓约之门，需要沙兰的时间便减少了。

润石重新亮起，几场飓风的来临也印证了后续的供应，所有人都感到欢欣鼓舞。民众情绪高涨了，贸易自然兴隆，印有雅克维德御玺的桶装酒大量涌入市场。

然而，市场某处却蛰伏着一个掠食者，只有浣纱能听到。在周围的笑声静下来时，她听到了那东西发出的响动，如同隧道向黑暗延伸的声音，感觉像是暗室里正有人在你的后脖颈处喘息。

被某种虚无之物注视着，人们怎么笑得出来？

四天以来的成果令人失望。达力拿增派巡逻士兵的力度近乎荒唐,但他们在放哨时没有用对方法,太容易被看见,太容易引起混乱。浣纱已经派手下去市场做更有针对性的监视了。

到目前为止,他们一无所获。她的队伍很疲惫,而在漫长的夜间辛苦变做浣纱的沙兰也是如此。幸好沙兰最近派不上特别的用场,只是每天跟阿多林操练剑术——与其说是实用的剑术,不如说是嬉戏和调情——并不时跟达力拿一起开会,但她最多只能添加一张漂亮的地图。

而浣纱……浣纱在追捕猎手。达力拿则像军人那样加强巡逻、推行严格的规定,还要求名下的文书替他在史料中寻找灵体袭击人类的证据。

仅有含糊的解释和抽象的概念是不够的,可这恰恰是艺术的灵魂。事物一旦有了完美的诠释,就不需要艺术了。一张桌子和精美的木刻的区别就在于此。桌子的用途、形状和本质是可以说明的,而木刻只需要亲身体验。

她弯腰走进一个帐篷酒馆。这里看上去是不是比前几晚要忙碌?没错,达力拿派出的巡逻队在边上安插了人手。他们喜欢体面的人群和明亮的灯光,所以没有去更阴暗、更瘆人的酒馆。

盖兹和阿红站在一堆木箱旁边品酒,穿着素色长裤和衬衣,没有穿制服。但愿他们还没喝得太醉。浣纱走近他们的位置,交叉双臂靠在箱子上。

"还没啥发现,"盖兹闷哼一声,"跟前几天夜里一样。"

"我们不是在抱怨。"阿红大口喝酒,不忘笑着补充道,"能这样偷懒,我真心支持。"

"今晚就会出事。"浣纱说,"我在空气中闻到了那股味道。"

"你昨晚也是这么讲的,浣纱。"盖兹说。

三天前的晚上,这里有一场牌局,本来气氛很友好,结果却演变成了暴力,一人用酒瓶砸了另一人的脑袋。这么做通常并不致命,但这回正好击中要害,砸死了那个可怜的家伙。凶手是鲁特哈军的士兵,第二天被绞死在市场的中心广场上。

虽然很不幸,但作为案件的根源,这种打人的暴力行为正是她久等的时机。她调动队伍去事发地附近,将手下安插在酒馆里,并吩咐他们:**注意监视,有人会用一模一样的手法拿酒瓶袭击。挑选跟死者长得差不多的人,盯紧点。**

沙兰画完那个胡子奔拉的矮个死者的素描后便让浣纱分发出去,士兵们只不过把她当成了另一个被雇来办事的人。

现在……他们等待着。

"会有袭击的。"浣纱说,"谁是你的目标?"

阿红指了指帐篷里两个跟死者差不多高、也长着胡子的人。浣纱点点头,在桌面上丢下两颗小面值球币。"除了喝酒,再吃点别的吧。"

"好啊,好啊。"阿红在盖兹抓起球币时说,"可是请告诉我,亲爱的女士,你真的不想再跟我们多待一会儿吗?"

"敢调戏我的男人大部分都会断掉一两根手指,阿红。"

"我保证还有好几根手指可以让你满意。"

她回看阿红,窃笑起来。"这话说得还真像回事。"

"谢谢!"阿红举起酒杯,"那么……"

"对不起,我没兴趣。"

他叹了口气,却把杯子举得更高了,之后才大喝一口。

"你究竟是哪里来的?"盖兹用独眼审视着浣纱。

"算是被沙兰半路吸收的吧,就像船的尾流一样。"

"真有她的。"阿红说,"你懂的吧?以为自己完蛋了,只能靠身上快要没光的润石过活,可突然间就成了一个风操的光辉骑士的亲卫兵,被所有人仰视。"

盖兹哼了一声："可不是吗，可不是吗……"

"都给我看牢了。"浣纱说，"一旦有情况，你们知道该怎么办吧？"

他们点点头。到时候他们会派一人去集合地点，让另一人努力跟踪袭击者。他们知道自己追逐的对象可能有些古怪，但她没有向他们说出全部真相。

浣纱走回集合地点，附近有一个位于市场中心的平台，离水井不远。那座平台似乎承载过某种办公建筑，但现在只剩四面都有向上阶梯六尺高的地基了。亚拉达军的军官在这里设立了中央警务处和惩戒所。

浣纱漫不经心地玩转匕首，注视着人群。她喜欢观察别人，跟沙兰一样。认清她们之间的差异固然很好，但得知她们有共通之处倒也不坏。

浣纱不是真想独来独往，她也需要别人。不错，有时她会欺骗他们，但她其实不是贼，只是喜欢亲身体验。她最擅长在拥挤的市场守望、思考、享受。

而"光辉女士"……"光辉女士"可以带走别人，或是抛下他们。他们只是工具，但也很麻烦。他们怎么会那么频繁地做出违反自身最大利益的事呢？如果他们都照"光辉女士"说的去做，这个世界就会变得更美好。再说，他们至少可以放着她不管。

浣纱抛起匕首再接住。她跟"光辉女士"都崇尚效率，喜欢用正确的方式把事情做好。她们无法容忍愚蠢的人，虽然浣纱还能嘲笑那些家伙，但"光辉女士"只是视而不见。

市场里响起尖叫声。

终于，浣纱心想，接住匕首转了起来。她吸入飓光，变得警觉而迫切。在哪儿？

瓦沙尔推开一个赶集的人，从人群中匆匆冲来，浣纱跑去见他。

"说详细点！"浣纱厉声道。

"事情和你讲的不一样。"他说，"跟我来。"

两人沿着瓦沙尔来时的路走回去。

"没用酒瓶砸脑袋。"瓦沙尔说，"我守着的帐篷就在一幢楼旁边，就是市场里那种石头房子，你知道吧？"

"所以呢？"她追问。

瓦沙尔在他们走近时指了指。他和葛罗夫监视的帐篷旁边有一座十分显眼的高楼，楼顶凸出的地方晃荡着一具被绞死的尸体。

被绞死的尸体。风操的，那东西没有仿照凶手用酒瓶袭击……而是重演了后来的处刑！

瓦沙尔伸手一指："凶手把被害者放在那儿，让他抽搐，然后跳了下去。那幢楼很高，浣纱，到底是怎么——"

"人呢？"浣纱追问。

"葛罗夫正在跟踪。"瓦沙尔指了指。

两人推搡着人群，朝那个方向冲去，终于看到了前面的葛罗夫。他站在水井的边缘挥着手，是个身材敦实的人，脸上总像是肿起来了，仿佛想要胀破外面的皮肤。

"是个穿得一身黑的男人，"他说，"直接往东边的通道跑了！"他指向那些忧虑的赶集路人，他们正探头望着一条通道，像是刚刚有人从他们身边飞奔而过。

浣纱赶紧冲向那个方向。瓦沙尔跟着她跑的时间比葛罗夫长，但有了飓光的匡助，她便能以普通人比不上的速度一直奔跑。她闯进葛罗夫所说的走廊，想知道有没有人见过在这里通过的男子。两名妇女伸手指了指。

浣纱跟了过去，心脏剧烈跳动，飓光在她体内肆虐。如果她跟丢了，而事情再次发生，她就得等着另外两人遭袭。那个怪物知道她在看着，可能会藏起来。

她在走廊中飞奔,离开了塔城人口更密集的区域。最后遇上的几个人在她高声提问后都指向了某一条通道。

她来到走廊尽头的岔口,逐渐失去希望。她左顾右盼,身上的光芒照亮了前方的一段路,但她什么也没看见。

她叹了口气,重重地靠在墙上。

"嗯……"图腾从她的大衣上说,"就在这儿。"

"哪儿?"沙兰问。

"右边。那边的阴影不对劲,不符合常规。"

她向前走去,而阴影中分化出了某种东西:一个漆黑的形体,表面却像液体或磨光的石头那样映出她身上的光芒。那东西逃开了,外形扭曲,不全是人形。

浣纱不顾危险跑了起来。那东西也许能伤害她,但其中的谜团才是更大的威胁。她必须把这些秘密弄清楚。

沙兰一个滑步拐过转角,冲进下一条走廊。她能跟着那道破碎的影子,却追不上去。

她渐渐深入塔城底层的偏远区域,来到了几乎未经探索的地方。通道里越来越容易迷路,空气中有古旧物品的气味,也有封存多年的石头和粉尘的气味。她跑得很快,岩层在墙上跃动,看起来就像缠绕的线绳那般在她周围盘旋。

怪物四肢着地,煤黑的表皮映出沙兰身上的光芒。它慌乱地跑开,撞上前方走廊的弯道后就挤进了墙上一个两尺宽、靠近地面的洞。

"光辉女士"跪下来,发现那东西扭动着从洞的另一端滑了出去。**没那么厚**,她心想,站了起来。"图腾!"她喝道,横出一只手。

她用碎瑛刀砍向墙壁,切下的石块在落地时砰砰作响。岩层贯穿整个石面,她割出来的部分有种孤独而残缺的美感。

由于体内充盈着飓光,她推了推被切过的墙壁,终于穿了过去,进入里面的斗室。

那里的地面大部分都被一个穿透岩石、通向黑暗的凹坑占据，四周围绕着没有扶手的石阶。"光辉女士"放低碎瑛刃，任由它切开她脚边的石头。这是一个洞穴，一个似乎陷入了虚空的深渊，宛如她画下的那片黑暗旋涡。

她松开碎瑛刃，跪了下来。

"沙兰？"图腾问道，在瑛刃消失的位置附近从地上升起。

"我们要下去。"

"现在？"

她点点头。"但首先……首先去找阿多林，叫他带士兵过来。"

图腾嗡嗡作响："你不会一个人去，对不对？"

"对，我保证。你能回去吗？"

图腾发出表示同意的鸣叫，随后蹿了出去，在石地上形成涡纹。奇怪的是，在沙兰切出的窟窿附近，墙上显露出锈迹和古旧铰链的残余部分，所以那里曾是一道通向此处的暗门。

沙兰没有食言。她确实被那片黑暗吸引了，但她并不愚蠢。好吧，基本上并不愚蠢。她等待着，呆望着深坑，直到她听到了从后面走廊传来的声音。*不能让他看见我穿浣纱衣服的样子！*她猛地想道，回过神来。她在那儿跪了多久了？

她摘掉浣纱的帽子，脱下白色长大衣，将它们藏在碎石后面。飓光笼罩着她，描绘出修身裙的幻象，盖住了她的长裤、戴着手套的禁手和紧身系扣衬衣。

沙兰。她又变回了沙兰：天真活泼，妙语连珠（即便没人要听），做事认真，有时却太心急。她能够成为这个人。

这就是你，在她更换人格后，她的一部分意识大声表示，这才是真正的你，对吗？你为什么非要描绘另一张脸面？

当她转过身时，有一个两鬓斑白、穿着蓝制服的壮实男子走进了房间。他叫什么来着?前几周沙兰花了些时间跟第四冲桥队相处,但她还没有认识所有人。

接着,阿多林大步走了进来,他穿着寇林家族标志色的蓝碎瑛甲,瑛刃放在肩上。从外面走廊上传来的声音判断——有几张赫达孜面孔探头望了望室内——他不仅带来了士兵,还带来了第四冲桥队的全体队员。

其中也包括雷纳林。他穿着岩灰色的碎瑛甲,迈着沉重的步子在他兄长之后走了进来。在全副武装时,他看上去远没有那么虚弱,但他的面容却不像军人的样子,哪怕他已经摘掉了眼镜。

图腾朝沙兰靠了过来,试图沿着虚幻的裙子滑上去,但他很快停下并后退,冲着这个假象满意地鸣叫。"我找到他了!"他宣布,"我找到阿多林了!"

"我知道。"沙兰说。

"他在训练室向我扑过来,"阿多林说,"大声说你找到凶手了,还说如果我不去,你可能就——我引用他的原话吧——'就会做出愚蠢的事却不让我看见'。"

图腾哼哼唧唧地说:"愚蠢。很有趣。"

"哪天你应该去拜访阿勒斯卡的宫廷。"阿多林走到洞口,"所以……"

"我们跟踪了袭击人类的怪物。"沙兰说,"它在市场杀了一个人,然后来到了这儿。"

"怪物?"一名冲桥手问,"不是人?"

"是灵体,"沙兰低声说,"但不像我见过的灵体。它能暂时模仿人类,但最后会变成别的东西,有一张扭曲的脸和一副变形的身子……"

"听上去很像你在交往的姑娘,斯卡。"一名冲桥手插嘴道。

"哈哈,"斯卡冷冷地说,"亚斯,要不我们把你扔进坑里吧?看看那怪物究竟下到了多远的地方?"

"那么这个灵体,"偻朋靠近深坑,"确实杀了轩亲王撒迪亚斯?"

沙兰一时语塞。不。它的确模仿撒迪亚斯的死法杀了派瑞尔,但谋害轩亲王的凶手却是别人。她瞧了一眼阿多林,他表情非常严肃,一定在想同样的事。

这只灵体才是更大的威胁,它已经杀了好几个人。然而,在寻找杀死轩亲王的凶手这件事上,要承认自己的调查没有让他们更进一步,她还是感到不安。

"我们肯定路过这里十几次了。"一个士兵在后面说。那是一个女声,把沙兰吓了一跳。原来她把达力拿麾下的一个长发矮个的女斥候误认成了冲桥手,但他们的制服款式并不相同。斥候检视着沙兰切出的入口,问:"泰夫特,难道你忘了?在侦察时,你不是经过了外面那条弯曲的走廊吗?"

泰夫特点点头,摩挲着胡子拉碴的下巴。"没错,你说得对,琳。可是为啥要把这样的房间藏起来?"

"下面有什么东西。"雷纳林探身俯视深坑,"很古老的……什么东西。你已经感受到了,是不是?"他抬头望着沙兰,再看了看屋里的其他人。"这地方很奇怪,这座塔也很奇怪。你也发现了,对吗?"

"孩子,"泰夫特说,"判定什么东西很奇怪,你可是专家。我们相信你的话。"

听到这句侮辱,沙兰担心地瞅了瞅雷纳林,可他只是咧嘴一笑。尽管他穿着瑛甲,另一名冲桥手还是拍了拍他的背,同时偻朋和石头开始争论谁才是他们之中最奇怪的人。沙兰一阵惊讶,这才意识到雷纳林居然融入了第四冲桥队。他或许是光眼种,是轩亲王的儿子,穿上碎瑛甲之后显得光彩照人,但在这里,他不过是另一名冲桥手。

"那么,"一名肌肉发达、胳膊显得过长的英俊冲桥手说,"我想我们要进这个恐怖的地穴?"

"是的。"沙兰说。她认为那人名叫德雷赫。

"风操的,太好了。"德雷赫说,"泰夫特,下达行动的命令吧?"

"这要看光明贵人阿多林的意思。"

"我带上了我能找到的最骨干的人手。"阿多林对沙兰说,"但我觉得应该带一整支部队来。你确定现在就要下去?"

"我确定。"沙兰说,"我们非下去不可,阿多林。而且……我不知道带上部队会不会有差别。"

"那好吧。泰夫特,加强后卫力量,我可不想让我们遭到偷袭。琳,我要精准的地图,如果我们走到的地方超出了你画的范围,你得及时喊停,我希望能知悉确切的撤离路线。士兵们,我们慢慢走,做好准备,如果我下达命令,你们要保持冷静,小心撤离。"

紧接着传来了众人挪动脚步的声音。他们终于排成单列走下阶梯,沙兰和阿多林处在中心附近的位置。阶梯是从石壁上伸出来的,但宽度足以让人们通行,没有坠落的危险。沙兰努力不让自己撞上任何人,因为这可能会干扰她穿裙子的幻象。

他们的脚步声消失在虚空中。不久后,他们只能独自面对永恒不变的黑暗。冲桥手们拎着润石提灯,而在深坑里,提灯的光芒似乎照不远。沙兰不禁想起了开凿在她家附近山包里的陵墓,达瓦家族的成员就在陵墓中被施以塑魂术,化成雕像。

父亲的身躯没有安放在那儿。沙兰和兄长们没钱请塑魂者,还想装作他还活着。他们早就像暗眼种那样火化了尸体。

痛苦……

"光明女士,我必须提醒您。"走在她前面的泰夫特说,"您不能指望我的部下做出什么……异乎寻常的事。有时候,我们中的一些人能像'飓风恩护者'那样吸入飓光,神气活现地走来走去。但如果卡拉丁不在我们身边,我们就没这个本领了。"

"本领还会有的,老大哥!"走在她后面的偻朋说,"等卡拉丁回来,我们就又能好好发光了。"

"安静,偻朋。"泰夫特说,"小点声。总之,光明女士,小伙子们会尽力的,可您要知道,什么事是该指望的,什么事是不该指望的。"

沙兰已经了解他们的局限,因而没有指望他们拥有光辉骑士的力量。她只需要带上士兵。过了好一阵子,偻朋把一枚钻石齐普丢进了洞穴,被阿多林瞪了一眼。

"那东西可能在下面等着我们。"王子咬着牙嘶声说,"别惊动它。"

冲桥手畏缩了一下,但还是点点头。那枚润石成了显眼的小光点,在下面弹了弹。得知下坡路起码有个尽头,沙兰感到很庆幸。她刚才还以为这里会无限盘旋下去,就像十蠢中的老狄立德所经历的那样:他跑上通往宁静园的山坡,脚下是打滑的沙子;他永远都在奔跑,但从来没有取得进展。

当他们终于来到深井底部时,有几名冲桥手重重地松了口气。成堆的碎片散落在圆厅的墙边,上面覆盖着朽灵。阶梯本来有栏杆,但栏杆老化后就掉了下来。

深井底部只有一个出口,那座宽阔的拱门比塔中其他的拱门都要精美。楼上的一切几乎由一致的石材制成,仿佛整座高塔是一次性开凿出来的;这里的拱廊则是由独立布置的石块制成,前方走廊的墙壁上贴着鲜艳的马赛克瓷砖。

他们一进入走廊,沙兰就屏住了呼吸,同时举起一颗钻石布罗姆。精细华美的令使画像装饰着天顶,由数千片瓷砖铺成,每一幅都嵌在圆板上。

壁画则更为神秘。其中一幅描绘了一个悬浮在地上的身影,那人展开双臂,似乎想要拥抱身后的巨大蓝色圆盘。还有几幅描绘了全能之主化为云朵、洋溢着能量和光芒的传统形象,以及一名呈现树形的女子,伸向天空的双手变成了树枝。谁又会想到,在光辉骑士团的大本营也能找到异教符号?

其他壁画描绘的形状让她想到了图腾、风灵……一共有十种灵体。分别代表一支骑士团?

阿多林派去的先头部队没一会儿就从不远处返回。"前面有金属门,光明贵人。"琳说,"两边各有一扇。"

沙兰挪开目光,不再看着壁画,并在大部队移动时归队。他们来到钢制大门前,停下脚步,但走廊仍在延续。在沙兰的催促下,冲桥手们试了试,却不能把门打开。

"锁了。"德雷赫擦了擦额头的汗水。

阿多林握着剑走上前。"我有钥匙。"

"阿多林……"沙兰说,"这些器物都来自另一个时代,有很高的价值,也很贵重。"

"我不会把它们破坏得太厉害。"他承诺道。

"可——"

"我们不是在追赶凶手吗?"他问,"那家伙很可能,呃,躲进了上锁的房间。"

沙兰叹了口气,在他招呼所有人回来时点点头,并把拂过他的禁手插到腋下。那只手其实戴着手套,但看上去却像藏在袖子里,这感觉很奇怪。让阿多林知道浣纱的事,果真有那么糟糕吗?

想到这儿,她心里有些惊慌,于是立刻释怀了。

阿多林把瑛刃插进门锁或门闩所在位置的上方,然后挥剑往下一扫。泰夫特只是试了试就把门推开了,铰链发出响亮的嘎吱声。

冲桥手们首先弯腰走进房间,手里提着矛。尽管泰夫特坚称她不必指望他们能有什么不同寻常的本事,但他们还是很自觉,哪怕有两名蓄势待发的碎瑛武士在场。

在冲桥手们确保房间安全后,阿多林冲了进去,但雷纳林没有太在意。他在走廊上前进几步,眼下正一动不动地站在那儿,盯着通道深处,心不在焉地用一只覆着护甲的手举着润石,另一只手则握着碎瑛刃。

沙兰有些迟疑地走到他旁边。一阵凉风从他们身后刮来,仿佛被吸入了黑暗。那个方向潜藏着未知的谜团,而走廊深处又是如此勾人。她现在的感受更为确切:那不是真正的邪恶,而是某种反常的现象,就像手臂骨折后垂下来的手腕一样。

"那到底是什么?"雷纳林轻声问,"格里斯害怕得不愿说话。"

"图腾也不清楚。"沙兰说,"他说那很古老,还说是敌人那一边的。"

雷纳林点点头。

"你父亲似乎感受不到它。"沙兰说,"为什么我们就可以?"

"我……我不知道。也许——"

"沙兰?"阿多林从房间里探出头来,面罩已经抬起,"你应该过来看看。"

房间里的废墟比他们在高塔中找到的大多数东西都要腐朽。生锈的搭扣和螺丝粘在木块上,腐烂的碎片堆成一排又一排,其中有一些残缺不全的书封和书脊。

这是一间藏书室。他们终于找到了迦熙娜梦寐以求的书籍。

但那些书已经损毁了。

沙兰心中一沉。她在房间里穿行,用脚趾轻轻踢了踢成堆的灰尘和残片,吓跑了上面的朽灵。发现书籍的踪迹后,她只是碰了碰,它们就碎了。她在两排掉在地上的书籍之间跪下,感到很失落。书中蕴含的知识……都消逝了。

"对不起。"阿多林不知所措地站在附近。

"别让士兵们把这儿弄乱了。也许……也许纳瓦妮带领的学者们能有挽回的办法。"

"你想要我们去另一个房间搜查吗?"阿多林问。

她点点头,阿多林便走开了,盔甲锵然有声。不久后,她听到了铰链断裂的声音,那边的门被强行打开了。

她忽然感到精疲力竭。如果这些藏书都没了,他们就不可能找到保存得更完好的书册。

*放下吧。*她站起身,掸了掸膝盖上的灰尘,然而这仅仅提醒了她,她的裙子不是真的。*你来这儿又不是为了这个秘密。*

她往外走去,来到装饰着壁画的主廊。阿多林和冲桥手们正在勘察对面的房间,她飞快地瞥了一眼,发现那里跟他们刚刚离开的房间很像,只有一堆堆碎片和残渣。

"嗯……大伙儿?"斥候琳喊道,"阿多林王子?光辉女士?"

沙兰从房门前转过身。雷纳林又往走廊深处走了走,斥候本来跟着他,却愣在了通道里。雷纳林手中的润石照亮了远处的什么东西:有一大片物体映着润石光,犹如闪耀的沥青。

"我们不该来这儿。"雷纳林说,"我们没法反抗。飓风之父啊。"他跌跌撞撞地后退几步。"飓风之父啊……"

冲桥手们抢在沙兰前面赶往走廊,来到她和雷纳林之间。泰夫特一声令下,他们就结成队形,从主廊的一侧向另一侧散开,第一排把矛放低,第二排把更多矛高举过头。

阿多林从第二间藏书室里冲出来,目瞪口呆地盯着远处起伏不定的形体。那是一片活生生的黑暗。

黑暗渗进走廊,速度不快,却不可避免地覆盖了一切,涌上墙壁和天花板。而在地上,一个个模糊的形象从黑暗的主体中分离出来,变成了仿佛破浪而来的人影,长着两只脚,很快又长出了脸庞,飘荡的衣装逐渐显形。

"她在这儿。"雷纳林低语,"灭者之中的瑞西法……子夜之母。"

"快跑,沙兰!"阿多林吼道,"伙计们,都往后退。"

说完他当仁不让地冲向了那一大拨人影。

那些人影……长得跟我们很像，沙兰一边想一边后退，离冲桥手的队形更远了。有一个黑如子夜的生物形似泰夫特，另一个则是倭朋的翻版，还有两个更庞大的形象似乎穿着碎瑛甲，可它们却是由闪耀的沥青组成的，五官斑斑点点，并不完整。

它们张开嘴巴，露出刺状的尖牙。

"听从王子的命令，小心撤离！"泰夫特大喊，"别被困住，小伙子们！保持队形！雷纳林！"

雷纳林依然突兀地站在前方，向前举着金属剑身上刻有波纹的细长碎瑛刃。阿多林来到弟弟身边，抓住他的胳膊试图把他拖回去。

他有所抗拒，似乎被那排正在成形的怪物迷住了。

"雷纳林！注意！"泰夫特吼道，"回到队伍里！"

话音刚落，那个小伙子就猛地抬起头，匆忙遵守士官的命令，好像抛开了国王亲戚的身份。阿多林跟他一起往后走，排进冲桥手的队形，一行人沿着主廊撤退。

沙兰后退几步，落在距离队形约有二十尺的地方。敌人忽然一阵飞速移动，她大叫起来，冲桥手们骂骂咧咧地调转矛头。这时，黑暗的主体席卷走廊两侧，盖住了精美的壁画。

黑如子夜的人形向前方冲桥手的队形猛冲，随后发生了一场手忙脚乱的激战。墙上的黑暗中生出怪物，忽然在左右两侧成形，冲桥手们坚守队形出击。滋滋作响的黑雾从那些怪物体内涌了出来，消散在空中。

就像烟一样，沙兰心想。

沥青般的黑暗从墙上横扫而来，围住了冲桥手，他们站成一圈，以防背后受敌。阿多林和雷纳林在最前方战斗，挥起瑛刃将黑色人影砍成嗞嗞作响、直冒黑烟的碎片。

沙兰发觉自己跟士兵们分开了，中间隔着一片漆黑。那些人影里似乎没有她的翻版。

黑如子夜的脸庞上，立起根根尖牙。它们也会用矛突刺，只是动作非常别扭，时不时却能命中。被刺伤的冲桥手会退到队形的中央，由琳或偻朋进行粗略的包扎。雷纳林站到中心位置，身上散发出飓光，开始治疗伤者。

沙兰望着这一切，感到一阵麻木的昏沉袭过全身。"我……认识你。"她对着黑暗低语，发觉那是真的，"我知道你在做什么。"

冲桥手们低吼、戳刺。阿多林在身前劈扫，碎瑛刃从怪物的伤口处拽出黑烟。他砍碎了几十个人影，但新的人影仍在成形，顶着眼熟的轮廓：达力拿、忒夏芙、轩亲王和斥候、士兵和文书。

"你试图模仿我们，"沙兰说，"可你失败了。你只是灵体，不太明白。"

她朝被包围的冲桥手走去。

"沙兰！"阿多林喊道，在劈开面前的三个人影时闷哼一声，"快逃！跑啊！"

沙兰没有理他，而是走向黑暗。在她身前，队形中离她最近的德雷赫用矛直戳一个人影的脑袋，让那东西踉跄后退，沙兰趁机抓住它的肩膀，将它扭转过来。它长成纳瓦妮的样子，脸上有一个裂口，咝咝有声地冒出黑烟。即便如此，它的五官还是不端正，鼻子过大，一只眼睛位置偏高。

它倒在地上扭来扭去，就像被刺破的酒囊，变得越来越瘪。

沙兰径直迈向队形，怪物见状惊慌地躲到两侧。沙兰一阵恐惧，她清楚地感受到，这些东西本可以随心所欲地横扫冲桥手，化作一道可怕的黑色浪潮将他们淹没。然而子夜之母想要学习，想要用矛作战。

如果真是这样，那她正在失去耐心。新形成的影子越来越扭曲、越来越不像人，口中溢出针一般的尖牙。

"你的模仿能力太差了。"沙兰低语,"来,让我给你做个示范。"

沙兰吸入飓光,如明灯般发亮,怪物尖叫着从她身边退开。她绕过冲桥手的队形,踏入位于左翼的黑暗,士兵们一脸担忧。一个个发光的形象从她身上展开,都是她近期重新列入绘画收藏的人们。

帕萝娜。走廊中的士兵。她两天前路过的一群塑魂者。来自市场的男男女女。轩亲王和文书。曾在酒馆试图跟浣纱调情的男子。被她刺伤手背的吃角族人。军人。鞋匠。斥候。洗衣女工。甚至还有几位国王。

一支光辉璀璨的队伍。

人形分散开来,像哨兵般围住了身陷困境的冲桥手。这支明亮的生力军逼退了敌方的怪物,那个如同沥青的生物沿着走廊的两侧缩了回去,直到撤退的路线畅通无阻。子夜之母几乎占据了走廊尽头的黑暗,而那个方向未曾有人探索。它等候在那儿,没有继续后退。

冲桥手们都松了口气。雷纳林念念有词,治好了最后几个伤者。沙兰创造的那群发光的人形向前移动,跟她站成一排,挡在黑暗和冲桥手之间。

前方的黑暗中再次生出怪物,容貌愈发凶恶,仿佛野兽,体表斑斑驳驳,毫无特点,裂开的嘴里伸出尖牙。

"你是怎么做到的?"阿多林的声音从头盔内响起,"它们为什么害怕了?"

"以前有没有什么不认识你的人拿着刀想要威胁你?"

"有啊,我立刻召唤了碎瑛刃。"

"那就有点像这样。"沙兰走上前,阿多林也跟她在一起。雷纳林召唤瑛刃,几个箭步跟上他们,瑛甲铿锵有声。

黑暗退了回去,露出前方开辟了房间的通道。沙兰走了过去,身上的飓光照亮了一个碗状的厅室,中心位置被一大片起伏跳动的黑色物体占据,从地上延伸到天花板,约有二十尺高。

子夜怪物不顾她身上的飓光，纷纷试着前进，似乎不再恐惧。

"我们必须做出选择。"沙兰对阿多林和雷纳林说，"撤退还是攻击？"

"你有什么想法？"

"我不知道。这个生物……她一直在暗中观察我，改变了我对塔城的看法。我觉得自己能理解她，但其中的关联我也解释不了。这不会是件好事，对不对？我的想法还可信吗？"

阿多林抬起面罩，朝她微笑。风操的，那抹笑容。"轩元帅哈拉德总是说，想要打败敌人，首先得了解他们。这已经成了一条人人遵守的军规。"

"那么……他是怎么谈论撤退的？"

"'每一次谋划，都要做好必须撤退的准备；而每一次战斗，都要做好无路可退的准备。'"

厅室中的主体起伏摇摆，一张张脸庞从沥青般的表面浮现出来，像是想要逃脱似的。在这只巨型灵体的下面还有别的东西。不错，它正盘绕在一根从圆厅地板延伸到天花板的立柱上。

壁画、精美的艺术、掉落的信息宝藏……此地意义重大。

沙兰在身前交握双手，图腾化作瑛刃，在她的手掌间成形。她用汗津津的手转了转瑛刃，架起阿多林教给她的决斗剑式。

一握住这把剑，她就感到痛苦。那不是死亡灵体的惨叫，而是她内心仍未克服的痛苦，源自她宣誓践行的信条。

"冲桥手们，"阿多林喊道，"你们愿意再试一次吗？"

"就算您穿着华丽的盔甲，我们也能撑得比您更久，金发哥！"

阿多林咧嘴一笑，啪的一声合上面甲。"我相信你的话，光辉骑士。"

沙兰派出幻象军队，但那片黑暗已经不像先前那样退缩。黑影攻击她的幻象，在试探中，它们发现幻象不是真的，于是几十个暗如子夜的人形堵住了前进的道路。

"替我开出一条路，让我去正中央的怪物那儿。"她试着用上比心里想的更有把握的语气，"我需要靠近些才能碰到她。"

"雷纳林，你能做我的后卫吗？"阿多林问。

雷纳林点点头。

阿多林深吸一口气，从正中央冲破他父亲的幻象，闯进厅室。他向第一个子夜怪物出剑，把它砍倒，然后开始疯狂劈扫。

第四冲桥队高喊着在他身后冲了进去，一同为沙兰开出一条路，劈倒挡在她和立柱之间的怪物。

她走在冲桥手之中，左右两侧各有一排人握着矛护驾。前方的阿多林逐渐逼近立柱，背后的雷纳林确保兄长不被围攻，冲桥手们则在一旁推进，确保雷纳林不被打垮。

怪物不再拥有一丝一毫的人形，其中一些攻向阿多林，逼真的爪子和牙齿刮擦着他的盔甲，还有一些紧抓着他，试图压垮他，或是寻找碎瑛甲的裂缝。

它们知道要怎么对付阿多林那样的人，沙兰心想，一只手仍然握着碎瑛刃，*可它们为什么会害怕我？*

沙兰施展织光术，让光辉女士的形象出现在雷纳林附近。怪物们连忙攻击，暂时丢下了雷纳林，可惜她创造的大部分幻象被反复干扰，纷纷倒下，消解成了飓光。沙兰寻思，只要多加练习，她就能让幻象持续运作。

她再次施展织光术，这回却创造了她自己的形象：年轻和年迈的沙兰、自信和惊慌的沙兰，有十几种不同的版本。她震惊地发现，有几个幻象出自她丢失的画作，都是她在镜子前练习的自画像。忠于油彩的丹多斯坚称，这对有志成为画家的人至关重要。

在怪物面前，她的一些翻版畏缩了，还有一些仍在战斗。一时间，她迷失了自我，甚至让浣纱的人格出现在它们之间。她是这其中的每一位女子，不论年龄大小，但没有一个是她自身。它们只是她利用和操控的工具，只是幻象。

"沙兰！"阿多林声嘶力竭地吼道，这时雷纳林闷哼一声，将子夜怪物从他身上扯下来，"不管你要做什么，马上做吧！"

沙兰沿着士兵们为她杀出的道路来到立柱跟前，离阿多林不远。她把目光从那个在子夜怪物之间舞动的儿童沙兰身上挪开。在她面前，覆盖着中心立柱的主体冒出一张张脸庞，在表面伸展开来，张口尖叫，随后就像陷进沥青的人那样没入黑暗。

"沙兰！"阿多林又叫道。

那怦怦跳动的主体是如此可怕，又是如此迷人。

深坑的图像。楼道的扭曲线条。无法看透的高塔。这才是她前来的原因。

沙兰大步向前走去，伸出左胳膊，让盖住手部的虚幻衣袖消失。她摘下手套，前跨一步，面对沥青般的主体和无声无息的尖叫。

她把禁手按了上去。

30 谎言之母

> 听一听一个愚者的真言。
> ——摘自《渡誓》序

沙兰完全暴露在灵体跟前,皮肉分离,灵魂大幅撕裂,随时会被侵入。

而灵体也暴露在她跟前。

她感受到了灵体对人类的着迷,以及随之而来的困惑。它记得人类,而且天生就能理解,就像新生的水貂幼崽生来就惧怕飞鳗。而这只灵体没有完整的意识和认知,只是本能和异常的好奇心的产物,受到暴力和痛苦的吸引,犹如被血液的气味引来的食腐动物。

在沙兰了解瑞西法的同时,灵体也逐渐认识了她,拉扯、震动着连接她和图腾的纽带,力图将它扯开,让自己介入。沙兰和图腾都拼命抓着彼此不放。

她害怕我们,图腾在她脑中嗡嗡作响,**她为什么害怕我们?**

沙兰想象着自己紧紧抓住人形的图腾、在灵体的攻击下与他相拥的情景。她只能看到这一幕,因为这间厅室和其中的一切都化为了黑暗。

这只灵体非常古老，而很久以前还有一个更为可怕的存在，它灵魂的碎片催生了瑞西法，瑞西法受命散播混乱、引发恐惧，从而迷惑并摧毁人类。随着时间的推移，它渐渐对自己杀死的东西越来越好奇。

她创造的形象模仿了她在世界上的所见，但缺乏爱或感情，就像活过来的石头，宁愿被杀或杀戮，却毫不留恋或享受。除了难以抑制的好奇和对暴力的短暂痴迷，没有任何情绪。

全能之主在上……这就好比艺灵，只是十分不对劲。

图腾发出哀鸣，以身着笔挺长袍、头部被转动的图案代替的人形姿态紧搂着沙兰，沙兰努力保护他不受袭击。

每一次战斗……都要做好……无路可退的准备。

沙兰望着虚空旋涡的深处，望着子夜之母瑞西法那不断转动的黑暗灵魂。伴着一声低吼，她出手了。

在攻击时，她仿佛不再是拘谨的沃林社会所培养的少女，没有那样古板，也没有那样容易激动，反而像杀死母亲的孩童那样狂暴、像一剑刺穿缇恩心脏的女子那样不顾一切。她拿出了自己的另一面，此时此刻，她讨厌别人觉得她温柔好心、讨厌别人说她机智幽默。

她汲取体内的飓光，逼近瑞西法的本质。可她分不清这是不是真的发生了，自己的肉身是不是在深入那沥青般的灵体，抑或这是不是塔城之外、乃至裂影界之外某处的景象。

灵体颤抖着，沙兰终于明白了：它之所以表现出恐惧，是因为它被困住了。对灵体而言，这件事还发生在不久之前，但沙兰却觉得已经过了好几百年。

瑞西法害怕这种事重演。它本以为自己不可能受到禁锢，但出乎意料的是，有一名像沙兰那样的织光骑士了解这只灵体，最后做到了。

瑞西法就像一条斧狐犬，唯恐遇到说话声音跟它严厉的主人差不多的人。

沙兰坚持不懈，紧贴着敌人，然而一阵想法涌上心头，她意识到灵体就要将她看透，察觉她的每一个秘密。

她猛烈的势头和坚定的决心动摇了；她投入作战的意志减弱了。

所以她撒了一个谎，认定自己并不害怕。她的态度十分明确。她向来如此，今后也会如此。

就算在内心深处，观念的虚像也能成为力量。

瑞西法崩溃了。它厉声尖叫，叫声惊心动魄，流露出它对囚禁的记忆和对更可怕之物的恐惧。

沙兰在战斗时仰面跌倒，阿多林单膝跪地，伸出戴着钢制护甲的手将她接住，瑛甲铿锵有声地刮擦着石地。她听到尖叫的回响逐渐变轻，但并没有消失。瑞西法逃走了，决定尽量远离沙兰。

当她猛地睁开眼睛时，她发现厅室中的黑暗不见了，子夜怪物的尸体也散去了。雷纳林马上在一名受伤的冲桥手身边跪下，脱下护手甲，将飓光注入那人体内进行治疗。

阿多林搀扶沙兰坐起来，她连忙把露在外面的禁手塞到右胳膊底下。风操的……不知怎么回事，她居然维持住了修身裙的幻象。

就算有过这般经历，她也不想让阿多林知道浣纱的事。她绝不能暴露。

"去哪儿了？"她精疲力竭地问阿多林，"那东西去哪儿了？"

阿多林指了指房间的另一侧，那里有一条深入山中的通道。"它逃到了那个方向，像一股会动的烟似的。"

"那么……我们要去追吗？"亚斯小心翼翼地走向通道，手中的提灯照亮了在岩石中开凿的阶梯，"前面有很长一段路。"

沙兰察觉到周遭气氛的改变，高塔……已经不一样了。"别去追。"她记起了那场战斗的恐怖之处，宁可让那东西逃跑，"我们可以在房间里安插卫兵,但她大概不会回来了。"

"对啊。"泰夫特倚着矛,抹去脸上的汗水,"安插卫兵似乎是个极好的主意。"

听到他的口气,沙兰皱了皱眉,顺着他的目光望向被瑞西法掩盖的东西:一根位于厅室正中央的立柱。

成千上万颗经过切割的宝石镶嵌在上面,多数都比沙兰的拳头还大,组成了价值超过多数王国的宝藏。

31 有求于风

> 如果你们无法从中得到启示,起码也要看到希望。
> ——摘自《渡誓》序

卡拉丁小时候一直梦想参军,走出赫斯通这个宁静的小地方。人人都知道士兵能去不少地方看世界。

他的梦想已经实现了。他见过许多空旷的山坡、长满芦苇的平原和外观一致的军营。至于他真的看到了什么……算了,那是另一回事。

跟仆族同行的经历证实了从赫斯通走到雷沃拉尔城只需要花上几周。他从没去过那里。风操的,他其实从没在城市里居住过,除非把军营也算作城市。

他怀疑大多数城市都不会像这座城市一样被一支仆族军队包围。

雷沃拉尔位于连绵山峦的背风面,建在环境不错的山谷中。那里是设置小城镇的绝佳地点,但雷沃拉尔的规模一点也不"小":城市延伸开来,布满山间地带,沿着背风面的山坡而上,只留下山顶完全裸露。

卡拉丁本以为城市的面貌会更有条理。他想象过排列得整整齐齐的房屋，如同一座高效的军营。这里却更像缠结在破碎平原深渊里的一堆植物，街道拐来拐去，市场分布杂乱。

他加入同行仆族的队伍，沿着一条用压过的飓砂铺平的宽阔道路蜿蜒前进，经过了在这里驻扎的仆族，似乎每个小时都有他们的同类聚集。

然而，只有他的队伍把石制矛头的矛扛在肩上，怀抱一袋袋干米饼，脚踏猪皮凉鞋。他们用腰带系住袍子，带着石刀、斧头和火绒，包着火绒的套子浸过蜡，拿的还是他买来的蜡烛。他甚至开始教他们怎么用弹弓。

他或许不该向他们展示任何一种技能，可当他跟着他们走进城里时，还是感到自豪。

街上挤满了仆族。他们都是从哪儿来的？数量起码有四五万。他明白大部分人类对仆族视而不见……好吧，他自己也是，但他意识深处始终觉得仆族的数量不会有那么多。事实上，每个高阶光眼种都拥有几个仆族，商队则拥有一大批，就连不那么富裕的城镇家庭也不能免俗。在码头和矿井都有仆族劳工，还有专门打水的，以及在建设大型工程时被派去当挑夫的……

"真了不起。"走在卡拉丁身边的萨尔说。他让女儿骑在肩上，好让她看得更清楚。她手里攥着几张木制的牌，就像别的孩子抱着最喜欢的布娃娃那样。

"了不起？"卡拉丁问萨尔。

"我们自己的城市，卡尔。"他小声说，"在我还是奴隶时，我几乎无法思考，但我还有梦想。我试着想象过，如果我拥有自己的家和自己的生活，那会是什么样——就是现在这样。"

仆族显然搬进了沿街的住宅。他们也在经营市场吗？这催生了一个令人不安的难题。人类都去哪儿了？肯恩那群仆族仍在隐形灵体的带领下深入城市。卡拉丁发现了问题的迹象。屋子的窗户碎了，门再也闩不上。有些破坏肯定是灭世风暴造成的，但他也路过了几扇明显是被斧子劈开的门。

是抢劫。前方矗立着一堵内城墙，它是坚固的要塞，就处在向四周蔓延的城市的中心，可能划出了原先的地界，顺应了某个乐观的建筑师的决定。

在这里，卡拉丁终于发现了他最初去阿勒斯卡时预料到的战斗痕迹。内城的城门毁坏了，哨所被烧了，半路经过的木梁上还插着箭头。这是一座被征服的城市。

但人类都转移到哪儿了呢？他应该去找关押俘虏的营地，还是焚烧尸骨的柴堆？一想到这点，他就直犯恶心。

"可不是吗？"卡拉丁在他们沿着内城的道路行进时说，"萨尔，这就是你想要的吧？征服王国，毁灭人类？"

"风操的，我不知道。"他说，"可我不能再当奴隶了，卡尔。我不能让他们夺走薇，把她关起来。他们对你做了那种事，你还会替他们说话吗？"

"他们是我的同胞。"

"这不是借口。如果你的一个'同胞'杀了另一个'同胞'，他难道不会坐牢吗？而奴役我所有族人的人，又该得到什么样的惩罚？"

茜尔滑翔而过，从闪光的朦胧雾气中探出脸庞。她吸引住卡拉丁的目光，嗖的一下停到窗台边，变成小石头的形状。

"我……"卡拉丁说，"我不知道，萨尔。但发动战争消灭任何一方绝不是问题的答案。"

"你可以与我们并肩作战，卡尔。出发点不必是人类和仆族的对立，还可以更崇高：那是压迫者和被压迫者的对立。"

当他们经过茜尔的位置时，卡拉丁挥手抚过墙壁。茜尔沿着他外套的袖子往上蹿,就像他们操练过的那样。他感到茜尔如一阵风那般从袖子挪到领口,再挪到他的头发里。他们确信长卷发能把她牢牢遮住。

"这里有很多黄白色的灵体,卡拉丁。"她低声说,"它们一下子就从空中飞过,在楼房之间舞动。"

"有人类的迹象吗?"卡拉丁小声问。

"在东边。"她回答,"有人挤在军队的营房里和以前给仆族住的屋子里;还有人关在大猪圈里,被看守着。卡拉丁……今天又会刮飓风。"

"什么时候?"

"可能快了吧?我在预测飓风这方面没什么经验,但我怀疑没人想得到。一切都被打乱了,现有的表格都会出错,除非人们能做出新的。"

卡拉丁紧咬牙关,缓缓吸气。

他的队伍向前方的一群仆族走去。从排起的长队来看,那里像是有某种针对新来者的处理站。确实,肯恩所在的百人团体被安排进了一个队列进行等候。

他们前面有一个身披全副壳甲、长得很像仆族智者的仆族沿着队列走过,手里捧着写字板。当他走向肯恩那群仆族时,茜尔又往卡拉丁的头发里钻了一点。

"你们都是哪个镇上的?在哪座劳动营干过?属于哪支部队?"他说话时有种怪奇怪的节奏,跟卡拉丁在破碎平原上听到的仆族智者差不多。肯恩的一些同伴说话时也带着少许节奏,但没有这么强烈。

仆族文书写下肯恩列出的一连串城镇,注意到他们携带的矛。"有劳了。我会推荐你们接受特训。把俘虏关进猪圈,我会登记的。等你们安顿好了,就能让他干活。"

"他……"肯恩看了看卡拉丁,"他不是俘虏。"她似乎不太情愿。"他是人类的奴隶,跟我们一样。他想加入、想战斗。"

仆族抬头望着空气。

"伊克斯莉在为你代言,"萨尔对卡拉丁耳语,"她似乎被打动了。"

"好吧,"文书说,"这也不是闻所未闻,但你必须得到一名融族的同意才能放他自由。"

"一名什么?"肯恩问。

捧着写字板的仆族指了指左边,卡拉丁和别的几名仆族只得一起站出队列。他们看到了一个高挑的长发仆族女子,甲壳覆盖着她的脸颊,从颧骨的位置延伸到头发中。她胳膊上的皮肤满是凸起,仿佛皮下还有一层甲壳。她的双眼发出红光。

卡拉丁紧张得喘不过气。第四冲桥队对他描述过这些异样的仆族智者,队员们在深入破碎平原的腹地时曾和他们交战。就是他们召唤了灭世风暴。

这名仆族女子直视着卡拉丁,猩红的目光咄咄逼人。

卡拉丁听到了远方的一声雷劈。周围的不少仆族纷纷朝那个方向转身,开口低吟。是飓风。

在那个瞬间,卡拉丁做出了决定。他已经放开胆子,尽量跟萨尔那群仆族长时间相处,能了解的都已经了解了。飓风带来了一次良机。

是时候告辞了。

那个长着红眼、称作融族的高大危险生物迈步走向肯恩等人。卡拉丁不知道她是不是认出了他光辉骑士的身份,但他无意等她来到跟前。他一直在琢磨,旧日奴隶的本能已经确定了最简单的出路。

就在肯恩的腰带上。

卡拉丁从挂在那儿的口袋里吸取飓光。飓光的能量使他浑身冒光,他抓住口袋一把扯下,皮带发出啪的一声。他会用到这些宝石的。

"叫你的族人去避风。"卡拉丁对一脸诧异的肯恩说,"飓风快来了。谢谢你的好心。不管别人怎么说,还请你明白这点:我不希望成为你的敌人。"

融族发出愤怒的呼喊。卡拉丁迎上萨尔遭到背叛的神情,升入空中。

自由了。

卡拉丁高兴得皮肤发颤。风操的,他是多么怀念风和开阔的天空,还有脱离重力时胃里猛地一抽的感觉。茜尔变成光带绕着他打转,划出一道道发光的圆圈。傲灵在卡拉丁脑畔涌现。

茜尔化为人形,好让自己瞪着那些上下起伏的光珠。"我的。"她把一只傲灵拍到一边。

飞升了五六百尺,卡拉丁改用一半风行术,减速悬浮在空中。下方的红眼仆族女子伸手指着他,一边大喊大叫,但卡拉丁根本听不见。风操的,但愿这不会给萨尔和他的同伴造成麻烦。

城市一览无余,街上挤满了准备进屋避风的身影,其他团体则从四面八方赶来。即使卡拉丁跟仆族相处了那么久,一下子也还是觉得不舒服。那么多仆族聚集在同一地点?这不正常。

他从来没有为这种想法而如此烦恼。

他望了望远方的飓幕,发现它正在靠近,但还要过一段时间才会抵达。

他必须飞到飓风上方,以免被大风卷走。然后怎么办?

"乌有斯麓在西面。"卡拉丁说,"你能带我们过去吗?"

"我怎么做得到?"

"你以前去过。"

"你也去过呀。"

"你是自然的力量,茜尔。"卡拉丁说,"你能感受到飓风,难道就没有一点……方向感吗?"

"可你来自这个界域。"她把另一只傲灵拍开,悬浮在他身边,两手抱胸,"而且,与其说我是自然的力量,不如说我是一股原始的创世力量,通过全人类的想象,最终变成了某种理念的化身。"

"你是怎么想出这套说法的?"

"不知道。可能是从哪儿听来的,要不然就是我太聪明了。"

"那我们就得去破碎平原。"卡拉丁说,"可以到阿勒斯卡南部的大城市替换宝石,希望足够我们飞回军营。"

他把宝石袋系到腰带上,往下瞧了一眼,试着估算仆族军队的数量和防御工事的情况。无须担心飓风的感觉很奇怪,但飓风一旦来袭,他只要越过风巅就行了。

卡拉丁在天上见到了开凿在石地中的沟壑,那是用来分流飓风过后的洪水的。尽管大部分仆族已经逃去避风,但还有些留在下面,伸长脖子仰望着他。从他们的姿势中能看出他们受到了背叛,可他甚至分不清他们是不是肯恩队伍里的。

"你怎么了?"茜尔落在他肩膀上。

"我忍不住对他们有种亲切感,茜尔。"

"他们占领了城市。他们都是虚渡。"

"不,他们也是普通人,有充分的理由生气。"一阵风把他吹向一旁,"我明白那种感受。它煎熬着你的内心,蚕食着你的头脑,直到你忘记了一切,只想着你遭到的不公。我就是这么看待艾尔霍卡的。人们会去争取应得的东西,面对这种强烈的欲望,再多合理的解释有时也会变得没有意义。"

"你对艾尔霍卡的想法已经改变了,卡拉丁。你看到什么是正确的了。"

"我有吗?到底是我自己发现什么是正确的,还是我终于同意采用你希望我采用的观点?"

"杀死艾尔霍卡是错误的。"

"那我在破碎平原上杀死的仆族呢?这难道不是错误的吗?"

"那时你在保护达力拿。"

"可那时他在袭击他们的家园。"

"因为他们杀了他哥哥。"

"可我们都知道,那是因为他们看到了迦维拉尔国王和他的子民是怎么对待仆族的。"卡拉丁扭头望向盘着一条腿坐在他肩上的茜尔,"所以区别在哪里,茜尔?达力拿攻打仆族的行为,和刚才那些仆族占领城市的行为,两者的区别在哪里?"

"我不知道。"她小声说。

"那么,让艾尔霍卡因为他施以的不公而死,为什么就比上破碎平原直接屠杀仆族更恶劣?"

"因为一种做法是错误的。我是说,只是感觉上是错误的。我想两者都是如此。"

"然而一种做法几乎破坏了我们之间的纽带,另一种却没有。纽带无关对错,是不是,茜尔?它关乎的是你眼中的对错。"

"应该是我们眼中的对错。"她纠正道,"说起誓言,你发誓要保护艾尔霍卡,那请你告诉我,在你打算背叛艾尔霍卡的时候,内心深处真的没有觉得自己在做错事吗?"

"好吧,但这还是观念的问题。"卡拉丁任由风儿吹拂,感到心底空荡荡的,"风操的,我还希望……我还希望你能告诉我,让我知道什么是绝对的正确。这一次,我不想让自己遵守的道德准则到了最后还遇上一系列例外。"

她若有所思地点点头。

"我以为你会反对。"卡拉丁说,"毕竟你是……什么来着?人类眼中荣誉的化身?你最起码也该认为自己都有答案吧?"

"有可能。"她说,"否则,如果真有答案,我或许也该抱着要找到答案的想法。"

飓幕已经尽收眼底,那是一片裹挟着垃圾的巨型水幕,由迎面而来的飓风推动。卡拉丁已经顺着风飘离城市,于是他施放风行术把自己甩向东边,越过连成风刃山的峰峦,发现了早前没见过的景象:一间间挤满大批人类的猪圈。

从东边吹来的风越来越猛烈,但守着猪圈的仆族只是站在原地,仿佛没人向他们下达转移的命令。飓风远远传来最初几声轰鸣,很容易错过。他们不久后就会注意到,但可能为时已晚。

"噢!"茜尔说,"卡拉丁,那些人!"

卡拉丁咒骂一句,解除朝上的风行术迅速下降,砰的一声落地,送出一圈光雾。

"飓风!"他冲仆族守卫喊道,"飓风要来了!快把这些人带到安全的地方!"

他们愣愣地看着他。这反应并不意外。卡拉丁召唤瑛刃,从仆族身边挤过,跳上猪圈低矮的石墙。

他高举茜尔变成的瑛刃。镇民们涌到墙边,"碎瑛武士"的呼声响起。

"飓风要来了!"他大喊着,可他的声音很快被民众的喧哗盖过。风操的,虚渡无疑有实力对付一群暴动的镇民。

他吸取更多飓光,升入空中。人们安静下来,甚至纷纷后退。

"上次刮飓风的时候,你们躲在哪里?"他高声询问。

靠前的几个人指了指附近的大堡垒。那是飓风期间用来安置牲畜、仆族乃至旅客的地方,里面能容纳镇上的所有人吗?假设得人挤人。

"快过去!"卡拉丁说,"飓风马上要来了。"

卡拉丁,茜尔的声音在他脑海中说,**注意你背后**。

他转过身,发现仆族守卫正提着矛朝矮墙走来。当他落地时,镇民们终于有了反应,开始往上爬。这堵墙堪堪齐胸高,抹着坚硬光滑的飓砂。

卡拉丁朝仆族守卫前跨一步,一挥瑛刃,将矛头从矛杆上削了下来。仆族守卫窘迫地往后退去,他们受过的训练几乎不比卡拉丁的旅伴多。

"你们想跟我打吗?"卡拉丁问他们。

其中一个摇摇头。

"那就保证那些赶着去避风的人不要踩到别人。"卡拉丁伸手一指,"不要让其他守卫攻击他们。这不是反抗。你难道没听到雷声,没感到风变大了吗?"

他再次跃上墙头,高声发令,挥手示意人们前进。仆族守卫终于决定放弃与碎瑛武士对抗,愿意冒着惹上麻烦的风险听从他的指示。没过多久,就有整整一个队伍的仆族催促人类去堡垒避风,态度没有他想的那么好。

他落到一名女性守卫身边,后者的矛就是被他劈成了两半。"上次刮飓风时是怎么做的?"

"我们基本上不管人类,"她坦承,"自己都忙着逃命。"

所以虚渡也没有料到这趟飓风的来袭。卡拉丁皱皱眉,努力不去想可能会有多少人死于飓幕的冲击。

"还能改进。"他对女子说,"这些人现在归你管了。你们占领了城市,已经达到目的。如果你想收获任何道义上的优越感,那就善待俘虏,他们的待遇不能比你们以前的待遇更差。"

"好吧,"女子说,"你是谁?为什么——"

卡拉丁被一个大块头砸到,朝后飞了出去,吱嘎一声撞上矮墙。那家伙有胳膊,还伸手卡住他的喉咙,想要掐死他。他把那人踹开,那人的眼睛拽出一道红光。

一种紫中泛黑、像是暗色飓光的光芒从红眼仆族身上腾起。卡拉丁一声咒骂，将自己甩到空中。

怪物跟了上来。

另一个也从附近升起，身后留下一道微弱的紫光，飞行时跟卡拉丁一样轻松。两者的模样与他先前看到的不同，体形更瘦，头发更长。茜尔在他脑海中大叫，叫声交织着痛苦和惊讶。他只能认为，在他飞上天之后，有人跑去叫来了这些怪物。

几只风灵从卡拉丁身边一闪而过，开始调皮地绕着他舞动。天色渐暗，飓幕轰隆隆地扫过大地。红眼仆族智者追了上来。

于是卡拉丁把自己径直甩向风暴。

这曾对白衣刺客有效。飓风虽然危险，但也能提供帮助。两个怪物是跟上来了，却升得比他还高，只得把自己往下甩，动作起起伏伏，非常别扭，让他想起了自己头一次尝试风行术的经历。

卡拉丁打起精神，紧握茜尔化成的璃刃，伴着四五只风灵冲破飓幕。变幻无常的黑暗将他吞没，其间经常有闪电劈过，也有幽光亮起。旋风呼啸相撞，如两军交战，极不规律，他被抛来抛去，使出浑身解数才对准方向。

他回头一看，发现两个红眼仆族冲了进来。他们发出的古怪光芒没有那么亮，莫名有种抗光的效果，像是一圈附在体表的黑暗。

他们立刻乱了阵脚，被风吹得团团转。卡拉丁微微一笑，差点被一块从空中滚落的巨石砸到。他纯粹靠运气才得救，要是那块巨石再接近几寸，就能削掉他的胳膊。

卡拉丁将自己甩向上方，穿过风暴，朝顶端飞去。"飓风之父！"他吼道，"飓风之灵！"

没有回应。

"回过头来！"卡拉丁冲着翻滚的强风喊道，"下面还有人！飓风之父，你必须听我说！"

一切仿佛静止。

卡拉丁站在曾与飓风之父见面的奇异空间中,这里似乎超脱于现实,下方的大地离他很远,一片昏暗,被雨打湿,但显得贫瘠而空旷。卡拉丁不靠风行术就悬在半空,他脚下的空气只是凝固了。

你凭什么有求于风,荣誉之子?

飓风之父的脸庞如天空般宽广,如日出般主宰。

卡拉丁把剑举高。"我是出于你的本质才认识你的,飓风之父。你是灵体,就像茜尔那样。"

我是神的记忆,是遗留的片段。我是飓风的灵魂,是永恒的思想。

"既然你是灵魂、思想和记忆,"卡拉丁说,"那你肯定能为下面的人开恩。"

那么以前死在风中的几十万人呢?我应该为他们开恩吗?

"应该。"

那么淹没一切的波涛和吞噬一切的火焰呢?你会让它们停歇吗?

"我说的只是你,而且只针对今天。拜托了。"

雷声隆隆。飓风之父似乎真的在考虑卡拉丁的请求。

这不是我能做到的事,塔那万斯特之子。如果风不再吹拂,它就不是风了。它什么也不是。

"但——"

卡拉丁彻底落回风暴中,时间似乎没有流逝。他躬身穿过烈风,失望得直咬牙。已有二十几只风灵陪伴着他,旋转、欢笑,每一只都化成了光缎。

他经过一名红眼仆族。是叫融族吗?这个词是否指代所有眼睛发光的仆族?

"飓风之父真的能派上更大的用场,茜尔。他不是说,他是你的父亲吗?"

这很复杂,茜尔在他脑海中说,**但他就是顽固,对不起。**

"他太无情了。"卡拉丁说。

他是飓风，卡拉丁，符合人们几千年来的想象。

"他能做出选择。"

他也许能，也许不能。我觉得你好像在请求火焰不要变得这么热。

卡拉丁沿着地面飞驰而过，很快到达了围绕雷沃拉尔的山陵。他希望大家都能安然无恙，但这自然是一个渺茫的希望。人们分散在猪圈里和堡垒附近，有一座避风所还开着门，谢天谢地，有几个人正要集中门外最后一批民众，带他们进去。

还有许多人离得太远，只能紧靠墙壁或岩石的凸起，蜷缩在地上。借着闪过的电光，卡拉丁才能认出那些独自在风雨中担惊受怕的身影。

他也曾感受过暴风的捶打。他也曾被吊在营房墙外，对风暴无能为力。

卡拉丁……当他坠落时，茜尔在他脑海中说。

他体内的风暴涌动着，在飓风中持续补充飓光。飓风救过他十几次命，此时此刻也在保护他。这种曾经妄图杀死他的力量，已经成为他的救赎。

他落在地上，松开茜尔，然后抓住一个紧抱着儿子的年轻父亲，把他们拉起来牢牢稳住，想要送他们去避风所。他隐约见到附近有人被一股狂风刮走，随即没入黑暗。

卡拉丁，你没法把他们都救下来。

他放声嘶吼，又抓紧一名女子，与他们一同前进。一行人在风中跌跌撞撞地走到挤成一团的民众身边，至少有二十几个人躲在猪圈围墙的荫蔽下。

卡拉丁把自己救助的父亲、孩子和女子拉过去。"你们不能待在这外面！"他冲所有人喊道，"别分开，你们要一起往这边走！"

风声呼啸,大雨如注,他努力带领人群手挽手穿越石地,刚走了好一段路,就有一块巨石在不远处的地上碾过。有人惊慌失措,蜷着身子蹲了下来;有人被强风卷起,别人只能紧紧拉着同伴的手才能不被吹走。

卡拉丁眨眨眼,挤去混着雨水的泪水,发出一声怒吼。不远处的闪光之下,一段墙壁被风扯断,砸到一个人身上,把他拖入了飓风中。

卡拉丁,茜尔说,**对不起。**

"只说对不起是不够的!"他喊道。

他用一条胳膊搂紧那个孩子,面朝狂风骤雨。飓风为何带来毁灭?它本就塑造了他们,何必又要葬送他们?痛苦和背叛占据了卡拉丁的心房,飓光在体内奔涌,他举手向前,仿佛想把风推回去。

一百只风灵化为光线在他胳膊上流转,如丝带般缠绕,汹涌的飓光绽放开来,一大片耀眼的光芒扫过卡拉丁身旁,分开了周围的烈风。

卡拉丁迎风伫立,伸手让它转向。如同阻遏湍流的岩石,他在暴风中打开一个缺口,让风雨静静流向身后。

他顶着肆虐的飓风,守在原地转变风向,一排风灵如翅膀般从他身上展开。在风雨的捶打下,他回过头,发现人们瑟缩在他背后,浑身湿透,一脸困惑,四周却一片平静。

"走!"他大喊,"走!"

人们站了起来,年轻的父亲从卡拉丁背风的怀里抱回儿子。卡拉丁跟着他们后退,持续为他们阻挡风暴。这群人只是一部分被飓风困住的民众,但卡拉丁拼尽全力才抑制了风雨。

面对他的违抗,风似乎很愤怒,就差扔下一块巨石。

一个双眼放出红光的人影在他前方落地,步步朝他逼近,但人们终于抵达了堡垒。卡拉丁叹了口气,松开对风暴的控制,背后的灵体四散而去。他累极了，任凭飓风将他卷走，但他立即用风行术飞升，以免撞到城市的建筑。

哇，茜尔在他脑海中说，你刚才对飓风做了什么？

"还不够。"卡拉丁低语。

你永远做不到让自己满意，卡拉丁，但你的表现还是太棒了。

他在一下心跳间就飞越了雷沃拉尔。转身之际，他仅仅变成了风中的另一片岩屑。融族追了上来，却落在后面，逐渐消失。卡拉丁和茜尔冲出飓幕，翱翔在飓风前方，经过城市、平原和山脉，源源不断的飓光从背后而来，为他们重新注入能量。

他们就这样飞了足足一小时，直到一阵气流将他推往南方。

"去那边吧。"化为光带的茜尔说。

"为什么？"

"你就听听我这个自然化身的意见，好不好？我父亲大概也想以自己的方式道歉。"

卡拉丁低吼一声，但没有阻止风儿将他引到特定的方向。他飞了几小时，沉浸在风暴的喧嚣中，最终安定下来，一半出于自愿，一半出于风的敦促。飓风过去了，把他留在一片开阔石地的中央。

那是塔城乌有斯麓前方的高地。

32 相伴

> 毕竟偏偏是我做出了改变。
> ——摘自《渡誓》序

沙兰安坐在塞巴里尔的起居室里。这是一间形状古怪的石屋，上面有一个偶尔用来安置乐师的阁楼。地板上有一个浅浅的凹陷，塞巴里尔总是说要灌点水、放几条鱼进去，把它填平。而沙兰非常肯定，他只是想要用自己所谓的夸张举动惹达力拿生气。

他们暂时用几块木板遮住了洞口。塞巴里尔时不时会提醒别人，叫他们不要踩到上面。屋里的其他地方都装修得富丽堂皇，沙兰确信自己曾在达力拿军中的虔诚院里见过挂在这里的壁毯。与之相得益彰的，有奢华的家具、金台灯和陶器。

以及一些盖在坑洞上的碎木板。沙兰摇摇头，在沙发上蜷成一团，往身上盖了一堆毯子，感激地从帕萝娜手中接过一杯热气腾腾的柑橘茶。由于几小时前遭遇瑞西法，她还没有从残存的寒意中缓过神来。

"你还需要些什么吗?"帕萝娜问。

沙兰摇摇头,那个赫达孜女子便端着另一杯茶坐到附近的沙发上。沙兰抿了一口茶,庆幸有人相伴。阿多林希望她能睡下,可她最不想一个人待着。于是阿多林把她交给帕萝娜照顾,自己则陪着达力拿和纳瓦妮,进一步解答他们的问题。

"所以……"帕萝娜说,"它是什么样的?"

沙兰要如何回答?她接触的可是风杀的子夜之母:源自古老传说的名字,灭者之一,虚渡的王公。人们在诗歌和史诗中歌颂瑞西法,将她描述为黑暗而美丽的形象。画像中的她穿着黑衣,双眼通红,目光撩人。

这似乎体现了人们对灭者的真实记忆到底有多模糊。

"跟传说里的不一样。"沙兰低语,"瑞西法是灵体,体形巨大,非常可怕。她极其想要理解我们,于是模仿我们的暴行,不停杀害我们。"

此外,还有更深层次的谜团。当她与瑞西法紧密相连时,只是领略了一丝一毫。她想知道,这只灵体除了想要理解人类,是不是还想搜寻自己遗失的东西。

在记忆无法企及的遥远过去,这个生物是不是也曾是人类?

他们不得而知,而且一无所知。在沙兰首次通报后,纳瓦妮就指派手下的学者搜索信息,但他们接触到的文献仍是有限的。就算能调用帕拉奈图书馆的馆藏,沙兰也不是很乐观。迦熙娜耗费多年寻觅乌有斯麓,但即便在那时候,她的大多数发现也并不可靠,因为年代实在太久远了。

"想想看,它一直都在这儿,"帕萝娜说,"躲在下面。"

"她被关起来了。"沙兰小声说,"最后她还是逃脱了,但那已经是几百年前的事了。后来她就一直等在这儿。"

"那么,我们应该找到别的那些都被关在哪里,免得它们逃出来。"

"我不确定别的那些是不是被人捉到了。"她从瑞西法身上察觉到了孤独,那是一种在同类都逃脱时产生的撕心裂肺的感受。

"所以……"

"它们一直都存在。"沙兰说。她感到精疲力竭,先前还固执地对阿多林说自己不是那么累,这时眼皮却不听话地垂下了。

"现在我们肯定能查清楚。"

"我不知道。"沙兰说,"它们……它们在我们看来会很普通。事情总是这样。"

她打了个哈欠,只能在帕萝娜说个不停的时候有意无意地点点头。那些话逐渐变质,帕萝娜表扬了沙兰当机立断的做法。其实阿多林也是如此,但沙兰并不介意。达力拿对她的态度非常好,平日里那个如磐石般苛刻的人不见了。

她没有把自己近乎崩溃的实情和唯恐又碰上那个怪物的心情告诉他们。

然而……听到几句称赞或许是应该的。当她走出家门,设法拯救家族时,她还只是个孩子。自从登上船,看着雅克维德逐渐消失在身后的那天起,她还是头一次感到自己有可能真正把握了这一切,就好像她在人生中找到了些许平稳,以及些许对自己和对周遭环境的掌控。

出乎意料的是,她有点觉得自己长大了。

她微微一笑,舒舒服服地盖着毯子,喝着茶,暂时忘却了几乎一整支军队的士兵都看她脱下手套的糗事。她算是大人了,可以克服少许尴尬。其实她愈发相信,只要能在沙兰、浣纱和"光辉女士"这三个人格之间转换,她就能应付所有人生挑战。

门外传来一阵骚动,她马上坐起,但那只是交谈和欢呼的声音,似乎没有危险。当阿多林走进屋朝帕萝娜鞠躬时,她没有太惊讶,因为阿多林确实很有礼貌。他小跑过来,身上的制服被碎瑛甲压过,依然皱巴巴的。

"别慌。"他说,"是好事。"

"好事?"她变得担心起来。

"嗯,有人刚来到塔里。"

"哦,是这事啊。塞巴里尔转达过了,扛桥的小子回来了。"

"那小子?不,我说的不是这事。"阿多林动起脑筋,想要找到合适的话语。这时有声音传来,另外几个人走进了房间。

领头的人是迦熙娜·寇林。

(第一部分·完)

插曲

普利埃斯特莉温丽

I-1 普利

普利是灯塔的看守，他尽量不让大家知道他对这场新的风暴有多兴奋。

真惨哪，真惨哪。他在萨金哭泣时这么对她说过。嫁给新任丈夫后，萨金还很得意，觉得自己很幸福。她搬进了男人的漂亮石屋，那里是种植花草的好地方，就建在镇上的北山后面。

普利拾了一些被这场怪风暴吹到东边的木柴堆进小车里，用双手拉车，留下萨金为丈夫哭泣。她已经失去了三任丈夫，都在海上失踪了，真惨哪。

可普利还是对这场风暴感到兴奋。

他拉车经过其他破屋。这些屋子都在悬崖西面，本该没有飓风之扰。普利的祖父还记得没有山坡挡风的日子，后来多亏克勒克在飓风的中心将大地分离，辟出了新的安居宝地。

如今，有钱人要把房子建到哪儿去呢？

镇上确实不缺有钱人，不管海上的旅客有什么传言。他们会在这个位于破败的柔刹东端的小港口停留，进入靠着山崖的海湾避风。

普利拉车走过海湾,见到了一个外国船长。那女人留着两道长眉,皮肤是褐色的,不是纳坦人常见的蓝色。她正想搞明白自己的船是怎么坏的。这艘船先是在海湾里摇晃,被闪电击中后便撞上礁石,眼下只看得到桅杆。

真惨哪。普利念叨起来,向船长夸了一通桅杆。可真漂亮呀。

普利从这艘被冲到海湾岸边的破船上捡起几块板条丢进车里。尽管这场风暴毁了不少船,他仍旧感到高兴,自己偷着乐。

他祖父预警过的变革时代终于来临了吗?飓风之源的神秘岛终于要派人来夺回纳塔纳坦了吗?

就算不是这样,这场新的风暴也带给了他不少木柴。他忙着捡起所有树枝和碎石壳木,在车里堆得高高的,拉上车就走。路边有些渔民围在一起,想着要怎么在两面都刮风的世界上过活。他们可不像懒惰的农民,不会在泣雨季期间呼呼大睡。他们辛勤劳动,因为没有风吹。虽然要经常排水,但是天上不会刮风,直到现在。

惨哪。普利对奥拉姆这么说着,一边帮他清理仓房里的垃圾,还往自己的车里放了许多板条。

惨哪。普利和赫马黛克想到一起去了,当时他正替那人看孩子,好让她给发烧的姐妹熬汤喝。

惨哪。普利又对杜鲁摩兄弟这么说着,帮忙从浪间张起一面破帆铺到礁石上。

走完一遭,普利把小车拉上通往不屈塔的蜿蜒长路。"不屈"是他给灯塔取的名字,没有人这么称呼,因为对他们来说,这不过是座灯塔而已。

他在塔顶摆好水果,供奉以飓风为家的令使克勒克①,然后拉车走进底楼的房间。不屈塔不是一座高耸的灯塔。他在图画上见过长眉

---

① 纳坦人误以为令使克勒克(卡拉克)是飓风之父。

海峡沿岸的灯塔，华丽、时髦，是有钱人的灯塔，他们乘船出海，却从不捕鱼。不屈塔只有两层，低矮得像座堡垒，但石材坚硬牢固，外墙上覆满防漏的飓砂。

她百年来屹立不倒，克勒克也奈何不得，飓风之父都知道她有多重要。普利把一大把湿漉漉的木柴和破板搬到塔顶，趁着天色还早，搁在暗淡的火边烘干。他掸掸手，来到灯塔边缘。夜里，塔中的透镜会通过跟前的窟窿将光射出去。

普利看向悬崖，遥望东方。他的族人就如灯塔般矮胖，但孔武有力、百折不回。

他们会揣着飓光而来，祖父曾告诫道，他们会造成破坏，但你无论如何都要留心，因为他们来自飓风之源，是一群迷失在汪洋上的水手。普利，到了晚上，你要把火烧得高高的、烧得旺旺的，直到他们到来的那一天。

他们将在夜晚最黑暗的时刻到来。

当然就是现在：新风暴降临，最黑暗的夜晚。这是惨剧。

也是征兆。

I-2 埃莉斯塔

尤卡沙虔诚院坐落在吃角族群峰西坡的树林中,常年清幽宁静,刮飓风时只会下雨。虽然雨确实很大,但雨势并没有世界上大部分地区那么猛烈。

每逢飓风过境,埃莉斯塔都暗暗庆幸。有些虔诚者奋斗了半辈子才被调到尤卡沙虔诚院,远离政治、风雨和其他烦扰。在这里,能做到静心冥思。

通常如此。

"你没瞧见这些数据吗?你的眼睛跟你的大脑脱节了吗?"

"我们还无法下定论。三条例证不够充分!"

"两则数据纯属巧合,三则数据就可成序。灭世风暴的风速是恒定的,普通的飓风却不是。"

"怎么能这么说!其中被极力放大的一则数据,实际取自最初的灭世风暴,而那偏偏是特例。"

埃莉斯塔使劲合上手中的书,往背包里一塞,立马从读书角冲出去瞪了瞪那两个在走道上争论的虔诚者。他们戴着学者大师的帽冠,吵得正起劲,就算埃莉斯塔使出最大的劲瞪他们,也不见他们有什么反应。

她只好匆匆离开图书馆,踏上一条长廊。长廊两侧是敞开的,能看到平和的树木和宁静的溪流。空气很湿润,生满苔藓的藤蔓经过一夜,忽地舒展开来。即便外面的一大片树林已被这场新的风暴夷平,也没理由搞得人心惶惶的吧!那都是别的地区的事,而在心知会的总部,只要专心看书就成。

埃莉斯塔把随身物品摆在一张靠近敞开窗户的书桌边。潮湿的环境不利于书册的保存,但山上风力微弱,容易孳生霉菌。平日里只能加以习惯,但愿新研制的空气除湿法器可以——

"……跟你说我们得搬走了!"走廊里回响起另一个声音,"你看,风暴会毁坏树林,要不了多久,山坡上就会是光秃秃的一片,到时候风暴就会全力朝我们袭来。"

"贝塔姆,新风暴的风力系数并不高,树不会被刮倒。你没看过我的测量结果吗?"

"我对那些结果有异议。"

"可——"

埃莉斯塔按揉着太阳穴。她和别的虔诚者都剃了光头,到现在她的双亲还会开玩笑,说她只是因为讨厌打理头发才出家的。她塞上耳塞,但隔着耳塞还能听见吵嚷声,索性又收拾好东西。

要不去矮楼吧?她走上外面的长台阶,沿着林荫道下坡。在进虔诚院之前,她还幻想过与学者同处的生活,以为那种环境没有倾轧和纷争,后来才发现那不是真的,不过她倒也落了个清净。能来到这里实在幸运,她在进入矮楼时又对自己说了一遍。

楼里吵吵嚷嚷,许多人在用对芦收集信息,互相交谈,随处都能听到王公贵族的话题,简直一片混乱。埃莉斯塔愣在门口看了一会儿,转身就走。

这下怎么办?她又踏上台阶,却放慢脚步。也许只有去那里才能安生……她想道,眺望着树林。

她走了进去,不顾虫子和头顶的滴水,也不嫌脏,但她不想跑太远,谁知道里边有什么?她挑了一个苔藓不多的树墩坐下,把书放在腿上,周围是上下飘飞的生灵。

她还能听到虔诚者的叫嚣,但已经听不清了。她翻开书,一心想要在这天做点什么。

面对光明贵人斯特林冒昧的爱意,维玛转过身,禁手捂在胸前,眼帘低垂,不去看那头秀发。这份勾起不堪念头的感情无法再让她满足,仿佛他的殷勤也曾带给她闲暇之乐似的,但如今似乎暴露出了他的厚颜无耻和他最严重的人格缺陷。

"什么?"埃莉斯塔阅读着,惊叫出声,"不行,你这个蠢姑娘!人家总算对你表白了心意!看你敢拒绝!"

她怎么能接受这种恣意为自己曾经的单相思开脱的理由?她就不该像她叔叔始终主张的那样,做出更审慎的选择吗?光明贵人瓦达姆拥有轩亲王赏赐的领地,会有办法带来一个小军官无法企及的幸福,不管他多么受人尊敬,不管是哪阵风捎来了他的气质、仪表和温柔。

埃莉斯塔看得倒吸一口气:"光明贵人瓦达姆?你这个小贱货!难道你忘了他是怎么把你父亲关起来的吗?"

"维玛,"光明贵人斯特林正色道,"看来是我严重误会了你的关注。在这一点上,我发现自己深陷于愚蠢的窘境。我要离开这里,到破碎平原去,你也不必再承受我的折磨了。"

他挥洒君子风度,彬彬有礼地鞠了一躬,尽显优雅和尊重。从这胜似帝王的礼遇,可见光明贵人斯特林的本性:耿直但多情,着实毕恭毕敬。先前的示爱水到渠成,现在看来,一下子成了他坚定的设防的破绽,那是一扇表露脆弱的窗口,而不是贪婪的典范。

当他松开门闩,即将永远走出维玛的人生时,维玛感到无比羞愧，但又望眼欲穿。这两种感觉在她胸中激荡，如两股绳般缠绕在一起，编织出她的复杂心意。

"等等！"她喊道，"亲爱的斯特林，听我说！"

"风杀的，行吧，你最好给我等着，斯特林。"埃莉斯塔凑近书本，翻过这页。

她迷失在欲望之海，满心想要感受斯特林的抚摸，矜持似乎是无用的。她飞奔而去，把藏在袖中的纤手搭在斯特林的胳膊上，再抬起他结实的下颌轻轻抚摸。

树林中非常温暖，简直燥热难耐。埃莉斯塔捂住嘴巴，睁大眼睛，看得浑身发颤。

但愿她还能找到穿透斯特林那高挑俊美的设防的窗口，并在自己的内心中找到类似的伤口，彼此紧紧相贴，让他有途径渗入她的灵魂深处。要是——

"埃莉斯塔？"有人冷不丁地问。

"哎呀！"她重重合上书，马上坐直，转头去看是谁在说话，"嗯，哦！是虔诚者厄尔夫啊。"这个来自希尔纳森的虔诚者小伙长得又高又瘦，有时聒噪得烦人，显然在树林里偷偷溜到同行背后除外。

"你在研究什么呢？"他问。

"重要的著作。"埃莉斯塔一屁股坐到书上，"没什么好介意的。你有什么事？"

"嗯……"厄尔夫低头瞧了瞧她的挎包，"本德瑟尔收集的晨颂文的抄本，你是最后一个在看的吧？我就是想问问你的进度。"

晨颂文？好吧。阿勒斯卡的纳瓦妮·寇林前辈设法进行了破译，虽然她对于幻象的说法纯属无稽之谈——寇林家族以政治不透明著称——但她掌握的关键线索却真实可信，埃莉斯塔等人也慢慢翻译起了古文献。他们本来一直在研究，灭世风暴一来，大家都分心了。

埃莉斯塔伸手在背包里摸了摸，取出三份发霉的抄本和一沓文件，后者是她到目前为止所做的工作。

讨厌的是，厄尔夫挨着她的树墩坐到地上，接过她递去的文件，把挎包放在腿上，看了起来。

"厉害。"他在片刻后说，"你的进展比我大。"

"别人都在忙着担心灭世风暴呢。"

"可不是，它有抹去人类文明的危险。"

"真是小题大作。一有风吹草动，大家总是反应过度。"

厄尔夫翻阅着文件。"这段怎么讲？干吗这么关心文献的来源？菲克辛不都下结论了？晨颂文的文献都已经从中心位置流散了，即便查出下落，也没有什么值得学习的地方。"

"菲克辛就是个马屁精，能做什么学问？"埃莉斯塔说，"你瞧，要证明柔剎曾有通用的文字，其实很简单。我有马卡巴卡姆、瑟莱塔勒、阿勒瑟拉等国的参考资料，不是流散的文献，而是确凿的证据。它们本身就是用晨颂文写就的。"

"你觉得古人说的都是同一门语言？"

"不觉得。"

"那迦熙娜·寇林在《遗风纪胜》里提到的观点呢？"

"她并没有表示古人说的是同一门语言，而是古人采用过统一的文字。认为几十个国家在几百年间都使用同一门语言是愚蠢的，更有道理的是规定一门文字作为学术语言，就像现在用阿勒斯卡语写的很多脚注那样。"

"那么……"厄尔夫说，"后来灭世降临……"

埃莉斯塔一点头，把后一页笔记给他看。"古人逐渐使用晨颂文来注音，催生了这门奇怪的过渡语，但收效不甚理想。"她翻过两页，"这一篇是最原始的泰勒拿－沃林语系的部首，这里就是经过一定演变的泰勒拿文。"

"我们一直在纳闷晨颂文的命运。人们怎么会遗忘本族语？现在似乎清楚了。在那时候，这门语言就已经濒临消亡了几千年。人们不会说了，而且已经连着好几代人都不会说了。"

"真棒。"厄尔夫说。作为一个希尔纳森人，他还不算坏。"我一直在尽力翻译，却卡在《科瓦德残篇》上。如果你的做法是对的，那可能是因为残篇里的文字就不是真正的晨颂文，而是另一门古代语言的注音……"

他斜着眼一瞧，歪过脑袋。难不成他在看她的——

哦，不。他只是盯着埃莉斯塔坐着的那本书。

"《美德之诺》？"他咕哝道，"好书。"

"你读过？"

"我很喜欢读阿勒斯卡的史诗。"他翻阅笔记，心不在焉地说，"维玛真该选择瓦塔姆的。斯特林就是个会拍马屁和吃白食的人。"

"斯特林明明是位高贵而正直的军官！"埃莉斯塔眯起双眼，"厄尔夫兄弟，你就是想气我吧？"

"说不定呢。"对方翻到晨颂文的语法汇表，认真阅读，"我有本续集。"

"还有续集？"

"讲她妹妹的。"

"很文静的那个？"

"是的。有好几个人对她献殷勤，一个是魁梧的海军军官，一个是泰勒拿的银行家，还有一个是御前知策。她得在他们之间做出选择。"

"等等，这次有三个男的？"

"续集总得更厚。"厄尔夫把那叠资料还给她，"借你看好了。"

"哇，你会借我看的吧？如此宽宏大量的姿态需要付出什么代价，光明贵人厄尔夫？"

"帮我翻译一段棘手的晨颂文吧。有个主顾把发稿日定得很死。"

I-3 失落之韵

温丽攀下深渊,调谐至渴望之韵。崭新的飓风态妙不可言,她牢牢抓住崖壁悬在几百尺的高空,毫无跌落之虞。

她皮下的甲质层远比化为战斗态时轻盈,但抗打击的效能基本不变。在召唤灭世风暴期间,一个人类兵直接用矛扫过她的面部,划破了她的脸颊和鼻梁,可她皮下的护甲还是挡开了武器。

她沿着崖壁继续往下爬,跟在后面的是她曾经的伴侣戴米德和一群忠心的朋友。她在脑海中调谐至跟欣赏之韵较为接近,却更为有力的命令之韵。她的族人都能听到这类含有音调的节拍,但她已经听不到旧日的普通韵律,只能听到崭新的高等韵律。

她脚下的深渊变得开阔起来,那里经过飓风降水的冲刷,形成了一个凹陷。最后她来到沟底,她的同伴也在周围重重落地。乌利姆在石壁上挪移,这只灵体通常以滚雷的样子出现,在各种表面上运动。

他在沟底从闪电状化为眼部古怪的人形,抄起双臂坐到一簇断枝上,长发凭空飘扬。温丽并不确定这只仇恨派来的灵体为什么会长得人模人样。

"就在附近。"乌利姆伸手一指,"分散开来搜。"

温丽咬紧牙关哼起愤怒之韵,手臂上顿时波纹起伏,彰显着力量。"为什么我要服从你这只灵体的命令?应该是你服从我的命令。"

灵体没有理她,更是挑起了她的怒火。戴米德却把手放在她肩上捏了一下,哼起满足之韵:"来吧,跟我去这边看看。"

温丽不再哼唱,转向南面跟上戴米德。原本坑洼的沟底早已被沉积的飓砂填平,但过境的飓风留下了大量碎石残渣,他们只能小心翼翼地摸索前行。

她调谐至节拍迅速、音调激烈的渴望之韵。"戴米德,事情应该由我负责,而不是那只灵体。"

"是由你负责。"

"那我们怎么会一无所知?诸神已经回归,我们却几乎没有看见他们。我们为了变形做出巨大的牺牲,创造了辉煌的灭世风暴,可到头来……我们究竟损失了多少同胞?"

有时她会在新韵律似乎消退的奇怪时刻想到这一点。她秘密会见乌利姆,带领族人化为飓风态,不就是为了拯救他们吗?然而奋力召唤风暴的千万听者之中,仅有一小部分活了下来。

她和戴米德当时还是学者,但就连学者也投入了战斗。她摸了摸脸上的伤。

"我们的牺牲是值得的。"戴米德和着戏谑之韵对她说,"我们的损失固然惨重,但人类想要消灭我们,这么做起码让一些同胞活了下来,如今我们还得到了强大的力量!"

他说得对。坦白而言,强力形态始终是温丽的追求。她在风暴中成功地将一只灵体收入体内,后者自然不属于乌利姆的族群,只是用来变形的低等灵体。她偶尔能在心灵深处感受到与她相连的灵体的脉动。

不管怎样,形态的变化已经赋予她强大的力量。对她来说,族人的利益向来是次要的，现在有所愧疚为时已晚。

她继续哼着渴望之韵。戴米德微微一笑，又攥住她的肩膀。他们曾是相爱的配偶，眼下已然感受不到那种愚蠢而烦恼的激情。任何神志正常的听者都不希望获得类似的体会，可那段回忆还是将他们联系在一起。

他们绕过沟底的弃物，经过了若干具砸在石隙里的新鲜人类尸体。看到这一幕，想起她的族人哪怕损失惨重也还是杀了不少人，她感到很欣慰。

"温丽！"戴米德说，"瞧！"他从一座卡在深渊中央的大木桥的圆木上爬了过去。温丽跟在后面，觉得浑身有力，心里美滋滋的。她也许不会忘记戴米德在变形之前的瘦高学者模样，可他们俩未必愿意变回原形。强力形态实在让他们沉醉。

她来到圆木的另一端，亲眼见到了戴米德的发现：有个身影耷拉着脑袋瘫倒在崖边，头盔没有摘下，身边探出一把插在石地上、形如冻结火焰的碎瑛刃。

"伊舒娜！可给我找到了！"温丽从圆木上跳下，落在戴米德附近。

伊舒娜形容疲惫，身子纹丝不动。

"伊舒娜？"温丽挨着妹妹跪下，"没事吧，伊舒娜？"她按住妹妹覆甲的肩膀，轻轻晃了晃。

伊舒娜的脑袋骨碌一转，了无生气。

温丽浑身发冷。戴米德神情肃穆地抬起伊舒娜的面罩，露出一双死气沉沉的眼睛，嵌在一片死灰的脸上。

伊舒娜……不……

"啊，"乌利姆的声音传来，"太好了。"那只灵体如霹雳闪电般穿过石壁而来。"戴米德，你的手。"

戴米德顺从地抬起手，手心朝天，乌利姆便从崖壁上蹿到他手上，化为人形站好。"嗯，瑛甲看起来耗尽了效力。背上都裂开了，我明白了。好吧，据说它会重新长出来，哪怕它和主人分离了这么久。"

"瑛甲……"温丽麻木地轻声说，"你要的是瑛甲。"

"呃，瑛刃自然也要拿，否则干吗要找尸体？你……哦，你该不是以为她还活着吧？"

"你说要找我妹妹，"温丽说，"我还以为……"

"没错，看来她是被刮风时发的大水淹死的。"乌利姆装作咂舌道，"她把剑插到石头里，紧紧握着不放，结果却无法呼吸。"

温丽调谐至失落之韵。

失落之韵是一种低等的旧韵，在她变形之后就无迹可寻。她不清楚刚才是怎么回事，如此悲怆的音调让她感觉非常遥远。

"伊舒娜？"她低声呼唤，又推了推尸体。戴米德顿时倒抽一口气。触碰族人的死尸是禁忌，老歌中也唱过人类劈开听者尸首搜寻琼心石的事，听者本族往往会让逝者安息。

温丽注视着伊舒娜的亡眸，心想：你是理性的声音，也是我的诤友。你……你本该让我脚踏实地。

没有了你，我怎么办？

"好了，孩子们，把瑛甲卸下来。"乌利姆说。

"给我放尊重点！"温丽没好气地说。

"尊重什么？这家伙死了才好。"

"死了才好？"温丽说，"死了才好？"她马上站起来，愤怒地面对戴米德掌上的小灵体。"那可是我妹妹，我们最伟大的战士之一。她鼓舞了全族的士气，她是烈士。"

乌利姆浮夸地转转脑袋，仿佛对温丽的责备感到不安和厌烦。他怎么敢！他不过是一个灵体，本该对温丽唯命是从。

"你妹妹没有正确地进行变形。"乌利姆说，"她反抗了，最终我们失去了她。她从未投身于我们的事业。"

温丽调谐至愤怒之韵,提升音量,一字一顿地回应:"不许你这么说。你只是个灵体!就该好好效劳。"

"我确实是这么做的。"

"那你必须服从我!"

"就凭你?"乌利姆大笑道,"孩子,你们又跟人类打了几年的仗?三年,还是四年?"

"六年,灵体。"戴米德说,"漫长而残酷的六年。"

"哼,想猜猜我们打了多少年吗?"乌利姆问,"尽管猜吧,我等着。"

温丽怒火中烧:"这有什么要紧——"

"哎,当然要紧。"乌利姆说着,红色的形体放射出电光,"温丽,你会用兵吗?我是说真的,补给线绵延几百里的那种。你拥有跨越千古的记忆和经历吗?"

温丽狠狠地瞪着他。

"我们的头领很清楚自己在做什么,"乌利姆说,"他们才是我服从的对象。但我也是逃出牢笼的、带来救赎的灵体,我不必听命于你。"

"我会成为女王。"温丽和着怨恨之韵说。

"你要是没死,倒还有可能,但你妹妹呢?她和别的元老派出刺客干掉那个人类国王,就是为了阻碍我们回归。温丽,你用个人的努力挽回了你的颜面,可你的族人终究是叛徒。如果你放聪明点,也许还会得到更多好处。先不多说了,快把你妹妹的盔甲卸下来,大哭一场,准备爬回去吧。这些高地上都挤满了心向荣誉的人类,实在臭不可闻。我们得走了,得去看看你们的祖先需要我们做什么。"

"我们的祖先?"戴米德问,"这跟死者有什么关系?"

"哪儿都有关系,"乌利姆回答,"毕竟他们才是管事的。快脱盔甲。"他化为一道细细的闪电劈向崖壁，很快便挪走了。

温丽调谐至戏谑之韵，只好抛开禁忌，协助戴米德解下碎瑛甲。乌利姆带了别的听者回来，命令他们收拾甲片。

收拾完，别的听者离开了，让温丽带走瑛刃。她把剑从石缝里拔出来，徘徊了一阵，端详着妹妹的尸体。伊舒娜只穿着加垫的内衣躺在原地。

温丽心中隐隐感觉到了什么。她又听到了幽幽的失落之韵，怆然、低缓，节拍分明。

"我……"温丽说，"我总算不用听你叫我傻瓜了，这下我就能为所欲为，不用担心你会挡着我了。"

这让她感到害怕。

她转身要走，却停下了脚步，因为她看到了什么东西。伊舒娜身下钻出的小灵体究竟是什么？它像一只白色的小火球，晕出小小的光圈，拽着一条尾巴，如同彗星。

"你是什么？"温丽和着怨恨之韵说，"别过来。"

她走了，把妹妹片甲不剩的尸体独自留在沟底。这具尸体要么会被深渊恶魔吃掉，要么会被飓风吞噬。

第二部分
新起源咏唱

沙兰　迦熙娜　达力拿　第四冲桥队

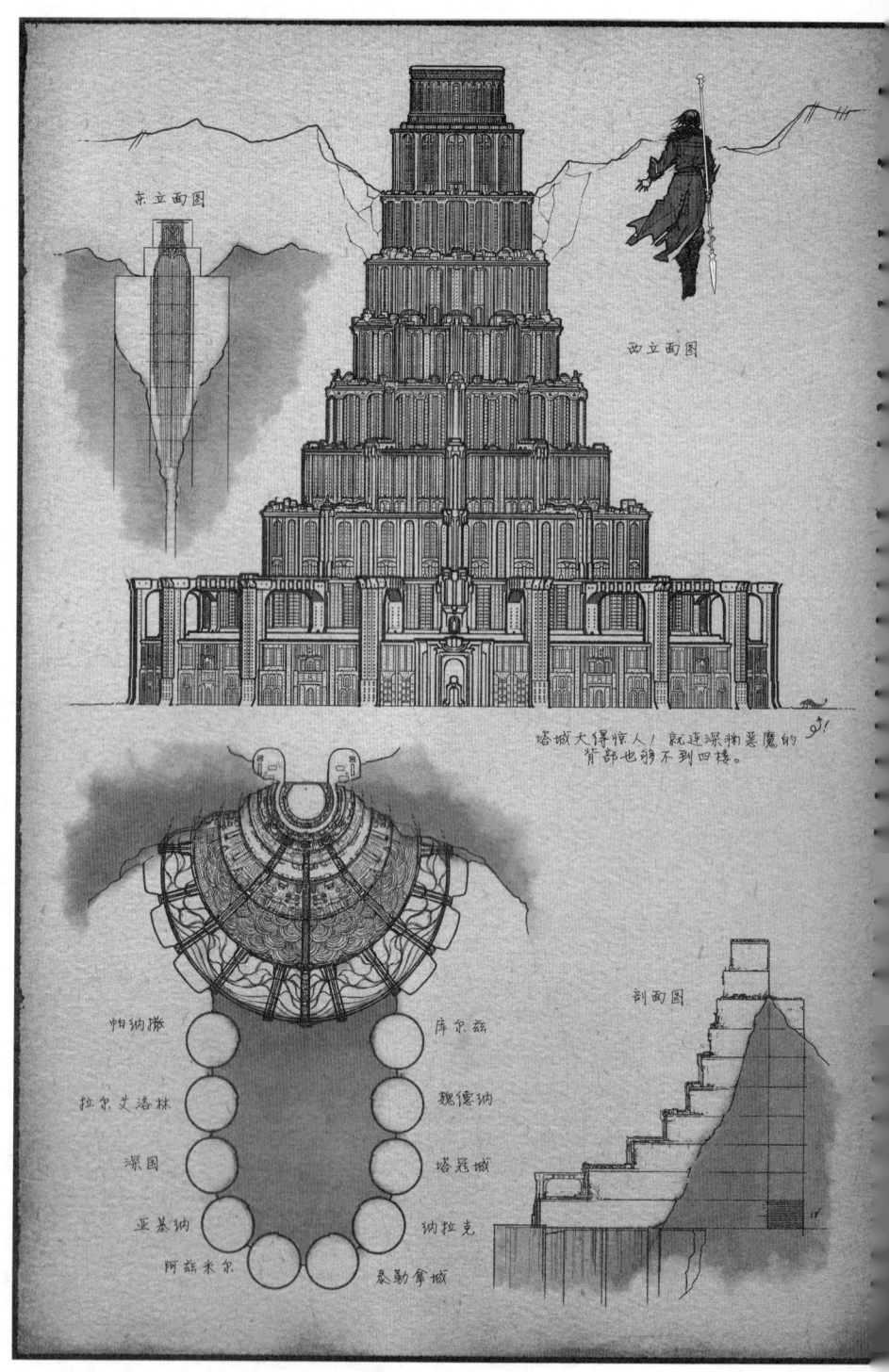

沙兰的素描：乌有斯麓

33 讲课

亲爱的赛凡德琉斯：

你的来信我当然收到了。

迦熙娜还活着。

迦熙娜·寇林还活着。

由于昨天的遭遇，沙兰应当进行恢复，哪怕参与作战的都是冲桥手，而她仅仅触摸了那只骇人的灵体。尽管如此，她还是把一整天都花在了画素描和思考上。

迦熙娜的归来在她心中激起了火花。以前，她在画画时更善于分析，会在素描上做笔记、写下说明，可她最近只画了一页页扭曲的图案。

也罢，她接受过学者的培训，不是吗？她不该只顾着绘画，也该分析、推测、思索。所以，她要设法完整记录下自己与灭者接触的经历。

阿多林和帕萝娜分别拜访过她，就连达力拿也在纳瓦妮咂舌询问她的体况时前来看望她。她耐着性子陪着他们，等他们走了就迫不及待地重新埋头作画。问题太多了。她到底为什么能赶走那东西？那些造物又有什么意义？

然而，在她做研究的同时，却有一件事令她发憷：迦熙娜还活着。

风操的……迦熙娜还活着。

这改变了一切。

沙兰总算不能再把自己锁起来了。纳瓦妮说过迦熙娜打算晚上来访，但沙兰在一番梳洗后就把小包挎到肩上，去找那名女子了。她必须搞明白迦熙娜是怎么活下来的。

其实，当沙兰走在乌有斯麓的通道里时，她就发现自己越来越不安了。迦熙娜声称自己看待事物的角度始终是理性的，但她不乏能和任何说书人媲美的戏剧天赋。沙兰还清楚地记得那个晚上，迦熙娜在卡哈巴兰斯引来盗贼，以绝妙但残忍的方式对付他们。

迦熙娜不想仅仅证明自己的观点。她想用深刻的行动和精练的语言，将那些内容灌输到人们的头脑中。她为什么不通过对芦写信，把她没有死的实情告知所有人？风操的，这段时间她去哪儿了？

经过几次询问，沙兰回到了凿着螺旋形楼梯的深坑。守在那儿的卫兵穿着蓝得耀眼的寇林家族制服，确认迦熙娜就在下面。于是沙兰又迈开步子下楼，惊讶地发现自己已经不再紧张。其实……那种在她来到塔城后就有的压迫感似乎消失了。她不再恐惧，不再莫名觉得不对劲。她赶跑的东西就是其中的原因，灵体的气场曾经遍及高塔各处。

在楼梯底部，她发现了更多士兵。达力拿显然希望对这里严加看守，她当然不能抱怨。他们平安无事地让她通过，只是鞠了一躬，念叨着"光辉女士"的称号。

她大步走过装饰着壁画的通道，润石灯将这里照得明亮宜人。她一经过两侧空荡荡的藏书室,就听到前方飘来了说话的声音。她踏入先前面对"子夜之母"的厅室,头一次好好看了看它没有被扭曲的黑暗笼罩的样子。

位于中心的晶柱着实壮观。它不是由一整块宝石制成的,而是由无数颗宝石结合而成的。绿宝石、红宝石、黄玉、蓝宝石……十种宝石一应俱全,似乎融为了一根足有二十尺高的粗大立柱。风操的……眼下这些宝石还是暗的,倘若他们设法注入飓光,那会是什么景象?

房间的另一侧有一大群卫兵站在路障边,望着灭者消失的通道深处。迦熙娜绕过巨大的晶柱,把闲手放在上面。王女一身红裙,唇色与之相配,盘起的头发插着形如利剑的发簪,剑柄处镶有红宝石。

风杀的,她是那么完美。凹凸有致的身材、阿勒斯卡人特有的褐色皮肤、淡紫色的眼珠、不掺一丝异色的乌发……将迦熙娜塑造成才貌双全的人物,是全能之主做过的最不公平的事之一。

沙兰犹豫不决地站在门口,觉得自己就像在卡哈巴兰斯第一次遇见迦熙娜时那样,又是不安,又是手足无措,却也羡慕不已。不管迦熙娜经历了什么磨难,她似乎毫发无损。这实在了不起,因为沙兰上次见到迦熙娜时,她还神志不清地躺在地板上,心脏被匕首刺穿。

"我母亲认为,"迦熙娜依旧把手放在晶柱上,没有朝沙兰看,"这一定是某种极其复杂的法器。她的假设不无道理。我们始终相信古人拥有强大而先进的技术,否则碎瑛刃和碎瑛甲要如何解释?"

"光明女士?"沙兰说,"然而……碎瑛刃不是法器,而是由纽带转变而成的灵体。"

"从某种意义而言,法器也是如此。"迦熙娜说,"你了解它们的制造方法,是不是?"

"不太了解。"沙兰说。这就是她们重逢的光景?讲课?倒也合适。

"首先要捕捉一只灵体,"迦熙娜说,"把它禁锢在特制的宝石中。有法器师发现,特定的外部刺激会引发灵体的某种内部反应。比方说,只要将金属紧贴在装有火灵的红宝石上,就能加强或减弱火灵散发的热量。"

"这真是……"

"太惊人了?"

"太吓人了。"沙兰说。她对此略知一二,但一往那个方面想,她还是感到恐惧。"光明女士,我们在禁锢灵体?"

"这不比为红甲蟹套上挽具更糟糕。"

"那是当然,要让红甲蟹拉车,首先得永远限制它的自由。"

图腾在她的裙子上轻声鸣叫,表示赞同。

迦熙娜只是挑起一边眉毛。"灵体无处不在,孩子。"她再次抬手按住晶柱,"画一张柱子的素描给我,一定要把比例和色彩都画对,麻烦你了。"

听到这么冒昧的吩咐,沙兰仿佛被扇了一巴掌。她究竟算什么?甘于听命的仆人吗?

没错,她的一部分意识断言道,*这正是你的身份。你是迦熙娜的学徒*。从这一角度而言,那只是个稀松平常的要求,但跟她逐渐适应被人优待的经过一比,就……

好吧,这不值得见怪,她应当接受。风操的,她什么时候变得这么容易生气了?她取出素描本,开始作画。

"听说你是自己过来的,我很高兴。"迦熙娜说,"我……我要为'风之愉悦'号上发生的事道歉。我缺乏远见,导致很多人死亡,无疑也让你吃苦了,沙兰。请接受我的歉意。"

沙兰耸耸肩,仍在画画。

"你的表现很棒。"迦熙娜接着说,"我抵达破碎平原时,只发现军营已经迁到这座塔中,请你想想我有多惊讶。你的成绩很出色,孩子。不过,我们还要深入谈谈那个试图暗杀我的团伙。既然你已经开始向最终的信条迈进,鬼血会一定会把你当作目标。"

"你确定是鬼血会的人袭击了那艘船?"

"当然确定。"她瞧了瞧沙兰,嘴唇往下一撇,"孩子?你似乎很拘束,这不像平时的你。"

"我没事。"

"你不开心了,因为我没把秘密告诉你。"

"我们都需要秘密,光明女士。这点我比任何人都清楚。如果你提前让我们知道你还活着,那就好了。"假设我可以靠自己应付,假设我必须那么做。但你一直都在返回的途中,又一次抛开了一切。

"等我抵达军营,才有这个机会。"迦熙娜说,"到了那儿,我决定不能冒险。当时我很疲劳,而且没有防护。如果鬼血会希望除掉我,他们随时都能动手。我死了的事,再让大家相信几天,肯定不会大大增加他们的压力。"

"可你到底是怎么活下来的?"

"孩子,我是异唤骑士。"

"好吧。异唤骑士?光明女士,你从来没有解释过这个只有最资深的学者才听得懂的词!这完全说明了问题。"

迦熙娜不知为何笑了笑。

"每一位光辉骑士都和裂影界有一定联系。"迦熙娜说,"我们的灵体源自那里,我们的纽带将我们与它们相连。然而,我所在的骑士团拥有特殊的控制力,可以在界域间移动。当时,我成功转移到裂影界,躲过了想要暗杀我的刺客。"

"这对那把刺穿你风杀的心脏的刀子也有用?"

"没用。"迦熙娜说,"但你现在肯定知道少量飓光对身体损伤的价值了。"

她自然知道。即便没人说,她或许也能猜出来。但不知怎么的,她就是不愿接受。她还是想生迦熙娜的气。

"真正的难关不是逃离，而是返回。"迦熙娜说，"我的能力让我轻易转移到了裂影界，但要返回这个界域，就不是件简单的事了。我必须找到传送点——那是裂影界与我们的界域相交的地方——而这比人们以为的要困难多了，就像……一路下了山，却要上山才能回去。"

算了，迦熙娜的归来也许会减轻沙兰的一部分压力。"光辉女士"的头衔可以让给她，沙兰就能……好吧，就能做她自己，不管她是谁。

"我们还要进一步讨论。"迦熙娜说，"我想从你的角度听听你们发现乌有斯麓的事。你应该画过变形后的仆族吧？那会透露不少信息。我想……我曾经贬低过你的艺术才华，认为那是没用的东西，现在我找到自己犯蠢的原因了。"

"没关系，光明女士。"沙兰叹道，还在描绘晶柱，"我可以把事情说给你听，有很多东西需要谈。"但她究竟能说多少？迦熙娜听到以后又会有什么反应？比如沙兰在跟鬼血会做交易的事？

你可不是那个组织的一员，沙兰暗自想道，如果真有这种事，你也不过是在利用他们获取情报，迦熙娜可能会很佩服。

沙兰依然不急着引入话题。

"我感到不知所措……"迦熙娜说。

沙兰抬起头，发现那名女子又在打量着晶柱，一边轻声发话，像是在自言自语。

"许多年来，我都站在这一切的最前沿。"迦熙娜说，"只是稍稍绊了一跤，就举步维艰。我叔叔收到的天启……在我缺席的时候，光辉骑士团的重组……"

"关于那位风行骑士，你是怎么看的，沙兰？我觉得他跟我想象中的风行骑士一个样，但我只见过他一次。一切来得太快了。我在暗中挣扎了这么多年，可当真相浮出水面时，我了解的情况却还是太少了，哪怕我在研究上花了很多年。"

沙兰继续画着素描。虽然她跟迦熙娜不同，但一想到她们偶尔会有共同点，她还是挺开心。

她只是希望无知并不是最重要的。

34 抵抗

信一寄来我就注意到了,就像你屡次闯入我的大陆,都会被我发现一样。

是时候了,飓风之父说。

周围陷入黑暗,达力拿进入了一个处在现实和幻境之间的地方。那里的天空一片漆黑,白如骨骸的岩地无边无际。烟雾渗透岩地,化作常见物品的形状,有的像椅子,有的像花瓶,有的像石壳木,偶尔也会显出人形,纷纷在他身边升起、消散。

我找到泰勒拿的女王了。飓风之父的声音震颤着这个地方,永恒而浩瀚。**飓风已经刮到了她的城市。**

"很好。"达力拿说,"请向她展示幻境。"

芬恩即将看到数名光辉骑士从空中坠落,将一座小村庄从异兽爪下解救出来的景象。达力拿想让她亲眼见证曾经堂堂正正、勇于保护人民的光辉骑士团。

我该把她带到哪儿? 飓风之父问。

"就带到你第一次送我去的地方。"达力拿回答,"在那间民宅里,跟亲属一起。"

那你呢?

"我会旁观,然后再跟她谈话。"

你必须参与其中。飓风之父语气顽固。**你必须充当某个角色,这是规矩。**

"好吧,那就挑一个人。但尽量让芬恩看到我原来的模样,同时也让我看到她。"他摸了摸腰间的佩剑,"我能带着它吗?我可不想再用拨火棒战斗了。"

飓风之父隆隆作响,显得有些不满,但没有反对。无垠的白色岩地逐渐消失。

"那是什么地方?"达力拿问。

那不是地方。

"可幻境里别的东西都是真的。"达力拿说,"所以为什么——"

那不是地方,飓风之父斩钉截铁地说。

达力拿不再发话,任由自己被幻境掌控。

在我的想象中,飓风之父压低声音,仿佛在承认什么尴尬的事,**万物都有灵魂——花瓶、墙壁、椅子,无不例外。花瓶摔碎以后,它在实界域的生命可能就结束了,但它的灵魂会暂时记住它的本质。因此,万物都会死上两回。当人们忘记它是花瓶、只觉得它是一堆碎片时,它就死透了。花瓶会渐渐远去,它的形体会消融在虚无之中。**

如此富于哲理的话,达力拿从未听飓风之父讲过。他没料到灵体也能拥有这般想象,哪怕对方是主宰飓风的强大灵体。

恍然间,达力拿发觉自己在空中飞驰。

他拼命挥动手臂,惊慌地大叫起来。初月的紫色光芒沐浴着远在下方的大地,他的胃猛地一抽,服装在风中飘扬。他喊个不停,终于意识到自己并没有靠近地面。

他不是在坠落，而是在飞翔。气流没有划过他的脸颊，而是掠过了他的头顶。现在他能看见自己浑身散发飓光的样子了，但他觉得自己没有把飓光留在体内，因为他的血液没有奔腾翻涌，也没有欲望催他行动。

为了挡风，他抬手支在额前，向前望去。一名光辉骑士飞在前方，蓝色盔甲光辉璀璨，边缘处和凹槽处的光芒最为明亮。那人回看达力拿，无疑听见了他的叫喊。

达力拿向他敬礼，表示自己没事。盔甲骑士点点头，再度目视前方。

他是风行骑士，达力拿心想，将思绪整合起来，**我取代了他的同伴，那名女光辉骑士**。他曾在幻境中见过这两位，他们正要飞去拯救村庄。达力拿没有利用自身的力量前进，那名风行骑士已经将女光辉骑士甩到空中，就像泽斯在纳拉克之战中对达力拿的做法。

他还是很难相信自己没有坠落，而他胃里一直有种沉甸甸的感觉。他努力将精神集中在别处。他穿着款式陌生的棕色制服，但佩剑还是按要求挂在腰际，这让他很庆幸。可他身上为什么没有碎瑛甲？那名女子在幻境中就穿着一套散发出琥珀色光芒的盔甲。这是不是飓风之父想让他原样呈现给芬恩的结果？

达力拿仍旧不知道光辉骑士的瑛甲为什么会发光，然而现代的瑛甲并不发光，古代的瑛甲会不会就像光辉骑士的瑛刃那样，是某种"活物"？

也许他能从前面的光辉骑士身上查明原因，但他必须谨慎发问。别人眼中的他就是他所取代的光辉骑士，如果他提出反常的问题，往往只会把别人搞糊涂，无法得到答案。

"还有多远？"达力拿问。他的声音淹没在风中，于是他提高嗓门，吸引同伴的注意。

"用不了多久了。"男子回喊，声音在头盔内回荡。那顶头盔发出蓝光,边缘处和观察缝周围的光芒尤为强烈。

"我这身盔甲可能出故障了!"达力拿大声对他说,"头盔没法回收!"

作为回应,另一名光辉骑士让自己的头盔消失。达力拿瞥见了一团飓光或雾气。

在头盔底下,男子皮肤黝黑,一头黑色卷发,眼睛发出蓝光。"没法回收?"他吼道,"你还没召唤盔甲呢。你得先让盔甲消失,我才能对你使用风行术。"

原来如此,达力拿想道。"我是说更早以前。我想让它消失,但它没有。"

"去跟哈凯兰反映,要么去跟你的灵体说。"风行骑士皱皱眉,"这会影响我们的任务吗?"

"我不知道。"达力拿喊道,"可我走神了。再告诉我一遍,我们是怎么得知要去哪儿的,还有接下来要对付的怪物,我们有什么要了解的。"这番话听上去很奇怪,他不禁皱起眉。

"我去对付子夜元魂,你就做好支援我的准备,并一律对伤者使用重生术。"

"但——"

荣誉之子,你很难得到有用的答案,飓风之父隆隆作响,这些形象没有灵魂或思想,只是按照荣誉的意志重新创造出来的,不具备真人的记忆。

"总能了解什么吧。"达力拿低声说。

荣誉的目的只是传达某些观点。如果要深究,只会暴露这些形象有多浅薄。

达力拿回想起了首次进入幻境时所去的假城市。被摧毁的塔冠城与其说是实景,不如说是布景。但他肯定能有所了解,也许荣誉无意中留下了信息,碰巧收录进了天启。

我需要把纳瓦妮和迦熙娜带过来，他心想，**让她们探探情况**。

上一回，达力拿在幻境中取代了一个名叫荷布的男子，作为家中的丈夫和父亲，他只用一根拨火棒当武器保卫家人。达力拿记得自己跟一头异兽发生了激战，那个怪物浑身泛着油光，皮肤漆黑如子夜。他斗争、流血，感到极其痛苦，挣扎了许久，最终还是没能护住妻子和女儿。

如此个人化的回忆，虽然不是真的，但也是他的亲身经历。其实，看到前方那个处在大片石脊荫蔽下的小镇，他心中不免涌起了万千思绪。他对小镇和镇民的感受竟是这么鲜活，可他对伊薇的记忆却还是模糊不清。何其沉痛，何其讽刺。

风行骑士抓住达力拿的胳膊，让他慢下来。他们悬停在半空中，下方是村庄外的平坦岩地。

"在那儿。"风行骑士指了指小镇外围，那儿挤满了黑色异兽，跟斧狐犬差不多大，油滑的表皮反射着月光，虽然靠六条腿移动，但丝毫不像自然界中的动物。它们的腿细长如螃蟹，支撑着浑圆的身躯和柔软的头部，脸上只有一道布满黑色尖牙的裂口。

沙兰曾在乌有斯麓的地下深处遇到这些异兽的源头。自此之后，得知灭者之一就藏在高塔内部，达力拿每到晚上就愈发有点睡不安稳。其他八个灭者也都蛰伏在附近吗？

"我先下去吸引它们的注意。"风行骑士说，"你到镇上援助人民。"说完把手按在达力拿身上。"大约三十秒后，你会下落。"

头盔成形后，那人朝怪物俯冲而去。达力拿还记得幻象中的这一幕，风行骑士如流星般前去拯救达力拿和那一家人。

"怎么办？"达力拿低声询问飓风之父，"怎样才能搞到盔甲？"

念出真言。

"哪条真言？"

你会知道的，要么就是不知道。

好吧。

达力拿没有在下面见到苔法或希莉的影子,她们都是受过他保护的家属。然而那时候,带着她们逃出屋子来到这外面,只是他自发的行为,他并不确定这次的幻象会如何发展。

风操的。他根本没有做好打算,是不是?在他的想象中,他只是希望跟芬恩女王见面,并予以帮助,确保她不会遭遇重大危险,可他却把时间浪费在了飞行上。

简直愚蠢。面对飓风之父,他需要学着把话说得更明确。

在同伴的控制下,达力拿逐渐飘落。他对风行骑士使用飓能的方法略有了解,但还是很佩服。着陆后,轻飘飘的感觉立刻消失了,从皮肤上腾起的飓光也化为雾气,这让他在黑暗中没有那么容易成为目标。另一名光辉骑士则浑身耀如蓝色的烽火,用一把巨大的碎瑛刃来回劈扫,与子夜元魂作战。

达力拿在镇上悄悄前行,觉得腰间的佩剑相比之下很脆弱,但起码不是拨火的铁棒。一些怪兽在主干道上爬来爬去,他便躲在一块巨石旁等着它们经过。

他毫不费力地认出了那座民宅。屋子紧靠着庇护小镇的石崖,后面有一个小谷仓。他蹑手蹑脚地走近,发现谷仓的墙壁已被扯开。他还记得自己跟希莉躲在里面,当一头怪物发起袭击时便逃了出去。

谷仓里空空如也,于是他朝没那么寒碜的民宅走去。屋子由飓砂砖砌成,面积更大,可似乎只有一家人居住,不是很奇怪吗?避风地的空间一向紧张。

他的一些观念显然不适用于这个地区。在阿勒斯卡,木制的豪宅是财富的象征;而在这里,很多别的房子也是用木头造的。

达力拿悄悄走进屋子,愈发感到担心。虽然芬恩的真身不会被幻象伤害,但她依然会觉得痛。因此,她受的伤可能不是真的,但她对达力拿的怒气绝不会是虚的。他会毁掉一切让她听从的机会。

她已经放弃听从了，达力拿心里很清楚。纳瓦妮表示赞同：这场幻境不能再让事态恶化。

他在制服口袋里摸了摸，找出一些宝石，不由得感到庆幸。光辉骑士总缺不了飓光。他取出一粒卵石大小的钻石，借着白光观察室内，只见桌子掀翻了，椅子散落一地。一阵风吹来，开着的房门传出轻轻的吱嘎声。

芬恩女王不见踪影，苔法的尸体却脸部朝下倒在壁炉附近，棕色连衣裙已经支离破碎。达力拿叹了口气，把剑插回鞘中，跪下来轻抚女子背上没有被怪物的爪子抓挠的地方。

这不是真的，他告诫自己，至少现在不是。*女子的生存和死亡都发生在几千年前。*

但看到苔法的惨状还是令人心痛。他走向门口，踏出摇晃的房门来到夜幕下。镇上响起了号叫声和呼喊声。

他快步在路上前进，感到心急。不……不只是心急，而是焦躁。目睹苔法的尸体已经改变了一部分局面。他没有困在噩梦中，也没有因此而迷茫。他已经打消了初次到来时的恐惧，为什么还要偷偷摸摸的？这些幻象都属于他，他不该害怕幻象的内容。

一头异兽蹿出阴影，跳上来咬住他的腿，他立即吸入飓光。虽然侧体涌起一阵疼痛，但他置之不顾，伤口很快愈合了。他往下一瞟，发现怪物又徒劳地扑了过来，随即匆匆后退几步。他能从那东西的动作中感受到疑惑。这不是它的猎物应有的行为。

"原来你不吃尸体。"达力拿对怪物说，"你以杀戮为乐，对不对？我时常在想，人类和灵体为何如此不同，可我们却有一个共同点：都能杀戮。"

那个邪门的东西又冲了上来，达力拿便用双手抓住它。它的身躯摸起来富有弹性，就像一只满得要炸开的酒囊。他为来回扭动的怪物抹上一层飓光，一转身，猛地把它扔向附近的一座建筑。怪物背部撞到墙上,身子卡在那儿,距离地面有好几尺,六条腿蹬来蹬去。

达力拿继续行进,随手就切穿了两个冲他而来的怪物。分离的尸体一阵抽搐,冒出了黑烟。

前面那道光是什么? 它在夜色中舞动,变得越来越刺眼,笼罩了街道的尽头。

达力拿不记得镇上着过火。是民宅烧起来了吗?他走上前,发现了一堆用家具搭成的篝火,火焰摇曳闪烁,上方飞舞着火灵。有几十个人围在火边,举着扫帚和粗粝的镐。不管是男是女,他们尽量把能找到的东西当成武器,甚至还有人拿了一两根拨火棒。

从聚集在周围的惧灵来看,镇民们吓坏了,可他们还是保持一定的队形,让儿童处在更靠近火堆的中心位置。火边,有一个人影站在箱子上发号施令,正是芬恩。她高声喊话时不带口音,在达力拿听来,似乎是一口标准的阿勒斯卡语。不过奇怪的是,所有在场者其实都在用一门古代语言讲话和思考。

她怎么这么快就进入状态了? 达力拿心想,入迷地望着奋起反抗的镇民。有人浑身是血,尖叫着瘫倒在地,但也有人制服了怪物,用包括菜刀在内的武器捅穿它们的背部,让它们的身子瘪下去。

达力拿依然处在战斗的外围。终于,有个引人注目的发光蓝色人形一扫而过,那位风行骑士迅速解决了余下的怪物。

最后他瞪了达力拿一眼。"你还愣在那儿干什么?怎么没去支援?"

"我——"

"我们回去以后要给个说法!"风行骑士喊道,指向一名死者,"快去救治伤员!"

达力拿遵从了指示,却没有走向伤员,而是走向芬恩。有些镇民正挤在一起哭泣,还有些人因为活了下来而欢呼,举起了临时的武器。他在战后见过类似的景象,人们迸发情绪的方式是多种多样的。

炽热的篝火让达力拿额前渗出了汗珠。烟雾在半空翻滚，他不由得想起了自己还没完全进入幻境时所在的地方。他向来热爱真正的火焰所带来的温暖，火焰与火灵共舞，如此渴望燃尽自己。

芬恩比达力拿矮一尺多，长着鹅蛋脸和黄眼睛，卷曲的泰勒拿白眉垂荡在脸颊两侧。她没有像阿勒斯卡妇女那样把头发盘起，而是披散在肩头。在幻境中，她穿着朴素的衬衣和裤子，都是她取代的男子的装束，但她找到了一只手套戴在禁手上。

"现在连'黑荆棘'也现身了？"她说，"该下诅咒之地的，真是场怪梦。"

"这并非是梦，芬恩。"达力拿回望另一名光辉骑士，后者冲向了一小群从街上来的子夜怪物，"我不知道有没有时间解释。"

"我能把速度放慢。"飓风之父借着某个村民之口说。

"好的，请把速度放慢。"达力拿说。

一切都停止了，或是极大地减缓了速度。篝火的火焰慢慢闪烁，人们慢慢前行。

只有达力拿和芬恩不受影响。他坐到一个箱子上，紧挨着芬恩站过的箱子，芬恩见状，犹豫地在他身边落座。"非常怪的梦。"

"我头一次看到幻境时，也以为自己在做梦。"达力拿说，"可幻境不停出现，我只好承认世上没有这么鲜活、这么符合逻辑的梦。我们不可能在梦里这么交谈。"

"每当我做梦时，我都会觉得那是理所当然的。"

"那等你醒来后，就会明白其中的差别。我还有很多幻境可以展示给你，芬恩。那都是……某个有兴趣帮我们渡过灭世的人物留下的。"眼下最好不要说起他的异端思想，"单单一次没有说服力，我能理解。我以前非常迟钝，有好几个月都无法相信。"

"幻境看上去……都这么充实吗？"

达力拿露出笑容。"对我来说，这次的效果是最强烈的。"他看了看芬恩,"你表现得比我好。我只顾着担心苔法和她女儿,结果还是害得她们被怪物包围。"

"我干脆让那个女人死了。"芬恩小声说,"我跟着小孩逃跑,几乎把她当做诱饵,让怪物杀了。"她望着达力拿,眼神像是丢了魂。"你到底有什么目的,寇林?你不是说,你有能力控制幻境吗?为什么要把我困在这里?"

"老实说,我只想跟你谈话。"

"那就送一封风操的信来。"

"还是要当着你的面,芬恩。"他朝聚集的镇民点点头,"这是你的成果。是你组织起了镇上的秩序,是你让他们与敌人斗争。太了不起了!当相似的需求涌现时,你觉得我能心甘情愿地认为你会背弃这个世界吗?"

"别蠢了。我的王国正值危难。我一直在照顾人民的需求,决不会背弃任何人。"

达力拿望着她,抿起嘴唇,但一言不发。

"好吧。"她没好气地说,"好吧,寇林。你真想一头扎进去?那请你告诉我,风杀的光辉骑士团回归的事,还有全能之主选择你这样的暴君和杀人犯来领导他们的事,你真以为我会相信?"

作为回应,达力拿起身吸入飓光。"如果你想要证据,我可以说服你。虽然看上去不可思议,但光辉骑士团确实回归了。"

"那另一件事呢?好吧,是有新的风暴产生了,可能也有人展现出了新的能力,那就这么着吧。可我无法接受的是,全能之主最终指派了你——达力拿·寇林——来领导我们。"

"我奉命把他们团结起来。"

"所谓天命。而这也是教会在神权统治时期夺取政权的理由。造日王撒帝斯又怎么说?他号称自己心怀全能之主的感召。"芬恩站起来,走到几乎一动不动、仿佛凝固的镇民之间,转过身,冲着达力拿往后一挥手,"现在轮到你了,用同样的方式说着同样的话,算不上威胁,但态度坚决:让我们联合起来!否则就要世界末日了。"

达力拿觉得自己的耐心在消失。他紧咬牙关,硬逼自己保持冷静,起身道:"陛下,这就不讲道理了。"

"是吗?那就让我风操的重新考虑一下。只要让风操的'黑荆棘'进城,就能让他控制国内的军队了!"

"你要叫我怎么办?"达力拿吼道,"你会让我看着这个世界分崩离析吗?"

面对他的冲动情绪,芬恩歪过头。

"也许你是对的,我就是暴君!也许让军队进驻王城是极大的风险,可你未必就有好的选择!没准所有好人都死了,就只剩下我了!冲着这场风暴吐口水并不会改变事实,芬恩。你可以冒着被阿勒斯卡人征服的潜在风险,不然肯定会独自承受虚渡的袭击!"

奇怪的是,芬恩交叉双臂,左手捧着下巴,双眼打量着达力拿,似乎丝毫没有被他的喊声打动。

达力拿从一名矮胖的男子身旁走过,后者正缓缓地转向他们坐过的地方,像是在沥青中前进。"芬恩,"达力拿说,"既然你看我不顺眼,那就算了。可你得当着我的面告诉我,要做到相信我,果真比灭世还糟糕。"

芬恩端详着他,年迈的双眼露出深沉的神色。究竟哪里出了问题?他都说了些什么?

"芬恩,"他再次询问,"我——"

"你刚才的激情到哪里去了?"芬恩问,"为什么不在信中这么跟我说?"

"我……芬恩,那是外交辞令。"

她嗤之以鼻。"搞得像是在跟什么委员会对话似的。反正到了对芦通笔的时候,人们总是这么想。"

"那么?"

"那么相比之下,能听到发自内心的呐喊,总不是件坏事。"她望了望站在周围的镇民,"这也太吓人了,我们能离得远点吗?"

达力拿不禁点点头,主要是为了争取一些思考的时间。芬恩似乎认为,发怒不是件坏事?他指向一条穿过人群的路,芬恩便跟了上来,从篝火边上走开。

"芬恩,"达力拿道,"你说,你以为会通过对芦跟什么委员会对话,这有什么不好?为什么你想听我嚷嚷?"

"我不想听你嚷嚷,寇林。"芬恩说,"可是风操的,老家伙,你都不知道前几个月别人是怎么评价你的吗?"

"不知道。"

"你成了对芦消息网最热门的话题!达力拿·寇林——'黑荆棘'——他疯了!他声称自己杀了全能之主!某天他拒绝作战,第二天却率军深入破碎平原,展开了一场疯狂的搜寻,还说要奴役虚渡!"

"我没有说——"

"没人会把条条报道当真,达力拿,但我握有绝对可靠的消息,说你失去了理智。重组光辉骑士团?有关灭世的胡话?你只是名义上夺取了阿勒斯卡的王位,却拒绝与别的轩亲王开战,反而在泣雨季带兵出征。后来你昭告世人,一场新的风暴要来了。这足以让我相信你确实疯了。"

"然而那场风暴没过多久就来了。"达力拿说。

"然而那场风暴没过多久就来了。"

两人沿着寂静的街道行走,从后方传来的光线漫了过来,拉长了他们的影子。在右手边,一道蓝光在屋宇间闪耀,那是迎战怪物的光辉骑士在减速后的模样。

迦熙娜或许能从这些古建筑中看出端倪。镇民们都穿着陌生的衣服。他本以为过去的一切都很原始,但实情并非如此,看看镇上的门户、房屋和人们的服装就知道。幻境中的景物似乎做工精良,只是……缺少某种他无法定义的东西。

"灭世风暴不是证明我没有疯吗?"达力拿问。

"它只证明出事了。"

达力拿骤然停步。"原来你以为我跟虚渡联手了!你以为这就能解释我的行为和我的先见之明,而我之所以举止怪异,是因为我跟虚渡有联系!"

"我只知道,"芬恩说,"在对芦那头发声的人,不是我期待中的达力拿·寇林。如此客套的措辞,如此冷静的口吻,我实在无法信任。"

"现在怎么办?"达力拿问。

芬恩转身道:"现在……我会考虑的。能让我看完吗?我想知道小女孩的结局。"

达力拿循着她的目光看去,头一次见到小希莉坐了下来,跟别的孩子一同依偎在火边,眼神茫然若失。他能想象希莉有多害怕,那时不仅芬恩逃走了,孩子的母亲苔法被怪物撕碎,发出了惨叫。

希莉忽然动了动,扭过头,用空洞的眼神看着一名跪在一旁、为她递上饮品的女子。飓风之父已经恢复了幻境的正常速度。

达力拿后退几步,让芬恩回到人群中体验幻境的结局。他抄起手观望着,注意到一旁空气中的闪光。

"我们要多向她展示幻境。"达力拿对飓风之父说,"只有让更多人得知全能之主留下的真相,我们才能受益。每次飓风期间,你只能带进来一个人吗?是不是还有办法加速?你能同时把两个人分别带进不同的幻境吗?"

飓风之父隆隆道:**我不喜欢听你使唤。**

"难道你更想看到另一种可能?让仇恨获胜?你的自尊心究竟有多强,飓风之父?"

那与自尊心无关,飓风之父固执地说,**我不是人类。我不会顺从或退缩。我只做符合我天性的事,否则我会感到痛苦。**

幻境中的光辉骑士干掉最后几头怪物,走向聚集的人群,随后望了望芬恩。"你或许是在艰苦的环境中成长的,但你的领袖才干叫人钦佩。我很少见到像你今天这样组织民众进行防御的人,不管是国王还是指挥官。"

芬恩侧过头。

"明白了,你不想跟我说话。"骑士道,"没关系。但如果你想让这身神秘的本事派上用场,就请去乌有斯麓。"

达力拿转向飓风之父。"上次这位骑士差不多就是这么对我说的。"

幻境中的某些场景总会出现,飓风之父说,**这是荣誉有意安排的。我无法了解他的每一个意图,但我知道,他想让你跟光辉骑士交流;他希望你能认识到,人们可以加入其中。**

"我们需要一切能够抵抗的人,"幻境中的光辉骑士对芬恩说,"一切渴望战斗的人都必须去阿勒瑟拉。我们可以教你,也可以帮你。如果你拥有一颗战士的心,你可能会被那种热情摧毁,除非受到指引。加入我们吧。"

光辉骑士大步离去。希莉突然站起来跟芬恩说话,把她吓了一跳。女孩声音很轻,达力拿听不见,但他可以推测出到底发生了什么。在每一场幻境的结尾,全能之主都会借着某人之口发言,传授知识,达力拿起初以为那是可以互动的。

芬恩听罢,显得很不安。这不出意外。达力拿还记得那几句话。

这很重要,全能之主说,**别让纷争占据心智。坚强起来,行事荣誉,荣誉会助你达成目标。**

除非荣誉已死。

最后,芬恩转向达力拿,审视着他。

她还是不信任你，飓风之父说。

"她很纳闷这个幻境是不是我用虚渡的力量创造出来的。她不再认为我是疯子，但还是想知道我是不是投靠了敌人。"

所以你又失败了。

"不。"达力拿说，"今晚她听进去了。我想她最终会冒险来乌有斯麓。"

飓风之父隆隆作响，显得很困惑：**为什么？**

"因为我现在知道要怎么和她谈了。"达力拿说，"她不想听客套的话或是外交辞令。她希望我做好自己，我很确定能够做到。"

35 率先升空

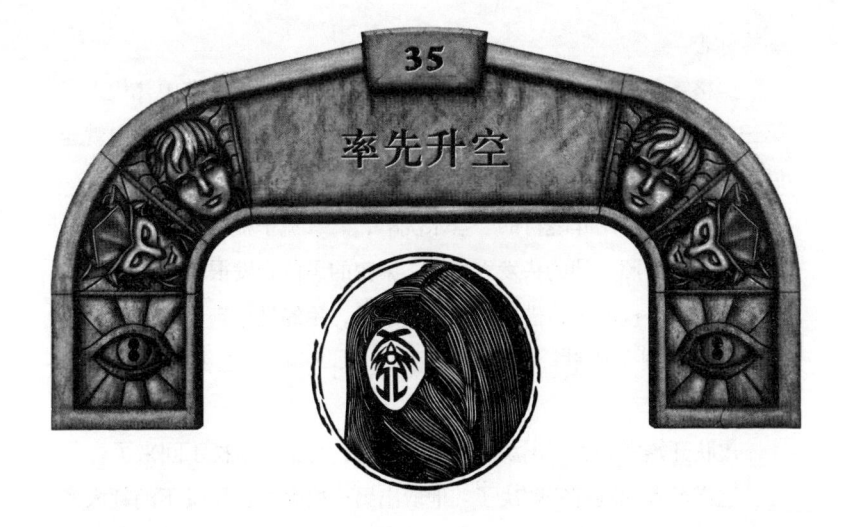

> 你是如此自作聪明,但我的眼光跟某些小贵族不一样,不会被假鼻子和脸颊上的污垢所蒙蔽。

有人撞到了西格吉尔的床,将他从梦中唤醒。他打了个哈欠,隔壁响起了石头的早餐铃声。

刚才那场梦里,他说着亚泽尔话,回到家中复习公务考试的内容。通过了考试,他就能进入真正的学府,有机会成为重要人物的书记。只是在梦里,他惊慌地发现自己不认字了。

过了这么多年,回想起家乡话,感觉挺奇怪的。他又打了个哈欠,背靠石墙,在床上坐正。他们有三间小营房,中间的休息室是公用的。

大伙推推搡搡,乱成一团,匆忙来到餐桌前。为了让他们守秩序,石头又得喊话了。这些家伙在第四冲桥队待了好几个月,现在成了见习光辉骑士,很多人却还没学会排队。要是去了亚泽尔,他们是绝对过不下去的,因为整齐的队伍不仅是一贯的要求,还是民族自豪感的标志。

西格吉尔把脑袋靠在墙上,回忆起了往事。他曾是家中几代人里第一个真正有望通过考试的。多么愚蠢的梦想。在亚泽尔,都说就连最卑微的人也能称帝,但工人的儿子根本没什么时间念书。

他摇摇头,用昨晚打的一盆水洗漱,又拿梳子梳头,对着一面抛光的钢板照了照。他的头发太长了,紧密的黑色卷发很容易竖起来。

他摆出一枚润石,借着光线刮起胡子,用的是他自己的剃刀,没一会儿就刮到了皮肤。他疼得吸了口气,润石马上变暗了。怎么回事……

皮肤开始发亮,冒出淡淡的光雾。噢,没错,卡拉丁回来了。

这样很多问题都能解决了。他取出另一枚润石,尽量不消耗太多飓光,刮完胡子后便抬手按住额头。那里曾有奴隶烙印,已经被飓光治好,但第四冲桥队的文身还在。

他起身穿上制服。那是寇林军标志色的蓝军装,又简约又整洁。把新的猪皮笔记本揣进口袋后,他走进休息室,一看到面前晃荡着偻朋的脸,就停下脚步,差点撞上赫达孜人。那家伙的脚底正黏在风操的天花板上。

"嘿。"偻朋说。他面前的早餐粥拿颠倒了——至少在他看来是这样,但在西格吉尔看来,那碗粥却是正面朝上。赫达孜人正想吃一口,刚舀起一勺,粥就顺着调羹滑了下去,啪嗒啪嗒地滴在地上。

"偻朋,干吗呢?"

"练习啊。我得让他们知道我有多厉害,火哥。这就像跟女人在一起,只是得把自己黏到天花板上,学着别把吃的撒到你喜欢的人的头上。"

"让开,偻朋。"

"啊,你可要好好求我。我再也不是独臂啦!不能任人摆布。话说,你知不知道怎么使唤两个胳膊都没断的赫达孜矛兵?"

"我要是知道,就不会跟你说话了。"

"那还不简单?把那两个人手里的矛都拿走嘛。"偻朋嗤笑道。几步开外的石头也哈哈大笑。

偻朋冲西格吉尔摇摇手指,仿佛在笑话他,指甲闪闪发亮。和所有赫达孜人一样,偻朋长着深褐色的指甲,坚硬如晶体,看着有点像甲壳。

他额前也还有文身。第四冲桥队最近只有几个人学会了如何吸取飓光,他们每个人都保留了文身,只有卡拉丁例外。他一摄入飓光,文身就会化开,而他的伤疤始终愈合不了。

"给我记住喽,火哥。"偻朋道。他从不说"火哥"是什么意思,也从不说他为什么只管西格吉尔叫"火哥"。"以后,我肯定要编许许多多新笑话,还要缝上新袖子。袖子要两倍数量,除非做马甲,那数量不变。"

"你到底是怎么上去的?还得先把脚黏在……还是算了,我其实不想知道。"西格吉尔弯着腰,从偻朋身下通过。

众人还在争夺食物,欢笑着、大叫着,场面一片混乱。为了引起他们的注意,西格吉尔喊道:"都别忘了!在打第二声铃之前,队长要我们都起来,准备接受检查!"

几乎没人听西格吉尔的话。泰夫特去哪儿了?那人下令时,他们竟然会服从。西格吉尔摇摇头,迂回地穿过同伴,朝门口走去。他在亚泽尔人里算中等个子,但流落到了阿勒斯卡人之间,就比多数人都要矮几寸,因为他们简直是巨人。

他轻轻地来到走廊上。塔城第一层的一连串大营房里都住着冲桥手。虽然第四冲桥队逐渐获得了光辉骑士的能力,但还有几百人仍是普通的步兵。泰夫特可能去检查别的队伍了,他正好负责操练士兵,但愿不是去干另一件事了。

卡拉丁住在走廊尽头的小套房里。西格吉尔走了过去,仔细翻看他在笔记本上涂写的字迹。他从没学过正规的阿勒斯卡文，只能使用适合男性的铭文。风操的，他离开祖国已经很久了，那场梦可能是准的，他也许不会写亚泽尔文了。

如果他没有失败、没有辜负别人的期望，而是最终考上了，没有惹出麻烦需要老师解救，他的人生又会是什么样？

先处理列出来的问题，他下定决心，来到卡拉丁的房门前，敲了敲门。

"进来！"队长在房里说。

西格吉尔发现卡拉丁正在石地上做俯卧撑，蓝外套搭在椅子上。

"长官。"西格吉尔说。

"嘿，西格。"卡拉丁咕哝了一句，继续做俯卧撑，"大伙都起来集合了吗？"

"起来是都起来了。"西格吉尔说，"我走的时候，他们几乎在抢东西吃，只有一半人穿上了制服。"

"他们会准备好的。"卡拉丁说，"西格，你找我有事吗？"

西格吉尔挨着卡拉丁的外套在椅子上坐下，打开笔记本。"事儿还真不少，长官。先说最要紧的：你该找个像样的书记了，而不是……我这种人。"

"你就是我的书记呀。"

"可我不称职。我们的作战大队兵员充足，却只有三名副官，连正规的文书也没有配。实不相瞒，长官，冲桥队现在可乱了，财务状况一团糟，征用命令积压得很快，雷腾都顾不过来了。还有这样那样的问题，都需要军官来操办。"

卡拉丁哼了一声。"这样管理军队才有意思。"

"确实。"

"那是一种讽刺，西格。"卡拉丁站起身，用毛巾擦了擦额头，"好吧，你继续。"

"先从简单的开始。"西格吉尔说,"皮特正式跟女友订婚了。"

"跟阿卡?太棒了。也许她能帮你做文书工作?"

"可能吧。你应该在过问家属住房的事儿?"

"对,但那是在泣雨季的混乱状况之前,我们还没远征破碎平原。所以……我要回去找达力拿的文书,对不对?"

"对啊,除非你想让两口子在一般的营房里挤一张床。"西格吉尔翻到下一页看了看,"我相信比西格也快订婚了。"

"真的?他平时那么闷,看他的眼神,我都不知道他在想什么。"

"普尼奥就更别提了。我最近才发现他结婚了,他老婆给他留了吃的。"

"我还以为那是他妹妹!"

"我觉得他不想成为例外。"西格吉尔说,"他那口蹩脚的阿勒斯卡语已经很碍事了。还有德雷赫的问题……"

"什么问题?"

"嗯,你瞧,他在追求男人……"

卡拉丁穿上外套,暗暗觉得好笑:"这我确实知道。你到现在才发现?"

西格吉尔点头承认。

"他还在跟德鲁交往吧?那个地方军需办的人?"

"是的,长官。"西格吉尔低下头,"长官,我……嗯,就是……"

"说啊。"

"长官,德雷赫还没填好相应的表格。"西格吉尔说,"如果他想和男人交往,就得申请重置社会性别①,对吧?"

---

①指亚泽尔同性婚恋制度中对社会性别(而非生理性别)的修改。伴侣中的一方需要提交此申请,以异性的方式生活,并获得异性的待遇。

卡拉丁翻了个白眼。看来在阿勒斯卡没有这种表格。

西格吉尔不能说感到惊讶，毕竟阿勒斯卡人无论办什么事都没有像样的手续。"不然要怎么申请呢？"

"我们没有这种做法。"卡拉丁蹙眉道，"西格，你就真的那么为难吗？要不——"

"长官，我不是针对这件事。目前，第四冲桥队共有四种信仰。"

"四种信仰？"

"胡勃信奉的是激神，长官。泰夫特的情况我搞不清，哪怕不算在里面，第四冲桥队也有四种信仰。还有很多人说，光明贵人达力拿宣称全能之主已经死了……嗯，长官，我觉得自己得负责。"

"为达力拿负责？"卡拉丁眉头一紧。

"不是，不是。"西格吉尔深吸一口气。肯定有办法解释的。

老师会怎么做？

"听我说。"西格吉尔极力思索，"大家都知道，三个月亮中，最后升起的谧魇是最足智多谋的。"

"好吧……这有什么关系？"

"其实是一个故事。"西格吉尔说，"安静。呃，我是说，请听好，长官。你看，就是有三个月亮，第三个是最聪明的。她不想待在天上，长官，她只想逃走。

"所以，一天晚上，她欺骗了纳坦人的女王。那是在很久以前，纳坦人还是存在的。不是说现在没有了，只不过以前人更多，长官。月亮欺骗了女王，她们便交换位置，最后才换回来，从此纳坦人才长蓝皮肤。我这么说，你能理解吗？"

卡拉丁眨眨眼。"我没听懂你的话。"

"嗯，算了，"西格吉尔说，"一听就是幻想出来的。这不是纳坦人长蓝皮肤的真正原因，而且，嗯……"

"难道能解释什么吗？"

"反正老师总是这样。"西格吉尔低头看地,"别人犯糊涂了,或是对他生气的时候,他总会讲故事,然后一切就改变了,我也不知道为什么。"他望向卡拉丁。

"我想,"卡拉丁缓缓道,"那可能会让你觉得……像个月亮……"

"不,不是。"那其实跟责任有关,但他解释得并不到位。风操的,他已经获得须空老师的认可,成了不折不扣的吟游歌者,却连个故事都讲不好。

卡拉丁拍拍他的肩。"不要紧,西格。"

"长官,"西格吉尔说,"别人没有任何方向,你给了他们目标,让他们找到了做好人的理由。大伙也确实都是好人。这在我们当奴隶的时候,或多或少还容易,可现在,要是有人无法展现出吸取飓光的本领,那怎么办?我们在军中又是什么地位?光明贵人寇林没有再让我们站岗,说是要我们进行光辉骑士的操练,但光辉骑士又意味着什么?"

"我们以后得弄明白。"

"如果大伙需要指导和道德核心呢?犯了错总得有人训诫吧?虔诚者却把我们跟光明贵人达力拿的言行联系在一起,不理睬我们。"

"你觉得你可以成为大伙的导师?"卡拉丁问。

"应该有人站出来,长官。"

卡拉丁招呼西格吉尔跟他来到走廊。他们一起朝第四冲桥队的营房走去,西格吉尔拿出润石照明。

"你想做类似队内虔诚者那样的工作,我不介意。"卡拉丁说,"西格,大伙都喜欢你,都很看重你的意见,可你也要试着去理解他们想要的生活,并给予尊重。你不能认为自己的想法可以决定他们想要的生活。"

"但是长官,有些事就是不对。你明知道泰夫特中了什么邪。胡伊奥还一直在召妓。"

"召妓又不是不允许。风操的,我听有些士官说,这是作战时保持心态健康的关键。"

"这根本不对,长官,就是在效仿誓言,双方却没有承诺。世上主要的宗教对此都没有异议,我想只有雷希人例外,不过他们在异端中也属于异端。"

"是老师教你这么苛刻的吗?"

西格吉尔戛然停步。

"对不起,西格。"卡拉丁说。

"不,老师向来这么评价我,长官。"

"那我允许你坐下来跟胡伊奥谈谈,把你的忧虑说明白。"卡拉丁说,"我不会禁止你表达自己的道德观,反而非常鼓励。只是别把你的信仰当成我们的准则。你要把它当成自己的准则,并给出充分的理由,没准大伙就会听了。"

西格吉尔点点头,赶忙跟上。为了掩饰尴尬——不为别的,主要为完全没讲好故事——他看起了笔记。"长官,这引发了另一个问题。第四冲桥队在第一场灭世风暴中有人身亡,现在只剩二十八人。也许是时候招募新人了。"

"招募新人?"卡拉丁歪过头。

"嗯,要是再损失人手的话——"

"不会的。"卡拉丁说。他从不怀疑。

"——即便不损失人手,我们也达不到三十五人至四十人的常规编制。虽然不一定有这个必要,但是现役部队应该随时注意有没有可以征召的新兵。"

"如果军中还有别人展现出成为风行骑士的端正态度,那怎么办?要么具体点说,如果大伙开始宣誓,与自己的灵体建立起纽带呢?我们是不是就得解散第四冲桥队,让队员各自去当光辉骑士?"

解散第四冲桥队就像在战时损兵折将那样让卡拉丁心痛。他们默默走了一会儿,没有去营房。卡拉丁转了个方向深入塔城,途经一辆把井水运到军官住处的人力车。拉车的活儿以前一般是仆族干的。

"我们至少要招募新人。"卡拉丁良久后开口,"但说实在的,我心里也没个准。要怎么挑选,才能控制候选者的数量呢?"

"我会试着想些办法的,长官。"西格吉尔说,"请问,我们这是要去……"他止住话头,看到琳正沿着走廊朝他们赶来,掌心握着一枚钻石齐普照明。她身穿寇林军制服,阿勒斯卡式的黑发束成马尾。

一见卡拉丁,她立马挺直腰杆,利落地敬礼。"我正在找您呢。军需官维威达要我传话,说'您的特殊需求已经得到满足',长官。"

"好极了。"卡拉丁穿过走廊,从她身旁经过,而她跟了上去。西格吉尔瞧了她一眼,她只是耸耸肩。她不知道那个"特殊需求"是什么,只知道后者已经得到满足。

走了一阵,卡拉丁望了望琳。"你就是那个一直在帮助我部下的人,对不对?你叫琳吧?"

"是的,长官!"

"你好像经常找理由给第四冲桥队传话。"

"嗯,没错,长官。"

"不怕'光辉变节者'的传言?"

"我就直说了,长官。我在战场上见到了那些景象,我宁愿站在您这边,也不要与您对立。"

卡拉丁点点头,边走边思考,最后他问:"琳,你想加入风行骑士团吗?"

那名女子站在原地,瞠目结舌。"长官?"她敬了个礼,"长官,我想!风操的!"

"好极了。"卡拉丁说,"西格,能给她看看账目吗?"

琳垂下手。"账目?"

"大伙也要有人替他们写家书。"卡拉丁说,"第四冲桥队的来历可能也得记下。总有人会好奇,有了笔头的记录,就不用一直口头解释了。"

"哦,"琳说,"要让我当文书啊。"

"当然。"卡拉丁在走廊里回头看她,皱起眉头,"你不是女的吗?"

"我还以为您在问……我是说,轩亲王看到的幻境里有女光辉骑士,光明女士沙兰不也是……"她涨红了脸,"长官,我做斥候不是因为我想坐下来看账目。假如您就要我干这个,那还是算了。"

她沉下肩膀,不愿迎上卡拉丁的目光。奇怪的是,西格吉尔不禁想打队长一拳——要记住,下手不会太重,只是轻轻的一记"起床拳"。他很久都没有这种感受了,上一次还是在撒迪亚斯军中,队长头一天早上叫醒他的时候。[①]

"我明白了。"卡拉丁说,"那就……搞一下选拔,让新人规范地加入风行骑士团。如果你愿意的话,我想我可以给你提供一个名额。"

"选拔?"琳说,"真能当风行骑士?不用光记账?风操的,好啊。"

"那你就先和上级谈谈吧。"卡拉丁说,"我还没有设计好相应的测试,你要通过测试才能加入风行骑士团。不管怎样,你都得获准调走。"

"遵命,长官!"说完,琳连蹦带跳地离开了。

卡拉丁目送着她,轻哼一声。

西格吉尔想都没想就嘟哝道:"是老师教你这么冷漠的?"

卡拉丁瞪了他一眼。

[①] 参见《王者之路》第14章开头,卡拉丁将睡懒觉的冲桥手喊起来整队的场景。

"我有个建议,长官。"西格吉尔接着说,"你要试着去理解人们想要的生活,并给予尊重。你不能认为自己的想法可以决定——"

"别说了,西格。"

"好的,长官。对不起,长官。"

他们继续走着,卡拉丁清清嗓子:"你不用对我这么客气,知道吗?"

"我知道,长官。可你现在是光眼种了,又是碎瑛武士……嗯,对你客气点感觉没错。"

卡拉丁嗤之以鼻,但没有反驳。其实,西格吉尔总觉得……自己很难像对待其他冲桥手那样对待卡拉丁。另一些人可以做到,比如泰夫特和石头,还有偻朋,只是他的方式异于常人。然而,只有关系都明确了,西格吉尔才会更自在。卡拉丁就是队长,西格吉尔就是书记。

莫阿什曾和卡拉丁走得最近,但他已经不是第四冲桥队的一员了。卡拉丁没有说莫阿什到底干了什么,只是说"他退出了队伍"。每当有人提起莫阿什的名字时,卡拉丁都会板起脸,不予回应。

"你在单子上还列了些什么?"卡拉丁问。他们在通道中经过了一支警卫巡逻队,巡逻兵干脆地朝他敬礼。

西格吉尔翻看着笔记本。"账目,对文书的需求……适用于冲桥手的道德准则……招募新人……噢,既然我们都不是护卫了,我们在军中的地位还要重新定义。"

"我们仍是护卫。"卡拉丁说,"我们保护任何需要保护的人。在那场风暴中,我们才有更大的麻烦。"

那场风暴再度来袭,已经是第三次了,确实比普通的飓风还要有规律,以九天为一个周期。由于他们身在高处,风暴的过境不过是件稀罕事,但在全世界,那场风暴的每一次重现,都会让那些处于困境的城市不堪重负。

"我明白,长官。"西格吉尔说,"但相关的程序还是得操心。请问,作为光辉骑士团,我们仍是阿勒斯卡的军事组织吗?"

"不是。"卡拉丁说,"这场战争的规模比阿勒斯卡大。我们要为全人类着想。"

"好吧,那我们处在指挥体系的哪一环?是否要听从艾尔霍卡国王的命令?我们还是他的臣民吗?我们的社会阶级是怎样的?你已经是达力拿帐下的碎瑛武士了,对吗?

"第四冲桥队的报酬谁来付?别的冲桥队怎么办?如果达力拿在阿勒斯卡的领地发生纷争,他能遵循一般的君臣关系,动员你和第四冲桥队为他而战吗?如果不行,我们还能盼着他给饷钱吗?"

"诅咒之地的。"卡拉丁低声骂道。

"对不起,长官,这——"

"没事,问得好,西格,幸好你问了。"他拍拍西格吉尔的肩,在军需办门外的走廊上停下脚步,"有时,我都怀疑你待在第四冲桥队是屈才了,你该去做学问的。"

"唉,那阵风好多年前就刮过去了,长官。我……"他深吸一口气,"我没有通过亚泽尔的政府培训考试,我不够优秀。"

"那么你的考试也太蠢了。"卡拉丁说,"这是亚泽尔的损失,因为他们失去了拥有你的机会。"

西格吉尔微笑道:"还好如此。"怪了,他觉得这是真的。他长期背负的无名重担似乎放下了。"说实话,我跟琳的感受是一样的,我不想在第四冲桥队飞起来的时候埋头看账目,我想率先升空。"

"你大概得和偻朋争夺这个荣誉了。"卡拉丁轻笑道,"来吧。"他踏入军需官的办公室,等候在那儿的一群卫兵立即让位。柜台后,一个膀大腰圆、卷起袖子的士兵正在那些盒子和箱子中翻找,嘴里念念有词。一个可能是他妻子的壮实妇女检查着征用表,推了他一把,指向卡拉丁。

"您终于来了!"军需官说,"这活儿我干腻了,不仅那么起眼,还让我像个灵体太多的间谍那样汗流浃背。"

他慢悠悠地走向摆在角落的两只黑色大麻袋。据西格吉尔所知,它们可一点儿也不起眼。军需官抬起麻袋,瞧了瞧文书。文书再次核对几张表格,点了点头,把表格递上去,让卡拉丁用军尉章盖章。书面工序完成后,军需官把一口麻袋递给卡拉丁,再把另一口麻袋递给西格吉尔。

麻袋叮叮作响,沉得出奇。西格吉尔解开绳子,往里瞥了一眼。

一大片如日光般强烈的绿色光芒照到他身上。麻袋里装的都是大颗绿宝石,没有包在玻璃球内,可能是用了从破碎平原打来的深渊恶魔,掏出它们的琼心石切割而成。西格吉尔瞬间明白了,满满一屋子的卫兵不是来这儿取东西的,而是要保护这些财富。

"王室的绿宝石储备,"军需官说,"用来生产应急粮的,今天早上刚充过光。我就想不通了,你是怎么说服轩亲王让你们拿走的?"

"我们只是借走。"卡拉丁说,"入夜之前就会送回来。不过先提醒一句,一些宝石到时候会变暗。明天我们还要检查一次,而后天……"

"这么多宝石,都能买下一座公国了。"军需官哼哼着说,"以克勒克的名义,你们到底要用来干什么?"

不过西格吉尔已经猜出来了,他傻笑着说:"用来做光辉骑士的训练。"

36 英雄

二十四年前

滚滚黑烟从壁炉里涌出来，达力拿骂了一句，使尽全力推动拉杆，这才重新敞开了烟道。他一边咳嗽，一边退后，挥手驱赶扑面而来的烟尘。

"那东西要换了。"正坐在沙发上刺绣的伊薇说。

"是啊。"达力拿一屁股坐到壁炉跟前的地上。

"起码你动作快，今天用不着刷墙。生活又和夜里的太阳一样明亮了！"

伊薇家乡的俗话放到阿勒斯卡的语境中，有时不太好懂。

炉火温暖舒适，因为达力拿的衣服淋过雨，还是湿的。现在正值泣雨季，他努力不去在意外面接连不断的雨声，而是望着两只沿着木柴来回舞动的火灵。它们隐约现出人形，模样千变万化。在他的注视下，有一只忽然朝另一只蹦了过去。

听到伊薇起身的动静，他估计妻子又要去方便了。可伊薇只是坐到他身边，挽住他的手臂，心满意足地叹了一声。

"坐这边不舒服。"达力拿说。

"你不还是坐着?"

"我又没有怀……"他看了看伊薇隆起的腹部。

伊薇笑道:"我的身子没有那么脆弱,坐在地上不会有危险的,亲爱的。"她的手越缠越紧,"瞧那两只火灵,玩得多起劲啊!"

"像是在对打。"达力拿说,"我几乎能看到它们手里握着一把小剑。"

"非要什么都跟打仗有关吗?"

达力拿耸耸肩。

伊薇把头靠在他胳膊上。"就不能好好享受吗,达力拿?"

"享受什么?"

"享受生活。你为打造这座王国经历了太多,既然获胜了,就不能满足吗?"

达力拿站起身,挣脱妻子的怀抱,走到房间的另一侧给自己斟酒。

"别以为我没注意到你的表现。"伊薇说,"国王一谈起琐碎的边境争端,你就来精神了。你还差人朗读那些大战的记载,嘴边总是挂着下一场决斗。"

"没多少时间了。"达力拿嘟哝道,啜了口酒,"迦维拉尔说,危及自身的做法是愚蠢的,势必会有人利用决斗来策反。我只能夺冠。"他盯着杯中的酒。

对于决斗,他向来不高看。决斗过于做作,过于无害,但起码可以练手。

"你平时都死气沉沉的。"伊薇说。

达力拿望着她。

"只有在能够战斗和杀人的时候,你才会焕发生气。"她接着说,"就像传说里的恶棍,靠夺取他人的性命生存。"

泛白的秀发、浅金的肌肤，伊薇生得仿若璀璨的宝石。她为人善良，细心周到，不该被达力拿如此对待。达力拿硬逼自己走回去，挨着她坐下。

"我还是觉得这两只火灵在玩耍。"伊薇说。

"我倒一直在琢磨，"达力拿说，"它们真是用火做的吗？至少看上去是这样。那情绪灵呢？怒灵是用怒气做的吗？"

伊薇心不在焉地点点头。

"傲灵又怎么说？"达力拿问，"真是用傲气做的吗？可傲气又是什么？那些产生幻觉的人，或是喝得醉醺醺的人，自以为成就了一番大业，结果却换来了围观者的嘲笑，这时傲灵会出现吗？"

"不过是兮兮①布下的谜团。"伊薇说。

"你就没想过？"

"这有什么目的？"伊薇说，"当我们归于一体时，我们总会领悟的。现在理解不了的东西，就不用劳神思考了。"

达力拿冲着火灵眯起眼睛。其中一只明明拿着剑，而且是一把小碎瑛刃。

"所以你才会经常焦虑。"伊薇说，"心窝里堵了块石头，上面湿漉漉的，长满了苔藓，这就不健康了。"

"我……你说什么？"

"不要胡思乱想了。到底是谁告诉你这种事的？"

达力拿耸耸肩，但还是想起了两天前的经历。他到深夜还在雨篷之下跟迦维拉尔和纳瓦妮喝酒。纳瓦妮大谈灵体研究，迦维拉尔只是附和了几声，一面在一组地图上写下铭文标注。纳瓦妮说话时热情洋溢、兴致勃勃，迦维拉尔却不理不睬。

---

①兮兮（Shishi）：里拉人对令使艾沙的称呼。艾沙是司掌奥秘的令使，参见第64章。

"享受当下吧。"伊薇对他说,"闭上眼,想想一体赋予你的一切,找寻遗忘的安宁,沐浴在自身感受的喜悦之中。"

达力拿照做了。他闭上眼,索性享受起了二人时光。"伊薇,一个人真能像灵体那样改变吗?"

"我们都是一体的不同层面。"

"那能不能从一个层面变成另一个层面?"

"当然能。"伊薇回答,"这不就是变形的原理吗?通过塑魂术,愚人也能变成伟人。"

"我不知道这是不是行得通。"

"那就求求一体。"伊薇说。

"祈祷?要找虔诚者吗?"

"不用,傻瓜。凭你自己就够了。"

"凭我自己?"达力拿问,"要去神殿吗?"

"希望求见一体的人,都必须到山谷去。"伊薇说,"在那里,可以跟一体的本尊或是化身交谈,从而得到——"

"古魔法。"达力拿睁开双眼,咬牙切齿地低语道,"夜妖。伊薇,别说这种话了。"风操的,她的异教血统总是在最奇怪的时候体现出来。她可以一会儿谈论沃林教义,一会儿又冒出这类言论。

所幸她没有接话,只是闭眼沉吟。终于,有人敲了敲住处的大门。

管家哈森会去应门,而达力拿确实听到外面传来了那人的声音。哈森轻叩房间门,说:"是您的兄长,光明贵人。"

达力拿一跃而起,打开门,从矮个侍从大师身旁走过。伊薇跟了上来,习惯性地一手摸过墙壁。他们从窗前经过,敞开的窗户远眺潮湿的塔冠城,街上灯光闪烁,表示有行人通过。

迦维拉尔正在起居室等候。他穿着新款套装,上衣材质挺括,胸前两侧各有一排扣子。他的黑色卷发垂到肩膀,与精心打理的胡子相得益彰。

达力拿讨厌胡子,因为胡子会卡在头盔里,但他不能否认迦维拉尔留胡子的效果。看着一身华服的迦维拉尔,没人会认为那是一个落后的暴徒、一个以毁灭和征服的方式登基的军阀。不,他是王者。

迦维拉尔用一沓纸敲了敲手掌。

"怎么了?"达力拿问。

"是萨拉斯的事。"迦维拉尔把那沓纸塞给了刚进门的伊薇。

"不会吧!"达力拿说。多年前他下过天堑,他的碎瑛刃就是从那里赢来的。

"对方要求你归还瑛刃。"迦维拉尔说,"他们声称塔纳兰的继承人回来了,理应获得装备,因为你并没有在真正的竞争中取胜。"

达力拿浑身发冷。

"别紧张,我知道这显然是错误的。"迦维拉尔说,"多年前我们在拉萨拉斯战斗,你说继承人已经得到了处理,是这样没错吧,达力拿?"

达力拿还记得那一天。他还记得自己闯进那扇门,胸中迸发着激越感。他还记得那个哭着举起碎瑛刃的孩子,后面是颓然倒地、了无生气的父亲。孩子用柔弱的声音发出哀求。

达力拿的激越感一瞬间便退去了。

"他当时还小,迦维拉尔。"达力拿哑着嗓子说。

"该下诅咒之地的!"迦维拉尔说,"他可是旧政权的后代。已经……风操的,已经十年了,他也长大了,足以构成威胁!现在全城要造反,整个地区形势紧张。要是不采取行动,王领恐怕会解体。"[1]

达力拿微微扬起嘴角。他很惊讶自己会有这种心情,于是赶紧按

---

[1] 拉萨拉斯所在的地区称为东部王领(见阿勒斯卡及周边地区地图)。这里曾是某公国的一部分,现在归国王所有,为王室提供收入和赏赐诸侯的封地。

捺住笑意。然而……肯定得有人去打垮反叛者。

他转过身,瞧见了伊薇,伊薇冲他开怀一笑。他还以为又要打仗的事会让伊薇生气,但她还是上前挽住他的手臂。"你饶过了那孩子。"

"我……他几乎都举不起瑛刃。我把他交给他母亲了,叫他母亲把他藏好。"

"噢,达力拿。"伊薇搂紧了达力拿。

他心中涌起一阵自豪。这当然很可笑。他的行为殃及了整个王国,如果民众得知"黑荆棘"由于良心发现而崩溃,他们会作何反应?

这一刻,只要他还能成为这名女子眼中的英雄,他就毫不在乎。

"好吧,叛乱应该是意料之中的事。"迦维拉尔凝望窗外,"阿勒斯卡在几年前就正式统一了,不免会有人闹独立。"他转过身,朝达力拿抬起手。"我明白你的想法,弟弟,可你必须克制。我不会派兵。"

"但——"

"我可以通过政治手段调停。要维护统一,不能只彰显武力,否则在我死后,艾尔霍卡就得花一辈子救火。要让人民逐渐认识到,阿勒斯卡是一个统一的王国,不是四分五裂的地区,总是彼此倾轧。"

"听着不错。"达力拿说。

这不会实现,除非诉诸武力。然而这一回,他没有指出来,对此他并不介意。

37 最后一次行进

你不必为雷瑟担心。虽然艾欧纳和斯凯的事很遗憾,但他们是愚蠢的,起初就违反了我们的协定。

了解敌人是战争的首要原则,奴姆乎库马基雅吉亚伊阿鲁纳摩一直是这么学的。有人会认为这种知识已经和他没多大关系了,所幸做好一锅炖菜还是跟打仗很像。

朋友们都把鲁纳摩叫作石头,因为那些低地人口齿不清,连话也说不好。鲁纳摩把一根像剑那么长的大木勺伸进锅里搅拌,底下是石壳木生起来的火堆。一只顽皮的风灵搅动着炊烟,无论他站在哪儿,炊烟总是从他身边掠过。

他把大锅放在破碎平原的高地上。荣光和流星啊,他惊讶地发现自己非常怀念这里。谁能想到他喜欢上了这片飓风肆虐的不毛之地?他故乡的环境非常极端,山上布满了寒冰和粉状的白雪,有些地方则酷热难耐,潮湿无比。

在山下的低地,一切却是如此……普通,其中又以破碎平原为最。他在雅克维德见过长满藤蔓的山谷；阿勒斯卡则有成片的农田，石壳木如沸腾的大锅般绵延无尽。到了破碎平原，就只有无边无际、几乎寸草不生的空旷高地，但他喜爱这里，也是奇怪。

鲁纳摩轻声哼唱，用双手搅拌炖菜，不让底下烧煳。当炊烟没有冒到他脸上时——这该死的风太浓了，空气多得不像样——他总能闻到破碎平原的气息。那是一种……开阔的味道，属于高空和炽热的岩石，却带着深渊中的生机，就像撒进了一小撮盐，潮湿温润，洋溢着植物和腐败物的混合气味。

经过长期的迷失，鲁纳摩终于在深渊中再次找到了自我。新的生活，新的目标。

以及炖菜。

鲁纳摩尝了尝那锅炖菜，拿的自然是干净的勺子，可不像某些野蛮的低地厨师。长根薯还要再烧一会儿才能把肉加进去。那是实实在在的指头蟹肉，他花了一整晚给螃蟹去壳。只是不能烹制那么久，否则会咬不动。

第四冲桥队的其他队员在高地上列队，听卡拉丁讲话。鲁纳摩背朝破碎平原的中心城市纳拉克。不远处，一座高地闪过亮光，雷纳林·寇林正在操作誓约之门。鲁纳摩努力不让注意力分散。他想眺望西边，看看昔日的军营。

没多少时间要等了，他寻思道，但不要一直去想。炖菜还得多撒点藜木末。

"我在沟底教过你们不少人。"卡拉丁说。第四冲桥队已经扩充人手，吸纳了别的冲桥队的一些队员，还有几名在达力拿的建议下受训的士兵。令人意外的是，五名女斥候组成了一个小组，但鲁纳摩有什么资格评价？

"我能教别人矛术，"卡拉丁继续说，"那是因为我学过。但今天情况不一样，我几乎搞不懂自己是怎么学会运用飓光的，所以我们要一起摸索。"

"没关系,黑发哥。"偻朋喊道,"学会飞有什么难的?飞鳗一直都会飞,可它们又丑又笨。大多数冲桥手也就是这样。"

卡拉丁走进队列,站到偻朋身边。队长今天的精神似乎很好,鲁纳摩功不可没,毕竟他做了卡拉丁的早餐。

"首先,你们要念出第一信条。"卡拉丁说,"我想有些人已经办到了。但对其他人来说,如果想要成为风行骑士的扈从,就必须宣誓。"

他们高声念出真言。现在没有人不知道正确的措辞。鲁纳摩低声念出第一信条。

生先死,强护弱,行胜果。

卡拉丁递给偻朋满满一袋润石。"真正的考验是学会把飓光吸入体内,证明你们有资格成为扈从。有几个人已经学会——"

偻朋身上立刻变亮了。

"——他们要帮别人学。偻朋,你负责第一、第二和第三小队。西格吉尔,你负责第四、第五和第六小队。皮特,别以为我没看见你发光,你来教其他冲桥手。泰夫特,你来教斥候和……"

卡拉丁四处张望:"泰夫特人呢?"

他才发现吗?鲁纳摩很喜欢队长,但卡拉丁有时也会分心,可能是吸多空气的缘故。

"泰夫特昨天晚上就没回营房,长官。"雷滕大声回答,一脸不自在。

"那好吧,我去教斥候。偻朋、西格吉尔、皮特,向你们负责的小队详细讲解吸取飓光的方法。天黑后,我希望高地上的每个人都能像吞下提灯那样发光。"

众人散开了,显然迫不及待。犹如透明红色饰带的期灵从石地里冒出,一端连着地面,似乎在迎风飘荡。鲁纳摩向它们致敬,一手按住肩膀，再是额头。它们是较为低等的神，但依旧神圣。在饰带的底部，他隐约看到了某种更大生物的影子，那是期灵的真正形态。

鲁纳摩把搅拌的工作交给了达彼得，他曾协助卡拉丁把这名年轻的冲桥手带离战场。从那时起达彼得就一言不发，但他还能搅拌炖菜、递送水袋。他已经成了队里非正式的吉祥物，因为他是卡拉丁挽救的第一名冲桥手。同伴们从他身边经过时，都会有意无意地向他行礼。

今天帮厨的人是胡伊奥，这已经愈发平常。别人避之不及的事，他却主动要求做。这个敦实粗壮的赫达孜人一边小声哼歌，一边搅拌一种叫作十吉茶的棕色吃角族饮料。鲁纳摩前一天就把饮料装进金属桶，放在乌有斯麓外围的高地上凉了一整晚。

怪了，胡伊奥从罐子里抓起一把辣子粉就往汤里撒。

"你在干吗，疯子！"鲁纳摩吼道，"辣子粉？放在喝的里？这是香辛料，吸多空气的低地人！"

胡伊奥用赫达孜语说了些什么。

"得了！"鲁纳摩说，"我不会讲你们的疯话。偻朋！快过来说说你的亲戚！他在糟蹋我们的饮料！"

偻朋却激动地指了指天上，说起他是怎么把自己粘到天花板上的。

鲁纳摩哼了一声，回头看着胡伊奥。那人递上一勺不断往下滴的液体。

"吸多空气的低地傻瓜，"鲁纳摩抿了一口，"你会糟蹋……"

感谢海神和地神，太好喝了。在冷饮里加了这种料子，尝起来就对劲了。不同的风味结合在一起，让人意想不到，却不知为何形成了互补。

胡伊奥露出微笑，操着口音浓重的阿勒斯卡语说："第四冲桥队！"

"算你走运。"鲁纳摩伸手一指,"今天我不会杀你。"他又抿了一口,用勺子比画着:"去把另外几桶十吉茶也调一调。"

胡勃去哪儿了?这个牙齿漏风的瘦高个子不会跑太远。有一名不能走路的助手,一个好处就是他通常会待在岗位上。

"快看我,看仔细了!"偻朋对组员说,口中冒出团团飓光,"好嘞,我偻无双现在会飞啦。你们看着办,给我鼓个掌吧。"

说完他一跃而起,重重摔回到高地上。

"偻朋!"卡拉丁大喊,"你应该帮助别人,别光顾着炫耀了!"

"对不起,哥!"偻朋说。他在地上抖了抖,没有起身,脸部紧贴岩石。

"你……你是不是把自己粘在地上了?"卡拉丁问。

"这只是计划的一部分,哥!"偻朋高声回答,"如果我要成为天上美丽的云,就得先说服大地,我不会抛弃她。没错,她就像个发愁的恋人似的,必须有人安慰。等我像个国王一样华丽地升上天空,我肯定会回来的,好让她放心。"

"你不是国王,偻朋。"德雷赫说,"我们已经讨论过了。"

"我当然不是国王,可我当过国王呀。你明显是我刚才提到的那种笨蛋。"

鲁纳摩忍俊不禁,绕过小料理台朝胡勃走去,这才想起那人正在悬崖边给块茎去皮。鲁纳摩慢下脚步。为什么卡拉丁会跪在胡勃的凳子前,还举起了……一颗宝石?

啊……鲁纳摩想道。

"我只能把飓光吸入体内,"卡拉丁小声解释道,"不知不觉过了几周——可能有几个月——泰夫特才对我说明真相。"

"长官,"胡勃说,"我不知道能不能……我是说,长官,我不是光辉骑士,用矛的本领也从没有那么好。我只是个还过得去的厨子。"

说自己"还过得去"是有些夸大了,但他认真勤恳、乐于助人,鲁纳摩很高兴有他做伴。再说，他需要一份能坐着干的工作。一个月前，白衣刺客扫荡了军中的国王行宫，企图刺杀艾尔霍卡，那次袭击让胡勒的双腿失去了知觉。

卡拉丁把宝石包在胡勒的手心。"你就试试吧。"队长轻声道，"成为光辉骑士，关键不在于体能或技能，而在于用心。你就是我们当中最用心的。"

对很多外人来说，队长似乎气势汹汹，一直带着飓风般的表情，面容严峻，令人生畏。可他也有出人意表的温柔一面。他抓着胡勒的胳膊，眼泪都快流出来了。

有时候，"飓风恩护者"卡拉丁就如遍布柔刹的磐石般坚不可摧。然而，一旦有部下受伤，他就会显出崩溃的样子。

卡拉丁回过身，朝由他负责的斥候走去。鲁纳摩小跑跟上，向骑在冲桥队长肩上的小小神明鞠躬，然后问道："卡拉丁，你觉得胡勒能办到吗？"

"他肯定能办到。第四冲桥队的大伙肯定都行，或许还有一些别的队伍的人。"

"哈！"鲁纳摩说，"'飓风恩护者'卡拉丁，在你脸上发现笑容，就好比在汤里发现了丢掉的球币。觉得惊讶，是的，但也很开心。来，我有饮料要给你尝尝。"

"我得回——"

"来！有饮料要给你尝尝！"鲁纳摩领着他走到一大桶十吉茶跟前，给他倒了一杯。

卡拉丁咕咚咕咚地喝下去。"嘿，真好喝，石头！"

"不是我做的。"鲁纳摩说，"是胡伊奥改良的。我要么得提拔他，要么得把他推下悬崖。"

"怎么提拔？"卡拉丁又要了一杯。

"提拔他为吸多空气的二等低地人。"鲁纳摩说。

"你可能太喜欢这个说法了,石头。"

不远处,偻朋还紧贴在原位,跟地面说着话:"别担心,亲爱的。偻无双心胸宽广,能被许许多多力量控制,有地上的,也有天上的!如果只是留在地上,我会越变越重,大地肯定要裂开,所以我必须飞到空中。"

鲁纳摩望了望卡拉丁。"对,我喜欢这个说法,只是因为它在你们身上的用场多得出奇。"

卡拉丁开怀一笑,抿了口茶,观望着部下。在对面的悬崖边,德雷赫忽然抬起两只细长的手臂,高喊了一声"哈",身上散发出飑光。很快,比西格也做到了。这应该能治好他的手,因为他也被白衣刺客砍伤了。

"能行的,石头。"卡拉丁说,"过去的几个月里,大伙就要成功了。等他们有了力量,受的伤就可以自愈。我再也不用担心会在作战中失去谁了。"

"卡拉丁,"鲁纳摩轻声道,"就算我们起了个头,仗也是要打的。会死人。"

"第四冲桥队会用力量自卫。"

"那敌人呢?他们就不会有力量吗?"鲁纳摩走近几步,"我当然不想扫'飓风恩护者'卡拉丁的兴,但没有人是绝对安全的。这是残酷的事实,朋友。"

"可能吧。"卡拉丁承认道,神情恍惚,"你的族人只允许辈分小的儿子打仗,对吗?"

"只有图阿纳利基纳才能耗在战场上,也就是老四和比老四小的。长子、次子和三子都很宝贵。"

"老四和比老四小的?那几乎没什么人能去了。"

"哈!你不知道吃角族一家有几口人吧?"

"但战死的人还是不多。"

"群峰之巅可不一样。"鲁纳摩冲茜芙蕊娜微微一笑,看着她从卡拉丁肩上升起,乘着附近的风儿跳起舞,"不仅仅是因为那里有足够的空气让头脑正常。攻击别的山头代价很高,难度也很大,要做好充分准备,腾出大量时间。一般说的比做的多。"

"不错嘛。"

"改天你和我一起去!"鲁纳摩说,"你和第四冲桥队的所有人,因为你们已经是我的亲人了。"

"大地,"偻朋坚持说,"我依然会爱你。我不会像喜欢你那样喜欢别人。不管我什么时候走,我都会马上回来的!"

卡拉丁瞥了一眼鲁纳摩。

"那人,"鲁纳摩说,"要是能少吸一点有毒的空气,没准就不会这么……"

"你在说偻朋?"

"不过我想了想,那样会很遗憾。"

卡拉丁暗自发笑,把杯子递给鲁纳摩,凑近问:"你的兄弟怎么样了,石头?"

"据我所知,他们两个都很好。"

"那你的三哥呢?"卡拉丁说,"他死了以后,你才从老四变成老三,原本要当兵,结果成了厨子。"

"都是伤心事,"鲁纳摩说,"今天不去讲。今天要笑、要吃炖菜、要飞。"

但愿……但愿还能做更伟大的事。

卡拉丁拍拍鲁纳摩的肩膀。"如果你要找人聊,我奉陪。"

"好啊。但今天,我想还有别人希望跟你聊。"鲁纳摩朝某个人点点头。那人穿着蓝制服,头戴银环,穿过一座桥来到高地上。"国王急着要和你谈谈。哈!他好几次都来问我们,是不是知道你什么时候回来,好像我们是光辉飞天领导的约会管家似的。"

"没错,"卡拉丁说,"有一天他来见我了。"卡拉丁打起精神,咬紧牙关,朝国王走去。国王刚来到高地上,身后跟着一群来自第十一冲桥队的卫兵。

鲁纳摩很好奇,便调整到一个既能搅拌汤、又能听那两人说话的位置。

"风行骑士,"艾尔霍卡向卡拉丁点点头,"你看起来没什么事,你部下的能力也都恢复了。他们什么时候会准备好?"

"他们已经进入战斗状态了,陛下。至于要掌握能力……好吧,实话说,我不敢肯定。"

鲁纳摩抿了口汤,没有面朝国王,而是一边搅拌一边听。

"你考虑过我的请求吗?"艾尔霍卡说,"你会带我飞去塔冠城,让我们夺回王都吗?"

"我会听从指挥。"

"不,"艾尔霍卡说,"我以个人的名义问你:你会去吗?你会协助我收复祖国吗?"

"我会的。"卡拉丁低声道,"请给我点时间训练部下,起码几周。我希望带上几名风行骑士扈从——如果走运的话,也许能有一名正式的光辉骑士留在后方,以防万一。但不管怎样……是的,艾尔霍卡,我会跟你一起去阿勒斯卡。"

"很好。时间当然是有的,叔叔想要利用幻境联系塔冠城的人员。给你二十天怎么样?你能在二十天内训练好扈从吗?"

"我一定做到,陛下。"

鲁纳摩瞧了瞧国王,只见他抱着双臂,正望着那些现役风行骑士和有希望成为风行骑士的人。国王似乎不是专门来跟卡拉丁谈话的,而是来观摩训练的。卡拉丁走回到斥候中间,他的神在空中跟着他。鲁纳摩连忙为国王端上饮料,在艾尔霍卡刚穿过的桥梁边上。

昔日的战桥已被用于纳拉克周边高地的通行。固定式桥梁还在修复。鲁纳摩拍了拍这座木桥。他们本以为桥不见了，但一支物资搜查队就在不远处发现它卡在了深渊里。达力拿答应泰夫特的请求，同意将桥吊上来。

考虑到先前的遭遇，旧桥状态不错。它是用坚硬的木料打造的，第四冲桥队也一样。鲁纳摩望向远处，看到了令人不安的景象：旁边那座高地已经成了一堆碎石，残余部分断裂开来，只有大概二十尺高。瑞莱恩说过，在纳拉克之战爆发前，灭世风暴还没有迎上飓风，那里不过是座普通的高地。

而当两场风暴相撞时，可怕的灾难发生了，一座座高地都被截断、碾碎。虽然灭世风暴又刮了几次，但两场风暴没有再度在人口密集的地区相遇。鲁纳摩又拍了拍这座旧桥，然后点点头，回身走向料理台。

他们或许能在乌有斯麓受训，但上了高地，没有一个冲桥手抱怨过。破碎平原可比高塔前面那块孤零零的平地好多了。这里一样贫瘠，但也是他们的地盘。

鲁纳摩决定带上大锅和补给时，也没有人多问。这样效率不高，对，但能用热菜弥补，再说队里有默认的规定。尽管鲁纳摩、达彼得和胡勃并不参加训练或对练，但他们还是第四冲桥队的队员，别人去哪里，他们就去哪里。

鲁纳摩让胡伊奥把肉放进锅里。达彼得一直在静静地搅拌，似乎心满意足，只是他这个人很难看透。鲁纳摩在水桶里洗过手，埋头做起了面饼。

煮菜就像打仗，必须了解敌人，不过鲁纳摩在这场斗争中的"敌人"只是他的伙伴。一到饭点，他们就期待着美味，鲁纳摩只好一次次奋力证明自己。他向面饼和汤汁开战，满足口腹之欲。

他把手深深埋进面团，母亲的叮咛在耳边响起。卡拉丁弄错了，鲁纳摩不是后来才成为厨子的。自从他摇摇晃晃地踩上小板凳，够到灶台把手指伸进黏糊糊的面团后,他就一直是厨子了。没错,他学过弓术,但士兵也需要吃饭。努阿头马的护卫都会干好些活,就连有他那样出身和福气的人也不例外。

他闭起双眼,跪下来哼唱母亲的歌谣,几乎能隐约听到节奏。

不久后,他听到背后传来了轻轻的脚步声。雷纳林王子完成了通过誓约之门传送民众的任务,穿过木桥在锅边驻足。高地上的第四冲桥队有超过三分之一的人搞懂了吸取飓光的方法,但新来的人不管卡拉丁怎么教都学不会。

雷纳林满脸通红地望着他们,显然一获准离岗就跑了过来,现在却不知所措。艾尔霍卡已经安坐在几块石头附近观摩,雷纳林便朝他走去,仿佛坐着旁观也是他该做的事。

"喂!"鲁纳摩说,"雷纳林!"

雷纳林吓了一跳。这孩子一身第四冲桥队的蓝制服,可不知怎么的……穿得就是比别人干净。

"来帮我做面饼。"鲁纳摩说。

雷纳林马上绽出笑容。这个年轻人最大的愿望就是得到平等的对待。嗯,这样的态度对人有好处。只要不受罚,鲁纳摩也想让轩亲王亲自来捏面团。达力拿似乎能好好地做一回面饼。

雷纳林洗完手,坐到鲁纳摩对面的地上跟他学。鲁纳摩扯下一掌宽的面团,压平,往烤热的大石头上一拍。面团在烧制过程中紧贴石面,除非有人剥下来。

鲁纳摩没有强迫雷纳林说话。有些人是需要敦促和引导,有些人则需要按照自己的步调行动。这就好比炖菜,有些是需要煮沸,有些则需要文火慢炖。

可他的神呢?鲁纳摩能看到所有灵体。雷纳林王子已经和神建立纽带了,除非鲁纳摩一直没有发现。趁雷纳林不注意,他鞠了一躬,以防万一,并向那位隐藏的神致敬。

"第四冲桥队状态不错。"雷纳林终于说,"在他的指导下,用不了多久,大家就都能吸入飓光了。"

"有可能。"鲁纳摩说,"哈!可他们还需要很长时间才能赶上你。识真骑士!是个好名字。应该有更多人认识真相,而不是谎言。"

雷纳林面露窘态。"我……我想,这就表示我不能留在第四冲桥队了,是吗?"

"为什么不能?"

"因为我属于另一支光辉骑士团。"雷纳林垂下目光,把一块面团捏得浑圆,小心翼翼地放到岩石上。

"你有治疗的能力。"

"我可以操控名为'演化'和'光化'的飓能,只是不确定第二种该怎么使用。沙兰已经解释了七遍,但我却连最简单的幻象都无法创造。肯定有哪里出问题了。"

"所以你还是只会治疗吧?对第四冲桥队会很有用!"

"我不能留在第四冲桥队。"

"胡说。第四冲桥队不是风行骑士团。"

"那还能是什么?"

"是我们。"鲁纳摩说,"是你我他。"他冲达彼得点点头。"那人,他再也拿不起矛了。他不会飞,却也留在第四冲桥队。我不能战斗,却也留在第四冲桥队。而你,或许名声大、或许会不同的本领,"他凑了过来,"可我了解第四冲桥队。你,雷纳林·寇林,属于第四冲桥队。"

雷纳林咧嘴笑了:"石头,你就从来没有担心过自己不是别人想象的那样?"

"大伙都觉得我吵,觉得我烦人!"鲁纳摩说,"不这样反倒好了。"

雷纳林咯咯直笑。

"你也这么觉得?"鲁纳摩问。

"大概吧。"雷纳林又揉了一颗浑圆的面团,"石头,大部分时候我都认不清自己,但我似乎是独一无二的。自从我会走路起,人人都夸我聪明,说我应该去当虔诚者。"

鲁纳摩嗤之以鼻。有时,即便是又吵又烦人的人,也得看情况闭上嘴巴。

"大家都觉得这是显而易见的事。我不是很有数学头脑吗?那就出家吧。当然了,没有人说我不如我哥哥勇敢,也没有人指出体弱多病的怪胎弟弟安然遁入虔诚会,必将对王室的继承有利。"

"你的话,几乎没什么酸味!"鲁纳摩说,"哈!肯定费了大力气。"

"费了我一辈子。"

"告诉我,"鲁纳摩说,"你为什么想当战士,雷纳林·寇林?"

"因为那是我父亲一直以来的期望。"雷纳林脱口而出,"他可能没有意识到,但他确实有这个想法,石头。"

鲁纳摩哼了一声。"这理由也许很傻,但好歹是理由,我尊重。告诉我,你为什么不想当虔诚者或读风者?"

"因为那是所有人的期望!"雷纳林把面团重重拍打在灼热的岩石上,"如果我按部就班,就是顺了他们的意。"说完他四下寻觅,不想让手里闲着,鲁纳摩便把更多面团丢给他。

"我想,"鲁纳摩说,"你的问题和你讲的不是一码事。你说你不是别人想象的那样,没准就是在担心自己成了那个样子。"

"一副弱不禁风的样子。"

"不对。"鲁纳摩凑近道,"你可以做你自己,这不用是坏事。你可以承认自己不像哥哥那样办事和思考,但也可以学着不把它看作是弱点。你就是雷纳林·寇林。"

雷纳林奋力揉起面团。

"你想学战斗，真好。"鲁纳摩说，"学了很多不同的技能，就有好日子过。但是运用了诸神的恩赐，照样会有好日子过。在群峰之巅可能都没有这样的选择。幸运！"

"大概吧。格里斯说……嗯，情况其实很复杂。我是可以跟虔诚者交流，但我不愿做出任何会让我显得与其他冲桥手不同的事，石头。我已经是这帮人里最奇怪的了。"

"是吗？"

"别否认，石头。偻朋……嗯，就是偻朋；你显然……嗯……就是你。可我仍旧是个怪胎。我向来都是最奇怪的人。"

鲁纳摩把面团往岩石上一拍，指向曾经叫作申的仆族智者冲桥手瑞莱恩。瑞莱恩正坐在离队友不远的石头上，安静地看着别人嘲笑亚斯不小心把石块粘到手上的样子。他处在战斗态，比以前更高更壮，但人类似乎完全遗忘了他的存在。

"噢，"雷纳林说，"我不知道他算不算。"

"每个人总是这么告诉他。"鲁纳摩说，"一遍又一遍。"

雷纳林凝视良久，鲁纳摩则继续做面饼。终于，雷纳林起身掸了掸制服，穿过岩石高地，在瑞莱恩身边坐下。雷纳林不太自在，一言不发，但瑞莱恩似乎很感谢有人陪伴。

鲁纳摩笑了笑，做完最后一张面饼后便站起来，摆好十吉茶和一叠木杯。他自己拿了一份饮料，摇摇头，望了望正在收面饼的胡伊奥。赫达孜人身上发出微弱的光芒，显然已经学会了吸取飓光的方法。

吸多空气的赫达孜人。鲁纳摩抬起一只手，胡伊奥便把一张面饼扔过来。鲁纳摩咬下一口温热的面饼嚼了嚼，若有所思。"下一批多撒点盐？"

赫达孜人还在收面饼。

"你不觉得要多撒点盐吗？"鲁纳摩说。

胡伊奥耸耸肩。

"在我开始和的面团里再加点盐。"鲁纳摩说,"不要露出这么得意的表情。我可能还是会把你丢下悬崖。"

胡伊奥微笑起来,继续忙活。

没过多久大伙就过来拿饮料了。他们咧嘴大笑,拍拍鲁纳摩的后背,说他是个天才。当然,没有人记得他给他们喝过一次十吉茶。当时他们把大部分茶都留在锅里,反而选择去喝啤酒了。

那天他们不热,没出什么汗,也不觉得沮丧。还是要了解敌人。在这儿,只要端上合适的饮料,他就是一个小小的神。哈!冷饮之神和友情忠告之神。每一位主厨都值得拥有一根学会说话的勺子,因为烹饪是一门艺术,而艺术是主观的。饮食就像冰雕,有人喜欢,有人却觉得无聊。不受欢迎不代表食物有缺陷,或是人有缺陷。

他和雷滕闲谈,雷滕依然心神不宁,因为他在乌有斯麓的地底遭遇了黑暗之神。那是一种很强大的神,报复心很重。群峰之巅有着关于它们的传说,鲁纳摩的曾曾曾祖父就在游历第三分水岭时碰到过。这段杰出且重要的故事,鲁纳摩今天不会讲给别人听。

他表示安慰,让雷滕平静下来。这名体格粗壮的持甲侍卫是个好人,有时嗓门跟鲁纳摩一样大。哈!隔着两座高地就能听到。鲁纳摩很喜欢。嗓门小有什么用?发出声音,不就是为了让别人听到吗?

雷滕回去训练了,但其他人也不是没有烦恼。斯卡是他们当中矛术最高超的——尤其在莫阿什走后——可他还没能吸取飓光,感到很难为情。鲁纳摩请求斯卡展示学到的方法,并在斯卡的指导下成功地将一部分飓光吸入体内。他又惊又喜。

斯卡脚步轻快地离开了。这时换作别人会更不好受,但斯卡骨子里就是老师。这个矮个子仍旧希望鲁纳摩以后能选择战斗。他是唯一一名对鲁纳摩的和平观念直言不讳的冲桥手。

等大伙都喝足了,鲁纳摩不禁眺望高地,在远处搜寻着活动的迹象。算了，最好还是煮煮菜，别闲下来。炖菜无可挑剔，他很庆幸弄来了螃蟹。人们在塔城吃的东西基本是米或肉，都不太开胃。烧熟的面饼品相不错，昨晚他还调好了酸辣酱，现在只需……

鲁纳摩在左边的高地上有了一个发现，差点撞到锅子上。那里聚集着很多神！而且是像茜芙蕊娜那样强大的神。他们散发着微弱的蓝光，围在一名高挑的灵体女子身边，后者呈现真人形态，长发飘扬，身穿优雅的长服。其他灵体在空中旋转，但他们关注的中心显然是正在训练的冲桥手和有希望成为风行骑士的人。

"乌玛阿米图库马玛法利琪……"鲁纳摩一怔，匆忙向他们致敬。保险起见，他还跪下鞠了一躬。他从未见过一个地方能有这么多灵体。就算偶尔会在群峰之巅遇到一位也没有这么震撼过。

要上供什么东西比较合适？见到这番景象，不能只鞠躬了事。面饼和炖菜如何？但玛法利琪并不需要面饼和炖菜。

"你这么有礼貌，"一个女声在他身边响起，"都快变得傻乎乎的了。"

鲁纳摩回过头，只见茜芙蕊娜正坐在锅沿上。她呈现娇小的少女形态，双腿交叉，在锅边晃动。

鲁纳摩再次致敬。"他们是你的亲戚吗？那个女的是你们的努阿头马和阿礼伊卡姆拉吗？"

"大概勉强算是吧。"茜芙蕊娜歪过头。"我隐约记得有一个声音……芬朵拉娜的声音，在责备我。为了寻找卡拉丁，我惹上了大麻烦。他们不愿和我说话，估计是觉得那样就得承认自己出了错。"她凑过来，咧嘴笑道，"他们极其讨厌这样。"

鲁纳摩郑重地点点头。

"你不像以前那么黑了。"茜芙蕊娜说。

"是啊，我在变白。"鲁纳摩说，"在屋里待太久了，玛法利琪。"

"人类会变色吗？"

"有些人会。"鲁纳摩抬起手,"有些别的山头的人白得像深族,但我的山头的人一直黑一些。"

"你看上去就像被人狠狠地洗过一样。"茜芙蕊娜说,"他们拿来板刷,把你的皮磨掉了!所以你的头发才是红的,因为你觉得太痛了!"

"精辟。"鲁纳摩说。他还不确定为什么。他得琢磨琢磨。

他在口袋里摸索随身携带的润石,尽管数量不多,但他还是把每颗润石都放在一口碗里,走近群集的灵体。肯定有二十多只!卡礼卡林达!

别的冲桥手自然看不见这些神。他不确定胡伊奥或胡勃会怎么想,因为他毕恭毕敬地穿过了高地,还一鞠躬,把盛着润石的碗摆好,当做祭品。他抬起头,发现阿礼伊卡姆拉——这里最重要的灵体——正端详着他。她把手放到一口碗的上方,引出飓光,随即变成一根光带迅速离去。

成群的灵体还留在那儿,呈现云、丝带、人、落叶堆等自然景物的形象,显得斑斑驳驳。他们在空中飞舞,望着正在训练的男男女女。

茜芙蕊娜飘了过来,站在鲁纳摩脑畔。

"他们都在看着。"鲁纳摩小声说,"有戏了。不止当冲桥手,不止当扈从,而是像卡拉丁的希望的那样,当光辉骑士。"

"到时候就知道了。"茜芙蕊娜轻叹一声,化作一条光缎飞走了。

鲁纳摩把碗留下,免得有人想要分享祭品。他在料理台前垒起面饼,打算把盘子递给胡勃,让胡勃端着发出去,但胡勃没有回应他的要求。这个瘦高个只是佝偻着身子坐在小凳上,一手紧握成拳,手心里的宝石冒出光亮。洗过的杯子叠在身边,没有人管。

胡勃嘴唇翕动,念念有词,眼睛盯着发光的拳头,就像在寒冷的夜里盯着火坑中的火石,周围盖满了白雪。竭尽全力,下定决心,祈求成功。

行动，胡勃，鲁纳摩心想，上前几步，吸进去，把它据为己有。

鲁纳摩在空气中感到一股能量。片刻的专注后，几只风灵转向胡勃。在一下心跳间，鲁纳摩觉得万事万物都消隐了，只有胡勃一人处在昏暗中，拳头泛光。他目不转睛地盯着力量的迹象，盯着救赎的标志。

胡勃拳头中的光芒熄灭了。

"哈！"鲁纳摩吼道，"哈！"

胡勃惊讶得跳了起来，嘴巴合也合不拢。他注视着暗淡的宝石，然后举起手，瞠目结舌地望着从皮肤上腾起的光雾。"大伙！"他喊道，"大伙，大伙！"

冲桥手纷纷从训练位置奔了过来，鲁纳摩赶紧退开。"把你们的宝石都给他！"卡拉丁大喊，"要很多宝石！快堆起来！"

众人争先恐后地把绿宝石交给胡勃。胡勃吸入的飓光越来越多，过了一会儿光芒忽然变淡了。"我又有知觉了！"胡勃喊道，"我的脚趾有知觉了！"

他伸出手，希望有人搀扶。德雷赫和皮特各站一边，分别把他的一条胳膊搭在自己肩上，让他从凳子上站起来。他咧嘴大笑，露出漏风的牙齿，却差点跌倒，显然双腿还使不上太大的劲。德雷赫和皮特把他扶正，但他硬是要他们退后，让他靠自己站着，哪怕站不稳。

不消片刻，第四冲桥队的队员就激动得放声高呼。欢灵在他们周围打转，仿佛一枚枚蓝色叶片被风扫过。偻朋在欢灵的包围下挤了过来，行第四冲桥队的队礼。

这似乎对他有着特殊的意义。有了两条胳膊，就能行第一次队礼。胡勃向他回礼，就像刚学会从弓靶的中心射箭的男孩那般憨笑。

卡拉丁走到鲁纳摩身边，肩上坐着茜芙蕊娜。"能行的，石头。这会保护他们。"

鲁纳摩点点头，习惯性地望了望西边。他已经观察了一天，这回终于有了发现。

地面上似乎冒出了一缕黑烟。

卡拉丁立即飞去查看，鲁纳摩则和别人一起扛着移动式木桥跟上。

鲁纳摩跑在桥前方的中心位置。闻到回忆的味道，他不禁想起了造桥的木材和曾经布满桥身的污渍，还有几十名冲桥手在封闭空间内的喘气声和踏上平原的脚步声，以及交织在一起的疲惫和恐惧。袭击。箭雨。死者。

鲁纳摩选择与凯夫哈一起下山时，就知道可能会出什么事。在与阿勒斯卡人或雅克维德人的交战中，没有一个来自群峰之巅的努阿头马从他们手中赢得过碎瑛刃或碎瑛甲。但凯夫哈还是坚信，付出代价是值得的，最坏的结果不过是他命丧低地，他的家人成为那儿的有钱人的仆从。

托洛尔·撒迪亚斯的残酷是他们始料未及的，他没有经过正式的决斗就杀了凯夫哈，还害死了不少鲁纳摩的亲戚，因为他们出手反抗。鲁纳摩的财产也被夺走了。

鲁纳摩大吼着往前冲去，口袋中飓光的能量让他的皮肤发出光芒。他似乎在以一己之力扛着这座桥，拖拽着别人前进。

斯卡高唱起行军歌，第四冲桥队大声应和。他们的身板已经磨炼得很硬朗，可以毫不费力地扛桥走远路，但跟这天相比，昔日出桥的任务不免相形见绌。他们全程飞奔，精力充沛，浑身洋溢着飓光，鲁纳摩学着卡拉丁和泰夫特的样子高声发令。来到悬崖边，他们架好桥穿过去，又在对面的高地抬起桥，桥似乎跟芦苇一样轻。

他们感觉刚开始前行时,就来到了冒烟的地方。那里有一支穿越平原的车队陷入了困境。鲁纳摩对桥外部的撑杆使出全力,把桥身推过深渊,自己先冲过去,其他人跟随在后。达彼得和倭朋从桥侧解下盾和矛,抛给过桥的每一名冲桥手。他们编成小队,平常跟着泰夫特的人这次落到了鲁纳摩身后。倭朋想要把矛抛给他,他当然没有收下。

车队的不少车是去军营外的森林运木材的,但也有几辆车上高高地堆着家具。达力拿·寇林说起过要让军营恢复人气,但两位驻留下来的轩亲王却像鳗鱼那般不声不响地占据着那块区域。眼下最好还是尽量搜寻物资带回乌有斯麓。

车队使用了达力拿军的大型轮式桥梁穿越深渊。鲁纳摩经过了一座倾翻损毁的桥,附近的三辆木材车都烧着了,冒出的烟雾让空气变得刺鼻。

卡拉丁握着璀璨的碎瑛矛,飘浮在上空。鲁纳摩眯起眼睛,透过烟雾顺着卡拉丁的视线看去,辨认出了那些在天上飞驰而过的身影。

"是虚渡的袭击。"德雷赫嘟哝道,"我们应该猜到他们要来抢劫车队的。"

鲁纳摩并不关心。他挤过疲惫不堪的车队护卫,吓到了躲在车底下的商人。虚渡杀了许多人,到处都是尸体。鲁纳摩在一片狼藉中寻找着,浑身发颤。某具尸体上是不是长着红头发?不,那只是渗透头巾的鲜血。而那个……

另一具尸体长着大理石般的皮肤,显然不是人类,一支白得发亮的鹅毛箭插在背上。恩卡拉基人的箭。

鲁纳摩朝右边望去,发现有人把家具堆成了一堆,犹如一座堡垒。一个脑袋从顶上探出来,是一名结实的圆脸女子,梳着深红色的发辫。她昂然挺立,朝鲁纳摩举起弓。其他脸庞也从家具背后探出来,有两个大概十六岁的年轻人,一男一女,再加上年纪更小的,一共有六个人。

鲁纳摩朝他们猛冲过去,在爬上临时堡垒时忍不住哭了起来,泪水划过脸颊。

他的家人终于抵达了破碎平原。

"这是歌谣。"鲁纳摩搂紧妻子的肩膀,"群峰之巅最棒的女人。哈!我们从小一起搭雪城堡,她搭的一直都是最好的。我就知道可以在城堡里找到她,哪怕那是用旧椅子做的!"

"雪?"偻朋问,"你们怎么用雪搭城堡?我听说过,那东西就像霜一样,对不对?"

"吸多空气的低地人。"鲁纳摩摇摇头,走到年少的双胞胎中间,伸手搂住两人的肩膀,"长子叫礼物,长女叫指环。哈!我离家的时候,礼物还像斯卡那么矮。现在他快跟我一样高了!"

说话时,他奋力压下痛苦。已经快一年了。他原本打算尽快把他们接过来,结果一切都乱套了。撒迪亚斯,冲桥队……

"次子也叫石头,但他和我不一样,他是……嗯……小石头。三子叫星星。次女叫库玛蒂基,意思是一种贝壳,你们这里没有。幺女也叫歌谣,美妙的歌谣。"他在幺女身边弯下腰,笑了起来。她只有四岁,怯生生地躲着父亲。原来她不记得了。这让他心碎。

歌谣——图阿卡利纳卡尔米诺——把手放到鲁纳摩背上。卡拉丁在不远处介绍第四冲桥队,但只有礼物和指环学过低地人的语言。指环只会说雅克维德语,礼物能用阿勒斯卡语打招呼。

小歌谣想要抱住母亲的双腿。鲁纳摩眨眨眼,挤去泪水,但那不全是悲伤的泪水。他的家人终于抵达了。他用存下的第一笔收入通过对芦给群峰之巅的信息站发了封信。信息站离家里还有一周的路程,而从信息站下山、穿越阿勒斯卡，还要花上几个月时间。

周围的车队终于艰难地行动起来。鲁纳摩头一次找到机会介绍家人，因为前半个小时第四冲桥队一直在努力救治伤员。后来雷纳林也到了，跟阿多林和两支中队一起。虽然担心自己派不上用场，但他用治疗能力救了好几个人的命。

图阿卡揉了揉鲁纳摩的背部，在他身边跪下，一手抱住女儿，一手钩住丈夫。"我们大老远赶过来，"她用恩卡拉基语说，"最后一段路是最漫长的，因为那些怪物从天而降。"

"我应该去军营接你们的。"鲁纳摩说。

"我们已经到了。"她说，"鲁纳摩，到底发生了什么？你的信太短。凯夫哈死了，可你怎么样？为什么这么久都不联系？"

鲁纳摩低下头。他要怎么解释冲桥的经历和灵魂的裂缝？他要怎么解释妻子口中那么坚强的男人竟也动过寻死的念头，竟也做过懦夫，在最后的关头放弃？

"蒂菲和希纳库阿呢？"图阿卡问他。

"都死了。"他低声回答，"为了报仇，他们举起了武器。"

图阿卡抬手捂住嘴巴。她遵从愚蠢的沃林传统，戴手套遮住了禁手。"那你——"

"我现在是主厨了。"鲁纳摩斩钉截铁地说。

"但——"

"我负责煮菜，图阿卡。"他又搂紧妻子，"来，我们把孩子们带到安全的地方。我们要去那座塔，你会喜欢的，就像在群峰之巅一样。我有事要跟你说，有一些是痛苦的回忆。"

"好吧。鲁纳摩，我也有事要跟你说。群峰之巅，我们的家……出乱子了。是大乱子。"

他推开图阿卡，迎上她的目光。她生着深棕绿色的眼珠，是低地人说的暗眼种，可他却觉得那对眸子深邃无比，美丽又明亮。

"等我们安全了,我会详细说的。"图阿卡承诺道,抱起幼小的美妙歌谣,"你一直是明白人,指引我们向前。"

"不,亲爱的。"鲁纳摩小声说,"我是傻瓜。这都要怪空气,可我在山上也是个傻瓜,居然让凯夫哈去干蠢事。"

图阿卡带着孩子们过了桥,鲁纳摩目送着他们。又能听到恩卡拉基语,他很高兴。这才是像样的语言,幸好别人都不会讲,否则他告诉他们的谎言就会拆穿。

卡拉丁走过来,轻拍他的肩膀。"石头,我会先把我的房间分配给你的家人。冲桥手家属住房的进展是慢了点,我会尽快去办,让上面安排,之前我都会跟部下同住。"

鲁纳摩张口想要反对,后来改变了主意。有时候,还是毫无怨言地收下礼物更加体面。"谢谢。"他说,"谢谢你分配房间,也谢谢你做了其他事,队长。"

"和家人散散步吧,石头。今天有飓光襄助,即便没有你,我们也能搞定那座桥。"

鲁纳摩把手按在光滑的木材上。"不,"他说,"为了家人扛最后一次桥,是我的光荣。"

"最后一次?"卡拉丁问。

"我们都飞上天了,'飓风恩护者'。"鲁纳摩说,"以后就不用走路了,都结束啦。"他回望默不作声的第四冲桥队,他们似乎觉得他说的是实话。"哈!别这么伤心。我在塔城附近留了美味的炖菜,在我们回来以前,胡勃大概不会糟蹋光。来!起桥。这是最后一次了,我们不朝死亡行进,而是朝吃饱的肚子和好听的歌曲行进!"

虽然他一阵催促,大伙却郑重其事、满怀敬意地抬起桥。他们不再是奴隶了。风操的,他们口袋里还有财宝呢!那些东西发出强烈的光芒,他们的皮肤很快也会如此。

卡拉丁站到前排的老位置,和队员一起冲最后一次桥。他们态度恭敬,仿佛正抬着国王的灵柩前往坟墓,好让他长眠。

38 沦落人

> 你的能力让我钦佩,可你只是一介人类。你本来有机会变得不凡,但你拒绝了。

达力拿进入下一场幻境,身处战斗之中。

他吸取了教训,不想再把别人拖进意外的战局。这次他打算找一个安全地点带观众入场。

所以,就像好几个月前那样,他站在一片荒凉开裂的岩地上,汗津津的手里握着矛,周围是衣衫褴褛的士兵。他们穿着谷瓜纤维织成的粗衣和猪皮凉鞋,提着青铜矛头的矛。只有军官身披护甲,但那不过是一件皮坎肩,甚至没有经过规范的硬化,稍一加工就粗略地裁剪成马甲的形状,无法抵挡迎面而来的斧子。

达力拿怒吼一声,隐隐记起了首次进入这场幻境时的情景。那是他最早收到的天启之一,他一度相信自己只是做了噩梦。今天,他打算梳理出其中的奥秘。

他冲向一群同样衣衫褴褛的敌人。他的同伴已经退到悬崖边,如果不马上战斗，就会被推下陡坡，直落五六十尺，最终命丧谷底。

达力拿闯进那群想要将他的同伴推下悬崖的敌人。他跟别人穿一样的衣服、拿一样的武器，身上却有一件奇怪的物品：他的腰间塞着满满一袋宝石。

他挺矛一刺，破开对手的腹部，把那人推向大约三十个胡子拉碴、眼神冷酷的敌兵。有两人被垂死的同伴绊倒，暂时保住了达力拿的侧翼。他抄起倒地士兵的斧子，攻击起了左翼。

敌人咆哮着进行抵抗。他们没有受过良好的训练，但任何手持利刃的傻瓜都有可能造成威胁。达力拿抡起斧子四面劈砍，这柄斧子发力均匀，是称手的武器。他有信心能击败敌人。

但两个方面出了问题。首先，其他矛兵没有过来支援。无人在后方保护，以免他陷入包围。

其次，那群蛮人没有退缩。

一般的士兵看到他作战，往往会抽身撤退，达力拿习惯顺着他们，仰赖他们对失败的自知之明——哪怕在他还不是碎瑛武士的时候，他也指望以凶狠的打法和十足的气势来获胜。

然而，不管一个人技巧有多熟练、意志有多坚定，遇上一堵石墙，单凭自身的气势是无法与之抗衡的。达力拿面前的士兵毫不屈服、毫不惊慌，在他杀死其中四人后，他们甚至没有发抖。攻击越来越猛烈，有一人甚至笑了出来。

达力拿的一条胳膊瞬间就被砍断了，他连斧子的影子都没看到。袭击者一拥而上，把他推倒。他晕晕乎乎地摔在地上，难以置信地看着残缺的左前臂。那里传来的痛楚似乎断断续续，并不真切，仅有一只痛灵出现在膝盖旁，形如肌腱组成的小手。

达力拿意识到自己大限将至，顿时感到惊骇和羞愧。这就是每一位老兵最终战死沙场时的心情吗？交织着怀疑和埋藏已久的无奈，离奇而不现实。

达力拿牙关紧闭，伸出没受伤的手扯下围在腰间的皮带，用牙齿咬住一端，把皮带绕在断臂肘部的上方。失血还不太严重，对这样的割伤来说还需要一点时间，身体首先会抑制血液的流动。

风操的，砍得还真彻底。他只能提醒自己，暴露在外的血肉不是他的，形似猪肉块中心骨的骨头也不是他的。

为什么不把伤治好？你跟芬恩会面时就是那么做的，飓风之父说，*你不是没有带飓光。*

"那是作弊。"达力拿哼了一声。

*作弊？*飓风之父说。*该下诅咒之地的，那为什么算作弊？你又没有宣誓。*

听到神的一句骂声，达力拿不由得笑了。不知道飓风之父是不是在学他的坏习惯。他尽量忘记痛苦，一手握住斧子，跌跌撞撞地站起身。面对敌人狂暴的袭击，他的十二人小队在前方展开殊死搏斗，可他们表现不力，已经退到悬崖边。相比周围高耸的岩石地貌，这里感觉就像一道深渊，只是要宽阔得多。

达力拿晃了晃身子，差点又跌倒。风操的。

你就把伤治好吧，飓风之父说。

"我以前都不当回事的。"达力拿低头看着断掉的胳膊。好吧，他可能从没碰到过这么糟糕的情况。

你老了，飓风之父说。

"也许吧。"达力拿站稳脚跟，视野变得清晰起来，"可他们犯了个错误。"

什么错误？

"他们抛弃了我。"

达力拿一手挥着斧子再次冲上前，砍倒两个敌人，开出一条通向队友的路。"下去！"他朝他们喊道，"不能在这儿打。沿着斜坡滑到下面那块凸出的石头上！想办法从那里爬下去！"

他从悬崖边跳下，滑步落在斜坡上。这是十分鲁莽的行为，但风操的，他们在上面根本存活不了。他扎稳脚跟，沿着石壁下滑，逐渐靠近峡谷的峭壁，最后只有一块窄小的凸岩可以落脚。

其他人在他旁边滑了下来。他丢掉斧子，抓住一人，免得那人越过凸岩坠崖身亡，但还有两人他没赶上。

总共有七人在周围止步。达力拿喘着气，感到头晕目眩。他看了看脚下的悬崖，发现他们距离谷底至少有五十尺。

他的队友衣衫褴褛，浑身是血，脸上写满恐惧，士气低迷不振，附近冒出一串串尘埃般的疲灵。那群狂暴的敌兵聚集在上方的悬崖边，急切地低头俯视，就像斧狐犬在觊觎主人桌上的食物。

"风操的！"被达力拿救起的士兵瘫倒在地，"风操的！他们死定了。大伙全完了。"他伸出手臂环抱住自己。

达力拿扭头四顾，做了清点，发现身边只有一人还拿着武器。他绑好的止血带正在渗血。

"我们能打赢这一仗。"达力拿轻声说。

有几个人朝他看去。

"我们能赢。我已经预见到了。我们是一支作战到底的队伍，虽然仍有可能倒下，但这一仗快打赢了。"

上方有一个异兽站到了敌兵中间。它比别人足足高一个头，生着黑红相间的骇人壳甲，双眼放出深红色的光芒。

没错……达力拿还记得那家伙。上次进入这场幻境时，他留在上面等死，就看到它从一旁走过，还以为它是噩梦中的怪物，从他的潜意识中浮现，跟他在破碎平原上战斗过的生物很像。现在他认清了事实。那就是虚渡。

然而飓风之父已经证实，过去没有刮过灭世风暴，所以当时这些生物是哪来的？

"列队！"达力拿一声令下，"做好准备！"

有两人听从了他的命令，跌跌撞撞走上前。说实话，七个人里有两个人，比他想象中要多。

崖壁晃了晃，仿佛遭到了巨物的撞击，附近的岩石如波浪般起伏。达力拿眨眨眼。是失血导致的视线不稳吗？石壁似乎在闪光、波动，就如受到搅动的池塘水面。

有人从下面攀住悬崖的边缘，翻了上来。他穿着璀璨的碎瑛甲，所有甲片的边缘都冒出显眼的琥珀色光芒，身形伟岸，站直后比别的穿碎瑛甲的士兵还要高大。

"快逃，"碎瑛武士命令道，"带你的部下就医。"

"怎么会？"达力拿问，"悬崖——"

达力拿一怔。崖壁上现在有抓手了。

碎瑛武士把手按在通向虚渡的斜坡上，石壁似乎又扭动起来，形成一级级台阶，仿佛那是用蜡做的，可以流动、变形。碎瑛武士随后横出一只手，一把发光的巨锤在手心显现。

他上坡冲向虚渡。

岩石摸起来很坚固，达力拿摇摇头，带领同伴往下爬。

排在最后的人看着他残缺的手臂。"你要怎么跟上，马拉德？"

"我能行。"达力拿说，"去吧。"

那人离开了。达力拿感到头脑越来越不清晰。终于，他后悔了，于是吸入了些许飓光。

断掉的胳膊渐渐长了回来，在割伤愈合后，皮肉就如发芽的植物般向外延伸。没过多久，他动了动手指，满怀敬畏。他摆脱了断臂的困扰，仿佛只是扭伤了脚趾。飓光让他头脑清醒，他深吸一口气，感到又有了精神。

交战的喧嚣从上面传来，但就算伸长脖子，他也看不清状况，只有一具尸体沿着斜坡滚下来，滑落悬崖。

"那都是人类。"达力拿说。

显然如此。

"我从来没有想通过。"达力拿说,"也有人类为虚渡而战吗?"

有一些。

"那我见到的那位碎瑛武士呢?他是令使吗?"

不,他只是一名护地骑士。改变岩石的飓能你也能学,但功效也许不一样。

如此巨大的反差。普通士兵的装备看似这么原始,那位碎瑛武士却……

达力拿摇摇头,攀着石壁上的抓手爬了下去,发现他的同伴在峡谷深处汇入了一大群士兵,那里传来了在崖壁间回荡的欢呼声。他隐约记得作战胜利了,只有残余的敌人还在抵抗,大部队正要开始庆祝。

"好了,"达力拿说,"让纳瓦妮和迦熙娜入场。"他终于打算把这场幻境展示给亚泽尔的少年大帝了,但首先要做好准备。"请将她们安排在靠近我的位置,让她们穿自己的衣服。"

不远处,两个人影停在原地,被一团飓光笼罩。光雾散去后,纳瓦妮和迦熙娜站在那儿,穿着修身裙。

达力拿冲她们小跑过去。"欢迎一窥我的疯狂,女士们。"

纳瓦妮转过身,伸长脖颈仰视宛如城堡的石山的顶端。她望向一队士兵,他们一瘸一拐地走过去,一人搀扶着受伤的同伴,大声请求别人施展重生术。"飓风在上!"纳瓦妮低叹道,"感觉太真实了。"

"我确实提醒过你。"达力拿说,"希望你在屋里的表现不会太滑稽。"虽然他对幻境已经很熟悉,不会在现实中随之行动,但这并不适用于纳瓦妮、迦熙娜和任何入场的君主。

"那个女人在干什么?"迦熙娜好奇地问。

一名年轻女子迎上那群步履艰难的士兵。她是光辉骑士吗?虽然没穿盔甲,但她颇有光辉骑士的模样,这更体现在她自信的气度和娴熟的手法上。她安顿士兵坐下,从腰带上系着的口袋里取出一个发光的物体。

"我有印象。"达力拿说,"这是我在另一场幻境里提到过的装置,据说能激发重生术,把伤治好。"

纳瓦妮睁大双眼,笑容满面,就像一个在风息日收到满满一盘糖果的孩子。她迅速拥抱达力拿,匆匆赶去观看,几个大步就来到那群士兵身边,焦急地招呼女光辉骑士继续。

迦熙娜扭头望向峡谷。"目前没有地方符合这里的描述,叔叔。从地貌来看,似乎是飓风之地。"

"也许就在无主山岭那边,只是我们不知道?"

"否则就是年代太久远,岩石完全风化了。"她眯着眼睛看向一群穿越峡谷为士兵送水的人。上一回,达力拿跌入了峡谷,正好遇上他们讨了口水喝。

当时还有人指向他原先战斗位置对面崖壁上的缓坡,说那上面需要他。

"人们穿的衣服,"迦熙娜轻声说,"还有他们拿的武器……"

"我们已经回到古代了。"

"没错,叔叔。"迦熙娜说,"可你不是告诉过我,这时候灭世已经终结了?"

"我是有印象。"

"那么有子夜元魂出没的幻境是之前发生的,但你却看到了钢,或者至少看到了铁。还记得那根拨火棒吗?"

"我怎么可能忘记?"他摩挲下巴,"那时已经有钢和铁了,可这里的人却拿着更粗糙的武器,都是红铜和青铜做的,仿佛他们不会用塑魂术变出铁,或者至少不了解正确的锻造方法。嗯,很奇怪。"

"这证实了外界的说法,只是我从来不相信。灭世的灾难如此深重,摧毁了学习和进步的过程,留下了一批沦落人。"

"光辉骑士团应当出手阻止。"达力拿说,"我是在另一场幻境里了解的。"

"嗯,我读过相关的记载,而且一个不落。"迦熙娜望着他,绽放笑容。

看到迦熙娜流露情感,人们总是很惊讶,可达力拿却觉得这不公平。迦熙娜确实会笑,她只是喜欢把笑容保留到最真挚的时候。

"谢谢你,叔叔。"她说,"你为世界带来了一份厚礼。面对一百名敌人是一种勇敢,但碰到这种情况,选择记录而不隐瞒,则完全是另一种程度的勇敢。"

"那只是出于固执。我不愿相信自己疯了。"

"谢谢你的这份固执,叔叔。"迦熙娜抿起嘴唇,若有所思,随即压低嗓音接着说,"我放心不下你,叔叔,还有人们的传言。"

"你在说我的异端思想吗?"达力拿问。

"我倒是不担心异端思想本身,我更担心你处理批评言论的方式。"

站在前面的纳瓦妮设法胁迫光辉骑士向她展示法器。已近傍晚,峡谷没入阴影,但幻象持续的时间很长,他愿意等一等纳瓦妮,于是坐在一块岩石上。

"我不否认神的存在,迦熙娜。"他说,"我只是认为,被我们称作全能之主的人其实从来就不是神。"

"明智的决定,毕竟你经历过太多次幻境。"迦熙娜挨着他坐下。

"听到我这么说,你肯定很高兴。"他说。

"能找到倾诉的对象,我是很高兴。我当然乐意看到你踏上探索之路,但我是不是乐意看到你受苦,看到你舍弃你所珍视的东西呢?"她摇摇头,"我不介意人们持有他们觉得合适的观念,叔叔。他们的信仰与我无关,这点似乎从没有人明白。我不需要同伴也能自信。"

"可你如何忍受别人对你的评价,迦熙娜?"达力拿说,"他们还没开口,我就能从他们的眼神里看出谎言。否则,他们也会老老实实地把那些据说是我发表的言论告诉我,哪怕我并不承认。他们宁愿相信谣言,也不肯听我说真话!"

迦熙娜眺望峡谷。越来越多的人在峡谷的另一端聚集,模样虚弱狼狈,刚刚发现自己在斗争中取得了胜利。一道巨大的烟柱从远处升起,却不见源头。

"我也希望能有答案。"迦熙娜低语,"战斗使人坚强,但也使人无情。恐怕我对后者非常了解,对前者却不够了解。不过我可以给你提个醒。"

达力拿看着她,扬起眉毛。

"他们会用不切实际的标准来界定你。"迦熙娜说,"不要纵容他们。我是女性,也是学者;我研究历史,也担任光辉骑士。可人们还是会把我列为某一类人,设法让我显得外行。那些我不做的事或者我不相信的东西,倒成了他们为我定性的首要手段,真是讽刺。我一概不接受,今后也不例外。"

她凑过来,伸出闲手放在达力拿肩上。"你不是异端,达力拿·寇林。你是王者,是光辉骑士,也是父亲。你有着复杂的信仰,不会全盘接受别人的说法。你的身份由你自己决定,不要把权利交给别人。如果你不阻止他们,他们就会心安理得地借这个机会诠释你的人生。"

达力拿缓缓点头。

"也罢,"迦熙娜起身道,"在这种场合谈论这种话题可能欠妥。我知道幻境可以随意重放,但符合条件的飓风数量有限,我应该多加探索。"

"上一回,我是朝那边走的。"达力拿指了指斜坡,"我想再看看当时的景象。"

"好极了。我们最好分开行动,走得远点。我去另一个方向,等我们会合后再交换意见。"她沿着斜坡走向人群最密集的地方。

达力拿站起来活动四肢,依然受累于早前的体力消耗。不久后,纳瓦妮回来了,嘴里念叨着她对见闻的解释。而现实中,忒夏芙正坐在她身边,与陪同迦熙娜的卡拉米共同记下他们所说的话,这是在幻境期间做记录的唯一方法。

纳瓦妮挽住达力拿的胳膊,看着迦熙娜的身影,嘴角浮现出一丝慈爱的微笑。确实,只要见证过这对母女挥泪重逢的那一刻,谁都不会认为迦熙娜是一个冷漠的人。

"你到底是怎么照顾她的?"达力拿问。

"通常不能让她知道我在照顾她。"纳瓦妮搂紧达力拿,"那件法器太妙了,达力拿,就像魂器一样。"

"为什么?"

"因为我也不知道原理!我想……我想我们对古代法器的看法存在偏差。"达力拿看着纳瓦妮,纳瓦妮摇摇头,"我还无法解释。"

"纳瓦妮……"他催促道。

"不。"纳瓦妮顽固地说,"我要向学者组提出我的想法,看看有没有道理。简而言之就是这样,达力拿·寇林。别着急。"

"反正我大概也一知半解。"他嘟哝道。

他没有立即让她们走到他去过的地点。上次有人催过他,这次他做出了不同的行动,也还是会有人来催吗?

他只能先等着,不久后就有一名军官朝他们跑过来。

"喂,"那人说,"你叫曾特之子马拉德吧?你被提拔为士官了,去三营报到。"他指了指斜坡。"翻下那座山包就是。快去!"他朝纳瓦妮皱皱眉,因为在他眼中,纳瓦妮不该这么亲昵地和达力拿站在一起,但他还是二话不说就跑开了。

达力拿微微一笑。

"怎么了?"纳瓦妮问。

"这都是荣誉希望我经历的固定场景,虽然我拥有一些自由,但我认为,不管我做了什么,同样的信息还是会传达过来。"

"所以你想违抗吗?"

达力拿摇摇头。"有些场景我想再看一遍。既然我明白幻境的内容是准确的,那我就有更恰当的问题可以问。"

他们手挽手攀上平滑的岩石斜坡。达力拿心中忽然百感交集,一方面是因为迦熙娜的发言,其实内涵更为深刻,融汇着感激、释怀,乃至爱意。

"达力拿?"纳瓦妮问,"你没事吧?"

"我只是……在琢磨。"他努力让声音平静下来,"先祖之血啊……这一切都快半年了,对不对?我一直都在独自承受,现在能有人替我分担,真是太好了,纳瓦妮。我总算能把幻境展示给你,总算能确信一次,我看到的东西不止存在于脑海里。"

纳瓦妮再次搂紧他,一边走一边把头靠在他肩上。他们显得比平时恩爱多了,超过了阿勒斯卡人的礼教所允许的范畴,但他们不是早就摈弃了那些条条框框吗?再说,没有人能看见,至少现实中如此。

他们爬到斜坡顶上,经过了几块颜色焦黑的石地。怎么会烧成那样?另一些区域像是被不可思议的重物压碎了,还有些区域则留下了形状奇怪的凹坑。纳瓦妮在一块独特的岩体旁边叫停,它只有及膝高,起伏的石面形成一种小而离奇的对称图形,犹如在流动之中瞬间凝固的液体。

惨叫声回荡在峡谷中,飘过开阔的岩地。达力拿在崖边望去,发现了主战场。数千具尸体绵延至远方,有些垒成了山,还有些紧贴着石壁,成堆地遭到屠杀。

"飓风之父?"达力拿呼唤灵体的名字,"这就是我告诉迦熙娜的事,对不对?亚哈里提安,最后的灭世。"

确实是。

"让纳瓦妮也能听到你的回答。"达力拿请求道。

你又对我提出要求了。你不应该这么做。 飓风之父在空中隆隆作响，把纳瓦妮吓了一跳。

"亚哈里提安。"达力拿说，"在歌曲和画作中，人类最终击败虚渡的事迹总被描述为伟大的斗争：骁勇的士兵布阵列队，迎战庞大的怪物。"

你肯定清楚，人类喜欢活在诗意之中。

"看上去……跟别的战场差不多。"

那你背后的那块石头呢？

达力拿扭头一看，马上倒吸一口凉气，原来他把一张瘦骨嶙峋的脸庞误认成了巨石。他们刚经过的碎石堆其实是某种能从地面抽身的石怪的一部分，他在另一场幻境中见过。

纳瓦妮上前问："仆族去哪儿了？"

"我前面还跟人类战斗呢。"达力拿说。

是对方吸纳了他们， 飓风之父说，**我是这么认为的。**

"你是这么认为的？"达力拿追问。

那时荣誉依然活着，但我还没有完全成形，更像纯粹的飓风，对人类不太感兴趣。荣誉的死改变了我。我对那时的记忆很难解释，但如果你想看到仆族，就只能往那块地方看。

纳瓦妮攀上凸岩来到达力拿身边，俯瞰下方布满尸体的平地。"哪些是仆族？"

你看不出吗？

"离得太远了。"

可能有一半都是你们说的仆族。

达力拿眯起眼睛，却还是看不清哪些是人类，哪些不是。他带领纳瓦妮沿着山脊走下去，穿过一片平原。这里到处都是尸体，混杂着衣着粗陋的人类和流着橙血的仆族。他应当能识别出这样的警示，但他头一回进入这场幻境时却没有反应过来,还以为自己看到了他们在破碎平原上战斗的噩梦。

他知道要往哪里走。他和纳瓦妮穿过遍布尸体的战场,走进一块高耸的尖石底下的昏暗凹洞。光线打在附近的岩石上,让他很好奇。从前,他还以为自己只是无意间才闯了进去,其实整场幻境指向的就是这一时刻。

他们在凹洞里找到了九把被遗弃的碎瑛刃,都插在石地里。纳瓦妮见状,立刻抬起戴着手套的禁手捂住嘴巴。九把做工精美的瑛刃,每一把都是珍宝,就这么留在这儿?究竟出于什么原因?又怎么会这样?

达力拿从阴影中走出来,绕过九把剑。这是他第一次经历这场幻境时所误解的另一个画面。这些剑不是普通的碎瑛刃。

"阿什的瞎眼啊,"纳瓦妮伸手指了指,"我认出来了,达力拿。那把是……"

"杀害迦维拉尔的剑。"达力拿在最朴素的瑛刃跟前停步,后者的剑身又长又薄,"白衣刺客用过的武器。是一把荣刃。这些全都是。"

"就是在这天,令使终于升入了宁静园,"纳瓦妮说,"在那儿带头作战。"

达力拿朝一旁转身,瞥见了闪烁的空气。那是飓风之父。

"除非……"纳瓦妮说,"这其实不是终结,因为敌人回来了。"她绕着剑圈走了走,在一个空位前停步。"第十把剑呢?"

"看来传说是错误的,是不是?"达力拿对飓风之父说,"我们没有像令使宣称的那样彻底击败敌人。他们撒了谎。"

纳瓦妮猛地抬头,注视着达力拿。

*我早就指责他们缺乏荣誉感了,*飓风之父说,*我很难忽视遭到背弃的誓言。我憎恨他们。可现在,我越是了解人类,就越是能从这些*

被你们称作令使的可怜人身上发现荣誉感。

"告诉我到底发生了什么事。"达力拿说,"真相是什么?"

你做好心理准备了吗?有些地方你不会喜欢听的。

"如果我接受了神的死亡,我也能接受令使的堕落。"

纳瓦妮坐到一旁的石块上,脸色煞白。

一切始于被你们称作虚渡的生物。飓风之父隆隆作响,声音低沉而遥远,似乎带着反省的意味?我说过,我对这些事的看法会有偏差,但我确实还记得,早在你们的时代之前,就有许多生物被残暴杀害,他们的灵魂被名为仇恨的敌人赋予强大的力量,灭世轮回由此启动。

因为灵魂在死后拒绝往生。

"这就能解释当前的局面了。"达力拿说,"仆族就是被灭世风暴中的这些东西转变的。这些东西是……"他咽了口口水,"死者的灵魂?"

它们是早已逝去的仆族的灵体。在很久很久以前,它们也曾是国王、光眼种和骁兵。这一过程对它们来说并不容易。如今,有些灵体只留下兽性,化为一股势力,不过是被仇恨赋予能量的思想片段。其他灵体……则更为清醒。每一次重生都会进一步损害它们的心智。

它们利用仆族的躯体获得新生,成为融族。即使在融族学会操控飓能之前,人类也无法与他们作战。人类永远战胜不了能够复活的生物。于是,约誓诞生了。

"十个人,"达力拿说,"五男五女。"他看着那些荣刃。"他们阻止了这一切吗?"

他们做出了牺牲。当仇恨被荣誉和培养的力量封印时,十令使把亡灵关进了被你们称作诅咒之地的地方。他们求见荣誉,从荣誉手中获得这项权利,立下这则誓言。他们认为这将永远终结战争,但他们是错误的。荣誉是错误的。

"他也像灵体那样。"达力拿说,"你告诉过我——还有仇恨。"

荣誉让力量蒙蔽了他对真相的认知。灵体和神无法背弃誓言,而人类能够背弃誓言,也必将背弃誓言。令使被封印在诅咒之地,将虚渡牢牢困住。但是,如果十人中有一人同意忤逆誓言,让虚渡溜走,就会产生决堤般的后果。虚渡会全数回归。

"新一轮灭世就启动了。"达力拿说。

正是,飓风之父赞同道。

可以忤逆的誓言,可以颠覆的约定。达力拿明白了,原因显而易见。"他们受到了折磨,是不是?"

被困的亡灵残酷地折磨他们。他们受到纽带的维系,能感到同样的痛苦,但最终总有人屈服。

一旦有一人崩溃,十令使都会返回柔刹战斗、领导民众。约誓拖慢了融族的步伐,不让他们立刻回归,但每当灭世结束时,令使都要返回诅咒之地再次封印敌人。他们躲藏、斗争,最终患难与共。

轮回循环往复。灭世的间隔起初长达几百年,临近尾声时已少于十年,在最后两次灭世之间则不到一年。令使的灵魂逐渐疲惫。几乎一回到诅咒之地受苦,他们就会崩溃。

"所以这回情况才会如此不妙。"纳瓦妮在座位上低声道,"社会接连遭受灭世,和平时期又很短暂。文化、技术……都毁了。"

达力拿跪下来,摩挲她的肩膀。

"其实没有我担心的那么糟糕。"她说,"令使是光荣的。他们也许没有那么神圣,可当我得知他们也曾是普通人时,我甚至可能更欣赏他们了。"

他们都是沦落人,飓风之父说,但我可以渐渐原谅他们,以及他们违背誓言的行为。我觉得能说通了,以前可不是这样。他的语气有些惊讶。

"造成这一切的虚渡,"纳瓦妮说,"如今正在回归。"

融族——年代久远的亡灵——他们讨厌你们。他们并不理智，已经被仇恨的本质渗透，充斥着纯粹的憎恶。为了消灭人类，他们不惜毁灭世界。不错，他们回归了。

"亚哈里提安没有真正终结，"达力拿说，"它只是又一轮灭世，除非令使改变了什么。他们不是都把荣刃留下了吗？"

每一次灭世后，令使都会回到诅咒之地，飓风之父说，战死者自动遣返，幸存者最后自愿返回。他们得到警告，如果有人逗留，就会引发灾难。而且一旦有人中招，所有人都要在诅咒之地共同受罪。但这回，怪事发生了。不知是胆子小还是运气好，他们躲过了一死，只有一人在战斗中被杀。

达力拿看着剑圈的缺口。

其余九人意识到，飓风之父说，那人从未崩溃。剩下的人或多或少屈服过，为了逃避痛苦而开启新一轮灭世。他们认定，或许不需要所有人都回去。

他们决定冒着灭世永不终结的风险留在柔刹，但又希望那个被他们抛弃在诅咒之地的人足以坚持下去。那人本不该成为令使。他不是国王，不是学者，也不是将领。

"塔拉内拉塔。"达力拿说。

受苦受难之人，被抛弃在诅咒之地，独自承受折磨。

"全能之主在上，"纳瓦妮低声道，"他承受了多久？有一千多年，对吗？"

四千五百年，飓风之父说，四千五百年的折磨。

窄小的凹洞一片寂静，点缀着银剑和拖长的影子。达力拿感到乏力，便挨着纳瓦妮身下的石块坐到地上。他凝视着荣刃，忽然对令使生出无端的恨意。

愚蠢。纳瓦妮说过，他们都是英雄，以自身的理智为代价，让人类长期处在不受袭击的状态。可他还是憎恨他们，因为他们抛弃了那个人。

那个人……

达力拿一跃而起,喊道:"是他!那个疯子,他果真是令使!"

他最终崩溃了,飓风之父说,他加入了其余九人的行列。那些人都还活着,几千年间无一人因死亡而重返诅咒之地,但这已经不像从前那么重要了。约誓衰微,近乎失效,仇恨创造了属于自己的风暴。融族死后不再回到诅咒之地,而是在下一场灭世风暴中复活。

风操的,他们怎么才能打败融族?达力拿又看了看剑圈的空缺。"那个疯疯癫癫的令使来到塔冠城时,身上带了一把碎瑛刃。那不会是他的荣刃吧?"

是的,但那把交给你的剑不是,我不知道发生了什么。

"我需要跟他谈谈。我们出征时,他……他还待在虔诚院里,是不是?"达力拿需要向虔诚者了解,到底是谁撤走了疯人。

"所以光辉骑士才会造反?"纳瓦妮问,"这些秘密就是光辉变节的起因吗?"

不是。秘密藏得更深,不便透露。

"为什么?"达力拿追问。

因为你们一旦得知了这个秘密,就会像古代的光辉骑士那样抛弃誓言。

"我不会。"

是吗?飓风之父反问道,声音愈发洪亮。你敢发誓吗?对着未知发誓?令使发誓抵挡虚渡,结果又如何?

人活着,就会背信弃义,达力拿·寇林。新上阵的光辉骑士握着我孩子的生命和灵魂。不,我决不允许你们重蹈前人的覆辙。你看清重点就好,其他的都无关紧要。

达力拿深吸一口气,但克制住了怒火。飓风之父或多或少是对的。达力拿并不知道这个秘密会对他自己或他麾下的光辉骑士产生多大的影响。

但他还是想知道,这感觉就像背后跟着一个随时打算夺走他性命的处刑人。

他叹了口气。纳瓦妮起身走来,挽住他的手臂。"我得凭记忆画下每一把荣刃的样子,或者让沙兰来画,那样更好。我们也许能利用这些图稿找到别的荣刃。"

有一道影子在窄小凹洞的入口处晃动。片刻后,一名年轻人跌跌撞撞地走了进来。他皮肤雪白,长着深族人的古怪圆眼,一头打卷的棕发,就像达力拿在同时代见过的任何一个深族人。即便过了几千年,他们的特征依然鲜明。

那人跪下来,身前是被遗弃的荣刃奇观,片刻后却望向达力拿,用全能之主的声音说:"把他们团结起来。"

"你就对令使无能为力吗?"达力拿问,"他们的神就无法阻止这一切吗?"

全能之主自然不能回答。他死在了与名为"仇恨"的势力的斗争中,这也是如今人们面临的难关。从某种角度来说,全能之主献出生命的原因跟令使是相同的。

幻境消失了。

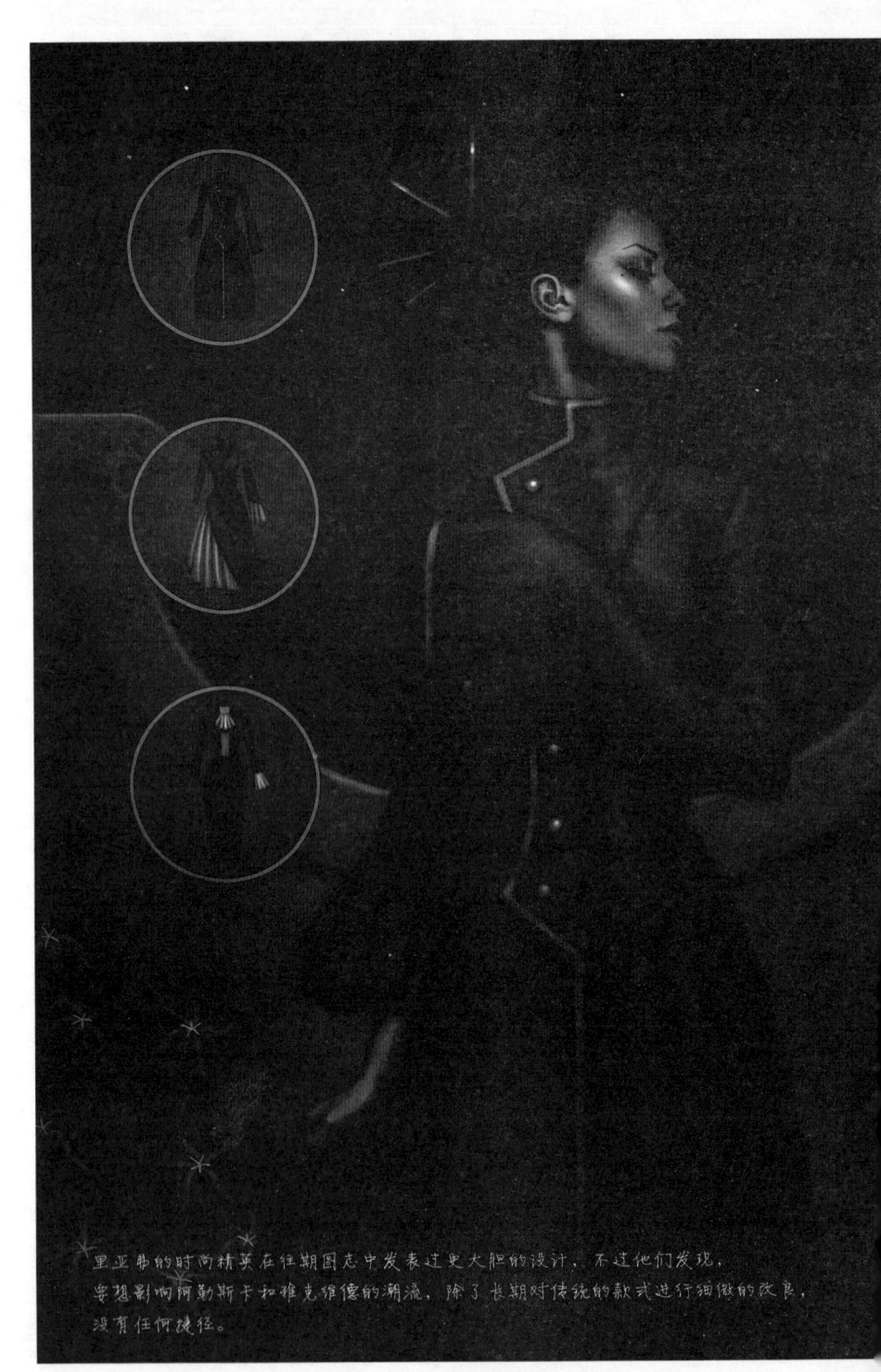

里亚弗的时尚精英在往期图志中发表过更大胆的设计，不过他们发现，要想影响阿勒斯卡和维克维德的潮流，除了长期对传统的款式进行细微的改良，没有任何捷径。

图志：沃林式修身裙

39 记录

> 两名神瑛同处一地不会带来任何好处。我们原先达成的共识是互不干涉，然而能遵守这一点的神瑛实在太少了，我感到很失望。

"沙兰可以为我们做记录。"迦熙娜说。

沙兰放下笔记本，抬起头。她穿着蓝色修身裙，背靠贴满瓷砖的墙壁坐在地上，本想在会议期间画素描。

距离她恢复常态，随后在晶柱厅与迦熙娜见面，已经过了一个多星期。她感到身体越来越好，却也越来越不像她自己。又能跟随在迦熙娜身边，仿佛什么也没有改变，这是多么离奇的经历。

这天，达力拿召集光辉骑士开会，迦熙娜非常担心会有人暗中窥探，便建议把会场选在高塔的地下室，因为那里防卫森严。

藏书室的一排排灰尘已得到清理，纳瓦妮的学者组仔细为每一块碎片编目。这间空荡荡的厅室只能说明他们没有找到希望中的信息。

现在人人都望着她。"做记录？"沙兰疑惑地问，她几乎没听到别人的对话，"可以叫光明女士忒夏芙来……"

目前与会者不多，只有"黑荆棘"、纳瓦妮和最主要的几位飓能者：迦熙娜、雷纳林、沙兰和会飞的冲桥手"飓风恩护者"卡拉丁。阿多林和艾尔霍卡并不在场，他们已经去魏德纳视察塔拉梵吉安军的军力了，通往当地的誓约之门由玛拉塔操作。

"不必再叫文员。"迦熙娜说，"你学过速记法，沙兰。我知道你记得有多牢。严谨点，我们要把会议的决定向我弟弟通报。"

其他人一字排开坐到椅子上，只有卡拉丁靠墙站着，像一片雷雨云。沙兰的哥哥赫拉兰就是他杀的。相关的情绪一旦冒出来，沙兰就强忍着把它抛到脑后。这不能怪卡拉丁，那时他只是在保护领主。

沙兰站起来，觉得自己像个受到责备的孩子。在众人的目光下，她顶着压力走过去，在迦熙娜身边就座，打开本子，准备好铅笔。

"所以，"卡拉丁说，"根据飓风之父的说法，全能之主不仅死了，生前还迫使十个人陷入了永恒的折磨。我们把这十个人叫作令使，他们不仅背弃了曾经立下的誓言，或许还都疯了。有一名令使曾经处在我们的监护之下，他可能是疯得最彻底的一位，但就在联军迁入乌有斯麓的混乱局面中，他失踪了。简单来说，那些或许有能力帮助我们的人，不是疯了，就是死了，要么就是叛变了，或者是这三者的结合体。"他抄起手。"我就知道。"

迦熙娜望了望沙兰。沙兰叹了口气，记下这段发言的总结，哪怕那已经是一段总结了。

"这些事我们都了解了，那接下来怎么办？"雷纳林交握双手，向前倾身。

"我们必须遏制虚渡的袭击。"迦熙娜说，"不能让他们站稳脚跟。"

"仆族不是我们的敌人。"卡拉丁嘀咕道。

沙兰瞥了他一眼。他留着打卷的黑发，一脸阴沉，散发出一种别样的气质。他总是一本正经，总是如此紧绷，仿佛他必须严格克制自身的激愤。

"仆族当然是我们的敌人。"迦熙娜说,"他们正在征服世界。即便你说他们不会像我们担心的那样立刻具有破坏性,巨大的威胁依然存在。"

"他们只想过得更好。"卡拉丁说。

"如此单纯的动机,我相信仆族平民都会拥有。"迦熙娜说,"可他们的领导呢?只会追求人类的灭亡。"

"我同意。"纳瓦妮说,"消灭人类的扭曲欲望孕育了他们。"

"仆族就是关键。"迦熙娜翻阅笔记,"你们的发现我已经看过,仆族似乎都能与一般的灵体建立纽带,这是他们自然习性的一部分。我们一直所说的'虚渡',其实是仆族与某种敌对的灵体或精灵的共生体。"

"也就是融族。"达力拿说。

"好吧。"卡拉丁说,"行了,那就跟他们作战。可平民为什么非得遭罪?"

"或许,"迦熙娜说,"你应该走进我叔叔的幻境,亲自看看心软的后果。见证一场灭世,你可能会改变观点。"

"我看到了战争,光明女士,毕竟我是军人。可问题在于,光辉骑士的信条拓宽了我所关注的重点。我就是能发现敌人当中的普通人,他们绝不是怪物。"

迦熙娜正要回应,达力拿抬手叫停。"你的关切值得表扬,军尉。"他说,"你的汇报也特别及时。你真的觉得还有和解的机会?"

"我……我不知道,长官。就连仆族平民也对自身的待遇感到气愤。"

"我不可能从战争中抽身。"达力拿说,"你的话说得都对,但也没有什么新意。如果哪一方真有可怜的傻瓜压根就不想打仗、不愿承受痛苦,我决不会出兵。"

"也许,"卡拉丁说,"您应该重新考虑那些战争的意义,而不是拿它们来为这场战争辩护。"

沙兰紧张得喘不过气来。这种话似乎不能讲给"黑荆棘"听。

"要是真有这么简单就好了,军尉。"达力拿高声道,流露出风霜之色,"我就直说吧,有一点是肯定的,打仗是出于保家卫国的道德感,我不要求你毫无目的地参战,但我要求你担当守护的职责。阿勒斯卡陷入包围,肇事者或许是无辜的,但操控他们的推手却是邪恶的。"

卡拉丁缓缓点头。"国王要求我协助开启誓约之门,我同意了。"

"我们的祖国一旦守住了,"达力拿说,"我就答应你。我会去做那些我在听到你的汇报之前从未考虑过的事。我会谋求协商,寻找交战以外的出路。"

"协商?"迦熙娜问,"叔叔,这些生物相当古老,非但狡猾,而且易怒。他们用了几千年时间折磨令使,只为回来消灭我们。"

"那到时候再看吧。"达力拿说,"可惜的是,我还无法利用幻境联系城里的任何人。飓风之父发现,塔冠城是他的'盲点'。"

纳瓦妮点点头。"很不幸,这似乎对上了城里对芦通信瘫痪的情况。卡拉丁军尉的汇报证实了从城里传来的最后一些消息:敌人正在动员,准备攻打阿勒斯卡的王都。我们的突击部队抵达后,将无法知晓当地的局势。你可能要潜入被占领的城市,军尉。"

"但愿不要发生这种事。"雷纳林低声道,双眼看地,"和那些可怕的生物战斗,会有多少人死在城墙上……"

"我们需要更多信息。"迦熙娜说,"卡拉丁军尉,你能带多少人去阿勒斯卡?"

"我计划在飓幕前方飞行。"卡拉丁说,"上次我就是这么回乌有斯麓的。途中是有些颠簸,但我也许能飞上风巅,日后还要测试。总之,我应该能带一支小队。"

"你不必带许多人,"达力拿说,"只要带几个骨干。我会派阿多林同去，紧急时你们就有另一位碎瑛武士可用。六人小队如何？你带三名部下，跟着国王和阿多林绕过敌人，潜入王宫启动誓约之门。"

"恕我僭越，"卡拉丁说，"艾尔霍卡的参与挺奇怪的。为什么不直接派我和阿多林去？国王可能会拖后腿。"

"国王有他个人的原因。你们之间会出问题吗？"

"我会做正确的事，不计较私人恩怨，长官。我……我可能已经放下了。"

"太短浅了。"迦熙娜嘟哝道。

沙兰一怔，瞥了她一眼。"太短浅了？"

"我们看得还不够远。"迦熙娜更为坚定地说，"飓风之父已经点明，融族是不朽的。令使失败后，他们的重生无可避免，这才是真正的麻烦。敌人需要侵占仆族的躯体，他们拥有几乎取之不尽的资源，而这位尽责的军尉又通过亲身经历向我们证实，融族也通飓能术。我们究竟要如何反抗？"

沙兰放下笔记本，抬头瞧了瞧别的与会者。雷纳林仍旧前倾身子，紧攥着手，双眼看地。纳瓦妮和达力拿相互对视。卡拉丁还靠在墙上，环抱双臂，但他改变了姿势，显得很不自在。

"好吧，"达力拿终于说，"我们一个目标一个目标地来，首先是塔冠城。"

"抱歉，叔叔。"迦熙娜说，"虽然我并不反对那样迈出第一步，但现在不是只考虑短期目标的时候。要避免灭世，我们就得以史为鉴，制定计划。"

"她说得对。"雷纳林低语，"我们的对手杀死了全能之主。既然要和可以瓦解思想、摧毁灵魂的恐怖做斗争，我们就不能从小处着眼。"他揉了揉那头不如兄长金黄的头发。"全能之主啊，我们必须有干大事的觉悟，但我们真能照单全收，还不发疯吗？"

达力拿深吸一口气。"迦熙娜，你有建议吗？我们要从何处着手？"

"我有建议。答案很明显，我们要找到令使。"

卡拉丁点头赞许。

"找到以后，"迦熙娜补充道，"我们就要杀了他们。"

"什么？"卡拉丁厉声问道，"女士，你疯了吗？"

"飓风之父解释过，"迦熙娜波澜不惊地说，"令使立下约定，各自的灵魂要在肉身战死后转移至诅咒之地，禁锢虚渡的恶灵，以防它们回归。"

"不错，令使在那儿承受折磨，最后都崩溃了。"

"飓风之父只说约定的效力有所减弱，但他没说约定已经打破了。"迦熙娜说，"我建议，我们至少应该问清楚，是否有人愿意返回诅咒之地，这样或许还能阻止恶灵重生，否则我们就得彻底消灭仆族，清空敌人的宿主。"她迎上卡拉丁的目光。"面对这般暴行，至少牺牲一位令使，我觉得代价也不大。"

"风操的！"卡拉丁挺直腰杆，"你就没有同情心吗？"

"我非常有同情心，冲桥手。好在我会利用逻辑调整我的同情心。日后，你也许应该考虑学点逻辑。"

"听着，光明女士，"卡拉丁开口道，"我——"

"够了，军尉。"达力拿说。他看了迦熙娜一眼，两人默不作声，迦熙娜甚至没有一句怨言。沙兰从未见过她以同样的敬意回应别人的话。

"迦熙娜，"达力拿说，"即使令使之间的约定仍然生效，我们还是不能确定会有人愿意待在诅咒之地，而禁锢虚渡的机制我们就更不知道了。尽管如此，先把令使找来，似乎还是坚实的第一步，因为他们肯定懂得很多，对我们的帮助会非常大。谋划的工作就交给你了，迦熙娜。"

"那……那灭者怎么办？"雷纳林问，"还会有别的像我们在地底发现的生物。"

"纳瓦妮已经在研究了。"达力拿说。

"我们还得更加深入,叔叔。"迦熙娜说,"我们要密切关注虚渡的动向,唯一的希望就是彻底击败他们的军队,让他们失去能够战胜我们的兵力,哪怕那些首领可以不断重生。"

"保卫阿勒斯卡,"卡拉丁说,"并不意味着一定要把仆族消灭干净——"

"军尉,如果你是这么想的,"迦熙娜没好气地说,"我可以给你几只小貂让你抱,别碍着大人策划。这种事没人愿意探讨,但它的必然性不会因此而减弱。"

"那太好了。"卡拉丁回答,"我也会给你几条滑溜溜的泥鳅让你抱,你一定会备感亲切。"

怪了,迦熙娜露出了笑容。"军尉,那我问你一个问题,忽视虚渡军队的动向是明智的吗?"

"大概不是。"他坦承。

"你觉得你能教风行骑士扈从飞到高处望风吗?最近,对芦通信不太可靠,我们需要换种方式监视敌情。如果你的队伍愿意花点时间模仿滑溜溜的泥鳅,我会很乐意抱它们,就像你提议的那样。"

卡拉丁看了看达力拿,后者点头赞许。

"好极了。"迦熙娜说,"叔叔,你发起的君主联盟是绝妙的主意。我们要禁锢敌人,阻止他们在柔刹横行。如果……"

她忽然不说了。沙兰一愣,看着刚才的信手涂鸦。那其实比涂鸦略为复杂,像是一张卡拉丁脸部素描的完稿,描绘了充满热情的双眼和坚忍不拔的表情。一只形如小块宝石的艺灵出现在画纸上,迦熙娜已经察觉了,沙兰只能满脸通红地把灵体赶走。

"也许,"迦熙娜瞅了瞅沙兰的素描本,"我们该休息一会儿了,叔叔。"

"请便。"他说,"我也要喝点东西。"

休会后,达力拿和纳瓦妮前往主廊查看护卫和侍从的情况,一边轻声交谈。沙兰目送着他们,心里生出一股渴望,因为她发觉迦熙娜走了过来。

"让我们谈谈吧。"迦熙娜朝这间长方形厅室的另一端点点头。

沙兰叹了口气,合上笔记本,跟随迦熙娜走到厅室的尽头,靠近一面装点着瓷砖图案的墙壁。这里光线昏暗,为会议提供照明的润石离她们很远。

"能给我看看吗?"迦熙娜伸手索要沙兰的笔记本。

沙兰把本子递了过去。

"那张军尉小伙的肖像画得很不错。"迦熙娜说,"但在这里,我只看到了……三行内容?你被点名要求做会议记录,结果就记下了这些?"

"我们真该叫文员来的。"

"当时就有文员在场。做会议记录又不是什么上不了台面的任务,沙兰。这是你力所能及的事。"

"既然不是上不了台面的任务,"沙兰说,"那你或许应该身体力行。"

迦熙娜合上素描本,从容不迫地凝视着沙兰,让她非常难堪。

"我还记得,"迦熙娜说,"曾有一个战战兢兢、不顾一切的小姑娘,拼了命地想要博取我的好感。"

沙兰没有回应。

"你享受独立的心情,"迦熙娜说,"我能理解。你取得了十分了不起的成就,沙兰。看起来,你甚至赢得了我叔叔的信任,这本来是非常困难的。"

"那我是不是可以毕业了?"沙兰问,"我是说,我已经是正式的光辉骑士了。"

"你当然是光辉骑士。"迦熙娜说,"可要说正式……你的盔甲呢?"

"嗯……盔甲?"

迦熙娜轻叹一声,再次翻开素描本。"沙兰,"她以一种奇怪的语气安慰道,"真心的,我很佩服你。只是我听说了你的近况,着实为你担忧。虽然你讨得了我家人的欢心,并且顺利与阿多林订婚,但你的眼神却在会议上四处乱晃,这张素描就是证明。"

"我——"

"你经常缺席达力拿召开的会议。"迦熙娜接着说,声音很轻,却不容动摇,"就算出席了,你也总是坐在后面,几乎不注意听。据说,半数时候你都会找借口早退。"

"你查明了塔城里有灭者存在,基本靠自己吓走了它,可你却无法解释,就连达力拿军的士兵也没找到的灭者,你是怎么找到的。"她与沙兰四目相对,"你一直有事瞒着我,其中一些秘密影响很不好,我不相信你没有藏着别的。"

沙兰咬住嘴唇,但点点头。

"我是在鼓励你跟我沟通。"迦熙娜说。

沙兰又点点头。与鬼血会共事的人是浣纱,不是沙兰自己。浣纱的事,迦熙娜不需要知道,也不能知道。

"好吧,"迦熙娜叹道,"等我确信你可以满足最细致的学术要求,比如在重要会议上做速记,你才能毕业。至于光辉骑士的道路,则是另一回事了。我不知道自己能不能指导你,因为每一支骑士团的做法都很特别。然而,一个年轻人不能只因为在剑术上有了长进就不去上地理课,我也不会只因为你发现了自身光辉骑士的能力而解除我布置给你的任务。"

迦熙娜把素描本还给沙兰,走向围成一圈的椅子,在雷纳林身边落座,并轻轻碰了碰他,希望跟他对话。雷纳林在会议开始后还是第一次抬起双眼，他点点头，说了几句沙兰听不见的话。

"嗯……"图腾说，"她很聪明。"

"这也许是她最让人恼火的特质。"沙兰说，"风杀的，她让我觉得自己像个小孩一样。"

"嗯。"

"最糟糕的是，她大概是对的。"沙兰说，"在她身边，我的表现会比平时幼稚，仿佛我心里总有一个部分想要让她打理一切。我尤其讨厌自己这一点。"

"那有办法解决吗？"

"不知道。"

"要不要……表现得成熟一些？"

沙兰把手伸到脸上按揉双眼，一边低声埋怨。这简直是她自找的，对不对？"来吧，"她说，"我们去听听剩下的会议，可我也想找借口溜走。"

"嗯……"图腾说，"这个房间似乎……"

"什么？"沙兰问。

"似乎……"图腾嗡嗡地说，"似乎有记忆，沙兰。"

记忆。他在说裂影界吗？沙兰一直没去过那儿，她至少听进了迦熙娜的一句忠告。

她走回座位思索片刻，迅速塞给迦熙娜一张纸条：

图腾说这个房间有记忆。值得去裂影界调查吗？

迦熙娜看了看纸条，回复道：

我发现，我们不该忽视灵体随口说的话。再问问他。我会去调查。感谢你的建议。

会议再度开始，议题转向了特定的王国。迦熙娜最热衷于拉拢深族人。鉴于最东面的誓约之门位于破碎平原，已受阿勒斯卡人控制，如果有途径使用最西面的誓约之门，他们就能横穿柔刹大陆，在一下心跳间从飓风的起源地前往灭世风暴的起源地。

他们没有细谈战术,因为那属于男性技艺,达力拿会让由轩亲王和将军来讨论。不过,沙兰还是注意到了迦熙娜不时会使用的战术语言。

在这种事上,沙兰很难理解这名女子。迦熙娜在某些方面极其男性化,她研究一切合胃口的课题,谈论战术就像谈论诗歌那么容易。她也有凶狠乃至冷酷的一面,沙兰见过她直接处决打算抢劫的强盗。除此之外……也罢,最好不要思考没有意义的事,但别人确实会议论。迦熙娜拒绝了所有追求者,其中就有一些颇具魅力和影响力的男子。人们都很好奇,她也许只是不感兴趣?

这一切本该让迦熙娜变成一个没有女人味的人,但她总以最精致的妆容出面,画着眼影,涂着鲜亮的口红,大方得体。她始终把禁手藏在袖中,也偏爱让发型师设计繁复迷人的盘发发式。她的著作和思想让她成为了沃林女性的典范。

站在迦熙娜身边,沙兰觉得自己肤色苍白,头脑愚笨,完全没有婀娜的曲线。做一个如此自信的人会是什么样?如此美丽,却又如此自然?迦熙娜·寇林所面临的人生困境肯定比沙兰少,最起码她不会像沙兰那样为自己创造这么多假象。

到这时,沙兰才发现自己足足走神了十五分钟,又没有做任何记录。她在椅子上缩成一团,脸涨得通红,尽量在余下的会议上保持专注。最终,她把一页正式的速记稿交给了迦熙娜。

那名女子看了看,朝中间一行挑起一根完美无缺的秀眉,那是沙兰开小差的地方:达力拿说了一些很重要、很有用的话,不需要我提醒,你肯定也记得。

沙兰抱歉地笑了笑,耸了耸肩。

"请把会议记录手写出来。"迦熙娜把那张页纸还给她,"给我母亲和我弟弟的首席文书各送一份。"

沙兰默认自己可以走了,于是迅速退场。她觉得自己就像个刚下课的学生,心里很生气。与此同时,她又想从这里跑开,马上按照迦熙娜的要求去做,好让老师重拾对她的信心。这样一来,她心里更生气了。

她顺着阶梯跑出高塔的地下室,吸入飓光以防疲劳。她内心的不同面发生了冲突,互相争吵。她想象着自己在迦熙娜的细心监护下度过的那几个月,想象着自己依照父亲一直以来的期望,通过学习成为一名羞怯文书的经历。

她还记得在卡哈巴兰斯的时光,如此迟疑,如此胆怯。她不能被打回原形。她决不愿意。但具体要怎么做?

当她终于回到住处时,图腾正冲她嗡鸣。她丢开素描本和小包,翻出浣纱的大衣和帽子。浣纱知道要怎么做。

但大衣的内侧别着一张纸。沙兰浑身一僵,环视四周,忽然紧张起来。她忐忑地解下那张纸,把它展开。

开头写道:

你已经完成了我们布置给你的任务。你在对灭者的调查中,不仅了解了它,还吓走了它。依照约定,这是给你的奖赏。

下文解释了你过世的哥哥的真相。长子赫拉兰是破天骑士团的见习骑士。

40 提问、窥视和推断

至于乌利达,她显然从一开始就是个隐患,能摆脱她真是太好了。

在柔刹,除了我们,起码有两大团体预言了虚渡的回归和灭世的重现。

第一大团体自称荣誉之子,你很熟悉。阿勒斯卡的先王,也就是"黑荆棘"的哥哥迦维拉尔·寇林,带动了组织的扩张,将梅里达斯·亚马兰纳入旗下。

潜入亚马兰在军中的宅邸后,你无疑已经发现,荣誉之子在为灭世的重现而忙碌。他们相信,只有虚渡才会让令使现身,而灭世一旦发生,光辉骑士团必将重组,沃林教会的传统势力也必将恢复。迦维拉尔国王对重启灭世的努力,可能是他遇刺的真正原因。但那一晚,王宫中还有很多人,他们都有理由要他的命。

第二大知晓灭世可能重现的团体是破天骑士团。他们受古令使纳兰艾林①（通常只称为纳尔）领导，是上一届光辉骑士团中唯一一支没有在光辉变节事件中背弃誓言的骑士团。他们继承了古代的秘密传统。

纳尔认为，一旦有人念出其他骑士团的真言，就会加快虚渡的回归。我们并不知道这怎么能实现，但纳尔是一名令使，他肯定拥有比我们还渊博的学识和认知。

你要明白，人们不该再把令使视为同盟。他们不是彻底疯了，就是陷入了沉沦。纳尔是个心狠手辣的角色，毫无同情心和慈悲心。为了对付所有快要形成灵体羁绊的人，他用了二十年时间，或许更久。有时他会吸收这类人，让他们与轩灵缔结纽带，就此成为破天骑士，而其他人都会被他铲除。如果有人已经形成灵体羁绊，纳尔往往会亲自行刑，否则就派他的手下代办。

你哥哥赫拉兰就是他的手下。

你母亲与一名见习破天骑士来往密切，他们的下场你也清楚。出于纳尔的赏识，你哥哥才被录取。纳尔可能也通过某种我们无法理解的方式得知，你的家族中有一人就要形成灵体羁绊。如果这是真的，他们进而相信赫拉兰就是他们要找的人。他们让他入伙，向他展示了强大的力量和碎瑛武器。

赫拉兰当时还没有证明自己配得上灵体纽带。纳尔对新成员的要求很严格，赫拉兰被派去刺杀亚马兰，很可能就是在接受考验，否则就是他主动上阵，想要以这种方式证明自己有资格成为破天骑士。

也有可能破天骑士团本就知道亚马兰军中有人将要建立纽带，但我认为，针对亚马兰的袭击更有可能只是为了打击荣誉之子。就我们对破天骑士团的监视来看，亚马兰军中唯一拥有灵体纽带的人据说早

---

①艾林（'Elin）：令使的沃林教名后缀，在阿勒斯卡语中就是"令使"之意。

就被铲除了。

不过，就我们所知，他们并不认识那名冲桥手，否则他肯定会在奴隶期内被杀。

这封信到此为止。沙兰坐在房间里，只有一颗光线极暗的润石照明。赫拉兰是破天骑士？迦维拉尔国王曾和亚马兰联手重启灭世？

图腾在她的裙子上鸣叫，显得很关切。他移到信纸上，读起了信。沙兰把那些话轻声复述给自己听，努力背下来，因为她知道这封信太危险，不能留着。

"秘密。"图腾说，"这封信里藏着谎言。"

问题可真多。迦维拉尔遇刺身亡的那一夜，还有谁在王宫里？亚马兰军中的另一名飓能者又是怎么回事？"他在拿这些线索诱惑我，"沙兰说，"就好像一个养了壳蝶①的人站在码头上，那只壳蝶蹦蹦跳跳，挥着胳膊吸引鱼游过去。"

"但……我们确实需要这些线索，对不对？"

"所以说这才有效果。"风操的。

眼下她无法消化这些内容，于是把信纸印入脑海。对文字来说，这不是特别高效的做法，但在必要时也能一用。她把信浸到一盆水中洗去墨水，撕碎之后揉成一团。

她换上大衣长裤，戴好帽子，以浣纱的模样悄悄走出房间。

✶

浣纱找到瓦沙尔的时候，他正在营房的休息室里和几名队友玩猜牌。这里虽然是为塞巴里尔军设立的，但也能看到穿着蓝制服的人。达力拿命令部下与盟军的士兵共处，以便培养感情。

---

①壳蝶：一种跟斧狐犬差不多大的甲壳动物，形似螃蟹和乌龟的结合体。

浣纱一进门就吸引了众人的目光，但没有人盯着她看，因为女性可以进入休息室，只是很少有人来。"嘿，我们去营房休息室看男人哼鼻子挠痒痒吧！"对交往中的女性来说，没有什么比这更无聊的了。

她信步走向瓦沙尔和他的队友摆好的圆木桌。家具终于下放到了普通人手里，沙兰甚至有床睡了。浣纱在座位上坐好，往后一仰，翘起椅子敲在石墙上。这间大休息室让她想起了酒窖，昏暗朴素，充斥着各类不寻常的臭味。

"浣纱。"瓦沙尔朝她点点头。有四人围坐在桌边，另外三人是独眼的盖兹、瘦高的阿红以及不时会抽鼻子的肖布。肖布在一条胳膊上绑了铭守符。

浣纱把头往后一仰。"我真得喝点什么。"

"我这儿还能再来一两杯。"阿红热情地说。

浣纱望了他一眼，想知道他是不是又在调笑。他露出欢颜，但好像没有对她眉来眼去。"真够朋友，阿红。"浣纱掏出几枚齐普丢过去。他马上把一小片金属做的征用牌丢过来，上面刻着他的号码。

没一会儿浣纱就坐回到位子上，慢慢喝着谷啤。

"心情不好？"瓦沙尔问道，把牌理齐。这些小石砖和拇指差不多大，每个人面前都摆着十块。赌局很快开始了，这一轮显然是瓦沙尔做庄。

"是啊。"浣纱回答，"沙兰比平时还讨厌。"

男人们敷衍了几声。

"你们懂吗？她好像连她自己是谁都分不清。"浣纱接着说，"有时她会开开玩笑，像是在跟老阿姨围坐着做针线活，没一会儿却会用空洞的眼神看着你，让你觉得她的灵魂都被掏空了……"

"我们的主子是个怪人。"瓦沙尔赞同道。

"她会让你想要拿出行动，"盖兹哼哼着说，"去做你想都没想过的事。"

"是啊，"隔壁桌子的葛罗夫说，"我帮别人找到了躲在地下室的怪物，还得到了一枚奖章呢。是寇林那个老家伙亲自送下来的。"这名肥胖的士兵摇摇头，但还是戴着奖章，就别在领子上。

"真有意思，"盖兹坦承，"既能出去狂欢，又能觉得在办事。她就是这么答应我们的，你知道吗？这下又可以做出改变了。"

"我想做出的改变是，"瓦沙尔说，"用你的球币填满我的钱袋。你们还赌不赌了？"

四名玩家都丢出了几枚球币。猜牌是沃林教会勉强允许的游戏，因为规则中不含随机成分。靠掷骰子、抽牌或洗牌赌博就如同揣测未来，是极其不正当的行为，浣纱一想到就寒毛直竖。可她甚至不怎么虔诚，至少不像沙兰那样。

人们不会在正规的营房里玩那种游戏，一般只玩猜谜游戏。瓦沙尔把九张牌正面朝下摆成三角形，第十张牌正面朝上放在一边，作为起始牌。这十张牌的牌面上各有一个互不相同的阿勒斯卡公国标志，瓦沙尔翻开的起始牌代表亚拉达公国，符号形如红甲蟹。

游戏的目标是把十张正面朝下的牌以与之相同的方式排列，通过一系列提问、窥视和推断环节，猜出每张牌的归属。玩家可以基于游戏规则，迫使庄家只对他一人翻牌，或是对全体翻牌。

最后有人叫牌，全体要翻牌，排列方式最接近庄家的人获胜，得到赌注。庄家会根据某些因素抽成，比如有人叫牌前玩过的轮数。

"你们怎么看？"盖兹把几枚齐普扔进摆在桌子中央的碗里，换来了偷看瓦沙尔的牌的资格，"这回沙兰要花多久才会想起我们在这儿？"

"希望很久。"肖布说，"我想我可能生病了。"

"那就没什么不正常的，肖布。"阿红说。

"这回可是大病。"肖布说，"我觉得我可能要变成虚渡了。"

"变成虚渡？"浣纱兴趣缺缺地说。

"对啊,你看这疹子。"他撩起铭守符,露出上臂,那里似乎再正常不过。

瓦沙尔嗤之以鼻。

"啊!"肖布说,"我可能会死,士官。你给我记着,我可能会死。"他挪动几张牌。"如果我死了,就把我赢来的钱捐给孤儿吧。"

"孤儿?"阿红问。

"对啊,孤儿。"肖布挠了挠脑袋,"孤儿是有的吧?他们肯定在什么地方,需要东西吃。等我死后就把钱捐了吧。"

"肖布,"瓦沙尔说,"以正义之道的名义,我敢保证你会比我们长寿。"

"啊,那就好。"肖布说,"太好了,士官。"

游戏只玩了几轮,肖布就着手翻牌。

"这么快!"盖兹说,"肖布,你这飓虫,先别翻!我还没有二连呢!"

"来不及了。"肖布说。

阿红和盖兹不情不愿地开始翻牌。

"排列顺序是撒迪亚斯公国,"沙兰心不在焉地说,"贝特哈夫公国,罗伊翁公国,萨纳达尔公国,寇林公国,塞巴里尔公国,瓦马尔公国,哈萨姆公国。起始牌是亚拉达公国。"

瓦沙尔目瞪口呆地看着她,把牌翻过来,牌面跟她说的一模一样。"你连看都没看过……风操的,女士,记得提醒我永远不要跟你玩猜牌。"

"我的几个哥哥也总是这么说。"她回应道。瓦沙尔跟肖布分摊了赌注,肖布猜对了七张牌。

"再来一局?"盖兹问。

众人看着他的润石碗,那里面几乎空了。

"能借钱的。"他飞快地说,"达力拿的卫队里,有人说——"

"盖兹。"瓦沙尔说。

"可——"

"别开玩笑了，盖兹。"

盖兹叹道："那就算了。"肖布赶紧拿出一些形状和润石差不多的玻璃珠，但玻璃珠中间没有宝石，是假钱，赌博时无需用现金下注。

浣纱觉得这杯谷啤比预想中好喝。跟这些家伙坐在桌边，不用担心沙兰的种种问题，倒是很新鲜。那女孩就不能放轻松，甩开一切烦恼吗？

不远处，几个洗衣女工走了进来，大声说几分钟后就要来取脏衣服。瓦沙尔和他的部下动也没动，不过他们身上的衣服估计得好好擦一擦了。

不幸的是，浣纱无法完全忽略沙兰的问题。穆里兹的来信证实了他能派上多大用场，但她必须小心。穆里兹显然想要在光辉骑士团安插奸细。*我必须反咬一口，获取他握有的情报。*穆里兹已经把破天骑士团和荣誉之子的活动情况告诉了她，可他那伙人到底有何目标？

风操的，她真的敢出卖他吗？她真的有资历打这种主意吗？

"喂，浣纱，"瓦沙尔在他们准备玩下一局时说，"你怎么看？光明女士又忘了我们吗？"

浣纱从思绪中回过神来。"有可能。她似乎不知道该怎么对待你们。"

"她不是第一个。"阿红说。这一局是他做庄，他把牌正面朝下，仔细按特定顺序摆好。"我是说，我们又不是实打实的军人。"

"人们饶恕了我们的罪过，"盖兹哼了一声，眯着眼睛看着阿红翻开的起始牌，"但他们不会忘记。没有部队愿意接收我们，这不怪他们。我只是很庆幸，那帮欠风操的冲桥手没有把我倒挂起来。"

"冲桥手？"浣纱问。

"他跟那些人有过节。"瓦沙尔解释道。

"我以前是个风杀的冲桥士官。"盖兹说,"我尽量让他们动作快点,可就是没人喜欢他们的士官。"

"你一定是个极其优秀的士官。"阿红咧嘴笑道,"我敢打赌,你那时候就非常替他们着想,盖兹。"

"闭上你的飓砂嘴。"盖兹生气地咕哝道,"不过我确实在想,如果当初管得松一点,没准现在就能去高地上训练了,跟那帮人一样,学会飞……"

"你以为你能当光辉骑士,盖兹?"瓦沙尔窃笑不已。

"不,不是的,估计当不了。"他看了看浣纱,"浣纱,你去转告光明女士,我们不是什么好人。真正的好人会找有用的事做,而我们可能只会找没用的事做。"

"没用的事?"隔壁桌的曾狄德问,那张桌边还有几个人在喝酒,"我想我们就只会找没用的事做,盖兹,而且一直都是这样。"

"反正我不是,"葛罗夫说,"我得到了一枚奖章。"

"我的意思是,"盖兹说,"我们可能会惹麻烦。我很想帮上忙,这让我想起了刚入伍的时候。浣纱,你去跟光明女士说,叫她派点正经事给我们做,别让我们喝酒赌博了。说实话,这两样我都不在行。"

浣纱缓缓点头。一名洗衣女工漫步而过,胡乱摆弄着一袋要洗的衣物。浣纱用手指轻点杯沿,随后起身抓住那人的裙子,把她往后一拖。女工叫了一声,跟跟跄跄差点摔倒,怀里那堆衣物掉了下去。

浣纱把手伸进女人的头发,扯下那顶黑棕相间的假发,底下露出一头纯正的阿勒斯卡式黑发。女人在脸颊上抹了灰,装出在干重活的样子。

"是你!"浣纱说。就是万有巷酒馆里的那个女人,叫什么来着?伊什娜?

听到女人的尖叫声,附近几名士兵一跃而起,表情警觉。浣纱发现那都是达力拿的部下，于是忍住了翻白眼的欲望。寇林军确实习惯认为没人能照顾好自己。

"坐下。"浣纱指着桌子说。阿红赶忙拉出另一把椅子。

伊什娜坐下来，假发抱在胸前，脸颊涨得通红，却不失优雅。她迎上瓦沙尔和他部下的目光。

"你越来越讨人厌了，姑娘。"浣纱坐下说。

"你怎么知道，我是因为你才来的？"伊什娜问，"这结论下得也太快了。"

"你对我的朋友那么着迷，感觉不太对劲。现在倒好，你变了个装偷听我说话，还被我发现了。"

伊什娜抬起下巴。"或许我就是想证明给你看。"

"就用这种伪装？我一眼就识破了。"

"上次你就没逮到我。"伊什娜说。

上次？

"那时你说过要去哪里找吃角族谷啤。"伊什娜说，"阿红坚持说那玩意很恶心，盖兹却很喜欢。"

"风操的，你监视我多久了？"

"不久。"伊什娜迅速带过，跟她刚才的说法互相矛盾，"但我可以保证，我会比这帮臭烘烘的丑八怪更有用。拜托，至少让我试试。"

"丑八怪？"盖兹说。

"臭烘烘？"肖布说，"哦，那只是因为我的疹子，小姐。"

"跟我走。"浣纱站起来，大步从桌边走开。

伊什娜匆忙起身跟上。"我不是真想监视你，否则我要怎么——"

"闭嘴。"浣纱说。她在营房入口停步，远离她的手下，不让他们听到。她抱起双臂靠在门口的墙上，回望他们。

沙兰总是干不好后续工作。她能想出不错的主意，也能制定宏伟的计划，但她太容易为新问题和新冒险而分心，所幸浣纱可以替她收拾一些没做完的事。

她的手下都很忠心，也想做有用的人。一般的女子可没有更好的条件。

"你装得还挺像，"她对伊什娜说，"下次把闲手弄得粗糙点。你的手指露馅了，看上去就不像工人的。"

伊什娜面露愧意，闲手攥成了拳头。

"告诉我你有什么本事，以及我干吗要在乎。"浣纱说，"给你两分钟时间。"

"我……"伊什娜深吸一口气，"我受过培训，是哈马拉丁家族的密探。那是瓦马尔的家臣吧？情报收集、信息编码、监视技巧，这些我都懂，我还知道怎么搜查房间才不会暴露。"

"既然你这么能干，到底出了什么事？"

"都是因为你们鬼血会的人。我听光明女士哈马拉丁小声议论过，她不知为何跟他们作对，后来……"伊什娜耸耸肩，"她死了，别人都以为可能是哪个随从干的。我逃了出来，转到地下替一个小匪帮跑腿。但我可以干大事，让我证明给你看。"

浣纱交叉双臂。密探出身的人是能派上用场。浣纱其实没怎么受过这方面的训练，只是听过缇恩的提点，也自学过。如果她要和鬼血会周旋，就得精进自身的能力。目前，她甚至不知道自己缺乏哪些知识。

她能向伊什娜学点什么吗？虽然她并没有表面上那么老到，但她能想办法在不暴露的情况下学到东西吗？

一个想法逐渐成形。她不信任这个女人，但她不必这么做。如果伊什娜的前任女主人真是鬼血会所杀，也许可以从中获知秘密。

"我计划了一些重大的潜入行动，"浣纱说，"需要收集性质敏感的情报。"

"我能帮忙!"伊什娜说。

"其实我想找一个小队支援我,这样我就不用一个人去了。"

"我可以找人!都是行家。"

"可我没法相信他们。"浣纱摇摇头,"得找我认识的,能对我忠心的人。"

"谁?"

浣纱指了指瓦沙尔和他的部下。

伊什娜表情一沉。"你想把这些人转变成密探?"

"是的,而且我希望你能指导他们,由此证明你的本事。"但愿我也能学上几招。"别露出这么害怕的表情。他们不必成为真正的密探,只需了解我的工作,足够做我的帮手,多留个神。"

伊什娜半信半疑地抬起眉毛,望着浣纱的手下。肖布正开心地抠着鼻子。

"这就有点像叫我教猪讲话,嘴上保证那会很简单,只要让它们讲阿勒斯卡语就行,不用讲雅克维德语或赫达孜语。"

"我只给你这个机会,伊什娜。你要么接受,要么答应我,以后别再靠近我。"

伊什娜叹了口气。"好吧,我们走着瞧。如果猪最后讲不了话,你也别怪我。"

41 立地仰望

也罢，这与你无关，毕竟你没有接受神的身份。如果雷瑟成了问题，他会得到处理。

你也是。

泰夫特醒了，真是不幸。

他的第一反应就是疼痛。这感觉很熟悉，已经不新鲜了。他眼窝抽痛，手指传来针扎般火辣的刺痛，这副不中用的身体也僵硬不已。克勒克的臭嘴……他到底派上过用场吗？

他躺在地上，呻吟着翻了个身，没有穿外套，只穿着贴身的背心，背心弄得脏兮兮的。这里是独立市场帐篷间的巷子，高耸的洞顶没入黑暗，巷子外面传来了人们聊天和砍价的欢快声音。

他摇摇晃晃地站起来，差点就要往空箱子里撒尿，这才意识到自己在干什么。飓风的降水无法清洗此地，再说他也不是什么会在污垢里打滚、会在巷子里解手的酒鬼，对不对？

这个念头立刻让他记起了更深切的痛楚，胜过头痛和骨痛，一直伴随着他,宛如持续不断的铃声,深深刺入他的内心,将他唤醒。那是一种急不可耐的痛楚。

不,他不止是个酒鬼。实际情况要糟糕得多。

他跌跌撞撞地走出巷口,努力理顺头发和胡须。路过的女人都用禁手捂住口鼻,移开视线,仿佛为他感到害臊。丢了外套或许是件好事。飓风保佑,要是被人认出来,他就会给整支队伍丢脸。

你已经给他们丢脸了,泰夫特,别想抵赖,他心想,**你就是个叫人唾弃的风杀废物。**

他终于来到水井边,无精打采地排到一些人后面。轮到他取水时,他跪下来,一手颤颤巍巍地舀起一小杯水送进嘴里。一尝到凉水,他就一阵反胃,哪怕他很渴。这是搓了一晚上火藓的常态,所以他忍住恶心和胃痛,希望不要吐出来。

见他颓唐地捂着肚皮,排在后面的人都吓到了。由于水井附近至少会有一小群民众,几个穿森绿色制服的撒迪亚斯军士兵只能从外面挤进来。

他们插进队伍,把水桶打满水,一听到有个穿蓝制服的寇林军士兵提出异议,便直接冲了上去。寇林军士兵终于让步了。好小伙。不能再让撒迪亚斯军的士兵和其他部队的士兵斗殴了。

泰夫特又把杯子浸到水里,刚才喝水时的疼痛消退了。这口井似乎很深,荡漾的水面下一片幽暗。

他差点就扑了进去。如果他明天在诅咒之地醒来,还会那么心痒难耐吗?他将受到恰如其分的折磨。虚渡甚至不必鞭笞他的灵魂,只要告诉他,他再也无法得到满足,它们就能看着他痛苦地挣扎。

井水的水面映出一张出现在他肩头的脸庞。那是一名皮肤苍白、浑身泛光的女子,头发如云朵般飘浮在脑畔。

"你别管我。"他一掌拍进水里,"你就……你就去找个在乎的人吧。"

他吃力地站起来，总算把位子让给了别人。风操的，都什么时候了？那些拎着水桶的女人都准备打水干活了，夜里醉酒的人群已经被勤劳的民众取代。

他又在外面待了一晚上。克勒克！

回营房是明智的，但他能用这个模样见人吗？想到这儿，他只好低下头，在市场闲逛。

他隐隐发觉自己的状态越来越差了。在达力拿麾下的头一个月，他基本还能对付，但告别了那么漫长的冲桥手生涯，他又从没钱的人变成有钱的人了。有钱准没好事。

他先前还能应付，只是晚上会找地方搓火藓。然而，在卡拉丁外出后，高塔中的一切都让他感到非常不对劲……那些黑暗的怪物中，就有长得像泰夫特的。

他要靠搓火藓才能熬过去。谁不会呢？他叹了口气，抬起头，发现那只灵体就站在前面。

泰夫特……她低语，你已经宣誓了……

愚蠢的宣誓。那时他还抱着希望，以为成了光辉骑士就能消除心里的渴望。他转身背对灵体，朝一顶扎在酒馆之间的帐篷走去。酒馆在白天一般不开，但这个地方倒是开着，没有名字，也不需要名字。跟达力拿军和撒迪亚斯军的同类场所一样，这个地方永远不会关门，只是在有些地方比较难找，名不见经传，但依旧为人所知。

那个坐在前面、长得很凶的赫达孜人招呼他进去。帐篷里光线昏暗，但他摸索着来到桌边，一屁股坐下。一个穿着紧身衣裳、戴着无指手套的女人为他端上一小碗火藓。没人要他付款，他们都知道他昨晚胡吃海喝，身上肯定没有球币了，但他们总会确保这笔钱的着落。

泰夫特瞪着那个小碗，对自己感到厌恶，但火藓的气息还是让他产生了十万分的渴望。他发出一声哀号，抓起火藓，用拇指和食指搓得噼啪作响。火藓散发出一缕细烟，中心部位在暗淡的光线中亮如火烬。

他当然觉得很疼。昨晚他磨破了茧子,眼下只能用破皮起泡的手指摩擦火藓,不过这种剧痛就是实在,倒也不坏,说明他还有活气。

过了一会儿他才体会到效果。他的痛苦被洗刷一空,决心也更为坚定。他想起了很久以前的事,那时火藓对他影响更大,他沉浸在快感中,夜夜头晕目眩,身边的一切似乎都有了意义。

那时他需要火藓平复心境,就像一个人在潮湿的岩石上攀爬,还没够到所有人站着的地方就开始慢慢往下滑。他渴望的不再是那种快感,而仅仅是活下去的能力。

火藓抹去了他的负担,抹去了他陷入沉沦的记忆,抹去了他不讲道理地把亲人当做异端告发的记忆。他是个可怜虫和懦夫,不配戴上第四冲桥队的标识。他已经背叛了那只灵体,她还是逃走为好。

有那么一瞬间,他简直可以把这一切都交给火藓。

可惜他的内心并不健全。很久以前,是他在撒迪亚斯军的小队叫他去搓火藓的。其他人可以借此得到一点好处,就像站岗的士兵会嚼脊皮木保持清醒。搓搓火藓,放松一下,然后继续生活。

泰夫特并没有那么做。推开负担后,他本可以回去找冲桥手,顺利地开始他的一天。

风操的,再搓几分钟就好了。他连搓了三碗火藓,随后一道炫目的光打过来,让他眨了眨眼。他抬起头,羞愧地发现自己在桌上流了一摊口水。到底过了多久?那道可怕的光是什么?

"他在这儿。"卡拉丁的声音传了过来,泰夫特不由得眨眨眼。一个人影在桌边跪下。"噢,泰夫特……"

"他欠我们三碗火藓的钱,"老板说,"要付一颗石榴石布罗姆。"

"你就庆幸吧。"一声带口音的咆哮响起,"我们还没剥你的皮来付呢。"

风操的,石头也来了?泰夫特唉声叹气地转过身。"别看我,"

他声音沙哑地说，"别……"

"店里的经营完全合法，吃角族人。"老板说，"如果你袭击我们，我们一定会叫人来保护的。"

"这是赔你的钱，你这条黑心的泥鳅。"卡拉丁把发光的球币推过去，"石头，能把扶他起来吗？"

石头伸出大手抓住泰夫特，动作轻得出奇。他在哭。克勒克……

"你的外套呢，泰夫特？"卡拉丁在黑暗中问道。

"卖了。"泰夫特承认道，紧闭双眼，不想去看飘落在周围的花瓣状愧灵，"我把自己风操的外套给卖了。"

卡拉丁默默无语。泰夫特任由石头把他背出去。回营房的半路上，他终于挽回自尊，抱怨石头嘴巴太臭，劝他们让他自己走，再稍微扶着点。

泰夫特很羡慕那些比他上进的人，他们感受不到那种深深刺痛灵魂的渴望。它久久不散，就算他再努力也无法缓解。

卡拉丁和石头把他安置在一间清静的营房里。他裹着毯子，手捧一碗石头做的炖菜，说了一些不负期待的话，先道歉，然后答应他们，下次再有需求会如实相告并接受帮助。但他吃不下那碗炖菜，至少现在吃不下。他还要再过一天才能吃下东西。

风操的，他们都是好人，他不配拥有这么好的朋友。他们的形象渐渐高大起来，而泰夫特……泰夫特只是立地仰望。

他们让他稍事休息。他盯着那碗炖菜，闻到了熟悉的香味，却不敢吃。他要赶在当天回去干活，训练其他队伍的冲桥手。他完全可以应付，在几天内假装一切正常。风操的，他在撒迪亚斯军的前几年还能权衡一切，后来却越界了，由于缺勤太多次而受罚，进了冲桥队。

出桥的那几个月，是他成年以来唯一一段不被火藓支配的时光。就算在那时，他也知道自己总有一天会被打回原形，哪怕他有钱买点酒。只靠喝酒是不够的。

即使他振作起来去干活，有个无耻的想法也还是时时笼罩在他心头。

有一阵子不能再去搓火藓了吧？

认识到这份恶意，他感到难过极了。他还要度过极其痛苦的几天，只能带着自我厌恶过活，与羞愧、回忆和其他冲桥手的侧目为伴。

他不会得到任何风操的帮助。

这让他害怕。

42 后果

始祖宝石的持有者赛凡德琉斯：
你肯定明白，不能想当然地依靠老交情来接近我们。

在愈发熟悉的幻境内，达力拿小心翼翼地抽出一支黑羽箭搭在弓弦上，然后一撒手，箭矢射入蛮人的后背，蛮人的尖叫声消失在战斗的喧嚣中。前方的战士被迫退向悬崖边，却还在拼命作战。

达力拿有条不紊地把第二支箭搭在弓弦上，再射出去。这支箭也命中了，埋入一人的肩膀。那人挥舞的斧子掉了下来，没有砍到躺在地上的黑皮肤少年。少年只有十几岁，体态仍显笨拙，四肢奇长，脸部浑圆，非常孩子气。达力拿可能会让他传令，但不会让他用矛。

男孩的年纪并不妨碍他被封为阿卡希克斯大帝雅拿贡一世。他是亚泽尔的统治者兼马卡巴克地区的元首。

达力拿握着弓坐在石头上。虽然他无意重蹈让芬恩女王独自应对幻境的覆辙，但他还是不想让雅拿贡在没有挑战或压力的情况下蒙混过关。全能之主总有理由让达力拿频频陷入险境，他需要靠本能去理解什么才是危险。

他击倒了另一个接近男孩的敌人。从近旁的角度来看,要射中敌人并不难。他学过箭术,不过近些年都在使用所谓的碎瑛弓训练,这种法器弓只有碎瑛武士才拉得动。

第三次经历这场战斗,感觉很奇怪。虽然每一次重演都略有不同,但还是有一些细节似曾相识,比如烟味和异兽的血腥味,以及山下断了一条胳膊的人对全能之主半是祈祷半是控诉的惨叫声。

拜达力拿的箭术所赐,这群士兵才能继续抵抗敌人,直到那名穿着璀璨碎瑛甲的光辉骑士爬上悬崖。雅拿贡大帝坐下来,其他士兵则在光辉骑士身边集结,将敌人逼退。

达力拿放下弓,从少年颤抖的身影中看出了恐惧。别的士兵也说起过,在战斗结束后,恐惧的折磨还会使他们浑身战栗。

大帝拄着矛,终于跌跌撞撞地站起来。他没有注意到达力拿,甚至没有质疑为什么周围的一些尸体上插着箭矢。这个男孩不是当兵的料,达力拿也不指望他当兵。根据他的经验,亚泽尔的将领都很务实,不会觊觎王位,否则就要一个劲地讨好官僚,明显还要出口成章。

少年走上一条远离悬崖的小路,达力拿跟在后面。经历过亚哈里提安的人,都以为这就是世界末日,并且默认重返宁静园的时刻即将到来。但过了四千年,得知人类还不能回到天国,他们会作何反应?

少年在蜿蜒小路的底部停了下来,那条小路通向岩石间的山谷。他看着伤员在朋友的搀扶下一瘸一拐地走过,空中响起呻吟声和呼喊声。达力拿本想上前解释,少年却大步走出去,和一些伤员边走边谈。

达力拿好奇地跟在后面,听到了只言片语。**这里到底发生了什么?你们是谁?为什么要打仗?**

不少问题那些人都答不上来。他们负了伤,疲惫不堪,身后冒出了痛灵,但他们还是汇入了规模更大的队伍,就在达力拿上次进入幻境时迦熙娜所去的方向。

人群围聚在一名男子身边,他站在巨石上,身材魁梧,面容自信,看起来三十多岁,身穿蓝白两色衣袍,感觉像是阿勒斯卡人……但又不是那么像。他皮肤更黑,五官稍显怪异。

然而,他身上……还是有些似曾相识的地方。

"传出话去!"那人宣布道,"我们赢了!虚渡终于落败了。这不是我的胜利,也不是别的令使的胜利,而是你们的胜利。你们做到了。"

有人发出得意的欢呼。其他人大都默然伫立,干瞪着无神的双眼。

"我会在夺回宁静园的战斗中打头阵。"那人喊道,"你们不会再见到我,但不要多想!你们赢得了和平,尽情享受吧!把家园重建起来,带着令使之王的启示,马上去帮助你们的同胞吧。我们终于战胜了邪恶!"

人群中又传来一阵欢呼,这次显得更有活力。

风操的,达力拿心想,浑身发冷,*这可是杰泽雷泽艾林,王者的令使,他们之中最伟大的人*。

等等,国王长着深色的眼珠吗?

人群四散而去,少年帝王却留在原地,凝望着令使所站的地方。终于,他轻声说:"噢,杰泽尔,令使之王。"

"对。"达力拿走到他身边,"就是他,阁下。我侄女先前看过这场幻境,她在记录中表示,她认为自己发现了他的踪迹。"

雅拿贡抓住达力拿的手臂。"你说什么?你认识我吗?"

"认识。你是来自亚泽尔的雅拿贡。"达力拿点点头,"我叫达力拿·寇林。很抱歉要在这种不正规的场合与你会面。"

少年瞪大眼睛。"我首先见到了杰泽尔,现在却见到了敌人。"

522

"我不是你的敌人。"达力拿叹道,"这并不是一场梦,阁下。我——"

"哦,我知道这不是一场梦。"雅拿贡说,"由于我奇迹般地登上王位,令使也许决定让我代言了!"他四处张望。"我们经历的这一天,是荣耀之日吗?"

"是亚哈里提安。"达力拿说,"没错。"

"他们为什么把你安排在这儿?有什么意义?"

"不是他们把我安排在这儿。"达力拿说,"阁下,幻境是我发起的,而且是我邀你入场的。"

男孩半信半疑地抄起双臂。他穿着幻境提供的皮裙,青铜矛头的矛靠在附近的一块岩石上。

"你听说别人以为我发疯的事了吗?"达力拿问。

"有一些传言。"

"好吧,这就是我发疯的原因。"达力拿说,"我在刮飓风时受过幻象的折磨。来看看吧。"

他领着雅拿贡来到视野更开阔的地方,查看从峡谷口延伸出去的战场。那里遍布着尸体,雅拿贡跟上来一看,脸色惨白。终于,他踏上战场,在呻吟和咒骂的包围下步入尸体之间。

达力拿走在一旁。到处都是了无生气的双眼和因痛苦而扭曲的脸庞,不分贵贱、不分种族:白皮肤的有深族人和一些吃角族人;黑皮肤的有马卡巴克人,还有不少可能是阿勒斯卡人、雅克维德人或赫达孜人。

除了人类,战场上当然有其他生物:庞大的石兽四分五裂,身披壳甲的战斗态仆族沾满了橙血。他们经过的某个地方还有一整堆奇怪的飓虫,都烧焦了,正在冒烟。谁会花时间把一千只小甲虫垒起来?

"我们也曾并肩作战。"雅拿贡说。

"否则我们还能如何抵抗?"达力拿问,"独自迎战灭世是极其愚蠢的做法。"

雅拿贡望了他一眼。"你不想让大臣介入对话,只想孤立我!这样你就能……就能把任何有利于你的言论抛给我了!"

"如果你相信我有能力向你展示幻象,"达力拿说,"这不就意味着你该听我的吗?"

"可阿勒斯卡人非常危险。你知道上次阿勒斯卡人来亚泽尔,发生了什么吗?"

"造日王的统治早就过去了。"

"这是大臣的议题。"雅拿贡说,"他们把真相都告诉我了。当时也是这样,由军阀统一各部落。"

"部落?"达力拿问,"你竟把阿勒斯卡人跟图拜拉的牧民相提并论?阿勒斯卡可是柔刹最开化的王国之一!"

"你们颁布的法典只有三十年历史!"

"阁下,"达力拿深吸一口气,"这么说恐怕就没意思了。看看我们周围,看看灭世的后果。"

他挥手指向那片触目惊心的景象,雅拿贡的怒气平息了。面对如此惨重的死亡,要说不痛心是不可能的。

终于,雅拿贡转身走上来时的路。达力拿跟了过去,双手背在身后。

"据说,"雅拿贡低声道,"造日王策马入关后,意外遇到了一个问题。他很快就征服了亚泽尔,却不知该如何处置俘虏。城镇中不能留下战斗力,他有成千上万的人要杀。"

"有时,造日王只是派部下各杀三十名俘虏,就像孩子在获准玩耍之前还要拾一捆柴那样。他还在其他地方随口宣布,头发超过一定长度的人都得死。

"在他被令使降下的疾病击倒之前,他屠杀了十分之一的亚泽尔人口。据说索菲克斯①城里堆满了白骨,被风吹得跟楼房一样高。"

"我和我的祖先不一样。"达力拿小声说。

"可你尊敬他。没有阿勒斯卡人不崇拜撒帝斯。他风操的碎瑛刃就在你手上。"

"我给别人了。"

他们在战场边缘止步。大帝的确有决心,但他不会把握姿态,走路时沉着肩,双手始终在摸索口袋,只是他穿的古代服装连一个口袋也没有。虽然他出身卑微,但亚泽尔人并不十分看重瞳色。纳瓦妮曾说,那是因为生着光眼的亚泽尔人不够多。

造日王就是以此为由征服了亚泽尔。

"我和我的祖先不一样,"达力拿重复道,"但我确实跟他有很多共同点:年轻时残暴成性,一辈子都在打仗,只是我有一个他没有的优势。"

"是什么?"

达力拿与年轻人四目相对。"我活得够久,有幸目睹了我的行为所导致的后果。"

雅拿贡缓缓点头。

"是啊,"忽然有人尖声道,"你年纪很大了。"

达力拿转过身,皱起眉头。那像是一个小姑娘的声音。为什么战场上会有女孩?

"我没想到你年纪这么大,"女孩盘腿坐在附近的一块大石头上,"而且你也没有那么黑。别人都叫你'黑荆棘',可你其实更像……'不黑荆棘'。高克斯还比你黑,可他已经不算黑的了。"

少年帝王居然咧嘴大笑:"莉芙特!你回来啦!"他抛开礼节,开始往巨石上爬。

---

①索菲克斯:亚泽尔东北部城市。

"还没到呢。"女孩说,"绕了点路,但快了。"

"夜铎城①怎么了?"雅拿贡急忙问,"你几乎没给出任何解释!"

"那边的人在吃的上面造假了。"女孩冲达力拿眯起眼睛。少年帝王从石头上滑下来,想要从另一面爬上去。

这不可能,飓风之父在达力拿脑海中说,**她是怎么进来的?**

"你没有把她带进来?"达力拿轻声问。

没有。这不可能!怎么会?

雅拿贡终于爬到石头上,给了女孩一个拥抱。女孩年纪比他小,一头黑色长发,双眼苍白,皮肤黝黑,但她脸太圆了,不可能是阿勒斯卡人,也许是雷希人?

"他想让我相信他。"雅拿贡指指达力拿。

"别相信他。"莉芙特说,"他的屁股太好看了。"

达力拿清清嗓子:"什么?"

"你的屁股太好看了。老头的屁股不该是翘的,不然就说明你总是在用剑,或者总是在揍人。你的屁股应该是肥的,那样我就相信你。"

"她……她就是喜欢讨论屁股。"雅拿贡说。

"不,我没有。"女孩翻了翻白眼,"如果有人觉得我讨论屁股是件奇怪的事,那通常是因为他们嫉妒了,反正不会有东西跟在我屁股后面穷追猛打。"她眯着眼睛看了看达力拿,拉住大帝的胳膊。"我们走。"

"可——"达力拿抬起手。

"瞧,有长进了。"女孩朝他龇牙一笑。

随后她和大帝就消失了。

---

①夜铎:柔刹西南部国家塔石科的城市,由无数连通的地沟构成。莉芙特曾去过那里,详见番外篇《缘舞》(收录于《无界秘典》,即将出版)。

飓风之父沮丧地低吼道：**那个女人！这是她一手造成的，专门用来违抗我的意志！**

"那个女人?"达力拿问道，摇摇头。

那孩子被夜妖玷污了。

"严格来说，我也是。"

情况不一样。这很反常，她做得太过分了。飓风之父语带不满，不愿再和达力拿交谈，似乎真的生气了。

达力拿只能坐着等待幻象结束。他一直凝望着满是死者的战场，同样被未来和过去所困扰。

43

矛兵

你通话的对象无法回复,而我们会接收你的来信,只是我们不知道你是怎么在这个世界上找到我们的。

莫阿什吃了几口被菲布雷斯叫做"炖菜"的稀烂玩意,觉得味道跟飕砂似的。

他盯着熊熊炊火中的火灵,努力取暖。来自泰勒拿的菲布雷斯长着一头耀眼的吃角族红发,正和格雷夫斯争论。炊烟袅袅升空,在霜冻之地,几里外都能看到火光。格雷夫斯并不忧虑,他认为即使灭世风暴没有清除这里的盗匪,由两名碎瑛武士对付残党也绰绰有余。

可碎瑛刃挡不住背后的流矢,莫阿什心想,丝毫没有安全感,碎瑛甲不穿起来也没用。他的盔甲和格雷夫斯的盔甲都被扎成一捆放在车里。

"瞧,那是三连岩,"格雷夫斯朝一处岩地挥挥手,"就在地图上。我们马上往西走。"

"我以前走过这条路。"菲布雷斯说,"我们必须继续往南走,再往东走。"

"地图——"

"你的地图用不上。"菲布雷斯抱起双臂,"有激神指引呢。"

"激神?"格雷夫斯两手一摊,"激神?你已经是谶记社的一分子了,理应该抛弃这种迷信!"

"两种我都信。"菲布雷斯郑重地说。

莫阿什又往嘴里送了一勺"炖菜"。风操的,他讨厌让菲布雷斯、格雷夫斯和菲亚轮流做饭,也讨厌自己烧的东西,吃起来就像撒了调料的刷锅水一样。他们的烹饪水平连一枚无光的齐普都不值,不像石头。

莫阿什扔下碗,碗里的糊糊泼了出来。他抓起挂在树枝上的外套,悄悄走进夜色。烤了这么久的火,冷冽的空气打在皮肤上,感觉很古怪。他讨厌南方的寒冷,凛冬永不终结。

四人曾把车子拴在地上,躲在车底避风。那里经过加固,空间狭小,待着很难受。他们还用碎瑛刃吓走了几个胡作非为的仆族。那些仆族不像他们担心的那样危险,但那场新风暴……

莫阿什一脚踢在冻住的石头上,疼得骂了一句。菲布雷斯和格雷夫斯终于大声吵了起来,莫阿什回头看了看。他曾经很羡慕格雷夫斯的一表人才,但他们花了几周时间一同穿越荒凉之地,那人的耐心已经消磨殆尽,当他们只能吃泔脚、在山坡后撒尿的时候,那份精致也就不重要了。

格雷夫斯走出营地,跟莫阿什一起站在黑暗中。"我们迷路了多远?"莫阿什问。

"如果那个笨蛋能看看地图,"格雷夫斯说,"我们就不会迷路。"他瞧了瞧莫阿什。"我跟你说把那件外套扔掉。"

"我会扔的,"莫阿什说,"等到我们不用在冬天的冰屁股上爬来爬去的时候。"

"至少把徽章拿下来。万一遇上军营的人,我们可能会露馅。扯掉吧。"格雷夫斯转身朝营地走去。

莫阿什摸了摸肩上的第四冲桥队徽章。它承载着那些回忆:与格雷夫斯联手,加入计划暗杀艾尔霍卡国王的团伙,在达力拿率军挺进破碎平原的腹地后行刺。

对抗受伤流血的卡拉丁。

你……不……能……杀……他。

莫阿什的皮肤冻得湿凉。他从腰间的刀鞘中抽出匕首。他还不习惯带这么长的匕首,那可能会给暗眼种造成麻烦。

但他再也不是暗眼种了。他成了光眼种的一员。

风操的,他成了光眼种的一员。

他割断第四冲桥队徽章的缝线,这边一刀,那边一刀,多么简单。要抹去跟其他人一起做的文身还更难,但他当时没有文在额头上,而是文在肩上。

他举起徽章,想借着火光最后瞟一眼,却没法把它扔掉。他走回火边坐了下来。其他人是不是正围坐在石头的炖菜锅边嬉笑玩闹,打赌偻朋能喝多少杯谷啤?他们是不是在逗弄卡拉丁,好让他发笑?

他们的声音犹在耳边,莫阿什笑了笑,想象自己也坐在那儿,听卡拉丁诉说莫阿什干过的事。

他想把我杀了,卡拉丁会这么说,*他背叛了一切,不仅违反了保护国王的誓言,还亵渎了对阿勒斯卡的职责,但最重要的是,他辜负了我们。*

莫阿什捏着徽章,浑身无力。他应该把那东西扔进火里。

风操的,他应该投火自尽。

他仰望夜空,仰望诅咒之地和宁静园。一簇星灵在天上跳跃。

一旁是不是有什么东西在动?

他惊叫着退后,发现四只虚渡从天而降,来到了狭小的营地。他们重重地落在地上，手里举着蜿蜒似水的长剑。那不是碎瑛刃，而是仆族智者的武器。

一只虚渡袭向莫阿什刚才坐的位置，另一只则一剑刺穿格雷夫斯的胸膛，再把剑拔出来，反手割下他的头颅。

格雷夫斯的尸体瘫倒在地，他的碎瑛刃立即显形，锵的一声落在地上。菲布雷斯和菲亚也毫无还手之机，很快被其他虚渡击倒，血洒这片被遗忘的冻原。

第四只虚渡冲莫阿什而来，他蜷身卧倒，虚渡的剑在一旁落下，砸到石头上，擦出了火花。

莫阿什翻身起立，卡拉丁的教导占了上风——莫阿什曾在沟底度过了漫长的时光，将所学的东西深深印入脑海——他跳步退开，背对车厢，碎瑛刃落入手中。

一只虚渡绕过火堆朝他逼近，强壮结实的肢体闪着光。这些怪物与他在破碎平原上见过的仆族智者不一样，生着深红色的眼睛和绛紫色的甲壳，一部分甲壳环绕着面部。他面前的虚渡皮肤呈现盘旋缠绕的纹理，混合黑、红、白三色。

某种暗光附着在每只虚渡身上，与明亮的飓光正相反。格雷夫斯说起过这类怪物，称他们的归来不过是众多被神秘莫测的《谶记》预言到的事件之一。

莫阿什的敌人渐渐逼近，他猛挥瑛刃，迫使怪物后退。她似乎在滑行，双脚几乎没有触地。另外三只虚渡没有理他，而是走进营地查看尸体，其中一只飞身跳到车上，开始在行李中翻找。

莫阿什的对手再次试探，谨慎地举起弯曲的长剑朝他劈扫。他向后退避，双手紧握碎瑛刃，奋力格挡。比起怪物的优雅姿态，他的动作显得很笨拙。虚渡滑向一边，衣装随风飘扬，呼吸在寒气中清晰可见。她不敢拿碎瑛刃冒险，在莫阿什脚步踉跄时也没有发起攻击。

风操的，这把剑太不称手了，剑身六尺长，很难找对角度。不错,它能切割一切事物,但首先要击准。穿上碎瑛甲就容易多了,否则感觉就像一个孩子握着大人的武器。

虚渡笑了笑,飞也似的出剑。莫阿什后退几步,挥剑逼迫她转向一侧,虽然胳膊上深深挨了一刀,但身体没有被刺穿。

胳膊传来剧痛,他呻吟起来。虚渡存心审视他,一脸自信。他死定了。没准他应该顺其自然。

在车上翻找的虚渡忽然急切地说了几句话,情绪激动,看来找到了碎瑛甲。他把别的东西踢开,取出盔甲,这时有一样东西从车尾滚了出来,砰的一声落在石地上。是一根矛。

莫阿什低头看着自己的碎瑛刃。这是价值连国的财富,是一个人所能拥有的最宝贵的财产。

我在骗谁?他心想,我到底以为自己在骗谁?

虚渡发起攻击,但莫阿什马上让碎瑛刃消失,夺路而逃。攻击者吓了一大跳,犹豫不决,莫阿什趁机俯身捡起矛。手握光滑的木杆,感受到熟悉的重量,他轻松摆出站姿,周围的空气忽然带着潮湿和略微腐败的味道。他回忆起了破碎平原的深渊,那是一个生死共存,布满藤蔓和腐朽的地方。

他仿佛听到了卡拉丁的话音:*别怕碎瑛刃。别怕骑马的光眼种。他们之所以杀戮,首先是因为恐惧,其次才会用剑。*

绝不能退让。

面对越靠越近的虚渡,莫阿什丝毫没有退让。他用矛杆抵住虚渡的武器,把她转到一边,当她打算反手攻击时,又把矛尾伸到她的腋下,猛地一抬。

莫阿什立即施展曾在沟底练过千遍的招数,把对手放倒,虚渡惊讶地直喘气。他用矛尾戳中她的脚踝,横扫她的下盘,随即使出传统招式,把矛一转,直刺对手的胸口。

可惜虚渡没有倒下,而是稳住自己悬在空中。莫阿什及时发现,抽身格挡下一击。

虚渡向后滑行，随即落在地上，匍匐着蹲下，剑握在一旁。她纵身向前一跃，趁莫阿什举矛阻截时抓住矛杆。风操的！她优雅地欹近，来到触手可及的位置，浑身散发出湿衣服的潮气和某种与仆族智者联系在一起的异样霉味。

她把手按在莫阿什胸前，那道暗光从她身上转移过来。莫阿什感到身体变轻了。

所幸卡拉丁也对他使过同样的招数。

在身体逐渐"落"向空中时，莫阿什一手揪住虚渡那件宽松衬衣的前襟。

突如其来的拉扯让虚渡失去了平衡，甚至将她抬高了几寸。莫阿什一边往上拽，一边将矛头刺向石地，两人在空中盘旋打转。

虚渡用某种陌生的语言尖叫了一声，莫阿什丢下矛，抓住匕首。虚渡想要推开他，又对他施放风行术，这次加强了力度。他一声闷哼，但强撑着把匕首捅进她的胸口。

仆族智者的橙血喷涌出来，四处洒在寒夜中。两人仍在空中翻腾，莫阿什紧抓不放，把匕首捅得更深。

虚渡的伤口没有像卡拉丁那样愈合。她的眼睛不再发亮，那道暗光消失了。

虚渡的肢体瘫软下来，牵拉着莫阿什的力量也在不久后耗尽。他从距离地面五尺的地方落下，用虚渡的肢体做缓冲。

他浑身都是橙血，在寒风中冒着热气。他用沾血的湿滑手指再次握住矛，指向剩余三只虚渡。他们望着他，惊呆了。

"第四冲桥队，你们这些浑蛋。"莫阿什怒吼道。

两只虚渡转向第三只，那又是一名女子，把莫阿什上上下下打量了一通。

"你们是能杀了我，"为了把矛握得更牢，莫阿什一手在衣服上抹去血迹，"但我死也要拉一个垫背的，起码一个。"

看到同伴被杀，他们似乎没有生气。风操的，这些怪物究竟有没有感情？申在过去通常只是坐着干瞪眼。莫阿什与处在中间的女子四目相对，她的皮肤呈现红白两色，不掺杂一丝黑色，而白色的部分让他想到了深族，他们的相貌总是给他病恹恹的感觉。

"你，"她用带口音的阿勒斯卡语说，"很有激情。"

另一只虚渡把格雷夫斯的碎瑛刃递给她，她举起来，借着火光检视，随后升入空中。"随你选，"她对莫阿什说，"到底是死在这儿，还是乖乖认输，交出武器？"

莫阿什紧倚着矛，笼罩在那个衣袂飘飘的怪物的影子中。他们难道觉得他会相信吗？

可是……他真以为自己能以一敌三？

事已至此，他只能耸耸肩，丢开矛，召唤碎瑛刃。他最终得到了梦想多年的碎瑛刃，还是卡拉丁亲自奉送的，可又有什么用？这等神兵显然不能托付给他。

莫阿什紧咬牙关，摁住嵌在剑柄上的宝石，用意念解除契约。宝石闪过一道光，他感到一阵冰凉。他又变回暗眼种了。

他把瑛刃丢在地上，一只虚渡捡了起来，另一只则飞走了。莫阿什被眼前的状况搞糊涂了。不久后，飞走的那只虚渡带着另外六只返回，三只用绳子系住成捆的碎瑛甲，拖着沉重的盔甲飞走了。为什么不用风行术？

有那么一瞬间，莫阿什简直以为他们要留下他不管了，最后却有两只虚渡来到他左右，抱住他的胳膊把他拉到了空中。

飓光志
[卷三]

渡誓
Oathbringer